ULRIKE RENK

Jahre aus Seide

atb aufbau taschenbuch

ULRIKE RENK, Jahrgang 1967, studierte Literatur und Medienwissenschaften und lebt mit ihrer Familie in Krefeld. Familiengeschichten haben sie schon immer fasziniert, und so verwebt sie in ihren erfolgreichen Romanen Realität mit Fiktion.

Im Aufbau Taschenbuch liegen ihre Australien-Saga und ihre Ostpreußen-Saga sowie zahlreiche historische Romane vor.

Mehr Informationen zur Autorin unter www.ulrikerenk.de

Ruth wächst glücklich und behütet auf, sie besucht das Lyzeum, verbringt die Sommer an der See und taucht in der benachbarten Villa des Seidenfabrikanten Merländer in die Welt der Stoffe ein. Mit Begeisterung lernt sie nähen und fertigt aus sorgsam gehüteten Stoffresten kunstvolle Verzierungen und kleine Taschen. Und sie verliebt sich. Kurt ist einige Jahre älter und, genau wie sie, jüdischen Glaubens. Dann kommen die Nazis an die Macht, und all ihre Träume für die Zukunft zerplatzen. Immer häufiger sind sie und ihre Familie Anfeindungen ausgesetzt, wissen nicht mehr, wem sie noch trauen können und stehen schließlich vor der Frage, ob sie ihre geliebte Heimat, Freunde und Verwandte verlassen müssen. Und dann kommt der schicksalhafte Tag, an dem sich das Leben von Ruth mit einem Mal ändert.

ULRIKE RENK

Jahre aus Seide

Das Schicksal einer Familie

ROMAN

aufbau taschenbuch

FSC
www.fsc.org
MIX
Papier aus verantwortungsvollen Quellen
FSC® C083411

ISBN 978-3-7466-3441-8

Aufbau Taschenbuch ist eine Marke
der Aufbau Verlag GmbH & Co. KG

1. Auflage 2018

Umschlaggestaltung www.buerosued.de, München
unter Verwendung eines Bildes von © Richard Jenkins
Gesetzt aus der Aldus durch die LVD GmbH, Berlin
Druck und Binden CPI books GmbH, Leck, Germany
Printed in Germany

www.aufbau-verlag.de

Für Diane, David, Schalom und Larry

»Wenn das Tagebuch einmal verloren gehen sollte, und irgendjemand findet es, so halte der es bitte in Ehren. Und sollten auch einige Stellen dabei sein, worüber man später mal lachen würde, so denke der Finder bitte daran, dass ich alles, was in diesem Buch steht, aus dem innersten Herzen heraus geschrieben habe. Wenn ich einmal nicht mehr auf dieser Welt bin, dann sehen meine Enkel und Urenkel aus diesem Buch, dass meine Jugend, so schön sie mir von den Eltern auch gemacht wurde, doch nicht so sorgenlos war, wie [es], so hoffe ich fest, meine Nachfahren einmal haben werden.

Die Zeit ist so schwer, wie ich sie nicht hier hinein beschreiben kann. Vielleicht seid ihr dann, was ich von Herzen wünsche, in Palästina, in dem Land unserer Hoffnung. Vielleicht seid ihr auch mitbeschäftigt an der großen Arbeit, an der sich jeder gesunde, arbeitskräftige Jude beteiligen soll.

Den 19. September in dem Jahr 1935, das jeder Jude, der diese Zeit mitgemacht hat, nie vergessen wird.«

Ruth Meyer

(Aus dem Original-Tagebuch von Ruth Meyer,
19. September 1935)

Personenverzeichnis

Familie Meyer

Emilie Meyer (Großmutter) und Markus Meyer

Martha

Erich

Wilhelmine Meyer (Omi) und Valentin Meyer (Opi)

Karl

Hedwig Simons geb. Meyer und Berthold Simons

Hans Simons

Karl Meyer und Martha Meyer geb. Meyer

Ruth Meyer

Ilse

Freunde der Meyers

Ingrid und Kurt Lindenbaum

Tochter Edith

Sofie und Walter Gompetz

Elsa und Albert Glimmich

Tochter Anne

Sohn Kurt

Thea Horn

Minnchen Hirsch

Luise Dahl

Nachbarn der Meyers

Richard Merländer

Karl Merländer

Fam. Theißen

Sohn Horst

Angestellte bei Meyers

1. Chauffeur – Rudi Becker

2. Chauffeur – Hans Aretz und Familie

Josefine Aretz

Helmuth

Rita

Regina Jansen – Köchin

Anna Peters – Zugehfrau

Leni – Kindermädchen

Angestellte bei Merländer

Hermann Sanders – Chauffeur

Katharina Sanders

Rosi Sanders

Lisa Sanders – Haushälterin

TEIL 1

Glückliche Zeiten

Kapitel 1

Oktober 1926

Ruth drückte sich die Nase an der kalten Fensterscheibe platt; es war Freitagabend, und ihr Vater würde endlich wieder nach Hause kommen. Die Woche über war er unterwegs gewesen und hatte seine Schuhkollektion vorgestellt.

»Ruth?«, hörte sie ihre Mutter fragen. »Wo bist du?«

»In der Diele, ich warte auf Vati.«

»Es kann noch dauern, bis er kommt.«

»Aber es ist Freitag, und gleich wird es dunkel. Wir wollen doch mit ihm zusammen die Kerzen anzünden!«

Martha lächelte und drückte ihre Tochter an sich. »Ach, du weißt doch, Vati ist das nicht so wichtig.«

»Wirst du es ihm erzählen?«, fragte Ruth leise und kuschelte sich an ihre Mutter.

»Ja, Ruth, natürlich. Aber er wird bestimmt nicht schimpfen, sondern sich freuen, dass nicht mehr passiert ist.«

»Glaubst du wirklich?«

»Ja, das tue ich.« Martha strich ihr beruhigend über die Haare. Karl würde allerdings sehr besorgt sein, doch das musste ihre Tochter nicht wissen.

»Jetzt aber los, bevor Vati kommt, müsst ihr noch baden. Und wenn ihr fertig seid, können wir schon einmal die Kerzen anmachen.«

»Auja!«, rief Ruth begeistert. »Und dann erzählst du uns eine Geschichte.«

Martha sah ihrer Tochter hinterher, die eilig durch den Flur Richtung Badezimmer lief, wo Leni, das Kindermädchen, sicher schon die Wanne eingelassen hatte und mit Ilse, der Jüngsten, auf sie wartete.

Dann ging ihr Blick wieder zur Straße. Langsam begann es zu dämmern, und die wenigen Laternen, die den Bürgersteig säumten, gingen an. Bestimmt würde Karl erst lange nach Sonnenuntergang kommen. Kurz nach dem Großen Krieg hatte Karl begonnen, seine Schuhkollektionen am ganzen Niederrhein zu vertreiben. Er hatte einen guten Blick für die kommende Mode. Die Schuhe, die er im Frühjahr und Herbst bei den Herstellern kaufte, waren sehr beliebt, und über die Jahre hatte er sein Geschäft immer weiter ausbauen können. Am Anfang reiste er mit dem Zug, mittlerweile besaß er ein Automobil. Für Martha ein erneuter Anlass zur Sorge, denn von Rudi Becker, dem Chauffeur, den Karl hatte anstellen müssen, weil er wegen seiner starken Kurzsichtigkeit nicht selbst fahren konnte, hielt sie nicht viel.

Martha seufzte, sie hatte sich abgewöhnt, auf Karl zu warten. Am Anfang ihrer Ehe war es schwerer gewesen. Sechs Jahre waren sie nun verheiratet, und seit sechs Jahren wohnten sie hier in diesem Haus auf der Drießendorfer Straße. Sie hatten damals verzweifelt nach einer schönen Wohnung zur Miete gesucht, doch ohne Erfolg. Vielen Vermietern waren sie zu jung gewesen, einige wollten sie nicht haben, weil sie jüdisch waren. Immer noch war Martha darüber verwundert. Was machte es für einen Unterschied, welchen Glauben sie hatte? Sie waren Juden, pflegten aber nur oberflächlich die Traditionen, vor allem Karl legte auf alles Religiöse wenig Wert. Den Samstag, den Sabbat, nutzte er, um seine Buchführung auf Vordermann zu bringen. Nur hin und wieder begleitete er sie und die Kinder in die Synagoge. So war das bei vielen Juden in Krefeld – die meisten jüdischen Rituale passten kaum noch in das moderne Leben, das sie führten.

Als die Wohnungssuche erfolglos blieb, wurde Karl das Haus in der Drießendorfer Straße angeboten. Er überlegte nicht lange und kaufte es. Seitdem lebten sie in der untersten Etage des Dreifamilienhauses. Die beiden anderen Wohnungen hatten sie vermietet. Zwar wohnten sie zentral, aber die Gegend war nicht so, wie Martha es sich eigentlich für ihre Familie wünschte. Die laute, enge Straße, die kleinen Gärten, meist nicht mehr als Hinterhöfe … erst gestern war wieder etwas passiert, was Marthas ungutes Gefühl bestärkte. Nachmittags hatte es geklingelt, und bevor Martha etwas sagen konnte, war Ruth zur Tür gelaufen. Vor ihr stand ein Bettler, wie so häufig in letzter Zeit. Ruth war zu ihrer Mutter gelaufen, um sie nach etwas Geld zu fragen. Als sie kurz darauf wieder zur Tür kam, war der Mann jedoch verschwunden. Da sie ihm aber unbedingt etwas hatte geben wollen, war sie ihm hinterhergegangen, und in ihrer Aufregung, ihn noch einzuholen, vor ein Automobil gelaufen.

Die Straße, dachte Martha, war einfach viel zu befahren für eine Wohngegend. Zum Glück hatte Doktor Hirschfelder, der

Kinderarzt der Familie, Ruth sofort untersuchen können. Sie hatte nur eine Beule und ein paar Schürfwunden an den Beinen, mehr war nicht passiert. Dennoch, der Schreck blieb, und trug dazu bei, dass sich Martha hier immer unwohler fühlte.

In Gedanken versunken ging sie zum Esszimmer. Heute hatte sie gekocht, und gleich würde ihre Mutter kommen, um mit ihnen gemeinsam den Abend zu verbringen. Martha stöhnte auf, als sie an die Stunden dachte, die sie in der Küche zugebracht hatte – ihre Kochversuche waren meist nur von mäßigem Erfolg gekrönt. Es war nicht so, dass sie nicht die grundlegenden Regeln beherrschte, aber Kochen lag ihr einfach nicht. Manchmal dachte sie, dass sie es sogar schaffen würde, Wasser anbrennen zu lassen. Doch es half nichts, sie hatte die Köchin entlassen müssen, wieder einmal hatte es Ungereimtheiten bei den Abrechnungen gegeben, von versalzenem Essen, angebrannten Kartoffeln und rohem Gemüse ganz zu schweigen.

In Momenten wie diesen, wenn sie solche Entscheidungen zu treffen hatte, fehlte ihr Karl ganz besonders. Natürlich hatte sie gewusst, worauf sie sich einließ, als sie ihn heiratete. Sie hatte gewusst, dass er oft die ganze Woche über unterwegs war und sie nur am Wochenende ein gemeinsames Familienleben haben würden. Dennoch träumte sie manchmal von einem anderen Leben, einem Leben ohne ständiges Abschiednehmen – nur Karl, die Kinder und sie. Karl hätte eine Festanstellung in Krefeld, ginge morgens aus dem Haus und käme abends zurück. Es war ein Traum, ihr Traum – Karl wäre damit unglücklich. Er liebte seine Selbstständigkeit, ging in seinem Beruf auf. Er genoss es, jeden Tag andere Menschen zu treffen und mit ihnen zu reden. Und er war wirklich gut darin. Nein, Karl würde seinen Beruf nie aufgeben, und das war auch richtig so.

Inzwischen war es vollständig dunkel geworden. Sie hörte Lachen und Wasserrauschen aus dem Badezimmer. Wie dankbar kann ich sein, dass ich meine beiden Mädchen habe, dachte Martha, als sie den langen Flur nach hinten ging. Es war eines ihrer Rituale, dass Leni die beiden am Freitagabend badete. Danach zogen sie ihre Nachthemden und ihre Morgenmäntel an und setzten sich auf das Sofa im Wohnzimmer.

Das Badezimmer war voller Dampfschwaden, die sich mit dem fröhlichen Planschen ihrer Töchter vermischten.

»Nun ist aber gut«, ermahnte Leni gespielt streng. »Ich hole jetzt Ilse aus der Wanne, und du, Ruth, kannst dir noch die Haare waschen. Aber gib acht, dass du keine Seife in die Augen bekommst.«

»Ja, Leni«

Ilse streckte dem Kindermädchen die Ärmchen entgegen und ließ sich in das Badehandtuch hüllen.

»Danke, Leni«, sagte Martha. »Was würde ich ohne dich tun …«

»Dann hätten Sie ein anderes Mädchen«, sagte Leni. »Es suchen immer noch so viele Arbeit, obwohl der Große Krieg doch schon lange vorbei ist.«

»Das stimmt.« Martha räusperte sich. »Kennst du vielleicht eine gute Köchin?«

»Darüber zerbreche ich mir auch schon seit einiger Zeit den Kopf. Mit Erna war es ja nicht auszuhalten.«

»Frau Klein hatte gute Referenzen …«

»Wie auch immer sie das geschafft hat – mit ihren Kochkünsten sicher nicht.«

Die beiden Frauen sahen sich an und begannen zu lachen. Dann hob Martha resigniert die Arme: »Nein, das war es sicher nicht.«

»Ich höre mich weiter um«, versprach Leni. »Es wäre ja ein Ding, wenn Sie niemanden finden würden.«

»Wieso brauchen wir eine neue Köchin? Du kannst doch kochen, Mutti«, protestierte Ruth. »Heute hast du doch auch gekocht. Und es riecht lecker.«

»Hoffen wir, dass es auch schmeckt …«

»Mit Vati essen«, nuschelte Ilse und kuschelte sich an ihre Mutter.

»Ja, das wäre schön. Aber jetzt müssen wir dich erst einmal abtrocknen und dir etwas anziehen. Dann gehen wir ins Herrenzimmer und zünden die Sabbatkerzen an.«

»Erzählst du uns eine Geschichte, Mutti?«, fragte Ruth.

»Natürlich. Das mache ich doch immer.«

»Auja!«, krähte Ilse, Martha lachte leise und schnupperte am Kopf ihrer Tochter. Ilse war erst zwei, sie hatte immer noch den typisch süßlichen Geruch, den Kleinkinder oft hatten – ein betörender Duft.

Eine halbe Stunde später saß Martha mit ihren Töchtern auf dem Sofa. Leni zog sich ihren Mantel an und nahm ihre Handtasche. »Ich wünsche Ihnen und Ihrer Familie ein schönes Wochenende«, sagte sie.

»Danke. Bis Montag, Leni.«

Nachdem die Tür hinter dem Kindermädchen ins Schloss gefallen war, stand Martha auf und holte die Streichhölzer. Sie sprach den Segen und zündete die Kerzen an, die in zwei silbernen Haltern auf dem Esstisch standen. Die Streichhölzer ließ sie in einen Aschenbecher fallen und wartete, bis sie restlos verglüht waren, so wollte es die Tradition. Dann setzte sie sich wieder auf das Sofa, Ilse rechts und Ruth links von ihr.

»Heute schaffen wir aber nur eine kurze Geschichte. Großmutter Emilie kommt gleich und isst mit uns. Wollt ihr eine traurige oder eine lustige hören?«

»Eine traurige«, sagte Ruth. »Bitte eine traurige, die erzählst du immer so schön.«

»Nun gut …« Martha überlegte, dann fing sie an. Meistens nahm sie ein klassisches Märchen als Grundlage, wandelte es aber während des Erzählens ab, sodass es zu einer ganz eigenen Geschichte wurde. Manchmal wählte sie aber auch das Motiv einer der großen Opern. Sie ging gerne in die Oper, schon seit Jahren hatte sie ein Abonnement, sodass ihr die meisten Stücke vertraut waren. Es tat Martha leid, dass sie heute nur wenig Zeit hatten, denn das Erzählen war ihr liebster, ganz eigener Sabbatbrauch. Wie immer kuschelten sich die beiden Mädchen an sie, schauten in das Licht der Kerzen und genossen den Singsang der Stimme ihrer Mutter. Wenn etwas Schreckliches passierte, erschauderten sie, wenn es lustig wurde, kicherten sie gemeinsam. Es war ein schönes, ein inniges Ritual.

Martha hatte die Geschichte gerade beendet, da schellte es auch schon an der Haustür.

»Das ist Großmutter Emilie«, sagte Ruth und sprang auf.

»Begrüßt ihr sie und ich gehe in die Küche und hole das Essen«, bat Martha und stand eilig auf. Heute würde es Braten geben, Kartoffeln, dazu braune Soße und Rosenkohl. Koscher kochten sie selten.

Entsetzt merkte sie, dass die Kartoffeln schon verkocht waren, stellte sie schnell eine Pfanne auf den Herd, um sie anzubraten. Der Rosenkohl dagegen war noch recht fest, also heizte sie den Topf noch einmal an. Ihre Mutter war immer sehr kritisch, nicht nur, was das Essen anging. Nach dem Tod des Vaters vor drei Jahren sahen sie sich häufiger als früher. Trotzdem war das Verhältnis zu ihr nicht besser geworden. Emilie war eine erfolgreiche Geschäftsfrau,– gemeinsam mit ihrer Schwester hatte sie ein Kurz- und Weißwarengeschäft eröffnet und betrieben –, auch, nachdem sie geheiratet hatte; für ihre Familie hatte sie nur wenig Zeit gehabt, Martha und ihr Bruder Erich wurden zum größten Teil von Kindermädchen erzogen oder waren bei den Großeltern in Anrath. Oft hatte sie unter der Abwesenheit eines liebenden Elternteils gelitten und hatte sich geschworen, es mit Ilse und Ruth besser zu machen als ihre Mutter. Sie wollte eine enge Beziehung zu ihren Töchtern haben, auch, wenn sie ein Kindermädchen hatte.

In diesem Moment betrat ihre Mutter die Küche.

»Ich komme gleich«, sagte Martha und wischte sich den Schweiß von der Stirn.

»Wieso stehst du überhaupt am Herd?«, fragte Emilie und küsste ihre Tochter flüchtig auf die Wange. »Und warum lässt du Ruth die Tür öffnen?«

»Wir wussten doch, dass du es bist, Mutter.«

»Das kann man nie wissen. Es hätte auch ein Hausierer sein können, sie hören ja nicht auf, durch die Straßen zu laufen. Man hört Dinge von diesen Männern, Dinge, die deine Töchter nicht erleben sollten.«

»Ja!«, rief Ruth, die ihrer Großmutter in die Küche gefolgt war. »Vorgestern hat einer hier geschellt.«

Martha warf ihrer Tochter einen strengen Blick zu, das Letzte, was sie wollte, war, dass ihre Mutter von diesem Zwischenfall erfuhr.

»Ein Bettler, hier?«, fragte Emilie.

»Ruth zum Doktor«, ergänzte Ilse stolz.

»Unfug!«, sagte Ruth und nahm ihre Schwester bei der Hand. »Ich musste doch nicht deshalb zum Doktor. Komm, wir gehen schon mal ins Esszimmer.«

»Was erzählen die Kinder denn da?«, fragte Emilie und runzelte die Stirn.

»Das erkläre ich dir später. Erst muss ich mich um das Essen kümmern.« Hoffentlich würde sie die Kartoffeln noch retten können.

»Du hast mir immer noch nicht gesagt, wo deine Köchin ist.«

»Ich habe sie entlassen. Und auch das erzähle ich dir nachher, ich muss nur noch kurz …«

»Die Sonne ist schon längst untergegangen … du solltest überhaupt nicht mehr in der Küche stehen.«

»Mutter … bitte!«

Nach zehn Minuten waren die Kartoffeln zwar kross angebraten, dafür war der Rosenkohl jedoch zu weich. Immerhin machte der Braten einen guten Eindruck, und die Soße schmeckte köstlich. Martha füllte die Schüsseln und Platten, dann brachte sie alles ins Esszimmer. Über dem Tisch brannte die alte Petroleumlampe und verbreitete zusammen mit den Kerzen ein warmes und gemütliches Licht.

»Nun«, sagte Emilie, »dann wünsche ich uns allen einen gesegneten Sabbat.«

Das Schweigen am Tisch war dicht und bedrückend, aber Martha fiel nichts ein, worüber sie mit ihrer Mutter hätte sprechen wollen. Und auch die Kinder, die sonst immer frei und munter plauderten, waren in Gegenwart der Großmutter gehemmt.

»Wo ist denn Karl?«, fragte Emilie schließlich.

»Er ist noch unterwegs.«

»Seine Touren werden von Woche zu Woche länger, oder täusche ich mich?«

»Ja, das stimmt. Er fährt jetzt bis ins Münsterland. Die Geschäfte laufen gut.«

»Aber er ist kaum hier. Bei euch, bei seiner Familie.«

»Das warst du doch auch nie«, entgegnete Martha spitz.

»Ich hatte schließlich ein Geschäft zu führen.«

»So wie Karl.«

Martha blickte über den Tisch hinweg ihre Mutter an, zwang sich zu einem Lächeln. Aber Emilie wich ihrem Blick aus, sie nahm einen Bissen vom Rosenkohl, kaute. Sie wollte schon ansetzen, etwas zu sagen, besann sich dann aber und schwieg.

»Ich habe ein Auto gehört!«, rief Ruth plötzlich. »Das ist bestimmt Vati.«

Die beiden Mädchen sprangen vom Tisch auf und eilten ihm entgegen. »Vati! Vati!«

»Da sind ja meine beiden Hübschen!«, rief Karl, als er in die Diele trat. Erst nahm er Ilse, dann Ruth hoch, schwenkte sie im Kreis und gab jeder einen Kuss. »Bald seid ihr zu groß dafür«, sagte er mit Bedauern.

»Vati, Mutti hat gekocht, es schmeckt lecker.«

»Mutti hat gekocht?« Karl zog die Augenbrauen hoch.

»Ja, und da war'n ... Bestler ...«

»Bettler«, verbesserte Ruth ihre Schwester. »Aber darüber wollten wir doch nicht sprechen, Ilse.«

»Aha«, sagte Karl und schaute zu Martha, die unter den missbilligenden Blicken ihrer Mutter ebenfalls vom Tisch aufgestanden und in die Diele getreten war, um ihn zu begrüßen. »Guten Abend, mein Liebster. Wie geht es dir?«, fragte sie besorgt, die Woche war lang gewesen.

»Ich bin hungrig und müde. Und so froh, wieder hier zu sein.« Er küsste sie auf die Wange. »Ich mache mich eben frisch, dann komme ich zu euch.«

»Meine Mutter ist da«, flüsterte Martha ihm ins Ohr.

»Oh. Na gut. Dann werde ich sie schnell begrüßen.« Er legte Mantel und Hut ab und ging ins Esszimmer. »Guten Abend Emilie. Wie geht es dir?«

»Gut, Karl, wie immer.« Sie reichte ihm die Hand, dann schnupperte sie. »Hast du etwa geraucht?«

»Ja«, sagte er und lächelte. »Du nicht?«

»Natürlich nicht!« Sie sah ihn empört an. »Was denkst du denn von mir?«

»Immer nur Gutes, Emilie. Immer nur Gutes. Esst ihr schon einmal weiter, ich komme gleich.«

Im Flur nahm er seinen Koffer und ging Richtung Schlafzimmer. Bald darauf hörten sie Wasser rauschen, und wenig später stand Karl wieder am Tisch – war frisch rasiert, hatte die Haare zurückgekämmt und trug einen sauberen Anzug.

»Du duftest immer so gut«, sagte Ruth und blickte ihn strahlend an.

»Wenn er nicht gerade raucht«, ergänzte Emilie vernehmlich.

»Setz dich doch.« Martha füllte seinen Teller. »Ich musste die Köchin entlassen und habe deswegen heute selbst gekocht.«

»Hat sie wieder alles anbrennen lassen?«

»Ja, und die Abrechnungen vom Haushaltsgeld waren auch nicht korrekt.«

»Dann hast du es richtig gemacht. Der Braten riecht übrigens köstlich.«

»Wie war deine Woche?«, fragte Martha.

»Ausgezeichnet. Ich habe zwei neue Schuhläden im nördlichen Münsterland für mich gewinnen können. Meine Kollektion hat sie überzeugt.«

»Wie wunderbar. Aber ich finde ja auch, dass die Schuhe in diesem Jahr ganz besonders schön sind, der Lack und diese schicken Schnallen ...«, sagte Martha lächelnd.

»Bis ins Münsterland fährst du inzwischen?«, fragte Emilie.

»Ja, und die Geschäfte laufen gut. Seit ich das Automobil

habe, ist vieles einfacher. Ich muss keine Musterkoffer mit mir herumschleppen, bin nicht auf die Zugverbindungen angewiesen. Dadurch kann ich mehr und bessere Geschäfte machen. Das Auto rentiert sich.« Dann seufzte er. »Nur Becker …«

»Wer ist Becker?«, fragte Großmutter Emilie.

»Aber Mutter, das ist Karls Chauffeur.«

»Wenn man so will. Er kann zwar fahren, aber er hat kein gutes Händchen für Autos. Irgendetwas stimmt schon wieder nicht mit dem Wagen, und du weißt ja, dass ich zwei linke Hände habe …«

»Entlass ihn«, unterbrach Emilie trocken.

Karl sah sie an. »Und dann, liebe Schwiegermutter? Was mache ich dann?«

»Du suchst dir eben einen neuen Chauffeur. So schwer kann das doch nicht sein.«

Martha blickte zu ihrem Mann, der mit gerunzelter Stirn auf seinen Teller schaute und schwieg. Eilig sprang sie auf. »Es gibt doch noch Nachtisch, ich habe Pudding gemacht.«

»Nun, ihr Süßen«, sagte Martha zu den Kindern, als die letzte Schüssel endlich geleert war, »es wird Zeit, die Zähne zu putzen und ins Bett zu gehen.«

Sollte sie mit den Kindern gehen? Würde dann ihre Mutter noch weitere Spitzen ablassen, und wie würde Karl, so angespannt, wie er war, darauf reagieren?

»Ich gehe mit Ilse Zähneputzen«, sagte Ruth, rutschte vom Stuhl und nahm Ilse bei der Hand. »Sagst du uns gleich noch Gute Nacht?«

»Natürlich, meine Süße.«

»Du auch, Vati?«, fragte Ruth mit einem engelsgleichen Augenaufschlag.

»Wie bitte?« Karl schaute auf. Er war ganz in Gedanken versunken gewesen.

»Kommst du uns gleich auch Gute Nacht sagen?«

»Natürlich. Gute Nacht, mein Kind.«

»Nein«, protestierte Ruth und baute sich vor ihm auf. Ihre Stimme zitterte vor Wut. »Kommst du bitte zu uns, wenn wir im Bett sind? Gibst du uns dann noch einen Kuss?« Sie holte tief Luft. »Wir sehen dich so selten, Vati. Ich würde mir so sehr wünschen, dass du uns heute Gute Nacht sagst. Bitte.« Ruth musste die Tränen wegblinzeln, senkte aber trotzdem nicht den Blick, sondern sah ihren Vater durchdringend an. »Bitte.«

»Natürlich komme ich noch«, sagte er und drückte sie an sich. »Mein Schätzchen. Ich habe dich lieb.« Er holte tief Luft. »Und jetzt geh mit Ilse Zähneputzen.«

Dankbar sah Martha ihn an und schickte ihm über den Tisch einen Kuss zu. Karl lächelte. »Das Essen war sehr gut, aber wir sollten trotzdem schnell eine neue Köchin finden.«

»Gutes Personal gibt es heute kaum noch«, sagte Emilie. Dann runzelte sie die Stirn. »Wollen sich die Kinder nicht von mir verabschieden?«

»Ach, Mutter, sie denken sicherlich, dass du nachher auch noch zu ihnen gehst«, sagte Martha.

»Das habe ich aber nicht vor. Ich werde mich gleich auf den Heimweg machen. Der Tag war lang, und ich muss ins Bett.«

»Das verstehen wir«, sagte Karl und erhob sich. Einen Moment später stand er mit seinen beiden Töchtern an den Händen wieder im Esszimmer.

»Gute Nacht, Großmutter«, sagte Ruth und gab der alten Dame einen Kuss auf die Wange.

»Gute Nacht«, sagte auch Ilse und streckte ihr die Hand hin. Doch Emilie beugte sich zu ihr vor und zog sie an sich.

»Gib mir einen Gute-Nacht-Kuss!«

Unwillig fügte Ilse sich, dann trippelten die beiden Mädchen den langen Flur entlang zurück ins Bad.

»Danke für das Essen«, sagte Emilie und stand auf.

»Ich wünsche euch einen friedlichen Sabbat... und dir wünsche ich, dass du ganz schnell eine neue Köchin findest.« Zielstrebig ging sie zur Diele.

»Mutter ... sollen wir nicht eine Droschke rufen?«

»Oder ich rufe Becker an. Er wird dich bringen«, sagte Karl.

»Ich glaube nicht, dass ich mit deinem Chauffeur fahren möchte, ich nehme die Tram. Das ist kein Problem.«

»Aber wir könnten doch wenigstens eine Droschke ...«

»Lass es gut sein, Martha«, sagte Emilie lächelnd. »Ich nehme die Tram. Das geht wunderbar.« Mit geradem Rücken und gestrafften Schultern verließ sie das Haus.

Karl überlegte kurz. »Soll ich sie begleiten?«, fragte er leise.

»Ich glaube nicht, dass sie das möchte. Wobei ich oft gar nicht weiß, was sie möchte. Sie ist meine Mutter, aber manchmal habe ich das Gefühl, sie könnte auch auf dem Mond leben, so fern sind wir uns.«

»Immerhin kommt sie uns ab und an besuchen.« Karl schloss die Tür. »Deine Mutter ist schon lange erwachsen, sie hat erfolgreich ein Geschäft geführt, sie weiß, was sie will. Ändern können wir sie nicht mehr.«

»Nein, das können wir tatsächlich nicht …«

Karl nahm sie in den Arm.

»Was denn?«, fragte er. »Was betrübt dich?«

»Ich würde mich einfach gern besser mit ihr verstehen, das habe ich mir schon gewünscht, als ich noch ein kleines Mädchen war …« Arm in Arm gingen sie zurück ins Esszimmer. »Und nun scheint es zu spät zu sein. Vater ist tot, und Mutter ist immer noch distanziert.«

»Ich weiß, mein Schatz, aber ich befürchte, sie wird sich nicht mehr ändern.«

»Das weiß ich ja auch, Karl.« Martha senkte den Kopf. »Aber … aber ich will es anders machen, verstehst du?«

»Du machst es doch anders.«

»Ich will es aber viel, viel besser machen als meine Mutter. Ich will für unsere Töchter, für meine Mädchen, immer da sein. Ich möchte sie unterstützen, ich möchte sie verstehen, ich möchte mit ihnen reden können, an ihrer Seite sein – aber ich hab' Angst, dass ich das nicht schaffe. Ich habe ja nie vorgelebt bekommen, wie das geht …« Martha stockte. »Verstehst du, wie ich das meine?«

»Ja, Liebes, mach dir nicht so viele Gedanken. Du bist eine wunderbare Mutter und glaube mir, das werden unsere Töchter auch zu schätzen wissen.«

Er hob lauschend den Kopf: Aus dem Badezimmer war kein Laut mehr zu hören. »Sollen wir zu ihnen gehen und ihnen Gute Nacht sagen?«

Marthas Blick wanderte zum Tisch, der voller Geschirr stand.

»Kannst du schon einmal vorgehen? Ich komme dann gleich, ich räume nur schnell ab.«

»Lass uns das doch gemeinsam machen…«, schlug Karl vor.

»Das ist lieb von dir, aber Ruth und Ilse würden sich sicher sehr freuen, Zeit mit dir alleine verbringen zu können. Davon habt ihr so wenig.«

»Das ist wahr«, sagte Karl und küsste sie. »Aber versprich mir eins, denk nicht zu viel darüber nach, ob du eine gute Mutter bist – denn du bist es. Die beste, die es gibt.«

Dankbar sah sie ihm hinterher, wie er im Kinderzimmer verschwand. Dann begann sie, das Geschirr in die Küche zu räumen und es einzuweichen. Auch die Töpfe hatte sie schon mit warmem Wasser gefüllt. Die Reste der Mahlzeit füllte sie in Schüsseln und stellte sie in den Eisschrank. Nachdem sie den Esstisch abgewischt hatte, folgte sie Karl ins Zimmer der Mädchen.

Ilse schlief bereits tief und fest, und sie küsste ihre kleine Tochter auf die Stirn. Ruth war noch wach. Karl erzählte ihr gerade von seiner Arbeit.

»Jeden Tag fahre ich in eine andere Stadt und treffe neue Menschen«, sagte er.

»Aber irgendwann kennst du sie dann doch, oder?«

Karl lächelte. »Du hast recht. Irgendwann kennt man sie – und das ist auch gut so.«

»Und alle kaufen deine Schuhe?«, fragte Ruth verblüfft.

»Viele, nicht alle.«

Ruth gähnte. »Gute Nacht, Vati«, murmelte sie.

»Gute Nacht, schlaf schön, mein Kind.«

»Gute Nacht, meine Süße«, sagte Martha, küsste ihre Älteste auf die Stirn und strich die Decke glatt. Als sie und Karl die Tür leise hinter sich zuzogen, schliefen beide Mädchen bereits.

Zurück im Wohnzimmer, setzten sie sich auf die Couch. Karl nahm eine Zigarre aus der Jackentasche, rollte sie in seinen Händen, nahm dann ein scharfes Messer, das auf einem kleinen Tablett lag, und schnitt die Spitze ab.

»Es tut mir leid, dass ich die ganze Woche über unterwegs war. In den nächsten Wochen wird es leider nicht anders sein. Ich will auch dringend einen neuen Chauffeur finden. Doch erst einmal muss der Wagen morgen in die Werkstatt.«

»Du kommst morgen wieder nicht mit zum Gottesdienst?«

»Nein, Liebes, das schaffe ich nicht. Sei mir nicht böse.« Karl senkte den Kopf.

»Gott wird es dir verzeihen, weil er weiß, dass du ihn im Herzen liebst«, sagte Martha mit einem Schmunzeln.

»Du bist mir also nicht böse?«

»Wie könnte ich dir böse sein?« Martha lehnte sich zu ihm und gab ihm einen Kuss.

»Es ist zum Mäusemelken«, sagte Karl, als sie am nächsten Abend zusammen am Tisch saßen. »Irgendetwas ist mit dem Motor des Wagens, sagt Aretz.«

»Wer ist Aretz?«, fragte Martha und verteilte die Kartoffeln, das Sauerkraut und die Rindswürste. Für Ilse schnitt sie die

Wurst in kleine Stücke, sie konnte noch nicht so gut mit Messer und Gabel umgehen. Andere Kinder saßen in dem Alter nicht am Familientisch, doch Martha waren die gemeinsamen Mahlzeiten wichtig. Sie wollte möglichst viel Zeit zu viert verbringen, sich mit ihnen über die Ereignisse des Tages austauschen. Was könnte es Schöneres geben, als gemeinsam zu essen? Außerdem wollte sie die Mädchen schnell an die Tischsitten gewöhnen. Deshalb kam das Kindermädchen auch nicht am Wochenende.

»Aretz hat eine Autowerkstatt auf der Moerser Straße«, erklärte Karl. »Er ist mir empfohlen worden.«

»Von wem?«

»Von Merländer. Richard Merländer.«

»Ach?«, sagte Martha und schaute ihren Mann an. »Der Merländer? Ich habe von ihm gehört. Er ist Jude, war aber noch nie in der Synagoge.«

»Er ist ein sehr erfolgreicher Seidenhändler.«

»Ich weiß. Viele der Jungs finden eine Anstellung bei ihm, in der Seidendruckerei. Und ich habe erst letztens seine aktuellen Stoffe gesehen, sie sind wirklich einzigartig schön. Reine, feste Seide, und die Farben und Muster nach der neuesten Mode – lachsrosa und taubenblau, ein Traum. Trotzdem, was die Weißwäsche angeht, hatte das Geschäft meiner Mutter immer die bessere Ware.«

»Ach, Liebes, die beiden stehen doch überhaupt nicht in Konkurrenz«, sagte Karl.

»Wie bitte?«, fragte Ruth. »Wo stehen sie nicht?«

Martha lachte leise. »Süße – Vati meint, dass die Kurzwarenhandlung von Großmutter Emilie und die Firma von Richard Merländer nicht verglichen werden können, weil sie zu unterschiedlich sind.«

»Wieso? Was macht denn dieser Meermann?«

»Er lässt Seidenstoffe bedrucken und verkauft sie dann. Er hat dafür eine große Fabrik.«

»Und wie macht er das, das Bedrucken? Und woher hat er überhaupt die Seide?«

»Weißt du Ruth, Seide wurde vor vielen tausend Jahren das erste Mal in China hergestellt. Und auch heute ist es noch so: Die Seide stammt von einer ganz bestimmten Raupenart. Du kennst das doch von den Schmetterlingen. Um zu einem Schmetterling zu werden, muss sich die Raupe verpuppen. Und diese Raupen verwenden eben Seidenfäden für den Bau ihres Kokons. Wenn man genügend Fäden spinnt, entsteht Seidenstoff, und den kauft Richard Merländer für seine Fabrik ein, färbt und bedruckt ihn mit verschiedenen Mustern.«

Ruth sah ihren Vater mit großen Augen an. »Das würde ich so gerne einmal sehen! Und dann würde ich mich in so ein Seidentuch einwickeln und so tun, als wäre ich ein Schmetterling!«

»Oder du nähst dir aus ganz vielen bunten Stoffen ein Kostüm, für das Purim-Fest«, sagte Martha lachend.

Nach dem Essen brachte Karl die Kinder zu Bett, während Martha abräumte. Im Anschluss trafen sie sich im Wohnzimmer wieder – jeder auf seine Art erschöpft.

»Dieser Mechaniker ist wirklich gut«, sagte Karl nachdenklich.

»Welcher Mechaniker?«

»Aretz – der auf der Moerser Straße. Bis Montag will er unseren Wagen repariert haben.«

»Gut, das freut mich!«

»Ich habe«, sagte Karl nachdenklich, »eine Weile mit Richard gesprochen.«

»Mit Merländer?«

»Ja. Er hat ja vor drei Jahren hier in Krefeld gebaut.«

»Ich erinnere mich, in der Friedrich-Ebert-Straße. Ein hässliches Gebäude. Ich verstehe gar nicht, wie man heutzutage so bauen kann«, sagte Martha. »Das Haus sieht aus wie ein altes Nachthemd – so verschnörkelt und mit den Säulen.«

»Du magst recht haben, aber ihm gefällt es. Und nur ihm muss es doch gefallen, oder?«, sagte Karl. Dann räusperte er sich. »So würde ich natürlich nicht bauen wollen. Aber ein eigenes Haus – eines so wie wir uns das vorstellen, das fände ich schon schön.«

»Ja, irgendwann wird das vielleicht möglich sein«, sagte Martha verträumt.

»Auf der anderen Seite der Straße stehen Grundstücke zum Kauf, sagte Richard mir.«

»Welcher Straße?«

»Na, auf der Friedrich-Ebert-Straße, dort wo Richard auch wohnt. Auf der Seite, wo das Realgymnasium ist, also auf dessen Rückseite.«

»Ach, ich weiß, wo du meinst, eine schöne Gegend. Sehr viel ruhiger als hier.«

»Das denke ich auch. Und nachdem diese Geschichte mit

Ruth und dem Automobil passiert ist, denke ich es dreimal.« Er zog an seiner Zigarre, dann sah er Martha an. »Ich würde gerne dort ein Grundstück kaufen und ein Haus für uns bauen. Ein Haus, nur für uns und die Kinder. Ohne Mietwohnungen und ohne gefährliche Straßenkreuzungen. Ein Haus, in dem wir in Ruhe leben könnten, wo es eine Garage für das Auto gibt, ein Arbeitszimmer für mich und reichlich Platz für dich und die Mädchen.«

»Das klingt wundervoll, aber können wir uns das denn leisten? Wir wollen uns doch nicht verschulden. Wenn Merländer dort gebaut hat, werden die Preise ordentlich sein. Er muss ja nicht darüber nachdenken ...«

Karl schmunzelte. »Liebes, ja, wir können es uns vermutlich leisten. Ich werde das noch einmal durchrechnen. Wir hätten dann ja auch noch die zusätzliche Mieteinnahme von unserer Wohnung hier. Und dieses Haus könnte als Sicherheit dienen, alles in allem denke ich, dass es schon machbar ist. Aber viel wichtiger ist, wie du die Idee an sich findest? Könntest du dir vorstellen, dort hinzuziehen?«

Martha beugte sich zu ihm und sah ihn mit strahlenden Augen an. »Was für eine Frage, Karl. Lieber heute als morgen. Das wäre phänomenal, einfach nur wunderbar – für mich und die Mädchen. Das würde so viel ausmachen.«

»Ich bin froh, dass du das sagst. Merländer hat mir da einen Floh ins Ohr gesetzt, und seitdem denke ich darüber nach. So schön du die Wohnung hier auch hergerichtet hast, ich merke immer mehr, dass sie nie wirklich zu unserem Zuhause geworden ist, meinst du nicht auch?«

Lächelnd strich er ihr durch die Haare. »Lass uns ein Haus bauen, natürlich zusammen mit einem Fachmann, aber nach unseren Ideen! Wäre es nicht herrlich, das Haus unserer Träume zu entwerfen? Allein der Gedanke macht mich schon froh.«

»Ein Architekt«, sagte Martha, »der alles für uns macht. Ja, das wäre phantastisch.«

»Du würdest es also wollen?«

»Da fragst du noch?« Martha lachte leise.

»Niemals würde ich so ein Projekt ohne deine Zustimmung in Angriff nehmen. Es wird uns viel Zeit, Geld und Kraft kosten – vermutlich eher dich, denn ich werde noch weiter reisen müssen – aber du weißt, ich tue es für euch, für dich und die Mädchen.«

»Das weiß ich, Liebster«, sagte Martha leise und griff nach seiner Hand. »Das weiß ich genau. Und ich bin sehr dankbar dafür.«

Kapitel 2

»Ich weiß nicht, was ich mit Becker machen soll«, sagte Karl frustriert. Es war der erste Abend der Chanukka, sie entzündeten die erste Kerze. Karls Eltern waren gekommen und spielten mit den Kindern.

»Hast du dir überlegt, einen neuen Fahrer zu suchen?«, fragte Valentin seinen Sohn.

»Ich suche schon seit Monaten nach einem neuen Chauffeur, aber es ist nicht so einfach, Vater«, gab Karl zu. »Es hat ja Wochen gedauert, bis wir endlich eine Köchin gefunden haben.«

»Sie ist gut, aber ich weiß nicht, ob wir sie behalten können«, sagte Martha und warf Karl einen Blick zu. Er lächelte.

»Warum?«, fragte Minnie erstaunt. »Habt ihr finanzielle Probleme?«

Karl lachte. »Nein, wir haben keine Probleme, wir werden ein Haus bauen.«

»Wo denn?«, wollte Valentin wissen. »Und warum?«

»Wir wollen ein Haus und Garten ganz für uns haben. Ohne Mieter und vor allem in einer besseren Nachbarschaft. Ich habe ein Grundstück auf der Friedrich-Ebert-Straße gekauft, erst letzte Woche. Dort werden wir bauen.«

»Das ist eine teure Gegend …«

»Aber auch ein schönes Viertel, ein modernes Viertel«, sagte Minnie. »Aber dann könnt ihr euch kein Personal mehr leisten? Das wäre schon schwierig für Martha, Karl.«

»Mach dir keine Sorgen. Ich muss noch ein wenig rechnen, aber im Moment sieht es gut aus. Das Grundstück war nicht so teuer wie gedacht. Und jetzt fangen wir an, mit einem Architekten den Grundriss zu planen.«

»Es ist so aufregend.« Marthas Augen strahlten. »Es gibt so viele Dinge zu überdenken und zu entscheiden – wir wollen es doch zu unserem Zuhause machen, zu einem Ort, an dem wir unser ganzes Leben lang bleiben werden.«

An diesem Abend ging es am Tisch nur noch um die neuen, aufregenden Pläne. Martha liebte ihre Schwiegereltern dafür, dass sie so offen waren und alles so positiv aufgenommen hatten.

»Was stellt ihr euch denn vor?«, fragte Minnie. »Wie soll das Haus werden?«

»Ich möchte große, offene Räume haben«, sagte Martha schwärmerisch. »Große Fenster und eine moderne Küche. Sie sollte auf der gleichen Etage sein wie das Esszimmer. Und einen Wintergarten, das wäre wunderbar.«

»Ich wünsche mir ein Arbeitszimmer – etwas abseits vom Trubel des Hauses«, sagte Karl. »Damit ich in Ruhe arbeiten kann.«

»Und einen Hauswirtschaftsraum in der Mansarde – zum Zusammenlegen der Wäsche, Bügeln, Flicken und Stopfen. Und einen Dachboden, wo man die Wäsche aufhängen kann – egal bei welchem Wetter«, sagte Martha.

»Ganz wichtig ist, dass ich eine Garage habe«, sagte Karl.

»Direkt im Haus. Das habe ich jetzt einige Male bei anderen Häusern gesehen, und es gefällt mir gut. Da steht das Automobil sicher und muss nicht mehr auf der Straße geparkt werden. Und nebenan ein Raum für meine Kollektion. Dann brauche ich nur die verschiedenen Musterkoffer in das Auto packen. Das wäre eine große Erleichterung.«

»Ihr habt ja schon sehr konkrete Pläne.« Minnie lachte. »Das alles hört sich gut durchdacht an«, fügte Valentin hinzu.

Mit ihrer Mutter, die noch nichts vom Hausbau wusste, würde es ganz anders werden. Sie hatte ganz sicher viele Einwände und Bedenken und würde davon abraten, befürchtete Martha. Aber ihre Entscheidung war gefallen, auch wenn sie es sich nicht leicht gemacht hatten.

Emilie besuchte sie am letzten Abend der Chanukka. Es war Anfang Dezember. Auch Karls Eltern waren wieder bei ihnen. Ruth und Ilse bekamen Geschenke, und die Köchin Weber hatte ein Festmahl gekocht – eine Gans mit Klößen und Rotkohl, und dazu Fettgebackenes – als Erinnerung an die Traditionen.

»Ich liebe Reibekuchen«, sagte Ruth glücklich und nahm sich noch einmal nach, genauso wie vom selbsteingekochten Apfelmus ihrer Omi Minnie.

»Gut ist der, der bescheiden ist«, sagte Emilie.

»Aber doch nicht heute«, entgegnete Minnie lächelnd. »Heute dürfen alle schlemmen. Und ich habe dieses Jahr viel Apfelmus eingekocht, die Bäume trugen reichlich.«

»Ihr könntet hier auch etwas Obst und Gemüse anbauen«, sagte Emilie zu Martha. »Euer Garten ist zwar nicht groß, aber für ein wenig würde es reichen. Das Haus gehört schließlich euch.«

»Der nächste Garten wird größer«, sagte Ruth und tauchte ein Stück vom knusprigen Reibekuchen in das Apfelmus.

Martha schloss die Augen. Sie hatte gehofft, dass dieses Gespräch erst nach dem Essen und der Geschenkeübergabe stattfinden würde.

Karl lächelte seiner Schwiegermutter zu. »Wir werden bauen«, sagte er mit einer Stimme, die keinen Widerspruch zuließ.

»Bauen?«

»Ja, wir haben ein Grundstück an der Friedrich-Ebert-Straße gekauft, dort werden wir bauen.«

»Was wollt ihr denn dort bauen?«, fragte Emilie verblüfft.

»Ein Haus, natürlich«, sagte Martha. Sie blickte sich um, alle hatten den Hauptgang aufgegessen. »Und jetzt ist es Zeit für die Geschenke. Den Nachtisch können wir später essen.«

Ilse und Ruth sprangen jubelnd auf, Minnie und Valentin begleiteten sie in das Wohnzimmer, wo die Geschenke aufgebaut waren und auch der Chanukkaleuchter im Fenster stand. Alle neun Lichter brannten. Die Kinder sahen entzückt auf die bunt eingewickelten Päckchen, die auf dem Tisch lagen.

»Chanukka ist ein Fest der Spiele«, sagte Minnie und erzählte wie jedes Jahr, wie es damals war, als der zweite Tempel wieder eingeweiht wurde und nur noch eine Flamme der Chanukkia – des heiligen Leuchters – brannte.

»Früher hat man aber keine Wachskerzen verwendet«, erklärte sie, »sondern Öllichter. Und die Flammen mussten immer brennen – um den Herrn zu ehren. Doch es gab nur noch wenig Öl, es würde kaum noch einen Tag reichen. Und um neues herzustellen, brauchte man acht Tage – aber dann geschah das Wunder: Die Lichter brannten, acht Tage lang, bis sie neues Öl hatten. Und seitdem feiern wir das Lichterfest, Chanukka.«

»Das Licht der Kerzen ist so schön«, sagte Ruth andächtig, »aber warum sind es neun?«

»Die Kerze in der Mitte ist die Dienerkerze – mit ihr zünden wir doch alle anderen nach und nach an.«

»Jetzt aufmachen?«, fragte Ilse und zeigte auf die Geschenke.

Valentin lachte. »Ja, das dürft ihr. Aber nacheinander, und jeder darf sein Geschenk nur aufmachen, wenn er eine Sechs würfelt, das wisst ihr doch.«

Er legte den Würfel auf den Tisch, und Ilse griff begeistert danach. Es dauerte eine Weile, bis alle ihre Geschenke ausgepackt hatten. Die Erwachsenen hatten sich Süßigkeiten, Marzipan und belgische Pralinen geschenkt. Ilse bekam eine neue Puppe und Kleidung für das Puppenkind. Ruth bekam einen Ball und ein neues Springseil, außerdem Ausschneidefiguren mit einer ganzen Kollektion schöner Kleider und Accessoires sowie ein Bilderbuch. Die Mädchen waren entzückt.

»Ein Bilderbuch?«, fragte Emilie skeptisch. »Ruth wird im Sommer sechs und kommt in die Schule. Sollte sie nicht langsam anfangen zu lesen? Und was ist das überhaupt für ein Buch?«

»Das Buch der Hasengeschichten, von Tom Seidmann-Freud«, erklärte Karl. »Es sind wunderschöne Illustrationen, aber auch schöne Texte, die wir natürlich zusammen mit Ruth lesen werden.«

»Außerdem werden wir sie im nächsten Jahr noch nicht einschulen«, sagte Martha. »Ich habe mit Doktor Hirschfelder gesprochen. Er empfiehlt uns, sie erst im Jahr darauf zur Schule zu schicken.«

»Aber sie wird doch sechs«, sagte Emilie indigniert.

»Erst Ende Juni. Sie wäre die Jüngste in der Klasse. Und Ruth ist noch sehr verspielt und kindlich. Ein weiteres Jahr gibt ihr die Möglichkeit zu reifen.«

»Nun, wenn ihr meint. Und was ist das jetzt mit dem Haus?« Emilie sah Karl an. »Das könnt ihr doch unmöglich ernsthaft vorhaben?«

»Ich bringe eben die Kinder ins Bett«, sagte Martha, die plötzlich unendlich müde war. Eine Diskussion vor den Ohren der Mädchen war das Letzte, was sie wollte.

»Ich helfe dir«, sagte Minnie und stand eilig auf. Sie nahm Ilse hoch, drückte sie an sich. »Gehen wir ins Kinderzimmer? Wenn ihr wollt, lese ich euch aus Ruths neuem Buch vor.«

Dankbar sah Martha ihre Schwiegermutter an. Gemeinsam gingen sie mit den Kindern, die noch aufgeregt von dem Abend sprachen, in den hinteren Teil der Wohnung.

»Ich finde es gut, dass ihr baut«, wisperte Minnie, »solange ihr euch nicht übernehmt. Aber Karl konnte immer schon gut rechnen, ich bin sicher, dass er kein Risiko eingehen wird.«

»Ich war selbst erst skeptisch, aber Karl hat alles gründlich geprüft, und für die Kinder wäre es so viel schöner, dort aufzuwachsen. Die Gegend hier verkommt zunehmend.«

»Für die Kinder wäre es besser und für dich auch. »Minnie schaute nach oben. »Außerdem weiß man nie, was für Mieter man bekommt.«

»Da hast du recht, im Moment geht es, aber die Familie, die letztes Jahr hier gewohnt hat, war schlimm. Laut, dreckig, ihre Mietschulden werden sie vermutlich nie bezahlen. Ich bin froh, dass sie ausgezogen sind. Obwohl ich sie auch bedauert habe.«

»Wieso?«

»Er war Kriegsveteran, konnte nicht mehr richtig arbeiten – irgendetwas mit seinen Nerven. Stattdessen hat er gesoffen und seine Frau verprügelt. So manchen Abend hatte ich sie zitternd und weinend hier unten verbracht. Ich schätze, er konnte nichts dafür – dieser Krieg hat viele in der Seele verwundet, es war schrecklich, ihnen nicht helfen zu können.«

»Was ist Miete?«, fragte Ruth. Martha lief rot an, sie hatte ihre beiden Töchter ganz vergessen.

»Das ist etwas, was man zahlt, damit man in einer Wohnung wohnen kann«, erklärte ihre Oma. »Aber darüber musst du dir jetzt keine Gedanken machen. Geht euch ausziehen und waschen. Und dann werden Zähne geputzt.«

»Darf ich vorher noch ein Stück von meiner Schokolade essen?«, fragte Ruth. »Sie ist so lecker.«

»Ausnahmsweise, weil heute Chanukka ist. Aber nur ein Stück«, sagte Martha.

»Ich auch!«, krähte Ilse.

»Wo ist denn deine Schokolade? Ihr habt beide gleich viel bekommen.«

»Schon auf«, sagte Ilse und senkte den Kopf.

»Ich gebe dir ein Stück ab, aber nur ein kleines.«

»Danke«, nuschelte Ilse und schon hatte sie das Stück im Mund.

Die beiden sahen sich an und kicherten.

»Nun esst die Schokolade, dann wascht ihr euch und putzt die Zähne – heute Abend besonders gründlich. Vati und Opi wollen sicher gleich noch kommen und euch Gute Nacht sagen.«

»Aber Omi wollte uns doch noch vorlesen.«

»Wenn ihr euch beeilt, dann wird sie das auch«, Martha lächelte, ihren beiden Mädchen konnte man wirklich nichts vormachen. Sie liebte ihre Töchter von ganzem Herzen.

Eine halbe Stunde später lagen die beiden gewaschen und mit geputzten Zähnen in ihren Betten, noch teilten sie sich ein Zimmer. Bald schon – wenn alle Pläne aufgingen – würde das anders werden. Es wurde auch Zeit, denn die Interessen der Mädchen gingen sehr auseinander. Ruth war voller Bewegungsdrang, Ilse dagegen beschäftigte sich gerne alleine – sie malte oder bastelte, schaute Bilderbücher an.

Omi Minnie setzte sich zwischen die beiden Betten, nur noch die Nachttischlampe goss eine warme Pfütze aus Licht in den Raum.

»Warum der Hase keinen Schwanz hat«, begann Minnie, »An dem Tag, an dem Schwänze ausgeteilt wurden, hatte der Himmel sich bewölkt …«

Erst hörten die Mädchen noch aufmerksam zu, dann machte sich schnell die Müdigkeit breit. Ruth schlief als Erste ein, kurz darauf schloss auch Ilse die Augen, ihr Atem wurde tief und regelmäßig. Gerade in dem Moment hörte Martha die schweren Schritte und die tiefen Stimmen von Karl und Valentin im Flur. Schnell sprang sie auf und ging ihnen entgegen. »Die

Mädchen sind gerade eingeschlafen«, wisperte sie und legte den Zeigefinger auf ihre Lippen.

»Ach …«, seufzte Karl. »Ich wollte ihnen so gerne Gute Nacht sagen.«

»Dann machst du es halt morgen«, sagte sein Vater.

»Morgen bin ich schon wieder in Osnabrück – bis zum Ende der Woche. Ich will ihnen wenigstens noch einen Kuss geben.«

»Aber sei bitte leise und weck sie nicht mehr auf«, sagte Martha, während Valentin zurück ins Wohnzimmer ging.

»Wenn sie schlafen, kann ich ja auch noch ein Schlückchen Wein trinken«, sagte er fröhlich. »Ist ja schließlich Chanukka.«

»Aber nur noch ein Schlückchen, Valentin. Nicht mehr!«, sagte Minnie und folgte ihm.

Martha und Karl schlichen ins Kinderzimmer. Karl strich erst Ruth und dann Ilse sacht über den Kopf, küsste ihre Stirn. »Gute Nacht«, murmelte er.

»Ich würde so gerne mehr Zeit mit ihnen verbringen«, sagte er betrübt, als sie den langen Flur zurück zu den anderen gingen.

Martha drückte seine Hand. »Ich weiß das und ich glaube, die Mädchen wissen es auch. Es geht nun mal nicht anders.«

Als sie das Wohnzimmer betraten, schaute sich Martha verwirrt um. »Wo ist meine Mutter?«, fragte sie.

»Emilie ist vorhin gegangen«, antwortete Karl betreten.

»Aber … sie hat sich gar nicht verabschiedet …«

»Ich soll dir Grüße ausrichten. Sie wollte euch mit den Kleinen nicht stören.«

»Komm, wir trinken jetzt einen Schnaps«, sagte Minnie zu Martha. »Auf diesen schönen Abend, auf diese schöne Chanukka.«

»Und dann erzählst du uns noch einmal ganz ausführlich von deinen Plänen, Karl«, sagte Valentin. Er holte Schnapsflasche und Gläser von der Anrichte, und alle setzten sich um den großen Couchtisch. Die Kerzen brannten auf dem Fenstersims, draußen heulte der Dezemberwind um das Haus und in der Straße – aber hier drinnen war es warm und heimelig.

Minnie sah Martha an und legte ihr die Hand auf den Arm. »Grämst du dich wegen deiner Mutter?«

Martha hatte plötzlich einen dicken Kloß im Hals. »Ich finde es so wunderbar, wie gut wir uns verstehen«, sagte sie stockend. »Ich wünschte nur, mit meiner Mutter wäre es ähnlich.«

Minnie nickte. »Ich verstehe dich. Aber versuch du auch, deine Mutter zu verstehen. Du lebst ein ganz anderes Leben als sie. Du bist Hausfrau und Mutter. Sie war immer nur Geschäftsfrau. Vielleicht sieht sie an dir, wie es mit dir und deinem Bruder hätte sein können. Doch die Zeit ist vergangen, und die Chancen sind vertan. Möglicherweise grämt es sie.«

»Meinst du?«

Minnie nickt. »Ja, sei geduldig und demütig. Ich glaube, sie liebt dich, sie kann es nur nicht zeigen. Ich liebe dich auch, du bist wie eine Tochter für mich.«

»Und du kannst es zeigen«, sagte Martha dankbar. »Darüber bin ich sehr froh.«

Karl holte zwei Zigarren aus seiner Jackentasche, und bot seinem Vater eine an.

»Fürs Erste war die Wohnung, für Martha, die Kinder und mich auch ausreichend. Aber nun kann ich mir mehr leisten – warum sollte ich das nicht tun?«

»Das ist auch richtig so, Karl. Du warst schon immer sehr fleißig«, sagte Minnie stolz.

»Ja, das ist er«, sagte Martha und nahm Karls Hand. »Er ist fleißig und bodenständig. Der beste Mann, den ich mir wünschen konnte.«

Plötzlich donnerte es. Martha ging zum Fenster, spähte nach draußen. »Ein Gewitter ist aufgezogen«, sagte sie besorgt. »Ein Wintergewitter. Wie ungewöhnlich. Es schneit auch stark.«

Sie hatten nicht auf das Wetter geachtet, gingen aber nun alle zum Fenster und schauten nach draußen. Auf dem Gehsteig lag plötzlich eine Schicht Schnee, dicke, feste Flocken wirbelten durch die Luft.

Martha zog die Vorhänge zu.

»Wie kommt ihr denn nach Hause?«, fragte Martha. »Ich glaube nicht, dass noch Droschken fahren bei dem Wetter.«

»Noch wollen wir ja nicht gehen, mein Kind«, sagte Omi Minnie lächelnd. »Oder sollen wir?«

»Nein, nein, so war das nicht gemeint.« Martha spürte die Hitze, die in ihre Wangen zog. »Ich dachte nur … Ihr könnt ja auch hier übernachten. Dann muss ich nur das Gästezimmer fertig machen.«

»Mach nicht die Pferde scheu, Martha«, sagte ihr Schwiegervater gemächlich und zog an seiner Zigarre. »Das Wetter wird sich schon wieder beruhigen. Es wird ein paar Mal blitzen und donnern und dann ist der Spuk vorbei. Wirst schon sehen. Aber vielleicht brauchen wir auf den Schreck noch einen Schnaps?« Er zwinkerte ihr zu.

»Gerne«, sagte Martha und schenkte allen ein.

In diesem Moment blitzte es, der Donner folgte sofort. Alles schien für einen Moment zu erzittern und der Petroleumleuchter an der Decke flackerte.

Ruth hatte selig in ihrem Bett gelegen. Chanukka war ihr Lieblingsfest. Jeden Tag wurde eine Kerze mehr angezündet – das war so himmlisch feierlich. Sie liebte das Flackern der Kerzen, den warmen Schein – jeden Tag eine mehr. Sie liebte die Gebete und die Geschichten und natürlich das Naschwerk. Alle waren fröhlich, es wurde gerätselt und gespielt. Nur Großmutter Emilie war manchmal so kalt und fremd, sie mochte Omi und Opi viel lieber, aber sie befürchtete, dass das keine guten Gedanken waren. Man sollte doch immer alle gleich liebhaben. Dann hatte sie über ihre Geschenke nachgedacht und Omis sanfter Stimme gelauscht, worüber sie eingeschlafen war.

Doch nun war sie plötzlich wieder wach geworden. Sie hatte ein Geräusch gehört. Was war das nur gewesen? Erschrocken setzte sie sich im Bett auf. Der Wind heulte um das Haus, und es prasselte gegen die Fensterscheibe. War das Regen? Aber es klang anders als Regen.

Ruth stand auf und ging zum Fenster, zog den Vorhang ein Stückchen zur Seite. In diesem Moment blitzte es – der Garten war plötzlich in gleißendes Licht getaucht. Und es sah unheimlich aus – alles war weiß, aber es war kein Schnee, der durch die Luft wirbelte. Schnee war weich, und die Flocken fielen sanft zu Boden – wie der Puderzucker, den Omi über die Krapfen streute. Doch dies hier waren harte kleine Körner, die im Licht des Blitzes aufleuchteten wie Glaskugeln.

Der Donner erschütterte das Haus, alles schien zu beben, und das laute Geräusch fuhr Ruth in die Knochen. Sie zitterte – nicht nur wegen der plötzlichen Kälte, die durch die Fensterritzen zog. Sie kniff die Augen zusammen und biss sich auf die Lippen. Vor Gewitter hatte sie furchtbare Angst. Dann schaute sie sich um, die Helligkeit war verschwunden, alles war wieder dämmerig, nur das kleine Nachtlicht brannte noch. Ilse schlief tief und fest, ihre neue Puppe an sich gedrückt.

Doch Ruth konnte nicht mehr schlafen, ihr Herz pochte so sehr, dass sie es bis in die Zunge spürte. Und wieder wurde es hell – so hell, als würde jemand eine Fotografie mit Blitzlichtpulver machen – nur stank es nicht so grässlich. Die Angst vor dem Donner schnürte Ruths Hals zu. Sie wollte nicht alleine sein, sie wollte nicht hier hinten in dem Zimmer sein … sie wollte zu Mutti und Vati. Die waren sicherlich noch im Wohnzimmer. Fieberhaft tastete sie im Halbdunkel nach ihren Hausschuhen, aber sie fand nur einen. Wo war denn nur der andere? Unmöglich konnte sie ohne Schuhe den langen Flur entlanglaufen. Mutti ermahnte sie ständig, nie mit nackten Füßen zu laufen. »Wenn man mit nackten Füßen durch die Wohnung läuft, holt man sich eine Lungenentzündung und kann sterben«, sagte sie immer wieder.

Was eine Lungenentzündung war, wusste Ruth nicht, aber was sterben bedeutet, das schon. Vor drei Jahren, noch bevor Ilse geboren wurde, war ihr Großvater gestorben. Sie waren damals dort gewesen, in der Wohnung in Uerdingen. Um Abschied zu nehmen, hatte Mutti gesagt – aber Ruth hatte nicht verstanden, was das bedeutete. Sie war in das Schlafzimmer ihrer Großeltern gegangen, und dort hatte Großvater im Bett gelegen – aber er hatte nicht mehr wie Großvater ausgesehen. Seine Haut war ganz anders – wie zusammengeknülltes Butterbrotpapier – auch von der Farbe her. Und er atmete so komisch. Dann wurde Ruth in das Nebenzimmer geschickt. Sie setzte sich auf das Fensterbrett und sah in den Garten. Dort unten stand ein Korb mit frisch geernteten Tomaten – leuchtend rot. Ruth konnte den Blick nicht abwenden, auch nicht, als sie die verzweifelten Schreie und dann das Weinen aus dem Nebenzimmer hörte. Seitdem weigerte sie sich, Tomaten zu essen – die hatten sicherlich mit Tod genauso viel zu tun, wie mit nackten Füßen über den Flur zu laufen.

Wieder blitzte es. Ein Schluchzen kämpfte sich aus Ruths Kehle empor, sie musste hier raus, musste zu Mutti – zu ihrer Mutti, mit den warmen, weichen Armen, den starken Händen, die immer so gut duftete und bei der alles in Ordnung kam. Der zweite Hausschuh war nicht aufzufinden, aber an der Tür lag einer ihrer Slipper, schnell zog sie ihn an den anderen Fuß und lief durch den langen, dunklen Gang. Da, Gott sei Dank, unter der Tür des Wohnzimmers strahlte noch ein Spalt Licht hervor – die Eltern waren noch auf. Sie stürzte zur Tür, riss sie auf und warf sich in die Arme ihrer Mutter. Jetzt flossen die Tränen.

»Ruth, Ruthchen, mein Schatz«, sagte Mutti erschrocken. »Was hast du denn nur?«

»Es … es gewittert«, schluchzte Ruth. »Ich habe … so … so Angst!«

»Armes Häschen«, sagte Karl tröstend und strich ihr über die Haare. »Komm, ich beschütze dich.«

Bereitwillig kletterte Ruth auf seinen Schoß, kuschelte sich an ihn. Oft hatte sie nicht die Gelegenheit dazu.

»Was ist mit Ilschen?«, fragte Omi.

»Die schläft«, sage Ruth und wischte sich die Tränen von den Wangen. Hier in der Runde der Erwachsenen fühlte sie sich gleich viel sicherer.

»Ilse hat einen wunderbar festen Schlaf«, sagte Martha. »Aber ich gehe trotzdem schnell nach ihr schauen.« Ihr Blick fiel auf Ruths Füße und sie konnte ein Lächeln nicht unterdrücken.

Martha ging ins Kinderzimmer, aber wie erwartet schlief Ilse tief und fest. Unter Ruths Bett fand sie den zweiten Hausschuh und nahm ihn mit.

»Ich glaube«, sagte sie mit einem Zwinkern, »du hast einen Schuh verwechselt«, als sie sich wieder auf die Couch setzte.

»Ich habe ihn auf die Schnelle nicht gefunden«, sagte Ruth beschämt. »Und ich wollte unbedingt zu euch. Aber … nicht mit nackten Füßen.«

Kapitel 3

März 1927

Am Sonntag wurde die Saison auf der Krefelder Rennbahn eröffnet. Es war jedes Mal ein besonderes Ereignis in der Stadt und Karl ließ es sich nicht nehmen, mit seiner Familie dabei zu sein.

Martha hatte sich ein neues, fliederfarbenes Kleid gekauft, dazu einen schicken Topfhut, wie er gerade in Mode war. Auf der Rennbahn trug man Hüte und gab sich elegant – asymmetrische Kleider in Blau oder Weiß. Auch die Mädchen waren neu eingekleidet worden. Ilse drehte sich immer wieder im Kreis und ließ den blauen Rock flattern.

»Schön«, sagte sie glücklich.

Karl schaute auf seine Uhr, die er an einer Kette an der Weste trug. »Wo bleibt Becker denn nur?«, brummte er. »Er sollte schon längst mit dem Wagen hier sein.«

»Er wird schon kommen«, meinte Martha und legte eine Hand beruhigend auf Karls Arm.

In diesem Moment hielt der Adler vor dem Haus.

»Endlich«, sagte Karl erleichtert.

Der Parkplatz an der Rennbahn war gut gefüllt. Alles, was in Krefeld Rang und Namen hatte, war gekommen.

»Kaum zu glauben, wie viele inzwischen alles einen Wagen haben«, flüsterte Martha Karl zu und nahm Ilse fest an die Hand, damit das Kind im Gedränge nicht verloren ging. Sie lächelte nach links und nach rechts, begrüßte Freunde und Bekannte.

Auf der Tribüne hatte Karl Plätze reservieren lassen.

Die ersten Pferde gingen an den Start, es lag eine angespannte Stimmung über allem, und dann fiel der Startschuss, die Gatter öffneten sich, und die Pferde liefen los, begleitet von Applaus und lauten Anfeuerungsrufen.

»Habt ihr gewettet?«, fragte Walter Gompetz.

Karl schüttelte den Kopf. »Ich wette nie.«

»Ich schon«, sagte Sofie Gompetz lächelnd. »Aber nur am Anfang der Saison.«

»Richard Merländer war ganz vorne an den Wettbuden. Er wird sicher ein Heidengeld ausgeben«, sagte Walter.

»Er kann es sich ja leisten«, sagte Martha und nahm das kleine Fernglas. Obwohl sie nicht wettete, hatte sie einen Favoriten. »Golden Glory ist ganz vorne«, rief sie. »Ich hoffe, er gewinnt.«

»Nun, ich hoffe, dass Midnight Fever gewinnt«, meinte Sofie. »Auf ihn habe ich nämlich gesetzt.«

»Hoffentlich nicht das ganze Haushaltsgeld«, sagte Walter lachend. »Sonst haben wir den Rest des Monats nichts mehr zu beißen.«

»Er ist auch im ersten Feld«, meinte Sofie. »Er hat gute Chancen.« Sie drückte ihr Fernglas an die Augen. »Er holt auf. Er ist ganz vorne!«, rief sie aufgeregt. »Und … jetzt … jetzt … Ja! Er hat gewonnen.«

»Wenn das nicht Grund für Champagner ist«, meinte Karl und öffnete die Flasche, die er vorhin schon gekauft hatte.

Auch andere Freunde gesellten sich zu ihnen. Die Kinder spielten vergnügt, Martha hatte Ruth eingetrichtert, auf Ilse achtzugeben. Noch drei weitere Rennen schauten sie sich an, doch dann begann es zu regnen, und Martha drängte Karl dazu, wieder nach Hause zu fahren.

»Ist das normal?« fragte sie, als sie im Wagen saßen. »Dass es so knattert und hinten eine dunkle Wolke aus dem Wagen kommt?«

»Nein«, knurrte Becker. »Da ist was kaputt. Aber was, weiß ich nicht.«

Karl seufzte. »Schon wieder.«

»Nun lass dir nicht die gute Laune verderben«, sagte Martha. »Es war doch so ein schöner Tag. Wir haben tolle Rennen gesehen, und unsere Freunde getroffen. Wusstest du eigentlich, dass Inge Liebknecht schon wieder schwanger ist?«, fragte Martha. »Das muss jetzt das fünfte Kind sein. Und Glimmichs sind immer noch in Amerika.«

»Worüber ihr Frauen euch alles austauscht«, sagte Karl belustigt. Über das Auto würde er morgen nachdenken, jetzt konnte er ohnehin nichts an der Situation ändern.

Als Becker am Haus hielt, sagte Karl: »Bringen Sie den Wagen bitte direkt in die Werkstatt an der Moerser Straße. Ich werde morgen hingehen und mit dem Mechaniker sprechen.«

»Es ist der Auspuff, Herr Meyer«, sagte Hans Aretz am nächsten Tag bedauernd.

Karl seufzte. Irgendetwas war immer mit dem Adler. »Liegt

es an der Marke?«, fragte er. »Es kann doch nicht sein, dass ich alle paar Wochen Probleme mit dem Automobil habe.«

»Nein, daran liegt es nicht », sagte Aretz. »Ich weiß nicht, wie ich das sagen soll, aber Ihr Chauffeur ... er hat einen recht rasanten Fahrstil, wenn man das so nennen will. Der Auspuff ist kaputt, weil er über irgendetwas mit hohem Tempo drübergerauscht ist – ein großer Ast oder Steine ... er ist richtig aufgerissen. Aber ich kann ihn austauschen.«

»Ja, Becker ...« Karl stöhnte auf. »Ich bin leider auf ihn angewiesen.« Er zeigte auf seine Brille. »Eine Augenerkrankung – ich bekomme keinen Führerschein.«

»Das tut mir leid. Ich werde ihn so schnell wie möglich reparieren. Übermorgen sollte er fertig sein.«

»Wundervoll.« Karl zögerte, ihm war aufgefallen, dass Aretz bedrückt wirkte. Aber konnte er ihn einfach darauf ansprechen? Er gab sich einen Ruck. »Ist alles in Ordnung mit Ihnen? Sie scheinen mir so niedergeschlagen.«

Aretz drehte sich um, schwieg einen Moment. »Ja, Sie haben recht, ich bin niedergeschlagen«, gestand er dann. »Ich werde wohl die Werkstatt aufgeben müssen.«

»Was?«, fragte Karl entsetzt. »Das dürfen Sie nicht tun – dann bin ich verloren.«

»Mir wird nichts anderes übrig bleiben«, sagte Aretz leise.

»Warum? Möchten Sie es mir erzählen? Ich möchte nicht impertinent sein ... wenn Sie nicht darüber sprechen wollen, kann ich das verstehen.«

»Nein, nein«, sagte Aretz. »Wollen wir in mein Büro gehen? Ich wäre froh, wenn ich mit jemandem darüber reden könnte.«

Aretz setzte sich nicht hinter seinen Schreibtisch, sondern zog den Stuhl nach vorne, so konnten sie nebeneinandersitzen. Dann holte er einen Flachmann und zwei Gläser aus der Schreibtischschublade, schenkte ihnen beiden ein und wischte sich verstohlen die Hände an einem Tuch ab – an seinen Händen waren immer Öl- oder Rußspuren. Er setzte sich und trank einen Schluck.

Karl wartete er wusste, es brauchte oft etwas Zeit, bis man die richtigen Worte fand.

»Es ist schwierig«, begann Aretz schließlich. »Ich habe vor ein paar Jahren diese Werkstatt eröffnet – es war mein Lebenstraum. Meine Frau hat mich immer unterstützt, wissen Sie? Es ist wichtig, dass der Ehepartner hinter einem steht.«

»Das sehe ich genauso«, sagte Karl und dachte an Martha, die an allen seinen Entscheidungen beteiligt war, sie mittrug.

»Nun habe ich mich aber übernommen – es gibt natürlich immer mehr Automobile, aber sie werden auch immer spezieller. Ich brauchte neues Werkzeug, musste mich mit neuen Motoren vertraut machen … letztendlich verdiene ich nicht genug, um die Werkstatt halten zu können. Es ist sehr bitter für mich. Meine Frau und ich haben uns sehr eingeschränkt, an allem gespart und versucht, die Lebenshaltungskosten niedrig zu halten – aber jetzt geht es einfach nicht mehr. Es kann nicht sein, dass meine Kinder in Lumpen herumlaufen und Hunger leiden müssen, nur damit ich meinen Traum lebe. Mein Sohn ist knapp zwei Jahre alt, und in wenigen Wochen kommt das zweite Kind. Es darf nicht sein, dass meine Frau den Kragen ihres Wintermantels, der schon fünfzehn Jahre alt ist, zum dritten Mal wendet, weil kein Geld für einen neuen da ist. Dass sie alte Bettlaken zerschneidet, um Windeln für das Baby zu haben.« Wieder trank er einen Schluck. »Also werde ich die Werkstatt und die Selbstständigkeit aufgeben und mir eine Anstellung suchen. Ich hoffe, ich kann das Werkzeug und das andere Zubehör gut verkaufen, um wenigstens einen Teil der Schulden abzubezahlen.«

»Sie haben Schulden?«

»Ja«, gab Aretz zu. »Leider. Ich kann Autos reparieren, ich kann mit ihnen umgehen, aber ich muss gestehen – rechnen kann ich wohl nicht. Ich war zu blauäugig und habe überteuerte Kredite azfgenommen. Und die sitzen mir nun im Nacken.«

Karl überlegte. »Wissen Sie, Aretz«, sagte er dann, »mit Automobilen kenne ich mich nicht aus, aber mit Zahlen kann ich gut umgehen. Möchten Sie mir Ihre Bilanzen und Kreditverträge geben? Dann schaue ich einmal darüber, vielleicht gibt es ja noch eine Lösung. Für mich wäre es eine Katastrophe, wenn Sie die Werkstatt aufgäben – ich wette, ich bin einer Ihrer besten Kunden.« Er zwinkerte Aretz aufmunternd zu.

»Sie sollten sich einfach einen anderen Chauffeur suchen …«, murmelte Aretz. Er holte tief Luft. »Sie würden wirklich über meine Bücher schauen?«

»Aber gewiss doch – so oft, wie Sie mir geholfen haben, tue ich Ihnen diesen kleinen Gefallen gerne.«

»Danke!«, sagte Aretz erleichtert. »Mein Junge ist prächtig, und ich möchte, dass er eine unbeschwerte Zukunft hat und nicht in Armut leben muss, nur weil sein Vater einen dusseligen Traum hatte.«

Aretz' Worte machten Karl nachdenklich. Ihm ging es gut –

sehr gut sogar. Er war glücklich mit seiner Frau und seinen beiden Mädchen, das Geschäft lief diese Saison sogar besser als erwartet, und auch der Hausbau auf der Friedrich-Ebert-Straße schritt gut voran. Noch in diesem Jahr würden sie in das moderne und geschmackvolle Backsteinhaus mit den großen Schiebefenstern und den lichtdurchfluteten Räumen einziehen können. Martha hatte einen großen Teil der Planung übernommen und sich immer wieder mit dem Architekten getroffen. Sie achtete darauf, dass ihre Wünsche umgesetzt wurden. Es würde funktionale Einbaumöbel geben – Schränke und auch das Betthaupt würden direkt in die Wände integriert, zusammen mit der Täfelung. Ein großer Wintergarten würde den Sommer für sie verlängern, und von den Balkonen schaute man in den Garten und hin bis zum Realgymnasium. Keine anderen Bauten verdeckten den Blick ins Grüne. Für sie leuchtete gerade die Sonne des Glücks, für Aretz schien sie untergegangen zu sein. Karl nahm die Unterlagen mit nach Hause und studierte sie sorgfältig. Zu seinem großen Bedauern hatte Aretz recht – es war nichts mehr zu retten, der Mann hatte sich hoffnungslos überschuldet. Er war einigen Kredithaien zum Opfer gefallen, die horrende Zinsen verlangten, und das hatte Aretz, trotz gutlaufendem Geschäft, das Genick gebrochen.

Als Martha zum Abendbrot rief – selten genug konnte Karl unter der Woche zusammen mit seiner Familie essen, legte er die Unterlagen eilig wieder zusammen und ging ins Esszimmer.

Nachdem die Kinder im Bett waren, saßen Karl und Martha noch zusammen im Herrenzimmer. Karl goss sich einen Cognac ein. »Möchtest du auch einen?«, fragte er seine Frau.

»Lieber einen Sherry.« Sie lächelte ihn an. »Es ist so schön, dass du hier bist und mit uns Essen konntest, daran könnte ich mich gewöhnen.«

»Du wirst mich noch zwei weitere Tage ertragen müssen«, sagte Karl und zwinkerte ihr zu. »Solange dauert es, bis der Adler repariert ist.« Er reichte Martha einen Sherry, setzte sich auf das Sofa und zündete sich umständlich eine Zigarre an.

»Ist es so schlimm, dass du hier bist?«, neckte Martha ihn. Dann merkte sie, dass ihn etwas bedrückte. »Was ist los, Karl?«

»Bitte? Oh, verzeih, ich habe nicht zugehört.« Karl strich ihr über die Hand. »Ich war ganz in Gedanken.«

»Das merke ich doch«, sagte sie. »Aber möchtest du deine Gedanken nicht mit mir teilen? Geht es um das Haus?«

»Nein, mit dem Haus ist alles gut.«

»Offensichtlich willst du mir nicht sagen, was dich so beschäftigt«, sagte sie leicht verärgert. »Wir sind verheiratet – in guten wie in schlechten Zeiten, mein Lieber. Dazu gehört auch, dass man die Sorgen miteinander teilt. Ich wüsste nun gerne, was in dir vorgeht, bevor ich die halbe Nacht wach liege und grübele.«

Karl sah sie überrascht an. Er legte die Zigarre in den Aschenbecher und nahm Marthas Hände. »Liebes«, sagte er betroffen, »es tut mir leid. Ich wollte dich nicht beunruhigen. Meine Gedanken haben nichts mit der Familie zu tun.«

»Mit deiner Arbeit?«

»Nein, auch das nicht.«

»Nun lass dir doch nicht jedes Wort aus der Nase ziehen!«, sagte Martha empört.

»Oh nein, so war das alles nicht gemeint. Ich denke über jemanden nach, der in Schwierigkeiten ist.«

»Wer?«

»Du kennst ihn nicht.«

»Wer, Karl, wer ist es? Und weshalb beschäftigt es dich so?«

»Es geht um den Mechaniker, um Aretz.«

»Natürlich kenne ich Aretz.« Martha setzte sich auf. »So oft, wie du mit dem Adler in der Werkstatt bist …«

»Mea culpa. Ich war der Meinung, dich interessiert der technische Kram nicht.«

»Und deshalb beschäftige ich mich ja auch damit, wie unsere neue Waschmaschine, das Telefon und die Steckdosen im Haus angeordnet werden«, sagte Martha und zog die Augenbrauen hoch. »Karl!«

Beschämt senkte er den Kopf. »Ach, Liebes, das stimmt natürlich. Ich bin so froh, dass du das alles tust, alles mitträgst … und auch deshalb denke ich über Aretz nach.« Karl holte tief Luft, nahm die Zigarre aus dem Aschenbecher und zündete sie wieder an. »Weißt du, Aretz hat auch so eine Frau – so eine, wie du es bist. Sie hat ihn unterstützt, seinen Traum zu verwirklichen, hält zu ihm, auch in den schwierigen Zeiten, die er jetzt hat. Sie haben einen Jungen, und bald schon kommt das zweite Kind. Du unterstützt mich auch immer – nur wir hatten immer Glück«, sagte er nachdenklich. »Meine Selbstständigkeit läuft gut. Bei Aretz sieht das anders aus. Er hat sich auf Kredithaie eingelassen, und die brechen ihm nun das Genick.«

»Ach, wie furchtbar – für ihn, aber auch für seine Familie«, sagte Martha betroffen. »Können wir irgendwie helfen?«

»Das überlege ich die ganze Zeit, ich weiß nur noch nicht, wie.«

»Jemand müsste ihm Geld zu günstigeren Bedingungen leihen …«

»Die Werkstatt ist trotzdem nicht rentabel, auch wenn er die hohen Zinsen los wäre. Er müsste jemanden einstellen, um mehr Aufträge annehmen zu können – aber das kostet dann wieder zu viel – da beißt sich dann die Katze in den Schwanz.«

»Was hat er denn nun vor?«

»Er will die Werkstatt verkaufen und sich eine Arbeit suchen.«

Martha zog die Stirn in Falten und überlegte, dann lächelte sie ihren Mann an. »Das ist es doch, Karl – du stellst ihn ein.«

»Als Mechaniker?«

»Nein, mein Lieber – als Chauffeur. Wir hätten einen Fahrer, der sorgsam mit dem Adler umgeht, und zugleich auch einen Mechaniker, der das Auto warten kann.«

»Martha, du bist genial. Daran habe ich noch gar nicht gedacht, aber es stimmt – wir würden zwei Fliegen mit einer Klappe schlagen.« Karl lächelte zufrieden. Dann aber wurde sein Gesicht wieder ernst. »Ob er das will?«

»Was?«

»Für uns arbeiten.«

»Aber warum denn nicht?«

Karl sah sie nachdenklich an. »Wir sind Juden. Und wenn ich ihm anbiete, seinen Kredit auszulösen …«

Martha nickte. »Das könnte tatsächlich schwierig werden. Hat er sich denn mal diesbezüglich geäußert?«

Seit einigen Jahren nahm die Judenfeindlichkeit spürbar zu, auch wenn Karl und Martha dem kein großes Gewicht beimaßen. Es hatte schon immer Anfeindungen gegeben – mal mehr, mal weniger. Immer gab es Leute, die die Juden für alles, was in der Welt oder ihnen persönlich passierte, verantwortlich machten. Die Weimarer Republik litt immer noch sehr unter den Reparationszahlungen des Großen Krieges – auch wenn die Wirtschaft langsam zu gesunden schien. Dennoch wurden erfolgreiche Geschäftsmänner jüdischer Herkunft misstrauisch betrachtet, oder beneidet – und aus Neid konnte schnell Hass werden.

»Ich glaube nicht, dass er ein Brauner ist«, sagte Karl. »Aber ich weiß es natürlich nicht.« Er überlegte. »Soll ich morgen mit ihm sprechen?«

»Du solltest das Gespräch vorsichtig führen«, gab Martha zu bedenken. »Aber führen solltest du es.«

»Ich würde seine Kredite ablösen – er kann die Summe dann bei mir abarbeiten. Es wäre ein zinsloser Kredit, damit niemand sagen kann, dass ich ein jüdischer Wucherer bin.«

»Können wir uns das denn leisten?«, fragte Martha.

»Ich habe es durchgerechnet – ja, wir können es uns leisten, wenn wir ihm so viel zahlen wie Becker. Davon würde ich dann jeden Monat einen geringen Betrag abziehen, um damit die geliehene Summe zu begleichen.«

»Wir alle hätten davon nur Vorteile«, sagte Martha. »Ich bin gespannt, wie er das sieht. Aber einen Chauffeur, über den du dich nicht ärgern musst, wäre Gold wert.«

Am nächsten Tag ging Karl wieder zur Autowerkstatt an der Moerser Straße.

»Es tut mir leid«, sagte Hans Aretz bedauernd. »Der Adler

ist noch nicht fertig. Ich musste ein Ersatzteil bestellen und hoffe, dass es noch heute aus Düsseldorf kommt.«

»Ich bin nicht wegen des Wagens hier«, sagte Karl. Er hielt die Unterlagen, die Aretz ihm gegeben hatte, hoch. »Ich wollte mit Ihnen reden.«

»Oh.« Aretz wurde blass. »Ich fürchte, Sie haben keine guten Neuigkeiten für mich.«

»Das kommt darauf an. Wollen wir uns in Ihr Büro setzen?«

»Aber natürlich. Kommen Sie.«

Karl erklärte Aretz, warum die überteuerten Kredite zu seinem Verhängnis geworden waren.

»Haben Sie denn schon eine Stellung in Aussicht?«, fragte er dann.

Aretz schüttelte den Kopf.

»Ich hätte da einen Vorschlag«, begann Karl. Vorsichtig erläuterte er, was er und Martha sich ausgedacht hatten, immer sehr auf die Reaktion seines Gegenübers bedacht. Aretz hörte zu, nickte. Als Karl dazu kam, dass er die Kredite ablösen würde, wurde Aretz rot und senkte den Kopf.

»Das würden Sie tun?«

»Ja. Das würde ich.«

»Warum?«

»Weil ich einen zuverlässigen Chauffeur brauche.« Karl stockte. »Es gibt aber ein Aber.«

»Was denn?«

»Sie wissen, dass wir Juden sind?«

»Natürlich. Und?« Aretz sah ihn erstaunt an. »Spielt das eine Rolle?«

»Diese Antwort habe ich mir erhofft.« Karl lächelte.

»Ich würde mich freuen, für sie zu arbeiten, Herr Meyer!«

»Nur, was wird Ihre Frau dazu sagen, dass wir manchmal mehrere Tage lang unterwegs sein werden?«

»Fienchen? Also meine Josefine wird glücklich sein, wenn ich die Schuldenlast endlich los bin. Und im Moment sieht sie mich auch kaum – ich bin von Sonnenaufgang bis tief in die Nacht in der Werkstatt.«

»Tun Sie mir den Gefallen und besprechen Sie es mit ihr. Ich habe auch erst mit meiner Frau gesprochen, bevor ich Ihnen dieses Angebot gemacht habe. Unsere Ehefrauen sollten bei solchen Entscheidungen einbezogen werden.«

»Da haben Sie recht, das werde ich tun.«

Josefine Aretz war mehr als einverstanden mit den Plänen. Und so verkaufte Hans Aretz das Haus und die Werkstatt, zog mit seiner Familie in eine Wohnung in der Innenstadt und wurde Chauffeur bei der Familie Meyer. Schon bald stellten die beiden Männer fest, dass diese Zusammenarbeit sehr angenehm war. Auf den langen Strecken, die sie zusammen fuhren, konnten sie genauso angeregte Gespräche führen wie miteinander schweigen, ohne dass es unangenehm war. Und schon bald hatten sie das Gefühl, dass sie sich schon ewig kannten.

Im späten Frühjahr brachte Josefine Aretz ein gesundes Mädchen zur Welt. Sie nannten ihre Tochter Rita.

Martha packte inzwischen Kartons und Kisten. Die ganze Säuglingswäsche, die Wiege und anderes mehr gab sie Aretz.

»Das kann ich nicht annehmen«, sagte er.

»Nun, wir haben zwei Töchter und das sollte genügen«, sagte Martha schmunzelnd. »Auch wenn sich mein Mann immer heimlich einen Stammhalter gewünscht hat. Falls es doch noch einmal dazu kommt, dass wir Nachwuchs haben werden, können Sie mir die Sachen ja zurückgeben. In dem Alter machen die Kinder die Kleidung ja noch nicht kaputt.«

»Nun gut«, stimmte Aretz zu. »Dann sehe ich es als Leihgabe.«

Kapitel 4

Anfang September war es endlich soweit – Familie Meyer konnte in ihr neues Haus ziehen. Mit Bedacht hatte Martha das ein oder andere neue Möbelstück bestellt, das schon vor dem Einzug geliefert und aufgebaut worden war. Nur die alte, große Anrichte, die Martha von ihrer Großmutter geerbt hatte, nahmen sie mit.

Sorgsam räumte Martha das gute Geschirr in die Anrichte. Es war zum Teil ihre Aussteuer, zum Teil hatten sie es zur Hochzeit geschenkt bekommen. Besonders stolz war Martha auf eine große Bowle-Schüssel aus Kristall, die einen Ehrenplatz auf einem Spitzendeckchen auf der Anrichte bekam. Sie war aus schwerem, reinweißem Kristallglas, feingeschliffen, mit einem Deckel. Dazu gehörten acht Gläser, die sie in die Anrichte stellte. Der Deckel der Schüssel hatte eine Aussparung für einen Schöpflöffel – auch er war aus geschliffenem Kristall.

Es dauerte ein paar Wochen, bis alles einen Platz gefunden hatte und sie sich einlebten. Die Mädchen liebten ihre großen, lichtdurchfluteten Zimmer im ersten Stock, von denen aus sie auf den Garten sehen konnten.

Martha hatte schon im Frühjahr, als fast alle Außenarbeiten

beendet waren und nur noch die Innenräume gestaltet wurden, eine Gärtnerei beauftragt, die Beete anzulegen. Rasen war gesät worden, Büsche und Bäume wurden gesetzt und Blumen gepflanzt.

»Es wird etwas dauern«, sagte Martha, als sie Arm in Arm mit Karl auf der Veranda stand, »aber dann werden wir einen üppigen, grünen Garten haben. Im hinteren Teil werde ich im Frühjahr einen kleinen Gemüsegarten anlegen.«

»Du ahnst gar nicht, wie stolz ich auf dich bin«, sagte Karl.

»Auf mich?«

»Aber natürlich. Du hast alles organisiert, ausgesucht und überwacht. Ich hatte oft genug ein schlechtes Gewissen, weil ich dich nicht mehr unterstützen konnte.«

»Ohne dich und deine viele Arbeit hätten wir das Haus gar nicht bauen können. Unser neues Zuhause …«

»Ich möchte gerne unsere Freunde und die Familie einladen und eine Gesellschaft geben.«

»Zur Hauseinweihung? Das ist eine sehr gute Idee.« Karl sah sich um. »Was gibt es Schöneres, als einen neuen Lebensabschnitt mit den liebsten Freunden und der Familie zu feiern?«

Ruth saß gerne auf dem breiten Fensterbrett ihres neuen Zimmers, das nach vorne hinausging, und schaute auf die Allee. Die noch jungen Kastanienbäume standen auf beiden Seiten und tauchten die Straße in ein frisches Grün. Wenn sich Ruth ein wenig vorbeugte, konnte sie einen Blick auf die Villa erhaschen, die ein Stück weiter auf der anderen Straßenseite stand, und sich sehr von allen anderen Häusern in der Gegend abhob. Das Haus mit seinen imposanten Säulen machte sie neugierig. Außerdem hatte sie dort ein Mädchen spielen sehen, das ungefähr in ihrem Alter sein musste. Wer das wohl war? Ihre Mutter wusste es nicht.

»Merländer ist nicht verheiratet«, sagte sie. »Vielleicht ist es die Tochter eines Bediensteten? Frag Aretz, der weiß es vielleicht.«

Ruth hüpfte die Treppe hinunter. Der Wagen stand vor dem Haus und Aretz, ihr neuer Chauffeur, polierte ihn sorgfältig.

»Herr Aretz«, fragte Ruth. »Wissen Sie, wer das Mädchen ist, das ich manchmal im Garten der Villa sehe?«, fragte Ruth neugierig.

»Das muss Rosi sein. Die Tochter des Chauffeurs.«

»Wie alt ist sie denn?«

»Das weiß ich nicht, aber ich kann ihren Vater ja mal fragen.«

»Sie kennen ihn?«

Aretz lachte. »Ein wenig.«

»Würden Sie das machen? Bitte.« Ruth setzte ihren liebsten Blick auf.

»Da kann man ja nun wirklich nicht widerstehen«, sagte Aretz belustigt. »Ich frage ihn, versprochen.«

»Danke.« Zufrieden sprang Ruth die Stufen wieder nach oben.

Obwohl der Adler nun immer in der Garage stand, wenn sie nicht unterwegs waren, behielt Hans Aretz sein Ritual, ihn jeden Freitag zu waschen, bei. Es dauerte nicht lange, da wusch auch Hermann Sanders, Merländers Chauffeur, jeden Freitag dessen Silver Ghost vor der Haustür. Die beiden mochten sich, und immer, wenn Sanders ein Problem mit dem Wagen hatte, kam er zu Aretz und bat um Hilfe. Oft tranken die Männer, nachdem sie freitags ihre Wagen poliert und auf Hochglanz gebracht hatten, noch ein Feierabendbier zusammen und unterhielten sich.

»Seine Fabrik ist doch hier in der Stadt. Wofür braucht er eigentlich einen Chauffeur?«, wollte Hans wissen.

Hermann lachte. »Er genießt es, sich fahren zu lassen. Und er liebt den Rolls Royce. Ich glaube, er wäre gerne ein englischer Dandy.« Hermann senkte den Kopf. »Und alle paar Wochen besucht er für ein paar Tage einen guten Freund in Berlin.« Er räusperte sich. »Und natürlich seine Familie. Seine beiden Brüder und seine Schwester wohnen ja auch in Berlin. An den Wochenenden besucht er oft Clubs in Düsseldorf.«

»Clubs?«

»Ja, er spielt gerne Karten. In der Villa hat er sogar ein extra Zimmer zum Kartenspielen eingerichtet. Die Wände sind bemalt – von so einem Künstler hat er das machen lassen. Nicht mein Geschmack, aber er scheint es zu mögen. Er zeigt das Zimmer all seinen Besuchern.«

»Er ist ein wenig seltsam, oder?«

»Eigen ist er, so würde ich es nennen.«

»Sag einmal, das Mädchen drüben, das ist doch deine Tochter?«

»Ja, meine Rosi«, sagte Hermann stolz.

»Wie alt ist sie denn?«

»Sie ist gerade sechs geworden. Warum fragst du?«

»Unsere Ruth wollte das wissen. Sie war neugierig und hofft bestimmt auf eine neue Spielkameradin hier in der Gegend.«

»Sie kann gerne mal rüberkommen. Merländer hat nichts gegen Besuch. Er findet Kinder lustig.«

Die Sonne stand schon tief, und die beiden Männer verabschiedeten sich. Hans Aretz ging durch die Garage in das Souterrain, wo sich auch Karl Meyers Arbeitszimmer befand. Er klopfte an die Tür.

»Ja?«

Aretz öffnete die Tür. »Brauchen Sie mich noch, Herr Meyer?«

»Nein. Danke. Einen schönen Feierabend.«

»Und am Wochenende?«

»Nein, ich glaube nicht. Meine Frau möchte gerne am Wochenende zur Rennbahn. Dort findet wohl am Sonntag ein Galopprennen statt.« Karl sah Aretz an. »Dorthin können wir aber laufen.« Er überlegte kurz. »Das Wetter soll gut werden. Vielleicht wollen Sie und Ihre Frau uns begleiten? Es wäre ein netter Ausflug.«

»Ich werde mit Fienchen reden, aber ich glaube nicht, dass etwas dagegenspricht. Dann sehen wir uns am Sonntag.«

»Hättest du etwas dagegen, wenn die Aretz' am Sonntag mit auf die Rennbahn kommen?«, fragte Karl abends Martha.

»Natürlich nicht, das ist eine wunderbare Idee. Ich mag Josefine Aretz, und der kleine Helmuth ist ein entzückender Junge. Aretz ist wirklich eine Bereicherung für uns«, sagte sie und lächelte. »Ich habe aber noch ein Anliegen, Karl.«

»Was ist es denn?«

»Du weißt, Frau Weber war nur übergangsweise bei uns, jetzt ist sie wieder als Köchin bei den Glimmichs.«

»Ach? Sind Sofie und Albert wieder aus den Staaten zurück?«

»Ja. Der Besuch bei Sofies Schwester hat ja nun auch lange genug gedauert. Aber da Frau Weber nun wieder für Sofie kocht, brauche ich eine neue Köchin. Eine Zugehfrau habe ich ja inzwischen gefunden.«

»Dann musst du eine neue Köchin einstellen.« Karl lächelte.

»Lisa Sanders hat mir jemanden empfohlen. Ich würde sie gerne am Montag probekochen lassen. Sie ist allerdings etwas teurer als die alte Köchin.«

»Wer hat sie dir empfohlen?«

»Fräulein Sanders. Die Haushälterin von Richard.«

Karl nickte. »Stimmt. Er hat ja fast die ganze Familie bei sich beschäftigt. Fräulein Sanders soll recht patent sein, also wirst du dich auf ihr Urteil verlassen können. Lass die Frau kommen und probekochen. Am Montag fahre ich mit Aretz hoch in den Norden. Ich habe mir die Tour vorhin noch angeschaut, wir werden wohl die ganze Woche unterwegs sein. Du hast also freie Hand, Liebes.«

»Danke, Karl.« Martha lächelte erleichtert. Zwar hatte sie bisher viele Entscheidungen selbstständig getroffen, aber sie war sich nicht sicher gewesen, ob bei all den Ausgaben auch noch ein etwas höheres Gehalt für die Köchin möglich war.

»Hast du schon die Einladungen für unsere Gesellschaft geschrieben?«

Martha gab ihm ein Blatt Papier. »Das ist der fünfte oder

sechste Entwurf – ich habe immer das Gefühl, dass es irgendwie noch nicht rund ist …«

»Aber das ist doch phänomenal, ich finde, das hast du sehr schön geschrieben. Ich würde es genau so in die Druckerei geben.«

»Zuerst müssen wir die Einladungsliste durchgehen. Ich möchte niemanden vergessen und muss doch wissen, wie viele Karten ich drucken lassen soll.« Sie reichte Karl ein weiteres Blatt. »Was meinst du?«, fragte sie. »Sollen wir Merländer auch einladen?«

»Aber natürlich! Er ist doch unser Nachbar. Ohne ihn hätte ich vermutlich gar nicht von diesem Grundstück erfahren. Warum sollten wir ihn nicht einladen?«

»Er verkehrt in ganz anderen Kreisen als wir.«

»Ach, Martha – das geht uns doch nichts an.« Karl schmunzelte.

»Außerdem wüsste ich auch gar nicht, worüber ich mit ihm reden sollte. Irgendwie schüchtert er mich ein.«

»Ach, Liebes, Richard ist ein Mann wie jeder andere auch, er hat nur etwas mehr Geld als wir.«

»Na gut, wenn du meinst, setze ich ihn auf die Liste«, sagte Martha und zückte den Stift.

Am Sonntag trafen sich die Meyers mit den Aretz' vor der Rennbahn. Karl, Martha und die Kinder waren durch den Stadtwald spaziert, die Aretz' waren mit der Tram gefahren. Josefine schob stolz den Kinderwagen, in dem die kleine Rita lag und fröhlich gluckste.

Es war das vorletzte Rennen der Saison, und da das Wetter

spätsommerlich war, hatten sich wieder eine Menge Besucher eingefunden.

»Diese Kleider«, sagte Josefine Aretz seufzend. »Die Frauen sehen so elegant aus.«

»Das tun Sie auch, liebe Frau Aretz. Ihr Kleid ist entzückend. Ich mag diese aufgestickten Blumen. Wo haben Sie das gekauft?«

»Das habe ich selbst gemacht«, sagte Josefine und senkte den Kopf. »Es ist ein altes Kleid, bei dem ich die Taille versetzt habe.«

»Ich bin nicht so geschickt«, gestand Martha. »Aber meine Schwiegermutter kann wunderbar mit der Nadel umgehen.«

»Ach sieh mal«, sagte Karl plötzlich. »Da drüben ist Merländer. Lasst ihn uns begrüßen!«

»Unser Nachbar?«, fragte Ruth aufgeregt. »Ist das kleine Mädchen auch da?«

»Welches Mädchen?«, wollte Karl wissen.

»Das immer am Haus spielt«, sagte Ruth.

»Das ist Rosi, die Tochter von Hermann Sanders, Merländers Chauffeur«, erklärte Hans Aretz. »Ich habe ihn gefragt«, sagte er lächelnd zu Ruth. »Rosi ist sechs, genau wie du. Du kannst gerne einmal hinübergehen, hat ihr Vater gesagt, und sie kennenlernen.«

»Wirklich?« Ruth sah Martha an. »Darf ich?«

»Natürlich«, sagte Martha. »Es wäre doch schön, wenn du eine Freundin in der Nachbarschaft hättest.«

»Was schlagen Sie denn vor, Frau Jansen?«, fragte Martha. Sie war ganz aufgeregt, heute wollte sie endlich anfangen, die anstehende Feier zu planen. Was das Essen anging, verließ sie sich voll und ganz auf ihre neue Köchin.

Vor drei Wochen hatte sie Regina Jansen eingestellt. Frau Jansen war überwältigt von der modernen Küche gewesen. »So etwas habe ich noch nie gesehen«, gestand sie, als sie sich vorstellte. »Alles sieht so praktisch aus.«

»Diese Küche wurde nach wissenschaftlichen Untersuchungen entwickelt«, erklärte Martha stolz. »Die Wege sollen so kurz wie möglich sein. Hier sind die Einbauschränke für Topfe und Geschirr. Nebenan befindet sich eine kleine Speisekammer für die Vorräte – Sie müssen nicht mehr in den Keller gehen, obwohl wir auch dort natürlich einen Raum für Konserven, Eingemachtes und die Kartoffelkiste haben. Vielleicht werden wir uns noch einen elektrischen Herd anschaffen, es gibt ja ganz neue Modelle, aber so ganz traue ich dem noch nicht. Also haben wir erst einmal eine moderne Küchenhexe aufstellen lassen. Der Eisschrank befindet sich hier.« Martha wies auf ein Schiebefenster in der Wand. »Und hier ist eine Durchreiche zum Esszimmer. Ich finde, das ist eine hervorragende Erfindung. Man muss nicht umständlich mit Tellern und Schüsseln über den Flur laufen sondern kann die Speisen direkt an den Tisch reichen. Früher befanden sich die Küchen ja oft im Souterrain, und man brauchte Speiseaufzüge, dies ist nun nicht mehr nötig.«

»Es wird sicher eine Weile dauern, bis ich mich hier eingewöhnt habe«, gab Frau Jansen zu bedenken. »Alles ist so anders, als ich es gewöhnt bin.«

Frau Jansen war Mitte vierzig und eine erfahrene Köchin. Zuletzt hatte sie bei einer alten Dame gekocht, die aus dem Adel stammte. Nach deren Tod hatte sie eine neue Anstellung gesucht.

Martha lachte. »Das geht mir auch so, obwohl wir schon ein paar Wochen hier wohnen. Manchmal bin ich noch richtig orientierungslos. Aber, das wird schon. Wenn Sie einverstanden sind, können wir direkt den Vertrag unterzeichnen.«

»Möchte Ihr Mann denn nicht mit mir sprechen?«, hatte Frau Jansen irritiert gefragt.

»Mein Mann ist beruflich oft die ganze Woche unterwegs. Ich habe sein Einverständnis, Personal nach meinem Gusto einzustellen.«

»Gibt es noch irgendetwas, das ich wissen müsste?«

»Nein, eigentlich nicht ...«, Martha stockte, dann schoss ihr das Blut in die Wangen. »Wir sind Juden«, sagte sie leise. »Ist das ein Problem?«

»Oh.« Frau Jansen sah sie überrascht an. »Ich kann keine traditionelle jüdische Küche ...«

»Aber doch traditionelle rheinische Hausmannskost?«

»Aber selbstverständlich!«

»Mein Mann mag es gerne deftig. Rheinischer Sauerbraten. Ein gutes Stück Fleisch, Klöße und immer viel Soße oder ein gutes Brathuhn wird hier gerne gesehen.« Martha lächelte, als sie die Erleichterung in Frau Jansens Gesicht sah. »Wir essen nicht koscher – dafür hat Karl, mein Mann, viel zu gerne einen Schuss Sahne in der Bratensoße.«

In der ersten Woche haperte es noch hier und da, doch dann

hatte Frau Jansen die Küchenhexe im Griff. Da Karl nicht da war, musste sie nur für Martha und die Kinder kochen. Außerdem hatte sie begonnen, sich um den Küchengarten im hinteren Teil des Grundstücks zu kümmern, vormittags machte sie immer Besorgungen.

Für den Rest des Haushaltes war Anna Peters, die Zugehfrau zuständig, die jeden Morgen für zwei Stunden kam. Alle paar Wochen kam sie ein paar Stunden länger und putzte die Fenster. Auch um die Wäsche kümmerte sie sich, nur die Hemden und die Anzüge ihres Mannes ließ Martha in die Wäscherei bringen. Frau Peters war eine Seele von Mensch, fleißig dazu.

Nachdem Frau Jansen sich eingearbeitet hatte, fing Martha an, zusammen mit ihr die anstehende Feier zu planen.

»Ich habe neulich von einer befreundeten Köchin gehört, dass es inzwischen très chic ist, nur Häppchen anzubieten und kein Menü zu kochen.«

»Davon habe ich auch schon gehört, aber ich fürchte, weder meine Mutter noch meine Schwiegereltern wären davon angetan.«

Frau Jansen überlegte. »Es geht doch darum, dass Sie Ihr neues Haus vorstellen wollen, Frau Meyer, ihr neues Leben. Es sollte also vor allem Ihnen gefallen. Wie wäre es, wenn wir zum Empfang Sekt und Häppchen anbieten. Vielleicht können wir ja irgendwo Stehtische leihen, die man in den Wintergarten und in den Garten stellt. Dort würden dann die Häppchen serviert werden, sozusagen als Vorspeise. Danach gibt es eine gute Rinderbouillon mit Einlage, anschließend Braten und Gemüse – das jedoch alles am großen Esstisch. Wenn wir ihn ausziehen, müssten alle daran Platz finden. Und als Nachtisch schlage ich kleine Küchlein und Naschwerk vor, die wieder an den Stehtischen serviert werden.«

»Das klingt wunderbar. Ja, ich glaube, so machen wir es. Jetzt muss nur noch das Wetter mitspielen.«

»Und wenn es nicht mitspielt, wird halt alles in den Wintergarten verlegt. Dann wird es zwar sehr eng, aber eng ist gemütlich.« Frau Jansen zwinkerte ihr zu.

Auch Ruth und Ilse liebten das Haus. Sie waren begeistert von dem Platz, den sie in ihren neuen Zimmern hatten, und fanden es wundervoll, im Garten zu spielen. Leni kam nach wie vor jeden Tag und kümmerte sich um die beiden, wobei Ruth, die mittlerweile sechs Jahre alt war, immer selbstständiger wurde.

Die Gegend war so ruhig und sicher, dass Martha die Mädchen unbesorgt im Freien spielen ließ. Schnell hatte Ruth Rosi kennengelernt, die Tochter von Sanders. Rosi war nur wenige Wochen jünger als sie. Und die beiden verstanden sich prächtig.

»Darf ich bei Rosi spielen?«, fragte Ruth ihre Mutter fast jeden Tag.

»Warum spielt ihr nicht auch mal bei uns?«

»Rosi hat ein ganz tolles Puppenhaus. Es ist fast so hoch wie sie und es hat ganz viele Zimmer. Und außerdem dürfen wir hinten im Garten der Villa spielen. Dort steht eine Schaukel und es ist so herrlich verwunschen«, erklärte Ruth und schaute ihre Mutter mit großen Augen an.

»Hat denn Herr Merländer nichts dagegen, dass ihr immerzu dort seid?«

Ruth schüttelte den Kopf. »Er ist ja meist gar nicht da. Er muss ja arbeiten, wie Vati. Aber er hat es gut – er kommt jeden Abend nach Hause, und dann kocht Tante Lisa für ihn.«

»Tante Lisa?« Martha zog die Augenbrauen hoch.

»Rosis Tante. Sie macht drüben den Haushalt. Rosis Mutter macht die große Wäsche, und Herr Sanders ist Chauffeur, so wie unser Herr Aretz.«

»Das weiß ich doch, Schätzchen. Aber warum nennst du sie ›Tante Lisa‹?«

»Sie hat gesagt, ich darf das. Und sie gibt uns auch oft leckeren Kuchen.«

»Es freut mich wirklich sehr, dass du hier eine Freundin gefunden hast, Ruth. Aber ich fände es besser, wenn ihr auch mal hier spielen würdet und nicht nur in der Villa.«

»Aber Rosi hat doch dieses tolle Puppenhaus, Mutti. Und ich habe kein Puppenhaus.«

»Du wolltest doch nie eins.« Martha überlegte. »Du darfst zu Rosi gehen, wenn ihr morgen einmal bei uns spielt.«

»Danke, Mutti!« Ruth fiel ihr um den Hals und gab ihr einen dicken Kuss.

Mit einem Lächeln sah Martha ihrer Tochter hinterher, die fröhlich hüpfend das Haus verließ. Ruth und Ilse schienen sich hier sehr wohlzufühlen, es machte fast den Eindruck, als hätten sie schon immer hier gewohnt. Martha liebte das Haus, auch wenn noch alles neu war und manches ungewohnt. Manchmal musste sie stehen bleiben und überlegen, in welches Zimmer sie denn nun gehen musste, um irgendetwas zu erledigen. Das Haus war weitläufiger als die Wohnung, heller und ganz anders eingerichtet, nicht nur einmal hatte Martha sich dabei ertappt, dass sie nach ihrem alten Kleiderschrank suchte. Doch den hatten sie verschenkt. Und hier waren die Einbauschränke so geschickt mit der Täfelung verbunden, dass sie kaum auffielen Alles roch auch noch so ungewohnt, nach frischer Farbe und Holz, nach dem Linoleumboden und nach Fensterkitt. Aber mit der Zeit würde sich ein ganz eigener, neuer Geruch durchsetzen und sie ihr Leben lang begleiten. Sie erinnerte sich noch so gut an den Geruch, den das Haus ihrer Großeltern in Anrath hatte – im Schlafzimmer lag immer ein Hauch von Lavendel in der Luft, weil ihre Großmutter in jedem Herbst kleine Wäschesäckchen mit den Blüten füllte und sie zwischen die Wäsche tat. Im Flur roch es nach grüner Seife – denn damit wurden die Holzdielen geschrubbt, und in der Küche wechselten die Düfte mit den Jahreszeiten. Aber es war immer vertraut gewesen.

Vielleicht brauche ich auch eigene Düfte für das Haus, Düfte, die ihm die Neuheit nehmen und es mehr zu meinem Heim werden lassen? Nachmittags ging sie in die Stadt, kaufte Rosen und stellte den Strauß auf die alte Anrichte im Esszimmer. Das Herrenzimmer nahm jetzt immerhin schon den leichten Duft der Zigarren an, die Karl am Wochenende abends rauchte. Es würde noch ein wenig dauern, aber Martha war sich sicher, dass sie diese vier Wände zu einem Zuhause würde machen können, das ebenso viel Behaglichkeit und Geborgenheit ausstrahlte wie das geliebte Haus ihrer Großeltern.

Am nächsten Tag wollte Rosi zunächst nicht bei Meyers spielen, aber dann gefiel es ihr doch. Martha hatte extra Frau Jansen gebeten, Küchlein für die Mädchen zu backen. Außerdem erlaubte sie ihnen, hinten im Garten eine kleine Hütte zu bauen.

Am Freitag, nachdem er den Wagen geputzt hatte, suchte Aretz den Mädchen einige Bretter raus, die vom Bau übrig geblieben waren, und half ihnen. Aus einigen Backsteinen baute er ihnen einen kleinen Herd und brachte auch zwei kleine Hocker mit, die sie in der Hütte aufstellen konnten.

Stolz trug Ruth ihr Puppengeschirr nach unten und richtete zusammen mit Rosi das Häuschen ein.

Aretz war ein wahrer Goldschatz für die Familie. Karl war handwerklich nicht besonders begabt. Selbst bei kleineren Dingen, wie einen Nagel in die Wand zu schlagen oder eine Schraube festzudrehen, stellte er sich ungeschickt an. Aretz aber konnte wunderbar mit Werkzeug umgehen, und das nicht nur bei Automobilen. So wurde er immer unentbehrlicher für sie. Wenn etwas kaputt ging, musste Martha nur selten einen Handwerker rufen – oft reichte es, auf Aretz zu warten.

»Das haben Sie ganz wunderbar gemacht mit der Hütte«, sagte Martha, als er abends noch einmal bei ihnen vorbeischaute. »Ich bin so froh, dass die Mädchen jetzt auch mal bei uns spielen und nicht nur in der Villa.«

»Was gibt es für die beiden da drüben denn so Großartiges?«, fragte Aretz.

»Nun, Rosi hat wohl ein besonders großes und schönes Puppenhaus. Merländer hat es eigens für sie anfertigen lassen. Ich habe schon in den Katalogen geschaut, aber bisher noch nichts Vergleichbares gefunden. Dabei würde ich Ruth und Ilse so gerne ein Puppenhaus zur Chanukka schenken.«

»Wie soll es denn aussehen?«

»Groß und modern.«

»Wenn Sie möchten, baue ich es Ihnen«, sagte Aretz.

»Wirklich?«

»Aber natürlich. Für Helmuth und Rita werde ich auch Spielzeug bauen, das sie zu Weihnachten bekommen. Das ist doch viel besser als dieser gekaufte Kram, der nach drei Tagen auseinanderfällt. Für Helmuth mache ich ein Tretauto, damit habe ich schon angefangen. Die kleine Rita braucht ja noch nicht viel, aber ich möchte ihr ein schönes Mobile basteln – mit kleinen Vögeln. Sie schaut sich doch immer so gerne und interessiert alles an.«

»Ach, das klingt toll«, sagte Martha. »Das würde mich wirklich sehr freuen!«

Auch Karl war von der Idee begeistert und gab Aretz einen ordentlichen Zuschlag zum nächsten Lohn, damit er das nötige Material kaufen konnte.

Kapitel 5

Der Tag, an dem das Einweihungsfest stattfinden sollte, rückte näher. Obwohl Martha mit Frau Jansen alles besprochen hatte, wurde sie immer nervöser. Würde alles funktionieren? Ihre Mutter war schon dagewesen, und natürlich auch Karls Eltern, die nun fast jeden Freitag zum Essen kamen.

Marthas Mutter war bedächtig durch das Haus gegangen, und hatte sich alles genau angeschaut. Dann hatte sie sich auf das Sofa im Herrenzimmer gesetzt, ihre Mine wie immer ungerührt. »Nun, es muss euch ja gefallen«, sagte sie schließlich.

»Das tut es, Mutti!«

In diesem Moment hatte Martha gewusst, dass sie alles richtig gemacht hatte, denn sie sagte es aus vollem Herzen. Das Haus war inzwischen zu ihrem Zuhause geworden.

Karls Eltern waren wie immer aufgeschlossener gewesen und hatten über die Küche gestaunt und die Einbauschränke bewundert.

»Wie praktisch«, sagte Minnie. »Und es gibt viel weniger abzustauben. Das habt ihr gut gemacht.«

»Die Garage ist 'ne Wucht«, ergänzte Valentin und klopfte seinem Sohn auf die Schulter. »Wirklich ein stattliches Haus.«

Aber wie würden die anderen reagieren? Karls Schwester Hedwig käme mit ihrem Mann aus Anrath und würde auch den kleinen Hans mitbringen – er war nur wenige Wochen jünger als Ruth. Marthas beste Freundin Ingrid mit ihrem Mann Kurt waren eingeladen, Karls Freund Walter mit seiner Frau und natürlich Richard Merländer.

Dann war es endlich so weit, das Fest fand an einem Sonntag Anfang Oktober statt. Am Freitag hatte es noch ordentlich geregnet und Martha sah schon all ihre Pläne davonschwimmen, aber nun zeigte sich der goldene Herbst von seiner besten Seite. Die Sonne schien mit dem sanften Licht, das diese Tage ausmachte, die Luft war mild und die Bäume leuchteten.

Frau Jansen war schon früh am Morgen gekommen, obwohl Sonntag eigentlich ihr freier Tag war. Auch Leni war da, um die Kinder zu betreuen. Die Getränke waren schon geliefert worden, das Bier stand in einigen Zinkwannen im Keller, der Champagner, den Karl gekauft hatte, lag im Eisschrank.

Aus der Küche duftete es nach Bratensoße und Rinderbrühe, Frau Jansen hatte den ganzen Samstag Brot und Kuchen gebacken. Die Klöße waren schon gerollt und das Gemüse geputzt.

Ein Mädchen von der Hauswirtschaftsschule half ihr dabei, die Häppchen vorzubereiten. Kleine Brote wurden mit Butter oder Mayonnaise bestrichen, Gurken in feine Scheiben geschnitten. Roastbeefstreifen lagen bereit, und Frau Jansen hatte mehrere Dutzend Eier gekocht, gepellt und halbiert. Nun füllte sie die Eier mit verschiedenen Soßen.

Martha holte das gute Geschirr aus dem Schrank, und brachte

die Vorlegeplatten in die Küche. Am Freitag schon hatte sie Blumen gekauft und in großen Vasen aufgestellt. Alles wirkte heiter und bunt.

Dann war der Tisch gedeckt, die Häppchen bereitet, die Stehtische aufgestellt – es fehlten nur noch die Gäste.

Karl kam zu Martha in das Esszimmer und blickte durch den Wintergarten nach draußen. Dann nickte er zufrieden.

»Das hast du alles wunderbar gemacht«, sagte er und küsste sie. »Danke dafür.«

»Hoffentlich geht alles gut«, seufzte Martha.

»Das wird es – schau, die Sonne scheint. Deine größte Sorge hat sich also schon mal nicht erfüllt. Alle werden begeistert sein.«

Als es klingelte, machte Marthas Herz einen kurzen Hüpfer. Sie zwang sich, tief durchzuatmen, dann gingen sie zusammen zur Haustür, um ihre Gäste zu begrüßen.

Als erstes kam Emilie. »Eine etwas sonderbare Idee, Familie und Freunde zum Essen einzuladen, um das neue Haus vorzuführen«, sagte sie.

»Mir gefällt die Idee, liebe Schwiegermutter«, sagte Karl und gab ihr einen Kuss auf die Wange, obwohl er wusste, dass sie das nicht mochte. Schon bei ihrer ersten Begegnung hatte Karl festgestellt, dass Emilie Meyer eine schwierige Person war. Sie kritisierte viel, sah eher die schlechten als die guten Dinge, und mochte keinen Stillstand. Jeden Tag verbrachte sie in ihrem Geschäft auf der Hochstraße, nur selten gönnte sie sich eine Abwechslung. Sie war distanziert und konnte mit kleinen Kindern nicht viel anfangen – kurz, sie war das Gegenteil von Martha.

Dennoch achtete Karl seine Schwiegermutter, ja, er brachte ihr Respekt und sogar Zuneigung entgegen. Emilie lebte für das, was sie gemeinsam mit ihrer Schwester aufgebaut hatte. Sie war eine erfolgreiche Geschäftsfrau und stellte sich dem Leben. Nur für Gefühle ließ sie wenig Platz. Seine Eltern waren ganz anders. Sie liebten ihre Kinder und Enkel und würden immer alles für sie tun. Manchmal dachte Karl, dass Martha eher aus seiner Familie kommen müsste, denn sie war seiner Mutter sehr ähnlich – genauso liebevoll und warmherzig, vielleicht hatte er sich deshalb in sie verliebt.

Der nächste Gast, der eintraf, war Richard Merländer. Er brachte Blumen sowie eine Flasche teuren Bourbon mit und bedankte sich herzlich für die Einladung.

»Nun sind wir Nachbarn, Karl«, sagte er. »Hätten Sie das letztes Jahr gedacht?«

»Ohne Ihren Hinweis, lieber Richard, hätten wir wahrscheinlich nie von dem Baugrundstück erfahren – oder zu spät, so beliebt, wie die Lage hier ist. Nebenan wird ja auch gebaut, ich denke, die Straße wird sich immer mehr füllen.«

»Sie sind also maßgeblich für unser Glück hier verantwortlich, Herr Merländer«, sagte Martha lächelnd. »Dafür schulden wir Ihnen Dank.« Sie stockte kurz. »Und auch dafür, dass unsere Ruth so häufig mit der Tochter Ihres Chauffeurs bei Ihnen spielen darf.«

»Ach, tut sie das?« Merländer zog die Augenbrauen hoch. »Nun, das bekomme ich meistens gar nicht mit. Die kleine Rosi ist ein liebes Mädchen.« Er sah zum Flur, wo Ruth und Ilse in ihrer besten Sonntagskleidung standen. »Wer von euch ist Ruth?«

Ruth sprang die drei Stufen bis zum Eingangsbereich hinunter. »Ich bin Ruth. Guten Tag«, sagte sie, reichte ihm die Hand und knickste artig.

»Und das ist unsere kleine Ilse. Sie wird demnächst drei. Komm, Kind, sag Guten Tag.« Karl nahm sie bei der Hand, doch Ilse versteckte sich hinter seinen Beinen.

»Das ist schon in Ordnung«, sagte Merländer lachend. »Ich glaube, kleine Mädchen können mit mir genauso viel anfangen, wie ich mit ihnen.«

Wieder schellte es, und nun kamen alle Gäste Schlag auf Schlag. Martha führte sie durch den Wintergarten auf die Veranda zu den Stehtischen, wo Karl noch einmal alle Gäste gemeinsam willkommen hieß.

»Wir feiern heute etwas unkonventionell«, sagte Martha mit Seitenblick auf ihre Mutter. »Darf ich vorstellen – meine Mutter Emilie Meyer – Herr Merländer. Er wohnt in der großen Villa gegenüber.«

»Wir kennen uns flüchtig«, sagte Emilie und reichte Merländer die Hand.

»Aber natürlich, schließlich sind wir in derselben Branche tätig.« Merländer schüttelte ihre Hand, dann sah er Martha an. »Aber ich glaube, ich habe Sie missverstanden. Ihre Mutter heißt auch Meyer?«

Martha lachte ihr helles, glockenklares und vergnügtes Lachen. »Ja, aber meine Familie und Karls Familie waren vor unserer Hochzeit weder verwandt noch verschwägert. Schon als Mädchen hatte ich mich so sehr auf meine Hochzeit gefreut, weil ich dann endlich diesen Namen ablegen könnte – und dann verliebe ich mich ausgerechnet in einen Mann, der genauso heißt.«

»Was gefällt Ihnen an dem Namen nicht?«, fragte Merländer überrascht.

»Martha fand den Namen immer zu gewöhnlich. Sie hätte lieber einen ausgefalleneren gehabt. Nun, nicht alle Wünsche im Leben erfüllen sich«, antwortete Emilie anstelle ihrer Tochter.

»Inzwischen habe ich mich damit abgefunden, ich …«

»Liebste Martha«, sagte da eine Stimme hinter ihr. Martha drehte sich um und schloss ihre Freundin Ingrid in die Arme. »Schön, dass ihr da seid!«

»Wie geht es dir, meine Liebe? Ach, ich brauch ja gar nicht fragen, ich kenne die Antwort ja schon: ›Solange es den Kindern gut geht, geht es mir auch gut«, sagte Ingrid lachend. »Das sagt Martha nämlich immer und es stimmt auch. Sie ist die beste Mutter, die ich kenne. Ihr Leben dreht sich nur um Ruth und Ilse.«

»Und manchmal auch um mich«, fügte Karl schmunzelnd hinzu.

Die Häppchen wurden mit großem Appetit verspeist, dazu wurde Champagner gereicht. Stolz präsentierte Martha die große Kristallschüssel auf der Anrichte, in die sie selbstgemachte Bowle gefüllt hatte, und forderte die Gäste auf, sich reichlich zu nehmen. Im Anschluss führte Karl die Besucher durch das Haus, zeigte die Einbauschränke, die Schiebefenster und den herrlich weiten Blick vom Balkon über die Gärten, die sich bis zur Rückseite des Realgymnasiums am Moltkeplatz erstreckten.

»Sehr modern«, lobte Merländer »Nicht mein Stil, aber sehr gut umgesetzt. Der Bauhausstil greift ja immer mehr um sich. Lange und Ester lassen sich von Mies van der Rohe Häuser auf der Wilhelmshofallee bauen, sagt man.«

»Lange und Ester?«, fragte Walter Gompetz nach. »Die Direktoren der VerSeidAG?«

Merländer nickte. »Kubistisch sollen die Häuser werden.« Er rümpfte die Nase. »Überhaupt nicht mein Geschmack.«

»Wir wollten ein helles, modernes Haus haben«, erklärte Martha, »aber es sollte trotzdem gemütlich sein.«

»Das ist euch gelungen«, sagte Ingrid. »Du hast mir so oft davon erzählt, aber wirklich vorstellen konnte ich es mir nicht. Piekfein ist es geworden, und dennoch fühlt man sich hier sehr wohl.«

In dem Moment öffnete Frau Jansen die Durchreiche und nickte Martha zu.

Martha klatschte in die Hände. »Das Essen ist fertig, bitte setzt euch, es wird gleich serviert.«

Die Rinderbrühe genossen sie fast schweigend, doch als der Braten aufgetragen wurde, kam die Konversation wieder in Gang.

»Herr Merländer«, sagte Berthold Simons, Karls Schwager. »Was halten Sie von Palästina?«

»Von einem jüdischen Staat?« Merländer verzog das Gesicht. »Nicht viel. Warum sollte es einen jüdischen Staat geben? Wir sind doch alle Deutsche, nicht wahr?«

»Es ist ein zionistischer Staat«, sagte Berthold und seine Wangen glühten. »Ein Staat für uns, in dem wir keine Repressalien fürchten müssen. Ich finde die Idee großartig und verfolge alles, was darüber berichtet wird.«

»Willst du etwa auswandern?« fragte Martha fassungslos.

»Wir denken tatsächlich darüber nach«, sagte Berthold und schaute seine Frau an. Hedwig wandte den Blick ab und nestelte nervös an ihrer Serviette.

»Da ist das letzte Wort noch nicht gesprochen«, sagte sie leise.

»Aber was bringt dich zu der Idee?«, fragte nun auch Karl nach. »Richard hat recht – wir haben einen Staat: Den, in dem wir leben – Deutschland. Warum sollten wir hier alles abbrechen und im Nirgendwo neu anfangen? Zumal diese Idee der Kibbuze äußerst befremdlich ist.«

Berthold schaute sich um. »Für dich sicherlich. Du hast dir hier ein Denkmal deines Erfolgs gesetzt. Ich bin froh, dass es euch so gut geht und ihr euch das hier leisten könnt, aber wer weiß schon, wie sich alles entwickeln wird.«

»Im ›Heinzelmännchen‹ auf der Königsstraße treffen sich die Braunen«, sagte Walter Gompetz nachdenklich, »und es werden immer mehr.«

»Das sind doch nur einige Schmocks die meschugge sind«, sagte Merländer verärgert. »Die gab es schon immer, Aber wir sollten uns keine allzu großen Sorgen machen. Wir leben in einer Demokratie. Einige irregeleitete Idioten wird es immer geben, egal, ob sie sich braun, gelb oder blau kleiden. Im Moment ist es halt braun – keine schöne Farbe.«

»Ihre Anhängerzahlen steigen – das liegt sicher auch daran, dass die Parteien alle verstritten sind und sich immer weiter aufspalten. Man weiß ja gar nicht mehr, wen man wählen soll – die reden doch alle Stuss«, sagte Ingrids Mann Kurt.

»Es sind oft die einfachen Menschen die sich von den Parolen verleiten lassen«, meinte Karl.

»Nun, es gibt mehr einfache Menschen, als solche mit Kopf und Bildung«, sagte Emilie, und ihre Stimme klang scharf. »Man muss sie ernst nehmen. Was Berthold sagt, gilt vielleicht für die jungen Leute. Wir, die wir einen Platz in der Gesellschaft haben, sollten uns wohl kaum fürchten müssen. Aber es gibt ja immer noch den armen Juden …«

»Aber Mutter, wir sind doch alle zuallererst Deutsche«, warf Martha ein.

»Wo lässt du Ruth nächstes Jahr einschulen?«

»An der Volksschule in der Sankt-Anton-Straße. Dort gehen alle Kinder der Synagogengemeinde hin. Was ist denn das für eine Frage?«

»An einer jüdischen Schule also, Martha. Warum geht Ruth nicht auf die Volksschule hier im Bismarckviertel?«

»Wir sind Deutsche, aber natürlich sind wir auch Juden«, räumte Martha ein. »Das eine schließt doch das andere nicht aus. Ruth soll auch noch eine gewisse Tradition mitbekommen. Das finde ich wichtig, gerade weil wir sie so wenig pflegen. Was nach den ersten vier Jahren sein wird, weiß man ja noch nicht. Es gibt katholische Volksschulen, evangelische und eben auch jüdische. Ja, wir sind Juden – aber wir sind vor allem Deutsche.«

»Ich bin nicht gläubig und pflege auch keine Traditionen mehr – ich begehe keinen Sabbat, zünde keine Kerzen an, lebe nicht koscher. All das hat in meinem Leben keinen Platz mehr.

Dennoch bin ich Jude – ich glaube nicht, dass man das ablegen kann. Es ist ein Geburtsrecht. Wir gehören dem ewigen Volk an, Gottes Volk«, sagte Merländer.

»Und deshalb sollten wir unseren eigenen Staat haben. Einen zionistischen Staat«, sagte Berthold. »Ein Land, nur für Juden. Wo uns keiner feindlich gesonnen ist.«

»Das sehen die Araber aber ganz anders«, gab Walter zu bedenken. »Seit tausenden von Jahren gibt es keinen Staat Israel mehr. Wir sind nicht ein Volk – sondern eine Glaubensgemeinschaft. Wie albern wäre es, einen Staat nur für Katholiken zu schaffen?«

»Ich dachte, das wäre Italien?«, sagte Ingrid schmunzelnd. »Kann mir bitte jemand die Bratensoße reichen? Sie ist köstlich.« Für einen Moment drehte sich alles wieder um das Essen. Die Speisen wurden sehr gelobt, und auch der Bowle sprach man ordentlich zu.

Nach dem Hauptgang bat Martha die Gäste wieder nach draußen. Dort servierte das Mädchen dann die kleinen Küchlein.

»Sie sehen also für sich gar keine Bedrohung?«, hörte Martha Berthold fragen. Er stand mit Merländer an einem der Tische.

»Ich sehe ein paar Schmocks, die die Welt für sich neu erfinden wollen. Aber wir Geschäftsleute in Krefeld sind so etabliert, dass es ihnen nicht gelingen wird, uns auszugrenzen. Ich bin ein guter Arbeitgeber in der Stadt, zahle meine Steuern pünktlich – genau wie so viele andere. Es wäre doch meschugge, wenn sie uns verjagen würden. Meschugge für die Stadt, meschugge für Deutschland. So bescheuert ist keiner.« Er lächelte nachsichtig. »Aber für Sie sind es ideologische Gründe, nicht wahr? Sie sind glühender Zionist?«

Berthold nickte. »Ja, das stimmt. Hätte ich hier nicht Frau und Kind, wäre ich schon längst auf und davon. Mich hält nichts in Deutschland, auch wenn es mir hier nicht schlecht geht.« Für einen Moment schwieg er. »Noch nicht. Denn ich muss sagen, ich fürchte die Braunen deutlich stärker als Sie. Diese fanatischen Idioten machen mir Angst.«

»Es ist nur eine Handvoll«, versuchte Walter Gompetz ihn zu beruhigen. »Und sie werden nie die Macht ergreifen – niemals.«

Die Gesellschaft löste sich erst am Abend auf. Emilie war die Erste, die ging. »Das hast du ganz gut gemacht«, sagte sie und küsste Martha flüchtig auf die Wange. Martha wurde rot – so ein Lob erfuhr sie selten von ihrer Mutter.

Minnie saß im Herrenzimmer auf dem Sofa, die kleine Ilse schlafend auf dem Schoss.

»Aber warum hat Leni sie nicht ins Bett gebracht?«, fragte Martha verblüfft.

»Ich habe die Freiheit besessen, Leni nach Hause zu schicken, Liebchen«, antwortete ihre Schwiegermutter. »Schließlich hat sie heute eigentlich ihren freien Tag. Und es sind ja genügend Leute da, um sich um die Kinder zu kümmern.«

»Natürlich, wenn es dir nichts ausgemacht hat. Aber ich bringe Ilse schon mal ins Bett …«

»Ach, lass sie noch einen Moment hier schlummern. Es ist ganz kuschelig mit ihr«, bat Minnie lächelnd. »Und es macht mir überhaupt nichts aus, im Gegenteil.«

»Wo sind denn Ruth und Hans?«

»Mit Valentin im Garten.«

Lächelnd ging Martha in den Garten und fand die drei dort, wo sie sie auch vermutet hatte – hinter den Büschen, dort, wo Aretz den Mädchen die Hütte gebaut hatte.

»Das ist so schön hier«, sagte Valentin. »Ruth sagt, sie hätte es mit Aretz gebaut.«

»Das ist richtig.«

»Dieser Aretz ist ein wirklicher Tausendsassa. Ihr könnt froh sein, dass ihr ihn habt. Hoffentlich bleibt er euch noch lange erhalten.«

»Das hoffe ich auch sehr«, sagte Martha lächelnd. »Doch es scheint mir, als würde er sich bei uns auch ganz wohl fühlen.«

»Na ja, man weiß ja nie …« Ruth und Hans waren ganz in ihr Spiel vertieft, also nahm Martha ihren Schwiegervater am Arm und zog ihn zum Gemüsegarten. »Wie meinst du das?«, fragte sie ihn leise.

»Er ist doch kein Jude, dieser Aretz.«

»Nein, er ist katholisch, soweit ich weiß. Über Religion habe ich bisher nicht mit ihm gesprochen – es gibt dafür auch keinen Grund.«

Valentin zuckte mit den Schultern und hob die Hände. »Man weiß es nicht, man weiß es nicht, Liebchen.«

»Denkst du etwa auch so wie Berthold?«

»In manchen Punkten liegt er durchaus nicht falsch. Die Stimmung wird antisemitischer, man merkt es schon. Ob sich das durchsetzen wird, bezweifele ich aber – da bin ich ganz bei Herrn Merländer.«

»Aber denkst du denn darüber nach, nach Palästina auszuwandern?«

»Nein, nein, alte Bäume verpflanzt man nicht mehr.«

»Würdest du es denn Karl und mir empfehlen?«

Für einen kurzen Moment dachte Valentin nach, dann schüttelte er den Kopf. »Nein. Karl ist hier sehr etabliert. Beruflich genauso wie gesellschaftlich. Ich glaube nicht, dass ihr etwas zu befürchten habt. Wer weiß jedoch, wie sich alles hier entwickelt, und vielleicht wäre es nicht so verkehrt, für die Kinder so etwas im Auge zu behalten. Sie sind noch jung, und wenn sie ein Leben ohne Hass leben könnten, in einem zionistischen Staat, dann wäre es für sie vielleicht einfacher.«

»So weit weg von uns?« Martha riss die Augen auf. »Das könnte ich niemals ertragen.«

»Du hast recht – ich möchte auch nicht von euch getrennt sein. Ich möchte die Mädchen und Hans aufwachsen sehen, so lange wie möglich. Vielleicht erlebe ich sogar noch Urenkel?«

»Bis dahin ist aber noch jede Menge Zeit.« Martha lachte erleichtert.

Gemeinsam brachten sie die Kinder zurück zum Haus, Hans und Ruth durften sich noch ins Wohnzimmer zu den Großeltern setzen, Martha brachte Ilse zu Bett. Der Tag war für das kleine Mädchen so aufregend gewesen, dass sie nicht erwachte.

Endlich schloss sich die Tür hinter den letzten Gästen. Martha schaute sich um – überall standen Gläser und Teller. Die Essensreste hatte das Mädchen abgeräumt, bevor sie ging, und auch Frau Jansen war nach dem Essen gegangen.

»Ich räume noch schnell etwas auf«, sagte Martha und schob die Teller zusammen.

»Aber morgen kommt doch unsere Zugehfrau – sie kann das doch machen«,

»Sie wird genug zu tun haben, um alles wieder sauber zu bekommen. Vielleicht waren die Stehtische doch keine so gute Idee – alle sind rein- und rausgegangen – ich fürchte, das Parkett hat gelitten.«

»Das sind die Spuren des Lebens, Martha«, sagte Karl und nahm sie in den Arm. »Es werden hoffentlich noch viele weitere so glückliche Spuren dazukommen. Komm, ich helfe dir.«

Sie räumten das dreckige Geschirr in die Spüle – darum würde sich am nächsten Tag Frau Peters kümmern. Nur die große Kristallschüssel, in der Martha die Bowle serviert hatte, wusch sie selbst ab und polierte sie anschließend mit dem Trockentuch. Dann stellte sie die Schüssel wieder vorsichtig auf die Anrichte.

»Was hältst du von dem, was Berthold gesagt hat? Siehst du auch eine Gefahr für uns Juden?«, fragte Martha Karl, nachdem sie zu Bett gegangen waren.

»Ja, tendenziell stimme ich ihm zu. Aber dann auch Richard – er hat völlig recht damit, dass es sich niemand leisten kann, uns alle nach Palästina zu schicken. Es würde jede Menge Kapital und Arbeitskraft verloren gehen. Schau dich doch in Krefeld um. Wie viele Geschäfte, die Angestellte beschäftigen, gehören Juden? Mindestens ein Drittel. Wie viele Leute arbeiten bei Merländer und Strauß? Hunderte. Wir bringen der Stadt Geld und Arbeitsplätze.«

»Und gerade das wird uns geneidet.«

»Das war schon immer so, Martha, und das weiß du auch. Das liegt an unserer Geschichte, daran, dass wir – im Gegensatz zu den Christen – Geld verleihen konnten. Uns wurde immer Wucher vorgeworfen, aber wir haben geholfen, Deutschland zu dem zu machen, was es ist. Gerade nach dem großen Krieg. Aber auch das wird oft misstrauisch betrachtet, und so wird es immer sein.«

»Dein Vater meinte, dass die Zukunft der Kinder eventuell in Palästina liegt. Ich kann mir das aber nicht vorstellen.«

»Warum sollten die Mädchen nach Palästina gehen?« Karl setzte sich auf und sah Martha an.

»Damit sie nicht unter Repressalien leiden müssen, sondern ein Leben in einem zionistischen Land leben können.«

»Noch ist Palästina im Aufbau. Vor allem sind dort viele russische Juden, die die Idee des Kibbuz leben. Ich kann mir kaum vorstellen, dass Deutsche dort glücklich werden. Auch Berthold nicht. Und unsere Töchter schon gar nicht. Ich weiß nicht, was Vater heute umgetrieben hat – vielleicht all die Aufzählungen der antisemitischen Handlungen in der letzten Zeit. Aber hier in Krefeld – ja, es gibt die Braunen, die sich zum Stammtisch treffen und ihre Parolen brüllen, aber das sind doch nur wenige. Es wird sich alles wieder beruhigen und dieser Junker aus Österreich wird in der Versenkung verschwinden. Das ist nur ein Sturm im Wasserglas, Liebste. Mach dir keine Sorgen.«

»Ja, vielleicht hast du recht. Berthold hat uns alle nervös gemacht.«

Karl legte sich wieder hin. »Man muss einen Antrag stellen,

um nach Palästina ausreisen zu dürfen. Und man braucht Geld – ich glaube es sind tausend Pfund pro Person. Wie soll Berthold so viel Geld für Hedwig, Hans und sich aufbringen? Außerdem glaube ich nicht, dass meine Schwester das Land verlassen will. Ich lasse mich jedenfalls nicht verrückt machen.«

»Nein, das sollten wir nicht.«

»Unser Haus ist wunderschön, wir haben zwei gesunde Töchter, meine Arbeit läuft gut – lass uns das einfach genießen. Es wird schon nichts Schlimmes passieren.«

Kapitel 6

Ende Oktober zog ein heftiger Sturm über den Niederrhein. Der Wind heulte durch die Straßen, und riss die Blätter von den Bäumen. Wie ein rutschiger Teppich lagen sie auf den Gehwegen.

Beim Nachbargrundstück schritten die Bauarbeiten voran. Dort würde eine Familie einziehen, deren Sohn so alt war wie Ruth. Doch Jungs interessierten sie nicht. Sie hatte ja Rosi, mit der sie immer noch fast jeden Tag in der Villa spielte. Am tollsten fand sie es, wenn sie verbotene Dinge taten.

Die Familie Sanders lebte im Erdgeschoss der pompösen Villa. Richard Merländers Wohnzimmer mit dem großen, offenen Kamin befand sich im ersten Stock. Dort lagen auch das Esszimmer und die Küche. Außerdem zog sich eine große Veranda über die gesamte Gartenseite. Im Obergeschoss befanden sich die Schlafräume.

»Wieso wohnt ihr hier unten?«, fragte Ruth Rosi.

»Onkel Richard sagt, dass es in England so üblich ist, dass sich die Dienstboten im Souterrain aufhalten. Wir haben aber kein Souterrain, nur einen Keller«, sagte Rosi grinsend.

»Onkel Richard? Er ist doch gar nicht dein Onkel«, meinte Ruth verwundert.

»Natürlich nicht. Aber ich darf ihn so nennen.«

Ruth dachte nach. »Aber es ist doch unpraktisch, die Küche oben zu haben.«

»Ihm gefällt es so.« Rosi zuckte mit den Schultern. »Heute ist er mit Papa wieder nach Berlin gefahren. Dort fährt er alle paar Wochen hin, um einen Freund zu besuchen und Geschäfte zu tätigen. Sie bleiben oft einige Tage.«

»Berlin«, sagte Ruth und schloss die Augen. »Dort möchte ich auch einmal hin, dort muss es ganz famos sein.«

»Ich habe schon so oft gebettelt, aber Papa will mich nicht mitnehmen. Mama durfte schon mal und auch Tante Lisa – aber er sagt, das sei noch nichts für mich«, sagte Rosi und zog einen Flunsch.

»Vielleicht nächstes Jahr? Dann kommst du ja auch in die Schule.«

»Vielleicht. Vielleicht muss ich aber auch bis zur Oberschule warten. Papa macht immer so ein großes Gewese um Onkel Richard, als ob irgendetwas Geheimnisvolles mit ihm sei. Dabei ist er doch nur ein netter, älterer Herr.«

»Ich finde, er zieht sich komisch an – so altmodisch. Diese Westen und diese breiten Krawatten, so etwas trägt man doch heutzutage nicht mehr. Und dann seine Schuhe. Er sollte sich mal von meinem Vati beraten lassen, der weiß, welche Schuhe gerade schnieke sind.«

»Ich glaube, das macht er mit Absicht, sich so zu kleiden.« Rosi zuckte mit den Schultern. »Naja egal, so sind wir wenigstens mal alleine in der Villa.«

Ruth riss die Augen auf. »Ganz alleine?«

»Ja, Tante Lisa ist einkaufen – das kann dauern; und Mama besucht eine Freundin.« Rosi grinste. »Willst du?«

»Natürlich! Erst oben?«

Rosi sprang auf und zog ihre Freundin mit sich die geschwungene Steintreppe hinauf. Es war ihnen streng verboten, die Privaträume von Herrn Merländer zu betreten, und das machte es gerade so reizvoll. Zuerst schlichen sie den Flur entlang, dann öffnete Rosi die Tür zum Salon. Voller Ehrfurcht hielt sie den Atem an, als sie den Raum betrat. Ob hier irgendwo die schönen Seidenstoffe lagerten? Die Wände waren dunkel getäfelt, genau wie die Decke – sie war ganz aus Holz, so etwas hatte sie noch nie zuvor gesehen. Die Fenster waren klein, und ließen nur wenig Licht hinein. Rechts führte eine geschwungene Holztreppe über ein Podest in das Obergeschoss. In die getäfelten Wände waren Regale eingelassen – sie standen voller Bücher. Dicke Bücher in Ledereinbänden und mit Goldschnitt. Auf dem Boden war Parkett verlegt worden, aber kein Stäbchenparkett wie im Haus der Meyers, sondern ein Fischgrätmuster. An einer Wand war eine verglaste Doppeltüre, die auf die große Veranda führte, von der eine geschwungene, steinerne Treppe in den Garten ging. Doch links befand sich die größte Attraktion des Zimmers – der offene Kamin mit seinem steinernen Sims, in den Figuren gehauen worden waren. Ruth konnte sich nicht daran sattsehen. Es waren Frauen mit Pfeil und Bogen, die auf Pferden saßen – und sie waren nackt. Auch andere Motive waren aus dem Stein herausgearbeitet worden, Figuren, Muster – stundenlang hätte sie die betrachten können, immer wieder entdeckte sie etwas Neues.

»Nun komm«, sagte Rosi ungeduldig. »Lass uns in die Küche gehen, da finden wir sicher etwas Leckeres. Ich weiß gar nicht, warum du diesen blöden Kamin so anstarrst.«

»Er sieht so geheimnisvoll aus. So, als würde er eine Geschichte erzählen wollen – aber ich weiß nicht, welche. Er sieht auch immer anders aus, je nachdem, wie das Licht einfällt. Siehst du das nicht?«

»Nein«, sagte Rosi und lachte. Sie nahm ihre Freundin an der Hand und zog sie in die Küche. Tatsächlich lagen dort noch einige der Plätzchen, die Tante Lisa am Morgen gebacken hatte. Sie stibitzten ein paar, bevor sie wieder nach unten gingen.

»Können wir noch in das Kartenzimmer?«, fragte Ruth.

Rosi verdrehte die Augen. »Warum denn schon wieder?«

»Weil ich die Bilder so toll finde.«

Das Kartenzimmer lag im Erdgeschoss. Richard Merländer war ein leidenschaftlicher Spieler – Poker, Skat, Würfeln – er liebte es, zu spielen. Oft lud er Freunde und Bekannte am Wochenende ein, sehr zu Tante Lisas Missfallen. Denn dann saßen sie bis in die Morgenstunden in dem kleinen Raum, der neben dem Schlafzimmer der Haushälterin lag, lachten, tranken, spielten und rauchten. Nach diesen Nächten riss Tante Lisa alle Fenster auf, doch der Geruch der Zigarren war schon in die Wände und Möbel eingezogen. Die Wände hatten es Ruth besonders angetan – weder Vertäfelung noch Tapete bedeckten sie, sie waren bemalt. Bunte Bilder schmückten die rechte und die linke Wand des kleinen Raumes. Dort war ein Gaukler aufgemalt, ein Schachspiel, Würfel, Tarotkarten und vieles mehr. Auch hier hätte Ruth stundenlang schauen können, die Bilder faszinierten sie.

Doch Rosi hatte andere Pläne. »Ich habe wieder Stoff bekommen«, sagte sie. »Willst du ihn sehen?« Rosi rümpfte immer die Nase, wenn sie in das Kartenzimmer gingen. Sie mochte den kalten Zigarrenrauch eklig fand.

»Stoff?«, fragte Ruth endlich. »Natürlich.« Was hatte Vati damals noch gesagt? Seide wird von kleinen Raupen gemacht, die sich in Fäden einwickeln, wie ein Schmetterling. Immer wieder hatte sie daran denken müssen: Das klang ja wie in einem Märchen! Nun endlich würde sie diesen Stoff zu Gesicht bekommen. Ob Rosi sie in einen großen Raum führte, voller Regale, wie in der Bibliothek – nur mit Stoffen statt Büchern? Vielleicht würden die Muster ihr ja auch Geschichten erzählen, wie der Kamin oder die Bilder im Kartenzimmer.

Aufgeregt lief sie hinter Rosi den Flur entlang. Zu ihrer Enttäuschung aber machten sie nicht vor einer unbekannten Tür Halt, sondern vor dem Kinderzimmer von Rosi. Dort standen das große Puppenhaus, ein weißes Schaukelpferd mit echter Mähne und auch ein Tischchen mit Stühlen. Auf dem Tisch lagen bunt durcheinander Stoffstücke in allen Farben, die sich Ruth nur vorstellen konnte.

»Schau«, sagte Rosi, »das hat mir Onkel Richard geschenkt.«

Ruth nahm eins der Stoffstücke in die Hand. Sie waren quadratisch und hatten gezackte Ränder. Der Stoff war weich und glatt, und fühlte sich unglaublich schön an. Der nächste Stoff war steifer und knisterte unter ihren Fingern. Über dunkelblauem Untergrund rankten sich verschlungene Ornamente in tiefem Türkis, fast sah es so aus, als würden die Linien und Ovale miteinander tanzen. Auf dem nächsten prangten auf schwarzem Untergrund goldene Federn, so dicht aneinander, dass man zweimal hinschauen musste, um sie überhaupt zu erkennen. Ein Stück hatte es Ruth besonders angetan, es war in einem Violett-Ton gehalten und mit einem rosafarbenen Muster versehen, das an kleine Fontänen erinnerte. Oder an Schmetterlingsflügel.

»Oh, die sind so wunderschön! Aber wieso sind die Ränder so gezackt?«, fragte Ruth.

»Das sind Musterstoffe aus der letzten Kollektion von Onkel Richard. Er hat sie mir geschenkt. Und er sagte, sie wären mit einer Zackenschere geschnitten, damit sie nicht ausfransen.«

»Wäre es nicht wundervoll, wenn wir etwas daraus nähen könnten? Vielleicht Kleider für unsere Puppen! Meine Mutti kann etwas nähen, meine Omi noch besser. Sie könnten es uns zeigen.«

»Phänomenal. Meine Mama hat darauf keine Lust, sie sagt, sie muss schon genug flicken und stopfen; Puppensachen zu nähen – dafür hat sie keine Zeit.«

»Wir können rübergehen und fragen.«

Rosi dachte nach, dann schüttelte sie den Kopf. »Ich darf das Haus nicht verlassen, ohne Bescheid gesagt zu haben.«

»Natürlich nicht«, antwortete Ruth verständnisvoll. »Das darf ich auch nicht. Dann spielen wir einfach noch ein wenig hier.«

»Musst du nicht längst zu Hause sein?« Plötzlich stand Rosis Mutter hinter ihnen und schaute Ruth überrascht an. »Es ist schon fast fünf Uhr.«

»Oh!« Schnell zog Ruth Jacke und Schuhe an und verabschiedete sich.

»Hier«, sagte Rosi und drückte ihr einige der Stoffstücke in die Hand. »Die schenke ich dir.«

»Wirklich?«

Rosi nickte. »Ich habe noch ganz viele davon.«

Ruth faltete die Stoffe sorgfältig und steckte sie in ihre Tasche, dann lief sie nach Hause.

»Schau mal«, sagte sie zu ihrer Mutter, als sie später gemeinsam auf dem Sofa saßen, und hob die Stoffstücke hoch. »Sind die nicht wunderschön?«

»Wo hast du die her? Das sind teure Stoffe. Das ist echte Seide, dies hier ist Taft, und das ist Samt.«

»Rosi hat sie mir geschenkt«, sagte Ruth freudestrahlend. »Kannst du uns das Nähen beibringen, dann können wir für unsere Puppen schöne Kleider machen. Rosi hat noch viel mehr Stoff – alles so glänzend und bunt.«

»Wo hat sie den denn her?«

»Das sind Musterstoffe der letzten Kollektion, die hat sie von Onkel Richard geschenkt bekommen.«

»Onkel Richard?« Martha zog die Augenbrauen hoch. »So, so. Ja, ich kann dir beibringen, wie man näht, aber nicht heute. Vielleicht ist es auch besser, Omi Minnie zeigt es dir. Sie hat bessere Nerven und mehr Geduld als ich«, sagte Martha schmunzelnd.

»Ja, Omi kann wunderbar erklären«, stimmte Ruth zu. Sie brachte die Stoffmuster in ihr Zimmer und legte sie sorgfältig in die Kommode. Draußen stürmte es, ein paar Schneeflocken mischten sich in den dichten Regen. Bald kam die Winterzeit und damit auch das Lichterfest, darauf freute sie sich besonders, denn dann gab es immer Geschenke. Dieses Jahr fiel Chanukka sogar auf das Weihnachtsfest. Vati hatte ihr erklärt, dass der jüdische Kalender anders sei als der normale und dass sich deshalb die Feiertage jedes Jahr verschieben würden; anders als bei den Christen. Ruth fand das merkwürdig und doof. Warum konnten sie nicht alle denselben Kalender haben?

»Im Großen und Ganzen leben wir ja nach dem offiziellen, dem christlichen Kalender«, hatte Vati ihr erklärt. »Es sind nur die hohen Feiertage, die wir nach dem jüdischen Kalender feiern, Ruthchen.«

»Aber warum haben Juden einen anderen Kalender als Christen? Wieso gibt es überhaupt einen Unterschied? Rosi ist doch nicht anders als ich. Sie spielt auch gerne mit Puppen, baut Verstecke im Garten und mag Süßigkeiten. Die Sanders essen gerne Schweinefleisch. Ich habe es gekostet, es schmeckt gar nicht schlecht – aber wir haben nie Schnitzel, wieso nicht?«

»Ach, Kind, frag deine Mutter, die kann das besser erklären«, seufzte ihr Vater, wie immer, wenn es um religiöse Fragen ging.

Am Abend hatte Ruth ihre Mutter gefragt, aber die hatte nur etwas von Traditionen erzählt und davon, dass die Katholiken und die Protestanten auch unterschiedliche Feiertage hätten.

»Weihnachten feiern aber beide«, sagte Ruth trotzig. »Wir jedoch nicht. Warum?«

»Weil die Christen sagen, dass Jesus Christus Gottes Sohn und der Messias sei. Das glauben wir Juden aber nicht – wir warten noch auf den Messias, den Erlöser. Und er wird kommen. Weihnachten ist das Fest von Jesus' Geburt, das sie feiern. Wir können doch aber nicht die Geburt von jemandem feiern, an den wir nicht glauben«, hatte Martha versucht zu erklären. »Wir haben dafür Chanukka, und das ist doch auch schön.«

Ruth hatte genickt, aber wirklich verstanden hatte sie das alles nicht.

Chanukka ist wirklich schön, dachte sie nun, während sie in das Regen- und Schneegemisch vor dem Fenster schaute. Die Lichter anzuzünden, mit dem Kreisel zu spielen und mit der Familie zu essen – das war alles schön. Aber zu gerne hätte sie auch einen Weihnachtsbaum gehabt. Ob Onkel Richard wohl in der Villa einen Weihnachtsbaum aufstellen würde? Er war auch Jude, aber er kam nie in die Synagoge. Er feierte auch keine Sabbatruhe, vielleicht hatte er dann ja einen Weihnachtsbaum?

Da hörte sie den Wagen in die Garage fahren – Vati und Herr Aretz waren wieder da. Schnell lief sie nach unten.

»Das Wetter war fürchterlich«, sagte Karl, als sie alle zusammen am Tisch saßen, und griff noch einmal zu den Kartoffeln, goss ordentlich Soße darüber. »Aber Aretz ist ein wunderbarer Fahrer. Bei ihm habe ich nie Sorge.«

»Es soll wohl schneien nächste Woche«, meinte Martha besorgt. »Wie weit müsst ihr denn fahren?«

»Eigentlich wollte ich ins Sauerland, aber das werde ich aufgrund der Wetterlage wohl verschieben«, meinte Karl nachdenklich. »Egal, wie gut Aretz fährt, man muss sein Glück ja nicht ungebührlich herausfordern.«

»Onkel Richard ist mit Onkel Hermann nach Berlin gefahren«, sagte Ruth. »Das ist doch noch weiter.«

»Onkel Richard?«

»So nennt Rosi ihn.«

»Du bist aber nicht Rosi«, sagte Karl plötzlich streng. »Für dich ist das ›Herr Merländer‹, hast du verstanden?«

Ruth zog den Kopf ein: Wenn Vati diesen Tonfall anschlug, war nicht mit ihm zu spaßen.

»In Berlin ist gerade Modemesse, er wird dort einen Teil seiner Kollektion vorstellen«, sagte Karl dann. »Ich hatte zwar überlegt, auch einmal zu den Modemessen zu fahren, aber das würde sich für mich nicht rechnen.«

»Schade«, sagte Ruth. »Rosi hofft, dass sie mal mitfahren kann. Ich würde auch gerne nach Berlin. Es soll dort einen tollen Tierpark geben. Das hat Rosis Tante Lisa erzählt, die durfte schon ein paar Mal mit, und Rosis Mutter auch.«

»Kind, für eine Fahrt nach Berlin bist du noch viel zu jung«, sagte Karl. »Woher hat sie denn all diese Flausen in der letzten Zeit, Martha?«

Martha zuckte nur mit den Schultern und sagte: »Später.«

Karl nickte verstehend.

Als die Kinder im Bett waren, sie zusammen im Herrenzimmer saßen, und Karl seine Zigarre angezündet hatte, begann sie, zu erzählen. »Rosi – es ist Rosi. Und dieser Merländer. Sie ist ganz verzaubert von dem Haus, erzählt erstaunliche Dinge. Zu gerne würde ich wissen, ob Ruths Phantasie verrückt spielt, oder es dort wirklich so aussieht.«

»Du wirst demnächst Gelegenheit bekommen, dich davon selbst zu überzeugen, Merländer hat uns eingeladen.«

»Eingeladen? Zum Kartenspielen?« Es war allgemein bekannt, dass Merländer ein begeisterter Spieler war und oft zu Kartenabenden einlud. Es wurde gemunkelt, dass es dort zum Teil um viel Geld ging und der Alkohol in Strömen floss.

»Nein, zu einem Essen. Er will sich für die Einladung bei uns revanchieren.«

»Das ist ja nett, aber …«, Martha zögerte. »Ich weiß nicht, ob wir in diese Gesellschaft passen. Man hört ja so einiges über ihn.«

»Seit wann gibst du dich Tratsch und Klatsch hin, Liebes? Du hast ihn doch kennengelernt. Er ist ein aufgeschlossener, netter Mann.«

»Ich glaube, er hat ein Verhältnis mit seiner Haushälterin«, flüsterte Martha.

Karl lachte laut auf. »Wie kommst du denn darauf?«

»Nun, er schenkt Rosi jede Menge Sachen, sie darf ihn ›Onkel‹ nennen, und er nimmt die Haushälterin mit nach Berlin …«

»Ich glaube, er hat einfach ein großes Herz.«

»Er ist nicht verheiratet, und er geht auch nicht in die Synagoge.«

»Ja, Liebes, das ist richtig. Weißt du es denn wirklich nicht?«

»Was?«

»Er ist ein 175er.«

»Bitte?« Plötzlich wurde Martha einiges klar. »Deshalb fährt er so oft nach Berlin?«

»Er hat dort einen Freund, den er besucht – so wird gemunkelt.«

»Ich dachte, du gibst nichts auf Tratsch und Klatsch?« fragte Martha lächelnd und knuffte ihn in die Seite.

»Man hört es ja trotzdem. Aber man muss es ja nicht weitererzählen«, sagte Karl. »Ich denke aber, dass es stimmt.«

»Ein 175er, ein Homosexueller.« Martha schüttelte den Kopf.

»Es soll doch jeder nach seiner Fasson glücklich werden. Wenn er diesen Mann liebt, dann ist das so. Damit richtet er keinen Schaden an. Mir wäre nur lieb, wenn Ruth etwas weniger Kontakt zu Rosi hätte. So verwöhnen, wie er es bei dem Chauffeurmädchen tut, können wir unsere Töchter nicht.«

»Das stimmt. Aber im Moment bin ich froh, dass Ruth eine Freundin gefunden hat. Das wird sich nächstes Jahr sowieso ändern, wenn die beiden zur Schule gehen. Rosi wird die Volksschule im Bismarckviertel besuchen, und sobald Ruth neue Freundinnen gefunden habt, wird der Kontakt zwischen ihnen bestimmt nachlassen.«

»Hoffentlich hat Rosi unsere Ruth bis dahin nicht verdorben.«

»Ruth möchte nähen lernen. Rosi bekommt von Merländer die alten Musterbücher – es sind schöne Stoffe, beste Qualität. Ich wollte deine Mutter bitten, es den Mädchen beizubringen – dann sind sie vielleicht öfter hier als drüben und außerdem vernünftig beschäftigt.«

»Das ist eine ausgezeichnete Idee.«

Auch Minnie war davon sehr angetan, als Martha ihr beim nächsten Abendessen die Stoffe zeigte und ihr erzählte, dass Ruth nähen lernen wollte. Sie bewunderte die feinen Stoffe mit den schönen Mustern, die Merländer exklusiv für seine Firma entwerfen ließ.

Für die kommende Woche war ein Treffen ausgemacht worden. Rosi hatte vorher sogar noch weitere Musterstoffe mitbrachte – darunter waren auch dickere Polsterstoffe, die von Merländer an Möbelmanufakturen verkauft wurden. Martha fragte, ob sie etwas von den Polsterstoffen haben dürfe und Rosi rannte zurück zur Villa und brachte noch mehr.

Martha wollte die Stoffe Aretz geben, der fleißig an dem Puppenhaus baute. Mit ihnen könnte er die kleinen Stühle und Sofas beziehen. Minnie versprach, winzige Kissen zu nähen und einige Stücke zu umsäumen und mit Fransen zu versehen, sodass sie als Teppiche dienen konnten.

Oma Minnie brachte ihre große Nähkiste mit, Rosi und Ruth warteten schon seit einer Stunde gespannt im Wohnzimmer auf sie.

»Hier«, sagte Omi und überreichte jedem Mädchen ein Täschchen, das sie genäht und bestickt hatte. Darin waren ein silberner Fingerhut, verschiedene Nähnadeln und Garn. Außerdem ein kleines Nadelkissen und eine Blechdose mit Stecknadeln. Zudem hatte sie für jedes Mädchen eine Schneiderschere besorgt.

»Mit dieser Schere dürft ihr nur Stoff schneiden – kein Papier, keine Pappe und auch sonst nichts. Das würde die Klinge verderben«, erklärte Omi. »Zuerst lernt ihr den Heftstich.« Sie lächelte. »Aber dafür müsst ihr zunächst den Faden in das Nadelöhr einfädeln.« Sie zeigte den Mädchen, wie das ging. Rosi war sehr ungeduldig, der blöde Faden wollte einfach nicht in das Nadelöhr und je öfter sie es probierte, umso mehr franste das Fadenende aus.

»Mehr Ruhe, Kind«, sagte Omi nachsichtig. »Ich zeige es dir noch einmal.« Sie nahm das ausgefranste Fadenende in den Mund, befeuchtete es, zwirbelte es dann sacht zusammen und steckte es langsam und vorsichtig durch das Nadelöhr.

»Jetzt heften wir zwei Stoffstücke zusammen: Dazu nehmen wir diesen einfachen und etwas dickeren Baumwollstoff.«

»Aber ich habe doch all die schönen Stoffmuster dabei«, empörte sich Rosi.

»Das ist richtig, Liebes, aber wir wollen doch üben. Und wenn wir bei den feinen und dünnen Stoffen nachher den Faden wieder herausziehen, ist er beschädigt und wir können ihn nicht mehr für andere Sachen benutzen.«

Minnie hatte für jedes Mädchen zwei rechteckige, weiße, grobe Baumwollstoffstücke mitgebracht. Zuerst zeigte sie ihnen den einfachen Heftstich, mit dem die Mädchen die beiden Baumwollstücke zusammenhefteten. Dann brachte sie ihnen bei, wie sie den Faden wieder lösten. Dafür gab es ein kleines Messer mit einem Haken.

Danach lernten sie den Steppstich – der immer vor und zurück ging. Das war viel schwieriger als der Heftstich, und es dauerte, bis die Mädchen herausgefunden hatten, wie sie es sauber hinbekamen. Umso stolzer waren sie am Ende des Nachmittags.

Frau Jansen hatte Waffeln gebacken und Kakao gekocht – damit wurden Rosi und Ruth nach ihren Mühen belohnt.

Jede Woche kam Minnie nun zur Nähstunde und zeigte ihnen

die verschiedenen Stiche. Auch, wie man Knöpfe annähte und Knopflöcher säumte, brachte sie ihnen bei. Die beiden Baumwollstoffe sahen nach einigen Wochen sehr mitgenommen aus, und Rosi verlor langsam das Interesse an der anstrengenden Tätigkeit, doch Ruth war mit Feuereifer bei der Sache. Nach jedem Treffen flehte sie ihre Oma an, ihnen endlich beizubringen, wie sie Muster aus Papier anfertigen könnten, um sie dann auf den Stoff zu übertragen.

Dann endlich kam der Tag, an dem sie die Musterstoffe verwenden durften. Als erstes wollte Ruth mit einem Täschchen für Taschentücher beginnen, das war einfacher als ein Puppenkleid. Lange hatte sie überlegt, welchen der Stoffe sie dafür verwenden würde und sich schließlich für eine lindgrüne Seide entschieden, die blau und türkis changierte – Mamas Lieblingsfarben– und für sie sollte das Täschchen ja auch schließlich sein. Ruth war mittlerweile so routiniert, dass sie oft abends nach dem Essen noch ein wenig nähte, dann, wenn die Familie zusammen im Salon Radio hörte. Draußen rüttelte der Novemberwind an den Fensterläden und fuhr pfeifend durch die entlaubten Bäume. Es war empfindlich kalt geworden. Umso gemütlicher war es drinnen. Während Ilse bereits im Bett war, saß Ruth im Nachtgewand bei ihrer Mutter im Salon und nahm vorsichtig die in ein grobes Leinentuch eingeschlagenen und mit feinen Nadeln zusammengehefteten Stoffstücke hervor und machte sich ans Werk.

Martha genoss die Gesellschaft ihrer Tochter. Sie kochte ihr heiße Schokolade und erzählte Geschichten, während Ruth nähte.

Der Dezember nahte und damit der Abend, an dem Karl und Martha bei Merländer eingeladen waren. Martha war zweimal in der Stadt gewesen, um sich etwas Neues zum Anziehen zu kaufen. Schließlich hatte sie ein wunderschönes Kleid gefunden, aber sie war immer noch unsicher, ob es denn passend war. Es war ein Kleid aus schillerndem blauen Taft, das asymmetrisch geschnitten war – hinten war es länger als vorne. Der Saum war mit kleinen Volants versehen und die Ärmel waren im Fledermausstil gehalten.

»Wer ist noch eingeladen?«, fragte sie Karl immer wieder, doch ihr Mann zuckte nur mit den Achseln. »Ist das denn wichtig?«

Martha verdrehte die Augen. »Natürlich ist es das. Es macht einen Unterschied, ob wir nur mit entfernten Bekannten zusammen speisen oder mit der feinen Gesellschaft aus Düsseldorf, zu der Merländer ja auch Kontakt hat.« Aber dafür schien Karl kein Verständnis zu haben.

Ruth dagegen konnte die Bedenken ihrer Mutter gut nachvollziehen. Schließlich nähte sie für ihre Puppen ja auch unterschiedliche Kleider, je nachdem, ob sie zum Puppen-Tee eingeladen waren oder aber zu einem abendlichen Fest. Was man anzog, war wichtig.

Am nächsten Tag huschte sie heimlich hinüber zur Villa. Es gab einen Hintereingang für das Personal, man musste zwischen Haus und dem Schuppen, in dem der Wagen stand, hindurchgehen. Sie klopfte, und öffnete dann die Tür, ohne auf eine Antwort zu warten. Auch hier unten gab es eine kleine Küche, in der Rosis Mutter für die Familie Sanders kochte.

Dort saßen jetzt die beiden Frauen und schälten Kartoffeln. Überrascht sah Katharina Sanders, Rosis Mutter, auf.

»Ruth, Schätzchen, was machst du denn hier? Bist du mit Rosi verabredet? Davon hat sie gar nichts gesagt. Sie ist bei einer anderen Freundin.«

Ruth schüttelte den Kopf. »Nein, ich bin nicht mit Rosi verabredet. Ich habe nur eine Frage.« Sie zögerte.

»Was hast du denn?«, fragte Tante Lisa.

»Also«, plötzlich wurde Ruth verlegen, »meine Eltern sind ja bei Herrn Merländer eingeladen, und meine Mutter fragt sich, wer noch kommen wird. Mein Vater konnte das nicht sagen, er findet es nicht wichtig, aber Mutti schon ... sie will doch angemessen auftreten.« Ruth sah auf ihre Schuhspitzen.

»Und da hat sie dich geschickt, um zu fragen?«, wollte Lisa erstaunt wissen.

»Nein, nein«, stammelte Ruth. »Sie weiß nicht, dass ich hier bin. Ich wollte ihr nur helfen ...«

Die beiden Frauen lachten auf. »Ei der Daus!«, sagte Rosis Mutter. »Das finde ich dufte und auch ein bisschen kess.« Sie sah ihre Schwägerin an. »Weißt du, wer kommt?«

Lisa nickte. »Acht Gäste, mit den Meyers. Es kommen noch das Ehepaar Strauß, Doktor Esters mit Frau und die Theissens.«

»Theissens?« Rosis Mutter schaute Lisa fragend an. »Wer ist das denn?«

»Einer der Vertreter der Firma. Er ist sehr gut mit ... also, er war schon des Öfteren hier.«

Katharina nickte. »Jetzt weiß ich, wen du meinst. Er spielt.«

»Genau.«

Beide schwiegen kurz.

»Liebchen«, sagte Lisa, »sind deine Fragen beantwortet?«

Ruth nickte. »Danke«, murmelte sie und schon war sie raus aus der Küche. Sie ahnte, dass sie etwas gehört hatte, was nicht für ihre Ohren bestimmt war. Aber was das war, wusste sie nicht.

Strauß', Esters', Theissens und die Eltern, sagte sie sich immer wieder auf, während sie zurücklief.

Im Foyer streifte sich Ruth die Schuhe ab, zog die Hausschuhe an, hängte die regennasse Jacke an die Garderobe und ging nach oben. Ihre Mutter saß im Salon und las in einem Magazin.

»Schätzchen«, sagte sie lächelnd, »wo warst du denn?«

»Nur kurz bei Rosi«, druckste Ruth und sah sich um. »Wo ist Vati?«

»Im Arbeitszimmer, mein Schatz. Aber störe ihn nicht, er hat zu tun.«

Ruth setzte sich neben ihre Mutter und überlegte, wie sie die Informationen, die sie gerade erhalten hatte, wiedergeben konnte, ohne zu verraten, dass sie direkt danach gefragt hatte, aber ihr wollte einfach nichts einfallen, also ratterte sie los. »Die Strauß', die Esters' und die Theissens kommen zur Dinner-party – und ihr.« Jetzt war es raus.

Martha ließ die Zeitschrift auf ihren Schoß sinken und klappte sie zu. »Ach?« Sie musterte Ruth amüsiert. »Ist das so?«

Ruth nickte eifrig.

»Und woher weißt du das?«

»Ich habe gefragt«, wisperte Ruth.

Für einen Moment sah Martha nach draußen. Der Schneeregen tobte vor den Fenstern und warf wilde Muster in das trübe Licht der Straßenlaternen. Dann drehte sie sich wieder zu ihrer Tochter und nahm sie in den Arm. »Du bist bei diesem Wetter zur Villa gelaufen und hast gefragt, wer kommt?«

Ruth nickte.

»Aber warum?«

»Weil Vati es nicht wusste.«

Ein glucksendes Lachen entfuhr Martha, dann hob sie Ruths Kinn mit der linken Hand und sah ihr in die Augen. »Danke!« Sie holte tief Luft. »Das hättest du nicht tun müssen, aber danke.« Dann nahm sie ihre Tochter fest in die Arme und drückte sie an sich. »Ich bin froh, dass ich dich habe.«

»Es ist also nicht schlimm, dass ich gefragt habe?« Ruth sah sie an.

»Nein, Schätzchen, das ist es nicht. Im Gegenteil. Es zeigt, dass du mitgedacht hast und mir helfen wolltest. Aber du hättest es trotzdem nicht machen müssen. Zumal heimlich und bei der Kälte … «

Der Tag vor dem Dinner bei Merländer war voller Aufregung – zumindest in den oberen Etagen. Martha ließ sich die Haare schneiden und in Wasserwellen legen. Das blaue Tafel-Kleid wurde gedämpft und aufgehängt. Zumindest bei den Schuhen hatte sie den eindeutigen Vorteil, denn ihre Schuhe waren aus Karls neuester Kollektion. Schlicht, aber geschmackvoll.

Karl brachte einen Wein mit, und Martha hatte Blumen für die Haushälterin besorgt. Der Abend kam, und die Herbststürme legten eine Pause ein – es war kalt, aber trocken, als sie Arm in Arm über die Straße zur Villa Merländer gingen.

Leni würde heute über Nacht bleiben. Im dritten Stock, neben dem Bügelzimmer, hatte sie eine kleine eigene Kammer. Dort schlief sie auch, wenn Martha ins Theater ging oder andere Verabredungen hatte, die länger dauerten.

»Macht es dir nichts aus, dass du bei uns bleiben musst?«, fragte Ruth Leni an diesem Abend. Ilse schlief schon längst, aber Leni und Ruth hatten noch auf dem Sofa am Kamin gesessen und Handarbeiten verrichtet. Ruth arbeitete an einer Stoffhülle für Bücher. Die wollte sie Opi zu Weihnachten schenken.

Leni sah Ruth überrascht an. »Wie meinst du das?«

»Du wohnst ja nicht hier. Du hast doch eine eigene Wohnung. Aber manchmal musst du hier schlafen, weil Mutti nicht da ist. Findest du das nicht blöd?«

Leni lachte auf. »Ich habe doch keine Wohnung, Ruthchen, ich habe nur ein möbliertes Zimmer. Und es ist sehr gemütlich bei euch. Nein, es macht mir gar nichts aus.«

»Aber warum wohnst du dann nicht immer hier? Die Sanders wohnen doch auch bei Herrn Merländer im Haus.«

Leni sah Ruth nachdenklich an. »Ich weiß nicht, ob du schon alt genug bist, um das zu verstehen. Aber deine Eltern möchten hier alleine wohnen, ihnen ist es wichtig, als Familie zusammen zu sein, ohne Fremde. Und sie wollen viel für euch da sein.«

»Aber manchmal wollen sie auch dich hier haben«, sagte Ruth.

»Aber eben nicht immer. Für mich ist das so in Ordnung. Ich

schlafe hier, wenn es nötig ist, gehe ansonsten in mein Zimmer. Eine eigene Wohnung hätte ich schon gerne, aber das kann ich mir im Moment noch nicht leisten.«

»Zahlt Vati dir nicht genug?«, fragte Ruth leise.

Leni sah sie überrascht an. »Oh doch«, sagte sie und nahm das Mädchen in den Arm. »Ich kann mich wirklich nicht beklagen. Dein Vater ist ein sehr großzügiger Mann. Aber weißt du, mein Vater war Soldat im Großen Krieg und ist seitdem sehr krank. Deshalb muss ich meine Eltern unterstützen.«

»Du gibst deinen Eltern Geld?«

»Ja, das machen viele Menschen. Meine Eltern haben mich aufgezogen und sich um mich gekümmert, als ich klein war. Und jetzt kümmere ich mich ein wenig um sie.«

»Und um uns noch dazu«, sagte Ruth und lächelte. »Du kümmerst dich um ganz schön viele Menschen. Wenn ich einmal groß bin, werde ich mich auch um meine Eltern kümmern.«

»Ich glaube nicht, dass deine Eltern deine Hilfe brauchen werden«, sagte Leni schmunzelnd. »Einen Krieg, so wie den großen Krieg, wird es ganz sicher nie wieder geben.«

»Das war ein interessanter Abend«, sagte Martha, als sie spät in der Nacht wieder zurück zu ihrem Haus gingen. Die Wolken hingen tief, der Vollmond lugte nur hin und wieder zwischen ihnen hervor.

»Ja«, sagte Karl und klang nachdenklich. »Interessant war es.«

»Hast du dich etwa nicht amüsiert?«, fragte Martha verwundert. »Das Essen war doch ganz nach deinem Geschmack. Und exzellent war es noch dazu.«

»Die Köchin ist tatsächlich sehr gut« gab Karl zu, während er die Haustür aufschloss.

»Es hat mich überrascht, dass sie für das Essen eine Köchin engagiert haben, Ruth erzählt immer, dass die Haushälterin für Richard kocht.«

»Das tut sie auch. Und das wird sie auch heute getan haben, sicherlich war nur eine Beiköchin beschäftigt – aber es klingt so viel hochherrschaftlicher, wenn man sagt, dass man sich eine Köchin genommen hat für so eine Einladung.« Er schnaubte.

»Du bist … verärgert?« fragte Martha nach. »Warum?«

»Nein!«, sagte Karl und stapfte die Marmorstufen empor, öffnete die Tür zum Wohnbereich und hängte seinen Mantel an die Garderobe. Dann drehte er sich um und nahm Martha ihren Mantel ab. »Tut mir leid, Liebes, ich brauch eine Zigarre und ein Glas Bourbon.« Und schon verschwand er Richtung Herrenzimmer.

Für einen Moment lauschte Martha – aus der oberen Etage war nichts zu hören. Trotzdem schlüpfte sie schnell aus den Schuhen, zog sich die Hausschuhe an und ging nach oben zu den Kinderzimmern. Ruth und Ilse schlummerten friedlich. Zufrieden kehrte Martha ins Erdgeschoss zurück.

Karl stand am Fenster des Herrenzimmers und schaute auf die Straße. Sie waren gerade rechtzeitig nach Hause zurückgekehrt, der Himmel hatte sich zugezogen, und ein leichter Schneeregen fiel.

Martha ging zum Barschrank, nahm sich einen Gin, und fügte etwas Eis hinzu, und setzte sich dann auf das Ledersofa.

»Komm«, sagte sie und klopfte neben sich, »setz dich zu mir und sag mir, was dich beschäftigt.«

»Ach«, murmelte Karl und paffte seine Zigarre, »ich komme mir jetzt schon albern vor.«

»Das macht doch nichts. Ich möchte trotzdem wissen, was dich beschäftigt. Ich habe mir den Kopf verrückt gemacht, vor dieser Einladung, war fast meschugge, weil ich nicht wusste, was mich erwartet. Letztendlich war es nur ein netter Abend mit Bekannten. Frau Lange kenne ich aus dem Theater. Frau Strauß natürlich aus der Synagoge. Und der kleine Horst von Theissens besucht den gleichen Schwimmkurs wie Ruth – nur eine Stunde später; aber wir haben uns im Stadtbad schon gesehen.«

»Theissen«, sagte Karl und seufzte.

»Was ist mit ihm? Seine Frau ist nett.«

»Wusstest du, dass er nebenan baut?«

Die Baugrube war im Herbst ausgehoben worden, aber der frühe Wintereinbruch hatte die Arbeiten verzögert.

»Wirklich?«, sagte Martha erfreut. »Ach, wie schön. Ruth und Horst verstehen sich gut. Und ich mag Frieda Theissen.« Sie sah Karl nachdenklich an. »Aber dir scheint es nicht zu passen?«

Karl schwieg.

»Was ist denn mit Theissen?«

»Er … er ist bei den Braunen, glaub ich.«

»Aber er arbeitet doch für Richard?«, fragte Martha, der Merländer heute das Du angeboten hatte, als sei es das Selbstverständlichste der Welt, erstaunt.

»Er war Vorarbeiter in der Fabrik, jetzt ist er Vertreter im

Umkreis. Die großen Geschäfte macht Richard natürlich selbst. Vor allem aber ist Richard die politische Gesinnung seiner Angestellten egal.«

»Und das hat dich so verärgert, dass du dir davon den ganzen Abend vermiesen lässt?«

Karl sah Martha an. »Ich mache mir halt Sorgen. Ich weiß, uns geht es wirklich gut. Ich verdiene gut, die Geschäfte laufen, die Kinder sind gesund, und wir sind glücklich«, sagte er und küsste sie auf den Mund – kurz, aber innig. »Aber es gibt ein ›Aber‹.«

»Das gibt es immer, Karl.«

»Die Entwicklung mit den Braunen gibt mir mehr und mehr zu denken: Dieses überhebliche Getue um Arier oder nicht – das ist schon heikel. Nun verdient Theissen sein Geld bei einem Juden – und er scheint nicht schlecht zu verdienen, wenn er hier bauen kann. Dennoch bin ich auf gute Nachbarschaft bedacht, und wenn dann nächstes Jahr jemand hier wohnt, der auf Juden herabsieht, wäre das nicht schön – nicht für mich, nicht für dich und auch nicht für die Kinder.«

»Ist er denn so extrem?«, fragte Martha verwundert. »Er machte nicht den Eindruck. Und wie du sagst, arbeitet er für einen jüdischen Auftraggeber, wie kann er dann das Judentum ablehnen?«

Karl nahm einen großen Schluck aus seinem Glas. »Das weiß ich nicht, Liebes, ich weiß es einfach nicht, und es bereitet mir Kopfzerbrechen.«

»Aber bist du dir denn überhaupt sicher, dass er zu denen gehört?«

»Ich habe mit Strauß gesprochen, als wir im Kartenzimmer waren und dort eine Zigarre geraucht haben. Strauß hat ebenfalls Bedenken, was Theissen angeht. Zwar ist er ein guter Vertreter und verdient eine Menge Geld für die Firma. Trotzdem ist er ihm nicht ganz grün.«

»Warum behalten sie ihn denn dann? Es gibt doch genügend gute Leute.«

»Nun, da ist noch etwas anderes – Theissen spielt. Er spielt gerne und mit hohem Risiko. Regelmäßig pokert er zusammen mit Richard, auch drüben in der Villa.« Karl räusperte sich. »Mich hat Richard auch gefragt, ob ich nicht einmal mitspielen will.«

»Und?«, wollte Martha wissen.

»Du kennst mich doch, ich werde nie um Geld spielen, und das ist es, was den Reiz für Richard ausmacht. Strauß sieht das mit gemischten Gefühlen. Mehr als einmal mussten er und sein Kompagnon Richard aus der Patsche helfen.«

»Und du glaubst, weil Theissen auf Risiko und um Geld spielt, macht Richard seine Gesinnung nichts aus?«

»Möglich ist es. Außerdem sieht sich Richard nicht zuvorderst als Jude, sondern als deutscher Geschäftsmann, und fühlt sich von den Braunen nicht bedroht. Eins weiß ich aber genau – wäre Aretz ein Brauner, könnte er sich eine neue Arbeit suchen.«

»Aber doch unser Aretz nicht.«

»Nein, Hans ist loyal, egal, was kommt. Er steht eher links als rechts. Eigentlich muss mir das als Arbeitsgeber egal sein – aber das ist es mir nicht.«

»Aretz ist ein Unikum«, schwärmte Martha. »Ich bin so froh, dass wir ihn haben. Er hat den verstopften Abfluss in der Küche ruckzuck wieder freibekommen. Woher er das alles kann, frag ich mich immer wieder?«

»Das können die meisten Männer. Eigentlich jeder, das kann jeder Mann, der nicht zwei linken Hände hat wie ich und als Brille Glasbausteine tragen muss.« »Ach, Liebster«, sagte Martha und nahm seine Hand. »Du kannst vielleicht keinen Nagel in die Wand schlagen, aber du hast ganz andere Qualitäten und dafür liebe ich dich.« Sie küsste ihn. »Ich bin froh, dass ich dich habe, und würde dich gegen keinen anderen eintauschen.«

Martha blieb an diesem Abend noch lange wach. Sie atmete den Geruch des Hauses ein, der immer noch neu, aber inzwischen der ihre war. Sie hörte das Prasseln des Schneeregens am Fenster und auf dem Dach, das Knacken der Balken. Die Öfen bullerten, und manchmal sprang ein Zweig im Kamin, dann duftete es herrlich nach Harz. Zur Ruhe kam sie jedoch nicht.

Bei ihrem Fest zur Einweihung des Hauses hatte sie das erste Mal eine heftige Diskussion über die Zukunft erlebt. Ein Gespräch das geprägt war von Ängsten, die sie bis dato noch nie gespürt hatte. Den großen Krieg hatten sie überstanden, die Weimarer Republik lieferte viele Hoffnungen und Versprechungen. Es sollte endlich bergauf gehen nach den bitteren Jahren des Darbens und des Hungerns. Und das tat es auch, zumindest für Martha, Karl und die Kinder. Doch plötzlich zogen Wolken am Himmel auf, braune Wolken, die Angst mit sich brachten. Bisher hatte sie dem keine Beachtung geschenkt, sich einfach nicht damit befasst. Immer wieder kamen kleine Parteien, schlugen für eine gewisse Zeit Wellen – sie verschwanden meist wieder. Was bedenklich war, war, dass sich die großen Parteien aufspalteten. Sie stritten sich um Kleinigkeiten, statt das Land, den Staat zu führen. Die politische Lage wurde instabil, und je mehr kleine Parteien sich gründeten, umso unübersichtlicher wurde es.

Martha holte tief Luft und zählte von zwanzig rückwärts. Das beruhigte sie immer. Doch in dieser Nacht funktionierte der Trick nicht. Waren sie in Gefahr? Würde sich ihr Leben verändern, verschlechtern? Sie konnte und wollte es sich nicht vorstellen, aber sie schwor, sich intensiver mit Palästina zu befassen. Vielleicht lagen dort ja tatsächlich eine Zukunft, ein Ausweg und ein ruhiges Leben – denn nichts mehr als das wünschte sich Martha für sich und ihre Familie.

Am nächsten Morgen warteten die Mädchen gespannt am Frühstückstisch. Was würde die Mutter von ihrem Besuch in der Villa berichten? Auch Leni saß bei ihnen, wie immer, wenn sie bei den Meyers übernachtete. Karl frühstückte selten. Er hatte nur eine Tasse starken Kaffee getrunken und war dann in seinem Arbeitszimmer verschwunden, um sich der Buchhaltung zu widmen.

Die Öfen heizten, und es war muckelig warm, obwohl es draußen regnete und dicke, nasse Schneeflocken gegen die Fenster klatschten.

Martha kam, mit tiefen Ringen unter den Augen, in die Küche. Sie lächelte müde und nahm sich Kaffee. Frau Jansen hatte Rührei gemacht, Rindswürste gebraten, und es gab frische Brötchen und duftendes Rosinenbrot, das sie frisch gebacken hatte. Dazu Marmelade und Käse. Die Mädchen tranken Milch, Leni bestrich ihnen die Brotscheiben dick mit Butter.

»Ist die Villa schön?«, fragte Ilse.

»Ja, Mutti, wie war es gestern?«, fragte Ruth und nahm sich eine große Portion Rührei.

»Lasst eure Mutter erst einmal einen Kaffee trinken«, sagte Leni resolut. »Es war sicherlich ein schöner, aber auch langer Abend.«

»Wann seid ihr denn nach Hause gekommen, Mutti?«, wollte Ruth wissen. »Ich habe euch gar nicht gehört.«

»Ihr habt schon tief und fest geschlafen«, antwortete Martha. »Aber ich war noch in euren Zimmern.«

»Auch bei Leni?«, fragte Ilse und schaute Mutter groß an.

Martha lachte. »Nein, bei Leni war ich nicht. Leni ist ja schon groß.«

»Nun erzähl doch endlich«, sagte Ruth aufgeregt und mit vollem Mund.

Martha zog die Augenbrauen hoch. »Nicht mit vollem Mund …«

»… sprechen, ja ich weiß«, sagte Ruth, nachdem sie runtergeschluckt hatte. »Aber ich will doch alles wissen. Wer war da?«

Martha stand auf, ging zur Anrichte und öffnete die Durchreiche. »Liebe Frau Jansen«, sagte sie. »Haben wir Tomatensaft?«

»Im Keller ist reichlich, den habe ich direkt im September eingekocht. Hole ich sofort. Mit viel Salz und etwas Pfeffer?«

»Das klingt wundervoll. Danke.« Martha setzte sich wieder und nahm sich noch eine Tasse des dampfenden Kaffees. Sie sah in die Gesichter ihrer erwartungsvollen Kinder, und lachte leise auf. »Nun gut. Es war ein schöner Abend«, begann sie zu erzählen. »Dabei war das Ehepaar Lange. Frau Lange trug ein asymmetrisches Kleid aus dunklem Taft. Es war wunderschön und knöchellang.« Sie nahm einen weiteren Schluck Kaffee.

»Was für Schuhe hatte Frau Lange an?«, fragte Ruth, ganz die Tochter ihres Vaters.

»Passend zum Kleid in Taubengrau, kurzer Keilabsatz und Spange«, sagte Martha. »Nicht aus unserer Kollektion. Aber Frau Theissen trug Schuhe aus unserer Kollektion.«

»Dann ist sie nett«, sagte Ilse und nahm sich noch ein Rosinenbrot.

Martha schwieg.

»Ist sie nicht … nett?«, fragte Leni leise.

»Doch, doch«, sagte Martha. »Schon.« Sie räusperte sich. »Vielleicht ist sie etwas gewöhnlich.« Sie sah Leni an. »Du weißt, wie ich das meine.«

»Was hatte sie an?«, wollte Ruth wissen.

»Ein Jumperkleid …«

»Abends? Zu einer Gesellschaft?«, fragte Leni erstaunt.

Martha nickte. Zum Glück kam in diesem Moment Frau Jansen und brachte den Tomatensaft. Sie trank einen großen Schluck, dann noch einen.

»Und wie fandest du das Haus?«, fragte Ruth.

»Du hast schon recht, es ist ein schönes Haus, irgendwie. Aber ganz anders als unseres. Ich finde es dunkel und beklemmend. Die kleinen Fenster, die Vertäfelungen. So würde ich nicht wohnen wollen. Und unpraktisch ist es auch – das Personal wohnt im Erdgeschoss, aber die große Küche, das Ess- und Wohnzimmer sind oben. Was wirklich wundervoll und schön ist, sind die Veranda und der Garten. Im Sommer muss er eine Pracht sein.«

»Hast du den Kamin gesehen?«, fragte Ruth.

Martha nickte nur. Was sollte sie auch zu den reitenden Amazonen, die dort abgebildet waren, sagen?

»Ich finde den Kaminsims wunderbar«, schwärmte Ruth. »Da ist so viel zu sehen … diese Frauen und Pferde …«

»Ich war auch im Kartenzimmer«, versuchte Martha abzulenken. »Die Gemälde sind eine wahre Pracht, aber sehr, sehr ungewöhnlich.«

»Ich liebe die Bilder«, seufzte Ruth. »Dieser ganze Raum ist so wunderbar. Das ganze Haus.«

»Ich dachte, du magst unser Haus?«, fragte Martha verwundert.

»Natürlich. Es ist schön und so neu und hell und freundlich. Aber die Villa ist so geheimnisvoll.«

»Würdest du da leben wollen?«, fragte Leni.

Wieder musste Ruth überlegen. »Nein«, sagte sie dann und lachte ihr glockenhelles Lachen. »Aber es ist schön, dort zu Besuch zu sein. Dort schlafen möchte ich aber nicht.«

Kapitel 7

Dieses Jahr fiel Chanukka auf Ende Dezember. Der erste Tag des Lichtfests war Montag der 19., Ruth und Ilse konnten es kaum erwarten. Auch Martha war voller Vorfreude, sie hatte das Puppenhaus, das Aretz gebaut hatte, mehrfach inspiziert und war jedes Mal begeisterter gewesen.

An einem Freitag Anfang Dezember kamen Karl und Hans Aretz besonders spät nach Hause zurück – die Tour der letzten Woche war sehr anstrengend gewesen. Da es schneite, verzichtete Aretz darauf, den Wagen zu waschen und zu polieren, –er wollte möglichst schnell zu seiner Familie zurück. »Es gibt da noch etwas …«, sagte er leise, bevor er sich verabschiedete.

»Was denn, lieber Herr Aretz?«, fragte Martha. »Haben Sie Sorgen?«

Aretz schüttelte den Kopf. »Nein. Im Gegenteil. Mir ging es lange nicht so gut wie in diesem Jahr. Das verdanke ich Ihnen beiden.«

»Ach, aber bitte,«, sagte Karl und schüttelte den Kopf. »Wir sind so froh, dass wir Sie haben. Das Geschäft läuft noch besser, und der Wagen musste nicht ein Mal in die Werkstatt.«

Aretz schmunzelte. »Danke«, sagte er und räusperte sich.

»Nun, meine Frau und ich wollen uns bei Ihnen bedanken – für alles – die Stelle, den Kredit, überhaupt alles. Ich kann Ihnen gar nicht sagen, wie sehr Sie uns geholfen haben!«

»Oh, Aretz«, sagte Martha gerührt. »Wie schön … aber das ist doch nicht nötig. Wirklich nicht.«

»Nein, nein, Frau Meyer, das ist alles nicht selbstverständlich. Und daher haben wir uns überlegt … wir möchten Sie gerne mit den Kindern zum Essen einladen – zu Weihnachten.«

»Zu Weihnachten?«, fragte Martha verblüfft. »Aber das ist doch ein Familienfest.«

»Eben«, gab Aretz zurück. »Wir fühlen uns – ohne Ihnen zu nahe treten zu wollen – ein Stück weit Ihrer Familie zugehörig. Im weitesten Sinne, versteht sich.« Er senkte den Kopf.

Karl und Martha sahen sich überrascht an. »In diesem Jahr fällt Chanukka – unser Lichterfest – auf die Weihnachtsfeiertage«, erklärte Martha.

»Oh, das wusste ich nicht.«

»Das Lichterfest ist ein fröhliches Fest«, erklärte Karl. »Es geht über acht Tage, und an jedem Tag wird eine weitere Kerze angezündet, und am letzten Tag gibt es für die Kinder Geschenke.«

»Das klingt wie Weihnachten …«

»Ja, genau«, sagte Martha, »nur, dass wir nicht die Geburt eines Messias feiern, sondern das Licht.« Sie überlegte. »Es gehört zur Tradition, Chanukka mit Freunden zu begehen. Das würde doch passen!« Wieder sah sie Karl an. »Wann genau würden Sie uns denn einladen?«

»Ach, das überlassen wir Ihnen. Nur an Heiligabend ist die Familie da. Gerne am ersten oder zweiten Feiertag …«

»Lieber Aretz«, sagte Karl, »was für eine schöne Idee. Ich danke Ihnen herzlich.«

Später saßen Karl und Martha zusammen im Herrenzimmer. Der Wind hatte nachgelassen, es war kälter geworden und der Schnee dichter. Die Straße wirkte wie mit Zucker überzogen. Allein die kleine Tischlampe goss eine warme Lichtpfütze auf den Boden, im gusseisernen Ofen knackte das Holz.

»Wir können Aretz' Einladung nicht ausschlagen«, sagte Martha nachdenklich.

»Ausschlagen? Wieso sollten wir sie ausschlagen?«, fragte Karl verblüfft.

»Nun … er ist dein Angestellter.« Martha schluckte. »Und Weihnachten ist doch ein Familienfest.«

»Genau wie Chanukka. Ich hatte auch schon überlegt, die Aretz an einem der Chanukka-Abende bei uns einzuladen. Es ist ein Fest für die Familie und Freunde, ein Fest des Teilens und der Freude.«

»Das stimmt. Aber … kannst du dich von deinem Chauffeur einladen lassen?«

»Grundgütiger, Martha«, entfuhr es Karl. »Seit wann hast du denn solche Dünkel? Natürlich ist Aretz bei uns angestellt, aber deshalb ist er uns doch nicht unterstellt. Wir gehören doch nicht zum Adel. Ohne ihn könnte ich meine Arbeit nicht ausüben.« Karl schüttelte den Kopf.

»So habe ich das gar nicht gemeint.«

»Wie denn dann?«

»Ist es denn nicht schwierig für dich, wenn du ihm Anweisungen geben musst, und im nächsten Moment treffen wir uns privat mit den Familien?«

»Aber ich gebe ihm doch keine Anweisungen, wir besprechen die Fahrtrouten immer gemeinsam und beschließen dann, wie es am besten ist. Er ist eher ein Partner als ein Angestellter. Und was würden wir ohne seine Hilfe hier im Haus machen? Außerdem haben wir ja schon so manches Wochenende miteinander verbracht – Ausflüge, Fahrradtouren, zur Rennbahn.« Karl holte tief Luft. »Ich habe schon überlegt, dass wir nächsten Sommer, bevor Ruth in die Schule kommt, ein paar Wochen zur Sommerfrische ans Meer fahren und natürlich würde uns Aretz fahren müssen, dann könnten wir gleich auch seine Familie mitnehmen – wenn es dir recht ist.«

»Oh, was für eine wunderbare Idee. Das ist ein ganz phantastischer Vorschlag«, Martha strahlte, »ich möchte so gerne ans Meer.«

»Wenn wir mit Familie Aretz in den Urlaub fahren, können wir auch mit ihnen Weihnachten feiern, oder?«, sagte Karl und schmunzelte. »Jetzt müssen wir nur noch einen Termin finden. Ich werde mit meinen Eltern sprechen und du mit deiner Mutter. Die drei werden sicherlich nicht jeden Chanukka-Abend bei uns verbringen wollen.«

»Du hast mich überzeugt«, sagte Martha und küsste ihn. »Aber dann muss ich ganz dringend in der nächsten Woche in die Stadt – wir brauchen ja Geschenke für sie.«

»Ich dachte, du hättest schon etwas?«

»Ja, aber wenn wir dort sind, sollte es doch etwas mehr sein.«

»Übertreib es nicht, Martha. Mach sie nicht verlegen.«

Martha nickte.

Dennoch überlegte sie in den nächsten Tagen, was sie den Aretz' schenken könnten. Für die kleine Rita hatte sie Winterkleidung gekauft – Strumpfhosen aus Wolle. Um die Lederschühchen für Krabbelkinder hatte sich Karl gekümmert. Für Josefine Aretz gab es Winterstiefel aus der letzten Kollektion, und auch der kleine Helmuth sollte feste Schuhe bekommen. Aber sie wollte nicht nur nützliche Sachen verschenken, sondern auch etwas, das einfach nur Freude machte.

»Wir könnten Helmuth ein Dampfauto schenken, Karl, ich habe welche im Kaufhaus in der Stadt gesehen.«

»Helmuth wird Anfang des Jahres erst drei. Und sein Vater schenkt ihm ein Tretauto. Du willst doch nicht Aretz' Geschenke überbieten.«

»Natürlich will ich das nicht«, sagte Martha erbost. »Aber wir können ihm doch nicht nur Schuhe aus der alten Kollektion schenken. Die ganze Familie bekommt Schuhe aus der alten Kollektion.«

»So manch einer wäre glücklich darüber«, murmelte Karl, dann sah er seine Frau an. »Aber du hast ja recht. Ich weiß, was du meinst.« Karl überlegte. »Was hältst du davon, wenn wir den Kindern einen Schlitten schenken? So einen mit einer Lehne, wo auch die Kleine drauf sitzen kann? Ich finde, wir sollten im Februar ein paar Tage nach Winterberg fahren – und würden sie natürlich mitnehmen.«

»Das ist eine hervorragende Idee, ich werde auch noch ein Schaffell besorgen.«

»Ruth bekommt von meinen Eltern doch auch einen neuen

Schlitten zu Chanukka. Sie ist inzwischen zu groß, um immer mit Ilse zu fahren. Sie haben für sie einen kleinen, wendigen ausgesucht.«

»Dann hoffen wir mal, dass es auch am Niederrhein schneit und der Schnee liegen bleibt. Was würden sich die Kinder freuen!«

Chanukka und Weihnachten rückten immer näher. Für die gemeinsame Feier hatte man sich auf den 25. Dezember verständigt. An dem Abend wollten Marthas Schwiegereltern zu der Familie ihrer Tochter nach Anrath fahren, und Großmutter Emilie wollte ihren Sohn besuchen. Alles fügte sich also wunderbar.

In der Woche vor Weihnachten schellte es eines Abends bei Meyers an der Haustür. Karl war mit Aretz auf Tour, und Martha erwartete keinen Besuch, umso überraschter war sie, dass Richard Merländer vor ihr stand.

»Richard«, sagte sie verwundert. »Karl ist nicht da …«

»Ich wollte auch zu dir«, sagte Merländer schmunzelnd. Er hielt ein Paket in der Hand.

»Magst du hereinkommen?«

»Ich will dich nicht aufhalten, ich wollte dir nur etwas geben.« Er trat nur in die Diele. »Du hast an dem Abend bei mir erzählt, wie begeistert die kleine Ruth von den Musterstoffen ist, und dass auch du manche Stoffe schön fandest. Ich habe gedacht, vielleicht freut ihr euch ja darüber – es sind einige der aktuellen Stoff-Muster der Saison. Das Musterbuch wurde falsch geheftet und muss neu gemacht werden.« Er reichte ihr das Paket.

»Aktuelle Stoffe?« Martha nahm das Geschenk an, ihr Gesicht leuchtete. »Das ist ja wunderbar. Herzlichen Dank. Ruth wird sich riesig freuen! Möchtest du wirklich nicht hereinkommen?«

Merländer schüttelte den Kopf und wies zur Straße. Dort stand sein Wagen mit laufendem Motor. »Sanders bringt mich nach Düsseldorf, dort habe ich ein Treffen«, sagte er und zwinkerte ihr zu.

»Dann wünsche ich dir ein gutes Blatt und glückliche Hände«, sagte Martha.

Er lachte auf. »Herzlichen Dank!«

Als sie die Tür hinter ihm geschlossen hatte, packte Martha die Stoffe aus, bewunderte die schillernden Stoffstreifen, die seidigen und weichen Tücher. Ihr kam eine Idee. Die Muster waren groß genug, um daraus Einstecktücher und sogar Schals zu nähen – das wären doch schöne Geschenke. Ganz sicherlich würde sich Minnie darüber freuen und auch Josefine Aretz. Vielleicht könnte sie sogar etwas für das Baby nähen.

Gleich am nächsten Abend, nach dem Essen, machte sie sich an die Arbeit. Ruth sah ihr interessiert zu.

»Was machst du?«, fragte sie die Mutter.

»Ich nähe Geschenke. Schau, man kann Einstecktücher und Schals aus den Mustern machen. Sind sie nicht schön?«

Ruth strich vorsichtig mit der Hand über die Stoffe. »Die sind aber schön! Wo hast du sie her?«

»Richard Merländer hat sie mir geschenkt.«

»Sie sind viel schöner als die, die ich habe«, sagte Ruth und schob die Unterlippe vor.

»Lass mich schauen, was ich daraus machen kann – es wird sicherlich auch etwas für dich übrig bleiben.« Martha strich ihr über den Kopf. »Wenn du magst, kannst du ja für Omi ein Einstecktuch säumen. Ich zeige dir, wie es geht.«

»Oh ja!«, sagte Ruth. »Und vielleicht kann ich auch etwas für Leni nähen. Sie feiert keine Chanukka, aber darf ich ihr etwas zu Weihnachten schenken?«

»Natürlich, meine Süße. Das ist eine ganz wunderbare Idee.«

»Auch für Frau Jansen brauche ich etwas«, überlegte Ruth. »Und für die Aretz'.«

»Die Aretz' bekommen auf jeden Fall Geschenke von uns, wir sind doch dort zum Weihnachtsessen eingeladen«, erklärte Martha.

»Aber ich will ihnen selber etwas schenken – bloß, worüber würde sich Onkel Aretz freuen?«

Die Kinder nannten den Chauffeur inzwischen Onkel Aretz, seine Frau Tante Finchen.

Nachdenklich sah Martha ihre Tochter an. »Wir können morgen zusammen in die Stadt gehen und schauen, ob wir etwas finden …«

»Aber nein, Mutti«, sagte Ruth empört. »Es muss etwas Selbstgemachtes sein, etwas von mir! Sonst ist es ja kein richtiges Geschenk.«

Schon seit Wochen war Martha und Karl der Zutritt in die Bügelkammer in der Mansarde untersagt. Dort saßen die Mädchen mit Leni und bastelten stundenlang. Manchmal war Gelächter zu hören, manchmal sangen sie, hin und wieder wurden die Stimmen auch lauter – meist die von Ruth. Geduld gehörte nicht zu ihren Stärken, und wenn einmal etwas nicht auf Anhieb klappte, konnte sie sehr unmanierlich werden. Nur beim Nähen legte sie eine Ausdauer an den Tag, über die sich Martha immer wieder wunderte.

Martha hielt sich vom Bügelzimmer fern und wartete gespannt darauf, was dort Tag für Tag entstand. Karl bekam erst gar nicht mit, dass Geschenke hergestellt wurden – bis in die Mansarde verirrte er sich nur selten.

»Was machst du denn für Vati?«

»Vati bekommt eine Zigarrenkiste, die ich beklebt habe. Die kann er auf seinen Schreibtisch stellen. Aber das darfst du ihm nicht verraten.«

»Natürlich nicht, mein Schatz«, sagte Martha. »Das ist eine schöne Idee, und darüber wird er sich sicher sehr freuen.«

»Aber Onkel Aretz raucht nur Zigaretten«, meinte Ruth betrübt.

»Du musst ihm nichts schenken«, versuchte Martha zu erklären. »Die Christen feiern Weihnachten so, dass das Christkind die Geschenke bringt.«

»Aber stimmt das? Bringt denen das Christkind die Geschenke?«

Martha schüttelte den Kopf. »Nein. Aber sie tun so, als ob. Für die Kinder.«

»Das finde ich blöd. Wie soll denn das Christkind alle Leute beschenken? Ich finde es schön, dass wir uns gegenseitig zum Lichterfest etwas schenken – um dem anderen eine Freude zu machen. Ich habe immer gedacht, dass wäre wie Weihnachten, nur ohne Tannenbaum und an einem anderen Tag.«

Sie kaute auf ihrer Unterlippe. »Ich werde Rosi fragen«, murmelte sie.

Martha überlegte, ob sie ihre Tochter davon abhalten sollte. Vielleicht glaubte Rosi ja noch an das Christkind. Aber dann wurde ihr klar, dass man Ruth nicht von so etwas würde abhalten können – sie hatte ihren eigenen Kopf.

In den nächsten Tagen bastelte Ruth noch eifriger an den Geschenken. Für ihre Mutter nähte sie Pulswärmer aus Filz. Dieselben sollte auch Omi bekommen. Für Opi hatte sie zusammen mit Leni eine Buchhülle genäht, und für Großmutter Emilie ein Einstecktuch. Tante Hedwig würde ein besticktes Taschentuch bekommen. Für Onkel Berthold malte sie zusammen mit Ilse ein Bild. Ihre Freundin Rosi bekam ein Kleid für ihre Lieblingspuppe – dabei half Omi ihr. Nur für Onkel Aretz hatte sie immer noch nicht das Richtige gefunden, dabei war er ihr mittlerweile richtig ans Herz gewachsen.

»Vielleicht sollten wir doch in die Stadt gehen«, schlug Martha ihrer Tochter erneut vor. »Da finden wir bestimmt etwas.«

»Das ist dann aber kein richtiges Geschenk«, sagte Ruth trotzig und lief in die Küche. Ein köstlicher Duft empfing sie, Frau Jansen buk Plätzchen. Sie sah Ruth an und schmunzelte. »Na, hat dich der Keksduft hergeführt? Du darfst gleich naschen, aber erst bringst du deinem Vater und Herrn Aretz ein paar Plätzchen.« Sie lachte leise. »Ich kenne keinen Mann, der Süßigkeiten so sehr liebt wie Aretz. Wenn ich nicht aufpasse, stibitzt er, so viel er tragen kann.«

»Das wusste ich gar nicht.« Ruth nahm die beiden Teller mit

den noch dampfenden Schokoladenplätzchen und trug sie ins Souterrain. Sie klopfte an die Tür des Arbeitszimmers. Ihr Vater mochte nicht gerne gestört werden, aber diese Art der Unterbrechung würde er annehmen.

»Frau Jansen schickt mich mit warmen Schokoladenplätzchen«, flötete sie.

»Komm herein, Kind!«, rief Karl und nahm den Teller. »Sag ihr einen herzlichen Dank. Sie ist eine wahre Perle. Kochen kann sie gut, aber backen tut sie wie ein Engel!« Er tätschelte Ruths Schulter, gab ihr einen Kuss auf die Stirn. »Und für wen ist der andere Teller? Etwa für dich?«

»Nein, der ist für Onkel Aretz.«

»Das wird ihn freuen, er liebt Plätzchen und alles, was süß ist.«

Ruth ging in die Garage, wo Aretz in seinem Monteuranzug über dem Motor lag und schraubte.

»Onkel Aretz?«, sagte Ruth.

Aretz hob den Kopf und lächelte. »Mein Ruthchen. Kann ich etwas für dich tun?« Dann entdeckte er den Teller mit den Plätzchen und wischte sich die Hände an einem Tuch ab. »Ist das etwa für mich?«

»Mit einem schönen Gruß von Frau Jansen«, sagte Ruth und gab ihm den Teller.

»Oh, wie fabelhaft.«

»Guten Appetit«, rief sie, zwinkerte ihm zu und drehte sich um.

»Sag ihr, dass ich sie heiraten würde, wenn ich nicht schon verheiratet wäre.«

Empört sah ihn Ruth von der Tür aus an. »Das geht aber nicht«, sagte sie. »Frau Jansen ist doch schon ganz alt. Und was würde dann aus Tante Finchen werden?«

»Das war doch nur ein Spaß.«

»Onkel Aretz würde Sie heiraten«, sagte Ruth, als sie in die Küche zurückkam. Dort stand schon ein Tellerchen mit Plätzchen, welches ihr die Köchin hinschob. »Aber er ist ja schon verheiratet mit Tante Finchen, deshalb soll ich Ihnen nur herzlichen Dank ausrichten.«

Köchin Jansen lachte schallend auf. »So einen charmanten Heiratsantrag habe ich noch nie gekriegt.«

»Haben Sie denn schon öfter Heiratsanträge bekommen?«

Köchin Jansen setzte sich auf ihren Stuhl, und winkte Ruth zu sich. »Ja, habe ich, Kindchen. Zu meiner Zeit.«

»Aber Sie sind doch nicht verheiratet. War keiner gut genug?«

»Es war auf jeden Fall keiner wie unser Aretz dabei«, sagte die Köchin und schmunzelte.

»Und Sie haben keinen Antrag angenommen?«

»Doch, ich war ja verheiratet.« Plötzlich wurde ihr Gesicht traurig und die Falten tiefer. »Aber mein Fritz ist im Großen Krieg geblieben. Wie so viele andere auch.«

»Das tut mir leid«, murmelte Ruth betroffen. »Das wusste ich ja gar nicht.«

»Ich hänge es auch nicht an die große Glocke, Kindchen. Es war eine schreckliche Zeit, und wir wollen hoffen, dass sie niemals wiederkommt. Kriege sind furchtbar. Und der Große Krieg war besonders schlimm.« Sie seufzte, dann sah sie Ruth an und zwang sich zu einem Lächeln. »Schmecken die Kekse?«

»Köftlif«, sagte Ruth mit vollem Mund und musste so lachen, dass sie sich beinah verschluckte.

Frau Jansen klopfte ihr auf den Rücken. »Die Regel: ›Nie mit vollem Mund reden‹, hat schon einen Grund«, sagte sie und füllte ein Glas mit Wasser. »Trink einen Schluck.«

»Vati sagt, Sie sind eine Perle. Und ein Engel.«

Die Köchin wurde rot, drehte den Kopf zur Seite. »Aber nun wirklich«, murmelte sie. »Warum sollte er denn so etwas sagen?«

»Er meint, Sie kochen prima, aber backen würden Sie wie ein Engel. Ich glaube, Mutti kann gar nicht backen.«

»Dafür hat sie ja auch gar keine Zeit, und das ist auch gut so.«

»Was ist daran gut?«, fragte Ruth.

Köchin Jansen lachte. »Es ist gut für mich – denn dadurch habe ich meine Arbeit. Wenn deine Mutter kochen und backen würde, hätte ich ja hier nichts zu tun.«

»Das stimmt«, sagte Ruth und nickte.

Dann fiel ihr wieder ein, was sie sich überlegt hatte. »Ich brauche Ihre Hilfe«, sagte sie und senkte die Stimme. »Es geht um ein Geschenk.«

»Für Weihnachten?«, fragte die Köchin und schüttelte dann den Kopf. »Nein, natürlich nicht. Bei euch heißt das anders.«

»Chanukka.« Ruth nickte. »Aber ich brauche tatsächlich ein Weihnachtsgeschenk, denn wir sind zu Weihnachten bei Onkel Aretz und seiner Familie eingeladen. Und da schenkt man doch etwas.« Sie zog die Stirn kraus. »Es soll etwas sein, was er mag und was von mir kommt – nichts, was man kaufen kann, denn kaufen kann er es ja selbst, nicht wahr?« Sie sah die Köchin an. »Und ich wusste gar nicht, wie sehr er Süßigkeiten liebt. Wenn Sie mir zeigen, wie man tolle Plätzchen backt, dann könnte ich ihm welche schenken. Das wäre doch phänomenal. Würden Sie das tun? Bitte.« Ruth setzte ihren liebsten Blick auf und klimperte mit den Augenlidern.

»Eigentlich bringt ja das Christkind die Geschenke …«

»Pah, das glauben doch nur die kleinen Kinder«, meinte Ruth und grinste. »Ich bin ja nicht mehr klein. Und nächstes Jahr komme ich endlich in die Schule.«

»Das stimmt«, sagte die Köchin und strich Ruth über den Kopf. »Und natürlich zeige ich dir, wie man Plätzchen backt. Wir werden genügend machen, sodass du auch Rosi welche schenken kannst.«

»Das ist gut. Rosi ist so eine Zuckerschnecke, sie schleicht sich immer in die Küche und mopst etwas«, sagte Ruth, griff erneut zu dem Teller, nahm sich zwei Kekse und hüpfte aus der Küche hinaus.

Lachend sah ihr die Köchin hinterher.

Ein paar Tage später hatte Frau Jansen Zeit, um mit Ruth zu backen. Martha fand die Idee vorzüglich.

»Ich auch backen«, sagte Ilse.

»Dafür bist du noch zu klein.« Ruth streckte ihr die Zunge raus.

»Also bitte, Ruth«, ermahnte die Mutter sie. »Aber deine Schwester hat recht, Ilschen, das ist noch nichts für dich. Im nächsten Jahr geht es vielleicht.«

»Komm, wir gehen in dein Zimmer und spielen«, schlug Leni vor und nahm Ilse auf den Arm.

In der Küche standen schon Schüsseln, Kellen und allerlei Gerätschaften bereit. »Zuerst wäschst du dir die Hände, dann bindest du dir diese Schürze um.«

Zusammen backten sie Schokoladen-, Haselnuss- und Mandelplätzchen. Ein Blech nach dem andern wanderte in den Ofen und wieder hinaus. Der Kekse-Berg wurde immer höher. Es war wie im Paradies, fand Ruth, die zwischendurch immer wieder von dem Teig naschte und natürlich auch die fertige Backware kontrollieren musste.

»Übertreib es nicht«, ermahnt die Köchin sie, »sonst hast du morgen Bauchschmerzen.«

Nach drei Stunden hatten sie allen Teig verarbeitet. Die abgekühlten Kekse legte die Köchin vorsichtig in Blechdosen und gab ein paar dünn geschnittene Apfelstücke dazu.

»Wofür sind die Äpfel?«, fragte Ruth.

»Sie geben Feuchtigkeit ab und sorgen so dafür, dass die Kekse länger frisch bleiben«, erklärte Frau Jansen.

»Du hast dich heute wacker geschlagen; wenn du magst, kannst du jetzt wieder spielen gehen.«

Ruth sah sich um, die Küche sah aus wie nach einer Schlacht – überall war Mehl, Teigreste klebten auf der Arbeitsplatte, der Schneebesen und viele Schüsseln stapelten sich in der Spüle.

»Nee, das geht nicht«, sagte Ruth. »Leni sagt immer, wir müssen aufräumen, wenn wir etwas gemacht haben. Und hier muss aufgeräumt werden.«

»Du willst wirklich helfen?«, fragte Köchin Jansen überrascht.

»Aber natürlich.« Ruth krempelte die Ärmel wieder hoch und sah sich um. »Ich weiß bloß nicht, wo ich anfangen soll.«

»Aber ich«, sagte die Köchin und räumte beherzt alle Küchenutensilien zusammen. Sie ließ heißes Wasser in die Spülschüssel laufen, und gab einen Spritzer grüne Seife hinzu. Dann nahm sie einen Lappen und wischte die Arbeitsflächen ab. »Hier«, sagte sie und gab Ruth einen weiteren Lappen. »Du kannst nachwischen.«

Anschließend reichte sie Ruth ein Trockentuch. Sie spülte, Ruth trocknete ab. Nachdem alles wieder verstaut war, wischte Frau Jansen nochmal über die Oberflächen und sah sich zufrieden um. »Danke für deine Hilfe«, sagte sie. »Und nimm ein paar Kekse mit nach oben für Leni und deine Schwester.«

»Danke, dass Sie mit mir gebacken haben, es hat richtig Spaß gemacht, aber ich wusste nicht, dass es so anstrengend ist.«

Frau Jansen lachte. »Das war nicht anstrengend. Ein mehrgängiges Menü zu kochen – das ist anstrengend. Aber du hast alles sehr gut gemacht. Und nun ab mit dir.«

Ruth nahm die Kekse und ging nach oben. Während des Backens war ihr eine Idee gekommen, und dazu brauchte sie Lenis Hilfe.

Ilse und Leni freuten sich über die Plätzchen, und lobten Ruth sehr.

»Ohne Frau Jansen hätte ich das nicht hinbekommen«, gab Ruth zu. »Aber ich habe fleißig geholfen.« Sie sah das Kindermädchen an. »Kannst du backen?«

»Ein wenig. Meine Mutter backt das leckerste Brot, und auch

Kuchen bekommt sie wunderbar hin. Ich kann das zwar auch, aber ich finde, ihre Sachen schmecken besser – obwohl ich es genauso mache wie sie.«

»Ich will ja Onkel Aretz Plätzchen schenken. Frau Jansen hat sie schon in großen Blechkisten verstaut, aber vielleicht könnte ich eine Kiste basteln und schön bekleben, in die ich dann die Kekse für Onkel Aretz tue. Hilfst du mir?«

»Aber ja, eine schöne Idee, das machen wir.«

Auch für Rosi, Omi, Großmutter Emilie und Tante Hedwig beklebte Ruth Spanschachteln, verzierte sie und füllte sie mit den Plätzchen.

Die Feiertage standen kurz bevor. Der große Frost war bisher ausgeblieben, wie so oft am Niederrhein. Stattdessen war es nass, kalt und windig.

Montag, der 19. Dezember 1927, war der erste Tag des Lichterfests. In der Woche zuvor hatte Martha zusätzlich zur Zugehfrau zwei Mädchen eingestellt und das ganze Haus war geputzt und gewienert worden. Es roch frisch nach grüner Seife und Bohnerwachs. Die Vorhänge waren gewaschen, die Teppiche im Garten ausgeklopft worden.

Für den ersten Chanukka-Abend hatten sie Großmutter Emilie und Omi und Opi eingeladen. Frau Jansen war an diesem Tag besonders früh zu ihnen gekommen, um das Schmalzgebäck vorzubereiten und die Gänsebrüste. Sie hatte Klöße gerollt, und der Rotkohl köchelte duftend vor sich hin.

»Darf ich zu Rosi?«, fragte Ruth morgens ihre Mutter.

»Ja«, sagte Martha, erleichtert, Ruth nicht vor den Füßen zu haben.

Draußen regnete es, aber ein besonderer Geruch lag in der Luft. Es roch nach Eisen und natürlich nach den ganzen Kaminfeuern. In allen Häusern brannten schon die Lichter, es wollte einfach nicht mehr richtig hell werden. Dicke Wolken lagen über der Stadt, sie hingen so tief, dass Ruth meinte, sie würden sich in den Baumwipfeln verfangen. Eilig überquerte sie die Straße und ging auf die Villa zu. Vor dem Hintereingang blieb sie staunend stehen. Dort lag eine riesige Tanne, wie ein Paket mit Stricken verschnürt. Aufgeregt klopfte sie an die Tür.

»Ich dachte schon, du hättest gar keine Zeit mehr«, sagte Rosi und umarmte ihre Freundin. »In den letzten Wochen hattest du ja fast immer etwas zu tun. Komm, wir gehen in mein Zimmer – magst du auch eine Tasse heiße Schokolade? Tante Lisa hat gerade welche gekocht.«

»Oh ja, das wäre toll!«, sagte Ruth begeistert.

Kurz darauf saßen die beiden auf dem flauschigen Teppich vor Rosis Bett und hielten die Becher mit dem köstlichen und süßen Trank in den Händen.

»Ist es bei euch auch so hektisch?«, fragte Rosi. »Mutter und Tante Lisa putzen alles, was es zu putzen gibt. Das Silber wird poliert und alle Kristallgläser.« Sie verdrehte die Augen.

»Das wurde bei uns schon letzte Woche gemacht«, sagte Ruth. »Heute ist doch der erste Tag des Lichterfests. Wir feiern doch nicht Weihnachten wie ihr.«

»Stimmt, ich vergesse das immer, weil ihr ja sonst ganz normal seid. Das sagt Papa auch.«

»Natürlich sind wir normal«, sagte Ruth empört. »Wir haben nur ein paar andere Feiertage.«

»Aber du bekommst auch Geschenke?«

»Am letzten Tag des Lichterfests, wir beschenken uns gegenseitig.«

»Meine Geschenke bringt das Christkind am Heiligen Abend.«

Ruth sah ihre Freundin nachdenklich an. »Das Christkind?«, fragte sie dann. »Wirklich?«

Rosi grinste. »Das erzählen mir meine Eltern zumindest. Aber ich glaube, eigentlich kauft die Geschenke alle Onkel Richard. Er hat auch den Weihnachtsbaum besorgt, nicht Knecht Ruprecht. Der Baum wird morgen in den Schuppen gebracht, damit er trocknet, und in drei Tagen in der Halle aufgestellt. Ich darf beim Schmücken helfen.«

»Ich finde Weihnachtsbäume so schön«, seufzte Ruth.

»Habt ihr keinen?«

Ruth schüttelte den Kopf. »Nur Chanukkakerzen, die sind natürlich auch schön. Aber es ist trotzdem nicht dasselbe … aber warum stellt Onkel Richard einen Weihnachtsbaum auf, er ist doch auch Jude?«

»Onkel Richard ist kein Jude. Ihm ist das alles egal. Und deshalb verstehe ich auch nicht, warum Mama und Tante Lisa so viel Theater um den Hausputz machen. Onkel Richard ist ja Weihnachten gar nicht da.«

»Wo ist er denn?«

»Er fährt nach Berlin und besucht dort Freunde. Das heißt – Papa fährt ihn.«

»Dann ist dein Vater über Weihnachten weg?«, fragte Ruth überrascht.

»Nein, er bringt Onkel Richard nur hin und kommt dann mit dem Zug zurück. Und ein paar Tage später holt er ihn wieder ab.«

»Das ist ja wunderbar, und ihr habt das Haus für euch.«

»Ja«, sagte Rosi und lächelte verschmitzt. »Du, wenn ihr keinen Weihnachtsbaum habt, magst du vielleicht kommen, wenn wir unseren schmücken? Das ist immer so nett. Du darfst sicher helfen. Und es gibt heiße Schokolade, Punsch, Plätzchen und Krapfen.«

»Wirklich?«

»Ja, natürlich«, sagte Rosi und umarmte Ruth. »Natürlich. Du bist meine beste Freundin, wir teilen alles. Immer.«

Kapitel 8

Ruth war aufgeregt. Den Weihnachtsbaum schmücken helfen zu dürfen, erschien ihr wie eine große Auszeichnung. Sie konnte es gar nicht abwarten, bis es so weit war.

»Was willst du machen?«, fragte Martha ihre Tochter irritiert. »Einen Weihnachtsbaum schmücken? Wie kommst du denn auf so eine Idee?«

»Das ist doch völlig meschugge«, stimmte Großmutter Emilie zu, die zu Besuch war und bei Tee und Gebäck auf dem Sofa im Wohnzimmer saß. »Wir sind Juden, wir feiern kein Weihnachtsfest. Für sie wurde an Heiligabend der Messias geboren.« Sie rümpfte die Nase.

»Mutter!«, schimpfte Martha. »Und tu nicht so, als seist du orthodox. Ruth will doch nur ihrer besten Freundin bei den Vorbereitungen für ihre Festtage helfen. Das ist doch schön.«

Ruth blickte von einer Frau zur anderen. Zuerst hatte ihre Mutter Zweifel gehabt, aber nun war sie auf ihrer Seite, weil Großmutter Emilie dagegen war – das musste sie sich unbedingt merken.

»Also darf ich?«

»Natürlich, Kind. Das wird dir sicherlich viel Freude machen«, sagte Martha.

»Ich auch einen Weihnachtsbaum!«, sagte Ilse.

»Nein!«, fauchte Emilie. »Wir werden hier keine christlichen Rituale einführen. Ich finde ja schon, dass wir es mit den Geschenken übertreiben.«

»Mutter, das Lichterfest gibt es sehr viel länger als das Weihnachtsfest, und von Anfang an wurde etwas an die Kinder geschenkt – das weißt du genau. Wir leben in einer Gemeinschaft vieler Religionen – wir sollten uns alle respektieren«, sagte Martha.

»Aber wir sind Juden«, murmelte Großmutter Emilie.

»Ja, das sind wir«, Martha spürte Wut in sich aufsteigen. »Und was heißt das?«

»Wir sind von Gott erwählt.«

»Grundgütiger, Mutter, was du machst, ist genau das Gleiche, was auch die Braunen machen – nur umgekehrt.«

»Wer sind die Braunen?«, wollte Ruth wissen.

»Das erkläre ich dir mal zu einem anderen Zeitpunkt. Jetzt geh' bitte mit Ilse hoch«, sagte Martha. »Sofort.«

So einen Ton schlug ihre Mutter selten an, und wenn, dann war es ernst. Also nahm Ruth schnell Ilses Hand und verschwand mit ihr in den Flur. Sie schloss die Tür hinter sich und zeigte zur Treppe. »Geh hoch, ich komme gleich nach«, sagte sie zu ihrer kleinen Schwester.

»Will nicht alleine.« Ilse zog einen Flunsch.

Ruth blieb nichts anderes übrig, als mit Ilse nach oben zu gehen. In ihrem Zimmer zog sie eine Schublade in der Kommode auf, in der sie eine Tafel Schokolade versteckt hatte, und brach zwei Riegel ab.

»Hier, immer nur eins, und ganz langsam lutschen. Ja?«

»Danke!« Ilse war entzückt.

Dann lief Ruth schnell wieder nach unten und presste ihr Ohr an die Tür.

»Du überschätzt die Braunen«, hörte sie Großmutter Emilie gerade abfällig sagen. »Du wirst doch keine Angst vor verblödeten Nazis haben, mein Kind?«

»Ich wäre verrückt, wenn ich keine Angst hätte, Mutter«. Die energische Stimme ihrer Mutter drang deutlich an Ruths Ohr. »Ich habe zwei Töchter, für die ich die Verantwortung trage. Das Leben von Ruth und Ilse liegt in meinen Händen.«

»Wie dramatisch«, sagte Emilie spöttisch. »Wie außerordentlich dramatisch. So warst du schon immer.«

»Nein, Mutter, ich bin nicht dramatisch, sondern realistisch. Es gab schon immer Pogrome gegen Juden.«

»Das war früher. Heute sind wir Deutsche mit jüdischem Hintergrund. Wir gehören zum Großbürgertum. Wir haben Geschäfte, Banken, sind Vertreter, sind in der Gesellschaft fest integriert. Das wird sich nicht ändern, egal, wie laut die Braunen schreien.«

»Das hoffe ich auch. Aber um wirklich gut integriert zu sein, ist es auch wichtig, dass wir den Kontakt zu Nicht-Juden pflegen. Ruths beste Freundin ist Rosi Sanders, die Tochter von Merländers Chauffeur. Sie sind Christen. Sie schmücken einen Weihnachtsbaum, und natürlich darf Ruth daran teilnehmen. Alles andere wäre falsch. Wir sind ein Teil der Gesellschaft –

also akzeptieren wir nicht nur ihre Rituale und Sitten, sondern nehmen auch an ihnen teil.«

Emilie hustete, räusperte sich. »Ich muss jetzt gehen«, sagte sie. Ruth sprang auf und lief schnell die Treppe hoch. Im Halbdunkel kauerte sie sich auf den Treppenabsatz. Gerade rechtzeitig, denn schon trat ihre Großmutter in den Flur.

»Wie du meinst«, hörte sie ihre Mutter kühl sagen.

»Wir sind Juden«, sagte Großmutter Emilie, während ihre Mutter ihr in den Mantel half. »Ich hoffe, deine Töchter vergessen das nicht.«

»Vor allem sind wir erst einmal Deutsche. Natürlich sind wir auch Juden. Wir halten die Sabbatruhe ein, aber eben nur, soweit es möglich ist in dieser neuen, schnellen Welt. Du weißt es doch genauso gut wie ich, wir folgen schon lange keinen starren Regeln mehr. Auch du nicht. Und wenn Ruth mit ihrer Freundin, die zufällig Christin ist, den Weihnachtsbaum schmückt, dann ist das weniger eine religiöse Angelegenheit, sondern ein Ritual, ein Brauch, der in diesem Land, unserer Heimat, seit Jahrhunderten gepflegt wird, und dann kann ich das nur begrüßen.«

»Aber es ist kein jüdischer Brauch«, beharrte Großmutter Emilie.

»Ein christlicher ist es streng genommen auch nicht. Vom Weihnachtsbaum steht nichts im Neuen Testament.« Ihre Mutter seufzte tief. »Warum musst du es uns allen immer so schwer machen? Ich möchte doch nur, dass Ruth glücklich ist.«

»Das möchte ich auch, aber ich will eben auch, dass sie ihre Wurzeln kennt. Ich hoffe, ihr werdet nie einen Weihnachtsbaum aufstellen.«

»Nein, Mutter, das werden wir wohl nicht, und jetzt komm gut nach Hause.«

Nachdem sich die Tür hinter Großmutter geschlossen hatte, ging ihre Mutter zurück ins Wohnzimmer. Ruth hörte Eis in einem Glas klirren. Kurz zögerte sie, dann fasste sie sich ein Herz und ging wieder hinunter.

»Mutti?«, fragte sie zaghaft. »Großmutter ist gegangen?«

»Ja, das ist sie«, sagte Martha und die Erleichterung war ihr anzuhören. »Großmutter und ich sind nicht immer einer Meinung, aber das soll dich nicht betreffen, Schätzchen.«

»Sie möchte nicht, dass ich den Baum mit Rosi schmücke«, sagte Ruth leise. »Warum?«

»Ein Weihnachtsbaum gehört nicht zu unseren Traditionen«, sagte Martha vorsichtig. Sie nahm ihr Glas und schenkte sich nach, ein scharfer und gleichzeitig süßer Geruch. Dann setzte sich ihre Mutter auf das Sofa und forderte Ruth mit einer Handbewegung auf, neben ihr Platz zu nehmen.

»Wir haben keinen Weihnachtsbaum, das weiß ich doch«, sagte Ruth eifrig, als sie sich an ihre Mutter gekuschelt hatte.

»Ach, Süße«, sagte Martha und nahm ihre Tochter in den Arm. »Was ist das Besondere an einem Weihnachtsbaum für dich?«

»Die in den Kaufhäusern glitzern immer so toll, mit den ganzen Sternen und Glasperlen und die Lichter, das ist so wunderschön. Manchmal wünsche ich mir, dass wir auch so etwas haben können. Aber ich weiß ja, dass das nicht geht, ich bin ja schon groß«, sagte Ruth und setzte sich auf.

Martha strich ihr lächelnd über den Kopf.

»Aber Mutti, weißt du, was mir am besten gefällt? Der Geruch, dieser Duft nach frischer Tanne.«

Martha nickte. »Ich weiß, was du meinst. Aber wir sind Juden. Wir können nicht die Geburt Christi feiern, weil er nicht unser Messias ist.«

Ruth sah ihre Mutter an. »Aber so ein Weihnachtsbaum ist trotzdem schön.«

Martha lächelte.

»Ist es wirklich verboten, dass ich mit Rosi den Baum schmücke, nur weil wir Juden sind?«, fragte Ruth zaghaft.

»Wer sagt denn, dass es verboten ist?«

»Großmutter hat doch …«

»Nein, Schatz, sie hat es nicht verboten. Sie möchte es nicht, aber die Entscheidung darüber treffe ich. Natürlich darfst du den Baum schmücken.«

Zwei Tage später kam Rosi und klingelte Sturm. »Komm, Ruth, sie haben den Baum aufgestellt, und Mutter holt die Kartons mit dem Schmuck vom Speicher. Tante Lisa hat Plätzchen gebacken, das ganze Haus duftet.«

»Hilft Onkel Richard auch?«, fragte Ruth, während sie sich in ihre Stiefel zwängte und den Mantel von der Garderobe riss.

»Iwo, Papa ist gerade mit ihm auf dem Weg nach Berlin – zu seinem Bruder, Onkel Karl, und Freunden. Das ganze Auto ist voller Geschenke.« Sie biss sich auf die Lippe. »Ich hoffe, er hat auch noch ein Geschenk für mich dagelassen. In den letzten Jahren habe ich immer etwas bekommen.«

Eilig liefen die beiden Mädchen zur Villa. Der Baum stand

schon in der Diele neben dem Kamin. Ruth stand ehrfürchtig vor der prachtvollen, ebenmäßig gewachsenen Tanne, schnupperte und schloss dann die Augen. Von oben kam der Duft der frischgebackenen Plätzchen, hinter ihr war das Kartenzimmer, der leichte Zigarrengeruch zog immer durchs Haus. Aus der kleinen Küche im Dienstbotentrakt drang Bratenduft. Wenn Chanukka das Fest der Lichter war, dann war Weihnachten das Fest der guten Gerüche.

Vor der Tanne standen mehrere Kisten und Kartons – sie sahen staubig aus und rochen leicht modrig nach Speicher.

Aber dann öffnete Rosi den ersten Karton. Darin lagen Glaskugeln und Strohsterne, die hell im Licht des Kronleuchters funkelten. Vorsichtig nahmen sie zwei heraus, und hängten sie an die Tannenzweige, während Tante Lisa die elektrischen Lichter anbrachte. In den anderen Kisten gab es Glasprismen, Anhänger aus buntem Blech und kleine Holzfiguren. Andächtig wickelten Rosi und Ruth die Anhänger aus dem Seidenpapier und hängten sie vorsichtig an die Zweige. Nachdem Tante Lisa die Lichter befestigt hatte, übernahm sie die oberen Äste. Rosi und Ruth gingen immer wieder ein paar Schritte zurück, um ihr Werk zu begutachten und um zu sehen, ob der Schmuck auch gleichmäßig verteilt war. Schließlich setzten sie sich zufrieden auf die Sessel, die in der Diele standen. Tante Lisa brachte ihnen Plätzchen und heiße Schokolade, die mit einem Häubchen aus Schlagsahne gekrönt war.

Ruth war selig. Draußen war es mittlerweile dunkel geworden, Tante Lisa hatte das Licht in der Diele gelöscht und die elektrischen Kerzen eingesteckt. Ihr mildes Licht brach sich in den Glaskugeln und Prismen, ein Funkeln lag um den Baum – ein wunderbarer Anblick.

Als die große Standuhr in der Diele sechs schlug, fiel es Ruth schwer, sich loszureißen, aber sie musste nach Hause. Nachdem sie ihre Tasse und den Teller nach oben in die Küche gebracht hatte, umarmte sie Rosi zum Abschied.

»Danke, dass ich mit euch den Baum schmücken durfte!«

Aus den Fenstern der Villa schien das warme Licht, und just in diesem Moment begann es zu schneien. Dicke, weiche Schneeflocken, die sich auf die Büsche und Bäume legten, und die kahlen Äste bedeckten.

Ruth hob den Kopf und schaute in den Himmel. Die Flocken landeten sanft und kühl auf ihrem Gesicht. Es kitzelte und roch so herrlich nach Winter und Eis.

Schließlich schüttelte sie sich und stieg die Stufen zur Haustür empor. Sie strich den Schnee von ihrem Mantel und trat in die warme Diele ihres Elternhauses. Auch hier roch es gut – nach Fettgebackenem und nach dem honigsüßen Duft von Kerzenwachs.

»Hattest du einen schönen Nachmittag, mein Schatz?«, fragte ihre Mutter und umarmte sie.

Ruth nickte. »Es war wunderbar«, erzählte sie später, als sie zusammen mit Ilse und ihrer Mutter auf dem Sofa saßen. »Ganz, ganz wunderbar. Der Baum, er ist riesig, und wie er duftet! Wir haben ganz viele Sachen hineingehängt – ihr müsst unbedingt zur Villa gehen und es euch anschauen.«

»Ach, Schätzchen«, sagte Martha und lächelte, »ich weiß,

wie so ein Baum aussieht. Natürlich ist er schön. Aber wisst ihr was? Bald feiern wir das Lichterfest. Freut ihr euch nicht darauf?«

Ilse gähnte. »Doch, Mutti.«

Martha lachte. »Und jetzt ab zum Zähneputzen und dann ins Bett, ihr Süßen.«

Im Kinderzimmer ging Ruth zum Fenster und zog die Vorhänge zur Seite. Es schneite immer noch. Eine dicke Puderzuckerschicht hatte sich über den Garten gelegt. Auch die Baustelle nebenan, die in den letzten Monaten so hässlich gewirkt hatte, sah nun schön aus – bedeckt mit einem Tuch aus Schneeflocken.

»Schätzchen?«, fragte Martha leise, trat neben Ruth, und legte ihr den Arm um die Schulter. »Geht es dir gut?«

»Ja, Mutti«, sagte Ruth mit tiefster Überzeugung. »Mir geht es gut, uns geht es gut. Und es schneit. Ist das nicht herrlich?«

Martha lächelte still in sich hinein. Sie hoffte, dass der Schnee liegen bleiben würde. Das wäre perfekt, wie sehr würden sich die Mädchen dann über den Schlitten freuen.

»Danke, dass ich beim Schmücken dabei sein durfte.«

»Es hat dir schon sehr gefallen, nicht wahr?«

»Ja, es war so … so festlich.«

»Aber hättest du jetzt nicht noch viel lieber einen Weihnachtsbaum?«, fragte Martha leise.

Ruth überlegte. »Weihnachtsbäume sind schön. Aber … so ein Baum würde nicht zu uns passen, Mutti.« Sie stockte, kicherte dann. »Außerdem würde Großmutter Emilie ohnmächtig werden, wenn wir einen hätten.«

»Das wäre es vielleicht sogar wert«, murmelte Martha so leise, dass Ruth sie nicht verstehen konnte. »Du solltest jetzt auch ins Bett gehen«, sagte sie dann

»Ich bin noch gar nicht wirklich müde.«

»Dann komm mit nach unten. Ich will die Geschenke sortieren und schon einiges einpacken. Magst du mir helfen?«

»Au ja!«

Am nächsten Tag kamen Karl und Aretz von ihrer Tour zurück. »Dies war die letzte Fahrt in diesem Jahr«, sagte Karl und verstaute die Musterkoffer in den Regalen seines Arbeitszimmers. »Ich bin außerordentlich zufrieden mit Ihnen, Hans.«

»Danke, Herr Meyer. Ich bin froh, dass ich diese Arbeit habe. Es macht mir wirklich Freude!« Er räusperte sich. »Wenn das Wetter es irgendwann in den nächsten Tagen zulässt, würde ich gerne den Wagen waschen und polieren. Und ihn auch innen säubern.«

»Das hat doch Zeit bis ins neue Jahr …«

»Ich schließe das Jahr immer gerne vollständig ab – dazu gehört auch, seine Arbeitssachen in Ordnung zu bringen.«

»Hans, Sie sind ein erstaunlicher Mann. Und ich bilde mir nicht nur ein, sondern ich weiß, dass meine Touren durch Sie noch besser und effektiver laufen.« Er ging zu seinem Schreibtisch und öffnete eine Schublade. »Deshalb möchte ich Ihnen eine Gratifikation ausstellen.« Er reichte Aretz einen Umschlag.

Aretz zögerte. »Mein Lohn ist schon reichlich«, sagte er leise. »Danke.«

»Was schenken Sie denn Ihrer Frau zu Weihnachten?«

»Sie bekommt einen neuen Wintermantel, den braucht sie ganz dringend. In den letzten Jahren ist das ganze Geld ja in die Firma geflossen, da blieb nicht viel übrig, und wir haben gespart, wo es ging.«

»Sie kennen ja die Frauen«, sagte Karl schmunzelnd. »Sicherlich wird Ihre Frau froh sein, wenn sie einen Mantel bekommt. Vielleicht kann ich einen kleinen Beitrag dazu leisten, dass Sie ihr jetzt auch ein Schmuckstück oder ein Fläschchen Parfüm schenken. Aber jetzt wünsche ich Ihnen erstmal einen schönen Feierabend.

»Danke, Herr Meyer. Ich komme dann morgen und schau nach dem Auto. Und vielleicht gibt es ja noch etwas anderes für mich zu tun.«

»Gut, morgen noch – aber dann haben Sie genauso Urlaub wie ich auch. Und wir freuen uns sehr auf das Essen bei Ihnen.«

»Meine Frau ist schon ganz aufgeregt«, verriet Aretz.

»Sie soll sich bloß keine Umstände machen.«

Der 23. Dezember war der fünfte Tag des Lichterfestes. An diesem Abend würden Oma Minnie, Opa Valentin und Emilie kommen und mit ihnen zusammen essen. Beim Frühstück fragte Martha: »Ich muss noch schnell in die Stadt und ein paar Dinge besorgen. Kommt Aretz heute?«

»Ja. Er will noch etwas am Auto machen – aber eigentlich habe ich ihm für den Rest des Jahres freigegeben.«

»Gut, ich brauche nämlich seine Hilfe.«

»Er wird dir sicherlich keinen Wunsch abschlagen; gestern hat er noch einmal gesagt, wie gern er bei uns arbeitet«, entgegnete Karl und schaute nach draußen. Im Kamin knisterte ein lustiges Feuer, und es war angenehm warm, aber draußen lagen schon einige Zentimeter Schnee und es schneite immer noch. Ein sanft rieselnder Schnee, keine dicken weichen Flocken, sondern harte Eiskristalle, die sich festsetzten und eine immer höhere Schicht bildeten.

»Musst du wirklich noch in die Stadt? Es ist ungewöhnlich eisig.«

»Ja, es muss sein.« Sie schaute zu Ruth und Ilse, die ihre Frühstückseier aßen, Karl nickte verstehend.

»Ah, soll ich dich begleiten?«

»Nein, Liebling. Bleib du lieber hier bei den Kindern.«

»Ist denn Leni nicht da?«

Martha musste schmunzeln. Karl war ein liebender Vater. Wenn er zu Hause war, las er den Mädchen jeden Abend Gutenachtgeschichten vor, ging mit ihnen schwimmen oder tobte auch mal im Garten. Und doch wusste er oft nicht, was zu tun war, wenn sie sich stritten oder irgendetwas passierte, dann war er froh, wenn sie da war. Mit Ruth konnte er inzwischen schon mehr anfangen, aber Ilse war einfach noch zu klein – er fand nur schwer Zugang zu ihr.

»Leni kommt gleich. Aber ab morgen habe ich ihr bis nach Chanukka freigegeben.«

»Hauptsache, sie ist heute hier, ich habe noch einiges zu tun …« Er blickte zur Küche. »Was ist eigentlich mit Frau Jansen? Hat sie auch frei?«

»Morgen hat sie frei, kocht aber vor. Übermorgen sind wir bei den Aretz'. Und am sechsundzwanzigsten, am letzten Tag des Lichterfests, kommen meine Mutter und deine Eltern und deine Schwester mit Familie. Mein Bruder hat abgesagt. Für den Tag ist dann Frau Jansen auch wieder da. Verhungern werden wir also nicht.«

»Ich sehe, du hast alles perfekt geplant. Ich danke dir.« Er küsste sie auf den Mund – nur kurz, aber innig.

Ruth und Ilse hatten ihre Eier aufgegessen, und Ruth nahm zwei Scheiben getoastetes Brot aus dem Korb und bestrich sie mit Butter. »Was möchtest du auf deinem Brot?«, fragte sie Ilse. »Marmelade oder Honig?«

»Käse«, antwortete Ilse.

Ruth lachte, nahm eine Scheibe Käse, und legte sie auf das Brot, dann schnitt sie es in kleine Stücke und legte sie Ilse auf den Teller. So hatten sie es schon gemacht, seitdem Ilse feste Nahrung zu sich nehmen konnte; mittlerweile war es eine lieb gewonnene Tradition für gemütliche Familienfrühstücke geworden. Martha beobachtete die beiden, dann stand sie auf. »Leni kommt gleich«, sagte sie. »Und heute Abend besuchen uns Opi und Omi. Seid bitte brav.«

»Natürlich Mutti.«

Nachdem Martha sich umgezogen hatte, ging sie in die Küche. »Brauchen Sie noch irgendetwas, Frau Jansen?«, fragte sie. »Vor den Feiertagen?«

Die Köchin schaute sich um. »Heute Abend, wenn Ihre Familie kommt, gibt es Rinderbraten, Bohnen und Kohlgemüse. Dazu Stampfkartoffeln. Der Rinderbraten ist groß genug, davon können Sie morgen und übermorgen noch essen, und auch von dem Gemüse sollte reichlich da sein. Und am zweiten Feiertag bin ich ja wieder da. Für das Lichterfest ist alles vorbereitet. Brot habe ich schon gebacken, im Eisschrank steht außerdem ein Vorteig für einen weiteren Laib.« Sie runzelte die Stirn, überlegte. »Wir haben Butter, wir haben genügend Fleisch, Geflügel, Sahne, Gemüse lagert im Keller – Wirsing, Rotkohl und Rosenkohl. Kartoffeln sind auch ausreichend vorhanden.«

»Danke, es scheint ja alles bestens. Aber was ist, wenn wir unvorhergesehenen Besuch bekommen?«

»Dann improvisieren wir«, entgegnete Frau Jansen mit einem Zwinkern. »Wollen Sie mal in den Keller gehen? Ich habe viel eingelegt und eingemacht. Mehl ist da, Eier haben wir auch noch reichlich. Das bekommen wir schon hin.«

»Sehr gut, vielen Dank«, sagte Martha. »Dann gehe ich jetzt in die Stadt. Ich werde rechtzeitig vor Ihrem Feierabend wieder hier sein, damit wir den Rest besprechen können.«

Als Martha aus dem Haus trat, sah sie Aretz bereits in der Garage werkeln, er hatte alle Türen des Wagens geöffnet und die Schmutzmatten rausgelegt.

»Lieber Herr Aretz«, wisperte Martha, »ich brauche Ihre Hilfe.«

»Was kann ich tun?«

»Ich gehe jetzt in die Stadt, aber ich brauche noch etwas, und ich weiß nicht, wo ich es bekommen kann.«

Aretz hörte sich ihren Wunsch an, und lachte dann auf. »Was für eine wunderbare Idee«, sagte er. »Ich helfe Ihnen gerne. Ich mache mich sofort auf den Weg, spätestens mittags bin ich zurück.«

Martha fuhr mit dem Bus vom Bismarckplatz bis zum Rathaus. Sie hoffte, in der Innenstadt alles Nötige zu bekommen. Die Auslagen der Geschäfte waren geschmückt. Tannenzweige standen in den Fenstern, behängt mit Kugeln und Lametta.

An der Ecke zur Königstraße stand ein dick vermummter Mann mit einem gusseisernen Öfchen und verkaufte frisch geröstete Maronen. Martha gönnte sich eine Tüte, zog die noch dampfenden Esskastanien vorsichtig heraus und schälte sie. Die Früchte dufteten herrlich süß und zugleich erdig nach Wald.

Hin und wieder betrat Martha ein Geschäft, und ließ sich verschiedene Dinge zeigen. Hier und dort kaufte sie eine Kleinigkeit. Es machte ihr mehr Spaß, als sie sich selbst eingestehen wollte. Schließlich hatte sie alles beisammen und kehrte zufrieden und auch ein bisschen aufgeregt nach Hause zurück. Die Mädchen würden Augen machen!

Im Spielzimmer waren Leni, Ilse und Ruth gerade dabei, ein Puzzle zu legen.

»Leni, es hat aufgehört zu schneien. Könntest du bitte mit den Kindern an die frische Luft gehen?«

Ruth sprang auf. »Dürfen wir Schlitten fahren?«, fragte sie.

»Hier am Niederrhein?« Martha lächelte.

»Doch«, sagte Leni, »das geht. An der Richard-Wagner-Straße ist ein kleiner Abhang. Nicht besonders hoch – aber für ein wenig Spaß sollte es reichen.«

Schnell zogen sie sich ihre warmen Mänteln über, holten den Schlitten aus dem Keller und zogen los. Auch Rosi schloss sich ihnen an.

»Wenn mein Papa jetzt hier wäre«, sagte sie, »würden wir zum Egelsberg fahren.«

»Das machen wir in den nächsten Tagen sicher auch«, sagte Leni. »Falls der Schnee liegen bleibt.«

Leni blickte nach oben. Der Himmel hatte die Farbe von altem Blei und die Wolken hingen tief. Die Luft roch nach kaltem Eisen und ein leichter, frostiger Wind zog durch die Straßen. »Es wird sicher noch mehr schneien«, meinte sie.

Kaum waren die vier um die Ecke gebogen, zog auch Martha wieder ihren Mantel über und ging in die Garage. Aretz wartete bereits auf sie.

»Hier«, sagte er und schmunzelte. »Ist das so, wie Sie es sich vorgestellt haben, Frau Meyer?«

Martha nickte entzückt. »Wunderbar! Danke, Aretz.«

Vorsichtig nahm sie den dicken Bund aus langen Tannenzweigen, die er besorgt hatte, und ging nach oben in den Salon. Dort stellte sie eine große Vase auf den Boden und tat die Zweige hinein. Dann holte sie die Einkaufstüten, wickelte andächtig die Prismen und Glaskugeln aus, die sie vorhin gekauft hatte, und hängte sie in die Tanne. Als alle Zweige geschmückt waren, klemmte sie acht silberne Baumkerzenhalter in die Astgabeln und bestückte sie mit kleinen, weißen Kerzen. Zufrieden betrachtete sie ihr Werk.

Ruth hatte recht, es war ein ganz besonders festliches Gefühl, und es duftete herrlich.

Sie trat zum Fenster und schaute hinaus, den ganzen Tag war es noch nicht richtig hell geworden, die Sonne hatte sich nicht durch die dicke Wolkendecke kämpfen können. Und nun begann es wieder, zu schneien. Ihr Blick fiel auf eine muntere Kindergruppe, die gerade in die Straße einbog. Das musste Leni mit den Mädchen sein! Schnell entzündete sie die kleinen Kerzen, löschte das elektrische Licht und wartete gespannt.

Leni schloss die Haustür auf. Die Mädchen lachten und schnatterten, während sie sich ihre Stiefel auszogen.

»Mutti, wo bist du?«, rief Ruth und hüpfte die Treppe hinauf. »Es war so …« Sie blieb an der Tür zum Salon stehen und schlug die Hand vor den Mund. »Oh!«

»Na? Was sagst du?«, fragte Martha.

»Es ist … es ist wunder-, wunderschön«, stammelte Ruth und kämpfte mit den Tränen. »Wieso …?«

»Wir haben zwar keinen Weihnachtsbaum, aber ein paar Zweige sind fast genauso herrlich, oder?«, sagte Martha und nahm ihre Tochter in den Arm. »Du hast so von dem Weihnachtsbaum geschwärmt, dass ich ein wenig von seinem Zauber auch bei uns haben wollte.«

»Danke«, flüsterte Ruth und ging näher zur Vase. Ilse folgte ihr. Die beiden Mädchen bestaunten die kleinen Vögel aus Glas, die funkelnden Prismen und die mundgeblasenen Kugeln.

»So schön!«, rief Ilse begeistert.

»Ja, aber jetzt geht schnell hoch in die Badewanne, um euch aufzuwärmen. Und dann zieht ihr euch ordentliche Sachen an, denn Omi und Opi kommen gleich.«

»Aber Großmutter Emilie kommt doch auch«, sagte Ruth. Sie schaute zu den geschmückten Zweigen. »Sie wird sich sicherlich aufregen.«

»Das mag sein, aber dies ist unser Zuhause«, entgegnete Martha, die sich natürlich auch schon ähnliche Gedanken gemacht hatte.

»Komm, Ruth«, rief Leni von oben. »Ich habe schon heißes Wasser eingelassen.«

Während die Mädchen badeten, zog sich Martha um. Auch Karl kam nach oben und nahm das gute Jackett aus dem Schrank.

»Schön hast du das gemacht, gefällt mir gut – die Bodenvase passt hervorragend in den Salon und tatsächlich hat das Arrangement ein gewisses zauberhaftes Flair«, sagte er.

Martha hatte ihn am gestrigen Abend in ihre Pläne eingeweiht. Nun lächelte sie ihn an. »Schön, dass es dir auch gefällt. Ruth war ganz überwältigt.«

»Das wird deine Mutter auch sein …«, unkte Karl.

»Sie wird entsetzt sein, aber sie wird es überleben. Warum sollen wir nicht unseren Kindern eine Freude machen, nur weil es vorher niemand in der Familie so gehalten hat?«

»Du hast absolut recht, Liebes«, sagte Karl und ging nach unten in das Herrenzimmer, um vor dem Essen einen Drink zu nehmen und noch in Ruhe eine Zigarre zu rauchen.

Als Martha das Badezimmer betrat, war Leni gerade dabei, den Mädchen die Haare zu kämmen.

»Wie war die Schlittenfahrt?«, fragte Martha.

»Toll«, schwärmte Ilse.

»Aber der große Schlitten ist doof«, sagte Ruth. »Ein paar Jungs waren auch an dem Hügel, sie hatten kleine, flotte Schlitten. Die waren piekfein. Zu gerne hätte ich so einen.«

»Man kann nicht alles haben, Schätzchen«, sagte Martha und verkniff sich ein Lächeln. »Leni, bist du so nett und kommst noch einmal zu mir, bevor du gehst?«

Auch Leni bekam eine kleine Gratifikation und dazu noch einen Seidenschal, den Martha genäht hatte.

»Verbringst du die Feiertage bei deinen Eltern?«

Leni nickte. »Ich freue mich schon darauf. Und mit dem Geld kann ich noch eine Gans kaufen. Die Rente meines Vaters reicht dafür leider nicht mehr – alles wird teurer und teurer.«

»Ja, es ist schlimm, wie die Preise steigen, aber ich bin froh, dass wir dir so ein wenig aushelfen konnten. Ich wünsche dir und deiner Familie von Herzen ein frohes Weihnachtsfest.«

»Danke, und Ihnen ein schönes Lichterfest, Frau Meyer.«

Ruth hatte für Leni Pulswärmer genäht und ein Taschentuch-Täschchen aus dem gleichen Stoff, aus dem auch der Seidenschal war, umsäumt. Nachdem ihre Mutter aus den kostbaren Stoffen, die sie von Onkel Richard geschenkt bekommen hatte, einige Schals und Tücher genäht hatte, waren, wie versprochen, noch etliche Reste übrig geblieben. Ruth war überglücklich gewesen und hatte sich tagelang nachmittags in ihrem Zimmer verkrochen, um auf alten Zeitungen Schnittmuster zu entwerfen. Obwohl ihre Mutter und Omi Minnie mehrmals nachfragten, hatte sie jede Hilfe abgelehnt. Sie hatte so lange geübt, das würde sie jetzt auch alleine schaffen! Sorgfältig hatte sie die Stoffe ausgewählt. Für Leni kam nur ein blasslila Stoff infrage, das war ihre Lieblingsfarbe. Rosi sollte einen etwas robusteren Samt bekommen, in herrlich schillerndem Grün.

Die Täschchen hatte sie beide mit einem echten Perlmuttknopf aus Muttis Sammlung verzieren dürfen. Nur bei dem Umsäumen des Knopfloches hatte sie kurz um die Hilfe ihrer Großmutter bitten müssen. Schließlich war alles fertig, und Ruth packte die Geschenke in Papier ein, das Omi ihr gegeben hatte.

Schon den ganzen Tag war Ruth ganz zappelig vor Aufregung gewesen, jetzt endlich konnte sie Leni das hübsch in Seidenpapier eingeschlagene Päckchen übergeben.

»Frohe Weihnachten, liebe Leni«, sagte Ruth und gab ihr ein Küsschen auf die Wange. Im selben Moment schellte es. »Das sind bestimmt Omi und Opi!«

Doch es war Großmutter Emilie, die vor der Tür stand. »Lass mich schnell rein, es ist wirklich Tinnef bei diesem Wetter vor die Tür zu gehen.« Sie reichte Ruth ihren Regenschirm, der voller Schnee war, und stampfte nach oben. Ruth ging vor die Tür, schüttelte den Schirm aus, und stellte ihn dann aufgespannt vor die Kellertreppe.

»Was ist das denn?«, hörte sie es da schon aus dem ersten Stock rufen. »Martha? Wie kommt denn so etwas in dieses Haus? Das ist doch meschugge.«

Eilig ging Martha nach oben, gerade rechtzeitig, um zu hören, wie Ilse zu ihrer Mutter sagte: »Nicht meschugge, es glitzert schön!«

»Aber es ist gegen unsere …«, wetterte Emilie los, doch da schellte es schon wieder.

»Omi und Opi!«, unterbrach Ilse sie und hüpfte zur Treppe, Ruth hatte erneut die Tür geöffnet.

»Was für ein herrliches Winterwetter«, sagte Minnie. »Das haben wir ja selten am Niederrhein.«

»Die Luft ist so wunderbar klar«, ergänzte Valentin. »Der Schnee scheint den ganzen Ruß und Qualm der Fabriken zu binden. Und schön sieht es auch noch aus.«

»Ja«, schwärmte Ruth. »Wie eine Watteschicht.«

»Habt ihr schon einen Schneemann gebaut?«, fragte Minnie ihren Sohn, der aus dem Herrenzimmer getreten war, um seinen Eltern aus den Mänteln zu helfen.

»Nein, wir waren heute mit Leni Schlittenfahren«, erklärte Ruth und verzog dann das Gesicht. »Aber mit dem ollen, großen Schlitten und mit Ilse hintendrauf macht es keinen Spaß.«

»Warum denn nicht?«, fragte Opa Valentin.

»Weil man gar nicht schnell fahren kann. Die Jungs am Hügel hatten kleine, wendige Schlitten.«

»So, so«, entgegnete Valentin und lächelte. Dann hob er den Kopf und schnupperte. »Es riecht köstlich. Rinderbraten? Eure Frau Jansen hat sicher wieder gezaubert.«

»Ja, es gibt Rinderbraten«, sagte Karl, »aber kommt doch erst einmal in den Salon!«

Emilie stand immer noch entgeistert vor den Tannenzweigen.

»Schaut euch das an«, sagte sie, ohne ein Wort des Grußes. »Ist das nicht meschugge? Diese Familie wird immer arischer.«

»Das ist ja wohl schwer möglich, liebe Schwiegermutter«, sagte Karl mit einem Lächeln. »Wir sind immer noch mosaischer Abstammung – und das kann man nicht ablegen wie einen Mantel, wie du sehr genau weißt.«

Minnie schaute auf die Zweige, Ruth schmiegte sich an sie.

»Ich durfte gestern in der Villa helfen, den Weihnachtsbaum zu schmücken«, flüsterte sie ihr zu.

»Dieses Arrangement ist aber auch wunderschön. Hast du das geschmückt, Ruthchen?«, fragte Omi.

Ruth schüttelte den Kopf. »Mutti hat uns damit überrascht.«

Omi sah Martha an. »Gut gemacht«, sagte sie.

»Findest du nicht, dass dies hier fehl am Platz ist, Minchen?«, sagte Emilie empört. »In einem jüdischen Haushalt?«

»Nein, ganz und gar nicht. Ein Weihnachtsbaum, das gehört doch zu den Bräuchen unserer Heimat, unseres Landes, die müssen wir ja nicht alle übernehmen, aber so ein Strauß, geschmückt mit Kerzen, passt doch wunderbar zu unserem Lichterfest.« Sie schaute zum Fenster, wo der Kerzenleuchter mit den acht Kerzen stand.

»Ruth, hol doch die Dienerkerze und entzünde sie hier an den kleinen Kerzen. Und dann zündest du die Lichter an. Wie viele sind es heute?«

»Fünf«, sagte Ruth. Vorsichtig hielt sie den Docht in das Feuer einer der kleinen Kerzen, und ging dann mit vorsichtigen Schritten zum Fenster.

»Baruch atah, Adonaj Elohejnu, Melech HaOlam, ascher kideschanu bemitzwotaw we'tziwanu lehadlik ner schel'-chanukkah«, murmelte sie während sie die ersten Kerzen anzündete. »Baruch atah, Adonaj Elohejnu, Melech HaOlam, sche'asah nissim La'wotejnu 'unoteium bajamim hahem basman haseh.«

Scheu blickte sie sich zu ihrem Vater um, der ihr aufmunternd zunickte. In den letzten Wochen hatten sie immer und immer wieder die Segenssprüche zusammen geübt, und Ruth war nun stolz, dass sie die Kerzen anzünden durfte.

»Das Essen ist soweit fertig«, sagte Frau Jansen, die zu Martha getreten war, leise. Sie hatte schon ihren Mantel in der Hand. »Ich würde dann gehen …«

»Liebste Frau Jansen«, sagte Martha und ging mit ihr hinunter in den Flur. Sie nahm einen Umschlag von der Kommode und reichte ihn zusammen mit einem Päckchen der Köchin. »Ich wünsche Ihnen ein frohes Weihnachtsfest.«

»Ich Ihnen auch, ich Ihnen auch«, sagte Frau Jansen. »Ich bin sehr froh, dass ich hier arbeiten darf. Und wenn Sie über die Feiertage Probleme haben, schicken Sie ruhig nach mir.«

»Es ist alles so gut von Ihnen vorbereitet, ich werde keine Probleme haben. Genießen Sie bitte die freien Tage. Und wir sind ebenfalls sehr froh, dass wir Sie haben.«

Kapitel 9

Die Feiertage kamen und gingen. Es hatte die ganze Zeit nicht aufgehört zu schneien. Mittlerweile lag der Schnee einen halben Meter hoch.

Die Feier bei Familie Aretz war sehr harmonisch gewesen– die beiden Familien verstanden sich gut. Ruth hatte einen Narren an Helmuth gefressen, der nur wenig jünger als Ilse war, aber sehr viel draufgängerischer, was Ruth gut gefiel. Ilse wiederum war den ganzen Tag nicht von der Seite der kleinen Rita gewichen, die gerade ein paar Monate alt war, lachte und brabbelte und wunderbar Spuckeblasen machen konnte.

Josefine Aretz servierte ein üppiges Festtagsmenu, das alle genossen. Die Gans war herrlich saftig, die Haut knusprig, so, wie Karl es liebte. Die Klöße waren locker und die Soße ein Gedicht. Der Rotkohl schmeckte herrlich nach Zimt und Äpfeln. Für Martha aber war das Schönste, dass während des gesamten Essens die Gespräche nicht einen Moment ins Stocken gerieten. Obwohl die Lebensumstände der beiden Familien so unterschiedlich waren, spürte man sofort, dass sich alle sehr mochten, ja, fast fühlte es sich an, als seien die vier seit Langem Freunde.

Und dann kam endlich, von Ruth und Ilse herbeigesehnt, der

Zeitpunkt der Geschenkübergabe. Karl überreichte Josefine Aretz eine Flasche Wein, Martha das Seidentuch und Ruth mit vor Stolz rot leuchtenden Wangen die selbstgebackenen Plätzchen und das Einstecktuch. Hans Aretz strahlte, als er den Whiskey und einen Seidenschal auspackte, am meisten freute er sich aber über die Keksdose von Ruth und konnte nicht widerstehen, direkt ein paar Kekse zu naschen. Martha konnte den beiden ansehen, wie gerührt sie über die Geschenke waren, vor allem über die selbstgemachten der Mädchen.

Nur Helmuth saß da, und sein Gesicht wurde immer länger.

Um ihn nicht zu lange auf die Folter zu spannen, ging Karl schließlich in den Flur und holte den Schlitten, den er dort versteckt hatte, und Martha zauberte das Lammfell aus einer großen Tasche, die in der Ecke gestanden hatte.

»Ein Schlitten!«, rief Helmuth begeistert. »Ein richtiger Schlitten.«

»Was für ein Glück, dass es gerade geschneit hat«, sagte Josefine. »Da können wir morgen zum Egelsberg fahren.«

»Oh ja«, rief Ruth. »Ich möchte bitte mit.«

»Ich auch, ich auch«, sagte Ilse. »Schlittenfahren!«

»Das ist kein Problem, ich hole euch ab«, sagte Hans Aretz. »Und wir fahren gemeinsam.«

»Nehmen Sie den Wagen, Hans. Das ist einfacher mit allen und dem Zubehör«, sagte Karl.

»Wirklich?«

»Natürlich«, sagte Martha. »Die Mädchen müssen nur vor der Dämmerung wieder zu Hause sein. Morgen ist doch der letzte Tag des Lichterfests.«

»Morgen bekommen wir Geschenke«, sagte Ruth aufgeregt.

»Ach, wie schön«, sagte Josefine. »Ich habe gar nichts für die Kinder«, wisperte sie Martha dann entsetzt zu.

Martha legte ihr die Hand auf die Schulter. »Meine Liebe, machen Sie sich keine Gedanken. Meine Kinder werden reichlich beschenkt. Und wissen Sie was? Dass Ihr Mann bei uns ist, ihr ›Onkel Aretz‹, und dass er in seiner Freizeit dieses grandiose Puppenhaus gebaut hat, das ist das größte Geschenk für sie und für uns alle. Wir sind sehr dankbar, Ihren Mann gefunden zu haben.«

Josefine Aretz wurde rot. »Mit der Anstellung haben Sie unser Leben und unsere Ehe gerettet. Wirklich. Die Dankbarkeit liegt bei uns.«

»Genug geflüstert«, sagte Karl und sah die beiden Frauen an. »Ich habe noch etwas zu sagen.« Er schaute in sein Glas. »Könnte ich noch etwas zu trinken haben?«

»Natürlich.« Hans Aretz stand auf und holte eine weitere Flasche Wein.

Als die Gläser gefüllt waren, schaute Karl in die Runde. »Martha und ich haben überlegt, dass es vielleicht schön wäre, Ende Januar, Anfang Februar ein paar Tage nach Winterberg ins Sauerland zu fahren. Dort könnten die Kinder rodeln, man könnte Langlauf ausprobieren und so weiter. Was meinen Sie, Hans?«

Aretz sah seinen Arbeitgeber verwundert an. »Das klingt gut, aber warum fragen Sie mich?«

»Weil ich nicht fahren kann«, sagte Karl. »Ich bräuchte Sie.«

»Natürlich fahre ich Sie und Ihre Familie nach Winterberg,

das gehört doch zu meiner Arbeit«, sagte Hans Aretz überrascht.

»Das stimmt«, sagte Martha und lächelte. »Aber wir hätten gerne Sie und Ihre Familie dabei. Wir würden ein paar Tage bleiben – natürlich zahlen wir die Unterkunft und die Unkosten.«

Hans und Josefine sahen sich an. »Sie würden uns mit in den Urlaub nehmen?«, fragte Aretz schließlich verblüfft.

Martha und Karl nickten.

Hans schaute zu seiner Frau. »Das … das können wir doch nicht annehmen.«

Am nächsten Tag kamen die Aretz' in die Friedrich-Ebert-Straße. Helmuth zog stolz den Schlitten, auf dem Klein-Rita, dick eingepackt in das Lammfell, saß. Ilse und Ruth waren schon ganz ungeduldig, sie hatten es nicht abwarten können und standen bereits fertig angezogen in der Diele – sie trugen Knickerbocker aus dickem Stoff, Wollstrümpfe und natürlich ihre Winterstiefel. Ihre kleinen Gesichter lugten zwischen dicken Mützen und Schals hervor.

Die beiden Schlitten wurden im Auto verstaut.

Aufgeregt zappelnd standen die Kinder auf dem Bürgersteig, bis Aretz den Wagen durch den Schnee die steile Auffahrt nach oben gefahren hatte. Dann stiegen alle ein, und los ging es. Martha und Karl winkten ihnen nach.

»Ich hoffe, sie sind rechtzeitig wieder zu Hause, damit sie sich umziehen können«, sagte Karl schmunzelnd. »Wenn deine Mutter die beiden in Hosen sieht, bekommt sie den nächsten Anfall.«

»Zum Schlittenfahren sind Knickerbocker ja wohl wirklich das Beste«, sagte Martha, »das wird bestimmt auch meine Mutter einsehen. Ich glaube auch nicht, dass sie so früh kommt.«

Doch Martha täuschte sich. Sie nahm gerade die Vorlegeplatten aus der Anrichte, um sie in die Küche zu bringen, als ein Wagen vor der Tür hielt. Neugierig schaute Martha aus dem Fenster. Zu ihrer Überraschung stieg Emilie aus der Droschke. Der Fahrer öffnete den Kofferraum und hob einige Pakete heraus, die er zum Haus trug. Martha eilte zur Tür und öffnete ihm.

»Bitte«, sagte er und reichte ihr die Pakete. Martha stellte sie in den Flur und bedankte sich, Emilie war mit einem kurzen Nicken an ihr vorbei in den Flur getreten. Der Droschkenfahrer sah Martha fragend an.

»Kann ich noch etwas für Sie tun?«

»Ich bin noch nicht entlohnt worden …«

»Oh, natürlich. Entschuldigung«, sagte Martha. Ärger stieg in ihr auf. Schnell holte sie ihre Börse und gab dem Mann außerdem noch ein gutes Trinkgeld.

»Was ist das alles?«, fragte sie Emilie, die im Wohnzimmer auf sie wartete. »Und warum bist du mit einer Kraftdroschke gekommen?«

»Wie hätte ich denn sonst alles hierherbringen sollen?«, fragte Emilie indigniert.

»Was ist das überhaupt?«

»Geschenke zum Lichterfest natürlich.«

»Aber so viele?«

»Es sieht nur viel aus. Und jetzt würde ich mich über einen Kaffee freuen«, sagte sie und setzte sich auf das Sofa. »Wo sind eigentlich die Kinder?«

»Die sind mit den Aretz' zum Egelsberg gefahren, um dort zu rodeln.«

»Mit eurem Chauffeur? Ihr vertraut sie ihm einfach so an?«

»Mutter, Aretz ist mehr als ein Chauffeur. Seine Frau und seine Kinder sind außerdem auch dabei. Ich denke, sie werden viel Spaß haben. Wir haben Helmuth und Rita einen Schlitten zu Weihnachten geschenkt.«

»Ihr werdet immer christlicher«, sagte Emilie und rümpfte die Nase.

Ohne darauf zu reagieren, drehte Martha sich um und ging in die Küche. Seufzend lehnte sie sich gegen die Tür.

»Ihre Frau Mutter?«, fragte Frau Jansen mit einem wissenden Lächeln. »Verwandtschaft kostet manchmal Nerven.«

»Ich bin mir sicher, sie meint es eigentlich gut«, sagte Martha. »Irgendwie.«

»Bestimmt«, Frau Jansen zwinkerte. »Ich habe schnell Kaffee gekocht«, sie reichte Martha eine Tasse, »mit Milch und Zucker, natürlich, so, wie es Ihre Mutter mag.«

»Danke, Frau Jansen, Sie sind ein Engel.«

Martha stellte ihrer Mutter den Kaffee hin und war schon halb wieder aus der Tür, als Emilie sich vernehmlich räusperte und fragte: »Willst du dich nicht zu mir setzen?«

»Mutter, gleich. Jetzt muss ich erst einmal Frau Jansen helfen.«

»Wozu hast du Personal, wenn du ihm noch helfen musst?«

Martha drehte sich um und lächelte ihre Mutter an. »Du bist heute hier, Minnie und Valentin kommen, Hedwig, Berthold und Hans. Es gibt also eine Menge vorzubereiten.«

»Immerhin duftet es schon köstlich«, sagte Emilie versöhnlich.

Frau Jansen wirbelte durch die Küche. Eine Gans war im Ofen, gefüllt mit Äpfeln und Maronen. Rinderrouladen schmorten auf dem Herd. Im großen Topf hatte sie schon vor drei Tagen Rotkohl angesetzt, ihn dann im Keller kaltgestellt, und jetzt wurde er wieder erwärmt. »Kohlgerichte schmecken am besten, wenn sie aufgewärmt wurden«, sagte sie und rührte mit einem großen Holzlöffel im Topf.

»Was kann ich tun?«, fragte Martha.

»Ich brauche nur die Vorlegeplatten. Gleich kommt für zwei Stunden ein Mädchen aus der Nachbarschaft. Sie wird den Tisch eindecken und helfen. Machen Sie sich ein schönes Lichterfest, Frau Meyer, ich habe hier alles im Griff.« Sie schaute sich um. »Als Vorspeise gibt es eine Rindsbouillon. Danach Forelle – die liegen noch im Eisfach. Dazu habe ich an geschmorten Fenchel gedacht. Und als Hauptgang natürlich die Gans und die Rinderrouladen mit Rotkohl und Klößen. Ich weiß, sie hatten gestern schon Gans – aber das habe ich zu spät erfahren, da hatte ich schon bestellt.«

»Machen Sie sich keine Gedanken, mein Mann liebt Gans. Vor allem, wenn sie schön knusprig ist.«

Frau Jansen öffnete den Ofen und goss etwas Fond auf den Braten, es zischte, und ein köstlicher Duft füllte die Küche. »Sieht so aus, als würde das gelingen.«

»Als Nachtisch gibt es Fettgebackenes?«, fragte Martha.

»Ja, das ist schon fertig. Und ich mache noch eine Bayrische Creme.«

»Das klingt alles wundervoll und köstlich.« Martha sah sich um. »Und ich kann wirklich gar nichts tun?«

»Nehmen Sie sich einen Kaffee. Und genießen Sie den Tag. Es ist ja ein Feiertag für Sie.«

»Wie war denn Ihr Weihnachtsfest? Haben Sie auch schön gefeiert?«

»Ich habe ja keine Familie mehr, außer meiner Schwester. Sie ist alleinstehend, so wie ich, aber sie grämt sich wegen allem.« Frau Jansen wischte sich mit dem Unterarm über die Stirn. »Sie war am Heiligen Abend bei mir, und wir haben zusammen gegessen und dann Radio gehört. Aber gestern war meine beste Freundin zu Besuch, und wir hatten einen überaus vergnüglichen Tag«, sagte sie und wurde tatsächlich etwas rot.

Martha sah sie an. War die Köchin wohl doch einsamer, als sie es zeigte? Sie würde später noch einmal mit ihr reden. In Ruhe.

Frau Jansen reichte ihr das Tablett mit der silbernen Kaffeekanne, Tassen, Milchkännchen und Zuckerdose.

»Bestimmt kommen gleich die Kinder«, sagte sie mit Blick aus dem Fenster, es wurde schon wieder dunkel.

»Nutzen Sie die Zeit, bevor die beiden Wirbelwinde da sind.« Sie schob Martha leicht, aber bestimmend aus der Küche. »Ich werde hier schon fertig.«

In diesem Moment schellte es zweimal kurz hintereinander. »Das ist das Mädchen, das mir helfen wird«, sagte sie. »Ich hatte dies Klingelzeichen mit ihr verabredet.« Jansen eilte zur Tür, öffnete und zog das Mädchen mit sich in die Küche.

Martha trug das Tablett in den Salon, nahm die mit Filz gefütterte Hülle aus Aluminium aus dem Schrank und stülpte sie über die Kanne – so würde der Kaffee länger warm bleiben. Mit einer Tasse in der Hand setzte sie sich neben ihre Mutter auf das Sofa. Man hatte von hier aus einen schönen Blick auf den Vorgarten und die Allee vor dem Haus. Die großen Bäume bogen sich unter der Last des Schnees.

»So einen Winter hatten wir selten«, versuchte sie, ein Gespräch zu beginnen.

»Kalt ist es und dann dieser Schnee …«

»Ich finde, es sieht wunderschön aus. Alles ist so schön weiß – wie eine Decke aus dicker Wolle. Lange wird das nicht halten …«

Ihre Mutter schwieg.

»Du hättest uns Bescheid sagen können – Aretz hätte dich und deine Pakete bestimmt gerne abgeholt. Dann hättest du keine Droschke nehmen müssen.«

»Papperlapapp. So war es doch viel einfacher«, entgegnete Emilie und hielt ihrer Tochter die leere Kaffeetasse entgegen. Martha füllte sie wieder auf, gab reichlich Zucker und etwas Milch hinzu. Gleich würde Aretz mit den Kindern kommen. Mit den Mädchen in Hosen. Auch das würde ihre Mutter missbilligen.

Sie seufzte. Warum gab es bloß so wenig, das ihre Zustimmung fand? Natürlich wusste sie, dass ihre Mutter ihr Leben lang gekämpft hatte – für ihr Geschäft, ihre Selbstständigkeit und um allen ein gutes Leben zu ermöglichen. Die Familie hatte immer im Mittelpunkt gestanden – aber über dem Bemühen um die Versorgung der Familie hatte sie die persönliche Beziehung zu ihren Kindern völlig vernachlässigt. Und jetzt, nach dem Tod ihres Mannes vor vier Jahren, gab es in Emilies Leben nur noch das Geschäft. Die wirtschaftliche Situation war auch an ihr nicht spurlos vorbeigegangen, sie musste mehr und mehr kämpfen, um den Laden überhaupt noch halten zu können, und war darüber hart und verbittert geworden. Mittlerweile versuchte Martha, ihr Genörgel mit Fassung zu tragen, Karl mit Humor. Am Anfang war das anders gewesen. Noch zu gut erinnerte sie sich an die Abende, an denen sie am Boden zerstört gewesen war, weil Emilie sie wieder einmal mit ihrer schroffen Art verletzt und gekränkt hatte. Irgendwann war es Karl jedoch gelungen, Martha klarzumachen, dass sie nun ihr eigenes Leben lebten, eine kleine Familie waren, und dass Emilie hierauf nur bedingt Einfluss hatte und haben sollte. Keiner war mehr für den anderen verantwortlich. Emilie mochte Dinge missbilligen, die sie taten, aber es gab keinen Grund, sich zu rechtfertigen oder etwas zu ändern. Mit dieser Erkenntnis hatte Martha schließlich gut leben können. Sie hatte eben ein distanziertes Verhältnis zu ihrer Mutter, aber gerade deswegen wollte sie es bei ihren beiden Mädchen besser machen.

In diesem Moment hörte Martha einen Wagen vor der Tür und ging zum Fenster. Es war Aretz. Eilig lief sie zur Tür, und auch Karl kam aus seinem Arbeitszimmer. Er stolperte fast über all die Päckchen und Pakete, die immer noch im Flur lagen.

»Was zum Henker …«, schimpfte er.

»Meine Mutter«, entgegnete Martha knapp.

»Sie ist schon da?«

»Seit einer Stunde.«

»Warum hast du mich nicht gerufen?«

»Bisher habe ich es alleine hinbekommen. Aber jetzt bin ich froh, dass du da bist.«

Karl öffnete die Tür. »Am besten gehst du sofort mit den Kindern nach oben – sie müssen ins Bad.«

»Wie recht du hast«, sagte Martha und lächelte verschmitzt. Dann schloss sie Ilse in den Arm, hob sie hoch. »Wie war es?«

»Hat Spaß gemacht!«, sagte die Kleine und kuschelte sich an Martha, drückte das kalte Gesicht an ihren Hals.

»Es war toll, toll, toll!«, rief Ruth. Sie hielt Helmuth an der Hand. »Darf Helmuth hierbleiben? Mit uns das Lichterfest feiern? Bitte, Mutti.«

Erstaunt sah Martha Ruth an. »Aber … wieso?«

»Helmuth ist knorke. Ich hätte gerne einen Bruder wie ihn. Und wir haben ja auch gestern zusammen Weihnachten gefeiert, da kann er doch auch das Lichterfest mit uns feiern.«

Josefine Aretz war den Kindern die Außentreppe hinauf gefolgt. »Es scheint, als hätte Ruth einen Narren an Helmuth gefressen. Die beiden waren unzertrennlich. Sie sind die ganze Zeit zusammen gefahren, während Hans mit den beiden kleinen Mädchen gerodelt ist. Es war alles wunderbar, aber eine heiße Wanne brauchen sie sicher«, sagte sie lachend und strich Ruth über den Kopf. »Helmuth kommt sicherlich bald wieder hierher, und wir fahren ja auch zusammen in den Urlaub – da könnt ihr jeden Tag miteinander spielen.«

Ruth verzog das Gesicht, aber Martha strahlte. »Das heißt, Sie kommen mit nach Winterberg?«

Josefine nickte. »Wenn Sie das wirklich so wollen, wäre es uns eine große Freude.«

»Oh, wie schön«, sagte Martha glücklich. »Das ist ein wunderbares Geschenk zum Lichterfest. Danke!«

»Ich glaube, wir müssen danken.«

»Erst einmal muss ich mich bei Ihnen, lieber Hans und liebe Josefine, bedanken, dass Sie diesen Ausflug mit den Kindern gemacht haben«, sagte Karl lächelnd.

»Ich stelle schnell den Wagen in die Garage«, sagte Aretz. »Finchen, hol du den Schlitten aus dem Wagen.«

»Guter Himmel«, sagte Karl. »Sie werden jetzt nicht bis in die Stadt laufen. Das lasse ich nicht zu. Sie nehmen den Wagen und fahren ihre Familie nach Hause.«

»Gut, dann bringe ich das Auto später.«

»Hans, nein!«, sagte Karl und schüttelte den Kopf. »Bringen Sie den Wagen morgen zurück. Und jetzt sehen Sie zu, dass Sie Ihre Kinder ins Warme bekommen.« Er nahm Ilse aus Marthas Armen. »Und du, mein Schatz, gehst jetzt in die Badewanne.«

»Ich finde es meschugge, dass Helmuth nicht hierbleiben darf«, brummelte Ruth und stapfte durch die Diele. »Ich mag ihn.« Als sie an der geöffneten Tür des Wohnzimmers vorbeikam, rief sie ohne stehen zu bleiben »Guten Tag, Großmutter« und sprang kurz darauf die Treppe hoch.

»Grundgütiger, Martha«, rief Emilie erschrocken. »Trägt das Mädchen etwa Hosen?«

»Ja«, antwortete Martha ungerührt. »Die beste Kleidung zum Schlittenfahren.«

»Ich werde mich jetzt zu deiner Mutter gesellen«, wisperte Karl. »Meine Eltern sollten auch bald kommen – dann wird es einfacher.«

»Danke.«

»Meinst du, Liebes, es ist noch zu früh für einen Aperitif?«

»Auf keinen Fall«, sagte Martha lächelnd. »Ich denke, es ist sogar höchste Zeit.«

Als sie mit den Mädchen wieder nach unten kam, plauderte Karl mit Emilie und seiner Schwester Hedwig.

Martha begrüßte ihre Schwägerin, sah sich dann suchend um. »Wo ist Berthold? Und sind Minnie und Valentin noch nicht da?«

»Berthold holt die beiden ab. Hans hat bei ihnen geschlafen«, antwortete Hedwig, sie wirkte müde.

»Geht es dir nicht gut?«, fragte Martha leise.

Hedwig schüttelte den Kopf. »Berti und ich haben im Moment andauernd Streit. Nicht enden wollende Auseinandersetzungen, verschiedene Ansichten über Dinge. Das wird schon wieder, ist aber anstrengend.«

»Wenn ich helfen kann …?«

»Danke, Martha, du bist wirklich eine gute Seele, aber ich wüsste nicht, wie.«

Es schellte und Ruth lief zur Tür. »Omi, Opi!«, rief sie und umarmte beide herzlich. »Wir waren heute mit Aretz' am Egelsberg Schlitten fahren«, plapperte sie los.

»Und? Wie war es?«, fragte Opa Valentin.

»Herrlich. Ich bin immer zusammen mit Helmuth den Berg hinuntergesaust. Onkel Aretz ist mit Ilse und Rita gefahren – aber viel langsamer. Und da gab es Jungs, die hatten so kleine Schlitten – die waren noch schneller als wir.«

»So etwas gibt es?«, sagte Opa lachend und schaute zu Karl; die beiden zwinkerten sich zu.

»Ich helfe dir aus dem Mantel, Mutter«, sagte Karl.

Es war ein ziemliches Gedränge im Flur – Ruth nahm die Hand ihres Cousins und zog ihn hinter sich her. »Ich durfte in den letzten Tagen die Chanukkakerzen anzünden. Aber heute darfst du das machen«, sagte sie.

»Wirklich?« Hans strahlte. »Ich bin so gespannt«, flüsterte er ihr dann zu, »und freue mich auf die Geschenke.«

In der Tür zum Salon blieb er stehen und schaute mit großen Augen die Vase mit den Tannenzweigen an. Martha hatte die Kerzen ausgetauscht und neue angezündet. »Oh!«, sagte er. »Oh, ist das schön.«

»Ja, das finde ich auch«, sagte seine Mutter, die hinter ihn getreten war und nahm ihn in den Arm. »Das machen wir im nächsten Jahr genauso. Es ist so hübsch und der Duft der Tannenzweige ist herrlich.«

Als sich alle im Salon versammelt hatten, sprach Hans die Segenssprüche, und entzündete dann alle acht Chanukkakerzen. Für einen Moment betrachteten sie andächtig den sanften Schein, der sich im Glas des Fensters spiegelte.

Dann führte Martha sie in das Esszimmer, wo schon alles

eingedeckt war. Karl öffnete zur Feier des Tages eine Flasche Champagner und fröhlich schwatzend stießen sie an.

Es war ein schöner und weitgehend harmonischer Abend, das Essen wie immer köstlich, und vom Fettgebäck, das es zum Nachtisch gab, blieb kein Krümel übrig.

Und nach dem Essen war es dann endlich so weit. Die Kinder wurden nach oben in Ruths Zimmer geschickt und die Geschenke im Salon aufgebaut. Ruth kam es vor wie eine Ewigkeit, bis sie wieder hineingerufen wurden. Als sie wieder den Salon betraten, stand Oma Minnie strahlend vor den vielen Päckchen, die Würfel in der Hand. Reihum wurde gewürfelt, aber nur, wer eine Sechs hatte, durfte ein Geschenk aufmachen. Auch Ruth hatte ihre Geschenke nach unten gebracht. Und sie war die erste, die eine Sechs würfelte.

»Das dort hinten, das große, das ist ein Geschenk für Ilse und dich gemeinsam«, sagte Martha.

»Dann darfst du es nur aufmachen, wenn auch Ilschen eine Sechs würfelt«, meinte Großmutter Emilie.

»Ach, Mutter«, seufzte Martha. »Das muss doch nicht sein …«

»Warum nicht?«, fragte Ilse und griff beherzt nach dem Würfel. Sie warf ihn auf den Tisch, er drehte und drehte sich, bis er schließlich liegen blieb.

Es war eine Sechs.

Strahlend sah sie Ruth an. »Wir packen's gemeinsam aus?« Ruth nickte. Die beiden gingen zu dem großen Paket, das fast so groß war wie Ruth. Langsam lösten sie die Schleife, dann zogen sie gemeinsam das Papier ab. In diesem Moment löschte Karl das Deckenlicht. Martha trat zu ihnen, und drückte auf einen Schalter.

Es war das Puppenhaus, das Aretz gebaut hatte. Und jetzt war es von winzigen elektrischen Lichtern erhellt. Sprachlos vor Staunen standen die beiden Mädchen davor. »Das ist ja noch schöner als das, was Rosi hat«, sagte Ruth schließlich ehrfürchtig.

»Schau, die Teppiche hat Omi genäht, sie hat auch die Polster bezogen«, erklärte Martha den Kindern. »Die Möbel hat zum Teil Opi gebaut.«

»Es ist wunder-wunderschön«, wisperte Ilse. »Ist es in echt für uns? Für immer?«

»Ja, wirklich«, sagte Martha lächelnd.

Es wurde weiter gewürfelt, und auch die anderen Geschenke fanden großen Anklang. Hans bekam ein rotes Tretauto, in dem er sitzen konnte. Martha und Karl schenkten ihm eine kleine Dampfmaschine. Mit großen, leuchtenden Augen betrachtete er seinen Fuhrpark.

Sowohl Hans als auch Ruth bekamen von Oma und Opa einen neuen, wendigen Schlitten.

»Ob sich das am Niederrhein lohnt?«, fragte Großmutter Emilie. »Schnee wie im Moment haben wir selten.«

»Wir fahren Ende Januar ein paar Tage nach Winterberg«, sagte Martha zu Hedwig, »und würden Hans gerne mitnehmen.«

»Hurra!«, rief Hans. »Ja, bitte.« Er schaute Ruth an. »Dann können wir um die Wette rodeln.«

Berthold sah skeptisch drein. »Urlaub in Winterberg – das

ist nicht ganz billig. Gerade müssen wir Mark und Pfennig zusammenhalten.«

»Ach komm«, sagte Omi. »So teuer wird es nicht sein. Wir könnten die Kosten für Hans übernehmen.«

»Hans ist natürlich eingeladen«, sagte Karl. »Er ist mein Neffe, ich würde doch kein Geld von euch annehmen.«

»Dann ist es abgemacht?«, fragte Hans.

»Nun gut«, stimmte Berthold schulterzuckend zu. Dann sah er Minnie an. »Wir brauchen Geld, um die Einreisegebühr für Palästina zu bezahlen.«

Minnie schnappte nach Luft. »Ich habe gehofft, das Thema wäre vom Tisch«, sagte sie und sah ihre Tochter an.

»Das habe ich auch gehofft«, sagte Hedwig leise, Bitterkeit schwang in ihrer Stimme.

»Palästina ist unsere Chance!« Berthold sah sich um, seine Augen flackerten. »Wir müssen Palästina unterstützen, dort ist unsere Zukunft.«

»Meine nicht«, sagte Karl fest und füllte erneut die Gläser. »Aber das ist auch kein Thema für den heutigen Abend. Lasst uns Chanukka nicht mit solch schweren Themen belasten. Prost.« Er hob sein Glas und ging über den Protest seines Schwagers hinweg.

»Erich überlegt, in die Karibik zu gehen«, sagte Emilie.

»Was?«, fragte Martha überrascht. Sie hatte kein enges Verhältnis zu ihrem zwei Jahre jüngeren Bruder und hatte noch nie von diesen Plänen gehört. »Was will Erich tun?«

»Nun, er plant das Land zu verlassen«, sagte Emilie. »Und vielleicht ist das auch das Beste für seine Karriere.«

»Nicht nur dafür, es ist ohnehin klug, Deutschland zu verlassen«, sagte Berthold. »Aber in die Karibik? Warum sucht er nicht sein Glück in Palästina?«

Martha lächelte. »Dafür ist Erich vermutlich nicht gemacht.«

»Mein Sohn ist Ingenieur und will die Früchte seiner Arbeit nicht mit der Allgemeinheit teilen. Was ich durchaus verstehen kann.«

Berthold warf ihr einen bösen Blick zu, doch Emilie wandte sich ab.

Die Kinder waren so begeistert und aufgedreht, dass das Intermezzo schnell vergessen wurde. Fast alle Geschenke waren ausgepackt worden, nur die vielen Pakete von Großmutter Emilie noch nicht. Alle waren bisher zu unschlüssig gewesen, um nach einem davon zu greifen, was sicherlich auch daran lag, dass sie sie nicht in Papier eingepackt hatte, sondern in braunen Kartons aufgestapelt in einer Ecke lagen.

»Ruth, du bist dran mit Würfeln«, forderte Großmutter Emilie ihre Enkelin auf. Ruth warf eine Drei. Danach war Hans an der Reihe. Er hatte eine Sechs.

»Nun geh schon«, sagte Emilie.

Hans gehörte nicht zu ihrer Familie – er war der Neffe ihres Schwiegersohns. Aber trotzdem hatte sie nicht nur für ihn, sondern auch für Hedwig, Berthold, Minnie und Valentin Pakete mitgebracht.

»Wir müssen nicht mehr würfeln«, entschied sie – jeder hat noch ein Geschenk und darf es jetzt aufmachen.«

Hans schaute sie unsicher an.

»Los, mach schon«, raunte ihm Ruth zu. »Und ich mache meins auf. Komm.« Sie nahm seine Hand und zog ihn mit sich. Sie öffneten ihre Pakete, und auch Ilse riss den Karton entzwei. Darin lagen zusammengefaltet Anziehsachen. Pullover, Socken, Kleider, Tücher. Sie rochen muffig und nach altem Lavendel, so als hätten sie schon ein paar Jahre auf dem Speicher oder im Keller verbracht. Und auch die Schnitte waren nicht mehr zeitgemäß.

»Mutter?«, fragte Martha etwas hilflos, nachdem auch die Erwachsenen die Kartons geöffnet hatten. »Was ist das?«

»Das sind wunderbare Sachen. Etwas älter, aber dennoch gut. Ich habe meine Lager geräumt. Es wird Zeit, dass ich das Geschäft aufgebe.«

»Du hast … oh … ja … danke«, sagte Martha und schluckte jeden weiteren Kommentar hinunter.

»Und jetzt möchte ich nach Hause. Rufst du mir eine Kraftdroschke?«

»Ich kann dich fahren«, bot Berthold an.

»Nein, danke«, sagte Emilie. »Du wirst doch sicher deine Schwiegereltern gleich nach Hause bringen, und dann müsst ihr ja auch noch nach Anrath. Ich nehme lieber eine Droschke.«

Nachdem Emilie gegangen war, wurde die Stimmung ein wenig gelöster. Nur zwischen Hedwig und Berthold kriselte es merklich.

»Kinder«, sagte Omi und schaute nach draußen. Es hatte wieder begonnen zu schneien. »Wollt ihr nicht schon fahren? Bis Anrath habt ihr ja noch ein ganzes Stück vor euch.«

»Und wie kommt ihr nach Hause?«, fragte Hedwig.

»Wir werden uns auch eine Droschke leisten«, sagte Opi.

»Kann Hans nicht hierbleiben?«, fragte Ruth. Die drei Kinder spielten völlig in sich versunken mit dem Puppenhaus. »Bitte, bitte, bitte. Dann können wir morgen mit Leni rodeln gehen – wir beide mit unseren neuen Schlitten.«

»Au ja!«, sagte auch Hans. »Das wäre phänomenal.«

Hedwig und Berthold sahen sich an, dann schaute Hedwig zu Martha. »Was meinst du?«

»Von mir aus gerne.«

»Aber mach keine Fisimatenten, Hans. Benimm dich.«

»Natürlich, Mutti.« Hans sah Ruth an. »Das ist knorke!«

Hedwig und Berthold brachen auf. Die Kinder spielten, die Erwachsenen gingen nach nebenan ins Herrenzimmer. Karl und Valentin gönnten sich eine Zigarre, Martha nahm eine Zigarette. Dazu gab es ein Gläschen Likör.

»Was ist mit Hedwig und Berthold?«, wollte Karl wissen. »Hedwig macht einen unglücklichen Eindruck.«

Minnie nickte. »Deine Schwester und ihr Mann haben Probleme.«

»Wegen Palästina?«, fragte Karl nach. »Ich habe das immer für ein duseliges Luftschloss gehalten, aber Berthold meint es ernst?«

»Er beschäftigt sich jedenfalls intensiv mit dem Thema«, sagte Valentin traurig.

»Und Hedwig?«

»Sie möchte nicht nach Palästina und in einem Kibbuz leben. Das kann sie sich einfach nicht vorstellen«, sagte Omi und nippte am Likör. »Aber sie haben wohl noch mehr Differenzen.«

Alle schwiegen für einen Moment.

»Und dein Bruder?«, brach Minnie das Schweigen. »Was ist mit ihm?«

»Ich habe heute Abend das erste Mal davon gehört, dass er das Land verlassen will«, sagte Martha. »Und ich war genauso erstaunt wie ihr.«

»So ganz überraschend kommt das nicht«, meinte Karl. »Erich wollte schon immer hoch hinaus. Er hat des Öfteren zu mir gesagt, dass er sich vorstellen kann, auch woanders zu arbeiten.«

»Das stimmt«, sagte Martha nun nachdenklich. »Aber ich habe immer gedacht, er meint eine andere Stadt oder würde zumindest in Europa bleiben wollen. Doch die Karibik?«

»Wir werden ihn einladen, dann kann er uns mehr darüber erzählen«, sagte Karl.

»Wer weiß, ob es wahr ist – ihr kennt doch meine Mutter. Sie neigt manchmal zu Übertreibungen.«

»Sie meint es nicht böse, Martha«, sagte Minnie versöhnlich. »Eigentlich ist sie herzensgut, aber ich fürchte, sie kann es nicht so zeigen.«

»Herzensgut«, sagte Martha nachdenklich. »Das wäre kein Wort, welches mir zu meiner Mutter einfallen würde.«

»Glaub mir, sie hat ihre eigenen inneren Dämonen, mit denen sie kämpft. Sie meint manche Dinge gar nicht so, da bin ich mir sicher.«

»Aber … aber … du hast doch ihre Pakete gesehen.« Martha

verzog das Gesicht. »Wie kann man so etwas verschenken? Und was sollen wir um Himmels Willen damit machen?«

Minnie lachte leise. »In ihren Augen war das sicherlich ein ganz großzügiges Geschenk.«

»Aber die Sachen kann doch keiner von uns noch anziehen.«

»Ich werde sie mir in Ruhe durchsehen in den nächsten Tagen, wenn du erlaubst.«

»Natürlich. Wir können alles oben in die Mansarde bringen. Aber wofür willst du die Sachen durchsehen?« »Manches kann man sicherlich mit ein paar Stichen ändern. Die Materialien sind ja von guter Qualität. Vielleicht kann man auch ein paar Dinge umschneidern oder etwas Neues daraus machen.«

»Naja, mir hat die Handarbeit jetzt an den langen Winterabenden gefallen, und Ruth ist ganz versessen auf alles, was mit Stoff zu tun hat. Vielleicht hätte sie ja auch Freude daran, sich eins der Kleider abzuändern oder etwas für Purim zu nähen. Aber all die Sachen ändern? Das lohnt sich doch nicht.«

»Was nicht zu gebrauchen ist, können wir spenden. Wir haben einige Mitglieder in der Gemeinde, denen es nicht so gut geht wie uns.«

»Da hast du recht, das ist eine sehr gute Idee«, sagte Martha. »Und ganz im Sinne des Lichterfestes. Ja, so machen wir das.«

Bald schon brachte Martha Ilse ins Bett. Das kleine Mädchen war ganz überwältigt von dem langen Tag und schlief schnell ein. Ruth und Hans durften noch leise in Ruths Zimmer spielen. Das Puppenhaus blieb zunächst unten, Morgen würden Karl und Aretz es nach oben bringen. Neben den Zimmern der Kinder gab es noch ein freies Schlafzimmer, das als Gästezimmer benutzt wurde. Dort sollte das Haus stehen, damit jeder der beiden immer damit spielen konnte, auch wenn sie sich einmal gestritten hatten, was in der letzten Zeit häufiger vorkam.

Minnie und Valentin blieben noch, nachdem die Kinder nach oben gegangen waren.

»Es wird Zeit«, sagte Martha, als sie in den Herrensalon zurückkehrte, »dass Ruth in die Schule kommt. Sie muss gefördert werden. Ihre Interessen sind ganz andere als Ilses und ich kann nicht immer beiden gerecht werden – immer weniger sogar.«

»Ruth ist ein aufgewecktes, cleveres Mädchen«, sagte Valentin anerkennend. »Ich bin mir sicher, dass sie einmal etwas Großes erreichen wird.«

»Ihr Interesse an Schuhen hält sich jedoch leider in Grenzen«, meinte Karl.

»Mein lieber Sohn«, sagte Minnie, »mit sechs Jahren hast du dich auch nicht für Schuhe interessiert.«

Karl lachte. »Vati war Metzger – alle in der Familie hatten mit Rindviechern zu tun. Und das hat sich vererbt.«

»Bitte?« fragte Valentin verwundert. »Inwiefern?«

»Nun, gute Schuhe sind aus Leder«, sagte Karl und lachte.

Kapitel 10

Frühjahr 1928

Ende Januar fuhren Meyers mit der Familie Aretz nach Winterberg, Hans kam ebenfalls mit. Die Schlitten und zwei Koffer wurden oben auf das Dach gebunden. Es war eng, aber auch lustig im Auto. In Krefeld hatte schon bald nach Neujahrsfest das Tauwetter eingesetzt, und es blieb – wie es typisch war für den Niederrhein – nass und unangenehm. Meistens kam Ende Februar noch einmal trockene, beißende Kälte, aber kaum mehr Schnee.

Im Sauerland aber war alles von Schnee bedeckt. Die Tannen bogen sich unter der Last. Zum Glück schien auch die Sonne – es war herrlich klar und kalt.

Karl hatte für alle Zimmer in einer kleinen Pension gebucht. Ruth und Hans teilten sich ein Zimmer mit Helmuth, Klein-Rita nächtigte bei ihren Eltern. Karl und Martha hatten das Zimmer ganz am Ende des Flurs, und dort schlief auch Ilse. Das Frühstück war simpel, herzhaft und üppig. Mittags aßen sie meist nur einen Imbiss und abends wurden sie wieder in der Pension verköstigt. Das dunkle Sauerteigbrot, die süße Butter, der salzige luftgetrocknete Schinken, der Käse aus der Käserei und alle einfachen, aber guten Gerichte, die die Wirtin servierte, schmeckten ihnen wunderbar nach einem Tag an der Sonne und im Schnee.

Nach dem Abendbrot gingen die Kinder frühzeitig zu Bett und schliefen tief und fest, sodass die Erwachsenen abends in aller Ruhe noch zusammensitzen und ein Glas Wein oder Cognac genießen konnten. Es waren herrliche und erholsame Tage.

Martha hatte erst überlegt, auch noch Leni per Bahn kommen zu lassen, doch sie brauchten das Kindermädchen überhaupt nicht. Die Kinder tollten im Schnee oder rodelten mit ihren Vätern um die Wette. Für eine Stunde morgens und eine Stunde am Nachmittag packte Josefine Aretz Ritachen warm und dick ein, setzte sie in das Schaffell auf dem großen Schlitten. Dann machten sich die beiden Frauen auf, und zogen abwechselnd den Schlitten mit der Kleinen die Langlaufwege entlang. Sie genossen die frische, klare Luft, die ganz anders war, als die verqualmte Atmosphäre am Niederrhein und im angrenzenden Ruhrgebiet. Sie verstanden sich blendend.

Als es ans Packen ging, und sie wieder aufbrechen mussten, waren alle richtig traurig. Vor allem die Kinder wären gerne noch länger geblieben.

»Im Sommer würden wir gerne an die See fahren«, sagte Karl auf der Rückfahrt. »Das müssen Sie, Hans, sicherlich noch mit Ihrer Frau besprechen, aber uns wäre ein Arrangement wie dieses sehr willkommen, und wir würden es begrüßen, wieder mit Ihnen zusammen zu sein.«

»Hurra!«, rief Ruth von der Rückbank und drückte Helmuth,

der neben ihr saß, an sich. »Wir fahren wieder zusammen in den Urlaub.«

Als sie in die Friedrich-Ebert-Straße einbogen, schauten alle gespannt nach links und rechts – hatte sich etwas verändert? Dabei waren sie nur wenige Tage weg gewesen. Aber das Gefühl, für eine Zeit völlig anders gelebt zu haben, schaffte die Illusion, dass sich zu Hause grundlegende Dinge hätten verändern können. Doch alles sah so aus wie zuvor. Hier fehlte der helle Schnee, der Dreck und Matsch bedeckte, der Bäume in warme Mäntel und Büsche und Hecken unter Decken packte. Ernüchternd kahl, grau und matschig sah die Heimat aus. Über der Stadt hingen Regenwolken, und der Qualm der vielen Schornsteine legte sich wie eine Glocke über die Straßen.

»Ich will wieder zurück«, seufzte Ruth.

»Ich will nach Anrath«, sagte Hans leise. »Holt mein Vati mich heute noch ab?«

»Hast du Heimweh?«, fragte Martha mitfühlend. Aretz parkte den Wagen vor dem Haus.

Hans nickte. »Ja«, sagte er beklommen. »Ganz plötzlich ist es da. Die ganze Zeit habe ich mich wohlgefühlt, Tante Martha. Wirklich. Es war knorke. Aber jetzt … jetzt möchte ich zu meiner Mutti.«

Martha nahm seine Hand und drückte sie. »Das ist ganz verständlich, und bestimmt kommt dich dein Vati gleich abholen. Ich werde ihn sofort anrufen.«

»Ich packe Ihre Sachen aus«, sagte Aretz, »dann würde ich

gerne meine Familie und unsere Sachen in die Stadt fahren. Natürlich bringe ich den Wagen sofort zurück.«

»Es reicht, wenn der Wagen morgen hier ist. Und nächste Woche haben wir schon eine Tour ins Münsterland«, sagte Karl.

Hans Aretz sah ihn an und nickte. »Gut«, sagte er nur.

Er lud das Gepäck ab und brachte es ins Haus.

Frau Jansen war gekommen, und auch Leni war da. Sie nahm die Kinder in Empfang. »Ihr habt ja Farbe bekommen, richtig braun seid ihr geworden«, sagte sie erstaunt.

»Die Sonne schien die ganze Zeit. Da waren sogar Leute, die hatten einen Sonnenbrand auf der Nase. Aber Mutti hat uns immer eingecremt«, erklärte Ruth. »Du kannst dir nicht vorstellen, wie schön es in Winterberg ist, Leni. So viel Schnee!«

Leni lächelte und nahm Ilse auf den Arm. »Du scheinst müde zu sein.«

»Ich hab aus dem Fenster geschaut«, berichtete Ilse eifrig. »Schauen ist so anstrengend. Da war so viel Neues.«

»Was hast du noch nie gesehen?«, fragte Leni verblüfft.

»Alles!«, sagte Ilse und schmiegte sich gähnend an das Kindermädchen.

»Ich glaube, sie muss einen Mittagsschlaf halten«, sagte Martha und sah sich um. Das Gepäck stapelte sich in der Diele, überall herrschte Chaos. »Ich werde die Zugehfrau anrufen und vielleicht noch eins der Wäschemädchen.«

»Das habe ich schon getan.« Frau Jansen kam aus der Küche, und trocknete sich die Hände am Geschirrtuch ab. »Sie sind auf dem Weg. Ich habe eine gute Hühnersuppe gekocht, denn nach so einer Reise braucht man Stärkung. Außerdem habe ich gerade Kaffee aufgesetzt. Hatten Sie einen schönen Urlaub?«

»Es war wundervoll, und es ist phänomenal, nach Hause zu kommen und jemanden zu haben, der mitdenkt. Danke, Frau Jansen.«

»Dafür bin ich ja da.«

Langsam lichtete sich das Chaos. Mittendrin stand Hans, der ganz verloren wirkte. Martha hatte schon zweimal in Anrath angerufen, aber der Anruf konnte nicht durchgestellt werden. Erst beim dritten Mal klappte es.

»Wir sind zurück, Hedwig«, sagte Martha. »Hans hat sich ganz wunderbar benommen, aber jetzt möchte er nach Hause.«

»Berthold ist nicht da, er ist mit dem Wagen unterwegs«, sagte Hedwig. Ihre Stimme klang hohl.

»Oh«, sagte Martha überrascht. »Aber er wusste doch, dass wir heute zurückkehren und hatte versprochen, dass er Hans abholt.«

»Wenn Berthold etwas sagt, ist es nicht immer ein Versprechen.«

»Und was machen wir nun?« Hilflos sah sich Martha um, aber Karl war nicht zu sehen, nur Aretz, der gerade die letzte Tasche nach oben brachte.

»Gibt es Probleme?«, fragte er.

Martha hielt die Hand über den Hörer des Fernsprechers. »Mein Schwager ist nicht zu erreichen. Eigentlich wollte er Hans bei uns abholen …«

Aretz blickte zu dem kleinen Jungen, dann sah er Martha an.

»Ich bringe ihn nach Hause. Ich weiß, wo die Familie wohnt. Ich habe Sie und Ihren Mann ja schon zweimal dort hingefahren.« Er ging vor Hans in die Hocke, sodass sie beide auf Augenhöhe waren. Hans hatte Tränen in den Augen. »Dein Vati ist geschäftlich unterwegs«, sagte Hans Aretz und lächelte. »Das kann man manchmal nicht beeinflussen, verstehst du das?«

Hans nickte und versuchte tapfer, die Tränen wegzublinzeln.

»Das ist nicht schlimm, denn es bedeutet nicht, dass du ihm nicht wichtig bist.« Aretz sah Hans an.

»Dann wäre er doch hier.« Hans schob die Unterlippe nach vorn.

»Wäre er sicher, wenn er es könnte.«

»Ich will nach Hause«, schniefte Hans.

»Das ist auch berechtigt, mein Junge. Ich werde dich nach Hause fahren, ja?«, sagte Aretz.

»Jetzt?«

»Ja, jetzt. Wir packen deinen Koffer und deinen Schlitten wieder ein. Dann bringe ich meine Frau, Helmuth und Rita zu uns nach Hause – die kleine Rita braucht ihr Bett.« Fragend sah er Hans an. Hans nickte. »Und dann fahren wir weiter nach Anrath zu deiner Mutti.«

»Gut.« Hans kaute zwar noch etwas auf seiner Unterlippe, aber er schien zufrieden und für den Moment getröstet zu sein.

»Dann hilf mir mal, kleiner Mann, deine Sachen wieder in den Wagen zu bringen. Aber vorher verabschiedest du dich noch von deiner Tante und deinem Onkel.«

»Ach, Aretz«, sagte Martha leise. »Sie sind wirklich ein Held.«

»Nein, Frau Meyer, ich mag bloß Kinder nicht weinen sehen. Und ich kann ihn verstehen. Er will zu seiner Mutter – wollten wir das nicht alle in dem Alter?«

Martha senkte den Kopf. »Vermutlich«, sagte sie. »Meine Mutter hatte wenig Zeit für uns, ich habe sie auch andauernd vermisst.«

Hans verabschiedete sich. »Es war wirklich schön mit euch, Tante Martha.«

»Das freut mich. Wir sehen uns sicherlich bald wieder.« Sie nahm den kleinen Jungen in den Arm. »Grüß deine Eltern von mir.«

»Seltsam, dass Berthold Hans nicht abgeholt hat«, sagte Karl, als sie abends zusammen im Herrenzimmer saßen.

»Weder Hedwig noch er haben sich gemeldet«, sagte Martha nachdenklich. »Damit hatte ich eigentlich gerechnet. Vielleicht nur, um zu sagen, dass er gut zu Hause angekommen ist. Dass er es ist, wissen wir ja von Aretz. Dennoch …«

»Ich glaube, in der Ehe meiner Schwester liegt einiges im Argen. Aber das ist nicht unser Problem.« Er sah sie an und lächelte. »Unsere Ehe ist ja zum Glück wunderbar.«

Martha drehte sich zu ihm und küsste ihn. »Das ist sie.« Sie lehnte sich wieder in die Polster zurück.

Das Haus roch nach Waschmittel, Bleiche und Kernseife. Die Zugehfrau und ein Mädchen hatten die Wäsche ausgepackt und einen großen Teil schon gewaschen. Die Sachen hingen nun auf dem Speicher zum Trocknen. Anschließend hatte die

Zugehfrau noch einmal durchgewischt, sodass wirklich alle Spuren des Chaos' wieder beseitigt waren.

Karl schwieg, die Stirn in Falten gelegt.

»Machst du dir solche Sorgen um deine Schwester?«, fragte Martha. »Ruf sie doch an.«

Erstaunt sah Karl sie an. »Nein, nein. Ich werde mich wohl die nächsten Tage bei Hedwig melden, aber Gedanken mache ich mir um etwas anderes.« Er knipste die Enden einer Zigarre zurecht und zündete sie dann an. Martha wartete, sie kannte Karl, er brauchte manchmal etwas Zeit, bis er darüber sprach, was er auf dem Herzen hatte.

»Weißt du«, sagte er dann schließlich, »was mich wundert?«

»Woher soll ich das wissen?«, fragte Martha amüsiert.

»Das Nachbargrundstück. Sie haben im Herbst angefangen zu bauen. Die Baugrube wurde ausgehoben, das Fundament gelegt. Dann kam der Frosteinbruch – aber da kann man doch immer noch etwas machen. Jedenfalls tut sich seit Monaten dort nichts mehr. Ich hatte fest damit gerechnet, dass nun wieder Arbeiter auf der Baustelle sind – aber nichts. Ist das nicht seltsam? Theissen habe ich auch ewig nicht mehr hier gesehen.«

»Ja«, sagte Martha, »das ist mir auch schon aufgefallen. Und wenn jetzt das Frühjahr kommt, fände ich es nicht gut, nebenan eine verlassene Baustelle zu haben. Ich kenne ja unsere Ruth – sie wird alles erkunden wollen. Es hilft auch nicht, es ihr zu verbieten, sie findet immer einen Weg.«

»Ruth ist schon etwas Besonderes, ein sehr aufgewecktes Kind. Aber du hast recht mit deinen Bedenken, so bedacht sie manchmal ist, so oft gehen auch mit ihr die Pferde durch – gerade, wenn es etwas zu entdecken gibt. Ich werde mich mal erkundigen, was mit Theissen und dem Haus ist.«

»Willst du Richard fragen?«

Karl überlegte, dann schüttelte er den Kopf. »Nein, ich möchte nicht, dass er das Gefühl hat, ich mische mich in seine Geschäfte ein.« Karl zog an seiner Zigarre. »Aber mir wird schon ein Weg einfallen, wie ich etwas herausbekomme.«

Eine Woche später, es war Freitag und Martha hatte schon die Sabbatkerzen angezündet, klingelte es. Ruth lief zu Tür.

»Erwarten wir Besuch?«, fragte Karl, der aus seinem Arbeitszimmer gekommen war, Martha überrascht.

Martha schüttelte den Kopf. »Vielleicht sind es ja deine Eltern?«

Ruth war zur Tür gerannt und hatte geöffnet. Ein Mann in feinem Anzug stand vor ihr.

»Guten Abend«, sagte er. »Ist dein Vater zu sprechen?«

»Vati! Besuch für dich!«, rief Ruth und hüpfte nach oben.

»Wer ist es denn?«, fragte Karl. Er ging durch die Diele zum Eingang und blieb überrascht stehen. »Theissen. Was führt Sie zu mir?«

»Ich habe gehört, dass Sie sich nach mir und dem Baugrund erkundigt haben.« Er räusperte sich. »Ich würde gerne mit Ihnen reden.«

»Kommen Sie herein. Legen Sie ab«, sagte Karl. »Kann ich Ihnen etwas zu trinken anbieten? Wir wundern uns, dass es mit ihrem Haus nicht weitergeht. Gibt es Probleme mit den Handwerkern?«

Er nahm Theissens Mantel und Hut und hängte sie an der Garderobe auf. »Kommen Sie, wir gehen ins Herrenzimmer.«

»Guten Abend, Frau Meyer«, sagte Theissen und lächelte verlegen. »Es tut mir leid, dass ich Sie an einem Freitagabend störe …«

»Kein Problem«, sagte Martha. »Soll ich euch Eiswürfel bringen?«, fragte sie Karl. Er sah zu Theissen.

»Ein Drink wäre nicht schlecht«, murmelte dieser und schaute zu Boden.

Karl und Martha warfen sich einen Blick zu, dann ging Martha in die Küche und holte Eiswürfel aus dem Eisschrank, füllte sie in einen Behälter, holte die Eiszange aus der Schublade und brachte alles ins Herrenzimmer, wo Karl schon den Bourbon in die Kristallgläser einschenkte. Theissen stand wie verloren am Fenster und schaute nach draußen. Er wirkte sehr bedrückt. Schnell ging sie wieder und schloss die Tür hinter sich.

Die Mädchen saßen schon auf dem Sofa im Salon und warteten auf sie – es war Zeit für die Sabbatgeschichte.

»Wer ist der Mann?«, fragte Ruth neugierig.

»Das ist Herr Theissen, er wird unser Nachbar, er baut das Haus nebenan.«

»Da ist doch nur eine große Grube«, sagte Ruth. »Das sieht nicht aus wie ein Haus.«

»Bei uns hat es auch einmal so ausgesehen, erst die Baugrube, dann das Fundament, dann die Kellerdecke und dann die Wände …«

»Aber war die Grube bei uns auch so lange da?«, fragte Ruth.

»Nein, weißt du das nicht mehr?«

Ruth schüttelte den Kopf. »Es schien alles ganz schnell zu gehen.«

»Hat der Mann auch Kinder?«, fragte Ilse.

»Ich glaube, er hat einen Sohn in Ruths Alter.«

Ilse zog einen Flunsch. »Dann muss er noch ein Mädchen bekommen, damit ich mit ihr spielen kann.«

Martha lachte und drückte ihre beiden Töchter an sich. »Soll ich euch eine Geschichte erzählen?«, fragte sie dann.

»Ja!«, riefen beide gleichzeitig.

»Eine lustige Geschichte oder eine traurige Geschichte?«

»Eine traurige!«

»Nun gut.« Martha überlegte nicht lange. »Vor langer Zeit lebten zwei Familien nebeneinander …«

Sie hatte die Kinder längst zu Bett gebracht, saß im Salon und las ein Buch, als sich endlich die Tür des Herrenzimmers öffnete.

»Vielen, vielen Dank, Herr Meyer«, sagte Theissen. »Ich bin mir sehr bewusst, was Sie mir ermöglichen. Und ich bin Ihnen sehr dankbar.«

»Ist schon gut, Herr Theissen«, sagte Karl. »Wir haben alles besprochen. Auf eine gute Nachbarschaft.«

»Ja! Guten Abend und auf Wiedersehen. Grüßen Sie Ihre Frau.«

Dann fiel die Haustür ins Schloss, und Karl trat zu Martha in den Salon.

»Magst du mit nach nebenan kommen? Ich brauche noch einen Drink und würde gerne eine Zigarre rauchen.«

Martha legte das Buch zur Seite und stand auf. »Ich nehme auch einen *Drink*«, sagte sie. Sie konnte kaum erwarten zu erfahren, worum es in dem Gespräch gegangen war.

Karl schenkte ihr ein, setzte sich dann seufzend und nahm eine Zigarre aus dem Kästchen, das Ruth ihm zum Lichterfest gebastelt hatte. Martha setzte sich neben ihn. Der Raum roch nach Bourbon und Zigarrenqualm. Kurz überlegte sie, das Fenster zu öffnen, ließ es aber dann. Sie wollte Karl nicht aus seinen Gedanken reißen. Dass es im Gespräch um ernste Themen gegangen war, war deutlich spürbar.

Karl zog genüsslich an seiner Zigarre, dann lehnte er sich zurück und schloss kurz die Augen. Martha nahm die silberne Zigarettendose, die immer gefüllt auf dem Tisch lag, öffnete sie, und nahm eine Zigarette heraus. Sie rauchte nicht oft, aber es gab Momente, da war es einfacher zu warten, wenn man eine Zigarette zwischen den Fingern hatte.

»Theissen hat Probleme«, sagte Karl schließlich.

»Das haben wir uns ja schon gedacht. Sind es gesundheitliche Probleme?«

Karl schüttelte den Kopf und sah sie an. »Er ist pleite.«

»Hat Richard ihn etwa entlassen?«

Wieder schüttelte Karl den Kopf. »Er wäre schön blöd, das zu tun. Theissen ist ein guter Vertreter, macht ordentlich Umsatz und versteht sein Geschäft.«

»Wie kann er dann pleite sein?«

»Das ist kompliziert. Er schuldet Merländer Geld – viel Geld. Er hat zu hoch gepokert.«

»Anlagen der Firma? Wenn er Geldprobleme hat und so ein

guter Mitarbeiter ist, warum bittet er dann nicht Richard um Hilfe?«

»Keine Spekulationen in dem Sinne, Liebes – ich meinte es wortwörtlich. Er hat an einigen Poker- und Skatrunden bei Merländer teilgenommen und … verloren. Hoch verloren. Jetzt schuldet er Richard eine große Summe Geld und musste deshalb den Bau des Hauses einstellen. Theissen steht kurz vor dem Ruin.«

»Du lieber Himmel. Und nun?«

Karl trank noch einen Schluck Bourbon. »Ich habe ihm Hilfe angeboten.«

»Aber wie?«

»Ja, ich weiß, Liebes, ich hätte dich fragen sollen. Aber … das Gespräch war so intensiv, und er war so niedergeschlagen … er kam, um mir den Baugrund zum Kauf anzubieten, für wirklich wenig Geld, weit unter Wert.«

»Du hast das Nachbargrundstück gekauft?«

»Nein, das habe ich natürlich nicht getan.«

Erleichtert seufzte Martha auf.

»Ganz kurz habe ich überlegt, ob wir da für meine Eltern bauen sollten, aber ich weiß, sie würden nie aus der Klosterstraße wegziehen. Und so gut wir uns verstehen – meine Eltern als Nachbarn zu haben, sie jederzeit über den Zaun schauen zu sehen – das würde mir nicht gefallen.« Er sah Martha an. »Oder was denkst du?«

»Ich liebe deine Eltern, liebe sie wirklich sehr. Aber du hast recht, man muss sich nicht jeden Tag sehen. Die Treffen sind schöner, wenn man etwas zu berichten hat. Außerdem glaube ich, dass Ruth und Ilse dann mehr dort als hier wären. Es ist die Aufgabe der Großeltern, ihre Enkel zu verwöhnen, doch wenn das jeden Tag passiert, wird es maßlos.« Sie stockte kurz. »Bitte, versteh das nicht falsch. Deine Eltern sind großartig mit den Mädchen.«

Karl lächelte. »Keine Sorge, ich weiß genau, wie du es meinst.«

»Aber was hast du ihm nun angeboten?«

»Einen zinslosen Kredit. Ich gebe ihm das Geld, er kann seine Schulden bei Merländer begleichen und wird mir jeden Monat eine fixe Summe zurückzahlen. Zwei bis drei Jahre wird er brauchen.«

»Zinslos?«

»Aber natürlich, Martha, meine Liebste. Du weißt doch, dass immer öfter über die geldgierigen Juden hergezogen wird. Diesen Gerüchten möchte ich kein Futter geben.«

»Das stimmt.« Nachdenklich lehnte sich Martha zurück. »Aber warum hast du das gemacht?«

»Ich habe gut darüber nachgedacht«, sagte Karl leise. »Und es ist mir auch nicht leichtgefallen, aber letztendlich gab es einige Gründe, so zu handeln. Zum einen haben wir das Geld im Moment. Es tut uns nicht weh. Und wir können jemandem helfen, der – zugegeben aus eigenem Verschulden und Dummheit – in die Klemme geraten ist. Ich hoffe immer, dass wir nie in so eine Situation kommen und auf die Hilfe anderer angewiesen sein werden – aber man weiß es nicht. Und sollte es so sein, dann hoffe ich, dass wir auch auf Leute treffen, die ihr Herz am rechten Fleck haben.

Außerdem wollte ich verhindern, dass es zu einer Zwangsversteigerung kommt, dann weiß man nie, wen man als Nachbarn bekommen würde. Gut, ich hätte auch jemandem aus der Gemeinde einen Tipp geben können, dass es hier ein Grundstück für wenig Geld gibt. Aber dann wäre ich irgendwie daran beteiligt gewesen, dass Theissen bankrott und sein Leben den Bach runter geht. Dem nur vom Verkauf des Grundstücks könnte er seine Schulden bei Richard nicht begleichen.«

»Oh!«, sagte Martha. »Um so hohe Summen wird in der Villa gespielt?«

»Ja, und nicht nur dort. Was Richard macht, ist eine andere Sache. Er hat Partner, die ihm aushelfen können, sollte es bei ihm eng werden. Aber Theissen hat so jemanden nicht. Und vor allem hat er, im Gegensatz zu Richard, Familie – Horst ist so alt wie unsere Ruth. Vielleicht habe ich es auch ein bisschen für Horst getan.«

»Ach, Karl«, sagte Martha. »Du bist eine Seele von Mensch.«

»Nett, dass du das sagst«, meinte Karl und lächelte schief. »Aber ganz uneigennützig habe ich dennoch nicht gehandelt.«

»Wieso?«

»Theissen steht sehr weit rechts, er ist wohl ein Brauner. Du weißt, wie sie denken.«

»Er ist ein Brauner und bittet dich um Hilfe?« Martha war fassungslos.

Karl nickte. »Dadurch, dass ich ihm helfe, zeige ich ihm vielleicht, dass wir Juden doch nicht so sind, wie er und seine Gesellen denken. Es muss dringend ein Umdenken geben bei denen, und oft passiert so etwas ja im Kleinen …«

»Hoffentlich. Was aber, wenn er das Geld direkt wieder verspielt?«

»Er hat mir versprochen, die Finger von den Karten zu lassen. Kontrollieren kann ich es nicht, also lass uns das Beste hoffen.« Er trank den letzten Schluck aus seinem Glas. »Bist du mir böse, dass ich dich nicht vorher gefragt habe?«

»Natürlich nicht!« Martha beugte sich über ihn und küsste ihn. »Ich liebe dich, Karl, ich liebe dich sehr. Und alles, was du machst, hat Hand und Fuß. Ich vertraue dir.«

Schon eine Woche später tauchten die Bauarbeiter wieder auf dem Nachbargrundstück auf, und nach und nach wuchs ein solides Backsteinhaus. Fast jede Woche kam nun die Familie Theissen, um den Bau zu begutachten. Mit von der Partie war der kleine Horst. Schnell freundete er sich mit Ruth an und kam oft zu Meyers in den Garten. Er war ein netter Junge.

Mit Frau Theissen versuchte Martha immer wieder ins Gespräch zu kommen, doch die Frau mit den tiefen Sorgenfalten in der Stirn und um den Mund blieb kühl und ablehnend.

Zur gleichen Zeit zog eine alleinstehende Frau mit ihrer Tochter in das Haus zur Rechten von Meyers. Das imposante Jugendstilgebäude hatte mehrere Wohnungen. In der untersten wohnten die Eigentümer – ein älteres, nettes, aber zurückhaltendes Ehepaar. Nun zog Luise Dahl, eine Witwe, mit ihrer Tochter Charlotte in eine der Wohnungen im Flügelanbau. Sie gehörten auch zur jüdischen Gemeinde, Martha kannte sie flüchtig. Luises Mann war im letzten Jahr gestorben, und die Witwenrente hielt die kleine Familie nur notdürftig über Wasser. Aber da Charlotte im Sommer in die Schule kam, und Luise endlich eine Stellung als Zugehfrau annehmen konnte, würde sie sich die kleine Wohnung leisten können, zumal die Miete nicht besonders hoch war, da es in der Wohnung kein Badezimmer gab. Mit den Mietern unter ihnen mussten sie sich auf halber Treppe jeweils ein Bad teilen. Doch das störte Luise, die vorher sehr viel bescheidener gelebt hatte, nicht.

Charlotte und Ruth kannten sich von den samstäglichen Besuchen in der Synagoge. Vor und nach den Gottesdiensten trafen sich die Kinder jeden Alters, und Ruth freute sich, die gleichaltrige Charlotte, die von allen nur Lotte genannt wurde, nun als Nachbarin zu haben. Die Mädchen spielten oft miteinander, und auch in die Villa kam Lotte manchmal mit. Rosi hatte nämlich zu Weihnachten einen jungen, schwarzen Schäferhund bekommen. Das Tier war sehr verspielt und anhänglich, und die Mädchen hatten viel Spaß mit Bodo.

Natürlich wünschte sich Ruth nun auch einen Hund.

»Ein Hund ist nicht verkehrt«, sagte Karl. »Noch ist Bodo klein und verspielt, aber er soll später als Wachhund fungieren. Vielleicht sollten wir uns auch einen Wachhund anschaffen?«

»Nein, Karl«, sagte Martha, die Hunden eher skeptisch gegenüberstand. »Du bist meist die ganze Woche unterwegs und so ein Tier macht Arbeit. Sicherlich würde sich Ruth am Anfang um ihn kümmern, aber sie kommt bald in die Schule und dann wird sie nicht mehr so viel freie Zeit haben.«

»Wenn Ruth sich einen Hund wünscht, wird sie sich auch

kümmern müssen. Und gerade, weil ich so viel unterwegs bin, wäre ein Wachhund von Vorteil. Denk darüber noch einmal nach. Ruth wird im Sommer sieben, sie weiß, was Verantwortung bedeutet.«

»Ich glaube nicht, dass sie das abschätzen kann.«

»Wir denken beide noch einmal darüber nach, in Ordnung?«, sagte Karl versöhnlich.

Doch ihm gefiel der Gedanke. Und als Ruth das nächste Mal den Wunsch nach einem Hund äußerte, sah er sie ernst an.

»Du weißt, was es bedeutet, einen Hund zu haben?«, fragte er seine Tochter. »Es bedeutet, Verantwortung zu tragen. Für ein Lebewesen.«

Ruth nickte. »Ja, das weiß ich«, sagte sie. »Man muss ihn füttern, bürsten und mit ihm spazieren gehen.«

»Ganz genau. Und das muss man jeden Tag machen, auch wenn man mal keine Lust hat oder das Wetter schlecht ist.«

Wieder nickte Ruth. »Rosi kümmert sich doch auch jeden Tag um Bodo. Es wäre phänomenal, wenn wir auch einen Hund hätten, dann könnten wir gemeinsam gehen.«

Martha lauschte dem Gespräch mit zunehmender Skepsis.

»Du müsstest versprechen, dass du dich wirklich kümmerst«, sagte Karl ernst.

»Aber natürlich, Vati.« Ruth sah ihn mit großen Augen an. »Bekomme ich jetzt einen Hund?«

»Darüber ist das letzte Wort noch nicht gesprochen«, unterbrach sie Martha und stand auf. Aber sie ahnte, dass Karl seine Entscheidung schon gefällt hatte.

»Wenn die ganze Arbeit an mir hängen bleibt«, sagte sie

abends, als die Kinder im Bett lagen, »dann kommt die Töle wieder weg. Und ich will keinen Schäferhund. Ich will überhaupt keinen großen Hund.«

»Eigentlich möchtest du gar keinen Hund«, sagte Karl amüsiert. »Das weiß ich ja. Ich überlege noch. Jetzt planen wir erst einmal den Urlaub.«

Kapitel 11

Karl hatte für den Sommerurlaub Zimmer in einem Hotel in Bensersiel gebucht. Sie würden zehn Tage zusammen mit den Aretz' an die See fahren. Auch ein Ausflug auf die Inseln war geplant.

Martha sortierte und packte, die Sommersachen wurden durchgesehen, manches musste ersetzt werden. Minnie war gekommen, um zu helfen, es gab immer etwas zu flicken oder zu stopfen.

»Schau«, sagte sie zu Ruth, »du musst den Faden so führen – ganz vorsichtig drunter und drüber, sodass sich ein kleines Netz bildet. Und immer wieder – von einer Seite zur anderen. So kann man kleine Löcher stopfen.«

»Du machst das so gut«, stöhnte Ruth. »Bei dir sieht man nachher kaum, dass es gestopft wurde, bei mir schon.«

»Übung macht den Meister, mein Kind. Dafür sind deine Steppstiche schon sehr, sehr ordentlich.« Omi sah Martha an. »Ruth hat wirklich Talent für Handarbeit.«

»Das stimmt«, sagte Martha lachend. »Aber von mir hat sie das nicht. Ich kann zwar nähen, aber so gut wie du werde ich niemals sein, Ruth vielleicht schon.«

»Ich nähe gerne, das war schon immer so. Und stricken und häkeln entspannt so schön.«

»Das musst du mir auch noch beibringen«, meinte Ruth.

»Immer eins nach dem anderen, Ruthchen, jetzt kümmern wir uns erst einmal um die Löcher, und dann kannst du mir das Schnittmuster für das Puppenkleid zeigen, das du entworfen hast. Wenn du magst, können wir auch den Stoff gemeinsam zuschneiden?«

»Au ja, meine Puppe soll schließlich auch etwas Schickes für den Urlaub haben!«

»Ruth, wenn du so weiterwächst«, stöhnte Martha am nächsten Nachmittag, »muss ich ein Abonnement bei Kaufmanns einrichten lassen. Es kann doch nicht sein, dass du alle zwei Monate aus deinen Blusen und Kleidern herausgewachsen bist. Von den Schuhen ganz zu schweigen.«

»Gehen wir in die Stadt?«, fragte Ruth aufgeregt. »Gehen wir zum Modehaus Kaufmanns?«

Das Bekleidungsgeschäft Kaufmanns war das größte Haus am Platz. Es gehörte den Brüdern Heinemann, die Mitglieder der jüdischen Gemeinde waren. Dort fand man alles, was man suchte. Manchmal war Martha aber von dem Angebot erschlagen, deshalb ging sie lieber in das kleinere und feinere Modehaus J. Lion.

»In die Stadt müssen wir auf jeden Fall noch einmal«, sagte Martha und wischte sich über die Stirn.

»Ich will mit«, rief Ilse. »Ich find's gemein, dass ich die ollen Sachen von Ruth kriege und sie neue Kleider aussuchen darf.«

»Die Sachen von Ruth sind nicht oll«, ermahnte Martha sie. »Sie haben ja gar keine Zeit, oll zu werden, so, wie deine Schwester wächst. Aber du hast recht, du darfst mit und dir auch etwas aussuchen.«

Für Ruth fanden sie ein schönes Matrosenkleid und eines mit Volants an den Ärmeln. Ilse bekam ein Schürzenkleid in Himmelblau und mit grüner Schleife.

Vor allem aber erinnerte sich Ruth an die Chanukka-Geschenke von Großmutter Emilie und machte sich noch am selben Abend dran, aus einem dunkelgrünen Faltenrock, einem schlichten blauen Oberteil und einem ebenfalls blauen Taftband, das sie ihrer Mutter abgeschwatzt hatte, ein Kleid zu nähen. In der aktuellen Ausgabe von ›Die Dame‹ hatte sie genau ein solches Modell gesehen und wollte es nun nachschneidern.

Am Samstag der folgenden Woche war es dann endlich so weit, alle Sachen waren gepackt und standen in der Diele zum Einladen bereit. Hans Aretz hatte das Automobil ganz besonders gründlich geputzt und poliert. Der schwarze Lack glänzte, als sei er flüssig. Alles wurde eingeladen, die großen Koffer auf dem Dach festgebunden. Dann ging es los in den Norden.

»Ich war noch nie an der See«, gestand Josefine Aretz. »Es fühlt sich an wie ein großes Abenteuer.«

»Die See ist herrlich, wenn wir Glück mit dem Wetter haben«, sagte Martha. »Aber ich mag die See auch bei Sturm. Sich einmal so richtig durchpusten lassen und anschließend einen heißen Kakao trinken – herrlich. Sie werden sehen, es wird alles wunderbar sein.«

Am frühen Nachmittag erreichten sie das kleine Örtchen am Wattenmeer. Die Sonne schien und eine leichte Brise brachte den würzigen Duft der Marschen und der Nordsee mit sich. In der Luft kreisten die Möwen über dem Hafen und stießen ihre schrillen Schreie aus, die sich ein wenig wie Gelächter anhörten.

Sie hatten Zimmer in einer kleinen Pension gemietet. Das rote Backsteinhaus mit dem Reetdach wirkte anheimelnd. Herzlich wurden sie von der Wirtin begrüßt.

»Ach, ist das schön hier!«, rief Ruth. »Können wir ans Meer? Können wir jetzt sofort ans Meer?«

Martha lachte. »Erst packen wir aus, dann gehen wir zum Meer.«

Ruth half ihr, damit es schneller ging. Aretz hatte bei der Wirtin einen Bollerwagen ausleihen können, in den sie die kleine Rita setzten.

Ruth nahm Helmuth an die Hand und hüpfte mit ihm los.

»Warte!«, rief Ilse. »Ich will mit!«

»Nicht zu schnell laufen, seid vorsichtig«, ermahnte Josefine die Kinder.

Bis zum Hafen war es nicht weit. Josefine kam aus dem Staunen nicht heraus. »Wie herrlich die Luft ist«, sagte sie. »Und wie klar der Himmel.«

Im Hafen waren gerade die Fischerboote und Krabbenkutter eingelaufen. Es war ein lustiges Treiben, als die Kästen ausgeladen wurden. So manche Ware wurde direkt am Kai verkauft.

An einem Tisch saßen drei Frauen und pulten die frischen

Krabben, die schon auf dem Kutter gekocht worden waren. Mit flinken Bewegungen drehten sie den Kopf ab und zogen den Panzer vom Fleisch. Eine vierte Frau bestrich dicke Brotscheiben mit Butter, löffelte eine ordentliche Portion gepulte Krabben darauf, und salzte und pfefferte das Ganze.

Karl kaufte für alle Krabbenbrote.

»So etwas Leckeres habe ich noch nie gegessen«, schwärmte Josefine.

»Eigentlich essen wir keine Meerestiere, sie sind nicht koscher«, sagte Martha und zwinkerte ihr zu. »Aber bei frischen Krabben kann ich einfach nicht widerstehen.«

»Mir ist bis jetzt gar nicht aufgefallen, dass Sie koscher essen«, sagte Josefine verblüfft.

»Tun wir auch nicht«, gestand Martha. »Sonst müsste meine Küche viel größer sein, und ich müsste zwei Topf- und zwei Geschirrschränke haben. Auch könnte Karl dann keinen Rinderbraten mit seinem geliebten Kartoffelstampf essen. Was wir selten essen, ist Schweinefleisch. Aber das schmeckt mir einfach auch nicht. Karl liebt aber Schnitzel und Würste.«

An einer Stelle hinter den grünen Deichen gab es einen Sandstrand mit Strandkorbverleih. Am nächsten Morgen mietete Karl dort für die nächsten Wochen zwei Körbe.

Die beiden Familien genossen die herrliche Zeit am Meer. Bei Ebbe buddelten die Kinder um die Wette nach Wattwürmern und Muscheln. Wenn die Flut kam, planschten sie im flachen Wasser. Aretz baute mit ihnen Sandburgen und grub kleine Fleete, in die das aufkommende Wasser floss. Und er schnitzte Bötchen, die sie schwimmen ließen.

Die kleine Rita saß vor den Strandkörben im Sand, ließ die Körner durch ihre Babyfinger gleiten und juchzte dabei vor Vergnügen.

Im Hafen bestaunte Ruth jedes Mal das große Dampfschiff, das, je nach Tide, zweimal am Tag nach Langeoog übersetzte.

Eines Morgens überraschte Karl sie beim Frühstück: »Heute machen wir einen Ausflug«, sagte er. Ein wenig Proviant wurde eingepackt, dann ging es munter zum Hafen. Ruth staunte nicht schlecht, als der Vater auf das Dampfschiff, die ›Langeoog‹, wies. »Wir fahren zur Insel.«

Aufgeregt liefen sie über die schwankenden Planken, und setzten sich auf das Oberdeck. Nach und nach füllte sich das Schiff – nicht nur Urlauber fuhren auf die Insel, sondern auch Bewohner, die auf dem Festland gewesen waren, Geschäftsleute und einige Personen, die auf dem Festland wohnten, aber auf Langeoog arbeiteten.

Über eine halbe Stunde dauerte die Überfahrt, manchmal hüllte der Dampf sie komplett ein, und hin und wieder tutete der Kapitän mit dem großen Horn. Die Kinder waren fasziniert, sie alle waren noch nie auf einem Schiff gewesen. Ruth lief nach hinten, schaute in das Kielwasser. Karl begleitete sie, während Martha und Josefine, mit Rita fest im Arm, auf den Holzbänken blieben. Aretz zeigte Helmuth einige technische Details, gespannt lauschte der Sohn dem Vater, auch wenn er kaum etwas verstand.

Nachdem sie angelegt hatten, stiegen sie in die Pferdebahn, die sie zum kleinen Örtchen auf der Insel brachte. Von dort aus wanderten sie zum Wasserturm – dem Wahrzeichen der Insel.

Mittags ließen sie sich frischen Hering mit Kartoffelsalat schmecken und den Nachmittag verbrachten sie am Strand, der wunderbar feinen Sand hatte. Erst mit dem letzten Schiff verließen sie die Insel.

»Diesen Tag«, sagte Ruth voller Inbrunst, als sie im Bett lag und ihre Mutter ihnen noch etwas vorlesen wollte, »werde ich nie vergessen. Es war einer der schönsten Tage in meinem Leben.«

Doch jeder Urlaub ist irgendwann vorbei – meistens viel schneller als man denkt. Am vorletzten Tag gingen Martha und Josefine noch einmal spazieren. Klein Rita zogen sie in dem Bollerwagen. Die Mädchen und Helmuth bauten mit Hans Aretz zusammen am Strand noch einmal eine riesige Sandburg, während Karl im Strandkorb saß und las.

Aus dem Ort heraus führte eine schöne Allee. Hier waren Martha und Josefine schon häufiger spazieren gegangen. Der Weg führte sie an einem kleinen Gehöft vorbei. Auf dem Deich blökten die Schafe, deren weißes Fell sich leuchtend gegen das grüne Gras abhob.

»Vielleicht bekommen wir hier frisches Obst für die Heimfahrt«, sagte Josefine. Sie gingen auf den Hof, als eine weiße, wuschelige Hündin um die Ecke geschossen kam und wütend bellte. Die beiden Frauen blieben stehen. Die Tür vom Haus öffnete sich und eine Frau in einem einfachen Kittel und mit einem Kopftuch schaute auf den Hof. Sie lächelte freundlich.

»Kann ich Ihnen helfen?«, fragte sie.

»Wir wollten uns erkundigen, ob Sie Obst verkaufen?«, sagte Martha.

»Natürlich. Ich habe frische Himbeeren, einige Kirschen und Mirabellen. Die Äpfel und Birnen sind noch nicht so weit. Kommen Sie, ich habe alles hier in der Küche.«

Martha schaute ängstlich zu dem Hund. Er bellte zwar nicht mehr, aber seine Ohren waren aufgestellt und er ließ die beiden Frauen und den Bollerwagen nicht aus den Augen.

»Tomke, reg dich ab!«, rief die Frau. Der Hund schaute zu ihr, dann trollte er sich. Martha und Josefine zogen den Bollerwagen über den sauberen Hof, und bewunderten die Blumen, die in Rabatten vor dem Haus wuchsen.

Aus der Küche kam ein süßer, fruchtiger Duft.

»Ich koche gerade Kirschen ein«, erklärte die Bäuerin. Der große, klobige Holztisch bog sich unter der Last der Früchte. Beeren waren dort, Kirschen und Steinfrüchte. »Was möchten Sie denn?«

Martha nahm eine Auswahl von allem, und die Frau packte ihr das Obst in selbstgedrehte Tüten aus Zeitungspapier.

Die ganze Zeit über hörte Martha ein leises Fiepen, das sie nicht zuordnen konnte. Zuerst dachte sie, Rita würde jammern, doch das Baby schaute vom Arm ihrer Mutter fasziniert auf die bunte Küche. Dann sah Martha den Korb unter dem Tisch stehen. Zwei dunkle Augenpaare blickten sie an.

»Oh«, sagte Martha und ging in die Hocke.

»Ach, die Tölen«, sagte die Bäuerin. »Hat unsere Hündin geworfen. Geplant war's nicht, aber was willste machen? Vier haben wir schon weggegeben, eins wollen wir wohl behalten. Das kleine Mädchen muss aber weg.«

»Welches ist das kleine Mädchen?«

Die Bäuerin griff in den Korb und holte eine schwarz-weiße, wuschelige Hündin heraus. »Issn Spitz. Sind gute Wachhunde.« Sie reichte Martha die Hündin.

Vorsichtig nahm Martha das warme, weiche Tier auf den Arm, schaute in die dunklen, wachen Augen. Auch die Hündin schien sie zu mustern, dann plötzlich beugte sie sich vor und leckte Martha über das Gesicht. Es kitzelte, und Martha lachte. »Was für ein süßer Hund.«

»Na, können Se haben«, sagte die Bäuerin.

»Wie viel möchten Sie denn für ihn?«

»Bezahlen Sie mal das Obst. Den Hund schenk ich Sie.«

Martha zögerte nicht lange. Obwohl sie keinen Hund hatte haben wollen, war an dieser Hündin etwas, das ihr Herz berührte. Das, so beschloss sie, war besser, als wenn Karl einen Hund kaufen würde, zu dem sie dann nie eine Beziehung aufbauen könnte.

»Sie wollen wirklich den Hund mitnehmen?«, fragte Josefine erstaunt.

»Ist sie nicht süß?«

»Doch«, lachte Josefine. »Da werden aber ein Paar Augen machen.« Sie legten die Tüten mit dem frischen Obst zu Rita in den Bollerwagen.

Die Bäuerin stieß einen schrillen Pfiff aus, und der weiße Hund kam um die Ecke gefegt. »Ich behalt sie in der Küche, bis Se weg sind.«

Martha schaute auf die Hündin, die zu dem Korb ging, in dem jetzt nur noch ein Welpe lag. Schnell schloss die Bäuerin die Tür.

Ob die Hundemutter ihr Kind vermissen würde? Fast hatte Martha ein schlechtes Gewissen, doch dann sagte sie sich, dass die kleine Hündin so oder so den Hof hätte verlassen müssen.

»Wollen Sie die Kleine auch in den Wagen legen?«, fragte sie.

Martha schüttelte den Kopf. »Nachher springt sie raus und läuft wieder zurück. Ich trage sie, so weit ist es ja nicht, und schwer ist sie auch nicht.«

Die Sorge, dass die kleine Hündin ausreißen würde, als sie den Hof verließen, erwies sich jedoch als unbegründet. Sie schmiegte sich in Marthas Arme und schloss schließlich sogar die Augen.

Karl, Aretz und die Kinder saßen schon zum Nachmittagskaffee auf der Terrasse des Hotels, als sie kamen. Und tatsächlich war das Hallo groß.

»Ist das jetzt mein Hund?«, fragte Ruth aufgeregt. »Ja?«

Martha lächelte. »Ich denke, sie ist unser Hund, sie gehört uns allen.«

»Aber ich will einen Hund für mich!«, rief Ruth empört und stampfte auf.

Karl sah sie mahnend an. »Kinder, die was wollen …«

Ruth senkte den Kopf. »Darf ich sie denn auf den Arm nehmen?«

»Natürlich.« Vorsicht gab Martha den Welpen in Ruths Arme. »Aber pass auf, sie ist noch so klein.«

»Ich weiß, wie man mit Welpen umgeht. Ich habe mich ja auch schon um Bodo gekümmert«, sagte Ruth. Sie setzte sich hin, den Hund auf dem Schoß und streichelte das weiche, flauschige Fell. Die Hündin leckte über ihre Hände und über Ruths Hals.

»Wie heißt sie?«, fragte Ilse, die etwas Abstand hielt. Ihr war der Hund nicht ganz geheuer.

»Ich habe ganz vergessen zu fragen«, sagte Martha erstaunt.

»Ich glaube nicht, dass Welpen auf einem Bauernhof Namen bekommen«, sagte Josefine. »Sie hat nur die Rasse genannt. Es ist ein Spitz.«

»Spitz!«, sagte Ruth. »Das ist ein schöner Name. Sie ist nämlich spitze!«

Alle lachten, und so wurde aus der kleinen Hündin Spitz.

Ruth kümmerte sich liebevoll um den Welpen, aber auch Martha schätzte ihre Anwesenheit bald sehr. Schon nach wenigen Wochen konnte sie sich ein Leben ohne Hund nicht mehr vorstellen, und an den Wochenenden führte die ganze Familie Spitz oft in den Stadtwald oder zu anderen Ausflugszielen.

Im Herbst begann für Ruth ein neuer Lebensabschnitt – sie kam in die jüdische Grundschule an der Sankt-Anton-Straße.

Es war ein großer Tag für sie. Vorher war sie mit Martha in der Stadt gewesen und hatte einen Lederranzen bekommen, außerdem ein Federmäppchen und andere Utensilien.

»Pfleg die Sachen und achte auf sie«, ermahnte Martha ihre Tochter. »Sie waren teuer.«

Auch ein neues Kleid, Schuhe – die Karl aus der neuen Kollektion beisteuerte – und eine leichte Übergangsjacke waren besorgt worden.

Der Tag begann mit einem Gottesdienst, den der Rabbiner in der Schule hielt. Danach wurden sie auf ihre Klassen verteilt. Was war Ruth froh, zusammen mit Lotte Dahl in eine Klasse zu kommen. Und auch Edith Lindenbaum, die Tochter einer Freundin von Martha, kam zu ihnen. Diese bekannten Gesichter machten ihr den Anfang leichter, und so war es auch gar nicht schlimm, als sie die Aula verließen und mit ihren neuen Mitschülern in die Klassenräume geführt wurden. Nachdem die Lehrerin ihnen gesagt hatte, an welchem Pult sie sitzen sollten, mussten sie ihre Namen sagen und die, die es schon konnten, schrieben ihren Namen auf die kleine Tafel, die jeder hatte. Die helle Herbstsonne fiel in das große Zimmer mit den knarrenden Dielen, und Ruth war auf einmal und endlich glücklich – es war herrlich, endlich in der Schule zu sein.

Zwei Stunden dauerte der erste Schultag, dann durften sie wieder gehen. Im Schulhof warteten Martha und Karl mit Ilse, aber auch Omi und Opi waren gekommen. Großmutter Emilie war nach Anrath gefahren, wo Hans am gleichen Tag eingeschult wurde.

Martha überreichte Ruth die Zuckertüte, auf die sie sich schon so sehr gefreut hatte – es war nicht nur Naschwerk in der Tüte, sondern auch ein neues Nähset mit einem ganz niedlichen Nadelkissen in Form einer Erdbeere sowie einer Einfädelhilfe aus dünnem Blech – die hatte sich Ruth schon lange gewünscht.

»Du musst sie aber ganz vorsichtig benutzen«, ermahnte Omi sie. »Sonst reißt der Draht ab.«

»Das weiß ich doch, Omi«, sagte Ruth. Dann nahm sie eine Tafel Schokolade aus der Tüte und gab Ilse einen Riegel davon. »Hier, in drei Jahren hast du deine eigene Zuckertüte.«

»Danke!«, sagte Ilse und gab ihrer Schwester einen feuchten Kuss.

»Und jetzt gehen wir zur Feier des Tages in die Waldschänke im Stadtwald«, sagte Karl.

»Wir gehen essen?«, fragte Ruth aufgeregt. Karl nickte und strich ihr übers Haar.

Es war ein schöner, aufregender und prägender Tag für Ruth. Es war der Anfang einer neuen Zeit. Von nun an ging sie jeden Morgen mit Lotte Dahl zusammen zur Schule. Auch weitere jüdische Kinder aus dem Bismarckviertel besuchten diese Schule; es war also meist eine größere Gruppe, die sich auf den unterschiedlichen Abschnitten des Weges traf.

Ruth war sehr wissbegierig und saugte den Lehrstoff problemlos auf. Die Hausaufgaben machten ihr selten Mühe. Eins ihrer Lieblingsfächer war die Leibesertüchtigung. Sie liebte es, zu turnen, zu laufen und zu springen.

»Wir haben einen echten Wirbelwind«, sagte Martha zu Karl.

»Ja, das stimmt. Zum Glück hat sie auch noch Verstand. Aus ihr wird einmal etwas.«

»Das wird die Zeit zeigen«, sagte Martha und lächelte stolz. Was für ein Glück sie doch hatten! Seit sie in die Friedrich-Ebert-Straße gezogen waren, hatte sich ihr Leben verändert.

Das große, schöne Haus war zur Heimat geworden, der Garten wurde mehr und mehr zu einer kleinen Oase. Frau Jansen hatte einen Gemüse- und Kräutergarten angelegt, Marthas Blumenbeete gediehen, und die Mädchen liebten es, mit ihren Freunden auf der großen Wiese zu toben. Immer dabei war natürlich die kleine Spitz. Martha musste sich eingestehen, dass sie sich das Familienleben ohne den drolligen Hund kaum mehr vorstellen konnte. Abends lag er oft auf dem Sofa neben ihr, wenn sie las oder Radio hörte. Und tatsächlich war es für sie eine nette Gesellschaft, wenn Karl nicht da war. Und auch Ilse, die zunächst jeden Morgen mit langem Gesicht ihrer großen Schwester hinterhergesehen hatte, wenn sie mit ihren Freundinnen zu Schule ging, gewöhnte sich daran, vormittags mit Leni und Martha alleine zu sein. Verwundert stellte Martha wieder einmal fest, wie unterschiedlich die beiden Mädchen waren. Ilse war viel ruhiger, in sich gekehrter als Ruth – dafür brachte sie ihre Familie mit ihren drolligen Beobachtungen immer wieder zum Lachen.

Ich bin glücklich, dachte Martha. Ich bin sehr glücklich. Möge das Leben so weitergehen.

TEIL 2

Wolken ziehen auf

Kapitel 12

April 1932

»Liebe Ruth, kannst du bitte diesen Brief nach drüben bringen? Der Postbote hat ihn wohl falsch hier abgegeben.«

Ruth war gerade zusammen mit Ilse aus der Schule gekommen und hatte ihren Ranzen abgelegt. Sie nahm den Brief und schaute Leni an.

»Wo, nach drüben?«

»Zu Theissens, Schätzchen. Er ist für den Untermieter, Herrn Hilders.«

»Gestern war doch schon ein Brief falsch angekommen«, brummte Ruth und lief zum Nachbarhaus. Horst öffnete ihr.

»Hallo Ruth«, sagte er und strahlte. »Magst du reinkommen?«

Ruth schüttelte den Kopf. »Bin gerade erst aus der Schule zurück und habe noch nichts gegessen. Ich wollte nur diesen Brief für euren Untermieter abgeben, der Postbote hat ihn bei uns falsch eingeworfen.«

»Das ist ja ein Ding«, sagte Horst. »Bei uns hat er nämlich einen Brief für eure Leni abgegeben.« Horst nahm den Umschlag von der Kommode und gab ihn Ruth. »Ich wollte ihn eigentlich nachher bringen, aber das kann ich mir ja nun sparen.« Er grinste. »Obwohl ich echt gerne bei euch bin.« Er beugte sich zu Ruth vor. »Eure Frau Jansen macht besseres Brathähnchen als meine Mutter. Und Frau Jansens Kartoffelstampf finde ich legendär.«

Ruth lachte. »Du kannst ja später trotzdem kommen, aber erst muss ich mit Spitz gehen.«

»Schell, wenn du mit ihr rausgehst, ich begleite dich.«

»Mit wem sprichst du?« Die schrille Stimme von Horsts Mutter ließ beide zusammenzucken. »Wer ist an der Tür?«

»Nur Ruth von nebenan«, antwortete Horst. »Sie hat einen Brief für Herrn Hilders gebracht.«

»Das ist ja nicht der erste Brief, der falsch abgegeben wurde. Wir müssen ein ernstes Wort mit dem Postboten sprechen. Und jetzt mach die Tür zu, es zieht!«

»Ja, Mutter.« Horst verdrehte die Augen. »Bis gleich.«

Nachdenklich schlenderte Ruth nach Hause zurück. Vor vier Jahren waren Theissens nebenan eingezogen. Sogar noch bevor das Haus fertig war. Überall fehlte noch etwas. Während der Bauphase, die sie und Ilse neugierig verfolgten, hatte Ruth immer wieder Gespräche zwischen ihren Eltern mitgehört, die sie jedoch nicht richtig verstanden hatte. Nur, dass es um Geld ging – oder darum, dass Geld fehlte.

Von Anfang an wohnten nicht nur die Familie Theissen in dem neuen Haus, sondern immer noch jemand oben in der Mansarde. Aber keiner blieb länger als ein paar Wochen. Ruth konnte das verstehen, denn gemütlich war es bei den Theissens nicht. Ihre Möbel waren dunkel und wuchtig, das Haus roch irgendwie muffig, obwohl es neu war. Außerdem sah alles ein wenig staubig und ungepflegt aus – aber Frau Theissen hatte auch keine Zugehfrau und erst recht keine Köchin. Im Garten gab es weder Schaukel und Sandkasten, noch waren Beete angelegt worden. Nur das Unkraut wucherte. Horst hasste die riesigen Brennnesseln und kam lieber zu Meyers zum Spielen, als dass er Ruth zu sich bat.

Herrn Theissen sah Ruth selten, aber an den Wochenenden konnte man ihn hören. Er war laut und polterig und schimpfte oft mit Horst und seiner Frau.

»Ich glaube, ich habe einen Fehler gemacht«, hatte ihr Vater eines Abends, als sie zusammen beim Abendbrot saßen, gesagt. Nebenan war wieder mal ein Donnerwetter losgegangen. Von da an nahm Ruth sich vor, noch netter zu Horst zu sein.

Nachdem sie Leni den Brief in die Hand gedrückt hatte, ging sie ins Badezimmer, um sich Gesicht und Hände zu waschen – das war Pflicht nach der Schule. Dann trat sie in die Küche, wo Ilse schon am Tisch saß und aß.

»Was möchtest du auf deinem Brot haben?«, fragte Leni.

»Käse«, sagte Ruth und setzte sich neben ihre Schwester. Frau Jansen stand am Herd, und ein köstlicher Duft zog durch das Haus.

»Wo ist Mutti?«, fragte Ruth.

»Sie trifft sich mit ihren Freundinnen in der Stadt, und heute Abend geht sie in die Oper.«

»Stimmt, es ist ja Mittwoch …«

»Schläfst du dann heute hier?«, fragte Ilse.

Leni nickte.

»Liest du uns eine Gutenachtgeschichte vor?«

»Sicher. Und bald kannst du ja schon selbst lesen.«

Ilse war im letzten Herbst auch in die Schule gekommen. Ruth und sie gingen jeden Morgen gemeinsam den kurzen Weg zur jüdischen Grundschule in der Sankt-Anton-Straße. Ilse lernte fleißig, aber sie war nicht so aufgeschlossen wie Ruth, weshalb sie nur eine Freundin in der Klasse hatte. Ruth dagegen verstand sich mit fast allen Mädchen gut.

Nachdem sie das Brot aufgegessen hatte, trug sie den Teller zur Spüle. Am Herd blieb sie stehen.

»Das riecht so köstlich, Frau Jansen«, sagte sie und hob den Deckel des Topfes.

»Dein Vater kommt heute Abend nach Hause, ich koche ihm einen Tafelspitz, den mag er so gerne«, sagte Köchin Jansen lächelnd.

»Ich doch auch! Gibt es Meerrettichsoße dazu?«

»Natürlich.«

»Wunderbar.«

»Aber es dauert noch, Ruthchen. Magst du als Überbrückung einen Keks?« Sie wies auf die Dose, die auf dem Küchentisch stand.

Schnell fischte sich Ruth einen Keks aus der Dose, dann zog sie sich ihre Jacke an und pfiff nach Spitz. Die Hündin lag in ihrem Körbchen im Flur, von dort aus hatte sie die beste Sicht auf die Haustür, das Treppenhaus und den Salon.

Sie war ein guter Wachhund, aber kein Kläffer. Als Ruth ihr die Leine anlegte, sprang sie aufgeregt an ihr hoch.

Einen Moment später schellte Ruth wieder bei den Nachbarn.

Horst öffnete sofort und schlüpfte nach draußen, er hatte wohl schon angezogen hinter der Tür gewartet. Gemeinsam gingen sie zur Hohenzollernallee. Die großen Kastanien hatten schon die ersten Blätter gebildet, ein zartes, grünes Dach über der Straße.

Spitz lief neben ihnen, schnupperte hier und da. Plötzlich blieb sie stehen, schaute nach vorne – dann wedelte sie hektisch mit der Rute.

»Da ist Rosi mit Bodo!«, rief Ruth. In den letzten Jahren trafen die beiden Mädchen sich nicht mehr so häufig wie früher, da sie in unterschiedliche Schulen gingen und natürlich dort Freundschaften schlossen.

»Wie geht es dir?«, fragte Ruth und fiel Rosi um den Hals. »Wir haben uns ewig nicht gesehen.«

Rosi hielt sie fest umarmt. »Ja, viel zu lange«, sagte sie dann und ging einen Schritt zurück. »Mir geht es gut. Und dir?«

Dann sah sie zu Horst. »Ich kenne dich. Du wohnst uns gegenüber.«

Horst nickte und schaute zu Boden. Zwei Mädchen, das schien ein wenig viel für ihn zu sein. Er verdrehte den rechten Fuß und bohrte ihn in den weichen Boden zwischen den Kastanien. »Ich muss nach Hause!«, sagte er dann und tippte an seine Mütze. »Wir sehen uns.« Er schaute Ruth an und ging dann schnell zurück.

»Huch!«, sagte Rosi lachend. »Habe ich ihn vertrieben?«

»Jungs«, Ruth winkte ab. »Man weiß nie, was in ihnen vorgeht.« Sie schaute zu den Hunden, die sich beschnupperten und sich gegenseitig zum Spielen aufforderten. »Ich muss noch ein wenig mit Spitz gehen, und du bist schon auf dem Heimweg …«

»Bodo tut eine zweite Runde gut«, meinte Rosi vergnügt und drehte sich um. »Ich komm mit dir.«

Arm in Arm gingen sie eine Weile schweigend, dann sprudelte es gleichzeitig aus beiden heraus.

»Wie geht es dir …?«

»Was machst du so …?«

Sie sahen sich an und lachten los. Es war wieder so wie früher, als sie sich fast jeden Tag gesehen hatten: Die Vertrautheit der Freundschaft war sofort wieder da.

»Ilse ist jetzt auch in der Schule, ich nehme sie mit auf dem Schulweg. Das ist in Ordnung – aber sie klebt auch in den Pausen an mir – das ist ein Schlamassel. In den Pausen will ich doch meine Ruhe haben.«

»Ruth Meyer und Ruhe«, kicherte Rosi. »Ich wette, du bist die Bienenkönigin auf dem Schulhof.«

»Ich habe schon viele Freundinnen, aber wenn ich mit denen rede, muss ich nicht Ilse an meiner Seite haben.«

»Was bin ich manchmal froh, keine Geschwister zu haben.« Rosie verdrehte die Augen. Dann sah sie Ruth an. »Aber manchmal beneide ich dich auch. Egal, was ist, du hast immer noch deine Schwester«, sagte sie leise. »Und sei es nur, damit du dich über sie ärgern kannst.«

»Da hast du recht, aber manchmal wäre ich gerne Einzelkind und hätte meine Eltern nur für mich.«

»Tante Lisa sagt, man möchte immer gerne das haben, was man gerade nicht hat.«

»Tante Lisa war schon immer ziemlich klug«, sagte Ruth und blieb stehen. »Und wie geht es dir?«

»Gut. Eigentlich.« Sie dachte nach. »Nein, es geht mir nicht wirklich gut. Mein Vater macht sich Sorgen um seine Stellung …«

»Warum? Ich meine – gibt es einen Grund, dass er sich Sorgen machen muss?«

»Onkel Richard arbeitet fast nicht mehr in seiner Firma. Er setzt sich langsam zur Ruhe – so nennt man das wohl. Und Papa weiß halt nicht, ob er dann noch wirklich einen Chauffeur braucht.«

»Fährt er denn immer noch nach Berlin?«

Rosi grinste. »Jetzt noch mehr als früher. Aber in Berlin wohnt auch Onkel Richards Bruder. Und der hat sich gerade von seiner Frau getrennt.«

»Ein Skandal«, sagte Ruth und feixte. Sie hakte sich bei ihrer Freundin wieder unter und zog sie weiter. »Was hat das mit euch zu tun?«

»Nun, Onkel Richard fährt oft dorthin, um seinen Bruder zu besuchen. Jetzt, nach der Scheidung, wird er aber hierherziehen, und wenn er hier wohnt, muss Onkel Richard nicht mehr nach Berlin fahren – und braucht auch keinen Chauffeur mehr.«

»Jetzt versteh' ich, was du meinst. Aber fährt er denn wirklich immer nur wegen seines Bruders nach Berlin?«

»Er hat da wohl auch noch gute Freunde. Onkel Ludwig zum Beispiel, aber der kommt auch oft nach Krefeld.«

»Ach Rosi, mach dir keine Sorgen, Onkel Richard wird euch sicherlich noch lange brauchen. Was würde er denn ohne Tante

Lisa machen? Er wäre aufgeschmissen.« Ruth drückte Rosis Arm, und die beiden Mädchen gingen schweigend weiter.

»Was macht die Schule?«, fragte dann Rosi.

»Ich gehe gerne hin, aber meine Lehrerin ermahnt mich dauernd, weil sie findet, dass ich nicht sorgfältig genug arbeite.« Ruth verdrehte die Augen. »Dabei gebe ich mir schon Mühe. Aber in Bodenturnen und Körperertüchtigung bin ich die Beste. In Handarbeit auch.«

»Kein Wunder. Nähen, Stricken, Sticken und all das hat dir ja deine Oma beigebracht, und dieses Kleid, das du letztens genäht hast, war wirklich phänomenal. Ich gehe schon ganz gerne zur Schule, aber manchmal finde ich es auch anstrengend. Meine Mutter und Tante Lisa sagen immer, ich müsse noch fleißiger sein.«

»Warum?«

»Na, sie wollen unbedingt, dass ich aufs Lyzeum gehe.«

»Das wollen meine Eltern auch«, sagte Ruth und seufzte. »Allerdings müssen meine Noten noch besser werden, damit ich es schaffe. Aber wir haben ja noch ein paar Monate – wir strengen uns einfach sehr an und dann kommen wir beide aufs Lyzeum – Wäre das nicht dufte?«

»Allerdings! – dann wären wir jeden Tag zusammen!«

Ruth begleitete Rosi noch heim und rannte dann zurück zu ihrem Haus. Spitz liebte es, zu laufen, und bellte begeistert. Kaum waren sie da, steuerte die Hündin auf ihren Wassernapf zu und schlabberte ihn leer. Dann schaute sie Ruth mit treuem Blick an.

Ruth lachte. »Du weißt doch, ich darf dich nicht füttern. Das machen Mutti oder Vati. Aber warte, ich schau nach, ob Frau Jansen noch etwas übrig hat.«

Frau Jansen zog die Augenbrauen hoch, als Ruth den Kopf zur Küchentür hereinsteckte.

»Brauchst du etwas?«, fragte sie und wischte sich den Schweiß von der Stirn. In den Töpfen kochte, in den Pfannen brutzelte es, Dampfschwaden waberten durch den Raum.

»Ich dachte nur … vielleicht haben Sie etwas für Spitz? Wir haben so einen langen Spaziergang gemacht …« Sie setzte ihr nettestes Lächeln auf.

»Ein hungriger Hund?«, sagte Frau Jansen und schmunzelte. »Dann will ich einmal schauen, ob sich da ausnahmsweise etwas machen lässt.« Sie gab Ruth ein Stück Fleisch. »Und wenn du auch eine Stärkung brauchst, schau dort in die Dose.«

»Oh! Baiser. Danke, Frau Jansen. Sie sind knorke.«

Schnell brachte sie der Hündin das Stück Fleisch, das die Köchin ihr gegeben hatte, wusch sich die Hände und nahm dann den Teller mit den zuckersüßen Eiweißkuchen, die Frau Jansen schon für sie bereitgestellt hatte, mit nach oben.

Ilse saß noch über ihren Hausaufgaben, Leni schaute verträumt aus dem Fenster, im Schoß den Brief, der im Nachbarhaus für sie abgegeben worden war.

»Mit schönem Gruß von Frau Jansen«, sagte Ruth und stellte den Teller auf den Tisch. Mit einem Baiser in der Hand ging sie in ihr Zimmer und holte ihre Hausaufgaben heraus. Auch sie schaute aus dem Fenster: Ihr Zimmer ging zur Straße und sie konnte, wenn sie ihren Oberkörper ein wenig verbog, die Nachbarsvilla sehen, in der Rosi jetzt sicher ebenfalls am Schreibtisch saß. Ruth liebte es, sich vorzustellen, was gerade in den Häusern um sie herum passierte. Wenn sie im Spielzimmer, eigentlich dem Gästezimmer, war, in dem das riesige Puppenhaus stand, konnte sie auf den Flügelanbau des Nachbarhauses zur Rechten schauen, direkt auf den kleinen Balkon von Frau Dahl und ihrer Tochter Lotte. Manchmal schlich Ruth sich abends in das Gästezimmer, und wie verabredet stand Lotte zur gleichen Zeit auf dem Balkon. Dann gab sie ihr mit der Daimon, der Taschenlampe, die eigentlich immer im Flur liegen sollte, Zeichen. Lotte selber besaß keine Daimon, aber sie hatte eine Kerze und verdeckte diese mit ihrer Hand um Lichtzeichen zu machen.

Die beiden Mädchen hatten ein einfaches Morsesystem erfunden und konnten sich so lautlos verständigen. Einmal leuchten bedeutete ›ja‹, zweimal leuchten hieß ›nein‹, dreimal leuchten war ein ›vielleicht‹. Nach und nach kamen einige andere Kürzel hinzu.

Mit Rosi hatte Ruth so eine Geheimsprache nicht. Überhaupt war Rosi ganz anders als Lotte. Lotte war ernsthafter, nachdenklicher, was sicherlich daran lag, dass sie mit ihrer Mutter alleine wohnte, seit der Vater verstorben war. Die Familie hatte nicht viel Geld, aber das schien Lotte nichts auszumachen. Sie hatte immer Ideen, was man spielen konnte – einfach mit den alltäglichen Sachen. Rosi dagegen war zwar meistens fröhlich und lustig, hatte aber nie viel Geduld und überließ es immer Ruth, sich Beschäftigungen auszudenken.

Es ist schön, dachte Ruth, so viele verschiedene Freunde zu haben. Lotte, meine Beste, dann Rosi – sie war lange meine Beste, und vielleicht wird sie es ja wieder, wenn wir zusammen auf dem Lyzeum sind? Und natürlich Horst. Denn so seltsam er manchmal auch schien, sie mochte ihn trotzdem. Nur ab und zu fand sie ihn doof, aber er war ja auch ein Junge. Und dann war da noch Edith Lindenbaum. Mit der konnte sie am Sabbat, wenn sie sich an der Synagoge trafen, immer ewig plaudern. Am liebsten beobachteten sie die älteren Mädchen, die zwar nie zu den Jungs rüberschauten, aber immer wussten, wer da war und wer was machte. Sie fanden es spannend, auch wenn ihnen noch nicht ganz klar war, wieso das so war.

»Bist du fertig mit deinen Hausaufgaben?«, riss Leni sie aus ihren Gedanken.

»Nein«, gestand Ruth. »Ich habe noch nicht einmal richtig angefangen.«

»Warum nicht?«

»Weißt du, vorhin auf der Hunderunde habe ich Rosi getroffen, und dann habe ich angefangen, nachzudenken.«

»Worüber denn?«, fragte Leni und zog sich den zweiten Stuhl an Ruths Pult.

»Nur über so Dinge«, sagte Ruth vage.

»Erzähl schon.«

Ruth sah sie an. Leni gab es in ihrem Leben, seit sie denken konnte – eigentlich schon immer. Sie wusste zwar, dass vor ihr zwei andere Kindermädchen dagewesen waren, aber an die konnte sie sich nicht erinnern. Leni gehörte quasi zur Familie, sie war eine Vertraute, und Ruth hatte das Gefühl, ihr Dinge sagen zu können, die sie mit ihrer Mutter nicht besprechen konnte. Vielleicht würde sie sie auch jetzt verstehen?

»Also«, Ruth gab sich einen Ruck, »es geht um so komische Dinge. Früher war Rosi meine beste Freundin, jetzt ist es Lotte. Aber da ist ja auch noch Horst. Ich mag ihn … aber darf man einen Jungen so mögen?« »Wie ist das, wenn man … wenn man sich verliebt? Irgendwann ist das ja so, oder? Ich meine Mutti und Vati haben sich ja auch irgendwann verliebt. Omi und Opi auch. Selbst Großmutter Emilie und Großvater haben sich irgendwann ineinander verliebt. Wie wird das sein, wenn ich den Mann treffe, mit dem ich mein Leben verbringen will?«

Ein Lächeln ging über Lenis Gesicht. »Es wird wunderbar sein. Es wird dein Herz öffnen, und alles, wirklich alles, ist plötzlich schön. Also – fast alles. Blutwurst wird dadurch auch nicht lecker.«

Sie sah Ruth an und versuchte, ernst zu wirken, aber dann mussten beide losprusten.

»Nichts kann Blutwurst lecker machen«, sagte Ruth bemüht ernsthaft. »Ich weiß gar nicht, warum Vati sie so gerne isst.«

Und wieder kicherte Leni los, das Lachen perlte aus ihr heraus, kleine Tropfen der Heiterkeit.

»Kennst du denn das Gefühl, wenn alles wunderschön ist und man verliebt ist?«

»Ja«, sagte Leni nach einer Weile und senkte den Kopf. »Ja, ich kenne es, und es ist wirklich toll, aber auch verwirrend.«

»Wieso verwirrend?«

»Weil man ja mit den Füßen am Boden bleiben muss und nicht so schweben darf, wie man will. Ach, Ruth, liebste Ruth – man kann es nicht erklären. Du wirst es irgendwann selbst erleben, du wirst spüren, wie es ist. Und ich wünsche dir, dass du Glück hast mit deinem Liebsten und er dich ebenfalls liebt.«

Sie war plötzlich ganz rot geworden. Ruth konnte es kaum glauben.

»Hast … hast du etwa einen Liebsten?«, fragte sie leise.

»Vielleicht.«

»Warum weißt du das nicht?«

»Weil es nicht so einfach ist.«

Einen Moment lang dachte Ruth nach. »Aber wenn du verliebt bist und er auch in dich, dann … dann … wirst du ihn etwa heiraten?« Sie schluckte. »Das geht aber nicht. Denn wenn du ihn heiratest, kannst du nicht mehr für uns da sein.« Plötzlich wurde ihr ganz mulmig zumute.

Leni stand auf und nahm sie in den Arm. »Mach dir keine Sorgen. Ich werde sicherlich noch ganz lange für euch da sein.« Sie drückte Ruth noch einmal fest, dann strich sie ihr über den Kopf. »Und jetzt mach deine Hausaufgaben. Gleich gibt es schon Essen, und bis dahin solltest du fertig sein.«

Es gab noch vieles, was Ruth fragen wollte, aber sie spürte, dass Leni nicht mehr antworten würde. Schnell erledigte sie ihre Aufgaben und packte den Ranzen für den nächsten Tag.

Freudiges Bellen tönte zu ihr herauf – Mutti war gekommen. Gleich würden sie gemeinsam essen, dann würde Mutti sich schnell umziehen, um ins Theater zu gehen, Mittwoch war ihr Theatertag. Vor allem aber würde Vati heute mit ihnen essen. Das hatte Frau Jansen ihr vorhin in der Küche gesagt, und wenn das jemand wusste, dann war sie es.

Vielleicht war er sogar schon heimgekommen, ohne dass sie

es bemerkt hatte? Voller Vorfreude sprang Ruth die Treppe hinunter, das Esszimmer war jedoch leer. Also ging sie zu Spitz, die wieder in ihrem Korb im Flur lag, und begann, sie zu kraulen – wohlig knurrend drehte sich die Hündin auf den Rücken und streckte Ruth den Bauch entgegen. »Das magst du, was?«, sagte Ruth lachend.

Plötzlich sprang die Hündin auf, die Ohren gespitzt, die Rute zitterte leicht. Sie lauschte, dann fing sie erneut an, zu bellen, ein heiteres Bellen, keine Warnung. Aretz war mit dem Adler in die Straße eingebogen. Irgendwie konnte Spitz die Autos unterscheiden, sie hatte sich noch nie vertan. Kurze Zeit später fuhr Aretz den Wagen in die Garage und ihr Vater kam aus dem Souterrain nach oben – er benutzte fast nie den Vordereingang. Unbändig vor Freude lief Spitz im Kreis.

»Ja«, sagte Karl belustigt und bückte sich, um sie zu streicheln, »ich freu mich auch, dich zu sehen.«

Er schaute zu Ruth auf. »Hallo, mein Schatz.« Er gab ihr einen Kuss. »Gibt es einen Grund, weshalb du hier auf mich wartest?«

»Ich bin froh, dass du da bist.«

Karl runzelte die Stirn, an ihrer Stimme erkannte er sofort, dass sie etwas auf dem Herzen hatte.

»Wie dringend ist es?«

Ruth holte tief Luft. »Es ist nicht ganz so dringend. Wirst du … gehst du mit Mutti in die Oper?«

»Nein, heute nicht.«

»Gut!«

»Aber ich gehe nachher noch rüber zu Richard.«

Ruth ließ die Schultern hängen.

»Was musst du denn mit mir besprechen, mein Schatz?« Karl nahm ihre Hand und ging mit ihr in das Herrenzimmer. Dort standen eine moderne Zweisitzer-Couch und ein alter Ohrensessel. Der Sessel war so gestellt, dass Karl aus dem Fenster zum Wintergarten und in den Garten schauen konnte. Er setzte sich, griff nach der Zigarrenkiste, die ihm Ruth vor ein paar Jahren zum Lichterfest gebastelt hatte, und die er seitdem in Ehren hielt.

»Was liegt dir auf dem Herzen, meine Große?«, fragte er knipste die Enden der Zigarre ab, und zündete sie an.

Ruth hatte auf dem Sofa Platz genommen; Sie sah ihn nervös an. »Ach Vati. Du bist gerade erst nach Hause gekommen und willst sicher jetzt ins Bad. Ich … ich habe so viele Fragen, sie würden einen Abend füllen.«

»Wenn du möchtest, haben wir einen Abend«, sagte Karl lächelnd. »Nach dem Essen. Ja, ich will mich frisch machen und ja, ich habe Hunger. Aber jetzt rauche ich erst einmal diese Zigarre. Für eine Frage ist wohl genug Zeit, den Rest verschieben wir auf nachher. Was brennt dir denn am meisten unter den Nägeln?«

Ruth dachte nach. Es gab so viel, was sie gerade beschäftigte. Aber sollte sie es wirklich wagen, ihren Vater wegen Liebesdingen zu befragen? Von ihm wissen zu wollen, was das alles war, und wie man damit umging? Sie wusste, dass er sich für all ihre Fragen Zeit nahm, um sie, egal welcher Art sie waren, zu beantworten. Aber ob er bei ihrem Anliegen wirklich der Richtige war?

»Ich habe Rosi heute getroffen«, sagte sie also stattdessen, »Rosi hat Angst.«

»Angst?«, fragte Karl erstaunt. »Weshalb?«

»Sie sagt, Onkel Richard setzt sich zur Ruhe. Und sein Bruder aus Berlin zieht wahrscheinlich in die Villa. Nun befürchtet Rosis Familie, dass Onkel Richard keinen Chauffeur mehr braucht.«

»Oh«, sagte Karl nachdenklich. »Das tut mir leid, dass sie sich solche Gedanken machen, aber ich glaube, ihre Ängste sind unberechtigt. Richard hat zwar einen Führerschein, aber fährt einfach nicht gerne Auto – daran wird der Ruhestand auch nichts ändern.«

»Du meinst, er wird Rosis Vater als Chauffeur behalten?«

»Davon bin ich fest überzeugt«, sagte Karl. »Da kannst du deine Freundin beruhigen.«

In diesem Moment betrat ihre Mutter das Zimmer, eine dezente Wolke aus Parfüm und Seifenduft umgab sie.

»Hier steckt ihr also« sagte sie fröhlich. »Das Essen ist fertig, und ich muss mich beeilen, wenn ich noch rechtzeitig ins Theater kommen will.«

Vati legte die Zigarre in den Aschenbecher, stand auf und küsste seine Frau. »Du siehst wunderschön aus, ich weiß gar nicht, ob ich dich so gehen lassen kann«, neckte er sie.

»Dann komm doch einfach mit«, entgegnete ihre Mutter lächelnd. »Die Oper ist in der letzten Zeit oft halbleer. Natürlich kommen die, die ein Abonnement haben. Aber viele andere Plätze bleiben frei. Das war früher nicht so.«

»Das ist die Wirtschaftskrise. Und die Inflation. Es sieht gerade wirklich nicht gut aus: So teure Vergnügungen wie die Oper können sich mittlerweile nur wenige leisten. Ich hoffe, unsere Politiker werden einen Weg finden. Immerhin ist es hier in Europa noch nicht so schlimm wie in Amerika.«

»Else und Ingrid haben heute Nachmittag erzählt, dass die Zahl der Arbeitslosen weiter steigt«, sagte Mutti, während sie gemeinsam ins Esszimmer gingen. Es duftete köstlich nach dem Tafelspitz und ein wenig scharf – die Meerrettichsoße –, doch ihre Eltern schienen das leckere Essen nicht zu riechen, sie sahen sich besorgt an.

»Was meinst du, wird es auch uns betreffen?«, fragt ihre Mutter und setzte sich an ihren Platz neben Ilse.

»Noch tut es das nicht, ich merke nur einen leichten Rückgang der Verkäufe. Schuhe müssen die Leute immer tragen. Aber heutzutage überlegen sie zweimal, ob es denn ein Modell der neuesten Kollektion sein muss oder ob es nicht auch die heruntergesetzten aus dem letzten Jahr tun – wenn überhaupt.«

Frau Jansen brachte den Suppentopf – die Brühe, in der der Tafelspitz gekocht worden war, angereichert mit Markklößchen und Eierstich – so, wie Karl es liebte.

»Danke, Frau Jansen« sagte er, nahm die Suppenkelle und gab ihnen auf.

»Wir haben noch Glück, meine Kunden kommen nicht aus der Arbeiterschicht, sondern aus dem gehobenen Bürgertum. Trotzdem merke ich mittlerweile einen Rückgang der Zahlen.«

»Müssen wir uns Sorgen machen?« Martha hatte noch keinen Bissen genommen.

»Nein. Wir haben Rücklagen, und diese Krise wird nicht ewig andauern«, sagte Karl voller Überzeugung. »In Amerika sieht es viel schlimmer aus als hier, und ich vertraue Brüning, dass er alles in den Griff bekommt.«

»Es heißt, die Reparationszahlungen brechen uns das Genick«, sagte Martha.

Karl nickte. »Das höre ich auch und ich stimme dem zum Teil auch zu, aber wir können nicht immer die anderen für alles verantwortlich machen.« Er seufzte. »Wer Schulden macht, in welcher Form auch immer, muss sie begleichen. Und wir haben nicht nur Schulden gemacht, wir haben uns schuldig gemacht – an Europa, an der ganzen Welt mit diesem unsinnigen Krieg. Ich kann nur hoffen, dass sich so etwas nie wiederholt.«

»Das glaubst du doch selber nicht: Deutschland wird nie wieder Krieg führen!«

»Das stimmt. Zumindest können wir nie wieder einen Krieg anzetteln.«

Für eine Weile aßen sie schweigend, und Ruth gab sich Mühe, zu verstehen, worüber die Eltern geredet hatten.

»Geht es uns schlecht?«, fragte sie schließlich und schaute ihren Vater an.

Karl lachte, aber es klang nicht heiter. »Nein, mein Schatz. Du musst dir keine Sorgen machen. Wir haben dieses Zuhause, und das kann uns keiner mehr nehmen.«

»Aber deine Arbeit?«, fragte Ruth leise.

»Mein Kind, du sollst dir wirklich keine Sorgen machen. Uns geht es gut.«

»Dann ist es ja gut.«

»Fahren wir im Sommer wieder weg?«, wollte Ilse wissen. »Mit den Aretz'?«

Martha und Karl sahen sich über den Tisch hinweg an. In Marthas Blick lag eine gewisse Unsicherheit. Aber Karl lächelte.

»Natürlich fahren wir im Sommer an die See. Und selbstverständlich fahren wir mit den Aretz'. Ich dachte, wir fahren diesmal nach Brügge.«

»Das klingt wundervoll.« Martha nahm die Suppenschüssel und ging in die Küche.

»Liebe Frau Jansen«, sagte Martha. »Die Suppe war ein Gedicht und verspricht schon jetzt einen wunderbaren Hauptgang. Ich danke Ihnen.«

Frau Jansen lächelte geschmeichelt. Martha schaute sich in der Küche um, die schon wieder aufgeräumt war – alle Töpfe waren gespült, alle Abfälle beseitigt. Nur der Hauptgang stand noch auf der Wärmeplatte, der Nachtisch im Eisschrank. »Es ist ja alles schon fertig. Dann können Sie jetzt Feierabend machen!«

Leni nickte. »Ich werde den Abwasch übernehmen.«

Auch wenn das nicht zu Lenis eigentlichen Aufgaben gehörte, hatte es sich so eingebürgert, dass sie an den Abenden, an denen sie im Haus blieb, noch abwusch und die Küche aufräumte, zusammen mit den Mädchen, denn Ruth und Ilse sollten lernen, wie viel Arbeit ein Haushalt machte.

Jetzt nahm Martha die Vorlegeplatte mit dem Tafelspitz und die Sauciere mit der Meerrettichsoße, und Frau Jansen trug die Schüsseln mit den Salzkartoffeln und den Erbsen in das Esszimmer. »Im Eisschrank steht der Nachtisch – ich habe eine

Vanillecreme gemacht«, sagte Frau Jansen, dann verabschiedete sie sich.

»Wo liegt Brügge?«, wollte Ilse wissen.

»Das ist eine Stadt in Belgien«, erklärte Karl. »An der See.«

»Eigentlich wollten wir doch diesmal an die Ostsee«, warf Martha ein. Sie blickte auf die Uhr, viel Zeit blieb ihr nicht mehr, stellte sie fest.

»Ja, das stimmt. Aber mir behagt die politische Situation nicht, und gerade dort oben sind die Braunen stark vertreten.«

Martha sah ihren Mann überrascht an. »Glaubst du, es wird noch schlimmer? Glaubst du, sie werden noch mehr an Macht gewinnen?«

»Das will ich nicht hoffen, aber Hindenburg hat nur knapp vor Hitler die Wahlen gewonnen. Und er hat die absolute Mehrheit verfehlt. Brüning versucht alles, um Hitlers Macht zu schmälern – aber ob ihm das gelingen wird? Natürlich sind die Parolen der Braunen in der jetzigen Zeit Futter für all jene, denen es gerade schlecht geht. Die Leute hören nur, dass die Nationalsozialisten ihnen mehr Geld versprechen – aber wie das zustande kommen soll, hinterfragen sie nicht. Dieser Schreihals Hitler macht mir Sorgen.«

»Horst findet ihn gut«, sagte Ruth, schaufelte sich Kartoffeln auf ihren Teller, und übergoss sie großzügig mit der Soße. »Er ist jetzt Mitglied bei der Hitlerjugend.«

»Welcher Horst?«, fragte Karl mit gerunzelter Stirn.

Überrascht sah Ruth auf. »Horst – unser Nachbar. Horst Theissen.«

»Er ist bei der Hitlerjugend?«

Ruth nickte. »Das ist ein Verein für Jungs. Sie machen Schnitzeljagdten und so was. Es hört sich lustig an. Das gibt es auch für Mädchen. Da wäre ich auch gerne. Darf ich?«, fragte sie.

»Nein!«, die Stimme ihres Vaters klang so streng, wie sie es schon lange nicht mehr gehört hatte. »Und ich möchte auch nicht, dass du dich mit Horst weiterhin triffst.«

»Aber er ist unser Nachbar«, sagte Ruth verblüfft. »Und er ist oft traurig … bitte, Vati, das kannst du mir doch nicht verbieten.«

»Mit dem braunen Pack will ich nichts zu tun haben!« Karl stand auf, trat zum Fenster und starrte nach draußen. »Und ich habe gedacht, Theissen ändert sich. Da habe ich wohl einen Fehler gemacht. Einen großen Fehler.«

»Karl, reg dich nicht auf«, bat Martha. »Dein Essen wird kalt – der gute Tafelspitz von Frau Jansen – den willst du doch nicht stehen lassen? Über alles andere können wir ja nachher oder morgen noch reden«, sagte sie und schaute wieder auf ihre Armbanduhr. »Ich … ich muss jetzt gehen.«

Karl schnaubte, dann setzte er sich wieder an den Tisch, ein gezwungenes Lächeln auf den Lippen.

Ruth schaute zwischen ihren Eltern hin und her. So zornig hatte sie ihren Vater schon lange nicht mehr erlebt. Er wurde selten laut, aber wenn, dann war allen klar, dass es sich um etwas sehr Ernstes handelte. Es war besser, das Thema vorerst nicht mehr zu erwähnen.

»Frau Jansen hat noch Nachtisch gemacht«, sagte ihre Mutter betont fröhlich und sah die Mädchen an. »Ihr helft bitte gleich Leni, die Küche aufzuräumen.« Dann gab sie ihren Töchtern einen Kuss. »Bis morgen.«

»Kommst du nicht noch zu uns?« fragte Ilse.

»Natürlich werde ich nachher noch zu euch kommen.« Martha lächelte. »Aber dann schlaft ihr hoffentlich schon, denn morgen ist ja Schule.«

»Gute Nacht, Mutti, hab einen schönen Abend«, sagte Ruth.

Schweigend beendeten sie das Essen. Karl nahm sich einmal nach, aber er schien sehr in Gedanken zu sein und aß nicht mit so großem Appetit wie sonst. Nur Ilse plapperte fröhlich vor sich hin, Ruth und ihr Vater antworteten nur einsilbig. Als Leni die Vanillecreme brachte, winkte Karl ab. »Ich muss noch arbeiten«, sagte er und stand auf.

»Kommst du noch und sagst uns Gute Nacht?«, fragte Ilse.

»Natürlich.«

Ruth senkte den Kopf, sie spürte, dass sie etwas Falsches gesagt hatte, wusste aber nicht, weshalb. Hatte sie vorhin noch gehofft, den Abend mit ihrem Vater zu verbringen, graute ihr jetzt bei der Vorstellung. Dafür war er vorhin viel zu wütend gewesen.

Kapitel 13

»Hier kommt nun Eduard Bär die Treppe herunter, rumpeldipumpel, auf dem Hinterkopf, hinter Christopher Robin. Es ist dies, soweit er weiß, die einzige Art, treppab zu gehen, aber manchmal hat er das Gefühl, als gäbe es in Wirklichkeit noch eine andere Art, wenn er nur mal einen Augenblick lang mit dem Gerumpel aufhören und darüber nachdenken könnte.«

Leni sah zu Ilse, die fest schlief, dann schloss sie das Buch. »Komm«, flüsterte sie Ruth zu, »wir gehen in dein Zimmer.«

Ruth nickte, wühlte sich aus der Decke, in die sie sich eingewickelt hatte, und huschte über den Flur in ihr Zimmer. Die Heizung von unten schickte die warme Luft durch den Schacht nach oben. Es war nicht heiß, noch nicht einmal muckelig warm, aber es war angenehm.

Der Frühling kam nun mit aller Macht, und die Kastanien vor dem Fenster hatten die ersten hellgrünen Blätter und dicke Knospen, die jetzt im milden Licht der Gaslaterne ihre zarten Schatten auf die Fenster warfen. Auch dafür liebte Ruth ihr Zimmer.

Schnell kuschelte sie sich in ihr Bett. Leni war zunächst in der Tür stehen geblieben, dann aber setzte sie sich zu Ruth auf das Bett und strich dem Mädchen über die Stirn.

»Es ist Zeit zu schlafen«, sagte sie leise.

»Ich weiß.« Ruth seufzte. »Aber diese ganzen Gedanken in meinem Kopf wollen nicht gehen.« Sie sah Leni an. »Kennst du das?«

»Nur zu gut. Leider.«

»Was habe ich denn Falsches gesagt?« Ruth spürte, wie ihr die Tränen kamen.

»Wann?«

»Heute beim Essen.«

»Das kann ich dir nicht sagen, ich war doch nicht dabei.« Leni überlegte. »Wieso hast du denn das Gefühl, dass du etwas Falsches gesagt hast? Worum ging es überhaupt?«

»Mh, schwer zu sagen. Es ging um Horst«, sagte sie nachdenklich. »Von nebenan. Ich mag ihn. Nicht so sehr wie Kurt Glimmich, aber trotzdem.« Sie senkte den Kopf.

»Horst Theissen? Den Nachbarsjungen?«

Ruth nickte. »Er ist jetzt bei der Hitlerjugend. Die machen Sport und so Sachen. Es gibt auch einen Verein für Mädchen. Da würde ich gerne mitmachen. Aber Vati fand das nicht gut.«

»Da steckt die NSDAP dahinter«, sagte Leni und schluckte. »Da kannst du nicht mitmachen.«

»Warum nicht?«

»Aber Ruth – das musst du doch wissen. Du bist Jüdin.«

»Warum darf ich dann nicht in einen Sportverein?«

Leni senkte den Kopf, räusperte sich. »Die NSDAP ist eine Partei, die zwar Jugendgruppen organisiert – aber sie schließen Juden aus.«

»Weshalb?«

»Weil … weil …«, Leni stockte. »Vielleicht sollten dir das besser deine Eltern erklären …«

Ruth schüttelte den Kopf. »Ich habe sie gefragt, aber sie weichen mir aus.« Sie sah Leni an, hielt sie mit ihrem Blick fest. »Was ist so schlimm daran, Jude zu sein?«

Der Satz hing im dämmerigen Zimmer, hing in der Luft – Worte, die man nicht mehr zurücknehmen konnte. Und er forderte eine Antwort.

Leni sank in sich zusammen. »Darüber solltest du …«

»Leni!«, unterbrach Ruth sie vehement. »Ich habe meine Eltern gefragt, sie antworten so wie du – gar nicht. Was ist schlecht daran, Jude zu sein? Sag es mir, sag es mir jetzt.«

»Ich kann es dir nicht sagen. Es ist nichts verwerflich oder schlecht daran, jüdisch zu sein. Gar nichts.«

»Aber warum tun plötzlich viele so, als hätten wir eine Krankheit, die ansteckend ist? Ich bin nicht ansteckend, ich war erst letzten Monat bei Doktor Hirschfelder.« Ruth stöhnte empört auf. »Also, was finden alle so falsch daran, jüdisch zu sein?«

»Daran ist nichts falsch«, wiederholte Leni bedächtig. »Aber manche Leute denken eben so. Das haben sie schon immer getan. Es gibt Christen, die die Juden verurteilen, weil sie sie für den Tod von Jesus verantwortlich machen.«

»Aber Jesus war doch auch Jude, und ich habe in der Thoraschule gelernt, dass die Römer ihn umgebracht haben.«

Leni konnte sich ein Lächeln nicht verkneifen. »Du bist sehr schlau, und das ist auch gut so.«

Dann wurde sie wieder ernst. »Warum manche Menschen

andere hassen, weiß ich nicht. Das ist einfach so. Und es ist natürlich sehr dumm.« Sie überlegte. »Manchmal ist es so …, wenn einem etwas passiert, dann will man nicht selbst schuld sein, auch wenn man es ist. Verstehst du das?«

Ruth dachte nach und schüttelte dann den Kopf. »Nein.«

»Stell dir vor, du rutscht in der Diele aus – weil da eine Wasserpfütze war und du sie nicht gesehen hast und keine Schuhe anhattest …«

»Ich laufe niemals in Strümpfen durch das Haus, das würde Mutti nicht erlauben.«

»Du kleiner Naseweis, es ist doch nur ein Beispiel. Also ein anderes Beispiel: Du läufst die Treppe hinunter und unten liegt ein Spielzeug von Ilse. Du stolperst. Was denkst du?«

»Blöde Ilse, warum hat sie das Spielzeug liegen lassen.«

»Genau – aber eigentlich ist es deine Schuld, weil du nicht aufgepasst hast … naja, das Beispiel hinkt auch, aber es ist schwer, eine gute Erklärung zu finden.«

»Dann mach es ohne. Aber erklär mir erst, wer diese Braunen sind?«

»Das ist eine politische Bewegung, eine Partei«, sagte Leni. »Ich kümmere mich nicht viel um Politik, meine Familie hat immer die SPD gewählt, und ich tue es auch.«

»Warum?«

»Weil sie eine Politik für uns Arbeiter machen, das sagt zumindest mein Vater. Manchmal finde ich die Kommunisten auch gut – aber oft sind sie mir zu radikal. Und dann gibt es eben diese nationalsozialistischen Parteien – erst waren das nur kleine Gruppen, aber jetzt ist die größte Gruppe die um Adolf

Hitler. Sie haben braune Uniformen, deshalb nennt man sie auch die Braunen.«

»Und was wollen die?«

»Sie geben vor, Deutschland wieder stark machen zu können.« Leni kaute auf ihrer Unterlippe. »Weißt du, es ist so: Wir haben den Großen Krieg verloren und müssen bis in alle Ewigkeit Gelder an die anderen Länder zahlen – als Wiedergutmachung, und um all die Sachen zu reparieren, die kaputt gegangen sind. Verstehst du das?«

Ruth nickte. »Wir haben den Krieg angezettelt, sagt Vati. Und nun müssen wir auch dafür aufkommen. Das ist so, als wenn ich mich mit ... Rosi oder Edith oder Lore streite und aus Wut etwas von ihren Spielsachen kaputtmache – dann müsste ich es auch ersetzen.«

Leni nickte. »Genau.«

»Aber was hat das mit uns Juden zu tun?«

»Das ist der Neid. Und die Suche nach einem Schuldigen«, seufzte Leni. »So verstehe ich das zumindest. Das geht schon immer so – seit dem Mittelalter. Wenn etwas nicht gut läuft, sind die Juden schuld. Es gibt sie überall, sie sind in der Minderheit – und sie sind anders als die Christen, nicht viel, aber ein wenig.«

»Bin ich anders als du, Leni?«, fragte Ruth überrascht.

Leni lachte, aber es klang nicht belustigt. »Ihr esst selten Schweinefleisch, euer höchster Feiertag in der Woche ist Sabbat – der Samstag und nicht der Sonntag. Ihr feiert das Lichterfest und kein Weihnachten – aber es gibt natürlich auch andere Leute, die kein Schweinefleisch essen und überhaupt keine Feiertage begehen, das bedenken die natürlich nicht ...« Leni holte tief Luft, das führte jetzt zu weit, sie war dabei, sich in Rage zu reden.

»Ja, wir unterscheiden uns, jeder Mensch ist unterschiedlich. Du, du Zuckerpuppe bist zum Beispiel viel hübscher und klüger als ich.« Sie nahm Ruth in die Arme. »Es gibt einige Juden, die haben viel Geld, sie haben anspruchsvolle Berufe, verdienen gut, kommen aus reichen Familien – aber es gibt auch reiche Familien, die nicht jüdisch sind. Genauso gibt es arme Juden, bettelarme Juden. Das wird jedoch nicht gesehen. Das passt nicht in deren Konzept.« Sie schnaufte. »Mein Vater sagt immer: Mitleid bekommt man geschenkt, Neid muss man sich erarbeiten. Dein Vater hat Geld, weil er fleißig ist. Schau nur, selbst jetzt ist er in seinem Arbeitszimmer und plant die nächsten Touren. Daran ist nichts Schlechtes und es hat auch nichts, rein gar nichts mit eurem Glauben zu tun.«

»Ich versteh es immer noch nicht«, sagte Ruth langsam und erschöpft. All die vielen Worte spielten Fangen in ihrem Kopf. »Wir sind doch nicht anders. Und ich bin auch nicht hübscher als du – nur jünger. Vielleicht muss ich doch Vati dazu befragen. Aber danke, dass du es versucht hast.«

»Plag dich nicht, Liebes. Solche Parteien kommen und gehen. Diese wird auch wieder gehen. Hoffentlich sehr, sehr bald.« Sie gab Ruth einen Kuss deckte sie zu, und stopfte die Decke fest. »Schlaf schön. Und wenn etwas ist – ich bin oben.«

»Danke, Leni. Schlaf du auch gut.«

Ruth schwirrten viele Gedanken und Sätze durch den Kopf, zu viele, um sie ordnen zu können. Vielleicht war es besser, erst einmal zu schlafen und sich am nächsten Tag damit zu befassen.

Das Haus war still und dunkel, als Martha zurückkam. Sie legte ab und ging zum Herrenzimmer, dessen Tür nur angelehnt war: Dort schien noch ein kleines Licht. Vorsichtig öffnete sie die Tür.

»Karl?«, fragte sie leise. »Bis du noch wach?« Manchmal schlief er im Sessel ein, dann weckte sie ihn sanft.

»Ja«, sagte er keineswegs verschlafen. Es roch nach Zigarre und Brandy. »Wie war die Oper? Und möchtest du noch einen Drink?« Er stand auf und küsste sie – ein wenig zu flüchtig.

»Ich nehme einen Sherry«, sagte Martha und sah ihn an. »Was beschäftigt dich?«

»Nichts. Nichts.«

Martha setzte sich auf die Couch und nahm ihr silbernes Zigarettenetui, holte eine Zigarette heraus und zündete sie an. »Wir sind jetzt seit zwölf Jahren verheiratet«, sagte sie lächelnd. »Ich weiß, wann dich etwas beschäftigt und wann nicht.«

Karl reichte ihr das Glas mit dem Sherry, setzte sich wieder in seinen Sessel und lächelte.

Martha lehnte sich zurück. Sie wusste, er brauchte Zeit, um seine Gedanken in Worte zu fassen.

»Vielleicht«, sagte er nun leise, »wird es Zeit, sich mit Auswegen zu befassen.«

»Auswegen?«

»Mit anderen Möglichkeiten. Ich werde mich mit Berthold treffen. Und am Samstag gehe ich mit in die Synagoge.«

»Du … was? Wieso mit Berthold? Und in die Synagoge?«

»Langsam macht mir das Land Angst. Du weißt, wie das mit diesen Demagogen ist. Dazu kommt die Wirtschaftskrise. Arbeitslose Menschen sind hungrig, und hungrige Menschen sind wütend und brauchen ein Ventil. Der Antisemitismus nimmt weiter zu. Und die NSDAP wächst. Sieh dir doch nur Theissen an, wie er in seiner Uniform herumstolziert. Ich fand immer, dass Horst ein netter Junge sei, aber nun ist er bei der Hitlerjugend – wo soll das noch hinführen?«

»Du willst das Land verlassen?«

»Das weiß ich nicht, Martha. Ich weiß es einfach nicht. Aber deshalb will ich mich mit anderen treffen und mich austauschen.«

»Wohin würden wir gehen?«

»Auch das weiß ich nicht. Amerika? Was ist mit der Dominikanischen Republik? Dein Bruder scheint ja in Santo Domingo ganz glücklich zu sein.«

»Nein, das glaube ich nicht. Nicht, seitdem dieser neue Machthaber im Amt ist. Er hat mir davon geschrieben. Erich geht davon aus, dass die Präsidentschaftswahlen im vorletzten Jahr gefälscht waren. Und dieser Trujillo entwickelt sich wohl immer mehr zu einem Diktator. Auch die Wirtschaft leidet darunter.«

»Das wäre vom Regen in die Traufe zu kommen«, sagte Karl nachdenklich. »Vielleicht sollten wir uns doch noch genauer über das Leben in Palästina erkundigen, auch wenn ich dort keine Zukunft für uns sehe.«

»Wo siehst du denn eine Zukunft für uns?«

»Hier«, sagte Karl ehrlich. »Ich möchte hier eigentlich nicht weg. Wenn wir gehen, müssten wir auch meine Eltern und deine Mutter mitnehmen. Und wohin sollten wir dann alle?«

»Es bliebe nur Amerika«, sagte Martha vorsichtig. »Ich habe doch dort Cousine Irene.«

»Hast du Kontakt zu deiner Cousine?«

»Sie schreibt meiner Mutter manchmal zu Jom Kippur.« Martha schüttelte den Kopf. »Ihre Mutter, Rachel, ist Amerikanerin. Mein Onkel hat sie auf einer Amerikareise kennengelernt. Die beiden haben geheiratet und sie kam mit ihm nach Deutschland. Irene ist ihr einziges Kind. Aber meine Tante Rachel kam mit dem Leben in Deutschland nicht zurecht, sie ist hier nie heimisch geworden. Also ist sie nach Amerika zurückgegangen und hat sich scheiden lassen. Irene blieb hier – eine Zeit lang, einige Jahre, lebte sie bei uns. Sie war wie eine Schwester für mich und Erich. Aber dann holte Tante Rachel sie zu sich. Inzwischen ist Tante Rachel tot und meine Cousine mit einem Amerikaner verheiratet. Nach ihrer Abreise habe ich nicht mehr viel von ihr gehört. Ich habe ihr ein paar Mal geschrieben, sie sogar zu unserer Hochzeit eingeladen, aber als sie mir nie geantwortet hat, habe ich es gelassen.«

»Das klingt nicht so, als könnte sie uns eine große Hilfe sein.«

»Nein, Karl. Ich werde mal mit meiner Mutter sprechen – vielleicht weiß sie mehr – Vielleicht gibt es ja einen Grund, warum Irene keinen Kontakt zu uns will.«

»Du sagst, deine Tante hat sich hier nie einleben können«, Karl seufzte. »Das befürchte ich für uns auch, wenn wir hier weggehen sollten.«

Er stand auf, stopfte die Hände in die Hosentaschen, ging zum Fenster und schaute ins Dunkel. »Ich bin doch Deutscher«, sagte er und klang plötzlich sehr traurig.

Martha stand auf und umarmte ihn. »Vielleicht geht der Spuk ja bald vorbei.«

»Ich hoffe es, ich hoffe es sehr.«

Am nächsten Tag fuhr Karl mit Aretz schon zeitig los. Sie würden aber am Freitagabend zum Beginn des Sabbats wieder da sein, das versprach er.

Am Freitagnachmittag schickte Martha die Mädchen in die Badewanne. Das Essen für den Abend war vorbereitet, auch die Mahlzeiten, die am Sabbat gefordert wurden, hatte Frau Jansen, so wie immer, schon vorbereitet, Martha musste sie nur auftragen. Auf niedrigster Hitze köchelte ein großer Kessel mit Eintopf auf dem Ofen, denn an Sabbat war es nicht erlaubt, Feuer zu machen oder zu löschen. Das nahmen sie meist nicht so genau – denn es bedeutete auch, dass sie kein Licht ein- oder ausschalten durften. Es gab unzählige Regeln, aber nur noch wenige ganz orthodoxe Juden in Krefeld, die sie alle befolgten. Nur an manchen Samstagen befolgte Martha die Regeln strenger als an anderen, diesmal war es so. Es war einfach so ein Gefühl.

Der Tisch war gedeckt, die Kerzen standen in ihren Haltern. Es war ein milder Frühlingsnachmittag, und die Dämmerung schien noch weit weg zu sein. Aber Martha wusste, dass das täuschte – noch war es nicht Sommer, und schon bald würde die Sonne hinter dem Horizont verschwinden.

Heute Abend waren sie alleine – weder Omi und Opi hatten sich angemeldet auch nicht Großmutter Emilie. Martha war das nur recht. Seit ihrem nächtlichen Gespräch am Mittwoch schwirrte ihr der Kopf. Meinte Karl das wirklich ernst? Wollte er tatsächlich auswandern? Berthold wollte es – er hatte sich für ein Visum nach Palästina angemeldet, genauso wie seinen Sohn Hans. Seine Frau Hedwig, Karls Schwester, weigerte sich jedoch, einer Auswanderung zuzustimmen. Schon vor einem Jahr hatte sich das Paar getrennt – es gab einfach zu viele Differenzen. Hedwig war oft mit Hans in der Klosterstraße bei ihren Eltern. Und Hans war nun auch häufig in der Friedrich-Ebert-Straße zu Besuch. Er und Ruth verstanden sich blind. Es wäre furchtbar für ihre Tochter, wenn sie den Cousin verlieren würde.

Die Berichte über das Leben in Palästina waren zwiespältig – mal begeistert, mal sehr ernüchternd. Aber eines war sicher – das Leben dort glich in keiner Weise dem, das sie hier führten, auch wenn dieses sich mehr und mehr veränderte.

In den letzten Wochen und Monaten war in der jüdischen Gemeinde Unruhe aufgekommen – man sorgte sich um die Zukunft. Doch die meisten Gemeindemitglieder glaubten, dass die politische Entwicklung ein Unwetter sei, dass man aushalten müsse und das vorüberzöge. Auch Martha und Karl waren anfänglich dieser Meinung gewesen, aber Karls Worte hatten sie beunruhigt.

Sie hörte die Kinder oben fröhlich planschen, Leni lachte laut. Martha war so froh, sie zu haben – sie war ein Schatz und Gold wert für die Kinder.

Wäre Amerika eine Alternative? Sie kannte Wochenschauberichte aus den Staaten. Dort sah es nicht so viel anders aus als hier – vielleicht etwas moderner. Aber es gab natürlich kulturelle Unterschiede. Hier alles aufgeben und dort von vorne anfangen – war das überhaupt möglich? Würde Karl dort als Handlungsreisender Fuß fassen können? Er sprach ein paar Brocken Englisch, aber fließend konnte man das nicht nennen. Sie selbst konnte auch nur ein paar Worte. Außerdem hatten sie hier in Krefeld Haus und Grund, ihre Familie, Freunde, die Gemeinde und die Nachbarn. Hier war ihr ganzes Leben. Ein Leben ohne sie alle war einfach nicht vorstellbar.

Diese Gedanken jagten sie, und ihr Kopf schmerzte – kurz schloss sie die Augen. Als die Mädchen plötzlich, gebadet und duftend, mit noch feuchten Haaren, in den Salon stürmten und zu ihr auf das Sofa hüpften, merkte sie, dass sie völlig das Gefühl für die Zeit verloren hatte.

»Ist es schon Zeit für die Sabbatkerzen?«, fragte Ruth. »Ich glaube, es dämmert schon.«

»Bevor wir die Kerzen anzünden, muss das Essen bereitstehen«, sagte Martha lächelnd.

»Aber Vati ist noch nicht zu Hause«, sagte Ilse. »Wollen wir wieder ohne ihn essen?«

»Wir können ja schon einmal den Tisch decken und warten dann.« Martha ging in die Küche. Frau Jansen putzte gerade noch einmal über die Arbeitsflächen, spülte dann den Lappen aus und hängte ihn zum Trocknen auf.

Sie sah sich zufrieden um. »Ich glaube, alles ist soweit gerichtet. Soll ich am Sonntag kommen?«

Sabbat – der jüdische Ruhetag – ging von Freitagabend bis Samstagabend. Sonntag war ein ganz normaler Wochentag, an dem jede Tätigkeit verrichtet werden durfte. Nur war der Sonntag ja der christliche Ruhetag. Meistens kochte Frau Jansen so viel vor, dass Martha nur etwas aufwärmen musste. Oft aber gingen die Meyers essen oder waren bei Freunden oder Familie eingeladen.

»Nein, liebste Frau Jansen, das müssen Sie nicht. Montag reicht vollkommen.«

»Gut«, sagte die Köchin und nahm ihren Korb. »Ansonsten rufen Sie mich an. Obwohl das immer schwieriger wird.«

»Wieso?«

»Nun ja, wir haben ja kein Telefon im Haus, nur bei den Nachbarn. Und da ist jetzt so ein Miesepeter eingezogen, der sich über die Anrufe beschwert. Er sagt, das Haus wäre kein Postamt.« Sie lachte bitter auf. »Manche Leute finden immer ein Haar in der Suppe.«

Martha hatte in den fünf Jahren, in denen Frau Jansen bei ihr arbeitete, höchstens ein dutzend Mal angerufen. Es gab nur wenige private Leitungen, oft hatte ein Mietshaus einen Anschluss, man rief dort an und der Gesprächspartner wurde geholt. Das war ganz normal und jeder war froh, wenn er eine Möglichkeit hatte, zu telefonieren.

Leni kam die Treppe heruntergeeilt. Sie griff nach ihrem Mantel, und zog ihn über. »Ein schönes Wochenende!«, rief sie hektisch und verschwand wie ein Wirbelwind. Frau Jansen und Martha sahen sich an.

»Da steckt ein Mann dahinter«, wisperte Frau Jansen Martha zu. »Sie ist verliebt, schon seit einiger Zeit. Scheint jetzt ernst zu werden.«

»Oh nein«, sagte Martha. »Das wäre für die Kinder schlimm – was sollen sie ohne Leni machen? Sie hängen so an ihr.«

»Machen Sie sich keine Gedanken. Manche große Liebe ist nur ein Strohfeuer.« Frau Jansen lachte, und Martha stimmte in ihr Lachen ein.

»Dann warten wir einfach mal gelassen ab.«

Nachdem auch Frau Jansen das Haus verlassen hatte, stellte Martha Brot und Butter bereit. Die warmen Speisen ließ sie noch auf dem Herd und im Backrohr.

Ruth und Ilse hockten auf dem tiefen Fensterbrett und schauten auf die Straße. Spitz saß neben ihnen und gähnte. Ruth beobachtete die Hündin genau. »Sie hört den Adler, bevor wir ihn sehen können«, erklärte sie.

»Was aber, wenn Vati erst wieder spät kommt?«, fragte Ilse. »Es wird immer dunkler. Woher weißt du, wann man die Kerzen anzünden muss?«

Martha lächelte. »Die Kerzen muss man anzünden, sobald man einen blauen Wollfaden nicht mehr von einem grauen Faden unterscheiden kann.« Sie sah nach draußen. Das Licht wurde immer diffuser. Martha nahm den Weinkelch aus der Anrichte und füllte ihn. Bevor man die Kerzen anzündete, musste man den Segen, den Kiddusch, über einem Glas Wein sprechen.

»Lasst uns die Hände waschen gehen.«

»Wenn Vati hier ist, spricht er den Kiddusch, wenn er nicht da ist, machst du es«, sagte Ilse.

»Ja, weil er nicht da ist. Dann übernehme ich seine Aufgabe«, erklärte Martha. Sie gingen zurück in das Esszimmer.

Vor dem Tisch versammelten sie sich, der gefüllte Becher

stand auf dem Tisch. Martha senkte den Kopf und sprach: »*Der Ewige ist mein Hirte, mir fehlt nichts. Auf grüner Wiese lässt Er mich lagern, an ruhigen Wassern führt Er mich. Meine Seele erquickt Er, Er leitet mich auf rechten Pfaden – um Seines Namens willen. Auch wenn ich in der Schlucht des Todesschattens gehe, fürchte ich das Böse nicht, denn Du bist mit mir. Dein Stecken und Dein Stab – sie trösten mich. Du wirst mir den Tisch vor meinen Feinden richten; Du hast mein Haupt mit Öl gesalbt, mein Becher ist reichlich gefüllt. Nur Gutes und Liebe seien meine Begleiter alle meine Tage, und möge ich weilen in des Ewigen Haus für die Länge der Tage. Dies ist das Mahl des heiligen Chakal Tapuchin. Bereitet das Mahl des vollkommenen Glaubens, zur Wonne des heiligen Königs. Dies ist das Mahl des heiligen Chakal Tapuchin, und Seir Anpin und der heilige Älteste kommen, um mit ihr am Mahl teilzunehmen …*«

Nachdem sie den ganzen Segen gesprochen und sich noch einmal symbolisch die Hände gewaschen hatte, brach sie das Brot und reichte jedem der Kinder ein Stück. Dann zündete sie die Kerzen an.

Eine Zeit lang wartete Martha noch, dann holte sie die warmen Speisen und tat allen auf.

»Wann kommt Vati?«, fragte Ruth, die nur in ihrem Essen herumstocherte.

»Er wollte schon hier sein, aber du weißt, es kann immer etwas dazwischenkommen. Was möchtest du denn von ihm?«

»Ich habe so viele Fragen, aber keine Antworten. Warum sind wir Juden, Mutti?«

»Oh.« Martha legte die Gabel zur Seite. »Oh, das ist eine

leichte Frage, aber sie wiegt schwer. Ihr seid Juden, weil ich es bin. Der mosaische Glaube wird vererbt – über die mütterliche Linie. Ich bin Jüdin, weil meine Mutter Jüdin ist, und sie ist es, weil ihre Mutter es war und so weiter.«

»Aber … es ist doch eine Glaubensrichtung, nicht wahr? Elses Mutter war auch Jüdin, aber sie ist nun Christin, und Else ist auch Christin dadurch. Oder etwa nicht?«, fragte Ruth.

»Welche Else?«

»Die Tochter vom Apotheker bei Omi um die Ecke.«

»Ja, das stimmt. Es gibt Juden, die konvertieren – so nennt man das, wenn sie sich taufen lassen und somit dem christlichen Glauben beitreten.«

»Und dann sind sie keine Juden mehr?«

»Nein, nicht, was den Glauben angeht. Aber es gibt Leute, seltsame Leute, die sagen, mosaisch zu sein wäre nicht nur ein Glaube, sondern mehr.«

»Was denn noch?«, fragte Ilse unbedarft und nahm sich noch einmal von den Kartoffeln und der Soße.

»Sie sagen, es wäre eine Rasse«, sagte Martha kaum hörbar.

»Was ist eine Rasse?«, wollte Ilse wissen.

»Sei nicht dumm, Ilse. Eine Rasse ist ein Volk – ein Volk einer Abstammung«, sagte Ruth und schaute bestätigungsheischend zu ihrer Mutter. »So wie bei Spitz – sie ist ein Spitz und kein Dackel.«

»Aber wir sind doch Deutsche«, sagte Ilse. »Wie unsere Nachbarn auch. Das ist doch unsere ›Rasse‹.«

In diesem Moment sprang Spitz auf und lief zur Kellertür. Sie hatten den Wagen gar nicht kommen gehört.

»Vati!«, rief Ilse und ließ sich vom Stuhl gleiten.

Karl kam die Treppe hoch, öffnete die Tür und wurde von Ilse ebenso stürmisch begrüßt wie von Spitz.

»Esst ihr schon?«, fragte er. »Wir wollten viel früher hier sein, aber es hat einen Unfall gegeben und wir mussten warten.« Er gab Martha zur Begrüßung einen Kuss. »Ich wasch mir schnell die Hände.« Dann schaute er auf den Tisch. »Hmmm, das sieht mal wieder lecker aus. Ein Hoch auf Frau Jansen.«

Wenige Zeit später saß er am Tisch. Er bemerkte Marthas angespannte Haltung. »Ist etwas passiert?«, fragte er.

»Wir haben geredet«, sagte Ilse. »Über Hunde und Menschen.«

»Aha«, sagte Karl und füllte seinen Teller.

»Wir haben über Rassen geredet«, sagte Ruth.

Karl hielt mitten in der Bewegung inne, sah erst Ruth, dann Martha an. Martha nickte kaum merklich.

»Über Rassen also.« Karl stellte den Teller auf den Tisch, ohne jedoch nach seinem Besteck zu greifen. »Das ist im Moment wohl ein großes Thema.«

»Warum sind wir anders?«, fragte Ilse.

»Wir sind nicht anders«, erklärte Karl. »Nur manche Menschen verstehen das nicht. Das Judentum wird über die Mutter vererbt – meine Mutter ist Jüdin, deshalb bin ich auch Jude. Und laut Thora ist das nicht zu ändern. Deshalb sagen einige Leute, dass das Judentum keine Religion sei. Wir Juden auf der ganzen Welt stammen von den Israeliten ab – das wisst ihr ja. Und obwohl wir in alle Länder der Welt verstreut sind, werden wir immer noch von vielen Menschen als ein Volk und keine Religionsgemeinschaft angesehen. Verstehst du das, Ilschen?«

Ilse schüttelte den Kopf.

»Aber ich verstehe es«, sagte Ruth nachdenklich. »Wie siehst du das, Vati?«

»Ich fühle mich zuerst als Deutscher – Deutsch ist meine Sprache. Hebräisch kann ich nicht wirklich – nur ein paar Segenssprüche und Gebete –, aber die habe ich auswendig gelernt. Ich liebe dieses Land. Und obwohl manch ein Jude meint, wir alle wären ein Volk, finde ich nicht viele Gemeinsamkeiten mit den Juden in unserer Gemeinde, die aus Osteuropa gekommen und orthodox – also sehr gläubig – sind.«

Martha nickte. »So sehe ich das auch.«

»Aber es gibt Menschen, die das anders sehen. Sind sie gefährlich?«, fragte Ruth weiter.

Wieder sahen sich Karl und Martha an, versuchten, auszuloten, wie viel Wahrheit die Kinder vertrugen.

»Du weißt, dass viele Leute ihre Arbeit verloren haben?«, fragte Karl sie. Ruth nickte. »Diese Leute haben nicht genug Geld, sie hungern und frieren. Das macht sie wütend und deshalb können sie gefährlich sein.«

»Auch für uns?«, fragte Ilse ängstlich. »Wir haben ihnen doch nichts getan.«

»Haben wir nicht«, sagte Ruth leise. »Aber sie suchen einfach jemanden, der schuld ist.«

»Das stimmt, Ruth.« Karl nickte anerkennend. »Und es gibt diese Partei, die Juden nicht mag. Das ist die NSDAP – die Hitler-Partei.«

»Unser Nachbar ist in der Partei«, sagte Ruth und senkte den Kopf. »Und Horst ist in der Hitlerjugend. Aber er war noch nie frech oder böse zu mir – ganz im Gegenteil. Er freut sich immer, wenn er mit mir spielen darf.« Sie schaute ihren Vater fragend an. »Darf er das jetzt nicht mehr?«

»Doch«, sagte Martha entschieden. »Solange er sich benimmt, darf er zum Spielen kommen.«

Karl hob die Augenbrauen, nickte dann aber. »Ja. Mutti hat recht. Er kann ja nichts dafür, dass sein Vater in der Partei ist.«

»Wenn ihr in der Stadt oder auf dem Schulweg eine Gruppe der Braunen seht, dann geht an ihnen vorbei. Macht nichts, um die Aufmerksamkeit auf euch zu lenken«, sagte Martha ernst.

»Wird das jetzt immer so sein?«, fragte Ruth. »Müssen wir jetzt immer aufpassen?«

»Ich hoffe nicht«, sagte Karl. »Unser Reichspräsident Hindenburg und unser Kanzler Brüning halten auch nicht viel von Hitler. Wahrscheinlich wird er bald wieder von der Bildfläche verschwinden.«

»Hoffentlich«, sagte Martha leise. »Und nun iss, Karl, sonst ist dein Essen ganz kalt. Ruth, räum die Teller ab, Ilse, du darfst den Nachtisch aus dem Eisschrank holen.«

Als die Kinder den Raum verlassen hatten, fragte Martha ihren Mann leise: »Hast du deine Meinung geändert?«

Karl schaute sie an. »Ich habe noch gar keine Meinung – ich will mich informieren und mir ist es auch wichtig, zu erfahren, wie es die anderen in der Gemeinde sehen. Ich will nicht den Teufel an die Wand malen, aber ich will auch nicht unvorbereitet sein.«

Am nächsten Tag ging Karl mit zum Gottesdienst. Nach den Gebeten saßen alle noch zusammen im Gemeinderaum – es gab Kaffee und Kuchen. Die Kinder spielten zusammen, die Jugendlichen warfen sich bedeutungsschwere Blicke zu.

So wie immer, aber trotzdem war es diesmal anders. Es gab kein lautes Geschnatter, kein Lachen. Man redete miteinander, die Stimmen gedämpft, die Köpfe gesenkt – dabei war hier niemand, der spionierte. So unterschiedlich die Gemeindemitglieder auch waren – von der Herkunft, vom Beruf und Stand – eins verband sie alle – alle hatten eine jüdische Mutter, alle waren sie mosaischer Abstammung.

Großmutter Emilie begleitete die Familie nach Hause. »Ich habe Post von Erich. Er macht sich Sorgen um die Zukunft der Dominikanischen Republik«, sagte sie.

»Das hat er mir auch geschrieben«, erzählte Martha, die in einem der seltenen Momente der Eintracht Arm in Arm mit ihrer Mutter ging. »Es klang fast so, als wolle er dort das Handtuch werfen und zurückkommen.«

»Das wäre meschugge von ihm«, sagte Emilie.

»Meinst du, es ist momentan besser, als Jude Deutschland zu verlassen?«

»Nein, das meine ich natürlich nicht. Dieser braune Sumpf wird über kurz oder lang austrocknen. Was ich meine, ist, dass Erich eine sehr gut bezahlte, sichere Stelle hat. Und daran sollte er nach Möglichkeit festhalten.«

Zu Hause aßen sie noch zusammen und beendeten den Sabbat. Nachdem die Mädchen zum Spielen nach oben gegangen waren, entkorkte Karl eine Weinflasche.

»Und?«, fragte Martha. »Hast du neue Erkenntnisse gewonnen?«

»Erkenntnisse worüber?«, fragte Emilie.

»Ich wollte mit anderen sprechen, hören, wie sie die Lage in Deutschland einschätzen.«

»Du machst dir Sorgen?«

»Ja, Emilie, das tue ich. Dennoch bin ich im Moment erst einmal beruhigt. Fast jeder, mit dem ich gesprochen habe, hält die Situation noch für vertretbar. Ja, es gibt mehr Antisemitismus, und ja, die Nazis schüren den Hass gegen uns Juden – aber sie haben politisch wenig Einfluss und die Regierung versucht alles zu tun, um sie in Schach zu halten. Es ist ein Strohfeuer – es wird bald ausgehen – das meinen fast alle.«

»Sag ich doch.« Emilie lehnte sich zufrieden zurück.

»Dennoch werde ich mich mit Berthold treffen und mich noch genauer über Palästina erkundigen.«

Emilie schnaubte belustigt. »Ich kann mir nicht vorstellen, dass ihr nach Palästina geht. Beim besten Willen nicht.«

»Ich auch nicht«, sagte Martha leise. Karls Worte hatten sie beruhigt, aber ein mulmiges Gefühl blieb.

Kapitel 14

»Möchte noch jemand Kaffee?«, fragte Martha und stellte die silberne Kanne auf den Tisch. Die Tür zur Veranda war weit geöffnet, der April überraschte mit milden und freundlichen Temperaturen.

Martha und Karl hatten einige Freunde eingeladen, um Ruths Einschulung auf das Lyzeum zu feiern. Walter und Sofie Gompetz waren gekommen, die Lindenbaums und die Glimmichs. Die Großeltern waren am Tag der Einschulung selbst dabei gewesen. Nach dem feierlichen Empfang in der Aula waren sie gemeinsam essen gegangen, ins mondäne Parkhotel Krefelder Hof. Martha hatte diesen Tag bewusst nur für die Familie geplant, aber heute wollten sie diesen großen Schritt ihrer Tochter auch mit den Freunden feiern.

Die Kinder tobten fröhlich lachend zusammen mit Spitz im Garten.

»Wie viele andere jüdische Mädchen sind denn mit Ruth zusammen in ihrer Klasse?«, fragte Ingrid Lindenbaum.

»Nur eine wurde noch angenommen. Die Familie stammt aus dem Osten, wir kennen sie kaum.«

»Habt ihr euch das gut überlegt?«, fragte Walter. »Eine recht anspruchsvolle Ausbildung für ein junges Mädchen, meint ihr nicht, dass sie Probleme haben wird?«

Karl schüttelte den Kopf. »Nicht unsere Ruth. Sie ist wissbegierig und lernwillig. Bei Ilse dagegen sind wir uns noch nicht so sicher.«

»Ilse wird dieses Jahr erst acht und kommt jetzt in die zweite Klasse«, sagte Martha ein wenig indigniert. »Da weiß man noch gar nicht, wohin die Reise führt.« Sie sah nach draußen, wo die Kinder spielten. »Natürlich ist sie ganz anders als Ruth, aber das darf sie ja auch sein. Jedes Kind hat seine Stärken und Schwächen.«

»Anspruchsvoll hin oder her, Ruth sollte Abitur machen«, sagte Karl. »Und studieren. Das plant ihr doch auch für Edith.« Er sah Kurt Lindenbaum an. »Sie fühlt sich doch auf dem Lyzeum wohl?«

»Unser Wunsch war es immer, dass Edith studiert, aber sie hat eine schwache Konstitution, dauernd ist sie erkältet. Manchmal denke ich, wir muten ihr zu viel zu.« Ingrids Blick wanderte besorgt zu ihrer Tochter. Während die anderen Kinder mit Spitz tobten, saß Edith auf der Bank und schaute zu.

»Wie gehen denn ihre Mitschülerinnen damit um? Sie wird doch nicht gehänselt?«, fragte Karl.

»Nein, nein, ihre Kameradinnen und auch die Lehrer sind nett und verständnisvoll. Sie ist einfach nur nicht sehr belastbar.«

»Wart ihr schon bei Doktor Hirschfelder?«, wollte Martha wissen.

»Bei ihm haben wir nächste Woche einen Termin. Bisher

habe ich es nicht so ernst genommen. Edith war schon immer ein zartes Kind, aber nun nimmt das doch Formen an, die man beobachten muss – mehr noch, ich habe das Gefühl, wir müssten handeln.«

»Meinst du denn, dass die Schule das Kind so erschöpft?«, fragte Elsa Glimmich.

»Das glaube ich nicht. Sie geht gerne zum Unterricht, lernt eifrig und macht ihre Hausaufgaben sorgfältig.«

»Wir glauben, dass es ein gesundheitliches Problem ist«, meinte Kurt Lindenbaum betrübt.

»Vielleicht müsst ihr einfach ein wenig Geduld haben, und sie gewöhnt sich an die neuen Aufgaben? Unsere Kinder haben sich auch ganz unterschiedlich entwickelt und könnten verschiedener nicht sein. Anne ist lieb und brav, Kurt aber geht über alle Mauern und Hecken«, sagte Albert Glimmich. »Der ist nicht zu halten.«

»Er ist halt ein Junge und muss körperlich ausgelastet werden. Er bräuchte einen Verein ... etwas, wo er täglich hingehen könnte, nachdem er seine Hausaufgaben gemacht hat. Tennis spielt er gut, Tischtennis noch besser. Wir überlegen, ihn im Tennisverein anzumelden«, erklärte Elsa. »In diesem Sommer wird er außerdem nach Bensersiel fahren. Dort gibt es ein Jugendheim – sie bieten Ferienfreizeiten an. Es ist ein jüdisches Heim«, fügte sie fast beschämt hinzu.

Walter Gompetz runzelte die Stirn. »Warum ein rein jüdisches Heim? Willst du uns noch mehr in die Ecke stellen?«

Elsa zuckte die Schultern. »Wir müssen uns nichts vormachen, die NSDAP und Hitler gewinnen stetig an Mitgliedern und Bewunderern. Und Hitler hasst uns Juden. Habt ihr von seinem ›Mein Kampf‹ gehört? Schreiben kann der Mann nicht, aber brüllen. Und er brüllt seine Parolen in die Welt: Vernichtet die Juden. Er will uns aus Deutschland vertreiben, er will uns loswerden.«

»Aber Elsa – wie soll das gehen? All die Menschen, die ihre Arbeit verrichten, er kann sie nicht alle rausschmeißen, das würde viel zu große Lücken hinterlassen. Ich glaube, du übertreibst.« Kurt blickte in die Runde. »Nimm nur einmal Karl – er ist selbstständiger Handlungsreisender mit einer festen Klientel. Wer sollte seinen Platz füllen? Oder dein Mann? Er hat eine verantwortungsvolle Rolle in der Gesellschaft, er leitet eine Firma, hat Angestellte – viele davon sind Christen. Ihn kann man nicht einfach so ersetzen.«

»Hast du dich einmal umgeschaut?«, fragte Elsa leise. »Es gibt sechs Millionen Arbeitslose in Deutschland.«

»Ja, aber unter den Arbeitslosen sind doch auch Juden«, sagte Karl. »Viele Juden. Nur das verschweigt die braune Propaganda.«

»Was bleibt uns denn anderes übrig, als einen jüdischen Verein zu wählen? Alle anderen Ferienlager für Kinder sind braun unterwandert, manche nehmen sogar keine Juden auf. Natürlich habe ich versucht, Kurt in anderen Ferienlagern anzumelden, und es gab jedes Mal den Punkt, an dem ich ankreuzen musste, welche Religion er hat – katholisch, evangelisch oder jüdisch. Und für Juden endete der Anmeldebogen. Wenn ihr das nicht glaubt, kann ich sie euch gerne zeigen.« Elsas Stimme wurde brüchig. »Es ist schlimm und es wird noch schlimmer werden.«

»Nein, Elsa, ich finde, du machst die Pferde scheu. Wir müssen abwarten, wer der nächste Kanzler wird. Noch hält Hindenburg alle Zügel in der Hand«, sagte Walter.

»Hindenburg ist alt«, sagte Martha. »Wie lange wird er noch Zügel halten können?«

»Brüning ist immerhin fast am Ziel«, sagte Albert. »Aber ich fürchte, er wird nicht durchhalten.«

»Er muss, denn es gibt keinen möglichen Nachfolger«, stellte Karl bestimmt fest.

»Außer Hitler. Und das macht mir Angst«, entgegnete Martha, und alle sahen sie an.

»Zu Recht«, sagte Albert. »Mir auch. Sehr sogar.«

»Aber noch hat Hindenburg die Federführung. Im Moment gelten die Notverordnungen – das bedeutet, egal, wer das Amt des Kanzlers übernimmt, er muss alles von Hindenburg absegnen lassen. Und Hindenburg wird Hitler nie unterstützen«, sagte Karl.

»Sag niemals nie«, murmelte Albert leise. »Wir korrespondieren schon länger mit Elsas Bruder in den Staaten, versuchen, eine Ausreisegenehmigung zu bekommen.«

»Ihr wollt in die Staaten ziehen?«, fragte Martha ungläubig.

Elsa nickte. »Mein Bruder lebt in Chicago. Ihm geht es gut. Wir könnten dort zwar nicht das Leben führen, was wir momentan hier haben – dafür gibt es in den USA keine Nazis.«

»Was muss man denn genau tun, um ein Visum zu bekommen?«, erkundigte sich Karl.

»Du musst einen Antrag stellen. Wenn du jemanden in den Staaten kennst, der für dich bürgt, ist es einfacher«, erklärte

Elsa. »Trotzdem ist es immer noch sehr aufwändig und kostspielig. Du musst zum Beispiel einen gewissen Betrag hinterlegen, sodass du einige Zeit finanziell unabhängig bist – solange, bist du Arbeit gefunden hast.«

»Ich habe gehört, dass Amerika höhere Arbeitslosenzahlen als Deutschland hat«, warf Kurt ein.

Albert nickte. »Deshalb prüfen sie auch ganz genau, wer einreisen darf. Und umso wichtiger ist es, einen Paten oder Bürgen zu haben. Elsas Bruder hat viele Verbindungen, er hat uns Arbeit dort versprochen.«

»Wir stehen auf der Liste«, sagte Elsa leise. »Aber die Liste ist lang. Jedem wird eine Nummer zugeteilt – unsere haben wir noch nicht. Bekannte von uns mussten viel Geld zahlen, um überhaupt einen Wartelistenplatz zu bekommen, aber sie hatten auch keinen Bürgen. Trotzdem können sie erst in zwei Jahren ausreisen.«

»Was?«, fragte Martha entsetzt. »Erst in zwei Jahren?«

»Wir denken sogar, dass es bei uns noch länger dauert. Und was es noch schwieriger macht, wir haben Anträge für jeden von uns stellen müssen – einzeln. Aber ich würde Kurt nicht alleine nach Amerika schicken, selbst, wenn er dort zu meinem Bruder könnte.« Elsa sah mit einem Mal sehr erschöpft aus.

»Eigentlich hoffen wir, dass Hindenburg den Spuk beendet«, sagte Albert. »Wir waren in Chicago, haben Elsas Bruder besucht. Es ist nicht schlecht dort, aber anders.« Er stockte. »Lieber würde ich hierbleiben und weiterhin Deutscher sein, nicht nur Jude.«

»Einige in der Gemeinde sind konvertiert«, sagte Sofie leise.

»Sie haben sich taufen lassen. Aber ich habe gehört, dass die Nationalsozialisten das nicht anerkennen. Wer jüdisch geboren ist, bleibt jüdisch, sagen sie.«

»Schau mal, worüber diskutieren die Erwachsenen denn die ganze Zeit?«, fragte Edith Ruth. Ruth hatte sich neben ihre Freundin gesetzt, während die anderen Kinder weiter Fangen und Verstecken spielten. Edith war blass, immer wieder hustete sie.

»Es geht sicher um Politik und die Braunen. Es geht ja um fast nichts anderes mehr.«

»Darüber reden meine Eltern auch viel«, sagte Edith. Sie sah Ruth an. »Du bist jetzt auch auf dem Lyzeum?«.

Ruth nickte eifrig. »Ja. Ich freue mich, aber es ist auch irgendwie beängstigend: Die neue Schule, die neuen Aufgaben, die ganzen fremden Gesichter – alles ist anders. Hattest du keine Angst davor?«

Edith überlegte. »Doch, das hatte ich, am Anfang, aber nach zwei Wochen war das alles vergessen. Der Direktor, Herr Stein, scheint erst furchtbar streng zu sein, aber eigentlich ist er sehr nett. Du wirst es sehen. Nur mit dem Lateinlehrer, mit Doktor Zimmer, komme ich nicht gut klar, aber Latein ist einfach auch nicht mein Ding.« Sie hustete wieder und hielt sich das Taschentuch vor den Mund.

»Dir geht es nicht gut«, sagte Ruth besorgt. »Soll ich deine Mutter rufen?«

Edith schüttelte den Kopf. »Sie würde mich nur nach Hause bringen und ins Bett stecken. Das macht sie immer. Und dann ruft sie Doktor Hirschfelder. Aber es ändert nichts. Ich habe, so sagt er, eine schwache Konstitution. Wir waren erst letzte Woche da und er hat Blut abgenommen und will weitere Tests machen. Eigentlich will ich das gar nicht, ich will nur gesund und normal sein.« Sie seufzte.

»Redet ihr in der Schule auch so viel über die Braunen wie in der Synagoge?«

Edith lachte. »Nein, in der Schule sind andere Themen viel wichtiger.«

»Was denn?«

»Jungs und ausgehen und so etwas. Leider kann ich gerade nicht mithalten. Mutter hatte mich eigentlich im Ferienlager angemeldet, in Bensersiel, zusammen mit einigen anderen von uns, Kurt fährt da auch hin.«

Ruth bemerkte, wie ihr Blick sich veränderte, weicher wurde.

»Bensersiel ist knorke, da waren wir schon zweimal mit meinen Eltern. Ich finde es dort wunderschön.«

»Ich würde so gerne fahren, aber vermutlich darf ich nicht mit. Nicht, wenn mein Husten nicht besser wird.« Sie schaute wieder zu Kurt hinüber, der lachend Ilse jagte. Er hatte bezaubernde Grübchen, die seinem Lachen einen besonderen Charme verliehen.

Ruth schmunzelte. »Der Kurt ist ein Charmeur.«

»Das mag sein«, sagte Edith traurig. »Aber mich sieht er einfach nicht.«

»Das kann man ja ändern.« Ruth stand auf. »Kurt!«, rief sie. »Kurt, komm mal her.«

»Was willst du, Zwerg?«, sagte Kurt und strich sich lächelnd das Haar aus der Stirn.

»Ich bin kein Zwerg«, sagte Ruth empört und stemmte die Hände in die Hüften.

»Bist du doch!« Kurt verstrubbelte ihr die Haare. »Was willst du nun von mir?«

Ruth schüttelte ihre Locken zurecht und sah ihn herausfordernd an. »Kannst du Edith bitte ein Stück Kuchen und ein Glas Bowle bringen?«

»Bowle?« Kurts Augen leuchteten auf. »Na klar, ich bringe euch Kuchen und Bowle.« Schnell eilte er nach oben.

»Siehst du?«, sagte Ruth und zwinkerte ihrer Freundin zu.

»Er bringt dir die Bowle.«

»Mag sein, aber ich gehe jetzt mit Walter fangen spielen« antwortete Ruth lachend und lief in den Garten. »Walter? Walter, wo bist du?«

Am Abend half Ruth ihrer Mutter beim Aufräumen. Vor einer Stunde waren die letzten Gäste gegangen, und der Mond stand hoch am Himmel.

»Was ist mit Edith?«, wollte Ruth wissen. »Sie ist so krank.«

»Das weiß bisher keiner, aber Doktor Hirschfelder wird herausfinden, was ihr fehlt.

»Sie wirkt traurig«, sagte Ruth leise.

»Sie ist krank und kann nicht das machen, was ihr macht.«

»Ich hoffe, ich werde nie so krank.« Ruth schaute ihre Mutter an. Dann senkte sie den Kopf und kicherte. »Edith ist verliebt in Kurt. Das weiß ich genau. Sie schaut ihn immer an, und ihre Stimme verändert sich, wenn sie mit ihm spricht. Ich wette, sie ist verliebt. Und Leni ist es auch. Sie ist seit Wochen anders.«

Martha lachte. »Ja, Leni ist verliebt, und ja, man merkt es ihr an.«

Ruth senkte den Kopf. »Ich weiß«, sagte sie dumpf.

Martha, die gerade die Bowle-Schüssel wieder auf die Anrichte gestellt hatte, drehte sich um. »Was … stört dich daran?«

»Wenn Leni verliebt ist, wird sie vielleicht heiraten. Und dann geht sie weg von uns. Ich liebe Leni und ich hasse Veränderungen. Ich finde es schon schwierig genug, auf die neue Schule zu gehen.« Ruth setzte sich an den Küchentisch und zog einen Flunsch. »Ich möchte, dass alles andere so bleibt, wie es ist.«

Martha zog sich einen anderen Stuhl heran und setzte sich neben ihre Tochter. »Das Leben ist ein Fluss und immer in Veränderung, das weißt du. Wenn es nicht so wäre, wäre es langweilig, meine Süße.«

»Aber ich möchte, dass Leni bei uns bleibt.«

Martha nahm sie in den Arm. »Leni ist gerade einfach glücklich, das merkt man ihr an. Ich freu mich sehr für sie, du nicht? Und wenn sie wirklich heiraten möchte, dann wollen wir ihr dabei nicht im Wege stehen, oder? Du bist in die höhere Schule gekommen, Ilse ins zweite Schuljahr. Falls uns Leni wirklich verlassen sollte, was ja gar nicht feststeht, könnt ihr auch den einen oder anderen Abend alleine bleiben.« Sie zwinkerte Ruth zu. »Du bist doch schon groß. Ein Kindermädchen zu haben, ist schön, aber für uns nicht mehr notwendig, oder?«

»Wie lange hattest du denn ein Kindermädchen?«

»Ich war achtzehn, als Fräulein Weber uns verließ.«

»Ich bin erst zehn.«

»Ja.« Martha sah aus dem Fenster in den Garten. »Aber anders als meine Mutter bin ich auch nicht den ganzen Tag außer Haus. Im Gegenteil, ich bin immer für euch da. Natürlich ist Leni fast schon ein Teil der Familie, und ich weiß ja, wie wichtig sie dir ist, aber ich fände es auch schön, wenn du mit mir Dinge genauso besprechen würdest, wie mit ihr …«

»Ich weiß, dass du immer für uns da bist. Genau wie Leni, und manche Dinge kann ich eben besser mit ihr besprechen.«

»Warum?«

»Weil … weil Leni nicht zur Familie gehört, aber fast. Ich kann mich ihr anvertrauen, aber sie hat auch noch diesen Blick von außen. Und sie ist keine Jüdin.«

»Was hat das denn damit zu tun?«

»Mutti, ich habe Angst, weil ich im Lyzeum keinen wirklich kenne. Niemand aus meiner Klasse geht dorthin. Lotte ist auf der Volkschule geblieben und alle meine anderen Freundinnen auch.«

»Edith ist auf dem Lyzeum.«

»Edith ist eine Klasse über mir und sie ist so oft krank – sie kann mir nicht helfen. Da ist noch Rosi, aber inzwischen sind wir nicht mehr so sehr befreundet wie früher.«

»Wobei sollte Edith dir denn helfen? Bei den Schularbeiten?«, fragte Martha verwundert. »Hast du davor Angst?«

Ruth schüttelte den Kopf. Schwieg. »Du verstehst es nicht, aber Leni versteht es«, sagte sie dann leise.

Martha rückte ein wenig ab und sah ihre Tochter an. »Leni versteht dich besser als ich? Wie kann das sein?«

»Nein, Mutti – so meine ich das nicht. Aber … aber … es gibt

Themen, über die kann ich mit Leni besser reden als mit dir.« Sie senkte den Kopf.

»Warum?«

»Weil Leni nicht du bist. Ich kann ihr Fragen stellen und muss nicht fürchten, dass sie sie auf sich und ihre Familie bezieht. Manchmal will ich nämlich einfach Dinge wissen. Verstehst du, wie ich das meine?«

Martha strich ihr über das Haar. »Ich versteh das sehr gut, ich würde mir nur wünschen, dass du mir so sehr vertraust, auch mich diese Dinge zu fragen. Ich bin doch deine Mutter.«

»Hast du früher denn mit Großmutter gesprochen?«

Martha schüttelte den Kopf. »Nein, aber aus einem anderen Grund. Großmutter war eigentlich immer weg, immer im Geschäft. Und deshalb möchte ich es mit euch anders halten. Ich möchte für euch da sein – auch für alle eure Fragen.«

Ruth seufzte. »Manche Dinge kannst du nicht beantworten und weißt sie auch nicht.«

»Was? Was weiß ich nicht?«, fragte Martha überrascht.

»Zum Beispiel kenne ich keine meiner Mitschülerinnen, außer Rosi. Und keins von den Mädchen ist jüdisch. Das macht mir Angst. Aber darüber kann ich nur mit Leni sprechen, denn sie ist auch keine Jüdin. Sie versucht mir zu erklären, wie die Christen über uns denken.«

Martha nickte. »Jetzt verstehe ich, was du meinst«, sagte sie nachdenklich.

»Du bist und bleibst meine Mutti und ich liebe dich mehr als alles auf der Welt.« Ruth kuschelte sich an Martha. »Aber für manche Dinge brauche ich einfach Leni.«

»Möchtest du nicht auf das Lyzeum gehen? Willst du zurück auf die Volksschule?«

»Nein, ich will unbedingt auf dem Lyzeum bleiben. Ich will einen guten Abschluss machen und dann studieren.« Sie rückte ein wenig von Martha ab. »Aber was, wenn ich keine Freundinnen finde? »

»Ja, du bist sehr schüchtern, das stimmt«, sagte Martha und unterdrückte ein Glucksen.

»Ich bin nicht schüchtern«, antwortete Ruth empört.

Nun lachte Martha, laut und belustigt. »Natürlich bist du nicht schüchtern, und deshalb mache ich mir auch gar keine Sorgen um dich auf dem Lyzeum. Ganz schnell wirst du der Klassenliebling sein, und wer von den Mädchen wird sich schon dafür interessieren, ob du jüdisch bist oder nicht? Kaum eine. Und wenn das jemand tut, dann ist er dumm, mein Schatz.«

»Und was, wenn nicht?«

»Dann sagst du mir das, und wir schauen, was wir machen. Ich bin froh, dass du Leni so magst und sie deine Vertraute ist, aber über diese Dinge solltest du mit mir sprechen. Ich kann sie ändern oder mich darum kümmern, Leni nicht.«

Ruth dachte nach, nickte dann. »Das stimmt. Und ich bin froh, dass ich dich habe, Mutti.«

Einen kurzen Moment schwieg sie, dann schaute sie ihre Mutter mit einem listigen Lächeln an.

»Weißt du eigentlich, wer es ist, Lenis Liebster?«

»Weißt du es etwa nicht?«

»Leni sagt nichts. Sie lacht immer nur, wenn ich sie frage.«

»Überleg doch mal – was war auffällig in der letzten Zeit?«

Ruth dachte nach. »Die Briefe!«, sagte sie dann. »Natürlich. Der Briefträger kann sich ja nicht alle zwei Tage vertun.«

»Siehst du.«

»Leni ist verliebt in Herrn Hilders, den Untermieter von Theissens?«

»So scheint es zu sein. Sie schreiben sich Briefe und treffen sich an ihren freien Tagen.«

»Aber ... aber ... er ist auch ein Handlungsreisender. Er arbeitet für Merländer und Strauß. Er wird irgendwann weiterziehen.« Ruth biss sich auf die Lippen. »Und er ist schon alt.«

»Er ist Anfang dreißig, sogar jünger als ich«, sagte Martha. »Und wer sagt, dass er weiterziehen muss? Vati und Theissen müssen es ja auch nicht.«

»Ich mag ihn nicht«, sagte Ruth leise. »Ich kann nicht sagen, weshalb, aber ich mag ihn nicht – er hat etwas Unangenehmes an sich.«

Martha nahm ihre Hand und hielt sie fest, sie sah aus dem Fenster und suchte nach passenden Worten. »Leni mag ihn. Das ist im Moment alles, was zählt. Und er scheint sie zu mögen. Vielleicht wird aus ihnen ein Paar und sie werden glücklich miteinander. Das würde ich Leni wünschen. Vielleicht aber klappt es nicht – dann müssen wir für sie da sein.«

»Natürlich! Außerdem ist er mir jetzt auch schon sympathischer, denn Leni würde sich nie in einen unsympathischen Mann verlieben, oder?«

»Die Wege der Herzen sind manchmal seltsam, und hin und wieder begeht ein Herz wohl einen Fehler.«

Ruth dachte über den Satz nach. »Hat Tante Hedwigs Herz einen Fehler begangen?«

Martha nickte. »Du hast verstanden, was ich meine. Ich glaube aber, bei Tante Hedwig und Onkel Berthold ist das anders. Onkel Berthold hat sich verändert, er war früher anders.«

»Er war lustiger, fröhlicher. Heute hat er immer nur Angst«, meinte Ruth. »Dabei ist er doch so ein starker Mann und hat gar keine Probleme mit den Augen.«

Martha schluckte. »Machst du dir Sorgen um Vati wegen seiner Augen?«

»Du etwa nicht? Ich bin so froh, dass wir Onkel Aretz haben. Ohne ihn würde Vati viel schlechter sehen.«

Martha nahm Ruth in die Arme. »Wie klug du bist. So außerordentlich klug. Und deshalb ist es gut, dass du auf das Lyzeum gehst. Bildung ist viel wichtiger als Geld.«

»Hier seid ihr also«, sagte Karl, der mit Ilse in die Küche kam. »Ich habe euch schon gesucht.«

»Wir haben aufgeräumt«, sagte Martha.

»Es war ein wunderschöner Tag, nicht wahr?«

»Ja, das war es.«

»Und dieser Tag braucht einen besonderen Abschluss, habe ich beschlossen. Es ist Vollmond. Aretz ist da und wird uns zum Egelsberg fahren. Dort oben werden wir eine Flasche Sekt öffnen und auf die Zukunft trinken.«

»Einfach so?«, fragte Martha.

»Einfach so! Man muss nicht immer einen Grund haben, um zu feiern. Man muss nur die Gegebenheiten nutzen. Und dies ist ein solcher Abend. Außerdem geht Ruth ab jetzt auf die höhere Schule. Wenn das kein Grund zum Feiern ist!« Er nahm sie in den Arm. »Und nicht alles muss immer vernünftig sein.«

Martha lachte. »Ach, Karl, du bist eine Nummer. Nun gut, dann los.«

Die Mädchen zogen ihre Jacken an, im Auto wartete schon Helmuth. Er war inzwischen sieben Jahre alt, Ruth und Ilse liebten ihn, er war fast wie ein Bruder für sie.

Aretz fuhr langsam und vorsichtig die schmale Straße den Egelsberg empor. Auf der großen Waldlichtung parkte er. Martha breitete die Picknickdecke aus, und alle setzten sich. Die Kinder bekamen Limonade, die Erwachsenen stießen mit Sekt an. Der große Vollmond stand über ihnen – die Lichtung war fast taghell.

Die Kinder hielt es nicht lange auf der Decke, sie spielten Fangen, lachten und genossen die frühe, laue Frühlingsluft. Die Erwachsenen waren ernster, auch wenn sie den Mondschein und die beinahe surreale Situation genossen.

»Was wird werden?«, fragte Martha. »Jetzt, wo die Politik ins Wanken gerät.«

»Das wird sich wieder geben. Hindenburg wird einen Weg finden«, meinte Aretz. »Das hat er bisher immer. Die Braunen dürfen nur nicht noch mehr an Macht gewinnen.«

»Es wird bald Neuwahlen geben. Brüning kann sich nicht halten, er wird zurücktreten. Ich hoffe, das Volk wird vernünftig wählen«, sagte Karl.

»Es wird nicht schlimmer werden, Herr Meyer«, sagte Aretz voller Überzeugung. »Die ticken ja alle gerade nicht mehr richtig, aber das kann ja nicht noch schlimmer werden. Es wird besser, daran glaube ich fest – denn alles andere wäre doch Irrsinn. Das, was heute passiert, ist schon irrsinnig.«

»Danke, Hans, ich weiß, wie Sie denken. Aber es sind so viele andere und ich muss an meine Familie denken.« Karl blickte seine Frau an. »Martha und ich, wir haben über Ausreise gesprochen …«

»Ich versteh Sie ja. Versteh Sie gut. Ich wüsste auch nicht, was ich machen würde, wenn ich an Ihrer Stelle wäre.« Aretz klang tatsächlich hilflos. »Dann gehen Sie also weg?«

»Nein, nein, so weit sind wir noch nicht. Am liebsten möchten wir, dass alles so bleibt wie es ist. Krefeld ist doch unser Zuhause.«

»Im Juli fahren wir erst einmal nach Brügge«, sagte Martha und schenkte sich noch ein Glas Sekt ein. Sie sah Hans Aretz an. »Wir alle – auch Sie und Josefine und die Kinder. Darauf freuen wir uns sehr.«

»Wir auch, Frau Meyer«, sagte Aretz lächelnd. »Was ist mit Ihrem Neffen? Kommt er auch mit? Meine Rita ist so vernarrt in ihn und er scheint sie auch zu mögen.«

»Ja, Hans kommt auch wieder mit«, bestätigte Karl. »Meine Schwester kann sich im Moment keine Urlaubsreise leisten.«

»Es wird schön werden. Wenn das Wetter mitspielt.« Martha überlegte kurz, nippte an ihrem Glas. »Es wird auch schön werden, wenn das Wetter nicht mitspielt. Immerhin sind wir an der See.«

Karl sah sie an, lachte dann. »Ich liebe dich für deine Einstellung.«

Aretz nickte. »Es wird schön werden.« Er hob sein Glas und stieß mit Martha an. »Weil wir zusammen sein werden. Ihre Familie und meine.«

»Sie haben vollkommen recht. Cheers.«

Kapitel 15

An einem sonnigen Julitag ging es los. Hans kam und brachte seine Koffer und jede Menge Enthusiasmus mit. Er verabschiedete sich herzlich von seiner Mutter, die noch lange winkte, als sie abfuhren.

»Wirst du sie nicht vermissen?«, fragte Ruth besorgt.

»Doch. Bestimmt schon beim ersten Halt, dennoch ist es knorke, dass ich wieder mit euch fahren darf.«

Martha drehte sich zu ihnen um: »Wie geht es deiner Mutter? Wir haben so lange nicht mehr in Ruhe mit ihr gesprochen.«

»Ich ... ich glaube sie ist immer noch unglücklich, dass Vati ausgezogen ist. Alles ist so anders seitdem. Aber vielleicht ändert sich das bald, sie hat beschlossen, nach Krefeld zu ziehen.«

»Das wäre phänomenal, dann könnten wir uns viel öfter sehen«, rief Ruth begeistert.

»Ja schon – aber Vati würde in Anrath bleiben. Im Moment kann ich ihn noch mit dem Rad besuchen, aber dann ...« Er seufzte. »Andererseits möchte ich, dass Mutti wieder glücklich wird.«

Die Fahrt dauerte, aber schließlich kamen sie in Brügge an. Das Hotel lag an der Strandpromenade, die Zimmer hatten kleine Balkone mit Blick auf die See.

Sie hatten Glück mit dem Wetter und konnten fast jeden Tag baden und am Strand liegen. Ein paarmal fuhren Karl und Aretz weg, zweimal nahmen sie auch Martha mit. Ruth und Ilse schenkten den Ausflügen wenig Beachtung. Hauptsache, sie konnten am Meer toben.

»Wunderst du dich nicht, wo sie hinfahren?«, fragte Hans sie, als ihre Eltern erneut aufgebrochen waren.

»Sie haben doch gesagt, dass sie Freunde besuchen wollen«, antwortete Ruth und warf den kleinen Ball, den ihnen ihr Vater gekauft hatte, in die seichten Wellen. Spitz lief begeistert hinterher, schnappte den Ball und brachte ihn zurück. Dann schüttelte sie sich ausgiebig, sodass Ruth und Hans lachend aufsprangen.

»Aber da ist doch noch was« sagte er nachdenklich, nachdem sie sich wieder auf dem heißen Sand ausgestreckt hatten, der so wunderbar nach Sommer und Meer roch. »Spürst du das nicht? Sie sind anders als sonst. Besorgter irgendwie. Manchmal reden sie miteinander, wechseln dann ganz schnell das Thema, wenn wir kommen.«

Ruth überlegte. »Jetzt, wo du es sagst … ja, du hast recht.«

»So war das bei meinen Eltern auch, bevor sie sich getrennt haben. Manchmal haben sie auch laut gestritten. Das war schrecklich.«

»Mutti und Vati werden sich nie trennen«, sagte Ruth voller Überzeugung. »Niemals.«

»Das habe ich früher auch gedacht«, sagte Hans traurig. Dann sah er Ruth an. »Aber deine Eltern streiten ja nicht …«

»Nein, aber sie scheinen sich Sorgen zu machen. Wir sind ja auch nicht an die Ostsee gefahren, weil Mutti vor den Braunen dort Angst hat.«

»Die Braunen, vor denen haben sie alle Angst, auch meine Eltern. Deshalb will mein Vater ja auch nach Palästina.«

»Er will also wirklich gehen?«

»Wenn er die Chance bekommt, dann schon.«

»Oh.« Ruth war überrascht. »Ich habe immer gedacht, dass er es nicht so ernst meint.«

»Doch, leider schon.«

»Würdest du mitgehen?«

»Das hat er mich auch gefragt.« Hans ließ den Sand durch die Finger rieseln. »Ich weiß es nicht. Ich könnte doch meine Mutti hier nicht alleine lassen.«

»Und wenn sie mitkäme?«

»Dann schon. Dann würde ich gehen«, sagte Hans leise.

»Vielleicht vertragen sich deine Eltern ja wieder … aber ich will nicht, dass du weggehst!« Ruth drehte sich auf den Bauch, und sah Hans an.

»Ich will doch auch nicht weg, eigentlich würde ich mir wünschen, dass alles so bleibt, wie es ist«, sagte er leise und sah seine Cousine an. »Verstehst du, was ich meine?«

Ruth nickte. »Ich hatte auch Bammel vor dem Lyzeum, aber gleichzeitig fand ich es auch aufregend. Es war so eine Mischung von beidem: Immer, wenn ich an meine Einschulung gedacht habe, hat es in meinem Bauch gekribbelt.«

»Das liegt vielleicht daran, dass du ja nur eine neue Schule besuchen wirst – du musst nicht umziehen und dir neue Freunde suchen und so etwas.«

»Oh, Hans, wenn ihr nach Krefeld zieht, wirst du ganz schnell neue Freunde finden. Da bin ich mir sicher!«

Hans nickte, aber der traurige Ausdruck auf seinem Gesicht wollte nicht verschwinden.

Ruth sprang auf. »Los, lass uns schwimmen gehen«, rief sie. »Wer zuerst hinten am Bootssteg ist, hat gewonnen.« Juchzend lief sie zum Wasser. Die Sonne hatte ihren Körper aufgeheizt, sie schüttelte den Sand ab und lief ins Wasser. Zuerst war es wie immer bitterkalt, aber Ruth lief einfach weiter, und als das Wasser bis zu ihrem Bauch ging, ließ sie sich hineinfallen und tauchte kurz unter. Sie hatte den salzigen Geschmack auf den Lippen, der so anders war als das Wasser im Schwimmbad, aber mittlerweile auch irgendwie vertraut. Prustend hob sie den Kopf. Hans war ihr gefolgt und hechtete nun ins Wasser.

»Ich gewinne!«, sagte er und lachte – schon kraulte er an ihr vorbei.

Hans war größer und stärker als sie, aber Ruth war eine erfahrene und begeisterte Schwimmerin. Im Sommer ging sie fast jeden Tag ins Freibad, und so holte sie schnell auf. Die beiden schwammen nebeneinander durch das Wasser, jeder versuchte, sein Bestes zu geben. Einen Sekundenbruchteil vor Hans erreichte Ruth den Steg und schlug mit der flachen Hand gegen den Pfosten. Beide waren vollkommen außer Atem, aber glücklich.

So, dachte Ruth, sollte der Sommer sein. Unbeschwert und

fröhlich. Aber sie verstand Hans' düstere Gedanken; sein Leben war durch die Trennung der Eltern zerrissen worden.

Von nun an achtete sie darauf, dass er nicht zu viel grübelte, und wenn sie merkte, dass er in seine dunklen Gedanken abzugleiten drohte, lenkte sie ihn ab.

Gleichzeitig beobachtete sie die Erwachsenen genauer. Und tatsächlich – auch ihnen fehlte die Leichtigkeit, mit der sie ansonsten die Urlaube begangen hatten. Es war, als hätte sich ein Schatten über sie gelegt.

Vielleicht, dachte sie, als sie sich für die Heimfahrt wieder alle in das Auto quetschten, liegt es aber auch daran, dass ich älter werde und kein kleines Kind mehr bin. Auch dieser Gedanke war einerseits beängstigend, andererseits verlockend. Was mochten die nächsten Jahre alles bringen?

Kapitel 16

Herbst 1932

Am Morgen ihres ersten Schultages nach den Ferien war Ruth besonders früh aufgestanden. Lächelnd dachte sie an den ersten Tag auf dem Lyzeum zurück. Wie aufgeregt sie damals gewesen war! Ihre Eltern und Großeltern hatten sie zur Schule begleitet, um bei den Feierlichkeiten in der Aula dabei zu sein. Dann aber hatte sie alleine weitergemusst. Ruth konnte sich noch genau an ihre Erleichterung erinnern, als sie Rosi in der Ecke des Schulhofes hatte stehen sehen. Wenigstens ein bekanntes Gesicht, eine Freundin. Außer ihr kannte sie nur Rachel, allerdings nur vom Sehen. Sie hatten sich ein paar Mal samstags in der Synagoge getroffen. Rachels Familie kam aus der Ukraine und war orthodox. Die Familie hielt den Sabbat streng ein, sie sprachen kaum mit anderen Leuten aus der Gemeinde. Selten hatte Ruth ein Wort mit ihr gewechselt.

Jetzt war es ganz anders, in die Schule zu gehen. Ruth hatte schnell neue Freundinnen gefunden, und auch die Freundschaft zu Rosi war wieder viel enger geworden. Gegenseitig luden sich die Mädchen aus ihrer Clique ein, aber die meiste Zeit spielten sie in ihrem Garten oder bei Rosi. Vor ein paar Wochen war Onkel Richards Bruder Karl in die Villa eingezogen. Er hatte seine Pekinesin Susi mitgebracht, die aber nicht mit dem Hund der Sanders spielen durfte. Susi war dick und hatte so lange Haare, dass man noch nicht einmal ihre Augen erkennen konnte. Aber sie war der Liebling der beiden Brüder.

Bodo, der Schäferhund der Familie Sanders, liebte sie auch, und es wurde schwer, ihn dazu zu bewegen, im Erdgeschoss zu bleiben. Deshalb musste er in den Schuppen umziehen. Manche Nächte heulte er und zeigte lautstark seine Missbilligung. Die ganze Nachbarschaft konnte es hören.

Es gab noch andere Veränderungen – Tante Hedwig war tatsächlich mit Hans nach Krefeld in die Gartenstraße gezogen. Da Hans nun auf die höhere Schule ging, die ganz bei ihnen in der Nähe lag, kam er häufig zum Mittagessen.

Nachdem die großen Ferien vorbei waren, war es recht schnell Herbst geworden und Regen zog über den Niederrhein. Die Mädchen trafen sich nun immer häufiger bei den Meyers. Martha freute sich, wenn Ruth Besuch mitbrachte und sie mit ihren Freundinnen fröhlich schnatternd in Ruths Zimmer oder im Wintergarten saßen. Es gab heiße Schokolade und Plätzchen, dafür sorgte Frau Jansen.

Nur Ilse fühlte sich ausgeschlossen, denn oft schickte Ruth sie aus dem Zimmer. »Du bist noch zu klein«, sagte sie. Oftmals beschwerte sich Ilse abends bitterlich bei ihrer Mutter, und Martha ermutigte sie jedes Mal, sich ebenfalls Freundinnen einzuladen. Aber Ilse lauschte lieber heimlich den Gesprächen der großen Mädchen.

»Ilse dauert mich«, sagte Martha zu Leni, als sie sich eines

Mittwochabends fertig machte, um in die Oper zu gehen. »Sie wirkt so traurig. Aber ich kann Ruth verstehen – in ihrem Alter ist eine kleine Schwester lästig. Hast du nicht eine Idee, was wir machen können, damit auch Ilse wieder mehr Freude hat?«

»Nein«, sagte Leni abwesend und legte weiter die Wäsche zusammen.

Martha runzelte die Stirn. Leni war seit ein paar Tagen seltsam. Sie war blass und schweigsamer als sonst.

»Geht es dir nicht gut, Leni?«, fragte Martha besorgt. »Bist du krank? Möchtest du nach Hause gehen?«

»Nein, alles ist gut«, wiegelte Leni ab.

»Wirklich? Du musst nicht hierbleiben. Mein Mann kann nach den Kindern sehen, schließlich ist er heute da.«

»Nein, Frau Meyer, das ist nicht nötig. Ich bin ein wenig müde, und vielleicht sitzt mir auch das nasskalte Wetter in den Knochen.«

»Es ist dieses Jahr wirklich früh Herbst geworden«, sagte Martha und nahm einen Seidenschal aus der Schublade. Dann griff sie nach Mantel und Hut, verabschiedete sich von den Mädchen und von Karl und machte sich auf den Weg in die Oper.

Heute wurde »Andrea Chénier« von Giordano gespielt. Die Musiker waren wundervoll, aber der Gedanke an Lenis bedrückten Gesichtsausdruck ließ sie nicht los. Sie nahm sich vor, später noch mit Karl darüber zu sprechen. Als sie jedoch nach Hause kam, saß ihr Mann mit Albert Glimmich im Herrenzimmer, die Männer waren in eine hitzige Diskussion verstrickt. Im Zimmer stand der Zigarrenrauch und es roch nach Whisky. »Guten Abend, Albert«, sagte Martha.

»Liebes, wie war es im Theater?«, fragte Karl und half ihr aus dem Mantel. »Möchtest du dich zu uns setzen und auch etwas trinken?«

Martha nickte. Die beiden Freunde wirkten besorgt.

Karl holte ihr einen Sherry, schenkte sich und Albert noch einmal Bourbon nach.

»Die Oper war wundervoll, aber ich glaube nicht, dass das Theater den Betrieb noch lange so aufrechterhalten kann. Fast die Hälfte der Plätze war wieder frei«, sagte Martha.

»Den Leuten fehlt das Geld«, sagte Albert. »Die Arbeitslosenzahlen steigen unaufhörlich und selbst die gehobene Mittelschicht wird unruhig. Darüber haben wir ja gerade schon gesprochen, Karl.«

Karl nickte. »Ich merke es inzwischen auch am Absatz. Nicht empfindlich, noch nicht – aber es ist zu bemerken.«

»Außerdem wird Deutschland immer kälter«, sagte Albert verdrossen. »Die Stimmung im Land ist kaum noch auszuhalten.«

»Im Frühjahr und Frühsommer habe ich noch gehofft«, sagte Karl. »Als Brüning die SA und die SS verboten hat.«

»Ja, und dann kam Papen«, sagte Albert verbittert. »Nachdem Brüning alle Verhandlungen geführt hat und so kurz vor dem Ziel stand, trat er ab und Papen heimste alle Lorbeeren dafür ein, dass die Reparationszahlungen ausgesetzt wurden. Ein Hohn.«

»Ich kann immer noch nicht glauben, dass die NSDAP im Juli so viele Stimmen gewonnen hat. Unfassbar. Wir sind hier in Deutschland und nicht in der Dominikanischen Republik – dein

Bruder lebt in einer Diktatur – er weiß es, alle wissen es, aber sie tun so, als ob die Wahlen vor zwei Jahren rechtmäßig gewesen wären. Blüht uns das auch?«

»Das kann uns hier nicht passieren«, sagte Martha bestimmt. »Hier in Europa können Wahlen nicht so verfälscht werden, wie in der Dominikanischen Republik.«

»Wieso eigentlich nicht, Martha?«, fragte Albert.

»Du machst doch Witze«, ereiferte sich Martha. »Hier können doch keine Wahlen gefälscht werden. Wie sollte das gehen?«

»Die Dominikanische Republik hat eine längere Demokratiegeschichte als Deutschland. Immerhin waren wir noch bis 1918 Kaiserreich, die Dominikanische Republik hat sich schon in 1844 eine Unabhängigkeit von der spanischen Krone erkämpft und die ersten demokratischen Strukturen eingeführt. Das Land ist nicht stabil, aber länger schon in eigener Hand, auch wenn diese immer wechselt.«

Martha sah ihn verblüfft an. »Meinst du das ernst? Glaubst du wirklich, dass hier Wahlen gefälscht werden?«

Albert senkte den Kopf. »Nein. Ich befürchte, es ist noch viel schlimmer: Immer mehr Bürger wählen ordnungsgemäß – leider aber rechts. Das Land rückt nach rechts. Massiv.«

»Und im November, bei den Neuwahlen, ich habe keine Ahnung, was dann passiert, welche Partei die Stärkste wird.«

»Die NSDAP verliert zwar gerade an Gewicht, aber mit ihren Versprechungen locken sie die Arbeitslosen auf ihre Seite, und dazu noch die Dummen«, meinte Albert. »Man weiß nicht, was passiert, aber es ist beängstigend.«

»Aber die NSDAP ist jetzt doch stärkste Partei«, warf Martha ein.

»Ja, aber sie hat noch keinen Kanzler stellen können. Ich hoffe, es bleibt auch dabei. Hitler als Kanzler – das wäre furchtbar. Er negiert alle demokratischen Prinzipien, er baut nur auf seine Propaganda und sein Programm. Wenn er Kanzler wird, werden wir als Juden in der Gesellschaft nicht mehr Fuß fassen können.«

»Aber Hindenburg ist doch gegen ihn?«

»Martha, Hindenburg ist ein Vertreter unserer Demokratie. Wenn die NSDAP die Mehrheit behält und sich die Parteien nicht anders einig werden können, wird Hitler Kanzler«, sagte Karl leise.

»Und dann scheitert er wie Brüning und wie von Papen und es gibt wieder Neuwahlen.«

»Möglicherweise gibt es noch einmal Neuwahlen. Und vielleicht verliert die NSDAP an Stimmen, aber sie ist die Partei, die im Volk am meisten Rückhalt hat. Und Hitler ist wie dieser Mann in der Dominikanischen Republik, dieser Trujillo, nur schlimmer. Trujillo hat sich zum Machthaber erklärt, indem er einfach Gesetzte geändert hat. Das kann die NSDAP, dass kann Hitler auch tun. Er wird sich mehr Macht geben und Stück für Stück unsere Demokratie aushöhlen. Wir werden in einer Diktatur landen, letztendlich, so, wie es die Leute in der Dominikanischen Republik gerade erleben.«

»Oder die Italiener«, sagte Karl leise. »Die Weltwirtschaftskrise ermöglicht es den rechten Parteien, massiv zu wachsen. Offensichtlich überall.«

»Ich begreife immer noch nicht, wie es dazu kommen kann«, sagte Martha.

»Da sind die Leute, die Hunger haben, Angst, keine Arbeit und dadurch noch mehr Angst. Und dann gibt es die, die einfach gestrickt sind, die Parolen folgen. Ihnen wird gesagt: Wir machen alles besser, wählt uns! Und dann liefern sie, anders als die anderen Parteien, gleich auch noch einen Schuldigen: Uns Juden.« Karl lachte bitter auf, dann trank er in einem Zug sein Glas leer.

»Leider«, sagte Albert, »gibt es auch noch andere. Nicht die Dummen und Hilflosen, die den Parolen wie trockenes Brot folgen. Es gibt die intelligente Schicht, denen diese Parolen gerade recht kommen. Gebildete Mittelschicht, christlich – aber kein Adel. Oder Adel, aber in vierter, fünfter Generation. Früher, als wir die Monarchie noch hatten, gab es für sie einen festen Platz in der Gesellschaft. Jetzt müssen sie sich eine Gesellschaft schaffen, in der sie einen Platz finden können. Sie wollen unsere Plätze haben, wollen uns verdrängen.«

»Das ist doch nicht dein Ernst?« Martha stand auf und schenkte allen noch einmal ein, dann nahm sie eine Zigarette aus dem Kästchen. »Das kannst du nicht so meinen. Wir hatten früher Pogrome, aber das wird es nie wieder geben.«

»Doch, das wird es. Ich habe mich wirklich ausführlich mit Hitler beschäftigt. Er ist ein gefährlicher Mann mit kruden Ideen, die leider sehr gut Fuß fassen«, sagte Albert.

»Nimm unseren Nachbar Theissen – er hat eine gute Arbeitsstelle, verdient Geld, ist ein gestandenes Mitglied der Gesellschaft – und ein überzeugter Nazi«, sagte Karl. »Er hat seine

Schulden an mich zurückgezahlt und in dem Moment, in dem er alles beglichen hatte, hat er aufgehört, mich zu grüßen. Grüßt er dich noch, Martha? Grüßt seine Frau dich?«

Martha überlegte. »Nein. Weder er noch sie – aber wir sehen uns auch nur selten. Ich habe mir nie etwas dabei gedacht. Aber du meinst, es liegt daran, dass wir Juden sind? Aber wir sind doch Nachbarn, und du hast ihm so geholfen!«

»Bei Theissen bin ich mir leider sicher, Liebes.«

Martha schwieg lange, dann sah sie Albert an. »Werdet ihr Krefeld verlassen? Davon hast du doch schon im Frühjahr geredet.«

»Das weiß ich noch nicht. Ich halte mir mehrere Möglichkeiten offen. Natürlich behagt uns die Stimmung hier nicht mehr – aber noch möchte ich abwarten. Einmal, weil es so verdammt teuer ist, auszureisen.« Er nahm einen großen Schluck Bourbon. »Ich kann nicht mal eben so tausende Mark auf irgendwelche Treuhandkonten legen – wir sind nicht arm, aber das übersteigt doch unsere Mittel. Vor allem aber möchte ich hier eigentlich gar nicht weg. Krefeld ist doch unsere Heimat – aber wenn es sein muss, dann gehen wir.«

Martha sah Karl an. Er hatte den Blick abgewandt.

»Was ist mit uns?«, insistierte sie.

»Ich hoffe immer noch«, sagte Karl leise, »dass alles bleibt, wie es ist.«

»Ich ja auch, aber wir wissen beide, dass es das nicht wird, Karl«, sagte Albert voller Nachdruck.

Karl nickte. »Ja, ich weiß es. Und du hast recht. Aber … ich hätte so viel weniger Chancen als du.«

»Chancen wobei?«

»Bei einem Neustart. Ich bin so sehr auf meinen Kundenstamm angewiesen, den ich mir seit Jahrzehnten aufgebaut habe. Im den USA müsste ich komplett von vorne anfangen – und wer möchte schon Schuhe haben, von einem Handlungsreisenden, der nur wenig Englisch spricht, der ohne Chauffeur gar nicht reisen kann, in einem Land, in dem jeder Arbeit sucht, und die Arbeitslosigkeit noch größer ist als hier?«

»Ich hoffe, dass die Weltwirtschaft sich fängt und dann Männer wie wir, die Ahnung von ihrem Geschäft haben, gefragt sind – überall auf der Welt.«

»Das mag sein, Albert, aber wenn sich die Wirtschaft wieder stabilisiert, werden dann nicht erst einmal die Leute aus den eigenen Reihen genommen? Die Amerikaner? Doch ganz sicher. Ich befürchte, die einzige Chance, die wir haben, ist Palästina. Die Struktur dort gefällt mir nicht, und ich finde es fragwürdig, einen Staat aufzubauen, der keine wirkliche rechtliche Grundlage hat. Aber dort braucht man zumindest unsere Arbeit.« Er holte tief Luft. »In Palästina mag einiges im Argen liegen und ganz sicher werde ich nie in einem Kibbuz leben, aber je länger ich darüber nachdenke, und je mehr sich die Situation hier verschlechtert, desto mehr gefällt mir die Vorstellung, in einem Land zu leben, in dem ich Jude sein darf, ohne verfolgt zu werden.«

»Ja«, sagte Albert leise. »In Palästina hätten wir vielleicht mehr Chancen, aber ich bin so wenig Jude, weißt du? Ich feiere noch die wichtigsten Feste, ich habe meine Art zu glauben – aber das alles hat nicht mehr viel mit dem Judentum von früher zu tun.« Er schaute Karl und Martha an. »Der orthodoxe Glaube ist mir so fern, so fremd – ich sehe mich mit meiner Familie einfach nicht in einem jüdischen Staat.«

Karl zog an seiner Zigarre. »Ich verstehe dich. Ich verstehe dich gut.« Er lehnte sich nachdenklich zurück. »Ich habe immer irgendwie über meinen Schwager gelacht, der unbedingt nach Palästina will. Der das Land anpreist, als sei es das gelobte Land und als würde es dort niemals Probleme geben. Jetzt sehe ich das anders. Die politische Situation in Deutschland macht mir Angst. Wir bräuchten bei dieser schlechten Weltwirtschaftslage eine stabile Regierung. Was wir nicht brauchen, ist ein monatelanges Hin und Her der Regierungsbildung, weil sich die Fraktionen nicht einigen können und im letzten Moment dann doch Rückzieher machen.« Er räusperte sich. »Das wisst ihr natürlich alles, aber es regt mich auf. Es regt mich so auf!«

»Karl, denk an die Kinder«, sagte Martha sanft. »Weck sie nicht auf.«

»Entschuldige, aber es ist doch zum Mäusemelken. Warum können die Verantwortlichen der großen Volksparteien – und dazu zähle ich nicht die NSDAP – nicht über ihren Schatten springen und eine Regierung bilden?«

»Nun, aber selbst wenn Hitler an die Macht kommt, wird er seine kruden Ideen doch nie durchsetzen können«, sagte Martha überzeugt. »Das ist doch ein Spinner.«

»Du unterschätzt ihn. Albert hat recht, natürlich ist er ein Spinner, aber einer, der demagogisch ist und gut reden kann. Ein verdammt gefährlicher Spinner«, sagte Karl. »Grund genug, seine Haltung zu Palästina zu überdenken. Vielleicht wäre es nicht so verkehrt, in einem Judenstaat zu leben. In einem Land, in dem wir einfach akzeptiert werden. Sicherlich ist da bisher nicht alles so, wie wir uns das wünschen würden, aber das hat ja Potenzial.«

»Als was würdest du da arbeiten?«, fragte Albert ihn.

»Das weiß ich nicht – man müsste sich noch genauer erkundigen, aber noch ist es ja nicht so weit. Berthold, mein Schwager, ist ja ganz enthusiastisch – er würde alles tun – Hühnerställe ausmisten, Unkraut jäten, den Acker bearbeiten. Und ganz sicher würde er für einige Jahre darin aufgehen. Ob er das bis zu seinem Lebensende wird machen wollen, bezweifle ich stark. Ich würde damit sicher nicht glücklich. Aber noch ist Palästina ja auch im Aufbau – die Strukturen ändern sich, Städte entstehen. Und in Städten braucht man auch so Menschen wie dich und mich, Albert.«

»Aber bis sich das alles gefunden hat, gegründet wurde, die Umsetzung stimmt – könnte es zu spät sein. Trotz all deiner Bedenken glaube ich, dass Amerika die bessere Alternative ist.«

»Sicherlich ist Amerika Europa ähnlicher als Palästina, aber ich sehe dort auch keine Zukunft für uns, leider.«

»Wieso nicht, Karl?«, fragte Martha. »Wir haben dort Verwandtschaft.«

»Verwandtschaft, mit der wir keinen Kontakt mehr haben. Und außerdem – schau dich doch um. Überall in Europa gibt es einen Rechtsruck. Überall. Schau nach Österreich und nach Italien. Und wenn jetzt die Juden aus Europa nach Amerika ziehen – in ein Land, das gerade große wirtschaftliche Probleme hat – was wird dann passieren? Sie werden dort nach Missetätern und Schuldigen suchen. Wir Juden waren schon immer Opfer – für alles Mögliche auf der Welt. Und das würde uns dort vermutlich wieder so gehen.«

»Das glaube ich nicht. Ja, ich sehe deinen Einwand, was die Wirtschaft betrifft, aber Amerika ist stark und wird sich fangen«, sagte Albert. »Sie leiten doch schon jetzt Maßnahmen ein, um der Krise Herr zu werden, und das wird ihnen auch gelingen. Außerdem sind sie ein Einwanderungsland – es gibt dort keine Bevölkerung, die ›schon immer dort gelebt hat‹ – außer den Indianern, aber die spielen keine politische Rolle. Jedenfalls wird es in Amerika nie ein Pogrom geben.«

»Ihr habt Verwandtschaft in den Staaten? Ich kann euch nur raten, dort ein Einreisevisum zu beantragen und sie als Bürgen fungieren zu lassen. Macht es wie wir, ihr müsst ja nicht weggehen, wenn es doch nicht so schlimm wird und die NSDAP weiter an Macht verliert. Vielleicht haben die Wähler ja erkannt, dass Hitler einen Weg in die Diktatur sucht.« Albert stand auf. »Falls du Hilfe bei den Anträgen brauchst, Karl, frag mich nur.«

»Du willst schon gehen?«, fragte Martha.

Albert sah auf die Kaminuhr und nickte. »Elsa wartet sicher schon. Ich wollte nur auf einen Drink zu Karl.«

»Daraus sind vier geworden«, sagte Karl. »Ich begleite dich nach Hause.«

»Meinst du, man sieht mir an, dass ich jüdisch bin?«, fragte Albert lächelnd. »Willst du mich beschützen? Das musst du nicht.«

»Man sieht niemandem an, welche Religion er hat«, sagte Karl ernst. »Und ich will dich nicht beschützen, das wäre nicht nötig.« Dann schmunzelte er. »Aber Spitz muss noch raus – ich verbinde das Unausweichliche mit dem Angenehmen.«

»Wo ist sie denn?«, fragte Albert. »Ich habe sie den ganzen Abend noch nicht gesehen.«

»Im Moment schläft sie meist bei Ruth«, sagte Martha, ging in den Flur und pfiff leise. Sofort war das eifrige Trappeln von Hundepfoten auf der Treppe zu hören.

Albert zog seinen Mantel an, setzte den Hut auf und lachte. »Dann begleitet mich mal. Gute Nacht, Martha«, wünschte er und gab ihr ein Küsschen links, ein Küsschen rechts auf die Wange. Auch Karl hatte sich in Mantel und Hut gekleidet, und nahm Spitz an die Leine. »Bis gleich, Liebes.«

Sobald die Männer das Haus verlassen hatten, öffnete Martha die Fenster des Herrenzimmers, auch wenn es regnete und ein frischer Wind wehte. Auch im Wintergarten lüftete sie und im Salon, dann räumte sie schnell die Gläser in die Küche und leerte den Aschenbecher in die Abfalltonne, die vor dem Haus stand. Eine kleine Weile blieb sie dort stehen. Der Wind fegte durch die Straße und riss die verfärbten Blätter von den Bäumen. Sie hatte keinen Mantel an und keinen Hut auf – sie genoss es einfach, durchgepustet zu werden; nur ihre Gedanken schienen im Kopf festzustecken.

Zurück im Haus, schloss Martha die Fenster, kontrollierte den Kamin und ging dann nach oben. Ilse und Ruth schliefen friedlich. Martha gab ihnen noch einen sanften Gutenachtkuss.

Im Bad nahm sie ihren Schmuck ab und wusch sich. Ihre Gedanken kreisten immer noch um das Gespräch, das sie mit Karl und Albert geführt hatte. Was würde passieren? Würden sie das Land, die Stadt, ihr Haus verlassen müssen? Martha sah sich um. Wie sehr hatte sie das alles liebgewonnen. Den Holzboden, die Einbauschränke, das moderne Bad, den Balkon, der zum Garten führte und auf dem sie im Sommer oft abends saß und die letzten Sonnenstrahlen genoss. Sie liebte den Garten, den Salon, das Herrenzimmer und das Esszimmer mit der wuchtigen Anrichte, die vom Stil her gar nicht in das Haus passte, aber an der sie hing. Es gab eine Menge Dinge, die ihr im Laufe der Jahre kostbar und wertvoll geworden waren. Dieses Haus war die Basis dazu. Hier war sie zu Hause und hier fühlte sie sich wohl. Geborgen. Gleichzeitig wuchs die Angst. Das Gespräch hatte sie noch mehr verunsichert als es die Berichte von Übergriffen und antijüdischen Anfeindungen seit geraumer Zeit ohnehin schon taten. Würden sie tatsächlich das Land verlassen müssen? Das war etwas, was sich Martha überhaupt nicht vorstellen konnte.

Im Erdgeschoss hörte sie die Haustür zuschlagen, Karl war zurück. Plötzlich merkte Martha, wie unwohl sie sich bei dem Gedanken, ihn in der Nacht alleine draußen zu wissen, gefühlt hatte.

»Du bist noch wach?«, fragte Karl, nachdem er im Bad gewesen war.

»Ja«, sagte Martha, »aber du klingst so, als wäre es dir lieber, ich würde schon schlafen.«

Karl schwieg.

»Hast du Sorge, dass ich eine Grundsatzdiskussion mit dir anfange?«, fragte Martha.

»Ich habe einfach keine Antworten, Liebes« sagte Karl und klang müde. »Die Situation ist schwierig, aber noch sehe ich sie nicht so dramatisch, wie Albert. Vielleicht ist das ein Fehler. Ich weiß es nicht. Ich weiß eigentlich gar nichts.« Er nahm die schwere Brille ab und legte sie sorgfältig auf den Nachttisch, dann setzte er sich auf die Bettkante, mit dem Rücken zu Martha. »Ich möchte keinen Fehler machen, weder in die eine noch in die andere Richtung. Ich will abwägen und dann, wenn ich weiß, wie ich es zu beurteilen habe, eine Entscheidung treffen. Ich hoffe nicht, dass die Ereignisse uns überrollen.« Ohne sie anzusehen, legte er sich neben sie. »Ich trage die Verantwortung für dich und die Mädchen. Und irgendwie auch für meine Eltern, meine Schwester, Hans, für deine Mutter … für die Familie Aretz.« Karl holte tief Luft. »Ich kann Ausreiseanträge stellen, wir können uns um Visa für Palästina bewerben – aber ich kann das nicht für alle. Nicht für deine Mutter, nicht für meine Eltern. Und Aretz …«

»Aretz ist kein Jude«, sagte Martha leise und tastete nach Karls Hand.

»Ich weiß, aber ich habe das Gefühl, dass er zur Familie gehört. Und er ist finanziell von uns abhängig.«

»Aretz ist ein Tausendsassa. Er wird immer überall eine Stellung finden.« Martha seufzte. »Ich mag Hans Aretz, Josefine und die Kinder. Sie sind mir näher als deine Schwester, und noch viel näher als mein eigener Bruder. Aber wir müssen an Ruth und Ilse denken, es geht um ihre Zukunft.«

Endlich drehte sich Karl zu ihr und sah sie an. »Das weiß ich. Und das wird immer und immer mein Wichtigstes sein. Aber im Moment geht Ruth hier auf das Lyzeum. Sie bekommt eine umfassende humanistische Ausbildung. Sie hat hier viele Möglichkeiten. Wie wäre das in Palästina? Was ich da bisher gehört habe, befriedigt unsere Ansprüche nicht.« Er holte tief Luft. »Vielleicht muss man das anders sehen – ich hoffe es nicht, aber Albert befürchtet es.«

»Was befürchtet Albert?«

»Er sagt, wir müssen nicht nur um unsere Existenz, sondern auch um unser Leben bangen, wenn wir hierbleiben.«

»Aber das ist doch absurd. Und selbst wenn Hitler an die Macht kommt – wie lange hat sich Brüning gehalten? Von Papen? Die kommen und gehen.«

»Hitler wird sehr schnell aus den demokratischen Verhältnissen eine Diktatur machen und sie nach seinen Vorstellungen ausbauen. Ansonsten gebe ich dir recht. So ein Mensch kann sich nicht halten, er hat ja keine Ahnung von Diplomatie. Und weder Frankreich, England noch Russland werden einen pöbelnden Diktator in Deutschland akzeptieren, nachdem sie das Kaiserreich erfolgreich beseitigt haben.«

Martha nickte.

»Aber es bleibt dabei – das Land wird immer judenfeindlicher. Und wir müssen überlegen, wie wir damit umgehen.«

»Ich habe meine Cousine in Amerika angeschrieben, aber noch keine Antwort erhalten.«

»Es drängt ja nicht, aber wir sollten es nicht aus den Augen verlieren.« Karl löschte das Licht. »Gute Nacht, Liebes.«

Da war etwas, was Martha eigentlich noch mit ihm besprechen wollte, aber es fiel ihr nun nicht mehr ein.

»Gute Nacht, mein Schatz.« Sie küssten sich und schliefen Hand in Hand ein.

Am nächsten Morgen verließ Karl schon früh das Haus. Martha hatte sich an seine häufige Abwesenheit gewöhnt, aber dieses Mal hatte sie das Gefühl, dass Dinge unausgesprochen geblieben waren. Dinge, die wichtig waren. Und das schmerzte sie.

Draußen stürmte es. Nach dem Frühstück zogen sich alle warm an, denn Martha hatte beschlossen, ihre Töchter zur Schule zu bringen und dann mit Spitz Gassi zu gehen. Leni schüttelte nur den Kopf, als Martha sie fragte, ob sie sie begleiten wolle.

Plötzlich fiel Martha wieder ein, worüber sie mit Karl hatte sprechen wollen – Leni. Das Kindermädchen hatte dunkle Ringe unter den Augen, sah müde und verzweifelt aus.

»Ich gehe nach Hause und komme heute Mittag zurück«, sagte Leni und zog ihre Stiefel an. »Wenn es recht ist, Frau Meyer.«

»Leni, heute habe ich meine Bridgerunde, sie findet hier statt. Und morgen ist ja schon Freitag, da kommt Karl zurück. Am Sonntag sind wir bei meinen Schwiegereltern. Vielleicht nimmst du dir einfach bis Montag frei.« Martha überlegte kurz, schüttelte dann den Kopf. »Ich gebe dir frei, bei voller Bezahlung. Geh nach Hause und ruh dich aus. Du wirkst erschöpft.«

Leni sah sie an. »Wirklich?«

»Natürlich, liebe Leni. Was würde ich ohne dich machen?

Bitte geh und ruh dich aus. Du wirkst, als würdest du krank werden, das ist für alle nicht von Vorteil.«

»Gut«, sagte Leni und umarmte Ilse und Ruth viel herzlicher als sonst. »Ich liebe euch«, wisperte sie. »Wisst ihr das?

»Ich liebe dich auch«, sagte Ruth.

»Und ich auch«, fügte Ilse hinzu. »Aber warum bist du so traurig? Wir sehen uns doch Montag wieder.«

»Ja, das werden wir«, sagte Leni. Sie stand auf, sah sich um, nahm dann ihre Jacke von der Garderobe und ging. Martha scheuchte die Kinder aus dem Haus. Auf der Allee tanzten die welken Blätter den Herbsttanz. Es war empfindlich kalt geworden. Martha führte Spitz an der Leine, Ruth lief schnell hinüber zur Villa, um Rosie abzuholen, und Ilse schellte bei Dahls im Nachbarhaus. Lotte hatte schon gewartet und kam zu ihnen. Sie war zierlich, viel kleiner und leichter als Ruth. Aber ihr Mantel war ihr dennoch zu kurz, und die Ärmel gingen noch nicht einmal bis zu ihren Handgelenken.

Erst heute fiel es Martha auf. »Kind« sagte sie entsetzt. »Hast du keinen anderen Mantel?«

Lotte schüttelte verlegen den Kopf und nahm Ilse bei der Hand.

»Was sagt denn deine Mutter dazu?«

»Sie hofft, dass der Winter nicht zu kalt wird und schimpft, weil ich so gewachsen bin.«

»Nun, du wirst ja noch weiterwachsen, das bleibt ja nicht aus.« Martha zwang sich, zu lächeln. Ruth und Rosi holten sie an der Ecke zur Hohenzollernallee ein. Die beiden Mädchen hatten sich untergehakt. »Wir werden wieder einen großen

Weihnachtsbaum in der Diele haben, das hat Onkel Richard versprochen«, erzählte Rosi.

»Ist er denn über die Feiertage da?«, fragte Ruth. »Jetzt wohnt doch sein Bruder bei euch. Dann muss er doch gar nicht mehr nach Berlin.«

»Doch. Über die Weihnachtstage ist er fort. Papa muss ihn hinfahren und das Auto dort lassen. Alles wie immer. Nur ist jetzt Onkel Kurt da – ich hoffe, er fährt auch mit, sonst wäre es komisch.«

»Warum?«

»Weil er so seltsam ist. Er ist viel älter als Onkel Richard, und der ist ja schon uralt.«

Martha konnte sich ein Lachen gerade noch verkneifen. »Was ist denn uralt für dich?«, fragte sie Rosi.

»Mein Vati ist vierunddreißig«, sagte Rosi. »Meine Mama auch. Das geht noch. Aber Onkel Richard ist schon über fünfzig. Das ist uralt.«

Ruth nickte. »Sie sind nett, aber eben alt«, sagte sie.

»Dein Vater wird nächstes Jahr sechsundvierzig. Ist er auch uralt?«, fragte Martha sie mit gespielter Entrüstung.

Die Mädchen sahen sich an.

»Wie alt ist denn Onkel Aretz?«

»Der ist ein Jahr älter als ich«, sagte Martha.

»Nur?«, fragte Ilse. »Er ist nicht älter als Vati?«

»Nein, wie kommst du darauf?«

»Er kann so viel mehr als Vati.«

»Vati kann andere Dinge als Onkel Aretz«, sagte Ruth nachdenklich. »Und das hat nichts mit dem Alter zu tun.«

Sie hatten die Bismarckstraße erreicht. Ruth und Rosie bogen nun ab, während Lotte und Ilse weiter geradeaus marschierten. Nachdenklich blickte Martha ihren beiden Mädchen hinterher.

Kapitel 17

»Ich habe Roastbeef gekauft«, sagte Martha und legte ein schmales, in Wachspapier eingeschlagenes Päckchen auf den Küchentisch. »Und Würste, wie Sie es empfohlen haben. Außerdem war ich in der Markthalle, und habe Möhren und Rosenkohl mitgebracht. Und natürlich frische Eier.«

Frau Jansen lächelte. »Wie viele Gäste erwarten sie denn?«

»Wir werden zu sechst sein – es sind ja immer zwei Mannschaften mit je zwei Spielern. Wir werden uns also abwechseln. Und die Damen, die gerade nicht spielen, sollten etwas zu essen haben.«

Die Bridgerunde war noch recht neu für Martha. Sie hatte sich eher zufällig aus Bekanntschaften in der Gemeinde entwickelt. Im Moment war es en vogue, sich zum Kartenspielen zu treffen.

»Sechs. Dann passt doch alles.« Frau Jansen packte das Fleisch aus. Anerkennend zog sie die Augenbrauen hoch. »Dafür haben Sie aber viel Geld auf die Theke gelegt«, sagte sie.

Martha biss sich auf die Lippe. »Ja, viel zu viel. Aber ich will ein wenig Eindruck schinden. Mein Mann muss es ja nicht erfahren, er hätte wahrscheinlich nicht viel Verständnis dafür.«

»Ach, Sie sind doch sonst eine sparsame Hausfrau, da sollte man sich das schon einmal gönnen können«, beschwichtigte Frau Jansen sie. Normalerweise übernahm die Köchin die Einkäufe und sie konnte gut handeln, wusste, wo es preiswerte Lebensmittel gab. Mittlerweile hatte sie außerdem einen gewissen Ehrgeiz dabei entwickelt, aus allen Resten noch leckere Mahlzeiten zuzubereiten. Was ihr natürlich entgegenkam, war, dass Karl in der Woche fast nie zu Hause aß. Er mochte und wollte Fleisch essen – Rind oder Geflügel aller Art, Martha und die Kinder dagegen waren auch mit Kartoffeln und brauner Soße zufrieden, mit eingelegtem und frischem Fisch oder Gemüse mit holländischer Soße. Im Sommer gab es natürlich oft Salat und frische Sachen; für den Winter legte und kochte Frau Jansen ein. Konserven misstraute sie.

»Zum Roastbeef machen wir Remoulade. Dafür habe ich schon alles da, die Eier haben Sie ja mitgebracht. Brot habe ich auch.« Frau Jansen schaute auf ihre Liste. »Außerdem gibt es gefüllte Eier und Eier in Senfsoße – das kommt immer gut an. Ich habe schon Kartoffeln gekocht und werde einen Kartoffelsalat machen. Und wir haben sauer eingelegtes Gemüse – Essiggurken, Silberzwiebeln und Relish. Das kann man alles schön anrichten und jeder kann sich nach Lust und Laune bedienen.«

»Das klingt sehr gut!«

»Ich habe auch noch Pastetchen gemacht, ganz klein – da kann sich jede eine auf den Teller nehmen. Wir stellen am besten Dessertteller hin und wir müssen auch für genügend Servietten sorgen.«

»Ich habe schon einen ganzen Stapel herausgelegt.«

»Ansonsten habe ich noch eine Suppe vorbereitet, wenn jemand etwas Warmes haben möchte.«

»Sie sind wahrlich ein Schatz«, sagte Martha, die ein wenig aufgeregt war. »Der Schaumwein steht kalt?«

»Natürlich. Und auch Eiswürfel haben wir reichlich.« Frau Jansen überlegte. »Es kommt ein Mädchen aus der Hauswirtschaftsschule und hilft; sie darf aber nur bis neun Uhr bleiben. Ich wollte um zehn gehen …«

»Wir fangen doch schon um sieben an. Was müssen Sie denn danach noch zubereiten?«

»Nichts. Es muss nur alles hingestellt werden, die Suppe kommt auf einen Rechaud und bleibt somit warm. Es ist eine Rindsbrühe mit Einlage – da kann nichts anbrennen.«

»Warum wollen Sie dann bis zehn bleiben?«

»Ihre Freundinnen werden mehrere Teller benutzen. Immer wieder. Ich weiß, es ist genügend Geschirr vorhanden. Aber ich wollte schon einmal spülen, damit ich morgen nicht erschlagen werde.« Frau Jansen verzog das Gesicht und versuchte ein Lächeln.

»Ach, das hatte ich Ihnen gar nicht gesagt – Morgen kommt doch Anna Peters, die Zugehfrau. Sie bringt ihre Tochter mit. Die beiden werden alles spülen und wieder richten.«

Frau Jansen strahlte. »Wie wundervoll, das ist wirklich eine Erleichterung.«

»Sie und das Mädchen können gehen, wenn alles fertig angerichtet ist. Es ist ja ein Büfett, wir können uns alle selbst bedienen.«

»Ja«, sagte Frau Jansen und wusch sich die Hände. »Dann

werde ich mich jetzt an die Arbeit machen. Ist es in Ordnung, wenn Sie und die Mädchen heute Mittag nur Suppe essen? Natürlich mit Brot dazu. Und für die Mädchen mache ich heute Abend Milchreis und Apfelmus.«

»Das reicht uns. Danke«, sagte Martha. Nachdenklich ging sie in den Salon. Frau Peters wischte noch einmal Staub, der Boden war frisch gebohnert und der Teppich ausgeklopft worden. Alles strahlte und glänzte – soweit es im trüben Licht des Spätherbstes glänzen und strahlen konnte. Vor dem Fenster hatte sie einen kleinen Tisch aufbauen lassen, dort würden sie Karten spielen. Die Schiebetür zum Esszimmer war geöffnet worden, dort würden die Speisen aufgebaut werden.

Martha freute sich auf den Abend. All ihre Freundinnen aus der jüdischen Gemeinde kamen. Sie kannten sich gut und in der letzten Zeit machten sie häufig etwas zusammen. Elsa Glimmich, Ingrid Lindenbaum, Thea Horn und Minnchen Hirsch. Auch Hedwig, Karls Schwester, die ja nun in Krefeld wohnte, würde dabei sein. Und natürlich Sofie Gompetz, eine von Marthas engsten Freundinnen.

Es würde bestimmt ein schöner Abend werden. Hedwig konnte ihren Sohn Hans zu Omi und Opi bringen. Ruth und Ilse waren hier, und für einen Moment bedauerte Martha, dem Kindermädchen freigegeben zu haben. Aber dann schüttelte sie den Kopf. Leni ging es nicht gut, und die Mädchen waren alt genug, um eigenständig zu Bett zu gehen. Natürlich würde Martha nach ihnen schauen, mit ihnen beten und ihnen eine kurze Geschichte vorlesen – wie sie es immer tat. Selbst Ruth, die inzwischen schon groß und vernünftig war, verlangte immer noch nach der Gutenachtgeschichte, aber bestand darauf, dass ihre Mutter es keinem verriet. Martha lächelte, als sie daran dachte.

Frau Peters öffnete die Fenster zur Straße weit, obwohl es kalt, windig und regnerisch war. »Ich will nur einmal kurz durchlüften«, sagte sie entschuldigend.

Draußen rumpelte ein Lastwagen vor, und stellte sich halb auf den Bürgersteig. Zwei Männer stiegen aus. Neugierig schaute Martha aus dem Fenster. Die Männer schellten bei Theissens und kamen kurz darauf mit Möbelstücken und Kartons, Kisten und Kästen zurück. Viel luden sie nicht ein, und schon kurze Zeit später waren sie verschwunden.

Ach herrje, dachte Martha betrübt, sie ahnte nun, warum es Leni so schlecht ging. Der Untermieter der Nachbarn war ausgezogen. Das arme Mädchen, dachte Martha, sicherlich hatte sie entsetzlichen Liebeskummer. Dabei hatte es so ausgesehen, als ob es etwas Ernstes zwischen den beiden hätte werden können.

In Gedanken noch bei Leni, holte Martha das Geschirr aus den Schränken, polierte die Gläser und putzte das Besteck.

Die Spielkarten hatte sie neu gekauft und legte sie – noch in Zellophan verpackt – in einer Kiste auf den Tisch. Es gab noch einiges zu tun und vorzubereiten, Martha schaute in der Küche nach und ließ sich von Frau Jansen Aufgaben geben.

Mittags kamen die Mädchen aus der Schule nach Hause. Zuerst Ilse, dann, eine Stunde später, kam Ruth. Beim Mittagessen fiel Martha wieder die Begegnung mit Lotte am Vormittag ein.

»Hat Lotte wirklich nur diesen alten Mantel?«, fragte sie ihre Töchter.

»Lotte hat nur alte und abgetragene Sachen«, sagte Ilse und löffelte weiter ihre Suppe. »Sie haben kein Geld. Lottes Mutter hat eine Stelle verloren und nur noch eine Putzstelle. Meist hat Lotte noch nicht einmal ein Pausenbrot.«

»Das wusste ich gar nicht«, sagte Martha betroffen. Sie sah Ruth an. »Du gehst gleich nach oben und sortierst von deinen Sachen aus, was dir nicht mehr passt.«

Nach dem Essen ging Martha auf den Dachboden. Es war kalt, zugig und roch staubig. Hier hatte sie viele Sachen der Kinder verstaut. Meist Kleidung von Ruth, die sie für Ilse aufbewahren wollte. Nun schaute sie in den Koffern und Kisten nach. Lotte war kleiner und leichter als Ruth. Natürlich gab es da noch einen ordentlichen Wintermantel, der Lotte besser passen würde, als der, mit dem sie im Moment herumlief. Außerdem fand sie Hosen, Knickerbocker, Strümpfe, Pullunder und Blusen und einen ganzen Stapel Kleider. Martha kaufte meist Kleidung, die klassisch war, sehr zu Ruths Enttäuschung – sie hätte lieber Kleider, die dem neuesten Schrei und der aktuellen Mode entsprachen. Doch so waren die Sachen fast zeitlos, und mit ein bisschen Geschick konnte man Kragen und Taille ändern, wenn es doch zu altbacken wirkte.

Nachdem sie noch ein Paar Winterschuhe der letzten Kollektion herausgesucht hatte, brachte Martha die Sachen ins Wäschezimmer in der Mansarde und breitete sie auf dem Tisch aus. Sie rochen unangenehm dumpf nach Mottenpulver. Den

Mantel hängte Martha erst über Wasserdampf und ließ ihn dann auf der Veranda auslüften. Die andere Kleidung gab sie zur Wäsche.

Auch Ruth war inzwischen fleißig gewesen und hatte etliche Kleidungsstücke zusammengesucht. Gemeinsam überlegten sie, was Lotte wohl passen und gefallen würde.

»Da wird Lotte aber Augen machen«, sagte Ruth. »Das ist ja wie am Lichterfest.«

»Bis dahin sollten wir aber nicht warten«, meinte Ilse. »Lotte friert immer so.« Nachdenklich sah sie aus dem Fenster, an dem der Regen Schlieren malte. »Warum hat Lottes Mutter kein Geld?«

»Lottes Vater ist doch tot«, erklärte Ruth. »Und sie bekommt nur wenig Geld.«

»Aber sie arbeitet doch irgendwo.«

Martha strich Ilse über den Kopf. »Ja, Luise Dahl ist Zugehfrau. Sie hatte zwei oder drei Stellen, aber viele Menschen müssen sparen und können sich keine Hilfe mehr leisten. Deshalb hat sie im Moment nur eine Stelle und verdient entsprechend wenig.«

»Kann sie nicht bei uns arbeiten?«, fragte Ilse. »Wir haben doch Geld.«

»Und wir haben auch schon eine Zugehfrau«, sagte Martha. »Zwei kann ich nicht beschäftigen. So viel Geld haben wir nämlich auch nicht. Aber ich werde mich umhören. Vielleicht können wir ihr ja helfen.« Dann warf Martha einen Blick auf die Uhr. »Macht eure Hausaufgaben«, sagte sie. »Ich muss jetzt Frau Jansen helfen.«

»Bist du aufgeregt, Mutti?«, fragte Ilse. »Weil doch heute zum ersten Mal hier Bridge gespielt wird?«

»Ein wenig«, gestand Martha. »Ich möchte, dass es allen gefällt und wir einen schönen Abend haben.«

»Allen Leuten gefällt es hier«, sagte Ilse. »Du machst das immer so schön.«

Martha lachte. »Danke. Was ich euch noch fragen wollte: Könntet ihr das Zubettgehen selbst übernehmen – Leni ist ja nicht da.«

»Ich pass' auf Ilse auf«, sagte Ruth und zog ihrer kleinen Schwester neckend am Zopf. »Wir können heute Abend zusammen noch etwas spielen, und wenn du willst, lese ich dir eine Gutenachtgeschichte vor.«

»In deinem Zimmer?«, fragte Ilse, ihre Wangen leuchteten.

»Ja, in meinem Zimmer.«

»Au ja!«

Beruhigt ging Martha nach unten, ihre beiden Mädchen würden das schon schaffen.

Im Salon überprüfte sie, ob die silberne Zigarettenschachtel gefüllt war und noch ausreichend Likör vorhanden war.

Aus der Küche roch es schon köstlich nach dem Roastbeef und auch der Duft der Suppe füllte die Räume, ein warmer, heimeliger Geruch.

Bald schon stapelten sich die Happen und Häppchen auf den Tellern. Das Mädchen hatte Servietten herausgelegt und gefaltet, Teller bereitgestellt und Gläser poliert.

Noch einmal ging Martha nach oben. Ruth und Ilse spielten in selten trauter Eintracht miteinander. Sie küsste die beiden, und ermahnte sie noch einmal eindringlich, lieb zu sein. Dann zog sie sich um und wartete im Wohnzimmer auf ihren Besuch.

Als es schellte, schickte sie Spitz auf ihren Platz in der Diele und öffnete die Tür. Vor ihr standen Elsa und Ingrid. »Wie geht es dir, liebe Martha?«, fragte Ingrid und gab ihr einen Kuss auf die Wange.

»Den Kindern geht es gut, und wenn es ihnen gut geht – dann mir auch«, sagte Martha.

Elsa und Ingrid lachten. »Vielleicht sollten wir nicht mehr nach dir fragen, sondern direkt nach Ruth und Ilse«, meinte Elsa amüsiert.

Nach und nach kamen auch die anderen Gäste. Als alle beisammen waren, füllte Martha die Sektgläser und sie stießen an. Das Mädchen hatte im Esszimmer das Büfett aufgebaut. Jeder nahm sich einige Häppchen.

»Wie immer schmeckt alles köstlich«, lobte Hedwig. »ich weiß gar nicht, wie du das schaffst.«

»Ich schaffe es gar nicht. Das ganze Lob gebührt Frau Jansen, meiner Köchin. Sie ist phänomenal. Und so effizient. Und sparsam«, sagte Martha.

»Es wird alles immer schwieriger«, sagte Minnchen Hirsch. »Meine Köchin hat mich verlassen.«

»Es gibt doch so viele Arbeitslose, da es sollte doch kein Problem sein, eine neue Köchin zu finden«, meinte Elsa. »Und schau mich nicht so an. Du kannst meine erst haben, wenn wir das Land verlassen.«

»Albert und Karl haben sich lange darüber unterhalten, gibt

es schon Neuigkeiten?«, fragte Martha. »Ich kann mir immer noch nicht vorstellen, dass ihr gehen wollt.«

»Wir sind nicht die Einzigen, Martha. Bisher haben wir einen Antrag auf Visa gestellt und eine Menge Unterlagen bekommen. Die will Albert während der Feiertage ausfüllen.«

Die Frauen hatten am Esstisch Platz genommen.

»Da wir nur zu siebt sind, weil Esther Zucker leider absagen musste, können wir nicht in zwei Gruppen spielen«, erklärte Martha.

»Esther hat abgesagt? Das ist ja schade.«

»Gestern erst. Sie ist erkältet«, sagte Martha.

»Aber was machen wir denn dann?«, wollte Ingrid wissen. »Gibt es denn niemanden, der noch mitspielen kann?«

»Ich dachte, wir losen die erste Gruppe aus und spielen dann immer reihum.«

»Das ist doch meschugge«, murrte Hedwig. »Dann sitzt man die meiste Zeit da und wartet darauf, spielen zu können. Das hättest du besser organisieren müssen.«

Martha schoss das Blut ins Gesicht. »Ich habe es ja auch erst gestern erfahren. Und ich habe schon versucht, Ersatz zu bekommen.«

»Das wird doch sicherlich gehen«, versuchte Ingrid zu beschwichtigen. So haben wir alle genug Zeit, zu plaudern.«

»Gibt es nicht noch irgendwen hier in der Nachbarschaft, der schnell einspringen könnte?«, fragte Elsa.

Martha schüttelte den Kopf. »Ich wüsste niemanden.«

»Was ist denn mit Luise? Wohnt sie nicht hier?«

»Luise?«

»Natürlich. Luise Dahl. Sie backt immer die besten Kuchen zu unseren Sabbattreffen«, sagte nun auch Ingrid. »Früher hatten wir viel Kontakt zu ihr, aber nachdem ihr Mann gestorben ist, hat sie sich sehr zurückgezogen.«

»Sie wohnt nebenan«, meinte Martha verlegen. »Ruth und ihre Tochter Lotte sind befreundet, ansonsten haben wir wenig miteinander zu tun.«

»Sie muss putzen gehen, um ihren Lebensunterhalt zu verdienen«, sagte nun Sofie. »Das ist so traurig.«

»Dabei kann sie so viel mehr. Sie kocht sehr gut, das weiß ich noch von früher«, meinte Ingrid.

Minnchen sah sie an. »Wirklich?« Ihre Augen blitzten. »Wo wohnt sie?«

Elsa lachte. »Du willst sie sofort anstellen?

»Wenn sie gut kocht? Warum nicht? Ich würde selbst Wasser anbrennen lassen, sagt mein Mann. Nein, ehrlich – mir macht der ganze Haushalt keine Mühe, aber kochen kann ich nicht. Und das werde ich auch nie lernen.«

»Sie wohnt im Nebenhaus rechts. Aber ich habe keine Ahnung, ob sie Zeit hat und noch weniger, ob sie Bridge spielen kann«, sagte Martha ein wenig nervös.

»Bridge ist nur ein Kartenspiel«, meinte Ingrid lachend. »Ich weiß immer noch nicht, ob ich es richtig spiele. Frag sie, Martha. Es wäre doch schön, wenn wir zwei Gruppen hätten.«

»Nun gut.« Martha nickte und zog sich den Mantel an. »Ich frag sie.«

Ihr war es ein wenig unangenehm, hinüberzugehen. Seit geraumer Zeit hatte Luise jede Einladung, auf einen Kaffee rüberzukommen, ausgeschlagen. Erst jetzt kam Martha der Gedanke, dass Luise möglicherweise den Kontakt ablehnte, weil sie so plötzlich verarmt war – wie hatte ihr das nicht auffallen können?

Nachdem Martha geschellt hatte, hörte sie Schritte im Treppenhaus, dann wurde die Tür geöffnet. »Martha«, sagte Luise überrascht. »Kann ich dir mit irgendetwas aushelfen?«

»Nein, eigentlich nicht, danke«, sagte Martha und wusste plötzlich nicht, was sie sagen sollte.

»Ich … also …«

»Möchtest du hereinkommen und reden? Hast du Sorgen?«, fragte Luise, und Martha schämte sich noch mehr. Sie hatte so viel weniger Sorgen als ihre Nachbarin. Viel, viel früher hätte Martha den Kontakt suchen müssen, hätte darauf bestehen sollen, dass sie miteinander sprachen.

»Ich brauche deine Hilfe«, sagte Martha leise. »Spielst du zufällig Karten?«

»Bitte?«

»Bridge. Ich habe heute eine Bridgerunde mit Frauen aus der Gemeinde. Du kennst sie sicher alle. Aber eine ist erkrankt, und nun … nun …« Martha wischte sich mit der Hand durch das Gesicht. »Himmel«, murmelte sie. »Luise, es tut mir leid … ich fühle mich gerade unfassbar blöd.«

»Warum?«, fragte Luise und lachte. »Tatsächlich spiele ich Bridge und noch nicht einmal schlecht.« Dann runzelte sie die Stirn. »Wann wäre das?«

»Jetzt.«

»Sofort?«

Martha nickte.

Luise sah an sich herab. Sie trug ein Hauskleid und Filzpantoffeln. »So kann ich nicht zu dir kommen. Ich weiß doch, wer da sonst noch sein wird. Glimmich, Gompetz und Lindenbaum … zumindest. Ich habe keine feine Kleidung mehr und möchte mir keine mitleidigen Blicke antun.«

Martha schluckte. »Es ist keine Modenschau.«

»Aber schau doch, wie ich aussehe … und außerdem kann ich Lotte nicht alleine lassen.«

Martha umarmte Luise. »Ich versteh dich und bitte bekomme das jetzt nicht in den falschen Hals. Mir ist heute erst klar geworden, als ich Lotte getroffen habe, wie schlecht es euch geht.«

»Es ist nicht einfach … ich dachte, ich hätte die schlimmsten Zeiten hinter mir. Aber ich habe mich wohl getäuscht.«

»Wilhelmine Hirsch sucht eine Köchin … sie ist auch da. Das wäre eine Chance für dich.«

Aber ich … ich habe nichts anzuziehen. Und Lotte …«

»Geh und lass Lotte ein paar Sachen für die Nacht einpacken. Sie kann bei den Mädchen schlafen. Es wäre ja nicht das erste Mal, dass sie bei uns übernachtet.« Martha sah Luise an. »Und ich laufe rüber und hole dir ein Kleid von mir. Wir haben in etwa die gleiche Statur, es sollte dir passen.«

»Ich weiß nicht …«

»Wann warst du das letzte Mal unter Leuten?«

»Das ist schon ziemlich lange her.«

»Dann werden wir das jetzt ändern. Ab heute. Du bist verwitwet, aber damit sollte dein Leben nicht zu Ende sein. Ich bedaure es, dass ich daran nicht schon viel früher gedacht habe.« Sie sah Luise in die Augen. »Bitte, es wird dir guttun.«

»Ihr spielt um Geld, nicht wahr?«

»Nein.« Martha schüttelte den Kopf. »Wir haben nur eine Spaßkasse. Jeder gibt seinen Einsatz und darum wird gespielt. Einmal im Jahr wollen wir von dem Geld essen gehen. Aber ich bezahle deinen Einsatz – es ist nicht viel, nur ein paar Pfennige.«

Luise sah sie zweifelnd an, dann schloss sie die Augen. »So etwas Verrücktes habe ich noch nie getan. Aber … warum nicht.«

»Du machst es? Wirklich?«

»Wirklich!« Luise nickte.

Dankbar umarmte Martha sie und lief schnell zurück.

Die Gäste unterhielten sich angeregt und bedienten sich am Büfett. Martha warf einen schnellen Blick in die Küche, wo die Köchin die letzten Dinge anrichtete und die Suppe auf den Herd stellte. Das Küchenmädchen hatte schon den ersten Schwung Geschirr gespült.

»Ich habe mir überlegt, dass Sie alles gebrauchte Geschirr einfach in den Wintergarten stellen können«, meinte Frau Jansen. »Dann können Frau Peters und ihre Tochter es morgen abarbeiten.«

»Das klingt gut, so machen wir das. Wenn sie soweit fertig sind, können Sie gehen. Den Rest bekomme ich schon hin.«

»Immer langsam«, sagte Frau Jansen schmunzelnd. »Ich möchte schließlich auch, dass alles in Ordnung ist.«

Schnell lief Martha nun nach oben und ging in Ruths Zimmer. Ihre beiden Töchter saßen über ein Brettspiel gebeugt.

»Ruth, würdest du bitte das Gästebett fertig machen? Lotte schläft heute hier.«

»Lotte Dahl?«, fragte Ruth verblüfft.

Martha nickte.

»Wie wunderbar. Kann sie in meinem Zimmer schlafen?«, fragte Ilse und sprang auf. »Das wäre knorke.«

»Ihr könnt noch zusammen spielen und etwas reden, aber dann sollte sie im Gästezimmer schlafen – ihr habt morgen Schule.«

Ilse verzog das Gesicht. »Schade. Lotte ist immer so viel netter zu mir als alle anderen Freundinnen von Ruth.«

»Lotte ist immer nett«, sagte Ruth und stand auf. »Ich mache das Bett fertig, und ich werde auch darauf achten, dass wir alle rechtzeitig schlafen gehen.«

»Danke, mein Schatz.«

Eilig ging sie in das Schlafzimmer, öffnete die Türen des Einbauschranks und zog einige Kleider heraus. Schnell fand sie das gesuchte Kleid und ging damit wieder zum Nachbarhaus. Luise und Lotte warteten schon auf sie, Lotte strahlte über das ganze Gesicht. »Ich darf bei euch schlafen?«, fragte sie.

»Ja, Süße, das darfst Du. Geh rüber, ich habe die Tür nur angelehnt.« Lotte huschte, ihre kleine Tasche mit den Nachtsachen eng an sich gedrückt, an Martha vorbei. Martha reichte Luise das Kleid. »Es sollte dir passen.«

Luise sah das Kleid an, kniff die Augen zusammen und nickte dann. »Ich brauche zehn Minuten, höchstens zwanzig.«

»Danke. Du rettest meinen Abend.«

Luise nickte nur, und Martha kam sich auf einmal ganz klein vor.

»Ich hoffe, Sie haben noch nicht alles nach draußen gebracht, Frau Jansen«, fragte Martha atemlos, als sie in die Küche kam.

»Nein, ich will doch nicht, dass alle essen und essen und satt und müde werden. Ich gebe immer nur Teile hinaus. Wieso?«

»Wir haben einen Überraschungsgast – die kleine Lotte von nebenan schläft hier. Und ich glaube, sie hat heute noch nicht gut gegessen.«

»Lotte Dahl? Ich kenne ihre Mutter vom Einkaufen. Manchmal sehen wir uns auf der Straße. Ich kenne niemanden sonst, der so gut feilschen kann. Die Händler verdrehen schon die Augen, wenn sie kommt.«

»Jedenfalls spielt sie heute mit, und Lotte schläft bei uns. Es wäre schön, wenn sie noch etwas zu essen bekäme. Und vielleicht müssen wir auch nicht alles rausstellen, sondern können Frau Dahl noch etwas mitgeben. Für später.«

»Ich werde mich darum kümmern.«

»Berthold wird nach Palästina gehen«, sagte Hedwig gerade, als Martha den Salon betrat. »Er setzt alles daran. Er lässt mich einfach zurück.«

»Aber ihr seid doch schon getrennt«, meinte Minnchen. »Was macht das für einen Unterschied?«

»Noch ist er für Hans da und kümmert sich.«

»Will er Hans nicht mitnehmen?«, fragte Sofie.

»Das kann er wohl wollen, aber ich lasse es nicht zu. Ich lasse doch meinen Sohn nicht gehen.«

»Wir wollen nach Amerika auswandern«, sagte Elsa leise. »Die Anträge haben wir schon gestellt.«

»Was?«, rief Hedwig. »Ernsthaft?«

Elsa nickte. »Wir nehmen alle schon Englischstunden.«

»Und? Wie ist das?«

»Eine fremde Sprache einerseits, aber man kennt ein paar Ausdrücke … okay?«

Alle lachten.

»Walter liebäugelt auch mit Amerika, aber vielleicht wird es erst einmal Spanien«, meinte Sofie.

»Wir bleiben hier«, sagte Minnchen. »Mein Mann sieht keine Notwendigkeit, zu gehen. Man muss nur eine Weile den Kopf einziehen und es aushalten.«

»Aber die NSDAP ist die stärkste Partei. Und bisher gibt es keine Koalition und keine starke Opposition.«

»Aber wir sind hier in Krefeld und nicht in Berlin. Was soll uns hier schon passieren?«

»Auch hier gibt es die Braunen. Sie haben sogar eine Parteizentrale in der Stadt.«

»Sie grölen, sie marschieren, aber letztendlich bleibt ihnen nichts anderes übrig, als uns zu ignorieren. Sie können uns schließlich nicht vertreiben.«

»Ach, Elsa, wer weiß das schon, so phanatisch, wie sie sind. Immerhin setzen sie schon seit Jahren alles daran, uns das Leben schwer zu machen. Wenn es noch schlimmer wird, gehen wir in die Niederlande, wir haben Verwandte dort. Aber erst einmal hoffen wir darauf, dass Hindenburg eine andere Lösung als Hitler findet.«

Martha sah in die Runde und öffnete noch eine weitere Flasche Schaumwein. »Jetzt wollen wir doch erst einmal Karten spielen«, sagte sie leichthin, obwohl die Stimmung umgeschlagen war. Angst hüllte sie ein wie so oft in der letzten Zeit. »Luise kommt. Sie sagt, sie hat schon einmal Bridge gespielt. Wir können also zwei Gruppen bilden.«

»Wie wunderbar«, sagte Minnchen und nahm sich ein weiteres Glas. »Überhaupt ist es so schön hier.«

»Werdet ihr Weihnachten feiern?«, fragte plötzlich Ingrid.

Alle sahen sie an.

»Du meinst, weil das Lichterfest und Weihnachten auf die selben Tage fallen in diesem Jahr? Ich habe in den letzten Jahren immer eine große Bodenvase mit Tannenzweigen aufgestellt, die wir weihnachtlich geschmückt haben – keinen Tannenbaum. Ich fand, das ist ein guter Kompromiss«, sagte Martha.

»Wir werden dieses Jahr einen Weihnachtsbaum haben«, gestand Ingrid. »Die Kinder wünschen es sich so sehr. Und ich finde, es ist kein religiöses Ritual, sondern vielmehr eine deutsche Sitte. Deshalb machen wir es.«

»Wir auch«, sagte Minnchen zögerlich. »Schon das dritte Jahr. Ich lasse den Baum immer durch den Hintereingang bringen.«

»Und dann stellst du ihn in eurem Wohnzimmer auf – am Fenster, sodass alle ihn sehen können«, kicherte Thea.

»Wie macht ihr es denn?«

»Bisher gar nicht. Meine Schwiegereltern sind dagegen. Aber die Kinder verstehen es nicht. Alle ihre Freunde haben Weihnachtsbäume – die meisten zumindest. Ich denke, Marthas Idee, eine Bodenvase mit Zweigen zu füllen, ist gut. Das werde ich wohl auch machen – egal, was meine Schwiegereltern sagen.«

Amüsiert nickten sie sich zu. Dann wurden die Kartenpaare

ausgelost. Gerade rechtzeitig kam Luise Dahl von nebenan. Das Kleid saß perfekt, sie zwinkerte Martha glücklich zu.

»Nimm dir schnell noch einen Happen«, sagte Martha, der Luises hungriger Blick nicht entgangen war. »Die erste Gruppe sitzt hier, die zweite dort drüben. Ich habe neue Karten besorgt. Elsa, du kannst schon einmal mischen …«

Schnell fanden sich die beiden Gruppen im Spiel ein. Es wurde gelacht, gekämpft, ein wenig wurde auch geredet – Themen hatten sie zur Genüge. Nach eineinhalb Stunden machten sie eine Pause. Ein Teil der Damen ging zum Rauchen in den Wintergarten, Luise und Martha huschten nach oben. Dort saßen die Mädchen zusammen, die Köchin hatte ihnen Häppchen gebracht und etwas heiße Suppe. Sie hatten alle schon ihre Nachthemden an.

»Das Bett für Lotte habe ich vorbereitet«, sagte Ruth stolz. »Ich lese gleich noch eine Geschichte vor und dann bringen wir Ilse ins Bett. Siehst du, Mutti, ich kann das schon. Wir brauchen Leni eigentlich nicht mehr. Ich bin ja schon groß.«

»Willst du wirklich auf Leni verzichten?«, fragte Martha ungläubig.

»Nein«, sagte sie dann. »Leni gehört ja zur Familie.«

»Dann bin ich ja froh«, sagte Martha.

Auch Luise wünschte den Kindern eine gute Nacht. Im Flur blieb sie stehen. »Danke«, sagte sie, »dass du mich eingeladen hast. So einen Abend habe ich schon lange nicht mehr gehabt. Und stell dir vor, Minnchen Hirsch hat mir eine Stellung als Köchin angeboten. Ich soll morgen zum Probekochen kommen. Es wäre wunderbar, wenn das klappen würde.«

Martha nahm sie in den Arm. »Ich hätte dich viel eher in unsere Gruppe integrieren sollen.«

Sie spielten noch zwei Stunden voller Vergnügen, auch wenn immer mal wieder ernste Themen aufkamen. Dann verabschiedeten sich die Damen nach und nach.

Martha hatte das gebrauchte Geschirr in eine Zinkwanne im Wintergarten geräumt. Nun brachte sie die letzten Essensreste in die Küche.

»Komm«, sagte Luise, die bis zuletzt geblieben war, »lass uns schnell den Abwasch machen. Zu zweit geht es sicher ganz schnell.«

»Nur die Teller«, sagte Martha. »Die Gläser überlassen wir der Zugehfrau und dem Mädchen morgen früh. Ich habe ein besonderes Talent, Gläser zu zerbrechen.«

Flink spülten sie das Geschirr. Dann schlichen die beiden noch einmal nach oben. Lotte schlief nicht im Gästezimmer, sondern bei Ruth im Bett. Die Mädchen schlummerten tief und fest und auch Ilse merkte es nicht, als Martha an ihr Bett trat.

»Die Mädchen sind mein größter Schatz«, flüsterte Martha Luise zu.

»Lotte ist auch das Wichtigste für mich«, meinte Luise. »Aber manchmal habe ich auch Angst – Angst vor der Zukunft, Angst, Lotte nicht gerecht zu werden.«

»Ich finde, du meisterst das ganz phantastisch.«

Als sie im Bett lag, ließ Martha den Abend noch einmal Revue passieren. Sie war sich nicht ganz sicher, ob sie wirklich regelkonform spielten, aber das war auch nicht so wichtig. Man traf sich und hatte Spaß. Natürlich war es auch eine gute Gelegenheit, über Ängste und Sorgen und über die Ärgernisse des Alltags zu reden. Vor allem das hatte ihnen gutgetan.

Das Wochenende verlief friedlich, am Samstag begleitete Karl die Familie wieder zur Synagoge.

»Ich freue mich so«, sagte Minnie, »dass du zurück zum Glauben findest, mein Sohn.«

Karl lächelte, antwortete aber nicht.

Ruth musterte ihren Vater. Als sie später mit einer Näharbeit in der Hand auf dem Sofa saß und Radio hörten fragte sie ihn: »Warum gehst du jetzt mit uns in die Synagoge? Hat Omi recht?«

Karl rieb sich über das Kinn. »Vielleicht ein bisschen. Vielleicht ist es wichtig, sich in dieser Zeit auf seine Herkunft zu besinnen.« Er räusperte sich. »Ich versuche Antworten für mich zu finden, und vielleicht gibt es die in der Synagoge, in unserem Glauben. Aber ich bin auch da, weil es mir wichtig erscheint, dass wir jetzt alle zusammenhalten.«

»Wir? Die Juden?«, fragte Ruth leise.

Karl nickte.

»Viele meiner Freundinnen in der Schule sind nicht jüdisch.«

»Solange du dich mit ihnen wohlfühlst, ist das völlig in Ordnung, Liebes«, sagte Martha nun.

»Aber du triffst dich auch fast nur noch mit Frauen aus der Gemeinde. Früher war das anders.«

»Früher war alles anders. Ich treffe mich auch jetzt noch mit ein paar Damen, die nicht jüdisch sind. In meinem Opernkreis sind nur zwei weitere Frauen aus der Gemeinde. Aber mir geht es ein wenig wie Vati – ich habe das Gefühl, dass wir zusammenrücken müssen.«

»Das ist doch auch schön«, sagte Ilse und kuschelte sich an Martha.

Ruth grinste. »Wunderbar, wie du die Dinge manchmal siehst«, sagte sie und piekte Ilse in die Seite.

Am Sonntag bummelte die Familie durch die Stadt. Es war Dezember, und die Schaufenster der Geschäfte waren weihnachtlich geschmückt. Doch die Auslagen waren anders als in den Jahren zuvor, und auch die Werbung in den Zeitschriften hatte sich verändert. Es wurde nicht mehr so viel Tand angeboten, praktische Dinge standen im Vordergrund.

In den letzten Wochen hatte Ruth für ihre Freundinnen kleine Taschen genäht, in denen sie Taschentücher oder einen kleinen Kamm verstauen konnten. Für das Innenfutter hatte sie einfarbigen Satin verwendet, außen Damast mit einem blaugrünen Blumenmuster. Außerdem hatte sie angefangenn zu filzen, das hatte ihr Leni beigebracht. Aus den Filzstücken nähte sie Blumen. Sie freute sich schon sehr auf das Lichterfest – für jeden würde es ein kleines Geschenk geben. Sie konnte es kaum abwarten.

»Wann schmücken wir das Haus?«, fragte Ruth ihre Mutter.

»Ich wollte in der nächsten Woche zusammen mit Leni auf den Dachboden und nach dem Weihnachtsschmuck schauen. Wir wollten die Prismen und Glaskugeln vorsichtig waschen und polieren.«

»Dürfen wir helfen?«, fragte Ilse aufgeregt.

»Natürlich. Aber ihr müsst mir versprechen, vorsichtig zu sein.«

»Das werden wir.«

Am Montag gingen die Mädchen wie immer zur Schule. Frau Peters hatte in der letzten Woche alle Sachen, die Martha vom Dachboden geholt hatte, gewaschen und geplättet. Nun verpackte Martha sie zu einem großen Paket, das sie nachher nach drüben zu Dahls bringen wollte.

Im Haus herrschte reger Betrieb, die Zugehfrau und das Mädchen bohnerten den Salon und das Herrenzimmer, die Fenster wurden noch einmal geputzt, die Teppiche ausgeklopft und sie wischten gründlicher als sonst Staub. Martha wollte, dass alles blitzte und glänzte, bevor sie die Räume weihnachtlich dekorierte. Zwischendurch schaute sie immer wieder auf die Uhr. Leni war noch nicht gekommen. Das passte gar nicht zu dem so zuverlässigen Kindermädchen. Andererseits hatte sie letzte Woche sehr schlecht ausgesehen, vielleicht war sie ernsthaft erkrankt? Als sie eine Stunde später noch nicht aufgetaucht war, hielt Martha es nicht mehr aus. Sie zog sich Mantel und Stiefel an und schnappte ihren Schirm; dann ging sie zur Tramhaltestelle und fuhr in die Stadt. Leni wohnte in der Nähe des Hauptbahnhofs zur Untermiete. Martha war ein paarmal dort gewesen. Es war ein einfaches, kleines Zimmer, das Leni aber mit viel Geschick hergerichtet hatte.

Nachdem Martha an der Wohnungstür geschellt hatte, dauerte es eine Weile, bis ihr geöffnet wurde.

»Guten Tag, Frau Schmidt«, sagte sie. »Ich mache mir Sorgen um Leni.«

»Und das mit Recht, Frau Meyer«, sagte die ältere Dame. »Kommen Sie herein. Leni ist krank, aber sie will mir nicht sagen, was sie hat.«

Martha eilte durch die Wohnung. Lenis Zimmer lag im Hinterhaus. Sie klopfte an die Tür, wartete aber nicht auf eine Antwort. Es roch seltsam süßlich und nach Metall. Die Vorhänge waren zugezogen, der kleine Kohleofen glühte. Die Luft war stickig und verbraucht.

»Leni?«

Das Kindermädchen lag zusammengekrümmt im Bett und stöhnte. Martha zuckte zusammen, – das Laken und die Decke waren blutdurchtränkt. Lenis Lippen waren blau, und trotz der Hitze zitterte sie heftig. Martha legte ihr die Hand auf die kaltschweißige Stirn.

»Um Himmels Willen, was ist passiert?« Schnell zog Martha ihren Mantel aus und legte den Hut ab. »Frau Schmidt, sie müssen einen Arzt rufen, sofort.«

»Nein«, hauchte Leni. »Keinen Arzt.«

»Du blutest, du verblutest. Wir müssen dich ins Krankenhaus schaffen. Jetzt sofort!«

Leni schüttelte schwach den Kopf. »Nein, das geht nicht.«

Nachdem Frau Schmidt zum Nachbarhaus gelaufen war, wo es ein Telefon gab, kam sie jetzt eilig mit einer Zinkwanne und einem Eimer mit Seifenwasser zurück. Vorsichtig richteten Martha und sie Leni auf. Leni blutete ohne Unterlass und wurde immer schwächer.

»Haben Sie Eis, Frau Schmidt? Wir müssen ihr Eis auf den Bauch legen, damit sich alles zusammenzieht. Und haben Sie alte Handtücher?«

Sie zog das Bett ab. Die Matratze bedeckten sie mit alten Handtüchern und legten Leni einen Beutel mit Eis auf den Bauch. Das Handtuch, das Martha dem Kindermädchen zwischen die Beine drückte, färbte sich sofort rot.

»Meine Güte, Kind« sagte Martha entsetzt. »Du warst bei einer Engelmacherin?«

Leni nickte, Tränen liefen ihr über die Wangen. »Ich wusste mir nicht zu helfen. Er wollte mich nicht mehr.«

Wut stieg in Martha hoch, sie wünschte, sie könnte diesen jungen Mann zur Rechenschaft ziehen, aber er hatte sich ja aus dem Staub gemacht.

»Warum bist du nicht zu mir gekommen?«, fragte sie und strich Leni über die Stirn.

»Ich habe mich so geschämt«, wisperte Leni.

Martha war schweißgebadet, als endlich der Arzt kam. Er schickte die beiden Frauen aus dem Zimmer, um Leni zu untersuchen.

»Ich koche uns mal einen Kaffee«, sagte Frau Schmidt, die am ganzen Körper zitterte. »Das ist ja alles so furchtbar!«

»Leni hatte ein Techtelmechtel mit dem Untermieter unserer Nachbarn – aber er ist letzte Woche ausgezogen. Ich wusste zwar, dass sie miteinander ausgingen, aber ich hätte nicht gedacht, dass Leni ...« Martha zuckte hilflos die Schultern. »Ich hätte es doch spüren müssen. Wir hätten doch eine Lösung gefunden ... natürlich ist es selbst heutzutage nicht einfach, als

Ledige ein Kind zu bekommen. Aber wir hätten ihr doch geholfen, wir hätten sie doch nicht im Stich gelassen, nicht nach all den Jahren, die sie bei uns ist.«

Nachdenklich rührten beide Frauen in ihren Kaffeetassen. Schon bald kam der Arzt aus dem Zimmer. Er musste gar nichts sagen, sein Gesichtsausdruck reichte. Stumm schüttelte er den Kopf.

»Ist sie mit Ihnen verwandt?«, fragte er.

»Sie ist mein Kindermädchen.«

»Und ist seit Jahren unsere Untermieterin«, ergänzte Frau Schmidt.

»Wissen Sie, wer der Vater gewesen wäre?«

Martha nickte. »Der Untermieter unserer Nachbarn. Er ist aber letzte Woche ausgezogen.«

»Hat sie noch Familie?«

»Ja, ihre Eltern, aber sie leben nicht in Krefeld, sondern in Willich.«

»Man sollte sie schnellstmöglich benachrichtigen. Aber ich fürchte, bis sie hier sind, wird es zu spät sein.«

Martha stiegen die Tränen in die Augen. »Was … was meinen sie damit? Zu spät? Sie müssen doch etwas machen können. Kann man sie nicht ins Krankenhaus bringen?«

»Sie würde den Transport nicht überstehen. Wissen Sie, wann es gemacht wurde?«

»Am Freitag wohl. Da ist sie nach Hause gekommen und hat dann das Zimmer nicht mehr verlassen«, sagte Frau Schmidt.

»Sie hat viel Blut verloren – viel zu viel Blut. Ich denke, die Gebärmutter ist durchstoßen worden. Und nun ist alles entzündet. Es ist zu weit fortgeschritten. Durch das Eis konnten die Blutungen gemildert werden, aber es wird nicht reichen. Man könnte versuchen, sie zu operieren, aber ich glaube nicht, dass sie es überleben würde – wie gesagt, sie ist ja schon für den Transport zu schwach. Ich habe ihr Medikamente gegeben, wenn die helfen, können wir weitersehen.«

»Ich kann das gar nicht glauben, das ist furchtbar«, murmelte Martha. »Kann ich zu ihr?«

Der Arzt nickte. »Wissen Sie, wer der Engelmacher ist?«

Die beiden Frauen schüttelten die Köpfe.

»Schade. Solchen Menschen sollte das Handwerk gelegt werden.«

Martha ging zu Leni. Sie lag keuchend im Bett.

»Ich werde wohl sterben«, flüsterte Leni schwach.

»Der Arzt sagt, dass du zu schwach bis, um ins Hospital gebracht zu werden.« Martha zog sich einen Stuhl an das Bett und nahm Lenis Hand.

»Die Kinder. Ich möchte mich von den Kindern verabschieden«, sagte Leni leise. »Bitte. Ruth und Ilse waren mein Leben.«

Martha seufzte. »Ach, Leni … ich weiß nicht.«

»Bitte, Frau Meyer. Es ist mein letzter Wunsch.«

»Nun gut, ich werde sie holen.«

Langsam nahm Martha Mantel und Hut und ging in den Flur.

»Leni will die Kinder sehen und sich von ihnen verabschieden. Es ist der Wunsch einer Sterbenden. Das kann ich ihr doch nicht verweigern?«

»Grundgütiger«, murmelte Frau Schmidt. »Aber wenn es ihr Wunsch ist …«

Die beiden Frauen sahen sich an, das Entsetzen stand ihnen ins Gesicht geschrieben. »Ich werde mich beeilen«, sagte Martha.

Den ganzen Weg zurück fragte sie sich, was sie Ruth und Ilse sagen sollte. Die Wahrheit konnte sie nicht erzählen – das würden die Mädchen weder verstehen noch sollten sie damit konfrontiert werden.

Sie war noch nicht lange zu Hause, als Ilse von der Schule kam, Ruth würde eine halbe Stunde später kommen.

»Hallo, Mutti«, rief Ilse und sah sich um. »Wo ist denn Leni?«

»Leni ist … sehr krank«, stotterte Martha. »Ihr geht es nicht gut.«

»Oh, das ist schade. Hoffentlich ist sie bald wieder gesund.«

»Leni möchte, dass wir sie besuchen kommen.«

»Aber sie ist doch krank?«

»Manchmal hilft es Kranken, wenn man sie besucht.«

»Ich würde alles machen, damit es ihr besser geht«, sagte Ilse und nickte eifrig. »Wann gehen wir denn hin? Ich könnte ihr ein Bild malen.«

»Wir gehen, sobald Ruth da ist.«

»Dann schaue ich mal oben, vielleicht habe ich ja noch ein schönes Bild.« Ilse hüpfte singend nach oben.

Frau Jansen kam aus der Küche, sie hatte ein großes Weckglas in der Hand. »Das ist gute Hühnersuppe, die gibt Kraft.«

»Danke, Frau Jansen. Wir hoffen ja alle.«

Endlich war auch Ruth da. Sie lief zu Spitz, begrüßte den Hund. »Na, meine Süße, hast du schon auf mich gewartet? Sollen wir einen großen Spaziergang machen?«

»Heute nicht, Ruth«, sagte Martha.

Ruth sah erstaunt auf. »Mutti?« Sie kniff die Augen zusammen, musterte ihre Mutter und stand langsam auf. »Was ist passiert? Etwas ist passiert, das sehe ich dir an.«

»Leni ist sehr krank.«

»Und deshalb gehen wir sie jetzt besuchen«, sagte Ilse, die die Treppe heruntergehopst kam. »Ich habe ihr ein Bild ausgesucht.«

»Wir gehen Leni besuchen?« Ruth schaute von Ilse zu Martha.

»Ja, und zwar sofort.«

»Was hat sie denn?«, fragte Ruth leise.

»Sie ist einfach sehr krank«, antwortete Martha und nahm ihren Mantel. Sie ging zum Telefon und rief eine Droschke.

»Warum fahren wir nicht mit der Tram?«, fragte Ruth. »Leni wohnt doch am Bahnhof.«

»Das dauert zu lange«, sagte Martha.

Ruth schluckte, plötzlich wurde ihr ganz kalt. Konnte es sein, dass sich Mutti so beeilte, weil sie sonst zu spät kommen würden? Aber Donnerstag hatten sie Leni doch noch gesehen? Was war in der Zwischenzeit passiert, dass es ihr jetzt so schlecht ging?

Martha nahm den Korb mit der Suppe und den gebutterten Brotscheiben, die Frau Jansen noch eingepackt hatte.

Schweigend fuhren sie durch die Stadt. Es war kalt, nass und nebelig. Den ganzen Tag lang war es schon nicht richtig hell geworden.

Endlich hielt die Droschke. Martha stieg mit einem mulmigen Gefühl aus. Durfte sie das ihren Mädchen wirklich antun? Sie trat auf den Gehsteig und schellte wieder bei Frau Schmidt. Sie stellte sich vor die Kinder, sah die Vermieterin nachdrücklich und fragend an, Frau Schmidt nickte – Leni lebte noch.

»Ich habe Lenis Eltern gekabelt«, sagte Martha leise. »Telefonisch waren sie nicht zu erreichen.«

»Es wird zu spät sein«, sagte Frau Schmidt.

»Guten Tag, Frau Schmidt.« Ruth und Ilse knicksten artig. Sie waren schon einige Male mit Leni hier gewesen.

»Guten Tag ihr beiden. Gebt mal eure Mäntel und tretet die Schuhe gut ab.«

Langsam ging Martha den Flur entlang bis zu Lenis Zimmer. »Ilse, sei bitte ruhig, Leni soll sich nicht aufregen.«

Ruth war bleich geworden.

Frau Schmidt hatte die blutdurchtränkte Bettwäsche weggebracht, gewischt und auch ein wenig gelüftet. Eine kleine Lampe brannte auf der Kommode. Leni lag im Bett. Für einen Moment musste Martha genau schauen, ob sie überhaupt noch atmete – aber das tat sie. Ihre Lippen waren blau und aufgeplatzt. Sie hatte tiefe, dunkle Ringe unter den Augen, die Haut spannte über den Wangenknochen.

»Leni«, flüsterte Ilse und sah Martha unsicher an. Martha nickte. Ilse ging zum Bett, nahm vorsichtig Lenis kalte und schweißige Hand, streichelte sie vorsichtig. »Leni«, flüsterte sie wieder. Ruth stellte sich neben ihre Schwester. Sie biss sich auf die Lippen, traute sich fast nicht, Leni anzusehen, tat es aber dann doch.

»Liebste Leni«, sagte Ruth. »Du musst wieder gesund werden.«

Flatternd öffnete Leni die Augen, sah die beiden Mädchen an. »Meine Lieblinge«, sagte sie schwach, kaum hörbar. »Meine beiden Süßen. Ich habe euch so lieb, wisst ihr das?«

Ilse und Ruth nickten scheu.

»Gebt mir einen Kuss«, bat Leni. »Einen letzten Kuss.«

Erst küsste Ilse das Kindermädchen auf die Wange, dann Ruth. Ihr liefen die Tränen über die Wangen, als sie Leni in die Augen sah. Ihre Leni, ihre liebe Leni, was sollte sie bloß ohne sie machen?

»Es tut mir leid«, flüsterte Leni und schloss die Augen. Ihre Brust hob und senkte sich langsam.

Martha schob die beiden Kinder in den Flur, dann ging sie zurück zu Leni.

»Wir lieben dich, Leni. Du weißt, dass du immer zu uns gehören wirst.« Sie setzte sich auf die Bettkante, nahm Lenis Hand, doch das Kindermädchen reagierte nicht mehr. Ihre Atemzüge wurden langsamer und flacher, dann stieß sie die Luft ein letztes Mal aus.

Kapitel 18

Januar 1933

Ruth und Lotte lagen zusammen in Ruths Zimmer auf dem Bett. Draußen ging der Regen in Schnee über, und es duftete nach den Zimtschnecken, die Frau Jansen gebacken hatte.

Heute Abend würden Martha und ihre Freundinnen wieder Bridge spielen – auch Luise, Lottes Mutter war dabei.

»Ich fühl mich so stockmiserabel«, sagte Ruth. »Weißt du noch? Den letzten Bridgeabend? Da war Leni schon krank. Und ich habe noch erklärt, dass wir sie ja eigentlich nicht mehr brauchen, weil ich ja auch Ilse ins Bett bringen kann.«

Lotte nickte. Sie hatte ihren Kopf in Ruths Schoß gelegt. »Ja, aber du konntest doch nicht wissen, wie krank sie ist.«

»Aber vielleicht habe ich es damit heraufbeschworen.«

»Der Rabbi sagt, so etwas wäre nicht möglich. Gott bestimmt unser Leben.«

»Ja, aber … du weißt, wie ich das meine?«

»Schon, irgendwie. Es ist so meschugge – sie war doch noch nicht alt, aber das war mein Vati auch nicht.«

»Wie … wie ist dein Vati denn gestorben?«

»Das war ein Unfall. Er war bei der Bahn …«

»Darüber hast du nie gesprochen«, sagte Ruth leise.

Lotte drehte sich um, sodass sie Ruth ansehen konnte. »Das stimmt. Wir sprechen nicht darüber, meine Mutter und ich. Es tut so weh.«

»Du musst auch nicht, wenn du nicht willst …«

»Aber vielleicht sollte ich? Vielleicht wäre es gut? Du sprichst doch auch über Leni.«

Lotte drehte sich wieder um, schaute aus dem Fenster. Dicke Flocken fielen vom Himmel und tupften an das Fenster, schmolzen auf ihrem Weg nach unten.

»Vati war bei der Bahn. Irgendwann im Winter ist er auf der Lok mitgefahren, stand außen auf dem Trittbrett, wohl um nach etwas zu schauen. Es war kalt und auch glatt – er … er ist einfach abgerutscht. Die Lok hat ihn erfasst.« Lotte schluckte.

Ruth strich ihr über den Kopf. »Liebste Lotte, es tut mir so leid.«

»Es war schrecklich. Da kamen diese Männer, ich war noch klein, aber ich kann mich genau daran erinnern. Sie schellten und Mutti öffnete, und sie hielten ihre Hüte in den Händen, hatten schwarze Anzüge an … Mutti hat sie gar nicht ausreden lassen, sie wusste sofort, was passiert war.« Lotte stockte. »Sie schrie und schrie und schrie und ich schrie auch. Es war scheußlich …«

Für einen Moment beobachteten sie schweigend den Tanz der immer dichter fallenden Schneeflocken am Fenster.

»Ich wusste, er ist tot, auch wenn ich damals noch nicht begriffen hab, was es bedeutete.«

Unser Leben hat sich von da an komplett verändert. Es war manchmal gemein und mies – aber wir hatten immer uns, haben immer zusammengehalten.«

»Als ich nach Hause kam und Mutti mir sagte, dass Leni krank ist, wusste ich auch sofort, dass es ernst war. Sie hatte den gleichen Gesichtsausdruck wie damals, als mein Großvater gestorben ist. Da war ich drei oder vier – aber ich kann mich noch daran erinnern«, sagte Ruth. »Wir sollten Großvater besuchen, weil er so krank war und sich über unseren Besuch freuen würde. Ich glaube, Ilse war damals noch nicht geboren oder noch ein Baby – auf jeden Fall war sie nicht dabei.« Sie stockte. »Ich weiß nicht mehr viel, nur, dass Großvater im Bett lag und ganz anders aussah – bleich und zerbrechlich. Ich sollte ihn küssen, das war seltsam. Und dann haben sie mich ins Nebenzimmer geschickt. Ich bin auf das Fensterbrett geklettert und habe in den Garten geschaut. Da lag eine Stiege mit Tomaten, rote, reife, saftige Tomaten.« Ruth holte tief Luft. »Und dann plötzlich hörte ich Mutti schreien, sie weinte, wie ich es noch nie gehört hatte.«

»Deshalb isst du keine Tomaten?«

»Ja, seitdem ekele ich mich vor ihnen.«

»Und du wusstest, dass Leni stirbt?«

»Irgendwie schon, als wir in die Droschke gestiegen sind. Mutti sah uns nicht an, ihre Hände waren kalt. Und sie atmete so komisch. Ich wusste, etwas Schreckliches würde passieren.«

»Dieses Gefühl ist so … seltsam. So bodenlos, als würde es nie wieder schön sein können.«

»Ja … wir haben Leni so lieb gehabt. Und jetzt ist sie einfach tot. Ich kann es nicht begreifen.«

»Woran ist sie denn gestorben?«

»Das weiß ich eben auch nicht. Mutti sagt, es wäre eine Frauengeschichte und ich würde es erst später verstehen.«

»So sind sie«, sagte Lotte und kuschelte sich an Ruth. »›Ihr werdet es später erst verstehen‹, sagen sie. Als ob wir doof wären. Aber wir sind nicht doof.«

»Wir sind zu jung, sagt meine Mutti. Das muss so eine Männer-Frauen-Geschichte sein. Irgendetwas mit Liebe. Leni hatte ein Techtelmechtel mit dem Untermieter der Theissens. Das wusste ich. Ich wusste aber nicht, dass man daran sterben kann. Er ist ja weggezogen.«

Lotte richtete sich auf. »Glaubst du, sie ist an Liebeskummer gestorben? Weil sie ihn so wirklich richtig geliebt hat und er sie nicht?«

Ruth dachte nach, dann schüttelte sie den Kopf. »Nein, das glaube ich nicht, auch wenn es sich phänomenal romantisch anhört. Sie war wirklich krank – das konnte man sehen ... man sah, dass sie sterben würde.«

Lotte schüttelte sich, sie hatte Tränen in den Augen. »Lass uns bitte über etwas anderes reden«, sagte sie leise.

»Wie wäre es mit Zimtschnecken? Komm, wir gehen jetzt in die Küche und schauen, was wir stibitzen können.«

»Fabelhafte Idee.«

Im Flur blieb Ruth stehen. Aus Ilses Zimmer kam ein leises, hohes Singen. Ruth seufzte. »Mutti hat mich gebeten, dass wir uns nachher um Ilse kümmern. Ihr geht es sehr schlecht, seit Leni gestorben ist.«

»Aber ja, das ist doch kein Problem!«

In der Küche herrschte wieder einmal lebhafte Betriebsamkeit. Frau Jansen briet Hähnchenflügel kross aus, auf der Anrichte standen schon die vorbereiteten Soleier, und im Ofen garten Pastetchen. Frau Peters und das Hilfsmädchen standen auf der anderen Seite der Durchreiche und polierten Gläser.

»Das riecht köstlich«, sagte Ruth und schaute die Köchin verschmitzt an.

Frau Jansen lachte. »Ich hab euch schon einen Teller fertig gemacht – steht dort vorne, könnt ihr euch nehmen. Für euch habe ich extra viele Zimtschnecken gebacken, die mögt ihr doch.«

»Danke, Frau Jansen«, sagte Ruth, »Sie sind die Beste! Und Ihre Zimtschnecken sind himmlisch.«

Sie nahmen den Teller und gingen nach oben. Es gab Schmalzgebäck, gefüllte Eier, Soleier, zwei Pastetchen und Gemüse in Aspik mit Kapernsoße. Dazu geröstetes Brot und Sardellenbutter. Und natürlich die Zimtschnecken.

»Das ist so lecker«, sagte Lotte wohlig seufzend. »Einfach tadellos.«

Ruth lachte. »Du tust ja gerade so, als wärst du verhungert.«

Beschämt senkte Lotte den Kopf. »Mutti sagt auch immer, dass ich nicht so schlingen soll«, sagte sie leise. »Aber so leckere Pasteten habe ich noch nie gegessen.«

»Ich dachte, euch geht es jetzt etwas besser. Deine Mutter hat doch die Stellung bei Hirschs?«

»Ja, das stimmt. Frau Hirsch gibt Mutti fast jeden Tag Essen mit und dank euch habe ich ja jetzt auch schöne neue Kleidung. Aber … es fühlt sich miserabel an.«

»Ach Lotte«, sagte Ruth bestürzt und nahm ihre Freundin in den Arm. »Warum denn?«

»Ich habe das Gefühl, ich nehme immer nur, aber kann nichts geben. Das ist ein doofes Gefühl.«

»Mh, ich glaube, ich verstehe, was du meinst. Aber das ist nicht so. Du kennst ja meine Mutter, sie will immer etwas für andere tun … es macht ihr einfach Freude.«

»Ja, ich weiß, aber trotzdem würde ich es gerne wiedergutmachen. Bloß wie?«

»Das machst du doch schon, einfach, weil es dich gibt. Du weißt ja gar nicht, wie froh meine Mutter ist, dass du dich Ilses annimmst. Sie findet nicht so schnell Bekanntschaften oder schließt Freundschaften. Wenn sie dich nicht hätte, wäre sie auf dem Pausenhof verloren.«

»Ich bin gerne für Ilse da, ich mag sie sehr und fände es phänomenal, eine kleine Schwester wie sie zu haben.«

»Kleine Schwestern sind süß, bis sie anfangen, einem auf die Nerven zu gehen«, sagte Ruth und grinste. »Aber siehst du, du gibst so viel mehr: Zuneigung, Hilfe und Freundschaft. Das kann man nicht gegen so einen doofen Wintermantel aufrechnen.« Sie schüttelte energisch den Kopf.

»Es fühlt sich trotzdem komisch an, manchmal wünschte ich mir, meine Mutter hätte die Sachen einfach kaufen können.« Lotte seufzte. »Deine Freundin Rosi zum Beispiel sieht mich immer so seltsam an.«

»Rosi? Rosi ist nett und lieb – aber manchmal auch ganz schön verwöhnt. Was hat sie denn gemacht?«

»Sie hat mich ausgelacht, als ich mit deinem alten Mantel

zum ersten Mal draußen war. Hat gesagt: ›Du hast Ruth den Mantel geklaut‹. Ich habe mich einfach umgedreht und geschwiegen. Ich wusste nicht, was ich sagen sollte. Aber es tat weh. So weh, dass ich dir den Mantel eigentlich zurückbringen wollte.«

»Das hat Rosi gesagt?«, fragte Ruth erstaunt. »Das kann sie nicht so gemeint haben.«

»Und wenn doch?«

»Wo ist dein Mantel?

»Unten an der Garderobe.«

»Dann hole ihn mal.«

»Warum?«

»Das zeig ich dir gleich!«, sagte Ruth lächelnd und zog ihre Nähkiste und einen Karton unter dem Bett hervor.

Lotte brachte den Mantel – es war ein schlichter Wintermantel aus Wolle mit geradem Kragen und ohne Gürtel.

»Der ist so schön warm«, sagte Ruth. »Aber er hat mir schon nach wenigen Wochen nicht mehr gepasst. Er ist einfach zu eng für mich, aber an dir sitzt er hervorragend.« Sie lächelte. »Meine Großmutter hat uns vor einiger Zeit sehr viele Sachen aus ihrem Geschäft gegeben. Darunter sind auch Pelzreste-Teile von Pelzkrägen, die angepasst wurden. Viele Dinge hat Mutti weggeschmissen, aber die Pelzbesätze habe ich gerettet. Weißt du was? Wir nähen dir heute Abend einfach einen Pelzkragen an den Mantel. Und das nächste Mal, wenn wir Rosi treffen, werde ich ganz provokant fragen, woher du denn das gute Stück hast. Du wirst natürlich nicht antworten.« Eifrig nahm Ruth die Pelzreste hervor und legte sie an den Mantelkragen.

»Aber … aber … Rosi ist doch deine Freundin. Willst du sie belügen?«, fragte Lotte.

»Es ist keine Lüge-Lüge, es ist ein kleiner Schwindel. Und ja, Rosi ist meine Freundin, aber sie lebt in einer anderen Welt als wir.«

»Ihre Eltern sind Bedienstete, dein Vater ist selbstständig. Sie lebt ganz sicher in einer anderen Welt als du – aber in der gleichen Welt wie ich.«

»Nein, das tut sie nicht. Onkel Richard, Herr Merländer, für den Rosis Eltern arbeiten, verwöhnt Rosi sehr – nach Strich und Faden, wie mein Vati sagt. Als ich noch ein Kind war, habe ich Rosi beneidet, jetzt finde ich das Ganze komisch. Ich mag Rosi, aber sie hat sich verändert.«

»Sie ist aber immer noch deine Freundin.«

»Nicht so wie du. Und sie macht immer so ein Bohei um Dinge … außerdem war sie gemein zu dir!«

Abends, als nach und nach die Gäste kamen, schlichen sich die drei Mädchen leise auf den oberen Treppenabsatz und beobachteten das Treiben.

»Da ist Frau Hirsch«, wisperte Lotte. »Ich finde es großartig, dass sie mit Mutti Karten spielt, obwohl sie jetzt für sie arbeitet.«

»Warum auch nicht?«, sagte Ruth.

»Würde deine Mutti Frau Jansen einladen?«

Ruth überlegte. »Einladen wohl nicht, aber wenn jemand anderes sie und Frau Jansen einladen würde, dann hätte sie sicher kein Problem damit.«

»Leni hätte sie eingeladen«, sagte Ilse leise. »Ganz bestimmt hätte sie das.«

»Ach, Herzlein«, sagte Ruth und nahm ihre Schwester in den Arm. »Leni gehörte ja auch irgendwie zur Familie, sie war mehr als ein Kindermädchen.«

»Ich vermisse sie so schrecklich«, schniefte Ilse.

Es klingelte und Martha öffnete die Tür. »Ingrid, wie schön, dass du kommen konntest.«

»Ich werde aber vermutlich nicht lange bleiben«, sagte Ingrid und verzog das Gesicht. »Edith ist schon wieder krank. Immerzu diese Erkältungen. Doktor Hirschfelder hat uns empfohlen, ein paar Wochen in die Berge zu fahren. Die schmutzige Luft in der Stadt sei Gift für Edith, meint er.«

»Die Luft in den Bergen soll bei einer schwachen Lunge Wunder wirken«, sagte Martha und führte ihre Freundin in den Salon.

»Lasst uns ins Zimmer gehen, hier ist es so fade«, sagte Ilse.

»In Ordnung, aber hast du den Mantel von Tante Ingrid gesehen? Der hat auch einen Pelzkragen.«

»Ja!«, Lotte strahlte.

Zurück in Ruths Zimmer begann Ruth, die Pelzreste zusammenzunähen; es war komplizierter als gedacht, denn eigentlich brauchte sie eine Kürschnernadel, um durch das Leder zu kommen, doch am Ende des Abends war Ruth zufrieden mit dem Ergebnis und überreichte Lotte stolz ihr Werk.

Wenn die Reste noch reichten, würde sie ihr zum Lichterfest noch einen passenden Muff dazu nähen.

Zwischendurch waren sie immer mal wieder nach unten geschlichen, hatten in der Küche genascht und ein wenig den Gesprächen gelauscht.

»Sonst ist es spannender«, sagte Ruth enttäuscht. »Sonst reden sie über viele Dinge, aber im Moment interessieren sich alle nur für Politik.«

»Mutti hat Angst vor diesem Hitler«, sagte Lotte.

»Meine Eltern auch, aber Vati glaubt nicht, dass er Kanzler werden wird, auch wenn Hitler es sich so sehr wünscht.«

»Dein Vati hat ja meistens recht. Dann müssen wir uns wohl keine Sorgen machen«, sagte Lotte.

Lotte schlief auch diesmal wieder bei Ruth im Zimmer. Sie hatten Ilse zu Bett gebracht, hatten ihr eine Geschichte vorgelesen und gewartet, bis sie eingeschlafen war, dann hatten sie noch zusammen in Ruths Bett gelegen und sich noch ein wenig unterhalten. Harmlose Gespräche über Nachbarsjungen und die neueste Mode. Ruth schwärmte gerade für Fledermausärmel und Wasserfallkragen. Aber bald schon schloss Lotte die Augen und atmete tief und fest, nur Ruth konnte nicht schlafen.

Irgendetwas hatte sich verändert. Die Sorglosigkeit, die Leichtigkeit der vergangenen Jahre schien dahin zu sein. Hing das mit Lenis Tod zusammen? Sie fehlte ihr sehr. Nicht als Kindermädchen, sondern eher als Teil der Familie, als ihre Vertraute. Mit Leni hatte sie immer über alles reden können, vor allem über die Themen, bei denen ihre Eltern nur ausweichend reagierten. Leni hatte getröstet, hatte erklärt, hatte mit ihnen gelacht und geweint. Das konnte niemand ersetzen.

Mutti hatte sich bisher nicht dazu durchringen können, ein

neues Kindermädchen einzustellen. An den Abenden, an denen sie in der Oper oder woanders war, kam eines der Hauswirtschaftsmädchen, die auch in der Küche halfen. Ruth brachte Ilse ins Bett, las ihr vor, hielt ihre Hand und beantwortete Fragen, soweit es ihr möglich war. Sie gab ihr Trost, aber alle Fragen konnte sie einfach nicht beantworten und manchmal war ihr das auch alles zu viel. Schließlich wollte sie selbst auch beruhigt und getröstet werden. Aber auch ihre Eltern waren dazu nicht in der Lage. Sie wirkten selber viel zu besorgt, und das machte Ruth Angst. Eltern sollten zuversichtlich, sicher und überzeugend sein. Sie sollten die Familie in die Zukunft führen … bis vor ein paar Monaten war das auch immer so gewesen. Vati war der Fels, der fest in der Brandung stand. Ihn hatte nichts erschüttert, er hatte alle Sorgen an sich abprallen lassen und, immer lächelnd, Lösungen gefunden. Doch nun schien selbst er verunsichert zu sein, auch wenn er es nicht zeigen wollte. Aber es war deutlich zu spüren, daran, wie er sprach, wie er nach Antworten suchte, an seiner ernsten Miene, daran, dass er und Mutti abends oft noch stundenlang im Herrenzimmer saßen, hinter verschlossenen Türen.

Mutti war nervös, sie hatte immer öfter Tage, an denen sie sich mittags hinlegen musste und sich nicht um den Haushalt kümmern konnte. Zum Glück waren Frau Jansen und Frau Peters da – sie hatten den Haushalt im Griff. Alles funktionierte, aber die Leichtigkeit fehlte. Und die Schwere der Sorgen, von denen Ruth noch nicht einmal genau wusste, welche es waren, legte sich über sie wie eine Decke aus Rosshaar.

Früher hatte ihre Mutter es immer geschafft, die dunklen

Abende hell zu machen – mit Kerzen, Geschichten und mit Lachen. Doch das Lachen war anders geworden, dünner.

Das müssen wir wieder ändern, dachte Ruth. Irgendwie müssen wir das ändern. Vielleicht würde es helfen, ein neues Kindermädchen einzustellen, vielleicht würde es ihnen guttun, doch so richtig glaubte sie nicht daran. Trotzdem würde sie morgen mit Mutti reden.

Wenn sie nicht gerade die wenigen Tage nutzten, in denen der Stadtwaldweiher zugefroren war und man dort eislaufen konnte oder sie am Egelsberg rodelten, lud Ruth ihre Freundinnen oft zu sich nach Hause ein. Martha freute sich immer über den Besuch, ließ Frau Jansen kleine Knabbereien zubereiten und überließ den Mädels auch manchmal ihr kleines Wohnzimmer mit dem Radio. Nachmittags wurden Musiksendungen ausgestrahlt und die Mädchen tanzten dazu. Die neuen Tänze aus den Vereinigten Staaten hatten es ihnen sehr angetan, aber erst in zwei oder drei Jahren würden sie zur Tanzschule gehen können.

Ihr liebstes Vergnügen aber war es, ins Lichtspielhaus zu gehen und sich die neuesten Filme anzuschauen. Dann zumindest schien das Leben wieder leicht und bunt und fröhlich zu sein.

Am letzten Montag im Januar kam Ruth gut gelaunt aus der Schule, heute hatten sie etwas ganz Besonderes vor. »Mutti«, rief sie dann. »Wo bist du? Was gibt es zum Mittag, und dürfen heute Nachmittag Edith, Maria und Rosi kommen? Es soll eine neue Swing-Sendung im Radio geben.« Sie hüpfte die Treppe hoch und öffnete die Tür zum Salon.

Sofort wusste sie, dass etwas nicht stimmte. Seitdem sie denken konnte, war ihr Vater nicht früher von einer seiner Reisen zurückgekehrt, nun saß er neben ihrer Mutter auf dem Sofa. Ihre Gesichter waren grau, vor Anspannung erstarrt. Hinter ihnen, am Fenster stand Hans Aretz, das Radio lief. Es knackte, rauschte und immer wieder erklang eine begeisterte Stimme. Ruth blieb stehen, sie spürte, dass etwas passiert war. Sie hörte laute Rufe, die sie erst nicht verstand. Als ihr klar wurde, was man dort rief, zuckte sie zusammen.

»Heil! Heil! Heil Hitler!« Eine euphorische Männerstimme erklang: »Es ist endlos, es geht weiter, unglaubliche Menschenmassen sind unterwegs … Die Menschenmassen setzen sich in Bewegung, gehen mit der SA mit, einige warten noch auf den ›Stahlhelm‹.« Eine andere ebenso euphorische Männerstimme unterbrach: »… bei diesem spontanen Aufbruch, denn der Fackelzug hat sich ja erst in den letzten zwei, drei Stunden entwickelt …«

»Adolf Hitler ist an das Fenster getreten …« Und wieder brüllten die Massen. »Heil! Heil! Heil!«

Ohne ein Wort zu sagen rannte Ruth zu ihren Eltern und kuschelte sich an sie. Mechanisch strich ihre Mutter ihr über den Kopf.

Frau Jansen war aus der Küche gekommen und stand nun in der Tür zum Salon, auch sie war blass und lauschte mit aufgerissenen Augen den Worten aus dem Radio.

Man hörte Jubel, Marschmusik, die Massen stimmten ›Das Lied der Deutschen‹ an, darüber die Stimme des Kommentators: »Über dieses erwachende Deutschland, über diese Massen von Menschen aus allen Ständen, aus allen Schichten der Bevölkerung, die hier vorbeimarschieren, … alle Klassenunterschiede sind verwischt. Es ist ein Bild, wie es vielleicht einmal gewesen sein mag, 1813, als der König rief und alle, alle kamen … so erleben wir es jetzt hier auch, das ganz Große, dass wir einen geschichtlichen Moment, über dessen Bedeutung wir uns heute vielleicht noch gar nicht klar sind, in diesem Augenblick durch den Rundfunk miterleben …«

Und so ging es immer weiter, das Jubeln, die begeisterte Berichterstattung, die durch diesen kleinen Apparat in das Wohnzimmer drang, brach in ihr Leben ein wie eine Lawine. Kein anderes Geräusch war zu hören, es war, als wäre der Raum mit Watte gefüllt, mit Nebel, der alle anderen Geräusche verschlang. Ruth hatte eine Gänsehaut, obwohl der Ofen heizte und es sicherlich mollig warm war. Etwas war geschehen, etwas von Bedeutung. Aber es war nicht gut.

Plötzlich trat Ilse in das Zimmer, wollte etwas sagen, aber erstarrte unter den lauten »Heil! Heil!«-Rufen. Entsetzt sah sie die Eltern an, doch Karl und Martha waren zu gefangen von dem, was dort passierte. Ruth streckte die Hand aus und zog ihre kleine Schwester an sich.

»… als die Leute hörten, dass Hitler zum Reichskanzler ernannt worden war, dass die Einigung Hitler Hindenburg vollzogen war, da ahnten und hofften sie wohl etwas …«

»Was passiert da?«, wisperte Ilse.

»Pst«, machte Ruth.

»Herr Blei, wir müssen schließen«, sagte die eine Stimme nun. »Wir wollen vor den Mikrofonen uns verabschieden. Heil Deutschland!« »Heil Deutschland«, antwortete der andere Kommentator.

Musik wurde gespielt – aber kein Swing und kein Jazz, sondern Blasmusik. Karl stand auf, drehte das Radio aus, dann ging er zum Fenster und sah nach draußen.

»Also haben wir einen neuen Reichskanzler«, sagte Hans Aretz. Seine Stimme klang seltsam tonlos.

»Es hat sich ja in den letzten Wochen abgezeichnet«, ergriff ihr Vater das Wort, »schon, als sich von Papen Anfang Januar mit Hitler in Köln getroffen hat. Da werden die Weichen gestellt worden sein. Aber ich hatte immer noch die Hoffnung, dass Hindenburg standhaft bleiben würde.«

Es schellte, Frau Jansen ging, um die Tür zu öffnen. Einen Moment später standen Albert und Elsa Glimmich im Zimmer. »Habt ihr es schon gehört?«, fragte Albert aufgeregt, ohne Martha oder Karl zu begrüßen. »Wisst ihr es schon? Hitler ist Kanzler.«

»Wir haben es gerade im Radio gehört«, sagte Martha leise, stand auf, nahm die Mäntel und ging zur Garderobe.

»Ich kann es nicht fassen. Aber so, wie ich das verstanden habe, wird von Papen Vizekanzler werden und es soll nur einen Minister aus der NSDAP geben«, sagte Karl. »Der macht das nicht lange, der reibt sich auf an den Konservativen. Und die werden ihn schon einordnen und ihm zeigen, wie sich ein echter Kanzler zu verhalten hat. Er wird sich fügen müssen, damit es auch außenpolitisch weitergeht.«

»Meinst du wirklich?«, fragte Elsa bedrückt. »Mir macht dieser Schreihals Angst. Was ist, wenn er Neuwahlen anordnet?«

»Schon wieder Wahlen? Irgendwann geht keiner mehr hin, es ändert sich ja nichts«, meine Martha.

»Bei den letzten Wahlen im November hat Hitler zwei Millionen Stimmen verloren. Er wird sich hüten, noch einmal wählen zu lassen, dann ist er nämlich direkt weg vom Fenster«, sagte Karl.

»Hoffentlich hast du recht. Aber ich traue dem ganzen Konstrukt nicht. Er hat ja unverhohlen immer wieder gesagt, dass er das Reich neu ordnen werde, sobald er Kanzler ist.«

»Wir sind immer noch eine Demokratie, keine Diktatur, auch Hitler kann nicht einfach machen, was er will.«

»Brauchen Sie mich noch, Herr Meyer?«, fragte Hans Aretz.

Karl schüttelte den Kopf. »Heute nicht. Danke. Sie können aber gerne noch bleiben und mit uns diskutieren.«

»Ein anderes Mal«, sagte Aretz. »Jetzt würde ich gerne nach Hause gehen. Sie wissen, wir wohnen in der Innenstadt und nachdem in Berlin spontan solche Märsche aufgezogen sind, könnten andere Städte nachziehen. Da wäre ich lieber bei meiner Familie.«

»Es wird doch nicht zu Gewalt kommen?«, fragte Martha, ihre Stimme zitterte.

»In Berlin haben sich die SA und der Stahlhelm wohl verbrüdert. Beide hassen aber die Kommunisten. Es könnte schon sein, dass sich da etwas zusammenbraut.«

»Gut, dass die Kinder zu Hause sind«, sagte Elsa. »ich habe ihnen verboten, heute das Haus zu verlassen.«

Marthas Blick fiel auf Ruth und Ilse, die nebeneinander auf dem Sessel saßen und verängstigt wirkten.

»Ihr Süßen, geht in die Küche und lasst euch von Frau Jansen etwas zu essen geben. Dann macht eure Hausaufgaben, ihr habt doch sicher etwas auf?«

»Müssen wir Angst haben, Mutti?«, fragte Ruth.

Martha schüttelte den Kopf. »Nein, ihr müsst keine Angst haben. Uns passiert nichts.«

»Aber … aber du hast doch Angst«, sagte Ilse.

»Es geht um Politik, mein Mäuschen. Wir haben einen neuen Kanzler, den Vati und ich nicht gut finden. Wir mögen nicht, was er verkörpert. Aber mit euch und mit unserem Leben hier und jetzt hat das nichts zu tun. Und nun los, Hausaufgaben machen!« Sie seufzte. »Es wird Zeit, dass ich mir ein neues Kindermädchen suche. Aber es fällt mir so schwer. Niemand kann unsere Leni ersetzen.«

»Die Kinder von Horns sind doch schon groß. Sie erwähnte neulich, dass sie ihr Kindermädchen nicht länger beschäftigen wollen. Sie ist schon älter, aber auch erfahren. Vielleicht wäre das eine Lösung?«

»Das klingt gut, ich werde mit Thea sprechen«, sagte Martha.

»Ich will kein neues Kindermädchen«, sagte Ilse mit Tränen in der Stimme, »ich will Leni zurück.«

»Ach, Kind«, sagte Martha bedrückt. Sie sah Ruth an. »Kümmere dich um sie, bitte.« Dann schob sie die Mädchen aus dem Salon.

Ruth nahm Ilses Hand und zog sie zur Küche. »Komm«, sagte sie, »mal sehen, was Frau Jansen gekocht hat.«

Frau Jansen stand am Herd, rührte eifrig im Topf. Sie schaute sich kurz um und lächelte den Kindern zu. »Ich habe euch Brote geschmiert.«

»Und was riecht hier so lecker?«, fragte Ruth schnuppernd.

»Das ist eine gute Hühnersuppe. In schlechten Zeiten braucht man gute Suppen.«

»Warum ist das eine schlechte Zeit?«, fragte Ilse und biss in ihr Brot, das dick mit Butter und Rübensirup bestrichen war.

»Wegen des neuen Kanzlers. Er ist ein seltsamer Mensch, ich kann ihn nicht leiden.«

»Machen Sie sich auch Sorgen, Frau Jansen?«, wollte Ruth wissen.

Für einen Moment drehte sich die Köchin um und sah Ruth an. Dann schüttelte sie den Kopf. »Wir haben in den letzten Jahren so viele neue Regierungen gehabt, kein Kanzler hält sich lange. Und dieser Schnäuzer wird es auch nicht tun. Mir machen nur die großen Versammlungen und Aufmärsche Sorgen. Wenn so viele Leute zusammenkommen, erhitzen sich oft die Gemüter – und dann kommt es zu Pöbeleien.«

»Auch hier in Krefeld?«

»Das denke ich nicht, Kind.«

Als sie ihre Brote gegessen hatten, fragte Frau Jansen: »Ruth, Liebes, kannst du schnell zum Krämer laufen und noch etwas Butter und vor allem zehn Eier holen? Und wenn er hat, auch ein halbes Kännchen Sahne. Ich werde wohl heute nicht aus dem Haus kommen, bestimmt kommen noch mehr Besucher.«

Ruth dachte daran, dass Elsa Glimmich ihren Kindern verboten hatte, das Haus zu verlassen. Aber das sagte sie Frau Jansen nicht. Tante Elsa war immer so besorgt.

»Ilschen, du bleibst so lange bei mir und hilfst mir, ja? Dann machen wir zusammen einen leckeren Imbiss für deine Eltern und ihre Gäste. Wenn du willst, darfst du gleich Kompott aussuchen.«

Ilse strahlte. »Oh ja. Darf ich auch probieren?«

»Natürlich, wir müssen feststellen, ob es wirklich schmeckt, und wer sollte das besser können, als du?«

»Knorke.«

Frau Jansen gab Ruth einen Korb und etwas Geld. »Wenn es nicht reicht, lass anschreiben. Ach, und etwas Stärke könnte ich auch noch gebrauchen. Und nimm zwanzig Eier – lieber zu viel, als zu wenig.«

»Mach ich, Frau Jansen.« Ruth nahm den Korb, zog sich Mantel und Stiefel an und nahm Spitz an die Leine. So konnte sie den Hundespaziergang mit dem Einkauf verbinden. Außerdem fühlte sie sich sicherer, wenn die Hündin dabei war und auf sie aufpasste.

Es war ein trüber Nachmittag, der Regen ging wieder mal in dicke, feuchte Schneeflocken über.

Selbst Spitz hatte an diesem Tag keine Lust, lange spazieren zu gehen. Es waren nicht viele Leute unterwegs, und die meisten hatten die Hüte tief in die Stirn gezogen oder duckten sich unter ihre Schirme. Vor dem kleinen Krämerladen, der zwei Straßen weiter war, band Ruth Spitz an, dann betrat sie das Geschäft. Die Glocke an der Tür bimmelte, ein Geräusch, das Ruth mochte. Sie verband damit das Sahnebonbon, dass Frau Grüner, die Inhaberin des kleinen Ladens, ihr beim Abschied immer gab.

Im Laden war noch jemand – ein großer Mann, der seinen Hut tief in die Stirn gezogen hatte.

»Lakritze, bitte. Ein Tütchen für fünfzig Pfennige.«

Ruth biss sich auf die Lippen – das war kein Tütchen, das war eine veritable Tüte. Ihr kam die Stimme bekannt vor.

»Und dann nehme ich noch vier Tafeln Schokolade«, sagte der Mann.

»Also alles wie immer, Herr Merländer?«, fragte Frau Grüner. Natürlich, das war Kurt Merländer, der Bruder von Onkel Richard, der vor einiger Zeit von Berlin nach Krefeld gezogen war.

»Guten Tag«, grüßte sie ihn.

Er drehte sich zu ihr um, kniff die Augen zusammen. »Guten Tag«, sagte er dann. »Bist die kleine Freundin von der Rosi, nicht wahr?«

Ruth nickte. Plötzlich sah sie, dass sich der dicke Mantel von Kurt Merländer bewegte und zwischen den Knöpfen ein haariger Kopf hervorschaute, große, dunkle Augen sahen sie an.

»Huch!«, rief Ruth.

Merländer schaute nach unten und lächelte dann. »Das ist doch nur meine Susi«, sagte er. Mit einer Hand griff er in die Manteltasche, ließ Geld auf den Tresen fallen – die andere Hand, das sah Ruth jetzt, hielt den Hund unter dem Mantel fest. »Sie wollte bei dem Wetter nicht laufen.« Er nahm die beiden Tüten, nickte einmal und verließ dann das Geschäft.

Ruth sah ihm hinterher und grinste. Er ging also mit dem Hund Gassi, ohne dass der Hund laufen musste.

»Guten Tag, Ruth«, sagte Frau Grüner. »Schickt dich Frau Jansen?«

Ruth nickte und gab ihre Bestellung auf. »Kauft der Herr Merländer immer so viel Süßes?«, fragte sie Frau Grüner.

Frau Grüner lachte. »Ja, er kommt alle zwei Wochen und holt immer dieselbe Menge. Das Lakritz bekommt Susi, die Schokolade isst er selbst – wobei ich glaube, dass auch davon Susi etwas abbekommt. Er liebt diesen Hund und verwöhnt ihn sehr. Der Metzger Kaufmann hat mir erzählt, dass er für ihn immer Entenleber bestellt und Hühnerbrüste.«

»Ich mag ja auch Schokolade«, sagte Ruth, »aber eine solche Menge – das schmeckt doch dann irgendwann nicht mehr. Und das, wo doch Tante Lisa so hervorragend kocht. Ihr Griespudding ist noch leckerer als der von Frau Jansen.« Ruth wurde rot. »Das dürfen Sie aber Frau Jansen nicht verraten«, wisperte sie.

Wieder lachte Frau Grüner. »Keine Sorge, Kindchen, das werde ich nicht, versprochen.« Sie packte die Einkäufe in den Korb und zählte dann das Geld ab. »Da fehlen dir fünfzig Pfennige. Ich schreib sie an, und einen schönen Gruß an Frau Jansen.«

»Den werde ich bestellen«, sagte Ruth.

»Warte, Kindchen.« Frau Grüner packte ein paar Dinge in eine kleine Papiertüte. »Für dich und Ilse – aber wirklich teilen«, sagte sie.

»Danke.« Ruth lächelte. »Danke sehr. Und natürlich teile ich mit Ilse.«

Der Schneeregen hatte nachgelassen, aber es wurde schon dunkel. Ruth band Spitz los und machte sich auf den Heimweg. Auf halber Strecke nahm sie das Tütchen hervor und schaute hinein – es waren nicht nur die Sahnebonbons, die Frau Grüner ihr eingepackt hatte, sondern auch etwas Lakritz und zwei Riegel Schokolade.

Als sie von der Roonstraße in die Friederich-Ebert-Straße abbiegen wollte, blieb sie mit einem Ruck stehen. Ihr kamen etwa sieben oder acht Männer entgegen, die braune Uniformen trugen und rote Fahnen mit schwarzem Kreuz schwenkten. Sie grölten ein Lied, das Ruth nicht kannte. Was sollte sie tun? Ihre Mutti hatte gesagt, wenn sie solchen Leuten begegnete, sollte sie einfach unauffällig weitergehen. Aber ihr Herz pochte plötzlich so stark, dass sie glaubte, jeder müsse es hören. Spitz, die vorausgelaufen war, blickte sich zu ihr um und zog an der Leine. Nun setzte auch wieder der Schneeregen ein. Spitz wollte nur eins – nach Hause. Sie interessierten die laut grölenden Männer in den braunen Hemden nicht.

»Du hast recht, Spitz«, murmelte Ruth, »Wir gehen jetzt nach Hause.«

Zögerlich ging sie weiter, setzte einen Fuß vor den anderen, den Kopf gesenkt, bloß keinen Blickkontakt provozieren. Das Gegröle wurde lauter, das Geräusch schwerer Stiefel auf dem regennassen Asphalt dröhnte in ihren Ohren. Dann plötzlich bogen die Männer ab, verschwanden in einer Einfahrt. Im ersten Schreckensmoment glaubte Ruth, dass sie bei Theissens einkehrten. Herr Theissen stand in der Haustür, und begrüßte seine Freunde mit einem lautstarken »Sieg Heil! Sieg Heil! Heil Hitler! Endlich sind wir am Ziel!«

Ruth ging an den Männern vorbei. Die rote Flagge mit dem schwarzen Hakenkreuz, die einer der Männer trug, streifte sie –

der kalte und nasse Stoff berührte ihre Wange. Es war so, als ob sie plötzlich Eiszapfen verschluckt hätte – alles in ihr krampfte sich zusammen, und eine große Angst überkam sie.

Kapitel 19

Sommer 1933

»Ruth fährt mit nach Esens«, sagte Martha in einem Ton, der keine Widerrede zuließ. »Und danach fahren wir alle mit den Aretz' nach Holland.«

»Und was ist mit mir?«, fragte Ilse. »Ich will auch mit nach Esens.«

»Du bist zu klein«, sagte Ruth, der selber etwas mulmig zumute war. Sie würde mit knapp zwölf Jahren in der Gruppe der jüdischen Kinder und Jugendlichen zu den Jüngsten gehören.

»Aber du könntest auf mich aufpassen«, sagte Ilse und zwinkerte ihr zu. Ruth verdrehte die Augen.

»Nein, Schatz, das kann Ruth nicht. Aber du hast ja Frau Goldberg dann ganz für dich.«

»Die ist fatal, gar nicht wie Leni«, murmelte Ilse beleidigt.

»Frau Goldberg ist lieb«, sagte Ruth. »Und sie kümmert sich.«

»Das tut sie«, bestätigte Martha.

»Aber sie ist nicht wie Leni!« Ilse sprang auf, ihr Stuhl fiel krachend auf den Boden. Doch sie kümmerte sich nicht darum, sondern stürmte aus dem Zimmer.

Ruth schaute die Mutter fragend an. Sollte sie der Schwester folgen? Martha schüttelte den Kopf.

»So leid mir Ilse in ihrem Kummer tut, sie wird sich daran gewöhnen müssen.«

Es war Ende Mai, und der laue Wind blies durch die geöffneten Türen des Wintergartens bis in den kleinen Salon. Karl war bereits zu Hause. Es war Freitagabend, aber jeden Tag ging die Sonne ein wenig später unter, und sie hatten noch Zeit, bis sie die Sabbatkerzen anzünden mussten.

In den letzten Monaten war das Judentum immer mehr in den Fokus der Verachtung gestellt worden, und je mehr dies passierte, umso wichtiger schienen Martha und Karl die Rituale zu sein.

Beklommen nahm Ruth war, dass die Unsicherheit und Unruhe, die in ihrer Familie, aber auch samstags in der Gemeinde herrschte, immer weiter zunahm. In zwei Monaten, kurz nach ihrem zwölften Geburtstag, würde Ruth mit einer Gruppe Jugendlicher in die Ferienfreizeit fahren. Einerseits freute sie sich darauf, andererseits beneidete sie ihre Schulfreundinnen, die mit dem BDM wegfuhren – ihre ganze Clique würde zusammen sein, nur sie durfte natürlich nicht mit, denn für den BDM musste man arisch sein. Und arisch bedeutete, dass man nicht jüdisch sein durfte – bis in die Generation der Großeltern. Wer jüdische Großeltern hatte, war jüdisch – daran führte kein Weg vorbei. Ruth war froh, dass ihre Schulfreundinnen bisher keinen Unterschied zu machen schienen. Sie wurde weiterhin eingeladen, nahm an allen Aktivitäten teil. Die anderen Mädchen ignorierten einfach Ruths Herkunft und waren genauso herzlich und freundlich wie zuvor. Das machte Ruth froh, vor allem, da sie seit Hitlers Machtergreifung schon andere Dinge erlebt hatte. Am Schlimmsten war der 1. April gewesen. An diesem Tag waren an fast allen jüdischen Geschäften die Schaufenster beschmiert worden: »Kauft nicht bei Juden!«

Männer in brauner Uniform mit den roten Armbinden, auf denen das schwarze Hakenkreuz prangte, hatten sich neben den Eingängen der Geschäfte postiert; sie überwachten wer ein- und ausging.

An diesem Tag war Ruth mit ihrer Mutter in der Stadt gewesen, um für sie neue Anziehsachen zu kaufen. Schon beim Schuhgeschäft Hirsch hatten die Männer gestanden, genauso wie beim Modehaus Kaufmann, und ihre Mutter hatte sich nicht getraut, die Läden zu betreten, sondern war erhobenen Kopfes und steif vor Angst weitergegangen. Als Ruth sah, dass andere Leute die Braunhemden ignorierten und die Läden betraten, fragte sie ihre Mutter: »Warum gehen wir nicht auch hinein?«

»Ich will mich nicht damit auseinandersetzen, ich habe Angst vor den Folgen.«

»Dürfen die das denn? Dürfen die verbieten, bei Hirschs und den anderen zu kaufen?«

»Sie tun es einfach, mein Schatz.«

»Aber man müsste dagegen etwas machen. Schau, wie viele jüdische Geschäfte es gibt. Die verkaufen doch nur Dinge, das hat doch nichts mit Religion zu tun.«

»Das sehen sie anders«, antwortete ihre Mutter tonlos und zog Ruth weiter.

Dieser Tag hatte die Stimmung in der Stadt verändert, aggressiver gemacht: Juden wurden von jetzt an offen boykottiert.

In der darauffolgenden Woche war Ruth beim Frühstück eine Anzeige in der Zeitung ins Auge gefallen, die sie zutiefst verunsichert hatte:

An die gesinnungslosen Damen Krefelds !
Da uns nicht unbekannte Frauen und Mädchen Krefelds den SA-Boykott gegen die jüdische Greuelpropaganda mit einem Boykott des christlich gewerblichen Mittelstands beantworten, warnen wir diese. Sie sollen sich schließlich nicht wundern, wenn die SA sie demnächst genauso behandelt, wie einst die ehrlosen Weiber behandelt wurden, die mit den belgischen Soldaten und belgischen Offizieren in der Besatzungszeit verkehrten. Wir haben die Augen offen. gez. Aigeltinger, Sturmbannführer I/40

Mit klopfendem Herzen hatte sie die Zeilen überflogen.

»Was bedeutet das?«, fragte sie ihren Vater. »Und warum haben sie die jüdischen Geschäfte boykottiert? Das macht doch keinen Sinn.« Wieder las sie den Text. »Was ist Greuelpropaganda, Vati?«

Ihr Vater drehte die Zeitung um, und las die Anzeige, auf die Ruth gedeutet hatte. Denn faltete er sie zusammen und legte sie bedächtig beiseite. »Weißt du, diese Nationalsozialisten haben vor einigen Tagen eine andere Anzeige in die Zeitung gesetzt. In alle Zeitungen in Deutschland erscheinen zur Zeit ähnliche Anzeigen.«

»Und was stand da drin?«

Karl hatte Martha angeschaut, und als diese nach kurzem

Zögern nickte, war er aufgestanden und hatte aus der obersten Schublade der Anrichte einen Zeitungsausriss hervorgeholt und ihn Ruth gereicht.

VOLKSGENOSSEN!«, stand dort – eine dicke Überschrift.
Lüge und Verleumdung in der unerhörtesten Form werden im Auslande über den Befreiungskampf des schaffenden deutschen Volkes verbreitet. Mit den letzten Mitteln versucht das internationale Bank- und Börsenkapital, die deutsche Revolution zu sabotieren. Das deutsche Volk wird diesen Verbrechern die richtige Antwort geben.
AB SAMSTAG, DEN 1. APRIL VORM. 10 UHR
Kauft kein deutscher Volksgenosse mehr in jüdischen Geschäften! Alle Verbindungen persönlicher und geschäftlicher Art zu Juden sind abzubrechen.
Das internationale Judentum wollte diesen Kampf – es soll ihn haben
Vorwärts, Volksgenossen, – in alter Disziplin und Solidarität! Es lebe die deutsche Revolution, es lebe das schaffende deutsche Volk!
DER AKTIONSAUSSCHUSS KREFELD
Pahlings, Standartenführer, Balduin, Leiter der pol. Exekutive, Holthausen, SS.-Sturmführer.
Geschäftsstelle Ostwall

»Aber was bedeutet das?«, fragte Ruth erneut. »Wer sind die Verbrecher?«

»Die Nationalsozialisten sind die Verbrecher, Ruth«, sagte

Karl ernst. »Sie behaupten, dass Juden im Ausland gegen Hitler und seine Gesetzesänderungen vorgehen.«

»Tun sie das denn?«

»Die Unruhe auf den internationalen Geldmärkten ist groß – denn Hitler hat gesagt, dass er aus allen bestehenden Verträgen aussteigen will. Aber es gibt keine jüdische Aktion gegen das Reich, weder national noch international.«

»Also lügen sie?«

Martha nickte. »Aber du hast ja gesehen, es hat bisher nichts gebracht. In allen Geschäften wird weiterhin eingekauft.«

»Aber … welchen Frauen drohen sie denn?«

»Das ist alles Propaganda. Es soll so klingen, als ob die jüdische Gemeinde im Gegenzug nun die von Christen betriebenen Geschäfte meidet, was natürlich nicht stimmt. Doch es gibt genug Kleingeister, die das glauben – glauben wollen«, sagte Karl.

»Ich dachte immer, das, was in der Zeitung steht, stimmt«, sagte Ruth verwirrt.

»Es sind Anzeigen von den Nazis, keine redaktionellen Beiträge von Journalisten.« Karl sah Ruth an. »Verstehst du das?«

»Ich versteh nicht alles, nein. Aber ich will es verstehen und ich will mich informieren, Vati.«

»Das finde ich sehr gut, trotzdem sollst du dich nicht zu sehr belasten …«

Martha schaute aus dem Fenster in den Garten, wo Ilse mit Spitz spielte. »Von Ilse sollten wir das alles so gut wie möglich fernhalten. Sie ist noch zu jung und würde es überhaupt nicht begreifen. Es würde ihr nur Angst machen.«

»Es macht auch mir Angst«, sagte Ruth. »Aber es wird doch nicht noch schlimmer werden, oder?«

»Das hoffen wir. Außerdem sind ja auch nicht alle Nazis – das siehst du ja an deinen Schulkameradinnen«, versuchte Karl seine Tochter zu beruhigen. Doch die Unsicherheit war geblieben.

Es schellte an der Tür, und Ruth wurde aus ihren trüben Gedanken gerissen. Das waren sicher Omi und Opi, die zum Essen kamen, wie mittlerweile fast jeden Freitag.

Ruth öffnete die Tür und begrüßte die Großeltern. Dann sah sie Tante Hedwig und Hans. »Oh, ich wusste nicht, dass ihr auch kommt«, rief sie begeistert.

»Wir haben uns selbst eingeladen«, sagte Hedwig und schaute Martha, die Ruth gefolgt war, fragend an.

»Wie schön, dass ihr gekommen seid«, sagte Martha lächelnd. »Kommt alle herein. Karl, deine Schwester ist auch da.«

»Ist etwas passiert?«, fragte Karl besorgt und begrüßte seine Eltern und seine Schwester. Hans schlug er herzlich auf die Schulter.

»Nein, es ist nichts passiert«, beruhigte Hedwig ihn und küsste ihn auf die Wange. »Wir dachten nur, wir kommen mit den Eltern mit … man hat doch Redebedarf in diesen Zeiten und weiß nicht, wem man sich noch anvertrauen kann.«

»Das geht vorbei«, sagte Opi überzeugt und ging forsch an ihnen vorbei in den Wintergarten. »Das wird schon noch vorbeigehen.«

Martha ging in die Küche. Frau Jansen hatte sie schon ins Wochenende entlassen, aber die Köchin hatte reichlich vorgekocht, es würde passen. Auch der Eisschrank war gut gefüllt und zur Not gab es ja noch die Vorräte und Weckgläser im Keller.

Zufrieden ging sie zurück ins Esszimmer, legte zwei weitere Teller und Bestecke auf den Tisch.

»Gleich können wir die Kerzen anzünden.«

Die Familie hatte sich in den Wintergarten gesetzt – dort war es angenehm frisch, der Duft von Frühling kam durch die geöffnete Tür herein. Es roch nach frischem Gras und nach den ersten Rosen, die im Schutz der Hauswand wuchsen. Die Narzissen und Tulpen waren zum Teil schon verblüht, aber die Pfingstrosen öffneten ihre dicken Knospen und die Hortensien streckten die Dolden in die Sonne. Die Bartnelken wuchsen auch im Halbschatten der Bäume und dufteten intensiv. Auch die Rispen der Levkojen, die Martha so liebte, blühten langsam, aber sicher auf.

»Möchte jemand eine Tasse Kaffee?«, fragte Martha. »Oder soll ich eine Flasche Wein öffnen?«

»Ich bin für Wein«, sagte Karl. »Lass mich in den Keller gehen und ein paar Flaschen auswählen.«

»Das ist eine gute Entscheidung, mein Sohn«, sagte Minnie und lehnte sich zufrieden zurück. »Wie schön ihr es hier habt.«

»Und ich hoffe, wir werden hier bis an das Ende unserer Tage wohnen können«, sagte Martha.

»Ja, wenn Hitler abtritt, hast du vielleicht die Möglichkeit; ansonsten sehe ich schwarz«, sagte Hedwig bedrückt.

Ruth und Hans hatten sich gekühlte Limonade aus der Küche geholt, saßen auf der Treppe, die in den Garten führte, und lauschten der Unterhaltung der Erwachsenen.

»Was ist mit deiner Mutter?«, flüsterte Ruth zu Hans. »Warum ist sie so traurig? Oder bilde ich mir das nur ein?«

Hans schüttete den Kopf. »Ich weiß es nicht«, sagte er. »Sie ist seit Wochen so.« Dann legte er den Zeigefinger an die Lippen und lehnte sich nach hinten, um besser hören zu können.

»Hitler wird nicht bestehen«, sagte Valentin voller Überzeugung. »Schon bald wird dem Schreihals die Luft ausgehen.«

»Du bist so sicher, Vater. Woher nimmst du deine Überzeugung?« Karl war mit einigen Flaschen Wein aus dem Keller zurückgekommen und entkorkte nun einen Süßwein. Er schenkte den Damen ein, dann öffnete er einen Riesling. »Oder möchtest du ein Bier?«, fragte er seinen Vater.

»Da würde ich nicht nein sagen.« Valentin schmunzelte. »Wenn du denn hast?«

»Für dich immer«, sagte Karl und ging zurück in den Keller.

»Hedwig, du musst nicht so negativ denken«, sagte Minnie.

»Es fällt mir schwer. Berthold ist inzwischen für Palästina registriert. Und er hat auch Hans mit angemeldet. Ich werde aber Hans nicht gehen lassen.«

»Du glaubst, dass Berthold wirklich geht?«, fragte Martha.

»Jetzt noch mehr als zuvor. Viele Juden verlassen das Land. Und das ist auch richtig so, aber Palästina? Das ist nichts für mich.«

»Ja«, sagte Karl. »Es stimmt, gerade wandern viele aus. Der Neffe von Merländer zum Beispiel will Berlin verlassen und nach Spanien gehen.«

»Und Merländer?«

»Richard meint, ihm würde hier nichts passieren. Er ist zwar noch Miteigner seiner Firma, aber zieht sich mehr und mehr aus dem Alltagsgeschäft zurück. Er hat kein Interesse an der Gemeinde, pflegt keine mosaische Kultur oder Bräuche. Nur den Ariernachweis kann er natürlich nicht erbringen.« Karl seufzte. »Richard ist sich sicher, dass sich Hitler nicht lange wird halten können. Das Ausland beobachte Deutschland dafür zu genau, sagte er.«

»Ich denke auch, dass die Nationalsozialisten bald die Segel streichen müssen. Sie tönen groß, aber nicht alle unterstützen sie«, sagte Valentin. »Irgendwann geht den Leuten auf, dass Hitler Dinge verspricht, die er nicht halten kann.«

»Ich glaube, dass ist vielen jetzt schon bewusst«, sagte Karl. »Aber Hitler hat mit seinem Notstandsgesetz die Demokratie quasi ausgehebelt und sich selbst den Status eines Diktators verliehen. Wie er das geschafft hat, verstehe ich nicht.«

»Nun, er hat ja sukzessive andere Parteien verboten – vor allem die Kommunisten. Ich habe gehört, dass fast alle Mitglieder der kommunistischen Partei, die im Reichstag waren, inhaftiert worden sind. Und etliche Mitglieder der SPD auch.«

»Ich habe etwas von Lagern gehört«, sagte Martha leise. »Spezielle Lager für die Gegner des Nationalsozialismus.«

»Das wird erzählt«, sagte Hedwig. »Und Berthold meint, Hitler will vor allem Juden verhaften.«

»Komm«, sagte Hans zu Ruth, er war blass geworden. »Lass uns in den Garten gehen.« Er zog Ruth hoch und lief mit ihr in den hinteren Teil des Gartens, wo ihnen damals Aretz eine

Hütte gebaut hatte. Die Hütte war längst verfallen, aber es gab zwei alte Baumstümpfe, auf die sie sich setzten.

»Wirst du mit deinem Vater nach Palästina gehen?«, fragte Ruth.

Hans schüttelte den Kopf. »Noch hat er keine Visa, und selbst wenn – ich könnte doch Mutti nicht alleine lassen.«

»Aber was, wenn es noch schlimmer wird?«

»Wie soll es denn noch schlimmer werden?«

»Ich weiß nicht«, sagte Ruth nachdenklich. »Einige von den Freunden unserer Eltern sind in finanzielle Schwierigkeiten geraten – die Hirschs zum Beispiel. Sie werden wohl ihr Geschäft verkaufen müssen, hat Vati gesagt. Keiner will sie mehr beliefern, und wenn doch, dann zu unverschämten Bedingungen.«

»Hat dein Vater auch Schwierigkeiten?«

»Er redet nicht darüber, aber Sorgen scheint er sich schon zu machen.«

Als alle beim Essen zusammensaßen, hatte Ruth den Eindruck, dass sich ihre Eltern bewusst bemühten, andere Themen anzuschneiden, um für ein bisschen Sorglosigkeit zu sorgen. Doch die Fassade bröckelte. Sobald sich einer der Erwachsenen unbeobachtet fühlte, wurde sein Gesicht sorgenvoll und ernst.

»Sie wollen die Kultur zerstören«, platzte es bei Kaffee und Nachtisch plötzlich aus Hedwig heraus. »Diese Bücherverbrennungen, die sind doch schrecklich.«

»Jüdische Künstler dürfen nicht mehr arbeiten«, sagte Martha seufzend. »Auch in Krefeld nicht. Sie haben Kurt Rahmer entlassen.«

»Das wusste ich gar nicht«, sagte Karl. »Mensch, das ist ja fürchterlich. Das kann doch nicht so weitergehen.«

»In Berlin beraten sich gerade einige wichtige Künstler«, erzählte Valentin. »Sie überlegen, was man tun kann. Es sind ja tausende Sänger und Sängerinnen und auch Schauspieler nun arbeitslos.«

»Nicht nur die«, sagte Karl bitter. »Auch Lehrer, Anwälte und Journalisten.«

»Sie können doch nicht allen Juden die Arbeit nehmen«, meinte Martha. »Das kann doch nicht gut gehen.«

»Die Nazis wollen uns loswerden«, sagte Hedwig.

»Aber wir sind viele – wo sollen wir denn alle hin?«

Auch die folgenden Wochen waren von Sorgen überschattet. Die Hirschs mussten ihr Schuhgeschäft verkaufen und auch das große Modehaus Kaufmann, das den Brüdern Heinemann gehörte, wurde verkauft. Immer mehr jüdische Geschäfte mussten schließen oder bekamen andere Besitzer. Die Hirschs wanderten in die Niederlande aus, wo sie Verwandtschaft hatten. Somit verlor auch Luise Dahl wieder ihre Stellung. Als Jüdin stellte sie kein arischer Haushalt mehr ein, und die freien Stellungen bei jüdischen Familien, die sich noch Personal leisten konnten, waren rar. Schließlich fand sie Arbeit auf einem Bauernhof in Verberg. Allerdings musste sie schon um fünf Uhr im Stall sein, um die Kühe zu melken. Deshalb verließ sie um vier Uhr das Haus und radelte zum Hof. Die Arbeit war anstrengend und wurde nicht gut bezahlt – aber immerhin hatte sie sie. Viele andere hatten das nicht. Die Gemeinde schuf eine Suppenküche für die Armen und Alten, auch eine Kleiderkammer wurde eingerichtet.

Ruth versuchte, das, so gut es ging, zu verdrängen und sich auf die Ferien in Esens zu freuen, sie wurde immer aufgeregter. Zum Glück fuhren auch einige Bekannte aus Krefeld mit.

Eines Sonntags im Juli war es dann so weit. Ihre Eltern brachten sie zusammen mit Ilse zum Bahnhof, von wo aus der Zug gehen sollte.

Es war ein großes Gewühl, als sich die Schar auf dem Bahnsteig traf. Martha umarmte ihre Tochter lange und innig. »Pass gut auf dich auf«, sagte sie. »Und benimm dich.« Verstohlen wischte sie sich eine Träne von der Wange.

»Ach, Mutti, ich bin doch in drei Wochen wieder da«, rief Ruth und gab ihrer Mutter einen dicken Kuss, dann stieg sie aufgeregt in den Zug und suchte nach ihrer Freundin Edith. Edith hatte einen Fensterplatz ergattert, und so konnten sie ihren Eltern zuwinken, bis der Zug den Bahnhof verlassen hatte.

Es wurden lustige, fast unbeschwerte Wochen. Sie gingen zum Strand, spielten Tennis und Handball und hatten Gymnastikstunden auf der Wiese – überhaupt wurde Sport großgeschrieben.

Mit den anderen Mädchen verstand sie sich sehr gut, aber auch die Jungen hatten plötzlich eine andere Bedeutung als früher.

Bis tief in die Nacht tuschelten und flüsterten sie beim Schein einer Taschenlampe in ihrem Zimmer. Jeder Blick und jedes Wort der Jungen wurde besprochen und gedeutet.

»Also der Ernst, der hat die ganze Zeit Tutzi angeschaut, immer so von der Seite« sagte Edith. »Und als wir heute Gymnastik gemacht haben, da saß er unter dem Baum mit einem Buch in der Hand und tat so, als würde er lesen. Aber … er hat nicht ein einziges Mal umgeblättert.«

»Ja, das habe ich auch beobachtet«, meinte Lisa. »Du brauchst gar nicht rot werden, Tutzi!«

»Ach«, winkte Tutzi ab. »Der guckt nur. Aber Günther läuft die ganze Zeit hinter Frieda her. Und er hat auch schon deine Hand genommen. Ich hab's genau gesehen.«

»Wirklich?«, fragte Ruth.

Frieda nickte stolz.

»Wie fühlt sich das an?«, wollte Ruth aufgeregt wissen. Obwohl sie die Jüngste auf dem Zimmer war, wurde sie nicht anders behandelt.

Frieda drehte sich auf den Rücken, streckte sich aus. »Es ist ein herrliches Gefühl. So warm und weich und gleichzeitig kribbelt es im Magen – als ob man auf dem Rummel mit der Schiffsschaukel ganz hoch schwingt und dann wieder in die Tiefe fällt. Das Gefühl ist tadellos, und man muss es erleben, man kann es nicht beschreiben.«

»Wie muss dann erst ein Kuss sein?«, fragte Edith verträumt.

»Es ist seltsam«, meldete sich Eva zu Wort. Normalerweise war sie eher still und zurückhaltend. »Ich hätte nie gedacht, dass Lippen so weich sein können, so zart. Ja, und diese Wärme im Bauch und das Kribbeln, das ist dann auch da, aber noch viel, viel stärker. Man ist sich so nahe und so verbunden …«

Überrascht schauten die anderen Mädchen Eva an.

»Eva?«, sagte Edith. »Wer ist es?«

Eva biss sich auf die Lippen und schlug die Hände vor das Gesicht, schüttelte den Kopf.

»Nun komm schon. Du musst, musst, musst es uns sagen«, sagte Ruth. »Bitte.«

»Der Gerd aus Münster?«, fragte Frieda.

»Es ist Kurt, der aus Dortmund«, gestand Eva.

»Und ihr seid jetzt ein Paar?«, fragte Ruth atemlos.

Eva nickt. »Ich habe ihn so lieb und er beteuert, er mich auch. Wir haben schon Bilder getauscht, und wir werden uns schreiben.«

»Hach, ist das romantisch!«, sagte Frieda, ließ sich in die Kissen fallen und wäre dabei beinah vom Bett gerutscht.

Die ganze Gruppe brach in Gelächter aus.

»Ruhe da auf Zimmer fünf!«, rief eine der Betreuerinnen. »Sonst macht ihr die nächsten zwei Tage den Küchendienst alleine.«

Die Mädchen drückten sich die Decken vor das Gesicht oder bissen kichernd in die Kissen. Es war einfach herrlich, hier zu sein, alles war so neu und aufregend.

In der ersten Woche waren Mädchen und Jungen auf Distanz geblieben, man hatte sich beobachtet. In der zweiten Woche näherte man sich an und in der letzten Woche saßen alle abends beim Lagerfeuer zusammen. Manches Händchen wurde gehalten, aber Ruth genierte sich und fand sich noch zu jung dafür, obwohl sie, wie ihr alle versicherten, von einigen Jungs angehimmelt wurde.

Als der letzte Tag gekommen war, tauschte Ruth fleißig Adressen mit den Kameraden und Kameradinnen, und alle versprachen, sich zu schreiben. Der Abschied von den neuen Freunden fiel ihr richtig schwer. Und trotzdem warf sich Ruth ihrer Mutter überglücklich um den Hals, als sie in Krefeld aus dem Zug ausstieg.

Martha hielt sie fest, dann schob sie Ruth ein Stückchen von sich und musterte ihre Tochter.

»Du hast ordentlich Farbe bekommen«, sagte sie. »Und ich glaube, du bist auch gewachsen. War es schön?«

Ruth nickte. »Wir waren so viel draußen, immer an der frischen Luft. Und schwimmen waren wir. Ich kann jetzt ein wenig Tennis spielen und Handball haben wir auch gelernt. Das ist viel besser als dieses dumme Völkerball.«

»Du redest ja wie ein Wasserfall«, lachte Martha, die glücklich war, dass sie ihre Tochter wiederhatte.

Den ganzen Nachmittag saßen die beiden zusammen auf der Veranda, genossen die Sonne, und Ruth erzählte und Martha hörte zu. Frau Goldberg war mit Ilse in den Stadtwald gegangen, sodass die beiden Zeit für sich hatten.

»Es gab sogar ein paar Liebespaare«, berichtete Ruth gerade ihrer Mutter.

Martha zog die Augenbrauen hoch. »Gehörtest du dazu?«

»Nein«, Ruth lächelte. »Aber es waren ein paar nette Jungs dabei. Und mit einigen möchte ich auch schreiben. Und mit vielen, vielen der Mädels.«

»Da wirst du nun ein echter Backfisch – meine kleine große Tochter wird erwachsen.«

»Bis ich erwachsen bin, Mutti, dauert es noch ein wenig. Aber ein kleines Kind bin ich bestimmt nicht mehr.«

»Das ist richtig und auch gut so!«

Nach dem Ferienlager hatte Ruth beschlossen, Tagebuch zu führen, so, wie einige der älteren Mädchen. Jeden Abend lag Ruth auf ihrem Bett und hielt ihre Gedanken fest. Alle Mädchen, die sie kannte, taten das. Es half ihr, alles zu ordnen, denn so aufregend das Großwerden auch war, war es andererseits auch sehr verwirrend.

Eine Woche nach Ruths Rückkehr fuhr Familie Meyer mit den Aretz' in den Urlaub an die holländische Küste.

Zwei Tage nach der Ankunft in dem kleinen Ferienort besuchten Karl und Martha die Hirschs und nahmen einen Koffer mit, den sie nicht ausgepackt hatten.

»Was mag in dem Koffer gewesen sein?«, fragte Ilse ihre Schwester neugierig. »Vati hat Mutti Sachen gegeben, die sie eingepackt hat – Sachen aus seinem Arbeitszimmer, glaube ich.«

»Ich weiß es nicht«, sagte Ruth verträumt und las weiter in dem Brief, den sie bekommen hatte.

»Du immer mit deinen Briefen«, nörgelte Ilse. »Seit du in Esens warst, bist du nicht mehr die Alte. Komm, lass uns schwimmen gehen.«

»Später.«

»Mit dir ist echt nichts anzufangen. Komm, Rita, dann gehen wir eben schwimmen«, sagte sie und zog die Tochter von Hans Aretz hoch.

»Aber nur bis zu den Knien ins Wasser«, ermahnte Josefine Aretz die Kinder.

»Keine Sorge, Mutter«, sagte der achtjährige Helmuth, »ich gehe mit und passe auf die Mädchen auf.«

Beim Abendessen erzählte Martha von ihrem Besuch bei der Familie Hirsch.

»Werden wir auch nach Holland ziehen?«, fragte Ilse.

»Nein, ich denke nicht«, sagte Karl.

»Familie Hirsch wird sicher auch ausgebürgert«, brummte Hans Aretz. »Was dieser Österreicher macht, ist unglaublich. Ich habe vorhin erst die Liste gelesen.«

»Welche Liste?«, fragte Ruth.

»Von Deutschen, die ausgebürgert wurden – Juden, aber auch andere. Die geistige Elite Deutschlands, und alle, die gegen die NSDAP sind.«

Obwohl keine weiteren deutschen Gäste im Restaurant waren, sah Martha sich um. »Nicht so laut«, sagte sie.

»Dass wir darüber reden können, war doch ein Grund, weshalb wir hierhergefahren sind, Liebes«, sagte Karl. »Für viele der Politiker ist das Ausland die bessere Wahl. Sie haben in Deutschland keine Zukunft mehr, nachdem alle anderen Parteien verboten oder aufgelöst wurden. Und auch Kritiker wie zum Beispiel Alfred Kerr haben keine Chance mehr in diesem Deutschland. Ich glaube jedoch, dass sie im Ausland gegen die NSDAP opponieren werden. Die anderen Länder können doch so eine Diktatur in Europa nicht zulassen.«

»Was bedeutet denn ausgebürgert?«, wollte Ilse wissen. »Was machen die dann mit den Hirschs?«

»Sie verlieren die deutsche Staatsangehörigkeit – das heißt, sie sind keine Deutschen mehr. Und leider behalten die Nazis auch alles, was ihnen gehört – das Geld und das Haus.«

»Dann können wir auf gar keinen Fall ins Ausland gehen«, sagte Ilse. »Ich will unser schönes Haus behalten.«

»Das will ich auch, Ilschen«, sagte Karl.

»Aber einfacher wird es in der nächsten Zeit für sie nicht werden, Herr Meyer«, meinte Aretz. »Die Politischen werden verfolgt und inhaftiert, und mit den Juden geht man auch nicht besonders zimperlich um. Ich könnte mir vorstellen, dass das noch schlimmer wird.«

»Vielleicht für eine Weile. Aber ich sehe auch die Blicke aus dem Ausland. Und all die Leute, die jetzt gehen – oder rausgeschmissen werden, die haben Ansehen in Europa und darüber hinaus. Und sie haben Stimmen. Sie werden berichten, was in Deutschland passiert. Ich bin mir sicher, dass weder England noch Frankreich ein starkes Deutschland haben wollen, dass sich nicht mehr an Regeln hält.«

»Sie glauben doch wohl nicht, dass es noch einmal einen Krieg geben könnte?«, fragte Josefine Aretz erschrocken.

»Nein«, sagte Karl und schüttelte den Kopf. »Nein, das glaube ich wirklich nicht. Das würden die anderen Staaten niemals zulassen.«

»Ich bin froh, dass wir nicht wegziehen«, sagte Ruth zu ihrer Mutter, als diese zum Gute-Nacht-Sagen kam. »Ich kann jetzt Deutschland nicht verlassen. Nicht jetzt, wo ich so viele neue Freunde gefunden habe.«

»Sie ist verliebt«, sagte Ilse. »In diesen flotten Kerl, der ihr ständig schreibt.«

»Halt die Klappe«, fauchte Ruth. »Was weißt du denn schon?«

»Bist du verliebt?«, fragte Martha lächelnd.

Ruth nickte verlegen. »ich glaube schon, wenigstens ein bisschen. Aber er wohnt in Dortmund, das ist ja nicht gerade um die Ecke.«

»Aber auch nicht so weit weg. Nun schreibt euch erst einmal und lernt euch kennen.«

»Du bist nicht sauer, Mutti?«

»Ich bin doch keine Zitrone, Liebchen«, lachte Martha. »Natürlich bin ich nicht sauer. Aber ich würde mir sehr wünschen, dass du es langsam angehst und mit Bedacht.«

»Das verspreche ich dir, Mutti. Das verspreche ich dir ganz gewiss.«

»Und jetzt schlaft gut, Kinder und träumt süß von sauren Gurken«, sagte Martha und gab jeder noch einen Kuss.

TEIL 3

Sturm kommt auf

Kapitel 20

1934

Das Jahr 1934 brachte keine Entspannung der politischen Lage. Schon im Herbst 1933 trat Deutschland aus dem Völkerbund aus und verließ auch die Genfer Abrüstungskonferenz. Und im folgenden Jahr festigten die Nationalsozialisten ihre Macht. Nachdem im Sommer 1934 Hindenburg starb, vereinte Hitler die Ämter Reichskanzler und Reichspräsident und nannte sich fortan »Führer«. Die Massen waren begeistert.

Zuvor schon hatte er den deutschen Ländern die Souveränität entzogen und auch der Reichsrat wurde aufgelöst. Hitler höhlte nach und nach alle Gesetze aus, die die Weimarer Republik ausgemacht hatten. Vielen Deutschen gefiel einiges an seiner Politik nicht, aber dass er Deutschland wieder stark machen wollte, stieß auf große Zustimmung. Für die Juden wurde es immer schwieriger, das Leben so normal wie möglich weiterzuführen. Auch die Meyers arrangierten sich – so gut sie es konnten. Sie gehörten zu denen, die immer noch davon ausgingen, dass der Spuk bald ein Ende haben würde. Denn Hitlers Machtstreben konnte Europa nicht weiter so hinnehmen.

Martha hatte ihr Theaterabonnement nicht verlängern können, was sie sehr traurig machte. Stattdessen besuchte sie nun die vom jüdischen Kulturbund veranstalteten Liederabende, Opern oder Theaterstücke, bei denen jüdische Künstler aus dem ganzen Reich engagiert und so vor der Armut gerettet wurden. Martha war sofort dem Kulturbund beigetreten und zahlte gerne die monatlichen Beiträge, manchmal spendete sie sogar noch mehr.

Aber es hatten sich auch sportliche Vereinigungen gebildet. Da die Krefelder Juden nicht mehr in den Tennisclubs der Stadt spielen durften, wurde eine Anlage am Rand des Stadtwalds errichtet. Hier spielte Ruth oft und begeistert.

Sie liebte es auch, schwimmen zu gehen, doch an einem Sommertag 1934 hing plötzlich ein Schild am Stadtbad in der Neusser Straße. Darauf stand: »Juden unerwünscht!« Seit Jahren war sie hierhergekommen – mit Mutti oder Leni, später mit Freundinnen und manchmal auch alleine.

Sie stand vor dem Schild und konnte die ganze Bedeutung nicht fassen, aber es machte sie sprachlos. Ihr erster Gedanke war: Keiner weiß, dass ich Jüdin bin, man sieht es mir ja nicht an. Doch dann war sie umgedreht und nach Hause gegangen, verstört und verunsichert.

»Ich darf nicht mehr ins Schwimmbad«, sagte sie Mutti. »Weil ich jüdisch bin.«

Martha nickte nur. »Und ich darf nicht mehr in die Oper, weil ich jüdisch bin. Es ist zum Mäusemelken. Aber wir dürfen die Hoffnung nicht aufgeben, dass sich alles bald wieder ändert.«

»Tut es das?« Ruth wischte sich die Tränen von den Wangen.

»Es wird doch immer nur schrecklicher und schrecklicher und schrecklicher.«

»Ach Kind«, sagte Martha und nahm sie in den Arm. »Ich weiß es nicht, aber ich hoffe es sehr.«

»Ich gehe so gerne schwimmen«, schluchzte Ruth verzweifelt. »Warum darf ich das nicht mehr? Nur, weil wir Juden sind? Wir tun doch nichts Böses. Wir sind doch nicht anders als die Arier – wir sind doch einfach nur Menschen.«

»Das stimmt, Ruth. Du hast vollkommen recht. Aber es ist nun einmal so.«

»Was ist hier los?«, frage Karl, der aus seinem Arbeitszimmer gekommen war. Auch für ihn wurde die Arbeitslage immer schwieriger. Es gab kaum noch Geschäfte, die bei ihm Schuhe kauften. Zum Glück hatten sie noch das Mietshaus, das ihnen ein regelmäßiges Einkommen sicherte. »Warum weint ihr?«

»Weil ich nicht mehr schwimmen gehen kann, Vati«, sagte Ruth und warf sich in seine Arme. »Ich darf nicht mehr schwimmen. Juden sind im Schwimmbad nicht mehr erwünscht. Das ist so gemein, so fatal.«

»Ja, das ist es. Es ist fatal. Und es ist gemein. Und ungerecht. Und das müssen wir ändern.«

»Aber wie? Willst du die Nazis absetzen?«, schluchzte Ruth. »Das kannst noch nicht einmal du.«

»Nein, das kann ich nicht«, gestand Karl. »Aber ich kann andere Dinge machen. Wir, die Gemeinde, können andere Dinge machen. Ich kann nicht das städtische Schwimmbad an der Neusser Straße kaufen, aber ich habe ein Kull-Grundstück gekauft. Ein Grundstück an den Niepkuhlen mit einem kleinen Wochenendhaus. Dort könnt ihr schwimmen. Und übernachten können wir dort auch, zumindest am Wochenende. Es wird immer wie ein kleiner Urlaub sein, das verspreche ich.«

Martha sah Karl an. »Du hast es wirklich gemacht?«, fragte sie verblüfft.

»Ja, das habe ich. Heute.« Er sah sie an und in seinem Blick lag die Bitte um Zustimmung.

»Das ist fabelhaft«, sagte Martha und ging zu ihm, umarmte und küsste ihn. »Das ist einfach grandios. Es wird uns so viele Möglichkeiten bieten.«

»Darf ich dort in drei Wochen meinen Geburtstag feiern? Das wäre so knorke …«

»Aretz und ich müssen erst einmal schauen. Das Häuschen ist ziemlich heruntergekommen. Da muss noch einiges gemacht werden. Aber du kannst dort sicher mit deinen Freunden feiern, eine verspätete Feier vielleicht«, sagte Karl und sah Martha an.

»Deinen Geburtstag feiern wir hier, Kind. Alle werden kommen – Omi und Opi, Großmutter, Tante Hedwig und Hans …«

Ruth nickte.

»Gut«, sagte sie. Der Gedanke, dass sie nun ein Wochenendhäuschen am Rhein haben würden, tröstete sie darüber hinweg, dass sie nicht mehr ins Schwimmbad gehen durfte.

»Der Kulturbund hat das kommende Programm herausgegeben«, sagte Martha am nächsten Morgen beim Frühstück. »Alles, was sie für den nächsten Monat geplant haben.«

Ruth nahm das Blatt und studierte es. Noch konnte der Kulturbund die Stadthalle mieten und dort Veranstaltungen ausrichten. »Ach, schau mal«, sagte sie, »sie werden ›Charlys Tante‹ aufführen. Und ›Der große Bariton‹ wird gezeigt.«

Noch gab es viele Filmvorstellungen, Konzerte und Theaterstücke, doch dann wurde dem Kulturbund der Zutritt zur Stadthalle verwehrt. Zum Glück überließ der evangelische Frauenverein ihnen ihren Saal.

Das Wochenendhäuschen hatten Karl und Aretz bald einigermaßen hergerichtet. Es hatte zwei Zimmer, eine kleine Küche mit einem Kohleofen und eine überdachte und verglaste Veranda. In dem einen Zimmer stand ein kleiner Ofen, Tisch, Stühle und ein gemütliches Sofa. Auf dem kleinen Dachboden lagerten Matratzen und Decken, denn die Mädchen übernachteten dort oft mit ihren Freundinnen. Überhaupt etablierte sich das Grundstück an der Kull zu einem beliebten Jugendtreff. Sie konnten dort schwimmen, Aretz hatte ihnen ein kleines Ruderboot besorgt, abends machten sie oft Lagerfeuer, buken Stockbrot, legten Kartoffeln in die Asche und brieten Würstchen über dem Feuer. Irgendeiner hatte immer eine Gitarre dabei, und dann wurde gesungen.

»Veronika, der Lenz ist da«, sangen sie, aber auch »Am Brunnen vor dem Tore«. Volkslieder und Schlager wurden gesungen und nicht immer waren sie textsicher, was zu großer Heiterkeit führte.

Aber zum Abschluss sangen sie immer:

»Irgendwo auf der Welt gibt's ein kleines bisschen Glück
und ich träum' davon in jedem Augenblick.
Irgendwo auf der Welt gibt's ein bisschen Seligkeit
und ich träum' davon schon lange, lange Zeit.
Wenn ich wüsst', wo das ist, ging' ich in die Welt hinein,
denn ich möcht' einmal recht, so von Herzen glücklich sein.
Irgendwo auf der Welt fängt mein Weg zum Himmel an.
Irgendwo, irgendwie, irgendwann!«

Es war ein wehmütiges Lied, und meist schwiegen sie danach und jeder hing seinen Gedanken nach. Ihre Welt hatte sich in den letzten Jahren grundlegend verändert.

Hier, in der Abgeschiedenheit der Niepkuhlen, am Wasser des alten Rheinarms, sprachen sie darüber, leise und voller Beklemmungen. Immer wieder kam es zu Zwischenfällen mit Mitgliedern der NSDAP oder der Hitlerjugend. Aber es war gefährlich, darüber zu reden – nur unter sich und hier draußen trauten sie sich.

»Ich war neulich«, erzählte Ruth und musste schlucken, »mit dem Fahrrad in der Stadt. Da kam mir eine Gruppe HJ-ler entgegen. Es müssen acht oder neun gewesen sein. Sie gingen nebeneinander, hatten sich eingehakt und grölten. Als sie mich sahen, schrien sie: ›Jude! Jude! Jude!‹ Ich weiß nicht, ob sie mich meinten, denn woher sollten sie wissen, dass ich jüdisch bin?«

Sie schaute in die Runde. Ihre Freundinnen sahen sie gebannt an.

»Ich wäre gestorben vor Angst«, sagte Lotte.

»Was hast du gemacht?«, fragte Edith entsetzt.

»Ich habe mich auf mein Fahrrad geschwungen und bin einfach durch sie durch gefahren – damit hatten sie nicht gerechnet und sie sind zur Seite gesprungen. Dann bin ich, so schnell es ging, nach Hause geradelt.«

»Menschenskind, du traust dich was!«, sagte Lotte voller Bewunderung.

»Ich weiß nicht«, sagte Ruth zögernd. »Es hätte auch anders ausgehen können. Ich habe aber gar nicht groß nachgedacht, sondern bin einfach gefahren. Aber nachher ging mir die Pumpe.«

»Kanntest du wirklich keinen?«

Ruth überlegte. »Ich glaube, Horst war dabei – aber ich glaube nicht, dass er mich denunziert hätte.«

»Welcher Horst?«, fragte Lotte langsam.

»Horst Theissen, unser Nachbar.«

»Da, wo die große Hakenkreuzfahne am Haus hängt?«

Ruth nickte. »Herr Theissen ist in der NSDAP. Und Horst schon seit Jahren in der Hitlerjugend. Aber wir haben früher zusammen gespielt … er würde mich doch nicht verraten. Er weiß natürlich, dass wir Juden sind.«

»Mensch, ich würde darauf wetten, dass er es war«, sagte Lotte. »Er ist ein fieser Mensch. Neulich hat er vor mir ausgespuckt und ›Judenschwein‹ gesagt.«

»Wirklich? Horst?«, fragte Ruth entsetzt. »Das hätte ich ihm nicht zugetraut. Wirklich nicht.«

»Man muss allen jedes und alles zutrauen heutzutage«, sagte Edith. »Schreibt ihr eigentlich Tagebuch?«

Die anderen nickten. »Natürlich!«

»Habt ihr von den Fällen in Köln und Düsseldorf gehört?«,

fragte Edith. »Da hat nämlich die SA Wohnungen von Juden durchsucht – die Gründe kenne ich nicht. Aber sie haben sogar die Tagebücher von Kindern mitgenommen und studiert. Und sobald dort etwas gegen Hitler und die Partei stand, wurden die Väter verhaftet und in ein Lager gebracht.«

»Nach Dachau«, sagte Helga leise. »Da war mein Vater auch für drei Wochen, weil er gegen irgendein Gesetz verstoßen haben soll.«

»Aber er ist wieder da? Was ist das denn für ein Lager?«, fragte Ruth.

»Darüber spricht er nicht.« Helga senkte den Kopf. »Seitdem ist er anders. Wir versuchen, nach Palästina zu kommen.«

»Meinst du, das kann auch hier passieren? Natürlich schreibe ich auch über die Sachen, die passieren und die früher nicht passiert sind«, sagte Ruth nachdenklich.

»Dinge, die sich verändern«, bestätigte Lotte. »Darüber, wie mit uns umgegangen wird. Manchmal stehen Hitlerjungs vor unserer Schule, beschimpfen und bespucken uns. Immer wieder werden Scheiben von Geschäften eingeschlagen. Ich bin froh, wenn ich nicht in die Stadt gehen muss – und wie gerne bin ich früher mit Mutti bummeln gegangen. Es hilft mir, das alles aufzuschreiben – ich habe dann das Gefühl, damit weniger allein zu sein.«

»Ich hoffe immer, dass niemand mir ansieht, dass ich Jüdin bin«, sagte Edith. »Aber die Angst ist da. Überall.«

»Gut, dass dein Vater die Kull gekauft hat«, sagte Helga. »Hier ist man ungestört und unter sich. Zu Hause stülpt Mutti jetzt immer den Kaffeekannenwärmer über den Fernsprecher im Flur, weil sie Angst hat, dass die Nazis durch das Telefon irgendwie mithören können.«

»Das macht meine Mutti auch«, sagte Ruth. »Morgen werde ich mein Tagebuch durchgehen und alle Passagen durchstreichen – dick mit Tinte, die gefährlich sein könnten. Vielleicht klebe ich auch Seiten zusammen … aber aufgeben möchte ich es nicht, es ist genau, wie Lotte sagt, das Schreiben ist mir wichtig.«

»Ich wünschte, wir alle könnten das Land verlassen«, meinte Anne. »Wir alle zusammen. Und in einem anderen Land alle zusammen weiterleben. Das wäre ein Traum, mein Traum.«

»Aber ihr wollt doch nach Amerika gehen?«, sagte Ruth.

Anne nickte. »Ja, wir haben alle Ausreiseanträge gestellt, aber die Bearbeitung zieht sich. Es dauert so unendlich lange.«

»Wir wollen nach Palästina, wenn es hart auf hart kommt. Vati will eigentlich gar nicht aus Deutschland weg, aber Mutti drängt ihn. Sie hat Angst. Und ich auch«, sagte Ruth.

»Wir werden versuchen, nach Holland auszureisen«, sagte Edith. »Da haben wir Verwandtschaft. Aber auch das ist nicht so einfach, und am liebsten würde ich hierbleiben und die Zeit zurückdrehen. Ich hätte es gerne so wie früher, als alles noch leicht und einfach war.«

Sie sahen sich an und nickten. Das Feuer war fast heruntergebrannt, es wurde Zeit, ins Häuschen zu gehen, denn die Abende waren noch frisch.

»Morgen kommen ein paar Jungs«, sagte Ruth und stand auf. »Heinrich, Gerd und Peter.«

Anne sah sie an. »Kurt würde auch gerne kommen.«

»Welcher Kurt?«, fragte Ruth überrascht. »Hast du uns etwas verschwiegen?«

»Mein Bruder Kurt. Er war ein halbes Jahr bei unserem Onkel in der Pfalz und ist jetzt zurückgekehrt.«

»Dein Bruder? Der ist doch schon … sechzehn?«, sagte Ruth überrascht.

»Ja, stimmt. Aber sein alter Freundeskreis hat sich aufgelöst … die meisten sind bei der HJ und wollen nichts mehr mit ihm zu tun haben. Er würde gerne noch einen anderen Freund mitbringen, den Walter Goldspiel, der ist auch so alt wie er. Sie wollen schwimmen und so … es gibt ja nicht mehr viele Möglichkeiten.«

»Dann sollen sie kommen«, sagte Ruth leichthin. »Hier steht die Tür allen offen.« Insgeheim aber machte sie sich Sorgen – was würden ihre Eltern denken? Bisher waren die Jugendlichen der Gruppe alle im Alter von Ruth – zwölf- bis vierzehnjährig. Andererseits galt das, was Ruth gesagt hatte: Die Tür stand allen Gleichgesinnten offen. Sie wollten gegen die Nazis halten und Möglichkeiten schaffen, die sonst nicht mehr gegeben waren. Anstand war natürlich eine große Voraussetzung und Ruth achtete streng darauf, dass dies eingehalten wurde. Die Mädels schliefen in der Hütte, die Jungs auf der Veranda – und das auch, wenn es regnete.

Sie nahm Anne zur Seite. »Dein Bruder und sein Freund werden sich benehmen, hoffe ich«, flüsterte sie ihr zu.

»Du kennst doch Kurt. Natürlich werden sie das«, sagte Anne lachend. »Eure Kull ist inzwischen legendär bekannt als Treffpunkt. Aber nicht alle trauen sich hierher.«

Die Mädchen holten die Matratzen vom kleinen Dachboden, breiteten sie aus und nahmen die Decken.

Kichernd und giggelnd putzten sie über dem Blecheimer die Zähne und krochen dann unter die Decken. Natürlich war die Zukunft beängstigend, aber sie waren junge Mädchen, voller Hoffnungen und Träume und hier hatten sie die Möglichkeit, frei zu sein, auch wenn es nur für einen Moment war.

Aretz und Martha waren morgens gekommen und hatten frisches Brot, Butter und Eier gebracht, Marmelade und Kompott. Aretz hatte die Feuerstelle akribisch untersucht und Ruth dann bescheinigt, dass sie alles gut gesichert hatte. Ruth wurde bei seinen Worten rot – Aretz lobte nicht oft.

»Heute Nachmittag kommen Vati, Ilse und ich auch. Dazu die Glimmichs und die Lindenbaums.«

»Ihr … ihr kommt hierher?«

Es war nicht ungewöhnlich, dass auch die Erwachsenen diesen Rückzugsort nutzten, nur an diesem Wochenende hatte Ruth nicht damit gerechnet. »Bleibt ihr über Nacht?«

»Du wirst mich nicht in dieser Hütte zusammen mit den ganzen Spinnen, Ohrenkneifern und Käfern übernachten sehen. Da müsste schon etliches passieren«, sagte Martha und lachte. Dann wies sie zu dem Grundstück rechts von ihnen. Dichte Kopfweiden und viel Gestrüpp verwehrten die Sicht, aber Ruth wusste, dass dort ebenfalls ein Häuschen mit Steg war.

»Das Grundstück haben die Lindenbaums gekauft«, sagte Martha. »Wir werden heute den Abend dort verbringen, aber dann nach Hause fahren.«

»Sind die Aretz auch dabei?«, fragte Ruth. Mittlerweile gab es nur noch zwei nicht-jüdische Jugendliche, denen sie vertraute – Helmuth und Rita Aretz. Mit ihren Schulfreundinnen verstand sie sich immer noch gut, traf sich auch mit ihnen unter der Woche, aber sie war vorsichtig geworden und vertraute ihnen wenig an.

»Natürlich«, sagte Martha lachend. »Wie sollten wir sonst nach Hause kommen? Außerdem gehören sie dazu.«

»Aber Rita und Helmuth können bleiben?«

»Wenn sie das wollen, und Josefine es erlaubt – von mir aus schon. Gibt es da ein Problem?«

»Was ist mit Ilse?«

»Grundgütiger, Ruth. Ilse ist deine Schwester. Es ist ein lauer Sommerabend. Sie ist natürlich auch dabei. Ob sie hier schlafen will, weiß ich nicht. Ich weiß, du willst Zeit mit deinen Freunden verbringen, aber Ilse ist deine Schwester.« Martha wurde ärgerlich.

»Ja, sie ist meine Schwester, aber sie ist fast vier Jahre jünger als ich. Sie ist ein Kind – wie Rita auch. Rita ist gerade erst sieben geworden, wenn es im Gebüsch raschelt, fangen Ilse und Rita an zu weinen. Sie können ja gerne mit im Häuschen der Lindenbaums schlafen, aber nicht bei uns. Helmuth ist anders, der ist zwar erst neun, aber er ist tadellos tapfer.«

Martha sah sie an. »Ihr müsst zusammenhalten. Alle. Egal, wie alt ihr seid. Und Ilse ist deine Schwester und du solltest Rücksicht auf sie nehmen. Das erwarte ich von dir. Wir räumen dir Freiheiten ein, aber du musst uns dafür Entgegenkommen zeigen.«

Ruth senkte den Kopf. »Na gut«, lenkte sie ein.

»Frau Jansen hat für euch Kartoffelsalat gemacht, und wir haben neuen Stockbrotteig mitgebracht. Außerdem gibt es nachher marinierte Hähnchen und frische Rindswürstchen.«

»Werdet ihr denn hier sein oder drüben?«, fragte Ruth.

»Mach dir keine Gedanken, wir werden mit den anderen drüben sein. Wir sind zwar da, vor Ort, aber nicht an eurer Seite.« Martha biss sich lächelnd auf die Lippen. »Schließlich wollen wir auch unseren Spaß haben.«

»Ihr?«, fragte Ruth ungläubig.

»Wir sind zwar älter als ihr Backfische, aber wir sind noch nicht scheintot, meine Tochter«, sagte Martha lachend. »Habt ihr alles, was ihr braucht, oder sollen wir noch etwas mitbringen?«

Ruth überlegte. »Mutti«, sagte sie dann. »Ich will es nicht verschweigen, aber heute Nachmittag kommen ein paar Jungs – der Gerd, der Dieter und der Peter.«

Martha nickte. »Das habe ich mir schon gedacht. Alles andere wäre ja auch Blödsinn. Das Wetter ist herrlich, es ist Samstag – man sollte den Tag hier verbringen.«

»Annes Bruder kommt auch und bringt einen Freund mit …«

Martha lachte. »Das hat mir Elsa erzählt. Kurt war eine Weile in Bayern und jetzt ist er wieder hier. Das ist doch schön. Ob er mit euch kichernden Backfischen wirklich Zeit verbringen will, wage ich allerdings zu bezweifeln.«

Ruth senkte den Kopf. »Was mache ich denn mit ihm?«, fragte sie leise.

»Du lässt ihn einfach er selbst sein. Komm, du kennst Kurt

schon dein ganzes Leben irgendwie. Er wird sich schon benehmen. Und wenn er sich langweilt, ist das seine Sache und nicht deine, Liebes.«

Ruth sah ihre Mutter an. »Du bist die beste Mutter der Welt«, sagte sie glücklich. »Ich bin so froh, dass ich dich habe.«

»Ach, Ruth, ich bin nicht die beste Mutter der Welt, aber schön, dass du das glaubst.

»Für mich schon, denn du bist die einzige Mutter, die ich habe, und alles, was du tust, hat Hand und Fuß.« Ruth umarmte Martha. »Danke.«

»Ach, mein Schatz, ich bin froh, dass wir uns haben.«

Nachdem ihre Mutter gegangen war, kroch Ruth durch das Gebüsch zum Nachbargrundstück. Das Häuschen hatte eine kleinere Veranda, aber dafür, soweit sie sehen konnte, als sie durch die Fenster lugte, ein Zimmer. Auch der Küchenbereich schien kleiner zu sein. Das Haus stand schon eine Weile leer, und hier mussten nicht nur Spinnweben weggewischt werden, sondern auch einiges Andere neu gemacht und geändert werden. Ruth ging wieder zurück zu ihren Freundinnen.

»Heute Nachmittag kommen weitere Gäste«, sagte sie. »Lasst uns Besen und Lappen schwingen und alles fein herausputzen.«

Voller Begeisterung machten sich die Freundinnen ans Werk. Anschließend gingen sie schwimmen, ließen sich in der Sonne trocknen und genossen den herrlichen Tag. Es roch nach dem Sommerflieder, etwas sumpfig, und nach feuchtem Gras, das langsam in der Sonne welkte. Große Libellen schwirrten über ihnen, die Diamanten der Insekten, leuchtend und bunt. In den

Bäumen saßen die Krähen und riefen ihre schrillen Rufe, während die Tauben in ganzen Zügen über den Niepkuhlen flogen, um dann wieder in ihre Taubenschläge am Rand der Stadt zu verschwinden. Ein Specht hämmerte seine Morsezeichen in einen Baum, und irgendwo bellte ein Hund. Immer bellte irgendwo ein Hund. Spitz, die Ruth mitgenommen hatte, hob den Kopf und lauschte, dann legte sie die Schnauze wieder zufrieden auf ihre Pfoten und schloss die Augen.

Ruth saß im Schneidersitz auf dem Bootssteg und pellte die hartgekochten Eier, die ihnen Frau Jansen mitgegeben hatte. Edith säuberte die Stöcke, die sie für das Stockbrot verwenden wollten, der Hefeteig stand abgedeckt im Häuschen.

Plötzlich hörten sie lustiges Fahrradklingeln und Lachen. Es waren Heinrich, Gerd und Peter. Sie waren so alt wie sie und gingen oft zusammen mit ihnen zu den Veranstaltungen des Kulturbundes.

Die drei brachten eine Kiste Fassbrause mit, die sie zwischen ein paar Steinen in das seichte und kühle Wasser der Kull stellten.

»Hier«, sagte Gerd und gab Ruth ein großes Paket, das in Butterbrotpapier eingeschlagen war. »Meine Mutti hat uns Stullen geschmiert.«

»Könnt ihr sie ins Haus bringen, damit die Ameisen sich nicht darüber hermachen?«, fragte Ruth.

Die Sonne stand schon am Himmel, als weitere Fahrradklingeln zu hören waren, außerdem ertönte die Hupe eines Wagens.

»Wer kommt denn mit dem Automobil?«, fragte Gerd überrascht.

»Meine Eltern und Freunde«, erklärte Ruth.

»Deine Eltern werden hier sein?« Man sah ihm die Enttäuschung an. Er hatte ein Auge auf Lotte geworfen und umschwärmte sie.

»Nee«, sagte Edith. »Die werden da drüben sein.« Sie zeigte auf das Nachbargrundstück. »Meine Eltern haben es gekauft.«

»Trotzdem …«

»Wir machen ja nichts, was sie nicht sehen könnten, oder?«, fragte Ruth und zog die Augenbrauen hoch.

»Nein, natürlich nicht, wir sind ja nicht meschugge«, antwortete Gerd mit seiner kieksenden Stimme – er war mitten im Stimmbruch, wie auch Heinrich und Peter. Das war immer wieder ein Amüsement für die Mädchen.

»Halli-Hallo!«, rief nun eine tiefe Stimme. »Sind wir hier richtig?«

Anne sprang auf. »Das ist Kurt, mein Bruder«, sagte sie. »Ja, hier lang nach rechts, den kleinen Pfad.«

Es war eine Weile her, seit Ruth Kurt das letzte Mal gesehen hatte. Er war ja gut drei Jahre älter als sie, und bisher hatten sie wenig miteinander zu tun gehabt.

Nun schob er sein Fahrrad auf den Platz, strich sich die Haare aus der Stirn.

»Menschenskind«, murmelte Helga, »das ist ja mal ein fescher Kerl.«

Ruth schluckte und dachte dasselbe. Kurt war groß, hatte breite Schultern, dunkelblonde Haare, die Stirntolle modisch nach hinten gestrichen. Er war braungebrannt und muskulös. Und seine Stimme klang so erwachsen, und nicht so kieksig wie die der anderen Jungs.

Kurt begrüßte seine Schwester und schaute sich dann um. Sein Blick blieb an Ruth hängen.

»Du bist die kleine Ruth Meyer, richtig?«

»Ich bin Ruth«, sagte sie keck und stand auf, um ihm die Hand zu geben. »Aber so klein bin ich nicht mehr.«

Er lächelte sie an, auf seiner linken Wange bildete sich ein Grübchen. »Na, da haste recht.« Er drückte ihre Hand – ein fester und warmer Händedruck.

Sie sahen sich an, ein wenig länger als normal. Schließlich ließ er ihre Hand los. »Das ist Walter, ein Freund von mir. Ist es in Ordnung, dass er auch hier ist?«

»Das ist tadellos«, sagte Ruth. »Stellt eure Fahrräder ab. Möchtet ihr etwas trinken?«

Edith trat neben sie und stieß Ruth in die Seite. »Mich fragst du das nie, wenn ich komme.«

»Du weißt ja auch, wo alles ist«, entgegnete Ruth grinsend und reichte auch Walter die Hand.

Nach und nach stellten sie sich alle vor. Kurt sah sich um. »Schön ist es hier, richtig idyllisch.«

»Bald nicht mehr«, seufzte Edith und spickte nach nebenan. Dort standen nun zwei Wagen – der von Meyers und der ihrer Eltern. Fröhlich wurde ausgepackt – mit viel Hallo und Gelächter.

»Hallo Kinder«, sagte Martha, die mit Ilse, Rita und Helmuth den Pfad entlang kam. »Habt ihr alles, was ihr braucht?« Sie blieb stehen und sah die beiden großen Jungs verblüfft an. »Herrschaftszeiten«, sagte sie dann. »Du bist aber groß geworden, Kurt. Und du bist Walter Goldstein, nicht wahr?«

»Guten Tag, Frau Meyer«, sagte Kurt. »Wir sind sehr dankbar, dass wir diesen herrlichen Sommertag hier verbringen dürfen.«

»Deine Eltern sind nebenan.« Martha räusperte sich. »Vielleicht wollt ihr beiden lieber mit zu uns kommen, statt die Zeit mit den Backfischen und Kindern zu verbringen?«

»Danke für die Einladung«, sagte Kurt, »Aber ich glaube, uns gefällt es hier recht gut. Oh, phantastisch – es gibt auch ein Ruderboot.«

Martha nickte, dann nahm sie Ruth beiseite. »Du passt mir hier auf, ich verlasse mich auf dich.«

»Natürlich, Mutti.«

»Und du kümmerst dich um die Kleinen.«

Ruth verdrehte die Augen. »Ja, mache ich.«

»Und wenn etwas ist …«

»Mutti … was soll schon sein? Wir sind ja nicht das erste Mal hier an der Kull.«

»Du hast ja recht«, sagte Martha. Noch einmal warf sie einen skeptischen Blick auf die beiden Jungs, dann ging sie zurück zum Nachbargrundstück, und schon bald wurde ein Grammophon angeworfen und die Comedian Harmonists schmetterten ihre Lieder über die Niepkuhlen.

»Die scheinen ja richtig Spaß zu haben«, sagte Helga.

»Lieber dort als hier«, sagte Ruth mit einem breiten Lächeln. Sie trug die Bürde der Gastgeberin, und das war gar nicht so einfach, jetzt, wo Kurt und Walter dabei waren. Sie wollte vor den beiden Jungs auf keinen Fall als kleines, dummes Mädchen erscheinen, als alberner Backfisch. Doch dann überraschten die beiden großen Jungs sie. Sie schlugen vor Ilse, Rita und Helmuth mit auf eine Bootsfahrt zu nehmen, danach spielten Ilse und Rita am Ufer, Walter half ihnen zusammen mit Helmuth, Graben zu bauen und Deiche anzulegen.

Kurt fand ein festes Seil und befestigte es an einem Zweig einer Weide, die über dem Wasser hing. Mehrfach probierte er es aus, aber es gelang – man konnte sich mit dem Seil vom Ufer in die Kull schwingen und sich dort ins Wasser fallen lassen – ein großer Spaß, und alle probierten es johlend und lachend aus.

Irgendwann war auch Hans gekommen. Da er Ruths Vetter und somit Familie war, fühlte sie sich erleichtert. Hans war zwar nur so alt wie sie, aber nun hatten sie beide die Aufsicht über das Treiben, und auf Hans konnte sie sich immer verlassen.

Sie schwammen, sie spielten Federball und ein wenig Völkerball – so gut es auf dem unebenen Gelände ging. Dann machten sie das Lagerfeuer an, grillten die Würstchen und das Hühnerfleisch und rösteten das Stockbrot.

Nebenan war den ganzen Tag Buhei gewesen, es wurde geputzt, gekehrt, geschraubt und gehämmert. Die ganze Zeit über lief das Grammophon und auch dort schienen alle ihren Spaß zu haben.

Langsam wurde es dämmrig, und die Jugendlichen hatten das Lagerfeuer gerade angezündet, als Josefine Aretz zusammen mit Martha zum Häuschen kam.

Das Feuer glühte im Dämmerlicht, und der Schein spiegelte sich im Wasser des alten Rheinarms. Mücken umschwirrten sie, die Grillen sangen, und da und dort tauchten die ersten Glühwürmchen auf.

»Rita, Helmuth, es ist Zeit, nach Hause zu fahren«, sagte Josefine.

»Ilse, wir fahren auch«, sagte Martha. »Kommst du mit, oder bleibst du hier?«

Wenn es einen Gott gibt, flehte Ruth stumm, dann geht jetzt Ilse mit nach Hause.

Ilse sah Helmuth an. »Ich bleibe hier«, sagte er und straffte seine schmalen Schultern.

»Dann bleibe ich auch«, sagte Ilse.

»Dir ist schon klar, das dich heute Nacht niemand nach Hause bringt, wenn eine Spinne über dein Gesicht läuft und du heulst wie ein Wolf?«, fragte Ruth ihre Schwester.

»Ich habe hier schon geschlafen«, sagte Ilse und streckte Ruth die Zunge aus. »Und ich werde es wieder tun, nämlich heute.«

»Ruth!«, ermahnte Martha ihre Tochter leise. »Dann steht es fest – ihr bleibt hier. Wir fahren jetzt gleich nach Hause und kommen morgen wieder, um die Kinder abzuholen.« Sie sah in die Runde. »Ihr achtet auf das Feuer und benehmt euch.«

»Natürlich Mutti«, sagte Ruth.

Auf dem Nachbargrundstück wurden lauthals die Autos gepackt, das Grammophon lief weiterhin fröhlich.

Kurt hatte sich Helmuth geschnappt und spielte mit ihm am Ufer. Sie bauten Bötchen aus Rinde und ließen sie zu Wasser. Ruth setzte sich seufzend auf einen Baumstumpf und beobachtete die beiden.

»Er ist doch nett«, sagte Kurt zwinkernd zu ihr.

»Ja, Helmuth ist nicht das Problem. Meine Schwester ist das

Problem. Sie wird irgendwann heute Nacht nach Hause wollen, was dann nicht geht. Und ich habe sie an der Backe.«

»Ach, komm. Vielleicht wird es gar nicht so schlimm. Wie alt ist Ilse denn?«

»Sie wird im Dezember zehn.«

»Und du? Wie alt bist du?«, fragte er leise.

»Dreizehn«, sagte Ruth.

»Erst? Du wirkst viel älter.«

»Wirklich? Vielleicht ist es die Zeit«, sagte Ruth nachdenklich. »Diese Zeit prägt uns.«

Kurt nickte. »Kennst du den schon? Ein Junge erzählt seinem Opa davon, dass er in der Schule gelernt hat, dass Napoleon immer rote Hosen trug. ›Ja, ja‹, sagt der Opa. ›Das hatte seinen Grund – wäre er verwundet worden, hätte man das Blut auf der Hose nicht so gesehen.‹ Der Junge überlegt, dann lacht er auf: ›Jetzt weiß ich auch, warum Hitler immer braune Hosen trägt.‹«

Ruth biss sich auf die Lippen, dann lachte sie. »Du weißt schon, dass es gefährlich ist, solche Witze zu erzählen?«

»Ja«, sagte Kurt ernst. »Das ist mir bewusst. Aber wir sind doch hier unter uns. Und man überlebt nur mit Humor. Wir werden viel Humor brauchen in der nächsten Zeit.« Er sah sich um. »Das hier ist eine Idylle, ein kleines Paradies. Es ist perfekt.«

»Nur, wenn es nicht zu kalt ist und nicht regnet. Wobei … warmer Sommerregen stört nicht …« »Ja, es ist ein guter Ort, um frei zu sein«, sagte sie nach einer kleinen Pause. »Ich bin froh, dass wir ihn haben.«

»Bettenbauen«, rief Edith. »Mädels drin, Jungs draußen. Wir wollen die Betten fertig haben, bevor es dunkel ist.«

Alle liefen los, aber Ruth und Kurt blieben noch sitzen. Der Moment hatte etwas Magisches. Er sah sie an. »Ich habe gehört, du spielst Tennis?«

»Mehr schlecht als recht«, sagte sie und grinste schief.

»Ich spiele morgen ein Doppel. Ich habe mich im Verein qualifiziert. Vielleicht möchtest du zugucken kommen? Wir könnten auch ein paar Bälle tauschen.«

Ruth schluckte und versuchte, sich nicht zu räuspern. »Das hört sich gut an«, sagte sie – und obwohl sie sich sehr bemüht hatte, war ihre Stimme belegt.

Kurt sah sich um. »Gibt es noch eine Matratze für mich?«

»Bestimmt. Lass uns nachschauen gehen. Aber die Jungs schlafen draußen – auf der Veranda. Trotz der Mücken.«

»Da muss ich dann wohl durch«, sagte Kurt schmunzelnd. »Ich wette, ich überlebe es.«

Vielleicht war es die Anwesenheit der großen Jungs, vielleicht war Ilse tatsächlich auch älter und vernünftiger geworden, oder sie war einfach zu erschöpft von dem aufregenden Tag. Jedenfalls schlief sie durch und machte kein Theater – das erste Mal.

»Du warst tapfer«, lobte Ruth ihre kleine Schwester am nächsten Morgen.

»Ich bin ja auch kein Baby mehr«, sagte Ilse stolz.

Der Nebel stand wie Rauch über den Niepkuhlen, die Reiher flogen tief, tauchten lautlos in das Wasser ein und fingen ihre Beute.

Ruth hatte auf dem kleinen Kohleofen eine große Kanne Muckefuck gekocht, alle saßen etwas verfroren vor dem Haus und frühstückten.

»Bleibt ihr noch?« fragte Kurt Ruth.

Ruth schüttelte den Kopf. »Morgen ist Schule.« Wir werden aufräumen und alles soweit ordnen. Aber wir kommen wieder – je nachdem, wie das Wetter ist. Manchmal sind wir auch unter der Woche nachmittags hier.«

Er kaute auf seiner Lippe. »Kommst du zum Tennismatch?«

»Ja.«

»Das freut mich.« Er schwieg für einen Moment. »Es war ein besonderes Wochenende.«

»Ja.« Sie sah ihn an und strahlte.

Am Nachmittag, kurz nachdem sie nach Hause gekommen war ging Ruth zu dem Tennisspiel. Am nächsten Tag holte er sie ab, um Tischtennis zu spielen.

»Das habe ich erst ein paar Mal gemacht«, sagte sie schüchtern.

»So fängt man es an – erst ein paar Mal und dann immer mehr. Trau dich, du scheinst ein gutes Körpergefühl zu haben.«

Ruth traute sich, und es machte Spaß. Nun traf sie sich fast jeden Tag mit Kurt – sie spielten Tennis, gingen in der Kull schwimmen oder trainierten Tischtennis.

»Du bist das Mädchen, das ich am meisten mag«, gestand er ihr einige Wochen später. »Von allen Mädchen in Krefeld.«

Ruth sah ihn mit großen Augen an, sie konnte es kaum fassen, ihr Herz schlug wie wild, wenn sie nur an Kurt dachte.

»Ich?«

Langsam und zögernd nahm er ihre Hand. »Wollen wir ein Paar sein?«, fragte er leise. »Du und ich?«

»Bist du dir sicher? Ich bin viel jünger als du.«

»Aber du wirkst so durchdacht und vernünftig. Mach dir keine Sorgen, ich will nichts von dir, was unangemessen wäre.«

»Ach Kurt«, sagte sie glücklich und drückte seine Hand.

»Ich will gerne. Sehr gerne sogar.«

Kapitel 21

Krefeld, Sommer 1935

»Morgen ist mein Geburtstag«, sagte Ruth und schaute nach draußen. Sie saß zusammen mit Ilse auf dem Fensterbrett ihres Zimmers.

»Was glaubst du, was Kurt dir schenkt?«, fragte Ilse. Ruth war nun schon über ein Jahr mit Kurt zusammen.

»Ich weiß es nicht, aber egal, was es ist, es wird wunderschön sein.«

»Wird es das schönste Geschenk sein, dass du bekommst?«

»Ach, Ilse, nein – das weißt du doch. Das schönste Geschenk ist, dass Mutti heute nach Hause kommt.«

Ilse war im letzten Jahr im Lyzeum aufgenommen worden – als einzige Jüdin, und auch nur, weil sie so herausragende Noten hatte; die Repressalien gegen die Juden nahmen immer mehr zu.

An einem Nachmittag Anfang Dezember war eine Horde Nationalsozialisten durch Krefeld gelaufen und hatte gegen die Juden gewettert. Ihre Mutter war in der Stadt gewesen und hatte alles mitbekommen. Als sie endlich wieder zu Hause war – die Straße hieß nun Schlageterallee – brach sie weinend zusammen.

»Wir müssen ausreisen, Karl«, flehte sie. »Jetzt sofort. Diese Nazis werden sonst unseren Kindern etwas antun.«

Karl konnte sie beruhigen, doch seitdem litt sie unter nervösen Störungen, konnte nur noch schlecht schlafen und brach manchmal ohne Grund in Tränen aus.

Ihr Vater sorgte sich sehr um seine Frau und schickte sie schließlich an Pfingsten zu Verwandten nach Nürnberg. Aber auch dort wurde es nicht besser mit ihr, sodass sie schließlich für einige Wochen in eine Nervenklinik in Bad Kreuznach ging. Zweimal hatte die Familie sie dort besucht. Die Kur hatte Martha gutgetan, und nun sollte sie endlich nach Hause zurückkehren – zur großen Freude der Mädchen, die sie sehr vermisst hatten.

»Glaubst du, dass Mutti wieder ganz gesund ist?«, fragte Ilse leise.

»Ich hoffe es sehr.« Ruth glaubte es nicht, aber sie wollte ihre Schwester nicht beunruhigen.

Anna Peters hatte mit Hilfe von zwei Mädchen die ganze letzte Woche das Haus geputzt, gewienert und gebohnert. Nun glänzte und strahlte alles, es roch frisch nach grüner Seife und den Blumen, die Karl besorgt hatte. Zusammen mit Ruth und Ilse hatte er überall im Haus Blumensträuße aufgestellt.

Nun war er mit Aretz unterwegs zum Bahnhof, um ihre Mutter abzuholen. Ilse und Ruth hatten auch mitfahren wollen.

»Nein«, sagte Karl. »Nicht alle auf einmal. Wir müssen Mutti Zeit geben, erst wieder hier anzukommen.«

Ungeduldig warteten sie nun darauf, dass der Wagen endlich wiederkam.

»Siehst du Kurt heute?«, fragte Ilse.

»Nein, er trainiert den ganzen Nachmittag. Ich wollte eigentlich auch hin, aber Mutti kommt ja und das ist wichtiger.«

»Aber es gibt kaum einen Tag, an dem ihr euch nicht seht«, meinte Ilse grinsend.

»Manchmal sehen wir uns nicht, manchmal nur kurz. Es kommt ja auch immer darauf an, was er im Geschäft tun muss.«

»Werdet ihr heiraten, wenn er seine Ausbildung beendet hat?«

Ruth lachte. »Kurt ist nächstes Jahr mit seiner Ausbildung fertig und hofft, dass er bei Merländer und Strauss bleiben kann. Aber dann bin ich erst fünfzehn und das ist noch viel zu jung, um zu heiraten. Ich möchte die Schule beenden und so gerne studieren danach.«

»Was denn?«

»Das weiß ich noch nicht«, sagte Ruth. »Es ist ja auch noch Zeit.«

»Du wirst ganz sicher Kurt irgendwann einmal heiraten«, sagte Ilse verträumt. »Ihr seid so ein schönes Paar.«

In diesem Moment fuhr Aretz mit dem Wagen vor, und die Mädchen stürmten nach unten. Auch Spitz war aufgesprungen und bellte.

»Ruhe, Spitz«, sagte Ruth besorgt, »wir wollen Mutti nicht aufregen.«

Die Tür öffnete sich und nun gab es kein Halten mehr – die Mädchen stürzten sich auf Martha und umarmten sie.

»Endlich, endlich, endlich«, sagte Ilse. »Endlich bist du wieder da.«

»Du siehst wunderbar aus, ganz fabelhaft«, sagte Ruth.

»Danke, mein Kind. Ich bin froh, dass ich wieder hier bin. Ich habe euch sehr vermisst. Und den morgigen Tag wollte ich auf keinen Fall verpassen.«

An diesem Abend saßen sie alle zusammen im Salon und zündeten die Sabbatkerzen an. Martha sprach die Gebete. Ruth schloss die Augen, lauschte der Stimme ihrer Mutter und war auf einmal sehr, sehr froh.

Am nächsten Morgen musste sie warten, bis Mutti sie nach unten holte. Sie hatte aber aus dem Flurfenster geschaut und gesehen, was Herr Aretz und ihr Vater über die Gartentreppe nach oben trugen, und konnte es gar nicht fassen.

Endlich rief Martha: »Ruth, du darfst runterkommen.«

Ruth öffnete die Tür zum Salon.

»Wir kommen, wir nahen mit Jubelgesängen«, sang ihre Familie – auch Tante Hedwig und Hans waren schon da – »die Stimmen der Treue, der Liebe, sind wach. Wir weihen mit vollen, frohlockenden Klängen die liebliche Feier, den glücklichen Tag.« Und dann schmetterten sie: »Hoch soll Ruth leben, hoch soll Ruth leben, drei Mal hoch!«

Ruth umarmte Mutti und Vati, Ilse, Hans und Tante Hedwig. Und dann stieß sie ein paar spitze Schreie der Freude aus.

»Eine Ping-Pong-Platte. Ich kann es nicht glauben. Wie herrlich!« Sie wusste gar nicht, was sie sagen sollte, und musste sich erst einmal setzen.

Auf dem Gabentisch im Wintergarten lagen noch mehr Geschenke, nebenan war der Frühstückstisch gedeckt worden, und ein Kuchen mit Kerzen stand dort auch.

»Komm, mach deine anderen Geschenke auf«, drängte Ilse.

»Spielen wir gleich Ping-Pong?«, fragte Hans.

»Wo wollt ihr die Platte denn aufstellen?«, sagte Tante Hedwig.

Karl sah Martha an, sie war ganz blass geworden.

»Wir frühstücken jetzt erst einmal«, bestimmte er. »Und dann darf Ruth ihre Geschenke auspacken.«

Die Tischtennisplatte wurde wieder in den Garten gestellt, und nach dem Frühstück spielten Ruth, Hans und Ilse. Ruth hatte, neben vielen anderen Sachen, auch Schläger und Ping-Pong-Bälle bekommen. Zudem war da noch ein Paket mit zartem Seidenstoff, aus dem Ruth zusammen mit ihrer Oma ein Sommerkleid schneidern wollte.

Um kurz nach zehn schellte es, und Ruth lief zur Tür und öffnete. Kurt hielt ihr einen großen Blumenstrauß entgegen.

»Herzlichen Glückwunsch zum Geburtstag«, sagte er und gab ihr einen Kuss auf die Wange. Dann reichte er ihr ein Paket.

»Komm herein«, sagte Ruth. »Möchtest du ein Stück von meinem Geburtstagskuchen?«

»Erst musst du dein Geschenk auspacken.«

Vorsichtig löste Ruth die Schleife und das Papier. »Oh, eine Kakteenbank. Wie wunder-, wunderschön.«

»Die habe ich selbst gebaut«, sagte Kurt nicht ohne Stolz.

»Das macht sie direkt noch schöner.«

Ruth führte Kurt in das Esszimmer, wo er höflich alle begrüßte.

»Gut sehen Sie aus, Frau Meyer«, sagte er.

»Danke, du lieber Junge. Nun setz dich und iss von dem Kuchen. Möchtest du eine Tasse Kaffee?«

Auch Kurt spielte noch mit Ruth Ping-Pong, bevor er mittags wieder gehen musste, denn er war vom Tennisverein für ein Turnier aufgestellt worden.

»Immerhin hat der Leiter mein Spiel so spät gelegt, dass ich erst noch zu dir kommen konnte«, sagte er.

»Das finde ich sehr vernünftig von ihm«, meinte Ruth und lachte. Zum Abschied gab sie ihm einen Kuss auf die Lippen. »Ich habe dich sehr lieb«, sagte sie und wurde rot.

»Nicht so sehr, wie ich dich.«

Nachmittags kamen Oma Minnie und Opa Valentin und Ruth bekam weitere Geschenke.

Am Abend saß Martha bei ihr am Bett. »Nun, mein Schatz, bist du glücklich?«

»Ja, Mutti. Sehr.«

»Was war dein schönstes Geschenk?«

»Da brauche ich nicht überlegen«, sagte Ruth und drückte Marthas Hand. »Dass du wieder hier bist, das ist viel mehr wert als alles. Viel, viel mehr. Ich habe mir auch vorgenommen, mich nicht mehr mit Ilse zu streiten, aber ich weiß nicht, ob ich das hinbekomme.«

»Alleine, dass du es dir vornimmst, ist viel wert. Ilse hat es schwerer als du.«

»Wieso?«, fragte Ruth empört.

Martha tätschelte die Hand ihrer Tochter. »Weil Ilse nicht so ist wie du. Du gehst leichter durch das Leben. Du bist offen, du schließt schnell Freundschaften, du tobst dich aus. Natürlich erfährst du auch Enttäuschungen und die tun weh, aber du gehst erhobenen Hauptes durch das Leben.« Sie stockte. »Ilse ist anders – sie ist ruhiger, verträumter, in sich gekehrt. Sie braucht Zeit, bis sie sich mit jemandem anfreundet, jemandem vertraut und sich öffnen kann.«

»Aber das liegt doch an ihr. Ich kann doch nichts dafür, dass ich so bin, wie ich bin.«

»Nein, das kannst du nicht und Ilse ebenso wenig. Hast du mal versucht, dich in ihre Lage zu versetzen? So zu sein, wie sie ist? Du bist eines der beliebtesten Mädchen in der Schule, das warst du schon immer. Auf der Volksschule wie auch jetzt im Lyzeum. Ilse ist das nicht. Sie ist schüchtern und zurückhaltend und hat nur wenige, mit denen sie ihre Sorgen und Ängste teilen kann.« Martha sah Ruth an. »Versuch es mal.«

»Ach, Mutti«, sagte Ruth verlegen.

»Nicht, ›ach, Mutti‹ – versuch es wenigstens. Ilse wäre gerne so wie du. Wie ihre große Schwester. Aber sie kann nicht aus ihrer Haut. Und dann kommen noch diese anderen Dinge dazu …« Martha senkte den Kopf, ihre Unterlippe zitterte.

»Welche anderen Dinge?«, fragte Ruth nach.

Martha hob den Kopf, sah Ruth an. »Du hast Glück. Deine Klassenkameradinnen mögen und akzeptieren dich. Ilse ist ganz alleine auf weiter Flur, sie ist die einzige Jüdin in ihrer Klasse.«

»In meiner Klasse ist auch nur noch Olga Jüdin. Aber mit der will keiner Kontakt haben, weil sie doof ist, und nicht, weil sie

Jüdin ist«, sagte Ruth. Dann schluckte sie. »ich will versuchen, Ilse mehr zu verstehen und will auch versuchen, anders mit ihr umzugehen. Dass mir das gelingt, verspreche ich aber nicht.«

»Allein der Versuch ist schon sehr viel Wert. Danke, meine Große.« Sie lächelte und schaute auf die kleine Kakteenbank, die Ruth direkt neben ihrem Bett aufgebaut hatte. »Das hat Kurt für dich gemacht?«

Ruth nickte. »Ganz alleine, hat er gesagt. Siehst du, wie fein es gearbeitet ist?«

»Ja, sehr, sehr schön. Dein Kurt gefällt mir als Schwiegersohn sehr gut. Wenn er mal eine Existenz hat, gebe ich ihm dich sehr gerne. Er ist wirklich ein sehr netter Junge.«

Ruth glüht vor Freude und Stolz. »Danke, Mutti.«

In den folgenden Tagen und Wochen bemühte Ruth sich sehr, gut mit Ilse auszukommen. Es war nicht immer einfach, aber oft schluckte sie ihre bissigen oder vorschnellen Bemerkungen herunter.

Im August gab es Zeugnisse, und dann fingen endlich die Ferien an! Nach der Zeugnisausgabe ging Ruth zusammen mit Rosi in die Villa, auch Friedel Gerber war dabei – sie ging ebenfalls mit ihnen in die Klasse. Gemeinsam saßen sie im Garten, tranken Limonade, die Tante Lisa gemacht hatte, und genossen die Sonne.

»Ich bin so froh, dass mein Zeugnis endlich besser ist«, sagte Ruth voller Erleichterung.

»Wieso besser? Du bist eine der Besten der Klasse«, meinte Rita. »Das warst du schon immer.«

»Im Frühjahr hatte ich als Bemerkung darunter stehen: »Ruth beteiligt sich nicht rege am Unterricht. Das ›Nicht‹ war unterstrichen. Ich war so wütend, ich hätte heulen können.«

»Wie bitte?«, sagte Friedel. »Du und dich nicht beteiligen, wer erzählt denn so einen Unsinn?«

»Bestimmt der Doktor Zimmer. Wie er schon in den Klassenraum kommt und ›Heil Hitler‹ schreit. Ich wette, er hasst mich, weil ich Jüdin bin.«

»Blödsinn, Ruth. Das ist doch nur doofe Politik.«

»Meine Freundin Thea aus Dortmund hat mir geschrieben, dass sie in der Klasse jetzt abseits sitzen muss, an einem eigenen Pult. Weg von den christlichen Mädchen.«

Rosi schüttelte den Kopf. »Das kann nicht sein.«

»Das glaube ich auch nicht«, sagte Friedel. »Warum auch? Ja, du bist Jüdin, aber du bist auch herrlich famos. Und du bist gut in der Schule. Nein, das stimmt ganz sicher nicht.«

Ruth biss sich auf die Lippen. Friedel und Rosi waren inzwischen beim Bund Deutscher Mädchen, aber an ihrer Freundschaft hatte das nichts geändert. Im Gegenteil.

»Was machen denn die Maler im Haus?«, fragte Ruth Rosi. »Es stinkt ja überall nach Farbe.«

»Onkel Richard lässt die Wände übermalen. Alle Wände und Decken mit Gemälden. Es geht schon seit Tagen so, und ich finde es furchtbar. Dieser Geruch … eklig«

»Welche Bilder?«

»Im Kartenzimmer sind doch die Bilder und oben gibt es

auch noch Bemalungen – vom Campendonk. Du weißt schon – der Clown, die Schachfiguren und so.«

Ruth war entsetzt. »Warum lässt er das übermalen?«

»Campendonk gilt jetzt als entarteter Künstler. Und Onkel Richard möchte damit nichts zu tun haben. Er und sein Bruder sind ja auch Juden, aber eigentlich auch wieder nicht – sie leben jedenfalls nicht wie Juden.« Rosi tätschelte Ruths Arm. »Ich mein diese östlichen Juden, die mit Hut und Schläfenlocke ... diese wirklichen Juden. Das seid ihr ja nicht. Ihr seid ja Deutsche mit jüdischer Herkunft oder so.« Sie holte tief Luft. »Jedenfalls will er nichts mehr mit Campendonk zu tun haben.«

»Das ist schade«, sagte Ruth traurig. »Ich fand die Wandgemälde schön.«

Wehmütig dachte sie an das erste Mal zurück, als sie die Privaträume von Onkel Richard betreten hatte. Staunend hatte sie vor den Bildern gestanden, die ihr wie eine Geschichte vorgekommen waren. Und wie enttäuscht sie gewesen war, als sie feststellte, dass es nicht einen riesigen Raum gab, in dem die ganzen Seidenstoffe lagerten, so, wie sie sich das ausgemalt hatte. Dann die ersten Stoffmuster, die ihr Rosi geschenkt hatte und aus denen sie die ersten kleinen Dinge für ihre Familie und Freunde geschneidert hatte. Wie sehr hatte sie über die schillernden Farben gestaunt, wie bunt und unbeschwert damals doch alles war – es kam ihr vor, wie die Erinnerung an ein ganz anderes Leben. Sie könnte wieder einmal etwas nähen, vielleicht war es dann für einen Moment so wie früher? Sie musste an die Raupen denken, die um sich einen Kokon aus Seidenfäden spannen.

»Meinst du, wir können noch mehr Limonade bekommen? Und was macht ihr in den Ferien?«, riss Friedel sie aus ihren Gedanken.

»Limonade kommt sofort.« Rosi sprang auf.

»Fahrt ihr weg?«, fragte Ruth Friedel.

»Ja, wir fahren in die Berge. Wandern. Meine Eltern lieben es, ich hasse es.«

»Wir fahren auch in die Berge, zusammen mit Onkel Karl. Onkel Richard fährt nach Berlin zu seinem besten Freund«, erzählte Rosi.

»Wir fahren dieses Jahr nach Belgien«, sagte Ruth leichthin. Sie ließ es so klingen, als ob ein Strandurlaub geplant war – aber eigentlich fuhren sie nur mit dem Kulturbund für drei Tage nach Belgien zur Weltausstellung. Ilse war diesmal diejenige, die in ein Jugendheim nach Kreuznach fuhr – das Jugendheim in Esens hatte schließen müssen.

Die Fahrt nach Brüssel war ein Abenteuer, der Kulturbund hatte die Busreise organisiert. Kritisch wurde es nur an der Grenze – sie mussten aussteigen und wurden alle genau durchsucht und kontrolliert. Alles Bargeld, was nicht deklariert worden war, wurde eingezogen – unerlaubte Devisen, hieß es.

Ruth hatte während der ganzen Prozedur an der Grenze Herzklopfen. Ihre Mutter beugte sich zu ihr hinüber. »Das sind belgische Grenzer«, flüsterte sie. »Sie befolgen ihre Gesetze, aber sie sind nicht auf Juden aus.«

Nach gut zwei Stunden Fahrt kamen sie in Brüssel an. Als die Reise geplant wurde, waren alle Hotels bereits belegt gewesen, aber die Gemeinde hatte Privatunterkünfte aufgetan. Nach und nach wurden sie dorthin gebracht.

»Hier wohnen Sie«, sagte Houben, der Busfahrer und wies auf ein Haus. Karl, Martha und Ruth stiegen aus und klingelten.

Das Zimmer war im sechsten Stock. Ruth zählte die Stufen, die schon sehr ausgetreten waren. Es waren achtundneunzig Stufen. Auch andere aus der Gruppe fanden Unterkunft in diesem Haus.

Sie alle bezogen die Zimmer mit mulmigem Gefühl, untersuchten die Tapeten auf Wanzen. Nachdem die Koffer verstaut waren, sammelten sie sich und fuhren zur Ausstellung.

»Was meinst du, wird uns erwarten?«, fragte Ruth ihre Mutter.

»Am besten, du lässt dich einfach überraschen.«

Als sie das Gelände betraten, kam Ruth aus dem Staunen nicht heraus.

»Das ist ja riesig, wie eine eigene Stadt«, juchzte sie.

»Es stellt ja auch jedes Land aus und will sich hier repräsentieren.«

»Nur Deutschland nicht«, sagte Karl. »Und das nicht ohne Grund.«

Am Eingang standen kleine Wagen, mit denen man sich durch die Ausstellung fahren lassen konnte, es gab sogar eine eigene kleine Eisenbahn, die über das Gelände fuhr.

»Oh, wie wundervoll«, sagte Ruth, als sie vor dem italienischen Pavillon standen. »Ist das alles Marmor?«

»Ja, ich denke schon. Italien ist bekannt für seine Marmorsteinbrüche.«

Der Pavillon aus Palästina war wie eine Synagoge gebaut, Schilder auf Alt- und Neuhebräisch wiesen den Weg und führten unter anderem zu einem koscheren Restaurant, in dem ein Schild extra für die deutschen Juden hing.

Ruth war tief beeindruckt, las es mehrmals und prägte es sich ein.

Ausharren.

Zurückhalten.

Ruhig sein,

stand dort, und darunter in dicker, großer Schrift:

Die Juden haben nicht – wie es die Deutschen behaupten – das Deutschtum verraten, sondern sie haben sich selbst – das Judentum verraten.

»Stimmt das, Vati?«

»Lass uns später darüber sprechen«, sagte ihr Vater leise. »Es ist auf jeden Fall etwas, worüber man nachdenken sollte.«

Im Haus Großbritanniens bewunderte Ruth eine fünf Meter große Weltkugel, die sich auf einem blauen Tuch drehte, darüber war der Sternenhimmel gezeichnet – Ruth konnte sich fast nicht sattsehen. Die verschiedenen Sternenbilder waren als Gestalten wiedergegeben – ein großer, zotteliger Bär, die Jungfrau, in herrliche Schleier gehüllt, der Wagen und viele mehr.

»Jetzt gehen wir noch in den Vergnügungspark«, schlug ihr Vater schließlich vor. Und wieder kam Ruth aus dem Staunen nicht heraus, nicht einmal die Düsseldorfer Kirmes konnte da mithalten. Es gab drei Achterbahnen, viele Karussells und unzählige Buden.

»Da kann einem ja himmelangst werden«, sagte Ruth und griff nach der Hand ihrer Mutter. »Bei all den Leuten.«

»Und laut ist es«, entgegnete diese lachend. Es wurde ein vergnüglicher Abend, zu dritt probierten sie beinah jedes Fahrgeschäft aus, aßen Zuckerwatte und Liebesäpfel und hatten seit Langem zumindest für einen Moment das Gefühl, dass das Leben schön war.

Erst kurz vor Mitternacht erreichten sie ihre Herberge – mit einigen Hindernissen, denn ihr Chauffeur hatte die Straße vergessen.

»Es sind neunundachtzig Stufen«, sagte Ruth und seufzte, dann gähnte sie. »ich weiß nicht, ob ich das schaffe.«

»Du kannst natürlich auch im Flur schlafen«, sagte Martha lachend und zog sie mit sich hoch.

Karl öffnete die Tür und drehte den Lichtschalter, doch es blieb dunkel.

»Und nun?«, sagte er.

»Vielleicht ist nur die Birne kaputt«, meinte Martha, nahm den Stuhl, stieg darauf und drehte die Birne heraus. Tatsächlich war sie kaputt, man konnte den feinen Draht leicht gegen das Glas klimpern hören.

»Und nun?«, wiederholte Karl.

Martha überlegte, dann ging sie kurzentschlossen in das Nachbarzimmer. Dort wohnte Frau Houben, aber sie war noch nicht da, doch das Licht in dem Zimmer funktionierte. Martha drehte die Birne heraus und ersetzte sie durch die kaputte. Dann schraubte sie die andere Birne in ihre Lampe.

»Voila«, sagte sie und schmunzelte.

Karl schüttelte den Kopf. »Du bist mir ja eine«, sagte er vergnügt.

»Wir teilen uns das Doppelbett, Ruth«, sagte Martha. »Vati schläft auf der Liege.«

Ein Badezimmer gab es nicht, sie hatten nur eine Waschschüssel und einen Krug Wasser.

»Für eine Katzenwäsche reicht es«, stellte ihre Mutter fest. »Es ist ein außergewöhnlicher Ausflug, er erfordert außergewöhnliche Maßnahmen.«

Dann lagen sie in den Betten und drehten das Licht aus.

»Was fandest du an der Ausstellung am schönsten?«, fragte Martha ihre Tochter im Dunkeln.

»Es ist alles so einzig schön, Mutti. Ich kann es gar nicht sagen. Die kleine Dampfeisenbahn. Man muss es sich einmal vorstellen – die ist extra für die Weltausstellung gebaut worden, und Schienen haben sie überallhin verlegt.« Ruth überlegte. »Der Nachbau von Altbrüssel – das fand ich knorke. Sogar Kopfsteinpflaster haben sie dafür gelegt, und dass die Leute dort in der Kleidung von damals herumlaufen, das ist famos.«

»Ja, das war beeindruckend. Auch für meine Füße«, entgegnete Martha seufzend. »Ich habe ganz bestimmt Blasen.«

»Die habe ich auch …« Dann schloss Ruth die Augen, sie war so müde, aber die ganzen Eindrücke waren immens. »Danke«, murmelte sie, »dass ihr mir das ermöglicht. Ihr seid die besten Eltern der Welt.«

Nachts um drei wurden sie wach. Nebenan fluchte und schimpfte Frau Houben, die nach Hause gekommen war und ein dunkles Zimmer vorgefunden hatte. Lautstark machte sie ihren Ärger Luft. Ruth griff nach Marthas Hand, beide kicherten leise.

»Du wolltest mit mir noch über den Spruch reden, der im Pavillon von Palästina hing«, erinnerte Ruth ein paar Tage später ihren Vater.

»Hast du darüber nachgedacht?«

Ruth nickte. »Ja, aber ich verstehe ihn nicht ganz. Wieso haben wir das Judentum verraten?«

»Du kennst doch meine Ansicht – und die der meisten anderen Juden hier auch. Wir sind zuerst Deutsche, dann Juden. Wir pflegen die Rituale nicht mehr so wie früher oder wie es die orthodoxen Juden tun. Wir essen nicht koscher und wir halten auch andere Gesetze nicht mehr so ein, wie es die Thora vorgibt und es im Talmud erklärt wird.«

»Aber das sind doch auch Regeln für Menschen, die vor tausenden Jahren gelebt haben. Das passt doch gar nicht mehr zu unserem Leben.«

»Es gibt Juden, die das anders sehen. Und manche meinen, weil wir uns so vom Glauben entfernt haben, bestraft uns nun Gott.«

»Mit den Nazis?«

Karl nickte. »Aber das jüdische Volk hat schon immer viel ertragen müssen. Und es hat alles immer überstanden. Leicht war es nie und das ist es auch diesmal nicht, aber überstehen werden wir es.«

»Aber … in Palästina, leben da alle Leute nach der Thora?«

»Nein. Es leben dort nicht alle nach den alten Gesetzen, aber viel mehr Menschen als hier. Andere haben sich für ein Leben im Kibbuz entschieden, aber das ist genauso fremd für uns wie das orthodoxe Leben. Aber es gibt dort auch Städte – Tel Aviv zum Beispiel, da wohnen Leute wie wir.«

»Wenn wir nach Palästina gehen – leben wir dann in Tel Aviv?«

»Ich denke schon«, sagte Karl.

Nachdenklich ging Ruth in ihr Zimmer. Sie nahm ihr Tagebuch hervor und begann zu schreiben.

Donnerstag, der 29. 8.'35

Jetzt möchte ich gerne einmal etwas in mein Tagebuch schreiben, was niemand von meinen Bekannten oder Freunden lesen darf: Wie ich mir meine und der anderen Juden Zukunft denke.

Das ist ein Thema, über das in der jetzigen Zeit schwer zu reden ist. Wie ich ja schon einmal schrieb, können wir Juden (vorausgesetzt, dass es so bleibt, oder – was ich nicht hoffe – noch schlimmer wird) nicht hier bleiben. Wer weiß, wo ich später einmal mein Tagebuch lese. Hier? Oder im fremden Land?

In Palästina – das ist ein Schleier, den vorläufig noch kein Mensch auch nur ein klein wenig lüften kann. Vielleicht wissen wir es in einem Monat schon. Da kommen die »Judenfragen« raus. Was mag das geben?

Ich persönlich kann, und wenn ich in mein Innerstes schaue, will, in diesem Zustand in Deutschland nicht bleiben.

Es hängt aber nur von dem Können – oder besser gesagt Dürfen ab.

Dürfen wir?

Da hege ich und viele andere keine Hoffnung mehr. Ich denke über meine Zukunft so: Eines Tages heißt es: Binnen 2–3 Monaten darf kein Jude mehr in Deutschland sein! Dann wird alles sturmartig gepackt, die Häuser werden verkauft, alles Hab und Gut, was man nicht mitnehmen kann, wird verkauft, und nun geht es fort.

Wohin, das kann ich mir mit den »schönsten« Phantasiebildern nicht vorstellen. Das ist ein Punkt, da heißt es abwarten!

Dann werde ich nicht wissen, wo alle meine Freundinnen und Freunde hinkommen. Auch nicht, wohin mein Kurt kommt. Dann werde ich nie mehr etwas von ihm hören und das ist, soweit ich es jetzt beurteilen kann, mein Tod! Das kann ich, glaube ich, nicht ertragen. Mehr schreibe ich nicht. Ich kann einfach nicht. Ich will und will und will noch nicht an das Schreckliche denken. Werde auch mit niemandem darüber reden.

Ruth blickte noch einmal auf den letzten Satz, dann klappte sie das Tagebuch zu und verstaute es sorgfältig hinter einigen Büchern im Regal. Es hatte gutgetan, diese Gedanken zu Papier zu bringen.

Die »Judenfrage« beschäftigte alle. Kurz bevor die Schule im September wieder begann, trafen sich die Freunde der Familie Meyer bei Martha und Karl in der Kull. Die Glimmichs, die Lindenbaums, die Gompetz', und natürlich kamen auch Hedwig und Berthold – die zwar getrennt waren, sich aber immer noch gemeinsam um Hans kümmerten. Auch Luise Dahl war bei ihnen.

Es war ein schöner Nachmittag mit warmem Wetter und man genoss die Ruhe an der Kull, die frische Luft und das Beisammensein. Das Grammophon lief, die Kinder gingen schwimmen, fuhren mit dem Bötchen oder spielten Ball. Die Erwachsenen saßen auf der Veranda und unterhielten sich.

»Ich habe ein Visum für Palästina«, sagte Berthold.

Martha hatte sich schon über die rotgeweinten Augen ihrer Schwägerin gewundert.

»Nur für dich?«, fragte Karl und sah seine Schwester an.

»Für mich und Hans. Er weiß es noch nicht.« Berthold senkte den Kopf.

»Hans geht nicht mit«, fauchte Hedwig wütend, dann flossen die Tränen.

»Wir Juden haben keine Zukunft in Deutschland«, sagte Berthold beschwörend. »Lass mich Hans mitnehmen, und stell du selbst auch einen Ausreiseantrag. Bitte. Es geht um sein Leben. Unser Leben – aber vor allem um seins. Er ist noch so jung.«

»Noch sind die neuen Gesetze nicht beschlossen, und keiner weiß, was sie beinhalten«, sagte Walter Gompetz beschwichtigend. »Vielleicht wird es alles nicht so schlimm. Noch können wir hier – mit Einschränkungen – leben.«

»Willst du weiterhin so leben?«, fragte Berthold hitzig. »Mit Einschränkungen? Die immer mehr werden! Willst du das? Was gibt diesen Leuten, diesen Ariern, das Recht, so über uns zu urteilen, uns als Menschen zweiter Klasse einzuteilen?

Nichts! Daran ist nichts gerechtfertigt. Sie wollen uns loswerden? Gut, dann lasst uns gehen. Sie werden schon sehen, was sie davon haben.«

»Wir haben vor Monaten schon einen Ausreiseantrag für die USA gestellt und noch keine Antwort«, sagte Albert Glimmich. »Wir würden ja gerne gehen, aber wir dürfen nicht.«

Karl räusperte sich. »Wir haben auch einen Ausreiseantrag nach Palästina gestellt. Aber ich habe auch noch keine Antwort erhalten.«

»Was?«, rief Hedwig entsetzt. »Du bist mein Bruder! Und du hast mir das nicht gesagt?«

»Ich bin davon ausgegangen, dass Berthold auch für dich einen Antrag stellt.«

»Habe ich«, sagte er leise. »Aber ich habe nur zwei Plätze bekommen.«

»Aber … aber sie können doch Familien nicht auseinanderreißen …?«, sagte Martha und schluckte.

»Es gibt jedes Jahr nur eine bestimmte Anzahl von Plätzen. Und es bewerben sich viele, viele Juden, auch aus anderen Staaten – vor allem aus Osteuropa.«

»Es gibt ja noch andere Möglichkeiten – die Schweiz, Spanien, Frankreich, England. Ernst Seliger ist doch in England auf einer Schule«, sagte Albert. »Dort haben wir unsere Kinder auch angemeldet. Wenn wir nicht rauskommen, dann wenigstens sie.«

»Ich könnte meine Kinder nicht einfach so in die Fremde schicken. Ohne mich. Das könnte ich nicht«, Marthas Stimme zitterte.

»Auch nicht, wenn du dir die Alternativen ansiehst?«, wollte Berthold wissen.

»Wir wissen doch gar nicht, was kommt«, hielt Hedwig dagegen.

»Genau aus dem Grund will ich hier weg. Und zwar mit Hans.«

»Mir stellt sich die Frage gar nicht«, sagte Luise Dahl leise. »Ich habe kein Geld für die Ausreise. Auch nicht, um ein Visum für meine Tochter zu zahlen.«

»Die neuen Gesetze sind doch weder veröffentlicht noch beschlossen«, sagte Sofie. »Vielleicht sollten wir das abwarten.«

»Uns bleibt wohl keine andere Wahl«, sagte Martha.

Während die Erwachsenen debattierten, saßen die Jugendlichen am Ufer der Niep und ließen die Füße ins Wasser hängen. Sie genossen die Herbstsonne und das Abschiedssingen der Vögel, die schon nach und nach in den Süden aufbrachen.

Mit halbem Ohr nur lauschten sie den Gesprächen auf der Veranda. Nur Hans war angespannt und nervös – plötzlich stand er auf, stieg in das Boot und paddelte davon.

»Was hat er denn?«, fragte Kurt erstaunt. »Fährt einfach weg, ohne ein Wort zu sagen.«

»Ich verstehe ihn«, sagte Ilse, die zusammen mit Helmuth nach Regenwürmern buddelte – sie wollten am nächsten Tag angeln. »Es ist schrecklich, wenn die Eltern streiten.«

»Eure Eltern streiten ja wohl nicht«, meinte Edith und ließ sich in das Gras zurücksinken. »Ach, ist das heute herrlich. Wenn ich an die Schule in der nächsten Woche denke, wird mir ganz anders.«

Ilse und Ruth sahen sich schweigend an. In den letzten Wochen hatte es immer wieder Streit zwischen ihren Eltern gegeben. Vor allem ging es um das Thema Auswandern.

»Noch haben wir keine Schule«, sagte Ruth und versuchte, leichthin zu klingen. »Aber ich habe eine kleine Bitte an euch.« Sie ging in das Haus und kam mit einem Bündel Zettel zurück. »Ich habe eine Geheimschrift entwickelt, nach dem Alphabet. Jedes Zeichen steht für einen Buchstaben – von A bis Z. Hebt euch diese Zettel gut auf, macht Abschriften und versteckt sie. Das ist eine Geheimschrift nur für uns Juden in Krefeld. Wer weiß, ob wir es mal brauchen – falls nicht, egal. Falls doch, ist es gut, wenn wir so etwas haben.«

»Ruth das ist einzigartig!«, sagte Lotte voller Bewunderung. »Was du dir immer ausdenkst.«

»Grandios. Ohne Worte.«

»Meine Ruth ist die Beste«, sagte Kurt und küsste sie auf die Wange. »Das hast du toll gemacht, Schatz.«

Ruth wurde rot, zog die dünne Jacke aus, die sie trug, und hechtete ins kalte Wasser. »Los!«, rief sie. »Lasst uns schwimmen. Wer weiß, wie oft wir das in diesem Jahr noch können.«

Die anderen taten es ihr nach. Sie schwammen ihre Sorgen weg, tauchten unter ihnen hindurch und kraulten einer ungewissen Zukunft entgegen.

Kapitel 22

»Wir sind keine Reichsbürger mehr«, sagte Karl und klang fassungslos. Er legte die Sonderausgabe der Zeitung auf den Tisch, in der die neuen Gesetze erläutert wurden.

Martha setzte sich, sie war bleich. »Was bedeutet das jetzt?«

»Im Prinzip bedeutet das, dass wir keinerlei Rechte mehr haben«, sagte Karl leise. »Keine. Wir dürfen keine Ämter mehr innehaben und nicht mehr wählen, sollte es noch einmal zu einer Wahl kommen.«

»Gibt es noch mehr?«

»Ab dem nächsten Jahr dürfen Juden keine arischen Hausangestellten mehr beschäftigen, die unter fünfundvierzig Jahren alt sind.«

»Bitte?«, fragte Martha verblüfft. »Was soll das denn?«

»Da, lies es selbst nach. Wir Juden dürfen keine arischen Hausmädchen mehr beschäftigen.«

»Aber … mit welcher Begründung?«

»Weil der Jude per se … triebgesteuert ist«, sagte Karl mit gebrochener Stimme. »Und die Gefahr besteht, dass er sich an den arischen Hausmädchen vergreift. Aber eigentlich brauchen sie keine Begründungen. Sie beschließen das einfach und fertig.«

»Aber … aber … wie soll das gehen?«

»Ich weiß es nicht. Frau Peters kann nicht mehr kommen.«

»Und Frau Jansen?«

»Wie alt ist sie?«

»Schon über vierzig.«

»Dann kann sie vielleicht noch bleiben, aber ich fürchte, den Hausangestellten wird es schwer gemacht werden.«

»Und nun?«

»Nun müssen wir sehen, wie wir damit fertigwerden.«

Frau Jansen beschloss, wenigstens noch bis zum Ende des Jahres bei ihnen zu bleiben. Und das, obwohl sie auf der Straße als Judenfreund und Verräterin beschimpft, mit Eiern beworfen und ihr gedroht wurde.

Unter Tränen kündigte sie.

»Es tut mir so leid, Frau Meyer«, sagte sie. »Ich habe immer gerne hier gearbeitet, aber nun geht es nicht mehr. Ich hoffe, die Zeiten werden sich wieder ändern. Wenn das so ist, nehme ich gerne wieder eine Stellung bei Ihnen an.«

»Ich kann Sie verstehen, Frau Jansen«, sagte Martha bedrückt. Sie gab ihr zum Abschied noch eine Gratifikation. »Ich hoffe, Sie finden schnell wieder eine Anstellung.«

Frau Jansen senkte den Kopf, und Martha wusste, dass sie schon eine hatte.

Auch Frau Peters, die Zugehfrau, kündigte wenige Wochen nach Bekanntwerden der neuen Gesetze.

»Jetzt müsst ihr mir helfen«, sagte Martha zu Ruth und Ilse. »Alleine schaffe ich das nicht.«

»Wer wird kochen?«, wollte Ruth wissen.

»Das werde ich übernehmen. Aber ich kann nicht kochen und gleichzeitig das Haus in Ordnung halten. Ihr müsst putzen.«

Die Familie traf sich am Freitagabend im November zum Sabbat. Omi und Opi kamen, Großmutter Emilie und Hedwig mit Hans.

Martha hatte, wie so oft in der letzten Zeit, hektische rote Flecken im Gesicht. Sie versuchte, den Haushalt zu machen, stieß aber an ihre Grenzen.

Hoffentlich wechseln sie das Thema, dachte Ruth besorgt. Sonst bekommt Mutti wieder einen ihrer Nervenanfälle. Dann weint sie und lässt sich kaum beruhigen.

»Es ist schwer«, sagte Großmutter Emilie. »Meine Zugehfrau kommt nicht mehr. Und meine Köchin auch nicht, obwohl sie schon weit über fünfzig ist.«

»Niemand möchte mehr bei Juden arbeiten«, sagte Hedwig.

Großmutter Emilie räusperte sich. »Aber so kann es nicht mehr weitergehen. Ich weiß auch nicht, ob ich die Wohnung halten kann.« Sie sah Martha an. »Erich kommt nächste Woche. Er verlässt die Dominikanische Republik.«

»Er kommt zurück nach Deutschland?«, fragte Martha überrascht. »Das hat er mir nicht geschrieben.«

»Er hat Aussicht auf eine neue Stellung – auch wieder im Ausland, aber ich weiß nicht genau, wo«, sagte Großmutter. »Vielleicht kann ich mit ihm gehen.«

»Du willst Krefeld verlassen, Mutter?«, fragte Martha überrascht.

»Sollten wir das nicht alle tun?«, gab sie zurück. »Wenn ich meine Wohnung nicht mehr halten kann … ich will doch nicht auf der Straße leben.«

»Niemand in unserer Familie muss auf der Straße leben«, sagte Karl.

»Wir sind keine Reichsbürger mehr und haben keinen Anspruch mehr auf Hilfe, wenn es uns schlecht geht.«

»Das stimmt«, sagte Hedwig. »Es gibt nur noch ein paar jüdische Ärzte in Krefeld. Und ich bin mir sicher, es wird weitere Maßnahmen geben.«

»Wirst du dann doch mit Berthold nach Palästina gehen?«, fragte Martha.

Hedwig schüttelte den Kopf. »Nein, auf keinen Fall. Und ich lasse auch Hans nicht gehen.«

»Emilie«, sagte Karl nun, »falls du nicht mit Erich das Land verlässt, kannst du zu uns ziehen. Du wirst hier immer ein Zuhause finden, das weißt du hoffentlich.«

»Danke«, sagte Emilie. »Das weiß ich sehr zu schätzen.«

Einen Moment schwiegen sie. Dann sagte Martha:

»Einige unserer Bekannten suchen nach Möglichkeiten, ihre Kinder außer Landes zu bringen. Manche haben sie in England in Schulen angemeldet oder schicken sie zur Hascharah.«

»Du willst Ruth und Ilse wegschicken?«, fragte Omi.

»Nur, wenn es keine andere Möglichkeit gibt. Wir haben uns mit Freunden zusammengetan und versuchen, Englisch zu lernen – eine Debattierstunde, und wir lesen englische Bücher – natürlich im Moment noch mit Hilfe von Wörterbüchern«, erzählte Martha.

»Das ist eine gute Idee«, sagte Hedwig. »Darf ich mich euch anschließen?«

»Natürlich.«

Eine Woche später traf Marthas Bruder Erich in Krefeld ein.

»Ich konnte manches, was ich gehört habe, gar nicht glauben«, sagte er. »Aber nun sehe ich, dass es wahr ist.«

Es gab immer weniger jüdische Geschäfte, und bei denen, die es noch gab, waren die Schaufenster beschmiert oder sogar eingeworfen. Überall konnte man antisemitische Parolen lesen, das Hakenkreuz war allgegenwärtig.

»Warum bist du zurückgekommen?« fragte Martha ihren Bruder.

»Die Zustände in Santo Domingo waren für mich nicht mehr tragbar. Der Chef meiner Firma ist gegen den Diktator eingestellt – was zu einer Pleite führte. Ich hätte zwar dort auch eine neue Stellung finden können, aber ich wollte zurück nach Europa. Ich wusste aus euren Briefen, dass hier auch nicht alles zum Guten steht – aber so schlimm hätte ich es mir nicht gedacht.«

»Wir haben uns nicht getraut, klar zu schreiben«, gab Martha zu. »Manche Briefe werden geöffnet, und jede Kritik gegen Hitler wird geahndet. Schon für geringere Vergehen sind Männer in Haft gekommen. Es gibt inzwischen spezielle Lager dafür, dort müssen die Zustände furchtbar sein.«

Erich nickte. »Das kommt mir bekannt vor. Trujillo handelt ähnlich und duldet auch keine Kritik. Vor allem will er das Land

›aufhellen‹ und die dunkelhäutige Bevölkerung vertreiben – wenn nicht gar Schlimmeres.«

»Hier sind es die Juden … du kommst vom Regen in die Traufe.«

Erich schüttelte den Kopf. »Ich habe eine Stellung in Triest, in Italien. Ich fange schon in zwei Wochen an. Ich würde Mutter mitnehmen …«

»Du weißt, dass sie recht alt geworden ist? Sie wird immer vergesslicher und der Umgang mit ihr nicht einfacher.«

»Das habe ich schon gemerkt. Ich muss auch erst zusehen, dass ich mich dort einrichte. Aber wir bleiben ja in Verbindung, Schwesterchen.«

In diesem Moment kam Karl nach Hause. »Erich«, begrüßte er seinen Schwager herzlich. »Wie geht es dir?«

»Mir wird es besser gehen, wenn ich Deutschland wieder verlassen habe.«

»Erich will nach Italien«, erklärte Martha.

»Italien? Zu Mussolini?«, verblüfft sah Karl ihn an.

»Nun, der ist immer noch besser als Trujillo, und er steht gegen Hitler – das hat er ja gezeigt, als die NSDAP Österreich putschen wollten.«

»Mussolini ist ein Diktator und handelt nur nach seinen eigenen Interessen.«

»Immerhin gibt es dort keine Nürnberger Gesetze und auch keine Judenverfolgung wie hier.«

»Antisemitisch sind sie dennoch.«

»Ich habe das Gefühl, antisemitisch ist es im Moment überall.«

»Da kannst du recht haben.«

»Und ihr? Wollt ihr hier ausharren?«

»Ich habe Visa für Palästina beantragt«, sagte Karl. »Doch ich weiß nicht, ob wir dort glücklich werden können. Und meine Eltern wollen nicht gehen. Einen alten Baum verpflanzt man nicht, sagen sie. Sie wiederholen zwar immer wieder, dass wir uns nicht von ihrer Entscheidung beeinflussen lassen sollen, aber trotzdem, es fällt mir schwer, mir vorzustellen, sie einfach hier zurückzulassen ...«

»Vielleicht werden sie gehen müssen«, meinte Erich düster.

Dieser Gedanke schwebte über allen, auch wenn sie ihn nur selten aussprachen.

»Mein liebes Mädchen«, sagte Martha Anfang Dezember zu Ruth. »Was hältst du davon, wenn du über die Winterferien nach Nürnberg zu Tante Hilde fährst?«

»Nach Nürnberg? Ich? Oder wir alle?«

»Vati kann hier nicht weg, er muss seine Geschäfte ordnen zum Jahresende. Und ich muss ja hier den Haushalt führen. Aber für dich wäre es vielleicht doch schön, Tante Hilde zu besuchen. Dann kommst du einmal raus. Du hast mir die letzten Wochen und Monate so viel geholfen, da darfst du auch einmal Urlaub haben.«

Ruth kniff die Augen zusammen. »Ist das der wirkliche Grund?«, fragte sie misstrauisch.

»Du bist jetzt alt genug, um so eine Reise alleine zu machen, schon vierzehneinhalb Jahre ist mein kleines, großes Mädchen. Du würdest dort bestimmt viel Spaß haben.«

»Ist es schon beschlossen? Ich möchte eigentlich nicht. Ich möchte hierbleiben und das Lichterfest mit euch verbringen.«

»Nein, es steht noch nicht fest. Ich werde Tante Hilde noch einmal schreiben. Aber ich fände es nett für dich.«

»Sie wollen mich abschieben«, sagte Ruth später, als sie neben Rosi auf deren Bett lag. Ruth hatte vorgegeben, mit Rosi lernen zu wollen, aber eigentlich brauchte sie jemanden zum Reden.

Von oben drang laute Musik und viel Gelächter.

»Seit Onkel Richards Bruder hier wohnt, haben wir noch öfter Gesellschaften«, sagte Rosi und wirkte genervt.

»Dürft ihr überhaupt hierbleiben? Schließlich seid ihr ja arisch.«

»Tante Lisa ist ja schon achtundvierzig Jahre alt, sie betrifft die Regelung nicht. Und Mutter ist nicht bei Onkel Richard angestellt, sondern Vater – und arische Männer dürfen für Juden arbeiten. Dabei ist ja Onkel Richard gar kein richtiger Jude.«

»Es steht doch noch gar nicht fest, wer ein richtiger Jude ist.«

»Warum glaubst du denn, dass deine Eltern dich abschieben wollen?«

»Wegen Kurt. Ich habe Mutti zu Vati sagen hören, dass ihr unsere Freundschaft zu eng wird.«

»Nun, ihr seid wirklich das Paar der Stadt«, sagte Rosi grinsend. »Es gibt kaum einen Tag, nachdem man euch nicht zusammen sieht.«

»Das scheint nur so«, sagte Ruth verlegen. »Gut, wir sehen uns wirklich fast jeden Tag – aber das liegt ja daran, dass wir im gleichen Verein sind.«

»Er kommt ja auch manchmal und holt dich von der Schule ab.«

»Das war nur zwei Mal«, sagte Ruth. »Ich habe mir das genau gemerkt. An diesen zwei Tagen hatte er eher Schluss. Im Moment arbeitet er ja in der Fabrik von Merländer und Strauss, da hat er nicht vor siebzehn Uhr Feierabend.«

»Wie lange seid ihr jetzt zusammen? Ein Jahr?«

»Achtzehn Monate sind es am 15. und ich habe ihn jeden Tag ein wenig mehr lieb. Ich glaube, das behagt Mutti nicht und deshalb will sie, dass ich nach Nürnberg fahre. Zwei Wochen ohne Kurt, das halte ich nicht aus.«

»Es sind nur zwei Wochen.«

»Du weißt nicht, wie es ist, wenn man jemanden so ganz doll lieb hat.« Ruth seufzte. »Er hat mir zum Geburtstag doch diese Kakteenbank geschenkt, die er selbst gemacht hat. Jeden Abend küsse ich sie und stelle mir vor, er wäre es …«

»Ihr … ihr küsst euch?«

Ruth kicherte. »Manchmal. Meistens geht es von ihm aus. Ich traue mich nicht so … Wenn wir zusammen sind, dann fühle ich mich so eins mit ihm. Er ist so … er ist so einzig.«

»Wirst du ihn denn nicht über?«

»Nein, auf keinen Fall. Ich habe ihn einfach zu sehr lieb.«

»Musst du denn fahren?«

»Darüber ist das letzte Wort noch nicht gesprochen, zum Glück!«.

»Du bist erst vierzehn. Ich wette, das letzte Wort sprechen deine Eltern«, sagte Rosi lachend.

Und sie hatte recht. Am Sonntag, dem 22. Dezember, stieg

Ruth missvergnügt in den Zug. Der Abschied von Kurt am Abend zuvor war tränenreich gewesen – von ihrer Seite aus, Kurt selbst hielt sich tapfer.

»Ich werde dir schreiben, jeden Tag. Ich habe jetzt schon Heimweh«, sagte sie.

»Genieß einfach die Zeit, in Nürnberg liegt sicher Schnee. Wir haben hier nur Matsch. Und es ist immer schön, wenn man Verwandtschaft besuchen kann.«

»Ja, du hast recht. Du bist so vernünftig und erwachsen. Und ich bin so albern und kindisch. Wir haben uns lieb, was sind da schon zwei Wochen?«

Schmollend setzte sie sich in den Zug und verabschiedete sich nur halbherzig von ihren Eltern. Bis zum Spessart dachte Ruth, dass sie vor Kummer würde sterben müssen, doch dann schaute sie aus dem Fenster. Die Landschaft war atemberaubend schön, und überall bedeckte reiner, weißer, weicher Schnee Boden und Bäume. Sie öffnete das Schiebefenster, genoss den Duft der Tannen und die eiskalte Schneeluft. Als sie in Nürnberg aus dem Zug stieg, waren ihre Wangen rot glühend vom Wind und der Kälte.

Tante Hilde, eine Cousine von Martha, holte sie ab. Erschrocken sah sie Ruth an. »Du hast dich doch nicht etwa erkältet und kommst mit Fieber?« Sie legte Ruth die Hand auf die Stirn.

»Oh nein!«, sagte Ruth. »ich habe nur am Fenster gestanden und die Landschaft bestaunt. Die Berge und den Schnee. All das haben wir ja am Niederrhein nicht.«

»Hoffentlich hast du dir keinen Pips geholt.«

»Bestimmt nicht. Ich werde nicht oft krank. Wir haben ja

jetzt auch die Kull«, erzählte Ruth. »Da war ich in diesem Sommer und Herbst fast jeden Tag schwimmen – im kalten Wasser. Das härtet ab.«

Tante Hilde lachte. »Dann ist es ja gut. Wir haben nämlich viel vor in den nächsten Tagen. Ich hoffe, du bist darauf eingestellt?«

»Ich bin schon sehr gespannt.«

Und tatsächlich waren die Tage angefüllt mit Treffen, mit Besichtigungen, mit Stadtbummeln und Besuchen in jüdischen Cafés, von denen es hier noch einige gab.

»Heute Abend«, sagte Tante Hilde am Donnerstagmorgen lächelnd, »gehen wir in ein Tanzcafé. Warst du schon einmal in einem Tanzcafé?«

Ruth schüttelte den Kopf. »Nein.«

»Dann müssen wir zuerst deine Garderobe besichtigen, ob du denn auch ein schickes Kleid und die passenden Schuhe hast.«

»An Schuhen sollte es nicht scheitern, die bekomme ich ja immer von Vati.«

Gegen 17 Uhr machten sie sich auf den Weg. Ruth hatte sich ein Kleid von Hilde geliehen: taubenblauer Satin, mit einem U-Boot-Kragen und tiefem Rückenausschnitt. Dazu trug sie glänzend blaue Lackschnürstiefel aus der aktuellen Kollektion ihres Vaters und hatte sich eine selbstgenähte Seidenblume als Brosche angesteckt.

Ihre Mutter hätte das Kleid sicher zu erwachsen gefunden, aber Tante Hilde war erst fünfundzwanzig und noch nicht verheiratet, ihr schien das nichts auszumachen. Überhaupt war sie eine lustige Gesellschaft, und Ruth fühlte sich sehr wohl bei ihr.

»Schau, du solltest heute Abend tanzen. Du bist hier, damit du dich ein wenig vergnügst. Deine Mutti hat mir geschrieben, dass es bei euch im Moment etwas schwierig ist, und deshalb möchte sie, dass du schöne Ferien hast.«

Plötzlich schämte sich Ruth dafür, bei der Abfahrt nicht herzlicher gewesen zu sein. »Das hat sie gesagt? Mutti ist echt famos!«

»Ja, das ist sie. Auch wenn sie es nicht immer einfach hatte und hat. Sie liebt dich wirklich sehr. Aber heute wird es dein Abend. Ich verzichte gerne darauf, aufgefordert zu werden, wenn du tanzen kannst.«

»Aber ich war nicht in der Tanzschule, es gibt in Krefeld keine Tanzschule für Juden. Im Kulturbund hatten wir zwar ein paar Stunden, aber ich fürchte, das ist nicht das Gleiche.«

»Ach, mach dir keine Sorgen. Lass *ihn* führen.«

»Und wenn es kein *ihn* gibt?«

»Davon wird es ganz viele geben, glaub mir.«

Das Tanzcafé ›Bristol‹ war in der Innenstadt. Als sie die hübsch verzierte Glastür öffneten, schlugen ihnen laute Musik und feuchtwarme Luft entgegen. Ruth betrat mit klopfendem Herzen den großen Raum. Es war alles so neu und aufregend. Tante Hilde führte sie an einen kleinen Tisch und bestellte etwas zu trinken.

Aber auch nach einer halben Stunde war noch niemand gekommen, um sie aufzufordern. Ruth kaute schon nervös auf die Lippen, es wurde das vierte Lied gespielt, da stand plötzlich ein junger Herr in einem schwarzen Anzug vor ihr und verneigte sich. Unsicher sah Ruth zu Hilde, doch diese nickte ihr nur lachend zu.

Also tanzte Ruth. Sie versuchte, sich an die Nachmittage mit ihren Freundinnen zu erinnern, an denen sie ausgelassen zur Musik im Radio geschwoft hatten. Das entspannte sie ein wenig und alles ging gut. Nach dem Tanz brachte der junge Mann sie zurück zum Tisch und ging. Als die Musik wieder einsetzte, kehrte er direkt wieder um, aber er kam zu spät. Ein anderer Tänzer in einem grauen Anzug hatte Ruth bereits aufgefordert.

So wechselten sich schwarz und grau den Abend über ab, hin und wieder versuchte sich ein anderer junger Herr dazwischenzudrängen. Es war wie ein großer Glücksrausch und Ruth genoss den Abend sehr.

»Du bist die Jüngste im Saal gewesen«, sagte Hilde und hakte sich bei Ruth unter, als sie nach Hause gingen. »Und nach den Anlaufschwierigkeiten hast du keinen Tanz ausgelassen. Das hast du sehr gut gemacht.«

»Das war mein erster auswärtiger, mein erster richtiger Tanzabend«, sagte Ruth strahlend. »Es war einfach einzig!«

»Es war wirklich ein gelungener Abend.«

»Was machen wir eigentlich an Silvester?«, fragte Ruth.

»Wieso?«

»Der im schwarzen Anzug hat mir erklärt, wenn wir Silvester kommen wollen, müssen wir vorab einen Tisch reservieren. Es klang so, als würde er da sein.«

Hilde lachte schallend. »Du hast sie im Flug erobert, kleine Ruth. Alle Mann hoch. Ich habe schon längst einen Tisch im

›Bristol‹ für Silvester reserviert. Und ich bin mir sicher, sowohl der ›Schwarze‹ als auch der ›Graue‹ werden da sein.«

»Oh, wie ist es schön«, sagte Ruth. »Einzig schön! Wie gut, dass ich hier bin!«

»Hast du kein Heimweh?«, fragte Hilde.

»Nicht die Spur!«

»Morgen gehen wir ins Varieté. Ins Apollotheater. Darauf kannst du dich auch schon freuen.«

Jeden Tag gab es etwas, was sie unternahmen, und nie war es langweilig, aber Ruth fieberte Silvester entgegen.

Und dann kam der 31. Dezember. Um halb neun abends waren sie im Café an ihrem reservierten Tisch. Es waren auch Freundinnen von Hilde da, eine lustige Runde. Auch der ›Graue‹ und der ›Schwarze‹ waren gekommen. Doch diesmal dauerte es, bis Ruth zum Tanzen aufgefordert wurde. Doch dann trat der ›Graue‹ an ihren Tisch und von nun an ließ Ruth keinen Tanz mehr aus. Hach, war das lustig – so ein Vergnügen.

Bei ihrem dritten Tanz hatte er sich endlich auch vorgestellt – er hieß Theo Buchmann. In der Pause saßen sie zusammen am Tisch und Theo bestellte schon eine Flasche Sekt zum Anstoßen.

Dann tanzten sie wieder und andere junge Männer fragten Theo um Erlaubnis, mit Ruth tanzen zu dürfen.

»Das hat er gar nicht zu entscheiden«, sagte Ruth lachend. »Das kann ich immer noch selbst bestimmen.« Sie tanzte mit fast jedem im Raum, es war ein herrliches Gefühl – ein Gefühl von Freiheit und Jugend.

Um zwölf stießen sie an, wünschten sich alle »Prosit Neujahr«

und auch »Schanah Towah!«. Theo zog sie mit nach draußen, sie sahen sich das Treiben auf den Straßen und das Feuerwerk an.

Als die letzte Rakete verglommen war, setzten sie sich wieder an den Tisch. Theo nahm ihre Hand und führte sie zu den Lippen.

»Wenn unsere Begegnung nicht der fulminanteste Auftakt für ein neues Jahr ist, weiß ich es auch nicht«, sagte er.

Ruth wusste nichts zu erwidern und entzog ihm mit feurig roten Wangen die Hand.

»Wie alt schätzen Sie mich?«, fragte sie schließlich.

Theo überlegte nicht lange. »Achtzehn sind Sie.«

»Nein, sie ist schon neunzehn oder zwanzig. Mindestens. So wie die tanzt«, sagten die anderen, die mit am Tisch saßen.

Ruth sah zu Hilde, beide lachten. »Ich bin vierzehneinhalb«, gestand Ruth.

Schließlich war es Zeit, zu gehen, und Theo fragte, ob er sie wiedersehen dürfe. Ruth schaute Tante Hilde fragend an, doch die nickte nur lächelnd und so tauschte man Nummer und Adressen.

Am Samstag führte er sie durch die Stadt. Es war ein lustiger Spaziergang, den er mit vielen Ausführungen schmückte. Als sie wieder vor Tante Hildes Tür standen, sah er sie lange an. »Mögen Sie mit mir korrespondieren?«, fragte er und klang erstaunlich schüchtern.

»Gerne!«, sagte Ruth und strahlte. »Sehr gerne.«

Am nächsten Tag hieß es, Abschied nehmen. Früh am Morgen bestieg sie den Zug nach Hause. Die Fahrt erschien ihr viel kürzer und schneller als die Hinfahrt. In Köln wurde Ruth von Martha und Aretz abgeholt.

»Wie war es?«, fragte Martha und nahm Ruths Hand.

»Es war einzig schön! So wunderbar. Und ich bin dir so dankbar, dass du mich nach Nürnburg geschickt hast, Mutti«, sagte Ruth. »Ich habe so viel gelernt.«

»Worüber?«

»Über mich. Ich habe einen schlechten Charakter«, sagte Ruth nun leise und senkte den Kopf.

»Wieso glaubst du das?«

Stockend erzählte ihr Ruth von dem Tanzabend im ›Bristol‹, von dem ›Schwarzen‹ und dem ›Grauen‹ – der jetzt einen Namen hatte. Von ihrem Treffen mit ihm und dem Kribbeln, der Aufregung, die sie gefühlt hatte.

»Ich habe Kurt geschrieben, aber nicht jeden Tag. Ich hatte es ihm versprochen – jeden Tag zu schreiben. Als ich da war, war er auf einmal so weit weg und ich hatte nicht das Bedürfnis, ihm zu schreiben. Alles, was ich dort erlebt habe, war so anders als unser Leben in Krefeld.« Sie sah ihre Mutter an. »Wir teilen hier den Sport – Tennis und Tischtennis, die Kulturabende, zumindest manchmal. Wir verbringen Zeit miteinander, aber in Nürnberg war alles so neu und so glamourös, ich habe nicht gewusst, wie ich ihm davon schreiben sollte.«

»Mein liebes Schätzchen, du bist erst vierzehn, du musst dich noch nicht für alle Ewigkeiten binden. Auch nicht an Kurt.«

»Aber … aber ich habe gedacht, dass ich ihn liebe. Aufrichtig und ehrlich. Dass er die Person ist, mit der ich den Rest meines Lebens verbringen will.«

Martha nickte. »Das ist auch gut so. So sollte man empfinden, am Anfang einer Freundschaft. Wenn man nicht so empfindet, dann beginnt es schon falsch. Am Anfang muss alles rosarot sein. Aber dann kommt der Alltag – und erst dann merkt man, ob derjenige der Richtige ist. Wir leben nicht mehr im Mittelalter, du musst dich noch lange nicht binden.«

»Aber ich kann mich doch nicht alle halbe Jahre neu verlieben.«

»Doch, das kannst du. Du solltest nur in deinen Grenzen bleiben, und das fällt dir schwer. Liebe Ruth, bei dir ist immer alles himmelhoch jauchzend oder zu tode betrübt – dazwischen gibt es nichts. Und vielleicht musst du auch das ›Dazwischen‹ zulassen. Es ist nicht immer alles richtig und genauso wenig immer alles falsch. Es ist nicht entweder weiß oder schwarz – manches ist grau. Oder grün. Oder rosa. Oder rot – es gibt viele Aspekte im Leben.«

»Aber bei so einer Art von Freundschaft gibt es doch nur einen Weg.«

»Du merkst es ja selber, auch bei einer Freundschaft zu einem jungen Mann gibt es viele verschiedene Wege. Aber heutzutage muss man aufpassen. Vor zehn Jahren noch war vieles möglich, heute nicht mehr.«

»Aber …?«

»Du musst das noch nicht verstehen, Liebes. Du bist erst vierzehn. Nur verrennen solltest du dich nicht.« Martha schluckte. »Schau, Schatz, du bist ein hübsches Mädchen, intelligent. Du bist sehr beliebt und stehst oft im Mittelpunkt.«

»Ich weiß«, sagte Ruth leise. »Und ich tue es gerne. Eigentlich sollte ich mich deswegen schämen und manchmal tue ich es auch. Aber meistens ist es … einfach nur schön.«

Martha tätschelte ihre Hand. »Das ist auch völlig in Ordnung so. Dafür ist man jung. Genieße es, aber übertreib es nicht. Versuch, deine Gefühle ein wenig mehr zu kontrollieren.«

»Darf ich denn Theo schreiben?«

»Wie alt ist er?«

»Zweiundzwanzig. Er hat Abitur gemacht und arbeitet jetzt in der Weinhandlung seines Vaters.«

»Und er wohnt in Nürnberg. Ja, du darfst mit ihm korrespondieren. Aber versprich dir nicht zu viel davon. Er ist so viel älter als du.«

»Er ist acht Jahre älter als ich. Vati ist neun Jahre älter als du.«

»Das stimmt. Aber ich war auch schon älter, als ich Vati kennengelernt habe.«

»Wusstest du sofort, dass Vati es ist? Der Mann deiner Träume?«

Martha überlegte. »Karl hatte schon immer viel Charme, aber da war auch der große Altersunterschied, und ich habe mich damals gefragt, ob wir wirklich eine gemeinsame Basis finden werden. Ich habe mir ein wenig Zeit gelassen. Aber als ich mir dann sicher war, da war es klar – Vati ist der Mann meines Lebens.«

»Manchmal streitet ihr …«

»Ja, das tun wir. Wir streiten, wir sind zuweilen unterschiedlicher Meinung. Wir diskutieren und debattieren, manchmal schmolle ich auch.« Martha schmunzelte. »Aber wir haben eine gemeinsame Basis – sie ist über die Jahre gewachsen. Und wir haben euch. Das schweißt zusammen.« Dann wurde sie plötzlich ernst. »Und eigentlich streiten wir nur, weil diese Zeit so schwierig ist. Wäre alles so wie früher, dann gäbe es dafür keinen Grund.«

»Du möchtest gehen, aber Vati nicht.«

»Nein, so ist das nicht. Wir würden beide liebend gerne bleiben, wenn es so wie früher wäre oder zumindest nicht noch schlechter würde. Aber so, wie es ist – ist es kaum zu ertragen, und immer schwingt diese Angst mit. Die Angst, dass es noch schlechter, schlimmer und schwieriger wird. Die Sorge, dass wir den Absprung nicht mehr schaffen.«

»Aber Vati sagt immer, dass es wieder besser wird, irgendwann.«

»Das kann sein und ich hoffe, dass er recht hat. Schau, Vati ist achtundvierzig Jahre alt. Er hat sein Leben lang gearbeitet – hart gearbeitet. Und er hat es zu Erfolg gebracht. Eine Zeit lang haben wir wirklich gut gelebt – wir leben jetzt noch gut, wenn du uns mit anderen in der Gemeinde vergleichst. Vati kann immerhin seiner Arbeit noch nachgehen, auch wenn es von Monat zu Monat schwieriger wird. Und wir besitzen diese beiden Häuser. Das will er nicht aufgeben. Wenn wir auswandern, fällt das alles an den Staat – das Geld, die Häuser, unser Eigentum, das wir nicht mitnehmen können.«

»Aber Vati hat uns doch für Visa nach Palästina angemeldet?«

»Ja, natürlich. Er will sich alle Möglichkeiten offenhalten. Aber bis wir die Genehmigung bekommen, dauert es noch – wer weiß, wie lange. Ich würde lieber heute als morgen weg.«

»Warum willst du gehen?«

»Aus Angst.«

»Aber wohin?«

»Das ist egal, Hauptsache, ihr seid dabei. Ohne euch möchte ich nicht leben«, sagte Martha.

»Ich kann euch beide verstehen«, sagte Ruth nachdenklich.

»Was möchtest du denn?«

»Im Moment? Im Moment möchte ich die Zeit anhalten. Alles soll so bleiben, wie es ist. Oder besser werden. Nicht schlimmer. Ich weiß gar nicht, wie ich mich Kurt gegenüber verhalten soll ...«

»Ich mag Kurt, und ich weiß, er wird es im Leben zu etwas bringen. Ich hätte dich ihm gerne gegeben, er wäre ein guter Schwiegersohn. Aber du bist noch nicht so weit, du bist noch nicht reif genug dafür, nicht für die große Liebe. Sieh das nicht als Vorwurf, sondern als Chance.«

»Es ist so gemein ihm gegenüber, denn er hat mich wirklich, wirklich lieb.«

»Das hat er. Und weil er es hat, wird er es verstehen.«

»Bestimmt?«, fragte Ruth unsicher.

»Irgendwann schon«, sagte Martha.

Kapitel 23

In der Schule hatte Ruth zunehmend Probleme – nicht mit den Mitschülerinnen, sondern mit den Lehrern. Ihre Noten wurden immer schlechter. Am Schlimmsten war die Lateinstunde bei Oberstudienrat Dr. Zimmer. Zu Beginn jeder Stunde riss er den Arm hoch und rief laut »Heil Hitler!« Und die Mädchen hatten den Ruf zu erwidern.

»Nach Ostern möchte ich nicht mehr zum Lyzeum gehen«, gestand sie Rosi und Eva aus ihrer Klasse, als sie in den Ferien zusammensaßen. »Aus mir wird eh nichts. Ich werde nicht studieren dürfen, weil Juden nicht mehr an den Universitäten zugelassen sind. Und mein Zeugnis ist mittlerweile so schlecht, dass ich sowieso keinen Studienplatz bekommen würde.«

»Ich verstehe das nicht. Da warst immer unter den Klassenbesten, und deine Leistung ist nicht schlechter geworden«, sagte Eva.

»Ihre Leistung hat sich nicht verändert, die Beurteilung aber doch schon« sagte Rosi bitter. »Gerecht ist das nicht.«

»Du meinst, du bekommst schlechtere Noten, weil du Jüdin bist?«

»Ich glaube schon«, sagte Ruth leise.

»Natürlich ist das so!«, sagte Rosi. »Und es ist blödsinnig. Ruth ist in manchen Fächern besser als wir alle.«

»Das sieht man meinem Zeugnis aber nicht an.«

»Wenn du von der Schule gehst, was willst du dann machen?«

»Eine Lehre, vielleicht als Krankenschwester. Irgendetwas, wo ich etwas Gutes, Sinnvolles tun kann. Allerdings sind mir die meisten Berufe ja jetzt ohnehin verwehrt.« Sie seufzte. »Ingeborg Rosenthal geht nach England und lernt dort Kinderkrankenschwester. Das könnte ich mir vorstellen …«

»Du würdest ins Ausland gehen wollen? Ohne deine Familie?«, fragte Eva entsetzt.

»Wenn es nicht anders geht, ja, ich kann doch nicht einfach rumsitzen und nichts tun.«

»Du bist so mutig, ich bewundere dich.«

»Wir hatten unseren Abschlussball in der Tanzschule«, Rosis Stimme klang seltsam hohl. »Das war nett, aber nicht … famos. Deshalb haben wir uns zusammengetan und wollen noch einen eigenen Abschlussball feiern. Nicht so bieder.«

»Sondern phänomenal gut!«, sagte Eva und lachte. »Wir können den Saal von der evangelischen Frauenhilfe nutzen, und wir haben alle abgestimmt und möchten, dass du, Ruth, dabei bist.«

»Das ist ja einzig«, sagte Ruth und wurde rot. »Das ist famos. Wunderbar.« Dann stockte sie. »Aber es geht nicht.«

»Natürlich geht das. Wir haben es beschlossen.«

»Ich darf nicht, das ist verboten.«

Rosi lachte. »Wir haben es beschlossen, also darfst du. Es ist unsere Veranstaltung. Da kräht kein Hahn nach, ob du Jüdin bist oder nicht. Du gehörst zu uns. Punktum. Keine Widerrede.«

»Wirklich?«

»Wirklich«, sagten die beiden wie aus einem Munde. Dann lagen sie sich lachend in den Armen.

»Hitler«, sagte Eva und hielt sich den Zeigefinger unter die Nase, »wird nicht kommen. Wir haben ihn nämlich nicht eingeladen.«

»Ihr seid so knorke«, sagte Ruth überwältigt.

Der Tanzball fand nur eine Woche später statt. Martha fuhr vorher noch mit Ruth nach Düsseldorf, um ein neues Kleid zu kaufen. »Du weißt, dass du Schwierigkeiten bekommen könntest?«, sagte sie zu ihrer Tochter. »Du musst sehr vorsichtig sein.«

»Aber die Mädels sehen mich als ihre Freundin und Klassenkameradin, nicht als Jüdin.«

»Trotzdem wird es immer gefährlicher für uns. Du hast es doch im Unterricht selbst gemerkt – wir werden anders beurteilt und zwar in jedem Bereich. Auch im privaten. Es wird nicht mehr mit demselben Maß gemessen.«

»Ich weiß, Mutti und ich versuche, dem ja auch gerecht zu werden. Aber es gelingt mir nicht immer.«

»Ach Ruth, du machst das schon gut. Ich bin stolz auf dich.« Dennoch blieb ihr Gesicht sorgenvoll.

»Was beschäftigt dich?«, fragte Ruth, als sie nach Hause fuhren. Stolz hielt sie das Paket mit dem neuen Kleid fest. Es war aus farngrünem Satin und hatte Puffärmel. Die kleine Stofftasche, die Ruth sich während des Winters aus dunkelblauem Twill genäht hatte, würde wunderbar dazu passen. Außerdem wollte sie heute Abend aus Filzresten noch eine Blüte zum Anstecken basteln.

Ihre Mutter schwieg einen Moment. »Erwachsenendinge«, sagte sie dann.

»Mutti, ich werde bald fünfzehn. Du kannst über alles mit mir reden.«

»Du lieber Schatz«, antwortete ihre Mutter lachend. »Über alles kann ich nicht mit dir reden.« Dann wurde sie ernst. »Ich mache mir Sorgen um Vati«, gestand sie dann. »Er arbeitet so hart, aber es wird immer schwerer und schwerer, und er muss mit Aretz immer weiter fahren.«

»Weil die Leute keine Schuhe mehr von Juden kaufen wollen?«

»Opi meint, dass das Ausland bald eingreifen wird. Wenn die alle im Sommer sehen, wie die Stimmung hier ist, dann müssen sie was tun. Nach der Olympiade wird es anders werden.«

»Das denken Viele, aber ich kann es nicht so recht glauben«, entgegnete ihre Mutter. »Aber nun Schluss mit den traurigen Gedanken. Bald ist der Tanzball und du wirst eines der schönsten Mädchen dort sein.«

Gemeinsam hatten sie den Saal der evangelischen Frauenhilfe geschmückt, hatten Lampions und Girlanden gebastelt und Luftballons aufgehängt. Außerdem gab es ein Kuchenbüfett und Bowle.

Das Grammophon lief ohne Pause. Am Anfang stand Ruth an der Seite und betrachtete das Geschehen. Sie unterhielt sich mit ihren Freundinnen, sie kicherten und beobachteten das bunte Treiben auf der Tanzfläche. Dann kam ein Junge auf sie zu und forderte sie zum Tanzen auf.

»Du hast noch gar nicht getanzt«, sagte er. »Dabei bist du doch eins der hübschesten Mädchen im Raum. Darf ich bitten?« Er wollte ihre Hand nehmen, aber Ruth zögerte.

»Du solltest dich von mir fernhalten«, sagte sie.

»Wieso? Bist du erkältet?«, fragte er mit einem Grinsen.

»Nein, aber ich bin Jüdin. Du darfst nicht mit mir tanzen.«

»Mir egal, was du bist. Und selbst wenn du lila Punkte im Gesicht und grüne Haare hättest, wäre es mir egal. Und nun komm.«

Ruth nahm seine Hand und folgte ihm. Erst war sie ein wenig schüchtern, schließlich hatte sie keinen Tanzunterricht bekommen wie die anderen. Aber privat hatten ihr die Kameradinnen immer wieder die Tanzschritte gezeigt. Es hatte ja auch in Nürnberg gut geklappt, also ließ sie sich einfach darauf ein. Und es wurde ein herrlicher Nachmittag – fast keinen Tanz ließ sie aus. Alle Jungs wollten mit ihr tanzen. Am Anfang erwähnte sie, dass sie Jüdin sei, aber dann sagte einer zu ihr: »Das hat sich schon herumgesprochen. Aber uns ist das egal.«

Erst gegen elf kam sie beschwingt und ein kleines bisschen beschwipst zu Hause an. Vati war auf Tour, aber Mutti saß noch im kleinen Salon und wartete.

»Wie war es?«, wollte sie sofort wissen.

»Es war einzig. Einfach nur einzig«, sagte Ruth und ließ sich auf das Sofa fallen.

»Erzähl, ich will alles wissen.«

»Alle waren nett zu mir und ich habe getanzt, bis meine Schuhe rauchten.«

»Du hast getanzt? Waren denn auch jüdische Jungs da?«

Ruth schüttelte den Kopf. »Alles Arier. Ich habe ihnen gesagt, dass ich jüdisch bin, es hat sie nicht interessiert. Siehst du, Mutti – die Menschen sind gar nicht alle so, wie die Partei es glauben machen will.«

»Also war es ein erfolgreicher Abend für dich?«

Ruth nickte.

»Wie sahen die anderen Mädels aus? Ihre Kleider. Was hatte Eva an? Und Maria Schneider – was trug sie?«

Ruth erzählte und erzählte. Martha holte für beide ein Glas Sekt aus der Küche.

»Jetzt stoße ich mit meiner kleinen, großen Tochter an, die ihren Einstand in die Gesellschaft so wunderbar gemeistert hat.«

Als Ruth im Bett lag, kam ihre Mutter noch einmal zu ihr ins Zimmer.

»Ich freue mich für dich, ich freue mich sehr«, sagte sie und setzte sich auf die Bettkante. »Aber eins muss dir ganz klar sein: Du darfst dich niemals mit einem arischen Jungen einlassen.«

»Oh, Mutti, das weiß ich doch. Vorläufig will ich sowieso keinen Freund haben, das ist mir zu kompliziert.«

Kapitel 24

31. Dezember 1936

»Haben wir alles?«, fragte Martha nervös.

»Getränke sind im Wagen«, sagte Herr Aretz.

»Ich habe Kartoffelsalat und Würstchen eingepackt, Pastetchen, gekochte Eier, Krautsalat und Reissalat. Dazu Brot und Brötchen, Käse, Aufschnitt, Butter«, zählte Josefine Aretz auf.

»Sie sind ein Engel, Josefine«, sagte Martha dankbar. »Ich wüsste gar nicht, was ich ohne Sie tun würde.«

»Dazu gibt es Hähnchenschenkel, geräucherte Gänsebrust, Schmalzgebäck und englische Creme«, Josefine ließ sich nicht beirren. »Und natürlich die Gulaschsuppe, die ist schon da, wir wärmen sie später auf.«

»Das sollte reichen«, sagte Karl vergnügt. »Sekt haben wir reichlich, für die Kinder Fassbrause und Limonade.«

»Schnaps?«, fragte Martha.

Aretz nickte. »Natürlich.«

»Dann fahren wir jetzt los und richten in der Kull alles her«, sagte Martha. »Und Sie, Aretz, fahren zurück und holen meine Mutter und die Kinder. Falls ich etwas vergessen habe, können Sie es ja dann zum Glück noch mitbringen.«

»So machen wir das.«

Gerade als Martha ins Auto steigen wollte, fiel ihr etwas ein. »Meine Bowle-Schüssel – die große Kristallschüssel – die muss mit.«

»Sie ist schon da«, beruhigte Josefine sie. »Die habe ich gestern hingebracht und poliert.«

Es war Silvester und ihre ganzen Freunde sollten kommen. Es würde zwar eng werden, aber auch gemütlich. Vor einigen Monaten war Großmutter Emilie zu ihnen gezogen, sie würde natürlich auch kommen.

Seit einiger Zeit kam Josefine Aretz mehrfach die Woche vorbei und half Martha in der Küche. Eine Putzfrau hatten die Meyers zwar inzwischen wieder gefunden, aber sie machte nur die groben Sachen – wischen und putzen, die große Wäsche. Alles andere oblag Martha. Ruth und Ilse halfen so gut sie konnten.

»Zum Glück schneit es nicht«, sagte Karl, als sie auf den kleinen Weg, der zum Grundstück führte, einbogen. Es war kalt, aber trocken.

»Haben wir genug Holz? Und Kohle?«, fragte Martha nervös.

»Natürlich, dafür habe ich gesorgt«, beruhigte Aretz sie. »Und ich habe heute Morgen, als wir da waren, um die ersten Sachen hinzubringen, auch schon ordentlich eingeheizt.«

Er hatte nicht zu viel versprochen. Das kleine Häuschen war kuschelig warm, es duftete nach den Tannenzweigen, die die Kinder zu Girlanden gebunden und überall aufgehängt hatten, und natürlich nach der Suppe, die auf dem kleinen Herd blubberte.

Martha und Josefine hatten die letzten Tage alles geputzt und fertig gemacht. Jetzt sah sich Martha zufrieden um. Aus den Betten hatten sie mit großen Kissen und Decken Sitzgelegenheiten gemacht. Auf der Kommode standen Gläser bereit. In der Küche stapelten sich die Suppentassen.

»Wir bauen alles als Büfett auf der Veranda auf. Bis auf die Suppe natürlich«, sagte Martha und strich sich über die Stirn. »Ich bin froh, wenn alles vorbei ist«, sagte sie seufzend.

»Aber du wolltest es doch so?«, sagte Karl. »Du wolltest hier feiern.«

»Natürlich wollte ich das und will es auch immer noch. Ich hatte nur nicht bedacht, wie viel Arbeit es machen würde. Und ich hoffe sehr, dass alles gut geht.«

»Machen Sie sich keine Sorgen, Frau Meyer«, sagte Josefine. »Es wird alles gut.«

Schon bald hatten sie alles aufgebaut. Die Dämmerung fiel schnell ein, und der Mond leuchtete an einem klaren, kalten Himmel auf die Niepkuhlen.

Aretz war wieder gefahren, um die Kinder und Großmutter Emilie abzuholen, die Gäste wurden erst später erwartet. Er hatte seine Frau mitgenommen, sie würden Silvester bei sich verbringen.

»Das hast du alles wunderschön gemacht«, sagte Karl und nahm Martha in den Arm. »Sehr, sehr schön. Alle werden dich dafür bewundern.«

»Ich habe gar nicht so viel getan«, gab Martha zerknirscht zu. »Das Meiste hat Josefine gemacht. Ohne sie wäre ich verloren.«

»Und ich ohne Aretz«, sagte Karl. Er zögerte. »Ich möchte, dass du den Führerschein machst.«

»Bitte?« Martha sah ihn verblüfft an. »Ich?«

Karl nickte. »Ich weiß nicht, wie lange ich Aretz noch beschäftigen kann. Und ohne ihn ist das Automobil nutzlos.«

»Traust du mir das denn zu?«

»Ich habe mit Aretz gesprochen. Er wird dir Fahrunterricht geben. Es gibt keinen besseren als ihn.«

»Und dann soll ich mit dir die Touren fahren? Und wer ist dann bei den Mädchen?«

Karl holte tief Luft. »Wenn es so weitergeht, brauche ich bald keine Touren mehr zu machen. Die Leute nehmen weniger und weniger von mir ab. Die Fahrten werden zu einem Minusgeschäft – die Übernachtungen, der Sprit, der Unterhalt des Wagens und … Aretz.«

»Aber warum soll ich dann den Führerschein machen?«

»Sonst brauchen wir das Automobil ja nicht mehr, Liebes. Wenn du nicht willst, ist das in Ordnung. Aber es wäre einen Versuch wert. Eine Automobil ist sehr praktisch, und ich werde nie eine Fahrerlaubnis erhalten.«

»Ich kann es ja versuchen«, sagte Martha. »Das ist dann mein guter Vorsatz für das nächste Jahr.«

Aretz kam und brachte Großmutter Emilie, Tante Hedwig, Hans, Ilse, Ruth, das Koffergrammophon und etliche Schallplatten mit.

»Zu Silvester muss man tanzen«, sagte Ruth.

»Aber wo?«, fragte Martha. »Es ist alles so eng hier.«

»Entweder räumen wir später die Veranda leer oder wir tanzen draußen, der Boden ist gefroren, es wird schon gehen«, sagte Ruth.

»Du hast recht. Es wird sich alles regeln.« Martha öffnete eine Flasche Sekt, um die Bowle anzusetzen, aber erst gab sie jedem ein kleines Glas zum Anstoßen. »Auf eine gelungene Feier.«

»Bist du traurig, dass du nicht mit deinen Freunden in der Stadt feiern kannst?«, fragte Ilse Ruth. Sie saßen auf der Veranda und warteten auf die Gäste. Das Büfett war aufgebaut und alles gerichtet.

»Es kommen ja Freunde«, sagte Ruth. »Anne Glimmich, Edith Lindenbaum, Lotte wird da sein.«

»Aber keine Jungs.«

»Hans ist da, und sein Freund Peter kommt vielleicht.«

»Kurt kommt nicht, oder?«

Ruth sah Ilse an. »Nein, Kurt wird nicht kommen.«

»Bist du nicht traurig darum?«

»Ich habe das Kapitel ›Kurt‹ abgeschlossen.«

»Das ist schade«, sagte Ilse. »Ich mag ihn.«

Ja, dachte Ruth ein wenig melancholisch, das tue ich auch.

Dann hörten sie das Rumpeln der ersten Autos, und schon bald füllte sich das Kullhaus.

»Mögt ihr nicht nach drüben gehen?«, fragte Ingrid Lindenbaum Ruth. »Und dort den Ofen anheizen? Es ist zwar kleiner und nicht so gut ausgestattet wie hier, aber ich würde euch die Hütte zum Feiern überlassen.«

»Wirklich?« Ruth sah Edith an – da gab es gar nichts zu überlegen. »Komm, los!«

Schnell heizten sie den Ofen an und räumten den Raum frei.

»Auch wenn wir nur ein kleiner Kreis sind«, sagte Ruth, »werden wir es uns doch nett machen.«

»Es wird famos sein«, sagte Edith und versuchte, ein Husten zu unterdrücken.

»Geht es dir immer noch nicht besser?«

»Mal so, mal so.«

Die Hütte auf der Nachbarkull war sehr viel kleiner – ein Raum, eine Veranda – aber es gab einen Holzofen, den sie befeuerten.

Nach und nach kamen die Gäste. Es war ein lustiges Treiben, und man ließ es sich schmecken. Heimlich hatten Edith und Ruth etwas von der Bowle abgefüllt und nach nebenan gebracht, genauso wie zwei Flaschen Sekt.

Nach dem Essen saß man zusammen.

»Das war ein Jahr«, zog Walter Gompetz Bilanz. »Was habe ich nicht alles von 1936 erwartet und erhofft. Die Olympischen Spiele – erst im Winter in Garmisch und dann so groß wie noch nie im Sommer in Berlin.« Er nahm das Zigarettenetui heraus und sah sich fragend um.

»Später gibt es noch etwas zu essen, eine Mitternachtssuppe«, sagte Karl, »aber jetzt darf geraucht werden.«

Der eine oder andere aß noch Nachtisch, vor allem die Kinder bedienten sich zum zweiten oder dritten Mal.

»Ja, wir haben alle gehofft, dass die Welt ihr Augenmerk auf Deutschland richtet«, sagte Albert Glimmich bitter. »Und das hat die Welt getan. Die Olympischen Spiele, der Fackellauf und die Siegerehrungen waren sicher in jeder Wochenschau weltweit zu sehen.«

»Technisch hat sich das Reich gut verkauft – alle Übertragungen, sogar die Sofortübertragungen im Radio, haben fast immer fabelhaft funktioniert«, sagte Walter.

»Das stimmt. Und diese mächtigen Bauten, die Hitler in Berlin hochgezogen hat, die Paraden, all das hat der Welt imponiert. So sehr, dass sie nichts gegen seine Aufrüstung, die Kündigung der Verträge von Locarno und seinen Einmarsch in das Rheinland gesagt haben. Ich hätte gedacht, dass die Anrainerstaaten, dass zumindest Frankreich, anders reagiert – aber sie haben sich zurückgezogen«, sagte Karl wütend. »Hitler bereitet einen Krieg vor – und alle sehen zu. Dabei dürfte es nie wieder Krieg in Europa geben, schon gar nicht von Deutschland initiiert.«

»Es herrscht doch schon längst Krieg in Europa«, sagte Albert. »Schau nach Spanien, schau nach Italien.«

»Das eine ist ein Bürgerkrieg – das müssen sie unter sich ausmachen, und das andere … nun, das ist Kolonialwesen. Nicht zeitgemäß und zum Scheitern verurteilt.«

»Mussolini hat sich mit Hitler verbündet. Es gibt jetzt eine Achse bis in den Süden«, sagte Albert. »Bisher hat Mussolini zwar noch nicht so antisemitische Parolen wie Hitler verbreitet, aber das wird kommen. Was bleibt uns noch hier in Europa?«

»Die Niederlande, Belgien, Frankreich, England …«

»Niemand von denen tut etwas gegen Hitler. In aller Seelenruhe kann er seinen Plan von einem großdeutschen Reich in die Tat umsetzen – und ich sag euch eins, in dem hat er keine Juden vorgesehen.«

»Noch gibt es viele jüdische Ärzte und Anwälte, jüdische Firmen und Vertretungen«, sagte Karl.

»Wem willst du etwas vormachen, dir oder dem Reich, lieber Karl?«, fragte Albert. »Über kurz oder lang werden wir Juden hier unsere Existenz verlieren.«

»Keiner will Krieg in Europa«, sagte Elsa. »Nie wieder. Der Große Krieg war für alle so schrecklich, dass sie jetzt die Augen verschließen und darauf hoffen, dass die Deutschen Hitler im Zaum halten.«

»Rechtlich ist das schon lange nicht mehr möglich«, sagte Großmutter Emilie. Normalerweise hielt sie sich bei solchen Gesprächen zurück, deshalb sahen alle sie nun überrascht an. »Es gibt keine freie Wahl mehr, es gibt keine Parteien mehr, außer der NSDAP. Es gibt keine Opposition. Alles, was wir tun könnten, wäre ein Putsch – aber dafür braucht man mutige Männer an den richtigen Stellen – und durch seine Gesetze hat er alle Juden dieser Stellen beraubt. Überall sitzen nur seine Gefolgsleute.«

Albert nickte. »Das haben Sie gut zusammengefasst, Frau Meyer.« Er holte tief Luft. »Und deshalb gehen wir. Wir haben Visa für die Vereinigten Staaten bekommen.«

»Ihr alle?«, fragte Martha.

Elsa nickte. »Die Kinder und wir. Was mit den Eltern ist, wissen wir noch nicht. Sie wollen nicht gehen.«

»Meine Mutter und Elsas Mutter sind schon alt. Sie haben ihre Wohnungen, beide sind Kriegswitwen, man wird ihnen nichts tun«, sagte Albert.

»Aber dennoch«, sagte Martha erschüttert. »Jetzt wird es real. Ihr … ihr geht. Wann denn?«

»Wir warten auf einen Termin im Konsulat. Wir haben zwar die Einreiseerlaubnis in die USA, aber noch keine Ausreiseerlaubnis. Und es ist vorher noch so viel zu tun – wir müssen unser Hab und Gut verkaufen, die Sachen, die wir mitnehmen wollen, verschicken«, erklärte Albert.

»Ich sortiere schon seit Wochen aus und packe. Es ist nicht einfach«, gestand Elsa.

»Und die Kinder?«, wollte Martha wissen. »Wie fassen es die Kinder auf?«

»Mal so, mal so«, sagte Elsa und schaute sich um. »Anne zerreißt es das Herz, Kurt sieht es eher pragmatisch.«

»Wir gehen jetzt nach drüben«, beschloss Edith, die Annes bleiches Gesicht gesehen hatte. »Ihr glaubt es kaum, aber drüben haben wir auch ein Koffergrammophon. Während sich unsere Alten den Bauch weiter vollschlagen und über die Zukunft sprechen, leben wir die Zukunft einfach – lasst uns ins neue Jahr tanzen. Auf geht es!«

Sie holten ihre Mäntel und Jacken – auf beiden Seiten zeigte sich Erleichterung. Die Jungen mussten die Alten nicht mehr anhören, die Alten mussten nicht mehr befürchten, dass die Jungen etwas hörten, was nicht für sie bestimmt war.

In der kleinen Kull der Lindenbaums war es kuschelig und lustig. Der Bollerofen wärmte, und Ruth zog stolz die Sekt- und Schnaps-Flaschen hervor, die sie gemopst hatte.

»Du machst die Kinder betrunken«, sagte Edith lachend.

»Na und?«, gab Ruth zurück. »Silvester ist nur einmal im Jahr. Und dies ist ein besonderes Jahr.« Sie schluckte. »Wer weiß, wann wir wieder zusammen feiern. Die Glimmichs gehen nach Amerika. Und was ist mit euch?«

»Wir wollen auch weg. Ob das klappt, weiß ich nicht. Man muss sich entscheiden und kann nicht für jedes Land einen Ausreiseantrag stellen. Wir haben Verwandte in Holland und wollen es dort versuchen. Was ist mit euch?«

»Vati tut sich schwer damit, alles aufzugeben, aber er hat letztes Jahr Anträge für Palästina gestellt.« Ruth senkte den Kopf.

»Und?«, fragte Edith.

»Bisher dürfte ich ausreisen und Großmutter. Meine Eltern und meine Schwester noch nicht. Meine anderen Großeltern wollen nicht.«

»Und jetzt?«

»Ich weiß nicht. Ich müsste noch Abschlüsse oder wenigstens Schulungen haben und war auch noch nicht in einer Hascharah-Stelle. Wer weiß, ob ich die Tests überhaupt schaffe.«

»Du? Du stehst kurz vor dem Abitur, das wirst du locker schaffen.«

»Meine mittlere Reife habe ich im Prinzip – mir würde dazu nur die Abschlussprüfung fehlen. Aber im Moment sehe ich keine Alternative zur Schule.«

Edith nickte. »Ich bin nicht zum Abitur zugelassen worden – das lag einerseits an meinen Noten, andererseits daran, dass ich Jüdin bin und Juden das nicht zusteht. Unser guter Direktor Doktor Dörsing hat es geschafft, das ich wenigstens den Abschluss werde machen können. Er sieht immer so steif aus, aber er ist eine Seele von Mensch.«

»Ja, das ist er.«

In dem kleinen Wochenendhaus spielte das Kofferradio, und die Bowle floss in Strömen. Sie spielten Fragespiele, Wahrheit oder Pflicht und Pfänderspiel. Alles lief unter großem Gelächter ab. Auch in der Nachbarkull, bei den Erwachsenen, spielte nun das Grammophon.

Irgendwann ging Ruth nach draußen, sie hatte sich von ihrer Mutter eine Zigarette geklaut und wollte sie nun in aller Ruhe rauchen, bevor die letzte Stunde des Jahres anfing. Sie lauschte dem lauten Lachen und Gekreische, das zu ihr drang. Sie war sich plötzlich sicher, dass dies eine der besten Silvesterpartys in der Stadt war.

»Hallo, Schönheit«, sagte plötzlich eine dunkle Stimme neben ihr. Es war Hans, ihr Cousin.

»Du hast mich erschreckt«, sagte Ruth lächelnd und rückte zur Seite. Auch Hans steckte sich eine Zigarette an, inhalierte tief.

»Alles gut bei dir?«, fragte Ruth. »Es hat mich überrascht, dass du gekommen bist. Hast doch bestimmt noch mehr Einladungen in der Stadt.«

Er zuckte mit den Schultern. »Tausende. Aber hier ist es immer am Feinsten.« Dann schluckte er. »Ich wollte bei meiner Mutti sein, sie ist so traurig, weil Vati geht.«

Ruth nahm seine Hand, drückte sie. »Du könntest auch gehen.«

»Gehst du?«

»Vielleicht. Wenn Mutti und Vati und Ilse auch Visa bekommen.«

»Siehst du … deshalb gehe ich nicht. Ich kann doch nicht meine Mutti alleine lassen, das würde sie nicht überleben.«

»Ich würde gehen, sofort. Auch alleine, wenn sicher wäre, dass die anderen folgen könnten. Aber nur dann, denn wie sollte ich in einem fremden Land leben ganz ohne Familie? Das geht doch nicht.«

Hans nickte. »Ja. Ich hätte Vati … aber Mutti würde hierbleiben.«

»Und wenn sie auch geht?«

»Sie versucht es ja mittlerweile, aber es wird nicht leichter.« Er seufzte. »Palästina«, sagte er träumerisch.

Ruth schaute auf ihre Uhr mit Leuchtzifferblatt – ein Geschenk von Mutti. »Noch eine halbe Stunde bis zum neuen Jahr.« Sie überlegte. »Gehen wir nach drüben oder bleiben wir hier?«

»Natürlich gehen wir nach drüben, Cousinchen. Was ist denn in dich gefahren? Wenn wir schon mit Familie feiern, dann ganz.«

»Und wieso bist du hier? Eine ehrliche Antwort.«

»Edith«, sagte er nur. »Ich bin wegen Edith hier.« Dann stand er auf und lächelte. »Niemand sonst in meinem Alter wäre hier in der Einöde, wenn nicht eine schöne Frau im Spiel wäre.« Er zwinkerte ihr zu.

»Edith hat es gut«, sagte Ruth. »Irgendwie.« Sie senkte den Kopf.

»Cousinchen, das ist selbstgemachtes Elend. Wenn wir jetzt in der Stadt aus wären, wärst du die Leuchte mit den meisten Schmetterlingen. Das ganze Jahr haben dich die Jungs umworben, und du hast allen die kalte Schulter gezeigt.«

»Ja, ich weiß«, sagte Ruth. »Mir ist das alles zu kompliziert.«

In diesem Moment ertönte eine schrille Fahrradklingel, jemand fuhr durch den schmalen Pfad, der zur Meyerschen Kull führte.

»Erwarten wir noch Besuch?«, fragte Hans.

Ruth schüttelte den Kopf.

»Vielleicht ist etwas passiert.« Hans lief über den Trampelpfad auf das Nachbargrundstück. Ruths Herz klopfte vor Angst, es hüpfte und stolperte.

Dann schoben sich zwei Gestalten durch die Büsche – Hans und ... Ruth konnte es gar nicht glauben: Da stand Kurt. Sie stand auf, wusste nicht, was sie sagen oder machen sollte.

»Hallo«, sagte Kurt und sah sie an. Er schien ähnlich verlegen zu sein wie sie. »Ich hoffe, es ist in Ordnung, dass ich hier bin.«

»Na ... türlich«, stotterte Ruth. »Aber wieso ...?«

In diesem Moment öffnete sich die Tür des Häuschens, und Anne kam heraus. Sie sah ihren Bruder und strahlte. »Du hier? Wie schön!«

»Natürlich bin ich Silvester bei euch, Prinzessin«, sagte Kurt und umarmte seine Schwester. Über ihre Schulter hinweg warf er Ruth einen langen Blick zu. Ruth war verwirrt und froh, dass es so dunkel hier draußen war.

Gemeinsam gingen sie alle zum Haus der Meyers. Dort stand eine große Uhr, und auch ein Radio hatte Aretz irgendwie zum Laufen gebracht. Martha füllte hektisch Sektgläser, Ruth nahm ihr die Flasche aus der Hand. »Ich mache das schon«, sagte sie. »Geh du zu Vati.« Aber auch Ruths Hand zitterte. Was machte Kurt hier? Und wie sollte sie sich verhalten?

Im Radio wurde die Uhrzeit heruntergezählt und mit zwölf Glockenschlägen war das neue Jahr eingeleitet. Aus der Ferne hörten sie das Glockengeläut der Kirchen in der Stadt.

»Prosit Neujahr.« »Ein gutes neues Jahr!« »Schanah Towah!« wünschten sie sich und stießen an.

Dann drehte jemand das Koffergrammophon auf und das ewige Lied des englischen Jahreswechsels ertönte: »Auld lang syne.«

Sofort im Anschluss legte Ruth den Kaiserwalzer auf, das andere Lied hatte doch eine sehr traurige Stimmung. Schnell war die Veranda freigeräumt, und schon begann man, zu tanzen. Erst den Walzer, und danach alles, was die Plattensammlung hergab: amerikanische Lieder, die mittlerweile eigentlich verboten waren genauso wie deutsche Schlager.

Schnell wurde es zu heiß, und man musste die Schiebetüren öffnen, um ein wenig frische Luft hineinzulassen. Die Feier wurde immer ausgelassener, über allem lag das Gefühl, dass es das letzte Mal sein könnte, obwohl es keiner aussprach: so und in dieser Zusammenstellung würden sie nie wieder gemeinsam den Jahreswechsel feiern.

Irgendwann zogen sich die Erwachsenen zurück, die Mitternachtssuppe wurde serviert. Noch tanzte das eine oder andere Paar, aber als ob ein Schalter umgelegt würde, war die fröhliche und ausgelassene Stimmung verflogen.

»Lasst uns nach drüben gehen«, sagte Edith. »Dort können wir weiter fröhlich sein.«

Ruth nahm einen Teil des Büfetts, das nicht gegessen worden war, mit; Edith hatte Bowle abgefüllt, und Hans schmuggelte ein paar Bierflaschen nach drüben. Erneut wurde das Grammophon aufgezogen, und sie tanzten ausgelassen.

Irgendwann ging Ruth wieder auf die Veranda. Die Luft war klar und kalt, es roch nach Schnee. Auf dem Wasser hatte sich eine dünne Eisschicht gebildet. Vom ganzen Trubel wachgehalten klagte ein Eichelhäher sein Leid, ein Käuzchen antwortete ihm. Ansonsten war es sehr ruhig hier. Kein Automobil fuhr, keine Menschenseele war zu hören.

Ruth setzte sich auf die Treppenstufen und schloss die Augen. Dann hörte sie, wie sich langsam die Tür öffnete, jemand kam heraus und setzte sich neben sie.

»Hast du eigentlich keine Angst vor der Zukunft, Hans?«, fragte sie. Sie war sich sicher, dass es ihr Vetter war.

»Ich habe jede Menge Angst vor der Zukunft«, sagte Kurt.

Ruth riss die Augen auf. »Du?« Sie schluckte. »Ich dachte ... Hans ... du wärst Hans.«

»Ich habe noch nicht einmal Ähnlichkeit mit ihm.« Kurt schmunzelte kurz. Dann sah er auf das Wasser. »Ganz schön kalt. Ob es so sehr friert, dass wir Schlittschuh laufen können?«

»Weiß ich nicht«, sagte Ruth und versuchte, ihren Herzschlag zu beruhigen. »Selbst wenn, Mutti würde es nicht erlauben.«

»Seit wann hörst du auf deine Mutti?«, fragte Kurt sanft.

»Ich bemühe mich sehr. Im letzten Jahr habe ich mich verändert.«

»Das weiß ich, Ruth. Das weiß ich doch.«

»Warum bist du hier und nicht in der Stadt?«

»Die Frage könnte ich dir auch stellen. Du bist eines der beliebtesten Mädchen in Krefeld und das weißt du.«

Ruth senkte den Kopf. »Das klingt, als wäre ich eine Schickse, aber das bin ich nicht.«

»Du bist so beliebt, weil du es nicht bist.« Kurt sah sie an. Der Mond stand tief über dem Gewässer, bald würde er untergehen.

»Ich bin hier«, sagte Ruth stockend, »weil meine Familie hier ist. Weil wir zusammen feiern. Wer weiß, wie oft das noch möglich sein wird.«

»Aus dem Grund bin ich auch hier. Und …«, Kurt holte tief Luft, »wegen dir.«

»Wegen mir?«

»Ich habe nie aufgehört, dich lieb zu haben, Ruth, weißt du das?«

Ruth biss sich auf die Lippe.

»Wir werden nach Amerika auswandern. Schon im nächsten Sommer, wenn alles gut geht. Zuerst müssen wir im Februar noch nach Stuttgart zum Konsulat. Und wenn alles bescheinigt ist, werden wir im Sommer das Schiff nehmen.« Er holte tief Luft. »Wenn ich einen Wunsch frei hätte, dann würde ich dich mitnehmen. Ich kann mir nicht vorstellen, in Chicago zu leben und du bist hier. Das will nicht in meinen Kopf.«

»Oh, Kurt«, sagte Ruth betroffen.

»Wir waren Freunde, wir waren ein Paar«, sagte Kurt leise. »Du und ich. Und vielleicht werden wir uns nie wiedersehen. Der Gedanke ist unerträglich.«

Ruth schluckte.

»Deshalb frage ich mich«, er drehte sich zu ihr, »wie du zu mir stehst?«

»Ich habe dich sehr lieb, Kurt. Mehr als jeden anderen in der Stadt.«

»Und außerhalb der Stadt? Gibt es da jemanden?«

Ruth schüttelte den Kopf. »Ich schreibe mit Ernst Seligmann. Er ist auf einer Schule in England. Er mag mich wohl sehr – wir schreiben uns auf Englisch. Ich tue das, um die Sprache zu lernen. Vielleicht hat er andere Intentionen, aber das liegt nicht an mir.«

Kurt nickte. »Ich weiß, du magst Manfred. Ihr spielt oft Mixed beim Tennis. Und ihr seid beide gut. Manfred arbeitet auch bei Merländer und Strauß, ich kenne ihn, und er schwärmt für dich …«

»Manfred ist ein Freund. Mehr nicht.«

»Hast du ihn lieb?«

»Nicht so, wie dich«, sagte Ruth, obwohl sie sich eigentlich nicht ganz sicher war, ob das stimmte.

»Also hast du mich noch lieb?«

Ruth nickte, ihr Zögern schien er nicht zu bemerken.

Er beugte sich zu ihr und küsste sie vorsichtig.

»Dann sind wir jetzt also wieder ein Paar«, sagte er erleichtert.

Ruth schloss die Augen, nahm seine Hand und fühlte in sich hinein.

Ja, dachte sie, ich habe ihn noch lieb. Ich habe ihn lieb, und er geht, in ein paar Monaten verlässt er das Land, und ich werde ihn wahrscheinlich nie, nie wiedersehen. Er wünscht sich so sehr, dass wir wieder ein Paar sind. Und er war immer lieb zu mir, immer zuverlässig, er würde alles für mich tun. Also werde ich diesmal etwas für ihn tun – diese Freundschaft eingehen, obwohl sie zum Scheitern verurteilt ist.

Irgendwann gingen sie wieder hinein und feierten bis in die Morgenstunden ausgelassen mit ihren Freunden.

Zuerst schlief Ilse ein. Ruth deckte sie mit einer Wolldecke zu. Nach und nach fielen auch den anderen die Augen zu. In der benachbarten Kull war es schon lange ruhig, doch auf der Veranda brannte noch ein Licht. Karl stand dort und blickte nachdenklich auf das Wasser und rauchte eine Zigarre.

Kapitel 25

1937

In den nächsten Wochen sahen sich Ruth und Kurt wieder häufig. Er kam vorbei, holte sie ab, um mit ihr zum Kulturbund zu gehen, oder sie unternahmen Spaziergänge mit der nun alt gewordenen Spitz.

Eines Morgens Ende Januar kam Ruth verschlafen nach unten, um, wie jeden Morgen, die Küche aufzuräumen und zu putzen. Doch Spitz, die sie sonst immer herzlich begrüßte, rührte sich nicht.

»Spitz?«, flüstere Ruth. »Spitz, was ist mit dir?«

Die Hündin versuchte, den Kopf zu heben, aber es gelang ihr nicht. Ruth setzte sich neben das Körbchen und streichelte sanft über ihren Kopf. Spitz' Augen waren trübe geworden, sie hechelte hektisch, versuchte, Ruth über die Hand zu lecken. Ruth hob die Hündin auf ihren Schoß und drückte sie an sich. »Was ist mit dir?«, murmelte sie mit tränenerstickter Stimme. »Bist du krank? Mutti«, rief sie dann. »Mutti, komm schnell. Ich glaube, Spitz geht es nicht gut.«

Martha eilte die Treppe hinunter. »Was ist los?«

»Spitz«, schluchzte Ruth. »Spitz will nicht aufstehen, und ihre Augen sind so komisch.«

Martha setzte sich neben Ruth auf den Boden, »Spitz«, flüsterte sie. »Was ist mit dir?« Spitz hechelte nun nicht mehr, ihr Atem wurde immer flacher. »Oh nein«, sagte Martha und schluckte, die Tränen liefen ihr über die Wangen. »Oh nein, ich glaube, sie stirbt.«

»Was?« Ilse kam die Treppe fast heruntergeflogen, ließ sich auf den Boden fallen. Alle drei streichelten den Hund, dessen Körper immer schlaffer wurde, und der schließlich den letzten Atemzug tat. Die Zunge hing ihr aus dem Maul und färbte sich langsam blau.

»Ich ertrage das nicht«, schrie Ruth. »Ich ertrage das alles nicht mehr.« Sie schluchzte, konnte sich gar nicht beruhigen.

Vorsichtig legte Martha Spitz wieder auf ihre Decke, dann nahm sie die Mädchen in den Arm. »Hunde werden nicht so alt wie Menschen. Für einen Hund war Spitz schon sehr alt, schon fast zehn.«

»Das ist doch nicht alt«, schluchzte Ilse. »Der Hund von den Goldsteins ist fünfzehn.«

»Manche Hunde werden schneller alt als andere«, sagte Martha.

»Der Pekinese von Merländers ist nur vier geworden, jetzt haben sie einen neuen.« Ruth wischte sich über die Augen und putzte sich die Nase.

»Aber der Pekinese von Merländers ist geplatzt – sie haben ihn mit Schokolade und Lakritze gefüttert; er war so dick, dass er nicht gelaufen, sondern gerollt ist.«

»Er hat ein eigenes kleines Sofa gehabt«, erzählte Ruth und streichelte Spitz wieder. »Spitz hatte nur ihre Decke im Flur.«

»Spitz hatte es gut hier bei uns. Ein Hund braucht kein Sofa, ein Hund braucht Menschen, die ihn lieben. Und das hatte Spitz«, sagte ihrer Mutter leise

Eine ganze Weile saßen sie da und streichelten den Hund, der immer kälter und steifer wurde. Schließlich stand Martha auf. »Ich koche uns Kaffee. Echten Kaffee und keinen Muckefuck. Dieser Tag verlangt nach einem starken Getränk.«

Ruth und Ilse hielten den Hund noch fest.

»Wie soll unser Leben jetzt weitergehen? Ohne Spitz?«, schluchzte Ilse. »Das geht nicht.«

»Alles verändert sich. Die Leute verlassen uns, alles wird schwieriger. Manchmal möchte ich nicht mehr leben«, sagte Ruth.

Martha kam aus der Küche gerannt, baute sich vor ihrer Tochter auf und stemmte die Hände in die Hüften. »So etwas darfst du nie sagen. Nie, nie, nie. Niemals. Dieses Leben hat uns Gott geschenkt und wir müssen es achten. Nicht immer ist es leicht, aber man wirft es nicht weg. Niemals.«

»Was ist hier los?«, fragte Großmutter Emilie, die langsam von oben herunterkam. »Warum ist hier so ein Lärm?«

»Spitz ist gestorben, Mutter«, erklärte Martha. »Die Kinder sind außer sich.«

»Oh.« Großmutter blieb stehen. »Aber es war doch nur ein Hund.«

»Es war nicht nur ein Hund«, schrie Ruth und sprang auf. »Es war unser Hund – ein Teil der Familie. Und jetzt ist sie tot ...« Ruth lief an Großmutter vorbei nach oben in ihr Zimmer, die Tür fiel krachend ins Schloss.

»Du solltest so ein Verhalten unterbinden, Martha«, sagte

Emilie. »Es riecht nach Bohnenkaffee. Ist heute ein besonderer Tag? Feiern wir etwas?« Sie ging ins Esszimmer und setzte sich an den Tisch. »Wann gibt es denn Frühstück?«

Martha seufzte laut auf. »Grundgütiger«, murmelte sie.

Ilse sah sie an. »Ich gehe zu Großmutter«, sagte sie und wischte ihre Tränen weg. »Dann kannst du Frühstück machen.«

»Danke, mein Schatz.«

An diesem Tag kamen Ruth und Ilse zu spät zur Schule. Im Unterricht bekam Ruth nicht viel mit, immer wieder liefen ihr die Tränen über die Wangen. Schließlich hatte Oberstudienrat Dr. Zimmer genug. »Gehen Sie nach Hause, Ruth. Das ist ja nicht auszuhalten mit dieser Jammerei. Vielleicht sollten Sie ihren jüdischen, schwermütigen Charakter endlich einmal den Gegebenheiten des deutschen Lebens anpassen.«

Ohne ein Wort zu sagen, packte Ruth ihre Tasche und ging.

Zu Hause blieb sie in der Diele stehen. Die Decke war weg und Spitz ebenfalls. Kein Hund, der sie freundlich begrüßte.

Wieder flossen die Tränen bei Ruth. Es war unvorstellbar, dass Spitz mit ihrer kalten, nassen Nase und ihrem warmen, weichen Körper nicht mehr da war.

Martha kam aus der Küche, blieb in der Tür stehen und sah ihre Tochter an. »Du bist schon zu Hause?«

»Dr. Zimmer hat mich weggeschickt«, sagte Ruth und verzog das Gesicht. »Er kann melancholische Juden nicht ertragen.«

»So ein Blödmann.« Martha streckte die Hand aus. »Komm mit in den Salon.«

»Wo ist … sie? Du hast sie doch nicht … weggeschmissen?«, fragte Ruth mit gepresster Stimme.

»Sie ist im Keller. Ich warte auf Aretz, er wird ihr sicher ein schönes Grab im Garten bereiten.«

»Ich habe sie so geliebt«, sagte Ruth. »Sie konnte so gut trösten – ohne etwas zu sagen. Vielleicht gerade deshalb.«

Martha nickte. »Ich weiß, was du meinst. Mir geht es ebenso.«

»Ich kann es immer noch nicht fassen. Sie war doch gar nicht krank. Nur alt.«

Martha nickte. »Aber sie hat nicht gelitten, und wir waren bei ihr.« Sie seufzte. »Zieh deinen Mantel aus und wasch dir Hände und Gesicht. Ich mache uns einen kleinen Imbiss.«

Ruth bewegte sich wie in Trance. Sie spürte, dass der Tod des Hundes für so viel mehr stand. Alles, was ihr bisher Halt gegeben hatte, brach nach und nach zusammen.

Ruth kuschelte sich auf das Sofa und zog die Wolldecke bis zum Kinn. Es war warm in dem Raum, der Ofen glühte, aber sie hatte das Gefühl, Schutz zu brauchen.

Martha setzte sich neben sie und gab ihr eine Schüssel mit Hühnerbrühe und gestocktem Ei.

»Du hast Hühnerbrühe gekocht?«, fragte Ruth erstaunt, weil sich die Kochkünste ihrer Mutter bisher in einem überschaubaren Rahmen bewegten. »Das ist köstlich.«

»Das Lob gebührt Frau Jansen. Bevor sie ging, hat sie unglaublich viel eingeweckt. Unter anderem Hühnerbrühe. Und Josefine hat mir gezeigt, wie man die Brühe verfeinert und was man alles daraus machen kann. Demnächst wird sie mir beibringen, wie man eine so gute Brühe kocht.« Martha schluckte. »Ich musste es ja bisher nicht.«

»Du machst alles prima«, sagte Ruth. »Du schlägst dich tapfer und das ist einzig gut, wirklich.«

»Ich gebe mir Mühe, Ruth. Es ist nicht einfach.«

»Heutzutage ist nichts mehr einfach«, sagte Ruth bitter.

»Du …«, Martha zögerte, aber sprach es dann doch an. »Du bist wieder mit Kurt befreundet.«

Ruth senkte den Kopf, schluchzte auf. »Ja.«

»Das ist doch in Ordnung«, sagte Martha und nahm sie in den Arm. »Warum bist du so traurig? Weil er geht?«

»Ach, Mutti. Nein, es ist ganz anders und ich darf es eigentlich gar nicht aussprechen. Ich war damals so gemein zu Kurt. Ich habe ihn abserviert, einfach so. Dabei hatte er mir nichts getan. Er ist so ein guter und lieber Mensch und würde sich ein Bein für mich ausreißen.«

»Das mag sein, aber du warst noch nicht reif genug für eine so enge Freundschaft«, versuchte Martha sie zu beschwichtigen.

»Vielleicht nicht. Aber wie es passiert ist, wie ich es getan habe, war nicht gut. So geht man nicht mit anderen um.«

»Das Wichtigste am Erwachsenwerden ist, dass man Fehler macht und erkennt, dass man Fehler gemacht hat. Und dass man daraus lernt. Niemand schlüpft aus einem Ei und ist plötzlich der perfekte Mensch – wir alle machen Fehler, und wenn wir Glück haben, lernen wir daraus.«

»Kurt macht keine Fehler.«

Martha überlegte einen Moment. »Kurt ist ein lieber Junge und ich mag ihn. Aber er ist drei Jahre älter als du. Er hätte erkennen müssen, dass du noch nicht so weit bist.«

»Wirklich?«

»Ja, das denke ich schon. Er hätte dir mehr Raum und Zeit geben sollen.« Sie stockte. »Und jetzt? Was ist jetzt mit euch?«

»Er hat mich noch so lieb«, sagte Ruth mit dünner Stimme, »und er wünschte sich so sehr, dass wir wieder zusammenkommen – also habe ich zugestimmt.«

»Aber was ist mit dir? Wie lieb ist er dir?«

»Ich … ich mag ihn sehr. Wirklich, wirklich, wirklich. Er ist so nett und tut so viele Dinge für mich. Er würde mir die Sterne vom Himmel holen – »

»Ruth – ich habe nicht gefragt, was er für dich tut, sondern was du für ihn empfindest.«

»Ich mag ihn, irgendwie habe ich ihn auch lieb – aber nicht so. Nicht so, wie er sich das erhofft.«

»Warum lässt du dich dann darauf ein?«

»Mutti, verstehst du nicht?«, fragte Ruth flehend. »Er geht doch. Er geht nach Amerika. Wahrscheinlich sehe ich ihn nie wieder. Niemals im Leben.« Sie schnäuzte sich. »Er soll nicht unglücklich gehen. Seine letzten Monate in Krefeld sollen schön sein, fröhlich. Ich tue das für ihn, weil er das auch für mich tun würde.«

Martha senkte den Kopf. »Das heißt, er liebt dich, du ihn aber nicht. Du spielst es ihm jetzt vor, damit er ohne gebrochenes Herz nach Amerika gehen kann?«

»Ja, ungefähr so ist das«, sagte Ruth leise.

Martha lehnte sich nachdenklich zurück. »Meinst du, das ist gut für ihn? Er fährt nach Amerika, und du bleibst hier, das wird doch auch sein Herz brechen. Vielleicht wäre es einfacher, du würdest ihm jetzt reinen Wein einschenken. Dann kann er noch hier mit dir abschließen und frei in die Zukunft gehen.«

»Ja, das habe ich auch schon überlegt. Aber Kurt will davon nichts hören. Er sagt, wenn sie einmal da sind, wird er alle Hebel in Bewegung setzen, dass ich kommen kann.«

»Und dann würdest du gehen?«, fragte Martha verblüfft.

»Ohne euch? Niemals, Mutti. Natürlich nicht.«

Ihre Mutter schien sichtbar erleichtert.

»Aber willst du jetzt wirklich die nächsten Wochen und Monate schauspielern? Ihm vortäuschen, dass du ihn lieb hast? Das wird nicht gehen, Ruth, dazu bist du viel zu ehrlich.«

Ruth schüttelte den Kopf. »Ganz so ist das nicht. Ich habe ihn ja auch lieb … irgendwie.«

»Verlier dich nur nicht in dieser Geschichte. Du weißt, du kannst immer zu mir kommen und mit mir reden. Ich bin immer für dich da.«

»Das weiß ich. Danke, Mutti.«

Im Februar fuhren die Glimmichs zum Konsulat nach Stuttgart, um sich die Ausreise genehmigen zu lassen.

Man durfte nur noch eine lächerlich geringe Summe pro Jahr ins Ausland überweisen, für alles fielen immens hohe Gebühren an. Allerdings hatten die Glimmichs schon vor ein paar Jahren den Entschluss gefasst, nach Amerika auszuwandern, und seitdem hatten sie konsequent für ihre Zukunft im Ausland vorgesorgt. Möbelstücke, die Elsa wichtig waren, wurden erst zu Bekannten nach Holland gebracht und dann zu ihrem Bruder nach Chicago geschickt. Auch Wertsachen und Geld hatten sie schon nach und nach außer Landes gebracht. Das Haus und das Geschäft waren verkauft, jetzt brauchten sie nur noch die Ausreisegenehmigung.

Alle im Freundeskreis fieberten mit den Glimmichs mit. Auch Ruth. Sie war hin- und hergerissen. Einerseits freute sie sich für die Familie, andererseits wurde ihr plötzlich überdeutlich bewusst, dass das Leben in Deutschland auch für sie wahrscheinlich keine Zukunft hatte. Mittlerweile war auch ihr Vater bereit, auszuwandern – jedoch fehlten ihren Eltern und Ilse immer noch das Visum für Palästina. Auch andere Länder hatten mittlerweile Einreisebeschränkungen verordnet, die Briten verlangten außerdem sogar ein Pfand. Auch hier hatte sich Vati bemüht, das Pfand für jeden der Familie hinterlegt, dennoch gab es bisher keinen positiven Bescheid.

Ruth saß den ganzen Nachmittag vor dem Fernsprecher und endlich kam der ersehnte Anruf – auf der Botschaft hatte alles geklappt. Sie würden am nächsten Tag nach Krefeld zurückkommen, und Kurt wollte sich auf jeden Fall noch mit ihr treffen.

Am Nachmittag war sie bei Rosi in der Villa. Es war Karneval, und die ganze Stadt war auf den Beinen, es wurde gefeiert, geschunkelt und getrunken. Die Innenstadt war unerträglich voll.

»Ich mag Karneval«, sagte Ruth. »Aber wir dürfen ja nicht mehr teilnehmen, und es nur aus der dritten Reihe zu beobachten, ist blöd.«

»Ich mag Karneval auch«, krächzte Rosi. Sie hatte eine Halsentzündung und musste das Bett hüten. »Aber ich verstehe nicht, warum du nicht teilnehmen kannst?«

»Rosi, ich bin Jüdin«, sagte Ruth und verdrehte die Augen. »Ich darf nicht.«

»Ich weiß, dass du Jüdin bist«, sagte Rosi und zog einen Flunsch. »Ich habe eine Halsentzündung, keine Gehirnentzündung.« Sie hustete und trank einen Schluck heißen Tee. »Aber wenn du in die Stadt gehst, wenn du feiern gehst – wer weiß denn, dass du Jüdin bist? Du hast doch keinen Stempel auf der Stirn. Man sieht es dir nicht an. Und zu Karneval verkleidet man sich – verkleide dich, setze eine Maske auf, geh feiern. Ich würde es tun, wenn ich es könnte.«

»Du hast recht. Aber wenn irgendetwas passiert – egal was – und meine Personalien werden aufgenommen, dann stellt sich heraus, dass ich Jüdin bin und etwas getan habe, was mir verboten ist.«

»Du kannst doch nicht immer so denken: Falls etwas passiert, falls jemand erfährt, falls es herauskommt. So kannst du doch nicht leben. Das bist doch nicht du, Ruth Meyer. Du bist ein lebensfrohes Mädchen, beliebt überall. Du kannst dich doch nicht von den Nazis so einschränken lassen, das geht doch nicht.«

»Es ist aber so, Rosi. So sieht für mich mittlerweile die Realität aus.« Ruth zuckte mit den Schultern. »Lasse ich mir etwas zuschulden kommen, wird mein Vater verhaftet und in ein Konzentrationslager gebracht. Das ist das Letzte, was ich will.«

»Was machen eure Auswanderungspläne? Onkel Richard und Onkel Karl wollen immer noch hierbleiben, haben sie gesagt. Die Merländers sehen sich nicht unter Verdacht oder Kontrolle – irgendwie so hat er sich ausgedrückt.«

Ruth lehnte sich zurück. Von oben kam wieder laute Musik – Karnevalsmusik.

»Sie feiern hier?«, fragte Ruth belustigt.

»Alle da oben sind verkleidet. Zum Teil sehen sie echt meschugge aus. Aber sie haben Spaß«, sagte Rosi.

»Ich finde die beide knorke, fabelhaft. Sie genießen ihr Leben, haben Spaß. So muss das doch sein, oder? Und sie tun niemandem etwas zuleide oder schaden anderen. Sie leben einfach ihr Leben.«

»Und was ist mit dir und Kurt?«, fragte Rosi. »Ich habe gehört, ihr seid wieder ein Paar?«

Ruth nickte. »Es ist nicht leicht und ich bin gespalten. Aber ich mag ihn schon.«

»Vor einem Jahr war er deine große Liebe.«

»Zeiten ändern sich, Rosi, sie ändern sich schnell.«

»Ich glaube, du belügst dich, Ruth Meyer. Denk einmal darüber nach.«

Ruth schluckte.

Die Wochen vergingen, sie traf sich mit Kurt, spielte wieder mit ihm Tischtennis im Verein, sie gingen ins Lichtspielhaus und zu den Veranstaltungen des Kulturbundes. Eigentlich war es Juden inzwischen verboten, in das Lichtspielhaus zu gehen, aber sie taten es trotzdem und wurden nie erwischt. Die Zeit raste dahin, schneller als je zuvor, und am Ende stand der Abschied, der Abschied für immer.

Zum fünfzehnten Geburtstag hatte Ruth eine Fotokamera bekommen, und nun beschloss sie, Kurt zum Abschied ein

Fotoalbum zu schenken. Er sollte eine Erinnerung an alle wichtigen Plätze und Orte in Krefeld mitnehmen nach Amerika.

Doch einige Fotos waren schwierig zu machen, und so weihte sie Kurts Freund Manfred ein. Sie wollte Bilder von Merländers Fabrik haben, wo Kurt angefangen hatte zu arbeiten, und auch von den Geschäftsräumen. Außerdem von dem Realgymnasium am Moltkeplatz, auf das er gegangen war, von Glimmichs' Haus und Garten, von der Kull und von vielen anderen Plätzen, die eine Bedeutung für ihn hatten.

Ende März endete das Schuljahr, und es gab Zeugnisse. Ruth ging, wie mittlerweile an so vielen Tagen, mit Bauchschmerzen zur Schule. Immerhin hatte sie noch Halt in der Klasse und bei ihren Kameradinnen, sie wurde eingeladen und so behandelt, als gäbe es keinen Unterschied. Bei Ilse war das anders. Ilse hatte nie große Kameradschaft in ihrer Klasse erfahren, sie hatte keine Freundschaften geschlossen und sie wurde auch nicht eingeladen. Zum Glück hatte sie noch ihre Freundinnen aus der Volksschule.

Ruth hatte sich in diesem Halbjahr viel Mühe gegeben, sie lernte viel und beteiligte sich am Unterricht. Als sie das Zeugnis in den Händen hielt, atmete sie erleichtert auf. In Deutsch, Mathematik, Physik, Musik und Zeichnen hatte sie eine Zwei. In Französisch und Latein eine Drei minus und Vier plus. In Erdkunde, Geschichte und Schrift eine Drei und in Turnen eine Eins. Als Bemerkung stand, dass Betragen, Aufmerksamkeit und Fleiß gut wären. Ruth ging zufrieden nach Hause.

»Du bist zum nächsten Schuljahr zugelassen«, sagte Karl erleichtert.

»Lieber würde ich nach England auf eine Schule gehen«, entgegnete Ruth.

»Das wissen wir, Liebes«, sagte Martha. »Und wir versuchen schon alles, um dich dort unterzubekommen. Aber es ist nicht …«

»Leicht«, unterbrach Ruth sie resigniert. »Was ist heutzutage schon leicht?«

»Nichts«, sagte Martha und zückte das Taschentuch und putzte sich die Nase.

Ruth sah sie an. »Was ist passiert?«

Martha schüttelte nur den Kopf und ging nach oben.

Karl sah seine Tochter an und hob die Schultern. »Mutter ist wieder durch die Prüfung gefallen«, sagte er leise. »Das dritte Mal jetzt.«

»Sie kann fahren«, sagte Aretz, der sich im Wintergarten aufgehalten hatte und nun zu ihnen in das Wohnzimmer kam. »Sie kann sehr gut fahren. Ich habe es ihr beigebracht und mit ihr geübt. Mit ihr und mit meiner Frau auch. Josefine ist viel unsicherer – aber sie hat den Schein bekommen.«

»Weil wir Juden sind«, sagte Ruth. »Weil Mutti Jüdin ist, bekommt sie keine Fahrerlaubnis.«

Aretz nickte. »Das glaube ich auch.«

»Arme Mutti«, sagte Ruth betroffen. »Können wir sie trösten?«

»Ich fahre mit ihr ein paar Tage nach Arosa«, sagte Karl. »Da kommt sie bestimmt auf andere Gedanken.«

»Will sie es nicht noch einmal probieren?«, fragte Ruth.

Karl schüttelte den Kopf. »Sie sagt, drei Mal wäre genug. Sie will sich dem nicht mehr aussetzen.«

Ruth nickte. »Das kann ich verstehen.«

»Wir nehmen Großmutter Emilie mit«, erklärte Karl. »Du und Ilse bleibt hier. Frau Aretz kommt und schaut nach euch in den Ferien.«

»Mit Helmuth und Rita?«, fragte Ruth.

Hans Aretz nickte. »Ja.«

»Ach, wie fein. Vielleicht spielt das Wetter mit, und wir können einige Tage in der Kull sein.«

Die Eltern fuhren ab. Da das Wetter schlecht war, zog Ilse für die nächsten Tage zu Omi und Opi in die Klosterstraße. Ruth blieb alleine im Haus. Luise Dahl, die nebenan wohnte, schaute jeden Tag nach ihr, und auch Josefine Aretz kam täglich vorbei und half, den Haushalt zu machen. Ruth aber war wie von einem Fieber getrieben – sie wollte die Bilder für Kurt knipsen und ihm ein wunderschönes Abschiedsbuch machen. Ohne dass er etwas davon bemerkte, natürlich. Manfred nahm sie heimlich mit in die Fabrik und auch in die Geschäftsräume. Ruth fotografierte den Tennisplatz, die Halle, in der sie Ping-Pong spielten, das Haus, das Glimmichs schon verkauft hatten, und in dem nun Arier wohnten. Sie knipste Plätze im Stadtwald und beinahe jeden Zentimeter der Kull. Im April wurde das Wetter besser und sie konnten dort ein paar Tage verbringen.

Ihre Eltern schrieben oft und riefen auch ab und zu an. Ihrer

Mutter tat die Auszeit gut, sie hatte ihren Nervenzusammenbruch nach der gescheiterten Prüfung überstanden und sie würden bald zurückkommen.

Es war kurz vor Ende der Ferien. Ruth und Kurt spazierten durch den Stadtwald.

»Mir fehlt Spitz so«, gestand Ruth. »Weißt du, manchmal war es lästig, dass sie bei Wind und Wetter rausmusste, dass ich mit ihr gehen musste, auch noch abends, wenn ich doch einfach nur in die Federn fallen wollte. Da habe ich sie verflucht. Und jetzt schäme ich mich dafür. Sie hat mich jeden Morgen begrüßt und jeden Mittag, wenn ich aus der Schule kam. Sie hat meine Tränen aufgeleckt, wenn ich traurig war. Wenn ich fröhlich war, ist sie mit mir gesprungen und gehüpft – gut, in den letzten Jahren wurde das weniger, aber sie hat ihre Freude gezeigt, man konnte es ihr ansehen.«

»Wollt ihr keinen neuen Hund haben?«, fragte Kurt.

Ruth zuckte mit den Schultern. »Mutti ist nervlich zu angegriffen. Und wer weiß, was wird. Vielleicht gehen wir ja auch weg.«

»Das hoffe ich sehr. Ich hoffe, ihr kommt nach Amerika. Und dann leben wir zusammen in San Francisco – du und ich.«

»Ich dachte, ihr geht nach Chicago?«

»Das tun wir, aber ich will irgendwann in San Francisco leben. Das ist mein Traum.« Er fasste sie bei den Händen und sah sie an. »Und in diesem Traum bist du bei mir.«

»Ach, Kurt«, sagte Ruth traurig. »Ob das jemals so sein wird?«

»Was sind denn deine Pläne?«

»Ich komme jetzt in die Obersekunda. Vor einem Jahr hätte ich noch nicht gedacht, dass ich das schaffe. Oder dass ich das überhaupt will, mit der Schule hier unter diesen Umständen weiterzumachen. Jetzt ist es aber so. Meine Eltern versuchen, einen Schulplatz für mich in England zu bekommen, aber wenn das nicht klappt, möchte ich doch Abitur machen.«

Kurt lachte. »Du schaffst alles, was du dir vornimmst. Manchmal über Umwege, aber irgendwie gehst du deinen Weg. Deshalb habe ich dich auch so lieb, weil du so bist, wie du bist. Ganz und gar Ruth.«

Ruth sah ihn an, sie hatte einen Kloß im Hals. Dann schloss sie die Augen und nahm ihn in die Arme. Sie spürte die Wärme seines Körpers, seinen Herzschlag, fühlte seinen Atem an ihrem Hals. Plötzlich war sie ihm unheimlich nahe, und zugleich war da die Gewissheit, dass sie bald durch tausende Kilometer getrennt sein würden. Ihr Herz pochte wie wild, es klopfte in ihrem Hals, ihren Ohren.

»Wir müssen los«, sagte Kurt, der nicht wusste, was in ihr vorging. »Wir wollen doch noch zur Kirmes.«

»Du hast dich verändert«, sagte ihre Mutter nachdenklich, als sie aus Arosa wieder nach Hause gekommen war. Sie hatte sich gut erholt und sah blendend aus, fand Ruth.

Zu zweit saßen sie auf dem Sofa im Salon, es war Freitagabend. Ilse war noch unterwegs und Karl mit Aretz auf einer seiner immer seltener werdenden Touren.

»Weißt du noch früher?«, sagte Ruth und lehnte sich an ihre

Mutter. »Da hast du uns immer Geschichten erzählt. Ilse und mir. Da hatten wir noch ein heiles Leben. Es hat sich alles so verändert.«

»Ja, das stimmt.« Martha strich Ruth über den Kopf. »Damals wart ihr klein. Meine beiden Mädchen. Jetzt seid ihr groß. Du bist fast erwachsen, Ilse ist noch ein Kind, aber kein Kleinkind mehr. Alles hat sich verändert.«

»Ich wünsche mir so sehr, dass alles noch so wie früher wäre«, sagte Ruth und seufzte. »So leicht und einfach.«

»Es war nie leicht, aber es war sicherlich anders, und viele Dinge waren einfacher als heute. Gerade für euch Kinder. Es tut mir so schrecklich leid, dass ihr mit dieser furchtbaren Ungewissheit leben müsst.«

»Es ist ein bisschen so, als würden wir auf gepackten Koffern sitzen. Hier sind wir nicht mehr richtig da, aber woanders dürfen wir nicht sein.«

»Ich hoffe, dass sich das bald ändern wird. Dass auch wir bald weg sind.« Martha musterte ihre Tochter aufmerksam. »Dich treibt aber noch etwas anderes um, oder? Das spüre ich. Ist es Kurt?«

Ruth kamen die Tränen. Sie versuchte, sie zurückzuhalten, aber es gelang ihr nicht. »Ja«, sagte sie leise und elend.

»Ich dachte, du magst ihn nur …«

»Mutti, ich glaube es ist so – ich habe mir eingeredet, dass ich ihn nur mag und gar nicht mehr lieb habe, damit mir der Abschied nicht so schwer fällt«, schluchzte Ruth. »Aber jetzt wird mir klar, dass ich ihn die ganze Zeit lieb gehabt habe. Sehr lieb. Ich habe mir das alles nur vorgemacht und … und … jetzt ist es zu spät. Ich darf gar nicht daran denken, dass sie wegfahren und ich ihn nie, nie, nie wiedersehen werde.«

»Mein liebes Kind«, sagte Martha. »Mein liebes, gutes Kind, du weißt nicht, was kommt, das weiß Gott allein.«

»Gibt es ihn wirklich? Und warum tut er uns das dann an?«

»Ich glaube, dass es ihn gibt. Und er gibt uns diese Prüfungen, damit wir stark im Glauben bleiben.«

»Da ist Gott aber sehr zuversichtlich, was man als Mensch so aushalten kann«, schluchzte Ruth.

Anfang Mai veranstalteten die Glimmichs, die vorübergehend in einer Wohnung von Freunden wohnten, nachdem sie ihr Haus verkauft hatten, eine Abschiedsparty. Es war ein fröhliches Fest, aber es war auch melancholisch. Alle wussten, dass dies wahrscheinlich ein Abschied für immer sein würde, auch wenn man so tat, als würde man sich in zwei Monaten wiedersehen.

Ruth hatte die Fotos entwickeln lassen und in ein Album, das sie gebastelt hatte, geklebt und sorgfältig beschriftet. Mit Tränen in den Augen gab sie es ihm.

Behutsam blätterte Kurt Seite für Seite um, betrachtete die Fotos und staunte über Ruths Geschick und Einfallsreichtum. Auch ihm stiegen die Tränen in die Augen.

»Das ist das schönste Geschenk, das jemand mir machen konnte. Es ist fabelhaft, famos und so schön.« Wieder und wieder sah er die Bilder an und schaute dann zu Ruth. Irgendwann schlichen sie sich hinaus in sein Zimmer, lagen dort nebeneinander auf dem Bett, die Hände verschränkt. Sie redeten, schwiegen, redeten wieder, dann küssten sie sich. Es war sehr innig und Ruth wusste, dass es in Ordnung war. Schließlich würden sie sich wahrscheinlich nie wiedersehen. Tränen flossen. Das Salz der Tränen schmeckte merkwürdig, fand Ruth, aber es passte. Es war ein bitterer, ein trauriger Abschied.

Noch zwei Tage blieben ihnen, zwei Tage, die viel zu kurz waren.

Am nächsten Tag schwänzte Ruth die letzte Stunde – es war nur Musik bei Dr. Zimmer – und ging mit Kurt zum Polizeiamt, damit er sich abmelden konnte. Nun war es amtlich.

Anschließend brachte sie ihn nach Hause. Als sie vor dem Haus standen, gab er ihr ein kleines Paket. »Mach es später auf«, sagte er.

Er gab ihr einen zärtlichen Kuss, klammerte sich für einen Moment an sie, als wolle er sie nie wieder loslassen, drehte sich dann um und stürmte ohne ein weiteres Wort ins Haus.

Ruth war auf dem Heimweg wie betäubt, mechanisch fanden ihre Füße die richtige Richtung, in ihrem Kopf rauschte es.

Zu Hause ging sie wortlos in ihr Zimmer und öffnete das kleine Päckchen. Es war ein silbernes Armband. In den Deckel des Kästchens hatte er eine Widmung geschrieben. Ruth weinte bitterlich.

»Was ist?«, fragte Martha besorgt, die in der Küche gewesen war. »Was ist passiert?«

Ruth zeigte ihr das Armband. »Ist es nicht wunder-, wunderschön?«

Martha nickte, nahm dann das Kästchen und las die Widmung. »Du lieber Himmel, Ruth! Du hast dich doch nicht hinreißen lassen? Nicht in deinem Alter. Bitte, sag mir, dass du deine Ehre nicht verloren hast …«

»Mutti? Wie kommst du darauf?«, fragte Ruth entsetzt.

»Er schreibt: ›… und schön war's doch. Dein Kurt‹ Wer schreibt denn so etwas, wenn es nicht einen Hintergrund hat?«

»Nein, Mutti, nein. Wir haben uns lieb, der Kurt und ich, und wir haben uns auch geküsst – aber mehr ist nicht passiert. Und dieser Satz, das ist ein Liedtext, Mutti. Er bedeutet mir viel und Kurt auch – aber das bedeutet nicht, dass Kurt mir meine Ehre genommen hat.« Sie schluckte. »Es ist ein Teil von ›Sag beim Abschied leise servus‹ – das Lied kennst du doch?«

Martha nahm Ruth in die Arme. »Ja, das Lied kenne ich. Und es tut mir leid, dass ich dir unrecht getan habe. Morgen … morgen fahren sie. Wirst du das überstehen?«

»Ich hoffe es«, sagte Ruth kaum hörbar. »Es wird grauenvoll.«

Am nächsten Tag brachte Aretz sie zum Bahnhof. Der Bahnsteig war voller Leute, alle wollten die Familie Glimmich verabschieden. Den Großteil ihres Gepäcks hatten sie schon verschickt, aber jeder hatte noch einen Koffer und eine Tasche für die lange Reise, die ihnen bevorstand.

Auch die Krefelder Jugend war gekommen, um Anne und Kurt zu verabschieden. Ruth rang mit ihrer Fassung. Kurt nahm sie beim Arm. Man versuchte, mit Witzen die Stimmung aufzuheitern, doch der Abschiedsschmerz war allen anzumerken.

Dann fuhr der Zug ein. Ruth verabschiedete sich von Kurts

Eltern und von Anne. Kurt verabschiedete sich von den Verwandten, die hierblieben, und von seinen Freunden. Zuletzt trat er zu Ruth und umarmte sie innig. Ein letzter, langer, warmer Kuss, dann ließ er sie los und ging, ohne ein Wort zu sagen, in das Abteil.

Auch Ruth fand keine Worte, es gab keine, die ihre Gefühle hätten ausdrücken können.

Die Familie hatte das Schiebefenster geöffnet und winkte, als der Zug sich in Bewegung setzte.

»Schluss«, schluchzte Ruth. »Schluss und vorbei …« Ein Weinkrampf erschütterte sie, sie rang nach Luft, die Tränen wollten noch nicht fließen. Martha nahm sie in die Arme, hielt sie fest.

»Mein armes Kind, mein armes, armes Kind.«

Die nächsten Tage waren schwer für Ruth. Sie weinte viel und sah schrecklich aus. Doch das Leben musste weitergehen. Ein paar Tage später kam endlich die erste heiß ersehnte Karte von Kurt.

Liebe Ruth!

Eben sind wir in Hamburg angekommen, und ich will nicht versäumen, Dir von hier ein herzliches ›Lebe wohl‹ zu sagen – noch ein paar Stunden, dann geht's zum Dampfer und der neuen Heimat entgegen. Halte beide Daumen, dass alles klappt. Nun, mein liebes Mädel, mach es gut.

Herzlichste Grüße von Deinem Kurt.

Sie hatte auch schon nach Hamburg geschrieben und hoffte, dass ihr Brief rechtzeitig angekommen war.

Der nächste Brief kam aus Le Havre – ein langer Brief. Ruth war selig. Der nächste Brief würde dann aus New York sein.

»Vielleicht«, sagte Martha, die alles versuchte, um Ruth aufzuheitern, »kannst du in den großen Ferien zum Austausch nach England. Ich versuche alles, was möglich ist. Das wäre doch famos.«

»Nach England? Wirklich?«

Martha nickte. »Es gibt diesen Ferienaustausch, wir müssen nur eine Familie finden, die dich nimmt.«

»Das wäre wundervoll. Wir fahren nicht in die Sommerfrische dieses Jahr?«

»Nein«, sagte Martha. »Es ist alles zu unsicher, und Vati hat Probleme mit seinen Touren. Wir werden aber sicherlich ein paar Tage nach Amsterdam fahren. Das ist doch auch etwas.«

»Außerdem haben wir ja die Kull. Das ist ja auch wie Sommerfrische, nur hier.«

Martha lachte. »Schön, wie du das siehst. Immer positiv denken.«

»Ich versuche es«, sagte Ruth. »Aber es gelingt mir nicht immer. Die Glimmichs sind jetzt in Chicago, und alle haben mir prophezeit, dass Kurt mich schnell vergessen würde. ›Aus den Augen, aus dem Sinn‹ – aber das stimmt nicht.«

»Es ist erstaunlich, wie oft er dir schreibt. Es freut mich, dass eure Freundschaft bestehen bleibt.«

»Ach, wenn wir doch auch nur nach Amerika gehen könnten«, seufzte Ruth.

»Vati will nicht nach Amerika.«

»Ich weiß, aber es ist ungerecht.«

»Wer weiß, was noch alles kommen wird«, sagte Martha nachdenklich.

Kapitel 26

Herbst 1937

Trotz aller Bemühungen bekam Ruth keinen Austauschplatz in England. Sie tröstete sich damit, dass sie viel Zeit in der Kull verbrachten. Die meisten ihrer Freunde waren auch nicht in die Sommerfrische gefahren. Es gab immer mehr Einschränkungen für Juden.

Eins machte Ruth jedoch glücklich – Kurt schrieb ihr weiterhin regelmäßig.

Dann waren die großen Ferien zu Ende und die Schule ging wieder los.

Ruth und Ilse gingen zusammen zum Lyzeum. Auf dem Schulhof gab es ein großes Hallo und ein Wiedersehen mit all den Freundinnen. Viel hatte man sich zu erzählen. Doch die Glocke rief sie in die Klassen.

Die erste Stunde hatte gerade angefangen, als die Tür aufging und der Direktor, Doktor Dörsing, den Raum betrat. Er sah sich suchend um und sein Blick blieb an Ruth hängen.

»Liebe Ruth«, sagte er. Er duzte sie, obwohl die Mädchen seit dem letzten Jahr gesiezt wurden. »Ich muss dir etwas Trauriges mitteilen.«

Ruths Herz klopfte wie verrückt. Was war passiert?

»Leider musst du die Schule verlassen. Ich habe mich sehr für dich eingesetzt, aber wir dürfen keine Juden mehr unterrichten.«

Ruth schnappte nach Luft.

»Ihr alle«, sagte er und schaute in die Runde. »Ihr alle kennt Ruth nun einige Jahre. Sie war euch immer eine gute Klassenkameradin – fleißig und hilfsbereit. Denkt euer ganzes Leben daran, dass es nicht wichtig ist, wo Menschen herkommen, welche Hautfarbe und Rasse sie haben. Es ist nur wichtig, was für ein Mensch man ist. Und Ruth ist ein guter Mensch.«

Es war so still in der Klasse, dass man eine Nadel hätte fallen hören können. Plötzlich sprang Eva auf, lief zu Ruth und umarmte sie.

»Selbst wenn du jetzt nicht mehr in die Schule darfst, wir bleiben Freundinnen.«

Auch die anderen Mädchen liefen nun zu Ruth. Viele Tränen flossen, und man versicherte sich gegenseitig der Freundschaft. Ruth packte ihr Federmäppchen ein, nahm ihren Tornister und ging. Im Flur wartete Doktor Dörsing auf sie.

»Wir haben überlegt, dass wir dir ermöglichen, die Prüfungen noch zu machen, damit du wenigstens die mittlere Reife hast. Du kannst morgen und übermorgen Nachmittag nach der Schule kommen, dann werde ich dir die Prüfungen abnehmen. Ich bin mir sicher, du wirst sie mit Bravour bestehen.«

»Danke«, sagte Ruth leise, die völlig durcheinander war. Sie durfte nicht mehr zur Schule gehen – was sollte jetzt werden?

Vor der Schule stand Ilse. »Doktor Dörsing hat gesagt, dass ich hier auf dich warten soll«, sagte sie leise.

»Ist er auch in deine Klasse gekommen?«

Ilse schüttelte den Kopf. »Er hat mich noch im Flur erwischt.«

»Sei froh«, sagte Ruth. »Es war scheußlich. Ich fühle mich wie ein Verbrecher, auch wenn alle so furchtbar nett zu mir waren.«

»Was wird Mutti sagen?«, fragte Ilse besorgt.

»Es wird sie umbringen.«

Zum Glück war an diesem Tag Karl zu Hause, denn tatsächlich erlitt Martha erneut einen Nervenzusammenbruch.

»Was machen wir denn nun? Was sollen wir bloß tun?«

»Wir werden eine Lösung finden, Liebes«, sagte Karl.

»Als Juden sind wir keine Menschen mehr in diesem Land. Ich will hier nicht mehr leben«, schrie Martha.

»Ich werde noch einmal zur Botschaft schreiben – es wird doch wohl möglich sein, dass wir alle ein Zertifikat für Palästina bekommen«, sagte Karl.

»Warum nicht nach Amerika?«, fragte Ruth. »Lass uns nach Amerika gehen.«

»Und was, wenn die uns dort auch so behandeln? Dann müssen wir wieder weg. Nein, ich will in einem zionistischen Land leben, wo mich keiner wegen meines Glaubens verachtet und verfolgt!«

Sie überlegten viel und diskutierten lange. Ilse, die ja erst zwölf war, wurde wieder an der jüdischen Volksschule angemeldet.

»Obwohl ich nicht viel von ihnen halte, wäre es das Beste, wenn du zur Hascharah gehst, Ruth«, sagte Karl. »Aretz fährt morgen mit mir nach Düsseldorf, dort werde ich versuchen, irgendwo einen Platz für dich zu bekommen.«

Ruth nickte, sie sah die Notwendigkeit ein. Zwar hatte sie an der Schule noch die Abschlussprüfungen ablegen können, aber sie hatte keinerlei Aussichten auf eine Lehrstelle oder gar einen Beruf. Die Hascharah-Heime waren Ausbildungsorte für jüdische Jugendliche. Vor allem waren sie dazu gedacht, den Jugendlichen eine Lehre zu ermöglichen, damit sie später in Palästina oder einem anderen Land die Möglichkeit hatten, eine Stelle zu finden.

Karl nutzte all seine Kontakte, aber es war nicht einfach. So wie Ruth und Ilse war es den meisten anderen jüdischen Kindern auch ergangen, die eine staatliche Schule besuchten. Und viele von ihnen brauchten nun eine Alternative.

Nach drei langen Wochen des Wartens kam endlich das erlösende Kabel – Ruth bekam ab Oktober einen Platz in der jüdischen Wirtschaftsschule in Wolfratshausen bei München.

»Wir müssen deine Sachen durchgehen«, sagte Martha. »Du wirst auch noch das eine oder andere brauchen. Im Süden liegt oft viel Schnee und es ist kalt im Winter. Wir fahren nach Düsseldorf und werden dich nett einkleiden.«

Ihre Worte sollten Ruth trösten, doch Ruth, obwohl sie wusste, dass diese Schule das Beste für sie war, hatte gemischte Gefühle.

»Mutti, ich kenne dort keinen. Und ich weiß auch nicht, was ich da lernen soll. Ich habe doch noch gar keine Vorstellung davon, was ich einmal werden will.«

»Das ist jetzt egal«, sagte Martha traurig. »Jetzt ist es erst einmal wichtig, dass du überhaupt etwas lernst, eine Ausbildung erhältst. Wir werden Deutschland verlassen, hier können wir ja nicht bleiben, und es ist besser, wenn du dann schon etwas kannst.«

»Das weiß ich ja, Mutti. Ich weiß es. Dennoch ist es schwer. Und dann so weit weg von euch.«

»Ich werde dir schreiben. Und in den Winterferien kommst du ja schon wieder zu Besuch.«

»Warum kann sich Vati nicht durchringen, nach Amerika auszuwandern?«, fragte Ruth verzweifelt.

»Auch in Amerika würdest du arbeiten müssen, mein Kind. Die goldenen Zeiten sind vorbei.«

»Das weiß ich doch, und es würde mir ja nichts ausmachen. Kurt würde bestimmt eine Arbeit für mich finden. Er hat ja auch etwas gefunden.«

»Kurt hat aber bei Merländer und Strauss gelernt – er hat eine Ausbildung. Das hast du nicht.«

»Ich weiß«, sagte Ruth.

»Hast du Kurt von der Hascharah geschrieben?«

»Natürlich.«

»Und was meint er?«

»Er findet es gut und wünscht mir dort eine schöne Zeit.« Gequält sah Ruth ihre Mutter an. »Wie kann ich eine schöne Zeit haben, wenn meine Familie und meine Freunde so weit weg sind?«

»Du wirst schnell neue Freunde finden. Sei einfach du selbst, und die Herzen werden dir zufliegen.«

Die Zeit schien plötzlich zu rennen, und dann war es schon Oktober. Karl und Martha fuhren mit Ruth. Sie hatten Plätze im Schlafwaggon des Nachtzugs nach München gebucht. In München wohnte eine Cousine von Martha, bei der sie für zwei Tage unterkommen konnten.

In den Tagen vor der Abreise herrschte großer Trubel – es war ein ständiges Kommen und Gehen, jeder wollte sich von Ruth verabschieden, und sie bekam viele Geschenke.

»Wer soll denn die ganzen Pralinen essen?«, fragte sie lachend. »Wenn ich sie esse, dann werde ich platzen.«

»Ich nehme dir etwas ab«, sagte Ilse verschmitzt.

»Ich auch.« Auch Rosi war gekommen, um Ruth auf Wiedersehen zu sagen. Sie hatten sich in den letzten Wochen fast täglich gesehen, und Rosi hatte ihr erzählt, wie empört die Klasse wegen Ruths Ausschluss war. Immer wieder brachte sie Briefchen von den Schulkameradinnen mit. Diesmal war es ein ganz großer Brief, denn alle hatten ihr eine gute Reise gewünscht und unterschrieben. Ruth war sehr gerührt.

»Ich komme ja wieder«, sagte sie. »Ich geh ja nicht für immer weg und auch nicht ins Ausland.«

»Es fühlt sich ein bisschen so an«, gestand Rosi. »Ich werde dich vermissen.«

»Ich werde alle vermissen. Aber ich freue mich auch«, sagte Ruth. Tief in ihr drin war noch ein wenig Angst vor dem Neuen und Unbekannten, vor den fremden Leuten und der fremden Schule. Aber sie versuchte, es sportlich zu sehen – als ein Abenteuer und nicht als eine notwendige Pflicht.

Am Samstagmorgen ging die Familie Meyer zur Synagoge. Nach dem Mittagessen brachten Karl und Aretz das Gepäck zum Bahnhof, um es aufzugeben. Der Nachtzug fuhr erst um halb neun abends.

Der Abschied kam viel zu schnell, die ganze Familie begleitete Ruth zu Bahnhof.

»Ich möchte ganz oben schlafen«, sagte Ruth, als sie ihr Abteil gefunden hatten.

»Du musst ganz oben schlafen«, brummte Karl belustigt. »Weder Mutti noch ich werden dort hochklettern.«

Sie redeten noch ein wenig, doch die letzten aufregenden Tage forderten ihren Tribut – Ruth fielen immer wieder die Augen zu.

»Ab ins Bett«, sagte Martha. »Schlaf gut und träum süß von sauren Gurken.«

Um acht Uhr morgens erreichten sie München. Tante Therese und Onkel Werner warteten schon auf dem Bahnsteig. Es gab ein großes Hallo und eine herzliche Begrüßung, denn man sah sich ja nicht oft. Tante Therese hatte schon Frühstück vorbereitet, und Ruth langte hungrig zu.

»Ich will euch ein wenig die Stadt zeigen«, sagte Tante Therese. »Dann werden wir zu Mittag essen und dann fahren wir nach Wolfratshausen.«

»Das klingt nach einem guten Plan«, sagte Karl.

Ruth war von München entzückt.

»Du darfst uns bestimmt mal besuchen kommen«, sagte Tante Therese.

»Das wäre fein.«

»Ja, es wäre schön, wenn ihr ein wenig auf mein Mädchen aufpassen würdet«, meinte Martha, die den ganzen Tag schon blass war.

»Ach, Martha«, sagte Karl lachend. »Du siehst sie doch schon im Winter wieder. Denk daran, wie herrlich ruhig es jetzt zu Hause wird – kein Streit mehr zwischen den Mädchen.«

»Es wird ganz schrecklich ruhig werden«, sagte Martha und drückte Ruth an sich.

Eine gute Stunde ging die Fahrt von München nach Wolfratshausen. Ruth konnte sich an der Landschaft kaum sattsehen. Die dichten Wälder und die Berge beeindruckten sie.

»Dort vorne ist es«, sagte Onkel Werner. »Dort unten im Isartal. Dort ist die Isar, und da fließt die Loisach.«

»Schau nur, Mutti – die Häuser sehen aus wie kleine Puppenhäuser. Herrlich. Einzig idyllisch.«

Das Heim lag am Rande des Städtchens. Schnell waren die Formalitäten erledigt, und Ruth konnte ihre Sachen auf das Zimmer bringen. Zu fünft teilten sie sich einen Schlafraum. Ein Mädchen saß dort schon auf dem Bett.

»Ich bin die Margot Pfüller aus Mannheim«, stellte sie sich vor. »Gut, dass du gekommen bist.«

»Sind wir nur zu zweit?«, fragte Ruth verblüfft und wies auf die drei weiteren Betten.

»Nein, die anderen sind Wäsche machen. Es wohnt noch Ellen Hermann und Lore Mayer hier, sowie Inge Leipold. Sie sind alle nett, und jetzt sind wir vollständig.«

Martha half Ruth, ihre Sachen zu verstauen, dann mussten die Eltern wieder fahren. Martha wischte sich verstohlen eine Träne aus den Augen und küsste Ruth. »Denk immer daran, wie lieb ich dich habe.«

»Das werde ich nie vergessen. Aber du siehst doch, wie gut

ich es hier habe. Das ist alles knorke und die Zeit, bis wir uns wiedersehen, wird vergehen wie im Fluge.«

Ruth winkte ihnen noch, dann musste sie auch zum Wäsche einspritzen antreten.

Es war eine lustige Runde, stellte Ruth bald fest – es wurde gesungen und gelacht.

Nach getaner Arbeit gingen die Mädchen auf ihr Zimmer. Sie waren bass erstaunt, dass Ruth ein Koffergrammophon besaß. Ruth holte die Pralinen heraus, die sie geschenkt bekommen hatte, eine der anderen stiftete Schokolade und die dritte hatte noch Obst. Sie spielten Platten, aßen und lernten sich kennen.

Montagmorgen um halb sieben kam der Weckruf.

»Du musst jetzt dein Bett aufschlagen«, erklärte Margot. »Und dich anziehen. Dann geht es in den Waschraum. Danach machen wir die Betten und es gibt Frühstück.«

»Brot und Brötchen und Butter – alles nach Belieben«, sagte Ellen. »Außerdem Milchkaffee.«

»Und danach?«

»Dann haben wir theoretischen Unterricht – Krankenpflege«, sagte Inge. »Und danach Hauswirtschaft.«

»Anschließend gibt es Mittagessen«, erklärte Lore. »Bis vier Uhr haben wir frei, danach geht es weiter mit Gesundheitspflege und Musterzeichnen.«

Ruth gewöhnte sich schnell ein. Doch mit der Zeit nahmen die Aufgaben zu. Im Heim wurde Hauswirtschaft und Gesundheitslehre unterrichtet, aber es war auch ein Bauernhof angegliedert, mit dessen Erträgen sie sich zum Teil versorgten.

Ruth lernte Wäschepflege, Bügeln, Stopfen – Krankenpflege und Hygiene gehörten auch zu den Fächern. Außerdem mussten sie abwechselnd die Küche putzen und spülen. Zudem lernte Ruth, wie man Kühe molk, und reihum mussten sie die Eier aus dem Hühnerstall holen.

Der Tag fing früh an und endete spät. Meistens fiel Ruth erschöpft in die Federn und schlief sofort ein. Nur manchmal hielten sie ihre Gedanken wach.

Sie hatte ganz furchtbares Heimweh, sehnte sich zurück nach Krefeld und zu ihrer Familie. Sie wollte aber nicht, dass die anderen Mädels das mitbekamen, deshalb spielte sie oft die lustige und fröhliche Ruth. Nur nachts erlaubte sie sich ein paar versteckte Tränen.

Ruth schrieb ihren Eltern jeden Tag. Sie schrieb auch Kurt und bekam Briefe von ihm – wenn auch nicht mehr so häufig. Jeden Tag bekam sie Post aus Krefeld – mal eine Karte, dann einen Brief und hin und wieder sogar ein Paket.

Wenn das Heimweh allzu groß wurde, holte sie abends ihre Nähsachen heraus; sie arbeitete an einer Überdecke, die sie aus lauter kleinen Stoffquadraten zusammenschneiderte. Jedes Stück Stoff war ein Rest von etwas, das sie oder ihre Mutter oder Omi Minnie einmal genäht hatten, von einem alten Kleid, aus dem die Mädchen rausgewachsen waren, einer zerschlissenen Bluse ihrer Mutter oder einem Hemd ihres Vaters – so waren ihre Lieben ihr wenigstens ein bisschen nah.

An den Wochenenden durften die Mädchen reihum in kleinen Gruppen nach München fahren.

Es war Mitte November, und Ruth war inzwischen schon einen Monat in Wolfratshausen. Es war das erste Mal, dass sie mitfahren durfte. Da sie Verwandtschaft in München hatte, wurde ihr erlaubt, bis zum Sonntag zu bleiben. Am Bahnhof wartete schon Tante Therese auf sie.

»Gut siehst du aus«, lobte Tante Therese. »Gewachsen bist du und kräftiger auch geworden.«

»Kräftiger?«, fragte Ruth entsetzt. »Ich bin nicht fett!«

»Kräftiger in den Schultern – nicht dicker«, sagte Tante Therese lachend.

»Kein Wunder«, sagte Ruth. »Bei all dem, was wir machen müssen.«

»Komm, wir gehen Essen und du erzählst mir alles. Wie gefällt es dir denn?«, fragte Tante Therese und hakte sich bei Ruth unter.

»Es ist … ganz schön«, sagte Ruth zögerlich. »Aber auch viel Arbeit. Das hatte ich mir nicht so vorgestellt. Wir müssen überall mithelfen. Einmal, damit der Betrieb läuft, aber auch, um zu sehen, wo unsere Stärken sind.«

»Und wo sind deine Stärken?«

»Sicherlich nicht beim Kühe melken«, sagte Ruth und verdrehte die Augen.

»Du musst Kühe melken?«

»Ja, und den Stall ausmisten und den Hühnerstall auch. Wir waren auch bei der letzten Ernte noch dabei. Dann haben wir gelernt, wie man einweckt und Pilze trocknet.«

»Aber das sind nicht deine Stärken?«

»Am besten bin ich in Handarbeiten, das hat mir ja alles Omi beigebracht. Aber als Schneiderin sehe ich mich nicht. Immer nach fertigen Mustern oder auf Auftrag arbeiten, nein, das kann ich mir nicht vorstellen. »

»Vielleicht als Putzmacherin? Du bist so wunderbar fingerfertig. Was du immer so alles bastelst und machst – deine Mutti schreibt mir darüber, manchmal schickt sie mir auch ein Foto.«

»Wirklich?«

»Sie ist ganz stolz auf dich.«

Tante Therese hatte ein kleines jüdisches Lokal ausgesucht. Sie hatten einen Platz am Fenster, und Ruth genoss das Treiben auf der Straße.

»Aber was würdest du denn gerne werden?«

»Etwas Sinnvolles, etwas, bei dem ich Menschen helfen kann: Am liebsten Kinderkrankenschwester«, sagte Ruth. »Ich habe schon in Krefeld einen Kurs bei Schwester Milly gemacht – das hat mir viel Freude bereitet. Da ging es um Kinderpflege und diese Dinge – aber eher für den Hausgebrauch, wenn wir später Kinder haben.«

»Kannst du im Heim einen Kurs machen?«

Ruth schüttelte den Kopf. »Wir lernen nur die Grundlagen.«

»Aber der Kurs geht doch noch länger?«

»Ja«, sagte Ruth leise. »Mindestens noch ein Jahr.«

»Ich dachte, es gefällt dir dort?«, fragte Tante Therese verwundert.

»Das tut es auch«, antwortete Ruth. »Nur ... ich sage dir jetzt etwas, aber du musst versprechen, es nicht weiterzuerzählen. Mutti und Vati dürfen es nicht wissen. Versprichst du das?«

Tante Therese nickte. »Ich verspreche es hoch und heilig.«

»Ich habe nämlich so furchtbares, furchtbares Heimweh«, sagte Ruth geknickt. »Es ist schön dort, aber so anders. Und eigentlich will ich nur nach Hause – zurück zu Mutti und Vati und sogar zu Ilse, auch wenn sie mir früher meist auf die Nerven gegangen ist.«

Tante Therese nahm ihre Hand. »Ach, Kindchen ... Heimweh ist schlimm. Aber in sechs Wochen fährst du doch schon nach Hause. Dann sind Winterferien. Und ich dachte, du verstehst dich mit deinen Zimmerkameradinnen so gut?«

»Tue ich ja auch. Sie sind alle sehr nett. Besonders Margot. Aber ... es ist etwas Anderes, wenn man sich irgendwo kennenlernt und mag und sich miteinander befreundet. So, wie das mit meinen Freundinnen in Krefeld ist. Hier wurden wir zusammengewürfelt. Ja, sie sind nett – aber wenn ich sie in einem normalen Leben, einem Leben ohne Nazis und so, treffen würde, wäre niemand von ihnen meine Freundin.«

»Das verstehe ich gut.« Tante Therese lehnte sich zurück. »Es ist bestimmt nicht einfach, wenn man sich plötzlich ein Zimmer mit vier fremden Mädchen teilen muss, wenn auf einmal alles anders ist. Und dann bist du auch noch so weit weg von zu Hause. Nein, das ist nicht einfach.« Sie drückte Ruths Hand. »Aber dieses Wochenende bist du bei uns. Wir machen es uns schön, ja? Was möchtest du tun?«

»Ich möchte bitte gerne einkaufen gehen. Bald ist doch Lichterfest und ich möchte für jeden etwas machen. Ein paar Dinge habe ich schon in den Handarbeitsstunden gemacht, aber mir fehlen noch Sachen.«

»Einkaufen gehen klingt nach einer guten Idee.«

»Und morgen möchte ich in die Synagoge. Weißt du, ich bete viel und versuche, mit Gott zu sprechen. Aber im Heim ist es immer unruhig und es gibt keinen richtigen Gottesdienst. Das sind alles Zionisten – was wir ja eigentlich auch sind. Aber im Moment wünsche ich mir Beistand von Gott.«

»Auch das verstehe ich. Und vielleicht habe ich dann noch etwas für dich, eine kleine Überraschung. Aber jetzt essen wir erst einmal und dann gehen wir einkaufen.«

Ruth kaufte einige Dinge – Stoff, Bast, neue Nähnadeln und etliches mehr. Sie hatte dafür das Taschengeld gespart, das Vati ihr jede Woche schickte – in Wolfratshausen gab es wenige Möglichkeiten, das Geld auszugeben.

Nach dem Einkauf gingen sie in die Oper. In ein wirkliches, echtes Theater.

»Dürfen wir das?«, fragte Ruth. Sie war noch nie in einem echten Theater gewesen, hatte immer nur Vorstellungen vom Kulturbund gesehen.

»Natürlich dürfen wir das nicht – aber wer fragt danach? Ich bekomme die Karten von Freunden, es sind Christen, Arier – aber keine Nazis.«

So einen Abend hatte Ruth noch nie erlebt. Gegeben wurde Mozarts »Cosi fan tutte« – und Ruth schmolz geradezu dahin.

Am Samstag gingen Tante Therese und Ruth in die Synagoge, anschließend traf Ruth sich mit Margot, die ebenfalls Verwandtschaft in der Stadt hatte. Sie gingen – wieder heimlich – ins Kino und sahen »Die Kameliendame« mit Greta Garbo und Robert Taylor.

Beide durchnässten ihre Taschentücher reichlich.

»Aber sie haben so gut gespielt«, sagte Margot nach der Vorstellung. »So wunderbar.«

»Ja«, sagte Ruth, »das haben sie wirklich.«

Sie umarmten sich herzlich, dann trennten sich ihre Wege. Ruth lief zur Wohnung von Tante Therese und Onkel Werner.

Der Onkel erwartete sie schon. »Nun, wie war der Film?«

»Er war einzig. Und so traurig«, sagte Ruth. »Und so schön. Die Garbo ist eine hinreißende Frau.«

»Das ist wohl wahr«, sagte Onkel Werner schmunzelnd. »Und was möchtest du heute Abend machen?«

Ruth zuckte mit den Schultern. »Ich weiß nicht – ich bin so voller Eindrücke – ich muss nichts mehr machen.«

»Auch nicht tanzen gehen? Mir ist zu Ohren gekommen, dass du gerne tanzt.«

»Das stimmt …«

»Wir von der jüdischen Gemeinde haben ein Tanzlokal. Es ist kein Luxus, aber dort wird getanzt. Magst du mit mir dorthin gehen?«

»Wirklich?«, fragte Ruth ungläubig. »Tanzen?«

»Zieh dich um. Dann geht's los.«

Ruth zog sich um und war gerade fertig, als das Telefon klingelte. Tante Therese rief: »Ruth, komm schnell. Es sind deine Eltern.«

Ruth konnte es kaum fassen. Sie sprach mit allen – Mutti, Vati, Ilse und Großmutter Emilie. Auch Hans und Tante Hedwig waren da. Es tat so gut, ihre Stimmen zu hören, es war einfach wundervoll.

Zum Schluss war noch einmal ihre Mutter am Telefon.

»Mein Schätzchen«, sagte sie, und ihre Stimme klang anders als sonst. Ganz stolz und voller Freude. »Du hast mir mit deinen tapferen Briefen so viel Mut gemacht. Ich sehe, man muss Dinge anfassen, versuchen, Perspektiven zu schaffen für das Leben … das hoffentlich kommt. Außerhalb von Deutschland. Deshalb habe ich mich noch einmal getraut und nun habe ich den Führerschein!«

»Was?«, rief Ruth. »Wirklich?«

»Ja, wirklich! Ist das nicht ›einzig‹ – wie du immer sagst?«, lachte Martha.

»Es ist wunderbar. Wirklich einzig. Ich bin stolz auf dich, Mutti!«

»Zu verdanken habe ich es Aretz und seiner unendlichen Geduld. Wenn du wieder in Krefeld bist, machen wir beide eine Tour. Es ist ja nicht mehr lange, bis du kommst.«

»Das machen wir, Mutti. Darauf freue ich mich jetzt besonders.«

Ruth brauchte nach dem Telefonat einen Moment, um sich zu sammeln. Aber Onkel Werner holte ihren Mantel und sah sie schmunzelnd an. »Das war doch ein guter Auftakt zu einem guten Abend. Lass uns gehen.«

Sie waren kaum angekommen und hatten Platz genommen, als Ruth schon aufgefordert wurde. Es war ein sehr erfolgreicher und lustiger Abend.

»Qualmen deine Schuhe nicht?«, fragte Onkel Werner belustigt, als sie nach Hause gingen. »Ich glaube, du hast keinen Tanz ausgelassen.«

»Ich hatte ja keine Chance«, sagte Ruth und nahm seinen

Arm. »Danke. Das war wirklich, wirklich einzig. Wundervoll.«

Ruth hatte aus dem Wochenende Kraft geschöpft und sah den nächsten Wochen jetzt etwas beruhigter entgegen, auch wenn das Heimweh sich in ihr festgesetzt hatte und immer wieder schmerzhaft pochte.

Mutti hatte ihr gesagt, dass sie das Lichterfest, das in diesem Jahr schon früher war, zu Weihnachten gemeinsam nachholen würden.

Doch die Wochen zogen sich. Es begann zu schneien und hörte gar nicht mehr auf. Der Schnee bedeckte die Bäume, und Wiesen, die Häuser trugen Mützen aus Schnee.

Ruth liebte den Anblick, denn Schnee am Niederrhein war selten.

Sie schrieb viele Briefe – nach Krefeld, aber auch nach Chicago. Von Kurt hatte sie seit einiger Zeit nichts mehr gehört. Endlich aber kam wieder ein Brief – er war krank gewesen und hatte nicht schreiben können.

Der arme Kurt, dachte Ruth, krank in der Ferne. Aber sie war froh über die Begründung, denn sie hatte schon gedacht, dass er sie vergessen hätte.

Am neunundzwanzigsten November 1937 war der erste Tag des Lichterfestes. Alle Mädchen hatten nun Heimweh. Die Ferien waren erst in vier Wochen, und so lange mussten sie es noch aushalten. Nicht jede von ihnen hatte so eine gute Beziehung zu den Eltern wie Ruth, und manches Mal wurde sie neidisch angesehen – denn jeden Tag kam Post für Ruth.

Ruth durfte über das Wochenende wieder nach München

und ging am Freitagabend mit Tante Therese in die Synagoge. Die Freitagsabendgesänge und der Gedanke daran, dass sie nun in Krefeld das fünfte Licht ohne sie anzünden würden, rührte Ruth zu Tränen. Tante Therese hielt stumm ihre Hand.

Nach dem Gottesdienst wartete Onkel Werner schon auf sie. »Wir gehen ins Kino«, beschloss er. Er hatte eine Komödie ausgesucht, was auch gut war, denn endlich konnte Ruth wieder lachen.

Am Samstagmorgen gingen sie wieder in die Synagoge, und nach dem Essen, es gab eine herrlich knusprige Ente, zog Onkel Werner einen Umschlag aus der Tasche.

»Der achte Tag ist erst am Montag. Aber da bist du wieder in Wolfratshausen. Deshalb bekommst du unser Chanukka-Geschenk schon jetzt.« Er gab ihr den Umschlag – darin waren zwei Karten für die Oper für diesen Abend.

Ruth schnappte nach Luft. »Madame Butterfly«, hauchte sie. »Das ist so einzig wunderbar. So einzig.« Plötzlich rollten die Tränen über ihre Wangen, sie konnte sie nicht aufhalten. »Das kann ich nicht annehmen. Ich habe nur eine Kleinigkeit für euch.«

»Doch, das kannst du«, sagte Onkel Werner voller Überzeugung. »Und du musst es annehmen, die Karte soll ja nicht verfallen.«

Bevor sie in die Oper gingen, gab es noch eine Überraschung. Ruth durfte in Krefeld anrufen. Sie war so froh, die Stimmen von Mutti und Vati zu hören.

»Das war wirklich, wirklich wundervoll«, bedankte sie sich bei Tante Therese.

Wundervoll war auch die Oper, aber danach musste Ruth

schnell ins Bett. Onkel Werner hatte zwar ausgehandelt, dass sie bis Sonntag bleiben durfte, aber am Sonntag musste Ruth bei der Küchenbesprechung dabei sein, und die war immer schon um zehn. Deshalb musste sie den ersten Bus um halb acht erwischen. Noch voll von den ganzen schönen Erlebnissen in München fuhr sie zurück zum Heim. Es schneite – dicht und stark, ein wunderschöner Anblick, der Ruth ganz selig machte.

Im Heim angekommen, gab ihr die Lehrerin ein Paket und zwei Briefe. »Erst Besprechung, dann darfst du auspacken«, ermahnte sie.

Es war schon nach Mittag, als Ruth endlich in ihr Zimmer konnte. Sie hatte Wäsche zurück nach Krefeld geschickt, die zu klein geworden war oder inzwischen zu dünn für das kalte Wetter. Nun schickte ihr ihre Mutter dicke Pullover, Strumpfhosen und eine gefütterte Hose, dazu eine sehr modische Jacke. Außerdem gab es Konserven, Datteln, getrocknete Feigen, Rosinen und Mandeln. Dazu noch Schokolade und andere Süßigkeiten.

Margot bestaunte die Gaben. »Sind das deine Chanukka-Geschenke?«, fragte sie.

Ruth wusste, dass Margot aus bescheidenen Verhältnissen stammte. Sie konnte ihr unmöglich sagen, dass dies nur ein Vorgeschmack war.

»Ja«, sagte sie deshalb. »Das sind meine Geschenke. Aber keine Sorge – das werden wir teilen. Das kann ich unmöglich alles alleine aufessen.«

Von nun an zählte Ruth die Tage. Am achtzehnten Dezember war es endlich, endlich soweit. Die Schule endete und sie durften nach Hause fahren. In den letzten Tagen war die Stimmung auf dem Zimmer gekippt. Die anderen Mädchen hatten Ruth gehänselt und verspottet, etwas, was sie nicht verstand und was sie zutiefst traf.

Doch als sie am Bahnhof standen und voneinander Abschied nahmen, umarmte Margot sie.

»Es war nicht fein von uns, wie wir uns verhalten haben. Nein, das war gar nicht fein von uns. Aber … aber niemand, den ich kenne, hat so eine Familie wie du. Du bekommst jeden Tag Briefe oder Karten, du bekommst Pakete und Geschenke. Wer von uns hat das schon? Neid macht grün, und grün ist keine Farbe, die mir steht. Ich habe mir fest vorgenommen, dich nicht mehr zu beneiden, vor allem, weil du immer alles so freigiebig mit uns teilst. Ich hoffe, du vergibst mir.«

»Ach, Margot«, sagte Ruth sprachlos. »Ich weiß nicht, was ich sagen soll.«

»Sag nichts. Wir fangen einfach im nächsten Jahr neu an – als Freundinnen.«

»Das machen wir!«

Wieder fuhr Ruth mit dem Nachtzug. Am nächsten Morgen war sie in Krefeld und konnte es kaum erwarten, auszusteigen – alle waren gekommen, um sie zu begrüßen. Es war ein herzliches Hallo.

Zu Hause bezog Ruth ihr Zimmer. Sie war selig. Für eine ganze Weile blieb sie einfach nur stehen und atmete den Duft des Hauses ein, der ihr so vertraut war und so anders als der im Heim.

Der Tag verlief ruhig, abends zündeten sie die Kerzen an und tauschten die Chanukka-Geschenke. Ruth hatte für Vati eine

Zigarrenkiste gemacht – sie hatte sie mit Stoff bezogen und silberne Beschläge angefertigt.

Karl sah sie an, lächelte. »In meinem Arbeitszimmer steht eine Zigarrenschachtel, die du mir vor Jahren gebastelt hast. Ich habe sie immer in Ehren gehalten, aber sie löst sich langsam auf. Zur rechten Zeit hast du mir das rechte Geschenk gemacht. Danke, mein Kind.«

Ruth sah ihn an und holte tief Luft. »Lieber Vati, es gibt etwas, was ich dir sagen muss.«

Karl hob die Augenbrauen.

»Du hast mir einhundert Mark geschickt, damit ich mir eine Skiausrüstung kaufe. Aber das habe ich nicht getan.« Sie schluckte und reichte ihm den Scheck. »Ich konnte es nicht.«

»Warum?«, fragte Martha. »Das war dein Chanukka-Geschenk. Und es gibt dort doch reichlich Schnee.«

»Ja, es gibt wirklich reichlich Schnee. Aber die anderen Mädchen … die bekommen nicht solche Geschenke. Sie bekommen auch selten Pakete und Briefe. Sie beneiden mich schon genug, und das vergiftet die Stimmung. Ich wollte es nicht noch mehr anheizen. Ich hoffe, ihr versteht das?«, sagte sie fragend.

»Was bist du doch für ein liebes, gutes Mädchen«, sagte Martha und nahm Ruth in die Arme.

»Ja, das bist du, mein Kind«, sagte Karl. »Mehr, als ich gedacht habe.«

Die nächsten Tage waren angefüllt mit Treffen und Unternehmungen. Ruth hatte das Gefühl, sie müsste die vergangen drei Monate nachholen – aber dabei stieß sie an ihre Grenzen.

Silvester feierte sie bei Freunden in Geldern. Kurz nach Mitternacht fing es an zu schneien.

»Noch sechs Tage«, sagte Martha traurig, »dann musst du wieder fahren. Ich weiß, es ist dort nicht leicht für dich. Aber du tust es für deine Zukunft.«

Ruth seufzte. »Alles ist so ungewiss.«

»Das ist es.«

Am nächsten Tag waren sie wieder in Krefeld. Nach dem Mittagessen rief Karl die Familie zusammen in das Herrenzimmer. »Ich muss mit euch sprechen«, sagte er ernst. »Es wird nicht besser in Deutschland, und wir werden kein Zertifikat für uns alle bekommen, um nach Palästina auszureisen. Das steht nun fest.«

»Warum?«, fragte Ruth entsetzt. »Wir können doch nicht hierbleiben.«

»Nein, das können wir nicht. Nun, Großbritannien vergibt die Zertifikate und sie filtern sehr genau, wer in das Land noch einreisen darf und wer nicht. Du und Großmutter habt das Zertifikate bekommen – aus welchem Grund auch immer. Nur ich werde nie eins bekommen, wegen meiner Augenkrankheit. Sie suchen jetzt gezielt nach Menschen, die die Infrastruktur unterstützen können, und dazu gehöre ich laut ihren Regeln nicht.«

»Und was machen wir jetzt?«, fragte Ruth verzweifelt.

»Ich kann meine Arbeit hier nicht mehr ausüben. Keiner kauft mehr meine Kollektion, weil ich Jude bin. Weil wir Juden sind. Hier können wir also nicht bleiben. Ich habe lange mit eurer Mutter geredet, und nun steht es fest – wir werden auswandern und zwar in die USA, nach Amerika. Ich habe die Anträge schon gestellt.«

»Wirklich?«, fragte Ruth ungläubig. »Nach Amerika?«

Karl nickte. »Ich habe Bekannte in Amerika, die uns unterstützen. Mutti hat auch Verwandte dort, aber die rühren sich leider nicht, sonst ginge es vielleicht schneller.«

»Wie lange wird es dauern?«, fragte Ilse unsicher.

»Das weiß ich nicht«, gestand Karl. »Es wird sicherlich eine Zeit dauern. Von heute auf morgen geht das nicht.«

An diesem Abend ging Ruth glückselig ins Bett. Sie schrieb Kurt einen langen Brief.

Ich kann es noch nicht fassen, aber das, was ich mir so sehnsüchtig gewünscht habe, tritt ein. Wir werden auswandern. In die U. S. A. Mein liebster, liebster Kurt – wir werden uns wiedersehen.

Dennoch musste Ruth zurück nach Wolfratshausen. Noch bis Ende März ging der Kurs. Mit schwerem Herzen fuhr sie, hoffte aber, dass die Zukunft rosiger werden würde.

An ihrem Abfahrtstag war sie schon früh wach und brachte ihren Koffer nach unten, damit Aretz ihn in den Wagen packen konnte. Die Tür zum Herrenzimmer stand einen Spalt offen und sie hörte Vati mit Aretz sprechen.

»Es tut mir so leid, aber ich kann Sie nicht mehr beschäftigen, ich muss meinen Vertrieb aufgeben«, sagte ihr Vater gerade.

»Das habe ich schon befürchtet.«

»Ich werde Ihnen natürlich ein hervorragendes Zeugnis ausstellen, weiß aber nicht, ob Ihnen das nützt oder schadet.«

»Es wird mir nutzen, Herr Meyer. Wer sich von Dingen wie der Rasse leiten lässt, ist eh kein Arbeitgeber für mich.«

»Ich weiß, wie Sie denken, und es ehrt Sie – aber Ihre Familie sollte im Vordergrund stehen, die müssen Sie ernähren. Wir sind jetzt seit etlichen Jahren miteinander verbunden und ich hatte niemals zuvor einen Mitarbeiter wie Sie, Hans. Sie sind im Laufe der Jahre mehr gewesen als ein Chauffeur. Sie sind meine rechte Hand in so vielen Belangen. Ja, ich möchte sagen, Ihre und meine Familie verbindet eine Freundschaft.«

»Das stimmt. Und das wird auch immer so bleiben. Ich werde Ihnen immer dankbar sein …«

»Ich muss Ihnen danken. Sie haben meine Familie unterstützt an Stellen, an denen ich unfähig bin. Sie haben für die Kinder gebaut und gebastelt, haben Reparaturen gemacht – alles Dinge, für die ich Sie nicht eingestellt hatte.«

»Doch«, sagte Aretz. »Doch, das alles war meine Arbeit und ich habe sie gerne gemacht.«

»Wir gehen nicht mehr auf Tour, das lohnt sich nicht mehr. Keiner kauft mehr bei Juden. Ich werde Sie aber weiterhin bezahlen, so lange, bis sie eine Stellung haben.«

»Sie können immer auf mich zählen«, sagte Hans Aretz und seine Stimme zitterte. »Immer.«

Ruth ging in die Küche und zog die Tür hinter sich zu. Hans Aretz war auch für sie mehr als nur der Chauffeur gewesen. Er war wie ein guter Onkel, ein zweiter Vater – er hatte immer ein Ohr und viel Geduld. Auch Rita und Helmuth gehörten zur Familie. Alles änderte sich, und so schnell, dass es kaum zu verkraften war. Aber die Zeit ließ nichts Anderes zu. Es war eine schwere, eine grausame Zeit, und keiner wusste, was die Zukunft bringen würde. Sie lag vor Ruth und war dennoch in Nebel gehüllt.

Kapitel 27

1938

Ende März beendete Ruth ihren Hascharah Kurs in Wolfratshausen. Die letzten drei Monate waren hart für sie gewesen. Immer hatte sie auf einen Anruf gehofft, auf eine Meldung aus Krefeld, dass sie ausreisen dürften. Aber die Nachricht war nicht gekommen. Sie hätte noch ein weiteres Jahr anschließen können, um ihre Fähigkeiten zu vertiefen, aber das Heimweh war zu groß.

Mehr als alles andere wollte Ruth wieder bei ihrer Familie sein. Die Vorstellung, hunderte Kilometer von ihnen getrennt zu sein, machte ihr Angst – vor allem, nachdem Hitler Mitte März Truppen in Österreich hatte einmarschieren lassen und das Land annektierte. Nun war es offensichtlich: Hitler wollte mehr – Krieg drohte über Europa.

Das Sudetenland war das nächste Gebiet, das Hitler dem Reich zuführen wollte. Eine Zerreißprobe – werden die alliierten Mächte klein beigeben oder werden sie Hitler entgegenkommen? Chamberlain, der das Münchner Abkommen unterzeichnet hatte, genauso wie Italien und Frankreich, scheute eine militärische Auseinandersetzung, er setzte auf ›Appeasement‹. Alle Staatschefs hofften, dass Hitler damit zufrieden sei.

Mitte August wurde ein neues Gesetz erlassen, das alle Juden zwang, wenn sie keinen als typisch jüdisch angesehenen Vornamen trugen, zusätzlich den Namen Israel oder Sara zu führen. Außerdem mussten sie ab Oktober eine Kennkarte bei sich tragen.

Nachdem es Juden schließlich untersagt wurde, Dienstleistungen anzubieten, sah sich Karl gezwungen, das Mehrfamilienhaus auf der Drießendorferstraße weit unter Wert zu verkaufen. Aber immerhin hatte die Familie nun wieder Geld. Mit einigen Tricks tauschte Karl einen Teil davon in Silber und Gold um, das Josefine Aretz zusammen mit anderen Wertgegenständen in die Niederlande zu den Hirschs und den Kruitmans schmuggelte. Und obwohl Karl und Martha angesichts des Risikos, das sie bei jeder Tour einging, vehement protestierten, bestand sie darauf, weiterzumachen, bis das letzte Stück in Sicherheit gebracht war. Das war das Mindeste, was sie für die Familie, die sie jahrelang unterstützt hatte, die zu ihren Freunden geworden waren, tun konnte.

Im Sommer 1938 hatten die Meyers immer noch keine Ausreiseerlaubnis für die Vereinigten Staaten erhalten. Die Stimmung war zum Zerreißen gespannt, sie schwankten zwischen Mutlosigkeit und Hoffnung – das ganze Leben schien um die Frage zu kreisen: Wann können wir endlich gehen? Alles, was zuvor den Alltag der Familie ausgemacht hatte, war unmöglich geworden oder hatte seinen Sinn verloren. Nur noch die Kull bot für kurze Momente eine Auszeit vom Warten und Hoffen. Die Ausreisen waren noch weiter beschränkt worden und wurden streng nach Nummer vergeben. Nur etwa zweiundzwanzigtausend Juden durften pro Jahr ausreisen, aber so viele mehr wollten das Land lieber heute als morgen verlassen. Die Schlangen vor den Konsulaten wuchsen und wuchsen.

Martha litt am meisten unter der erzwungenen Tatenlosigkeit. Eines Abends im Spätsommer eröffnete sie ihrer Familie, dass sie nun damit beginnen würde, Möbelstücke in die Niederlande zu Freunden zu verschicken.

»Meine Anrichte. Die ist noch von meiner Großmutter«, sagte sie. »Ich will sie behalten. Will sie mitnehmen.«

»Große Güte, Liebes«, sagte Karl. »Das gute Stück ist massiv. Man kann es nicht in einem versenden.«

»Dann sägen wir es in Teile. Das lässt sich später wieder zusammensetzen. Ganz bestimmt geht das. Aretz wird wissen, wie.«

Hans Aretz hatte sehr schnell eine neue Stellung in einem Fachbetrieb für Metzgereiartikel gefunden. Dort wartete er die Maschinen und war außerdem im Außendienst tätig. Er verdiente weniger als bei den Meyers, aber er hatte immerhin eine Anstellung. Die Familien trafen sich weiterhin regelmäßig.

Martha hatte zwar inzwischen den Führerschein, aber sie blieb eine nervöse und unsichere Fahrerin. Die kurzen Strecken nach Anrath zur Verwandtschaft oder zur Kull meisterte sie, aber längere Strecken mochte sie nicht fahren. Das übernahm dann Hans Aretz in seiner Freizeit.

Aretz besah sich die Anrichte. »Ja«, sagte er dann. »Möglich ist das. Man muss das gute Stück in zwei Teile sägen. Hier und hier. Das lässt sich später wieder zusammensetzen. Soll ich das machen?«

»Bitte, lieber Aretz. Das wäre mir sehr viel wert«, flehte Martha. Karl verdrehte die Augen, aber er ließ sich darauf ein.

Die Mädchen räumten das gute Geschirr aus dem Schrank, stapelten es am Boden und auf dem Tisch. Auch die handgeschliffene Bowle-Schüssel aus Kristall, die immer die Anrichte geziert hatte, stellten sie zur Seite.

Ruth musste den Raum verlassen, als Aretz die Säge ansetzte. Es schmerzte sie zu sehr. Die Anrichte war wie ein Sinnbild ihrer Familie – stark und groß und schon immer da. Und nun wurde sie in Teile zersägt, so, wie auch ihr Leben immer mehr in Teile zerfiel.

Sie hatte nach dem Kurs in Wolfratshausen die Möglichkeit gehabt, eine Ausbildung als Krankenschwester in Österreich zu machen – aber dann wurde Österreich von Hitler einverleibt und annektiert. Somit galten dort die gleichen Gesetze und Juden war eine Ausbildung verwehrt.

Die Anrichte wurde nach Amsterdam verschickt, aber für das Geschirr war kein Platz in den verbliebenen Schränken, also stapelte Ruth es entlang der Wand auf, an der vorher das massive Möbelstück gestanden hatte. Sorgfältig, damit auch nichts beschädigt wurde. Mutter hing so sehr an dem Geschirr und vor allem an der Kristallschüssel.

Ende Oktober ließ Heinrich Himmler etwa 17 000 polnische Juden, die in Deutschland lebten, verhaften. Sie wurde an die polnische Grenze gebracht. Diese Aktion kam für Polen überraschend und unerwartet. Nicht überall wurden die Ausgewiesenen ins Land gelassen. Manche Familien waren gezwungen, tagelang im Niemandsland zwischen den Grenzen zu verharren. Sie froren, sie hungerten, sie waren verzweifelt. Es gab Tote. Unter den Deportierten befand sich auch die Familie Grynszpan. Ein Sohn der Familie – Herschel Feibel Grynszpan – war 1935 als Vierzehnjähriger nach Frankreich emigriert. Anfang November schrieb ihm seine Schwester aus Deutschland eine Karte und teilte ihm mit, dass die Eltern deportiert worden waren. Ihr Befinden sei ungewiss. Sie wusste nicht einmal, ob sie noch lebten. Wütend und verzweifelt besorgte sich Herschel eine Waffe, drang in die deutsche Botschaft in Paris ein und schoss auf den Botschaftsmitarbeiter vom Rath. Dieser erlag zwei Tage später seinen Verletzungen. Eine dumme, grausame Tat, die Tat eines einzelnen, verzweifelten und verwirrten jungen Mannes, die schreckliche Folgen hatte.

Es war November. Der Nebel zog durch die Straßen, es war kalt und nass. Usselig, wie man am Niederrhein sagte. Ungemütlich war es auch in dem Haus in der Schlageterallee.

Das Warten zermürbte sie. Wann würde endlich die erlösende Nachricht aus den USA kommen oder ein Brief aus dem Konsulat? Dann, eines Morgens passierte es, Martha öffnete den Briefkasten und zog einen großen bräunlichen Umschlag heraus. Auf der linken oberen Ecke prangte der Stempel des Konsulats. Die Ausreisegenehmigungen! Sie durften offiziell auswandern. Mit zitternden Händen hielt Martha das Schreiben in den Händen und rief nach Karl und den Mädchen. Gemeinsam setzten sie sich an den Esstisch und lasen das beiliegende Schreiben durch. Doch genauso überraschend wie die Genehmigung gekommen war, genauso rasch folgte die Ernüchterung. Vor 1941 würden sie das Land nicht verlassen können. Bis dahin mussten sie irgendwie ausharren – drei endlos scheinende Jahre lang. Drei Jahre, in denen noch so viel passieren konnte.

Dann, früh am Donnerstagmorgen, es war der 10. November 1938, klingelte das Telefon bei den Meyers. Alle lagen noch im Bett. Ruth sprang auf, lief nach unten und nahm den Hörer ab.

»Ihr müsst auf euch achtgeben«, Onkel Berthold klang atemlos. »Überall brennen die Synagogen. Überall im ganzen Land. Auch hier, auch in Krefeld. Die Nazis gehen gegen uns los. Verlasst das Haus.« Bevor Ruth noch etwas sagen konnte, schellte es an der Tür.

Martha, die inzwischen ebenfalls aufgestanden war, öffnete. Eine Nachbarin stand da, weinend. »Sie haben Walter verhaftet. Etwas ganz Schreckliches passiert gerade. Die Synagogen brennen.«

Endlich löste sich Ruth aus ihrer Schockstarre. Sie schrie auf. »Nein«, schrie sie. »Nein. Nein. Das darf nicht sein. Das ist das Ende.«

Karl hielt sie fest in seinen Armen. »Beruhige dich. Das ist nicht das Ende. Wir werden einen Weg finden.«

»Aber wie? Erklär mir, wie soll das gehen?«

Eine weitere Nachbarin kam, hysterisch und in Tränen aufgelöst stand sie vor ihnen und berichtete stammelnd, was passiert war: Ihr Mann und ihr Sohn waren von SA-Männern mitgenommen worden. Alle jüdischen Männer wurden verhaftet.

Martha stöhnte auf: »Du wirst der nächste sein! Du musst dich verstecken!«

»Aber wo soll ich mich verstecken?«, fragte Karl.

»Herr Meyer?« Plötzlich stand Hans Aretz in der Tür. »Herr Meyer, Sie müssen hier weg. Furchtbare Dinge passieren«, drängte er. »Jetzt. Sofort. Die Gestapo verhaftet alle Juden. Bitte, Sie müssen weg.«

»Müssten Sie nicht zur Arbeit?«, fragte Martha.

»Da war ich schon, und ich habe gehört, was gerade passiert. Ich habe gesagt, dass ich heute frei machen muss, um meinem alten Arbeitgeber zu helfen. Mein Chef hat es sofort genehmigt. Viele Leute sind erschrocken, wegen der Dinge, die passieren. Nicht alle sind Nazis. Aber die Nazis sind gefährlich, und Sie, Herr Meyer, müssen jetzt sofort hier raus.«

»Aber wo soll ich denn hin?«, fragte Karl. »Es gibt keinen Ort der sicher ist. Sie werden mich überall finden.«

»Doch«, sagte Aretz. »Einen Ort gibt es, wir haben den Wagen. Wir fahren einfach den ganzen Tag umher. Dann können die Braunen Sie nicht schnappen.«

»Er hat recht, geh!«, sagte Martha. »Geh sofort.«

Im Morgenmantel und in Pantoffeln stieg Karl in den Adler. Ruth liefen die Tränen über die Wangen, als sie den Wagen davonfahren sah. Ob sie ihren Vater gesund wiedersehen würden?

Der Tag versank im Chaos. Immer mehr Nachbarsfrauen und Freunde aus der Gemeinde kamen zu ihnen – ihre Männer waren alle verhaftet worden. In der Innenstadt herrschte Chaos, die Synagogen brannten lichterloh, jüdische Geschäfte waren geplündert und zerstört worden, überall Braunhemden, die die Verhafteten vor sich hertrieben.

»Sie werden nicht damit aufhören«, sagte Ruth plötzlich. »Sie werden auch in die Häuser gehen. In unser Haus.«

»Nein, das werden sie nicht«, widersprach Ilse. »Das dürfen sie nicht.«

»Sie dürfen auch keine Gotteshäuser niederbrennen und Männer ohne Grund verhaften, aber sie tun es doch. Sie tun es einfach.« Ruth sah sich um. »Wir müssen Sachen retten. Dinge, die uns wichtig sind.«

»Du spinnst doch«, sagte Ilse, sie hatte sich, am ganzen Körper zitternd, in den großen Sessel des Herrenzimmers verkrochen und schlang die Arme um ihren Körper. »Du spinnst.«

»Du hast Angst. Das habe ich auch. Aber dafür haben wir jetzt keine Zeit, wir müssen etwas tun.« Ruth lief nach oben in ihr Zimmer. Dort waren hinter ihren Büchern im Regal ihre Tagebücher versteckt. Auch das Fotoalbum zog sie heraus, in ihm steckten die Briefe von Kurt, die waren ihr heilig. Vielleicht wäre all das auf dem Dachboden sicher. Die Nazis würden doch sicher nicht einen Dachboden durchsuchen. Sie packte die Sachen zusammen, lief nach oben. Dann blieb sie abrupt stehen, in dem Zimmer, von dem aus es auf den Dachboden ging, gab es einen kleinen Raum unter der Treppe. Schnell räumte Ruth ihre privaten Sachen dort hinein, anschließend lief sie wieder nach unten.

»Mutti liebt das Geschirr. Auch wenn du mir nicht glaubst,

lass uns die Sachen nach oben bringen. Das Geschirr, die Kristallschüssel – vor allem die Kristallschüssel.«

Ilse verdrehte die Augen, doch sie wagte es nicht, sich ihrer Schwester zu widersetzen. Als sie alles Geschirr nach oben getragen und verstaut hatten, blickte sich Ruth hektisch um. An der Längswand des Zimmers stand der Kleiderschrank für die Sachen der Saison. Den konnte man sicher vor die Tür des Kabuffs schieben und niemand würde sehen, dass es sie gab – das perfekte Versteck.

Die Dämmerung brach herein, Martha setzte sich mit ihren Töchtern ins Herrenzimmer aufs Sofa und wartete, unruhig und voller Sorge. Wie es wohl Karl ging? Ob Aretz' Plan aufgegangen war? Nur mühsam konnte sie sich davon abhalten, weiterzudenken, sich auszumalen, was wäre, wenn … Draußen gingen die Laternen an, drinnen wagten sie es nicht, das Licht einzuschalten. Bei jedem Motorengeräusch zuckten sie zusammen.

Dann endlich hörten sie das vertraute Tuckern des Adlers, und mit ausgeschalteten Scheinwerfern bog der Wagen in die Einfahrt. Aretz und Karl kamen zurück. Tränen der Erleichterung liefen Martha über die Wangen.

»Was machen wir nun?«, fragt Martha voller Sorge.

»Deine Mutter ist in der Klosterstraße bei meinen Eltern. Dahin könnten wir gehen.«

Martha sah Karl an. »Nein. Wenn wir alle an einem Ort sind … das ist keine gute Idee.«

»Ich nehme die Mädchen mit zu mir«, sagte Aretz.

»Aber das können Sie nicht«, rief Martha. »Sie haben schon genug riskiert, indem sie Karl herumgefahren haben; wenn Sie erwischt werden, kommen Sie in Haft.«

»Ich nehme den Wagen und lasse mich nicht erwischen, aber Ruth und Ilse bleiben nicht hier. Das ist zu gefährlich.« Er schluckte. »Ich würde Sie ja auch mitnehmen – aber wir wohnen in der Innenstadt und da gibt es mehr Augen als Ratten.«

»Nein, wir sorgen für uns«, sagte Karl. »Wir werden für uns Lösungen finden. Aber die Mädchen würde ich gerne Ihnen überlassen, bei Ihnen sind sie sicher.«

»Und wenn es jemand sieht?«, fragte Martha.

»Es ist schon dunkel«, beruhigte Aretz sie. »Ich mach das schon. Bitte vertrauen Sie mir. Ich liebe Ruth und Ilse wie meine Kinder.«

Martha senkte den Kopf. »Ja, das weiß ich.«

»Ich gehe mit Onkel Aretz«, sagte Ruth eindringlich. »Aber nur, wenn ihr mir versprecht, dass ihr auch irgendwo Unterschlupf sucht. Bitte – bleibt nicht hier. Irgendetwas Schreckliches wird noch passieren. Bitte, versprecht es. Ihr müsst es mir versprechen!«

»Ruth hat recht«, sagte Hans Aretz. »Dies ist ein schönes Haus. Aber kein Haus ist ein Leben wert. Bitte suchen Sie Schutz. Irgendwo.«

Karl und Martha nickten.

Aretz holte zwei Decken. Es war schon dunkel draußen, und der Wagen stand in der Einfahrt. Er öffnete die rückwärtigen Türen und gab dann ein Zeichen. Auf der Straße war niemand zu sehen. Mit den Decken über den Köpfen huschten Ruth und Ilse in den Wagen. Sie verbargen sich im Fußraum, bis sie in der Innenstadt waren. Dort warteten sie, bis Hans Aretz ihnen ein Zeichen gab.

In der Wohnung schloss Tante Josefine sie in die Arme. »Es ist so furchtbar«, sagte sie nur. »Gut, dass ihr hier seid. Ich habe eine Hühnerbrühe gekocht – die hilft auch bei seelischen Schmerzen.«

Vor lauter Angst und Aufregung konnten Ruth und Ilse nur wenig essen, aber einen Schluck Brühe brachten sie herunter.

»Was passiert jetzt?«, fragte Ilse ihre Schwester. Sie hatten gemeinsam das Sofa bezogen.

»Ich weiß es nicht. Und ich weiß auch nicht, ob ich es wissen will.« Ruth schloss die Augen, aber schlafen konnte sie nicht.

Am nächsten Morgen war Ruth schon früh wach; sie hatte kaum geschlafen.

»Ich muss nach Hause«, drängte sie. »Ich weiß nicht, wo meine Eltern sind. Sind sie im Haus geblieben oder gegangen? Und was ist dort passiert? Ich muss es wissen, Tante Josefine. Verstehst du das?«

»Ja«, sagte Josefine Aretz. »Auch wenn ich euch nicht gerne gehen lassen – ich verstehe dich. Am liebsten würde ich euch begleiten – aber ich kann Rita und Helmuth nicht im Stich lassen, ich bin doch für sie verantwortlich. Wenn nun …«

»Du darfst mich auf keinen Fall begleiten«, unterbrach Ruth sie. »Aber kann vielleicht Ilse bei dir bleiben?«

»Ich bleibe nicht hier«, sagte Ilse und stampfte mit dem Fuß auf. »Nie und nimmer. Ich gehe mit! Ich gehöre auch zur Familie und ich bin kein Baby!«

»Ist ja gut«, seufzte Ruth. »Wir gehen gemeinsam.«

Josefine öffnete das Fenster; die Wohnung der Aretz' lag im ersten Stock. Sie schaute die Straße entlang – nach links und rechts. Dann nickte sie. »Niemand sieht euch. Ihr wisst, dass ihr jederzeit wiederkommen könnt?«, sagte sie und gab beiden Mädchen einen Kuss auf die Wange. »Passt auf euch auf.«

Mit gesenkten Köpfen gingen Ruth und Ilse von der Innenstadt bis zum Bismarckviertel. Hier und dort sahen sie Scherben, zerbrochene Scheiben. Dann bogen sie in die Schlageterallee. Alles schien wie immer – kein Feuer, nichts brannte. Vielleicht war alles gut, vielleicht waren sie verschont worden. Doch dann gingen sie weiter. Mitten auf der Straße lag eine Tür. Eine taubenblaue Haustür. Ihre Haustür. Ruth rannte los und bog in die Einfahrt ein. Alle Scheiben ihres Hauses waren eingeschlagen, Wasser lief die Treppen hinunter in den Vorgarten. »Du bleibst hier und versteckst dich im Garten!«, sagte sie zu Ilse, die angefangen hatte, leise zu schluchzen. Ihr Tonfall duldete keinen Widerspruch.

Ruth kämpfte sich die Treppe empor, eiskaltes Wasser spülte um ihre Knöchel. Dann trat sie in die Diele. »Mutti?, Vati?«

Sie sah sich um. Alles war verwüstet. »Wo seid ihr? Mutti? Bist du hier?«, rief sie verzweifelt. »Vati? Wo bist du? Vati? Vati? Wo seid ihr?« Ruth drehte sich im Kreis. Das Haus war zerstört. Alle Fenster waren zerschmettert worden. Wasser lief die Treppe hinunter – ein Sturzbach. Ruth hielt sich am Geländer fest und erklomm Stufe um Stufe. Sie musste die Hähne schließen! Als sie endlich im Badezimmer ankam, sah sie, dass gar nicht die Hähne geöffnet, sondern die Leitungen aus den Wänden gerissen worden waren. Das Wasser floss und floss und floss.

Überall lagen Scherben, alles hatten sie zerstört.

»Mutti? Vati?« Verzweifelt lief Ruth durch das ganze Haus. Alle Räume waren verwüstet, aber von ihren Eltern war keine Spur zu sehen.

»Wir müssen den Haupthahn abdrehen«, hörte sie plötzlich Aretz sagen, der wie aus dem Nichts aufgetaucht war. »Der Haupthahn ist im Keller.«

»Was machen Sie hier?«, fragte Ruth verwirrt. »Und wo sind meine Eltern?«

»Ich weiß es nicht, meine Liebe«, sagte Hans Aretz. »Bestimmt werden sie sich in Sicherheit gebracht haben.«

»Aber warum sind sie dann jetzt nicht hier?«

Aretz zuckte hilflos mit den Schultern. »Ich weiß es nicht.« Er nahm Ruth in den Arm. »Aber solange es mich gibt, habt ihr ein Zuhause. Ich werde immer für euch da sein – egal, was kommt.«

NACHWORT

Im Juli 2017 besuchte ich die Villa Merländer, die NS-Dokumentationsstelle in Krefeld. Ich sollte im November dort eine Lesung aus »Die Jahre der Schwalben« halten. Die damalige Leiterin, Frau Dr. Schupetta, führte mich durch die Ausstellung. Die Villa war das Wohnhaus von Richard Merländer – einem Fabrikanten aus Krefeld. Er war Jude und homosexuell. Sein Haus war anders als die anderen Häuser der Straße – imposant und auch ein wenig protzig, aber es hat etwas.

Einige Räume hatte Richard Merländer von dem Künstler Heinrich Campendonk gestalten lassen, auch Möbel hatte er für Merländer entworfen. Nachbildungen von den Kommoden stehen in der Ausstellung – es sind filigrane Möbel mit schmalen Schubladen. In jeder Schublade ist ein Artefakt, ein Erinnerungsstück der von den Nazis verfolgten Menschen – es waren ja nicht nur Juden –, ein Nachweis ihres Lebens. Es sind viele verschiedene Dinge, kleine Puzzlestücke – die für Leben stehen. Leben, die verfolgt, diffamiert, genötigt oder sogar ausgelöscht wurden. Es sind mehrere Kommoden, Schubladen, Kästen und andere Dinge in dieser umfangreichen und sensibel erforschten Ausstellung. Alle konnte ich mir in der Kürze der Zeit nicht ansehen.

Frau Dr. Schupetta ermunterte mich, irgendeine Schublade

zu öffnen, nachdem sie mir erklärt hatte, was sich dort drin befand. Ich öffnete eine Schublade im ersten Raum – in der Diele mit dem Kamin. Dort waren zwei Stücke Seidenmuster – hergestellt in der Fabrik Merländer. Sie waren dem Dokumentationscenter von der Familie Meyer gespendet worden.

Im nächste Raum öffnete ich irgendeine Schublade – dort war ein Foto einer Kull – eines kleinen Häuschens an den Niepkuhlen, einer verlandeten Altstromrinne des Rheins. Eine dieser Kulls – diese kleinen Wochenendhäuschen an den Niepkuhlen – pachtete Karl Meyer für seine Familie und Freunde. Das war 1936. Er tat das, damit die jüdischen Kinder weiterhin schwimmen konnten – denn das städtische Schwimmbad war ihnen inzwischen verwehrt.

Im nächsten Raum öffnete ich, ohne dass Frau Dr. Schupetta Einfluß nahm, eine weitere Schublade. Darin waren zwei Blumen aus Filz. Hergestellt hatte sie Ruth Meyer. Sie hatte viel gehandarbeitet, hatte daran Spaß und irgendwann gedacht, dass sie mit Putzwerk vielleicht auch ihren Lebensunterhalt in einem Land verdienen können würde, dessen Sprache sie nicht sprach.

Dann kamen wir in einen Raum mit einer weißen Tür. Eine Kellertür, schien es mir. Neben der Tür waren etwa 10 Schalter.

Man hat, so erklärte mir Frau Dr. Schupetta, Berichte von Krefelder Augenzeugen der Reichsprogromnacht durch Mitglieder des Theaters vortragen lassen. Hinter jeden Schalter stand so eine Aufnahme, die ein Beamer auf die weiße, schlichte Tür übertrug. Ich solle doch einfach irgendeinen Knopf drücken.

Das tat ich. Eine junge Frau in einem schlichten Leinenkleid erschien und schilderte, wie sie die Nacht und den folgenden Tag erlebt hatte. Es war der Bericht von Ruth Meyer, die damals siebzehn Jahre alt war, es war ein Auszug aus ihrem Tagebuch, den die Familie der NS-Dokumentationsstätte überlassen hatte.

Die Familie Meyer hatte auf der Friedrich-Ebert-Straße 23 gewohnt, schräg gegenüber der Villa Merländer. Durch Zufall oder Schicksal (ich glaube an Letzteres), war ich immer nur auf Dokumente der Familie Meyer gestoßen. In meinem Kopf entstand ein kleiner Film – eine Geschichte.

Es schellte, und Frau Dr. Schupetta entschuldigte sich – Besuch aus den Staaten hätte sich angekündigt. Nachfahren von Krefelder Juden auf den Spuren ihrer Familie. Ich dürfe gerne mitkommen.

Ich ging mit und begrüßte Larry Wolfson mit seiner Nichte und ihrer Tochter. Larry war ein Nachfahre der Familie Meyer … ich konnte es nicht fassen, und spontan fragte ich ihn, ob ich vielleicht ein Buch über die Familie schreiben dürfe. Er war begeistert.

Dann fing ich an zu recherchieren. Viel Hilfe bekam ich von Frau Dr. Schupetta und ihrem Mitarbeiter Burkhard Ostrowski. Ich setzte mich mit den Nachfahren der Familie Meyer in den USA in Verbindung, bekam durch Herrn Ostrowski nicht nur Dokumente und Forschungsergebnisse, sondern auch Audiodateien mit Interviews.

Die Nachfahren der Familie Meyer erklärten sich damit einverstanden, dass ich über ihre Familie, über Ruth und Ilse, über

Karl und Martha Meyer eine Familiensaga schreibe. Nicht nur das – ich bekam große Teile der Tagebücher von Ruth Meyer kopiert und zugeschickt. Selten habe ich so ein Zeitdokument gelesen, es machte mich sprachlos.

Als ich die letzten beiden Bände der Ostpreußentrilogie geschrieben habe, dachte ich, dies wäre das Schwerste, was ich jemals schreiben würde. Das stimmte nicht. Die Bücher dieser Trilogie zu schreiben sind noch schwerer. Es ist eine wahre Geschichte. Es ist die Geschichte von Ruth Meyer, ihrer Schwester Ilse, ihrer Mutter Martha und ihres Vaters Karl. Es ist auch die Geschichte ihrer Großeltern und Verwandten und Freunden. Es waren Juden in Krefeld. Es waren Juden in Krefeld in der Zeit der Nazis. Sie waren gläubig, aber nicht wirklich religiös. Sie waren Zionisten, und vor allem waren sie Deutsche.

Ich bin Deutsche, geboren lange nach dieser Zeit, aber behaftet mit dem Makel Deutsche zu sein – und dieser Makel wird wieder größer. Ich bin keine Jüdin, aber ich habe mich intensiv mit dem Glauben, der Zeit, den Sitten und Gebräuchen auseinandergesetzt.

Ganz sicher sind mir Fehler passiert – obwohl ich versucht habe, gut zu recherchieren. Diese Fehler gehen auf meine Kappe, man möge sie mir verzeihen.

Dieses Buch und die beiden folgende sind Romane, Fiktion – aber sie beruhen auf wahre Lebensgeschichten, auf Schicksale, auf echte Tragödien – auf deutsche Vergangenheit. Es ist eine Vergangenheit, auf die kein Deutscher stolz sein kann. Es ist eine Zeit, die erst gut schien und dann so furchtbar schrecklich wurde. So schrecklich, dass es manchmal kaum in Worte zu fassen ist. Aber es ist wichtig, dass diese Zeit nicht vergessen wird. Es ist wichtig, dass wir uns daran erinnern, was damals passiert ist und wie es passiert ist – denn zu Teilen scheint sich die Geschichte zu wiederholen.

In den dreißiger Jahren, nach der Machtergreifung der NSDAP, wurde die Luft dünn für die deutschen Juden, die sich zuerst als Deutsche sahen und dann erst als Juden. Sie durften nicht mehr in Schwimmbäder, in die Oper, zu öffentlichen Veranstaltungen, durften ihre Berufe nicht mehr ausüben, konnten ihren Lebensunterhalt nicht mehr verdienen – sollten raus aus diesem Land. Aber die anderen Länder wollten die Flüchtlinge, die nichts getan hatten, einfach nur einem Glauben angehörten per Geburt, auch nicht haben. Es waren Flüchtlinge ohne Flucht – weil es keine Möglichkeit gab, legal zu fliehen. Und auch kaum Möglichkeiten, illegal zu fliehen. Wer sein Heimatland verlässt, weil dort Repressalien sind, tut es aus Not, und nicht, weil er dort nicht leben will. Und wenn ihn keiner aufnimmt, dann hat er keine Chance auf ein humanes Leben.

Viele Dinge, die damals passiert sind, passieren heute wieder.

Es darf NIE vergessen werden, wie es dazu gekommen ist, es darf sich nie, nie, niemals wiederholen. Niemals. Schon gar nicht in Deutschland.

Ich hoffe, viele von Ihnen kennen das Tagebuch der Anne Frank. Das Tagebuch der Ruth Meyer unterscheidet sich davon – Ruth Meyer hatte eine behütete Kindheit. Aber dann wird alles anders. Ich habe ihre Tagebücher gelesen, wieder und wieder. Auch die Interviews gehört, immer wieder. Sie lassen mich fassungslos zurück.

Ich habe mich dennoch dieser Aufgabe gestellt und diese Bücher über sie und ihre Familie geschrieben. Weil Ruth immer dafür eingestanden hat, dass die Vergangenheit nicht vergessen wird. Niemals vergessen wird. Dieses Buch beruht auf ihrer Geschichte, aber es ist auch Fiktion. Einige Dinge habe ich verändert – Namen habe ich verändert, einige Zeitpunkte auch. Ruth hat den Krieg überlebt – das kann ich verraten, denn sonst würde es nicht drei Bücher geben. Die Familie hat dafür einen hohen Preis gezahlt. Ruth Meyer starb am 10. Februar 2017. Ich habe sie nie kennengelernt – aber ihren Sohn David, ihre Tochter Diane und ihren Neffen Larry. Es ist eine wahre Geschichte, die ich geschrieben habe, aber dennoch Fiktion und ein Roman.

Wahr ist:

– Es gab Ruth Meyer, ihre Schwester Ilse, ihre Mutter Martha, ihren Vater Karl. Es gab Großmutter Emilie, die eine tüchtige Geschäftsfrau war, aber wenig Sinn für die Familie hatte.

– Wahr ist, dass es Omi und Opi gab – Wilhelmine und Valentin Meyer, Karls Eltern. Und auch Hedwig, Karls Schwester. Es gab noch mehr Geschwister, aber die habe ich nicht in die Geschichte aufgenommen.

– Wahr ist auch, dass Hedwig mit Berthold Simons verheiratet war, der unbedingt nach Palästina wollte. Sie wollte ihre Eltern nicht verlassen und auch den Sohn Hans nicht gehen lassen.

– Wahr ist, dass es Erich Meyer gab und alles, was ich über ihn geschrieben habe.

– Wahr ist, dass Karl Meyer ein schweres Augenleiden hatte

und nie den Führerschein erlangte und deshalb einen Chauffeur brauchte.

– Wahr ist auch, dass und wie er Hans Aretz eingestellt hat. Auch die Sache mit der Werkstatt an der Moerserstraße stimmt und der zinslose Kredit, den Aretz bis 1935 von seinem Gehalt abzahlte.

– Wahr ist, dass die Meyers und Aretz zu Freunden wurden und miteinander in den Urlaub fuhren. (Diese Informationen verdanke ich dem Historiker Burkhard Ostrowski, der mir seine Forschungsergebnisse überlies, die unter anderem auch Aussagen von Rita Aretz, der Tochter des Chauffeurs enthalten).

– Wahr ist die Geschichte mit Leni, dem geliebten Kindermädchen. Auch ist es wahr, dass der Untermieter der Theißens nie zur Rechenschaft gezogen wurde – dazu gab es damals schlicht kein Gesetz.

– Wahr ist auch, dass Karl Meyer seinem Nachbarn Theißen zinslos Geld geliehen hat, damit dieser seinen Hausbau vollenden konnte. Theißen war später ein überzeugter Nazi. Ob er seinen Schulden beglichen hat, ist nicht bekannt.

– Wahr sind ganz viele Dinge in diesem Buch, ich kann sie nicht alle auflisten.

Erfunden habe ich natürlich einiges. Zum Beispiel die Verbindung von Karl Meyer zu Richard Merländer. Die beiden werden sich gekannt haben, verkehrten aber in ganz unterschiedlichen Kreisen. Richard Merländer war älter als Karl Meyer, er war von Geburt jüdisch, hatte aber nichts mit dem jüdischen

Glauben am Hut und ging nie in die Synagoge. Richard Merländer war homosexuell, sein Freund und Lebenspartner der späten Jahre war Ludwig Hagemes, dem er ein Ladengeschäft in Berlin finanzierte, solange es ihm möglich war.

Elise (Lisa) Sanders war seine arische Haushälterin, die in der Villa im Erdgeschoss wohnte. Dort wohnten auch Hermann Sanders, Elises Bruder – er war tatsächlich Merländers Chauffeur – mit seiner Frau Katharina und der Tochter – die hieß allerdings auch Ruth und war acht Jahre jünger als Ruth Meyer. Hier habe ich die Realität ein wenig gedehnt und verändert. Ich wollte die beiden Geschichten – die von Merländer und die der Meyers – miteinander verweben. Also habe ich aus Ruth Sanders Rosi Sanders gemacht und sie zur Freundin von Ruth Meyer erklärt. Das ist reine Fiktion.

Die Hunde gab es allerdings. Und auch Richards Bruder Karl zog in den Dreißigern mit seinem Hund von Berlin nach Krefeld, verwöhnte den Hund mit Schokolade und anderen Süßigkeiten. Er trug den Hund über die Allee und war somit immer Gesprächsthema.

Die Familie Glimmich gab es so nicht – ich habe aus drei Familien eine gemacht. Es gab die Glimnicher – und auch den Sohn Kurt – Ruths ersten echten Freund. Danach gab es aber Manfred Bamberger – sein Vater war schon lange tot, er ging nach Amerika und hatte vorher diese innige Beziehung mit Ruth. Die Zeilen, die er Ruth schrieb, habe ich Kurt zugeschrieben. Ruth war ein junges Mädchen, sie hat gelebt, hat ihr Leben in den engen Grenzen, die es damals gab, genossen. Ich habe die Liebesgeschichte ein wenig verdichtet – es ist Fiktion.

Die Familie Meyer hatte eine Kull – allerdings erst ab 1937 und nur für fünf Jahre gepachtet. Aber dort fanden Partys statt, es wurde gefeiert, getanzt, und man entspannte sich dort. Die Kull der Meyers war ein wichtiger Treffpunkt der Krefelder Juden.

Es gab Luise Dahl und ihre Tochter Lotte, die mit Ruth befreundet war. Sie wohnten tatsächlich nebenan – aber alles andere um die Dahls ist Fiktion.

Es gab Personal im Haus der Meyers bis 1937 – die Köchin und die Zugehfrau sind erfunden, das Kindermädchen Leni hat es gegeben.

Ruth und Ilse besuchten das Lyzeum in Krefeld, die Worte von Direktor Dr. Dörsing sind wahr. Er hat Ruth ermöglicht, einen Abschluss der Untersekunda zu machen. Ruth hatte eine enge Verbindung zu ihren arischen Mitschülerinnen, in der Schule wurde sie anerkannt, aber im Laufe der Zeit durfte sie an immer weniger Dingen teilnehmen.

Es gab den Kulturbund in Krefeld, er hat den Juden damals wenigstens etwas an kulturellen Möglichkeiten geschaffen – allein durch Spendengelder, sicherlich auch von den Meyers.

Viele Stellen im Tagebuch sind durchgestrichen, so dass man sie nicht mehr lesen kann. Seiten wurden zusammengeklebt – unlösbar. Das sind Stellen, an denen Ruth über Repressalien schrieb, über Vorkommnisse die mit den Nazis zusammenhingen, über Demütigungen und schreckliche Erlebnisse.

Tatsächlich wurden ab 1934 jüdische Wohnungen durchsucht und die Tagebücher der Kinder mitgenommen und gelesen. Sollte dort etwas Negatives gegenüber der NSDAP und

Hitler stehen, Berichte über Vorkommnisse, Brutalitäten, Gewalt oder Hetze, wurde die jüdischen Väter verhaftet. Deshalb haben viele jüdische Kinder ihre Tagebücher überarbeitet – damals, in der Zeit lange vor Facebook, Instagram und Twitter schrieb man Tagebuch.

Auch wenn Seiten verklebt oder übermalt wurden, ist das Tagebuch von Ruth Meyer ein Zeitzeugnis, ein wunderbares Manuskript, ein Artefakt der Zeit. Und ich bin überglücklich, dass ich es lesen und daraus schöpfen durfte.

Ich habe eine Geschichte geschrieben, einen Roman. Aber ihm liegen wahre Leben zu Grunde – Leben, die nie vergessen werden sollen.

Alle Fehler in diesem Buch sind meine Fehler. Man möge sie mir verzeihen.

Danksagung

Dieses Jahr war es eng. Ich habe die Ostpreußensaga beendet und hatte schon die Seidenstadtsaga im Kopf. Wie immer kommt alles anders als geplant. Immer kommt etwas dazwischen und raubt mir Zeit. Zeit gibt es überhaupt viel zu wenig – aber wem sage ich das?

Ich hätte dieses Buch nicht geschafft, wenn ich nicht Hilfe gehabt hätte.

Die größte Hilfe kam zuerst vom NS-Dokumentationszentrum – Danke, liebe Ingrid (Frau Dr. Schupetta), für all deine Unterstützung und Hilfe, die Telefonate und Mails, die Treffen. Danke auch Wolfgang Reinke – der es ertrug und mithalf. Ich bin sehr froh, dass wir uns kennengelernt haben.

Auch Burkhard Ostrowski danke ich sehr – für den Aufsatz über die stillen Helfer, über die Familie Aretz, über die Sticks mit den Interviews. Das war großartig. Und vielen, vielen Dank für die schnelle Hilfe per Mail, als ich in Frankreich saß und merkte, dass mir Informationen fehlten.

Ein besonderer Dank gilt David Elcott. Thank you, David. I hope, we will meet some day.

Du hast mir die Tagebücher deiner Mutter digitalisiert und geschickt. Was für ein Vermächtnis, was für eine grandiose Grundlage für diese Bücher. Dafür kann ich dir gar nicht genug danken. Auch die Telefonate mit dir sind wunderbar, ich habe jedes Mal Herzklopfen, möchte keine Grenze überschreiten und bin so froh, dass du gar keine Grenzen zu haben scheinst. Du bist der Sohn deiner Mutter.

Lieber Larry, ohne dich gäbe es dieses Buch wahrscheinlich nicht. Das Treffen mit dir in der Villa war schicksalshaft – das war der I – Punkt um diese diffuse Idee in mir zu manifestieren. Und unser Essen dieses Jahr war grandios. Danke.

Diane – liebe Diane, es gibt so viel, was ich dir sagen möchte. Ich hoffe, wir finden die Gelegenheit. Deine Bilder sind wunderbar, sie tragen die Kraft deiner Gedanken und deiner Worte. Ich bin sehr froh, dass ich dich treffen durfte.

Dieses Buch wäre natürlich nicht ohne meine Agentur entstanden. Lieber Gerald, was soll ich noch sagen? Du bist einfach der Beste. Ohne dich wäre ich nicht hier.

Und Conny, meine Conny – wir telefonieren stundenlang, und blöderweise ist Augsburg so weit weg von Krefeld, aber vielleicht ist das auch gut so – wir beide zusammen würden regelmäßig versacken und stundenlang quatschen, da ist eine Flasche Champagner nichts. Ich liebe dich – danke, dass es dich gibt.

Dann ist da noch der Verlag. Der Aufbau Verlag – Name ist Programm. Es gibt noch einige andere Verlage in Deutschland, aber ihr seid meine Heimat, und das ist auch gut so.

Liebste Anne Sudmann – eine gute Lektorin ist dafür da, ein Buch noch besser zu machen. Und das machst du. Ich bin froh, mit dir zusammenarbeiten zu dürfen – nein, das trifft es nicht. Ohne dich wären meine Bücher nicht halb so gut. Wenn es dich nicht gäbe, wäre alles nur grau. Und ich liebe unsere Telefonate, wenn wir eigentlich über wichtige Dinge im Manuskript sprechen wollen, aber letztendlich über tausend andere Dinge sprechen. ;-)

Meine Freunde und Familie tragen mich jedes Mal über die Zeit, wenn ich eine Idee ausbrüte und dann ein Buch schreibe. Autorinnen sind seltsame Frauen – ich zumindest. Ich sitze in meinem Arbeitszimmer, höre schwermütige, lustige, merkwürdige Musik, die Jalousie halb heruntergelassen. Der lange Sommer hatte dieses Jahr wenig Chancen bei mir, und wenn, habe ich ihn mit Freuden und Freunden genossen.

Und die Freunde ertragen mich, so seltsam ich dann auch bin. Danke, ihr Lieben.

Susanne und Fred – immer irgendwie da. Claudia, du bist die beste Seele der Welt. Andrea und Christian – danke für die spontanen Treffen, die immer lecker sind. Bärbel und Michael – wir haben uns dieses Jahr definitiv zu wenig gesehen, aber das Jahr ist noch nicht zu Ende.

Liebste Joan – die Zeiten ändern sich, aber du bist irgendwie immer bei mir.

Kirsten und Klaus – »45 000« »Prost«! Das war ein genialer Sommerurlaub mit euch. Ohne euch wäre vieles schwieriger, ich bin so froh, dass es euch gibt. Kirsten – du meine Zuckerschnegge, ohne dich wäre ich oft verloren. Danke, dass du da bist – immer und immer und immer.

Da ist dann noch mein Lieblingsbruder Christian, der geduldig meine Mails und Telefonate beantwortet, der da ist, wenn ich ihn brauche – mein Leben lang. Und seine Frau Ela, die es erträgt, dass ich anrufe und Fragen haben, obwohl das Essen auf dem Tisch steht oder die DVD für den gemütlichen Abend schon eingelegt ist. Danke, ihr beiden.

Ohne meine Eltern wäre ich nicht hier. Ihr seid tatsächlich immer noch da für mich, dabei bin ich schon ein großes Mädchen. Aber bei euch darf ich auch manchmal wieder klein sein, und das tut gut. Danke, dass es euch gibt.

Und dann meine drei Jungs.

Philipp – der Herr der Schaben. Du gehst jetzt deinen Weg, und ich feiere das. Aber lass die Schaben über Weihnachten in Kassel. Bitte. Danke. ☺

Tim – für dich finde ich kaum Worte. Ich möchte dich nur umarmen und halten und drücken – wenn es nicht so peinlich wäre für jemanden der schon erwachsen ist und so eine bekloppte Mutter hat. Ach Tim, du machst mich gerade so glücklich. Danke, das du DU bist.

Robin – ich liebe dich. Ich hoffe, du findest deinen Weg. Aber ich werde dich immer lieben, weil du mein Robin bist. Mein Christopher Robin. Zu gerne würde ich dir den Bären in den Arm drücken, damit er dich führt. Aber das machst du schon, darauf vertraue ich.

Claus. Mein Ein, mein Alles. Mein Mann. Mein Halt. Wenn wir in der blauen Zitrone sitzen, das Tönnchen angehängt, die Hunde im Auto – dann ist die Welt fast perfekt. Aber dann kommen die müden Momente, und du hasst die CDs, die ich aufgenommen habe. Und dann finde ich die eine CD. Ich lege sie ein. Und plötzlich fangen wir beide an zu singen – fröhlich und unbeschwert, und den Moment möchte ich für immer und immer und immer festhalten, weil es unser Glücksmoment ist. Aber das muss ich gar nicht, weil wir immer wieder diese Glücksmomente haben. Du und ich. Und der weite Himmel, der Garten, das Haus, die Hunde, und leckeres Essen, und … andere Dinge, die nur uns beide etwas angehen.

Lass uns heute mit Cat Stevens singen:

> »If you want to sing out, sing out
> And if you want to be free, be free
> 'Cause there's a million things to be
> You know that there are …«

Nachweise

Übersetzung des Segensspruchs auf Seite 164

Gepriesen seist Du, Ewiger, unser Gott, König der Welt, der du uns geheiligt durch deine Gebote und uns geboten, das Chanukkahlicht anzuzünden.

Gepriesen seist Du, Ewiger, unser Gott, König der Welt, der Du Wunder erwiesen unseren Vorfahren in jenen Tagen zu dieser Zeit.

Gepriesen seist Du, Ewiger, unser Gott, König der Welt, der Du uns hast Leben und Erhaltung gegeben und uns hast diese Zeit erreichen lassen.

Das Zitat auf Seite 43 stammt aus:

Tom Seidmann-Freud, Buch der Hasengeschichten, Bokelberg Verlag, 2017

Das Zitat auf Seite 251 stammt aus:

A. A. Milne, Pu der Bär – Gesamtausgabe, übersetzt von Harry Rowohlt, Dressler Verlag, 2009

Der Text auf Seite 358 entstammt der Original-Radiosendung vom 30. 01. 1933

Text und Anzeige auf Seite 372 stammen aus dem Krefelder Generalanzeiger vom 11. 04. 1933

Liebe Leserinnen und Leser,

es gibt viele wunderbare Geschichten, die uns eintauchen lassen in eine andere Zeit. In eine Welt, die wir beim Lesen zunehmend kennenlernen und die zu unserer eigenen wird. Wir fühlen mit den Protagonisten, die uns immer mehr zu Herzen gehen und die uns wichtig werden. Wir begleiten sie, weinen und lachen mit ihnen und erleben ihre Abgründe und Hoffnungen …

Von Anfang an wollte ich historische Romane schreiben, ich wollte von Menschen erzählen, die wirklich gelebt haben. Diese besonderen authentischen Leben, die es wert sind, in Buchstaben festgehalten zu werden und unvergessen zu bleiben. Und wenn ich manchmal gefragt werde, wie ich zu diesen Geschichten komme, kann ich nur sagen, dass sie mich auf irgendeinem Weg finden.

Alles begann mit einem Geschenk meines Bruders, der als Historiker arbeitet. Er schenkte mir vor Jahren das Tagebuch des Abraham ter Meer. Es faszinierte mich so sehr, dass mein erster historischer Roman entstand – »Die Frau des Seidenwebers«.

Die Frau des Seidenwebers war Anna te Kloot – und wie es das Schicksal wollte, bekam ich irgendwann eine Email aus Australien. Sie kam von einer Nachfahrin der te Kloots, die

Ahnenforschung betrieb und so auf mich aufmerksam wurde. Wir mailten und telefonierten, und sie erzählte mir die Geschichte ihrer Familie – die Geschichte von Emilia Bregartner und von ihrem Schwiegersohn Rudolph te Kloot, der nach Australien auswanderte. Ich fragte sie, ob ich über ihre Familie schreiben dürfe – und ich durfte. So entstanden nach und nach die drei Bände der Australien-Saga.

Zur gleichen Zeit war ich im Verein der 42erAutoren. Der Sitz des Vereins ist in der Prignitz – in Putlitz. Schirmträger ist die Familie zu Putlitz. Gebhard zu Putlitz erzählte mir nach einer Preisverleihung am Lagerfeuer im Garten der Pfarrscheune von seiner Mutter. Sofort hatte ich einen Film im Kopf. Nach einigen weiteren Gesprächen und Emails fragte ich ihn schließlich, ob ich über seine Familie schreiben dürfe – und er willigte ein. Also begann ich die Ostpreußensaga und erzählte die Geschichte von Frederike zu Plato.

Ganz am Anfang meiner Autorentätigkeit habe ich Krefeld-Krimis geschrieben. In »Seidenstadt-Schweigen« geht es auch um die Nazizeit in Krefeld, um den zweiten Weltkrieg und um die Verbrechen die damals verübt wurden. Ich wurde in eine Schule eingeladen, in der sich eine Klasse intensiv mit dem Buch befasst hatte. Dieser Klasse empfahl ich einen Besuch der Villa Merländer, der NS-Dokumentationsstelle in Krefeld. Dort waren sie dann auch. Daraufhin bekam ich eine Einladung in die Dokumentationsstelle – es ging um eine Lesung dort.

Gerne, na klar – aber durch diverse Umstände dauerte es, bis wir diesen Termin realisieren konnten. Schließlich – es war im Frühjahr 2017 – war ich dort zur Vorbesprechung.

Die damalige Leiterin Frau Dr. Schupetta führte mich durch die Ausstellung. Die Villa Merländer unterscheidet sich von den anderen Bauten auf der Friederich-Ebert-Straße. Sie ist keine Gründerzeit- oder Jugendstilvilla, sondern mutet historistisch an – vielleicht eine Mischung zwischen Neugotisch und Neobarock. Die Innenräume ließ Merländer zum Teil von dem Expressionisten Campendonk modern gestalten – ein großer Gegensatz zum Äußeren des Hauses. Campendonk entwarf auch einige Möbelstücke für Merländer – darunter Kommoden mit Intarsienarbeiten. Diese Kommoden wurden nachgebaut und beinhalten nun einen Teil der Sammlung der Dokumentationsstelle.

In allen Räumen gibt es zu den Themen Berichte und Zeugnisse von Krefelder Familien, die durch das Nazi-Regime verfolgt, beeinträchtigt und oft auch getötet wurden. Manchmal waren es ganz banale Sachen – Stofffetzen, Briefe, Erinnerungen … alle Schubladen konnte ich nicht öffnen – in jeder Schublade ist ein Zeitzeugnis. Aber immer wieder und wieder stieß ich auf die Familie Meyer. Auf Ruth Meyer und ihre Eltern, ihre Schwester, die Großeltern …. Ich sah Blumen, die Ruth gebastelt hatte, las Aufzeichnungen aus ihrem Tagebuch, erfuhr Bruchstücke, wie die jüdische Familie ihr Leben zu meistern versuchte – gehemmt durch das Nazi-Regime. Ich hatte plötzlich eine Geschichte vor Augen und ganz viele Fragen.

Doch plötzlich läutete es an der Tür der Villa, und die Leiterin entschuldigte sich. Es hätte sich noch Besuch aus den USA angekündigt. Nachfahren von Krefelder Juden, die überlebt hatten. Ich folgte ihr und durfte Garry Wolfson kennenlernen und erfuhr, dass er der Neffe von Ruth Meyer ist. Das war kein Zufall, das war Schicksal. Wir redeten ein wenig miteinander, machten Fotos, und plötzlich kam die Frage aus mir heraus, ohne dass ich groß darüber nachgedacht hatte: »Dürfte ich über Ihre Familie ein Buch schreiben?«

Er fand die Idee großartig. Natürlich musste ich erst noch recherchieren, mehr erfahren über die Familie, die Zeit in Krefeld, die Umstände und und und ... Eigentlich möchte ich immer alles wissen, aber das geht leider nicht mehr, denn Ruth Meyer ist inzwischen verstorben. Zum Glück hat mir ihre Familie Ruths Tagebücher überlassen, und es gibt auch Interviews mit ihr.

Sie war eine großartige und tapfere Frau, mutig und liebevoll. Aber es gibt nicht nur sie – es gibt auch andere, die in ihrem Leben und im Krefelder Leben in dieser schrecklichen Zeit eine wichtige Rolle gespielt haben. Inzwischen habe ich viel recherchiert und gelesen. Und so entstand »Jahre aus Seide«, der erste Band der neuen Seidenstadt-Saga. Und es werden noch zwei weitere Bände folgen, denn wenn ich erst einmal mit meinen Figuren und in ihre Welt eintauche, kann ich so schnell nicht mehr loslassen ...

Es sind diese wahren Leben, die Leben von ganz normalen Menschen, die Schicksale ausmachen. Es sind diese Menschen, die etwas bewegt haben, die für etwas stehen.

Ruth Meyer hat sich ihr ganzes Leben lang dafür eingesetzt, dass der Horror des Pogroms an den Juden nicht vergessen wird. Und ich habe über sie geschrieben – damit ihr Leben und ihr tapferer Einsatz nicht vergessen werden.

Auch Richard Merländer, der die Villa gebaut hat, in der die NS-Dokumentationsstelle heute untergebracht ist, ist Teil meines Romans. Er hatte ein beeindruckendes Leben, und auch sein Schicksal sollte nicht vergessen werden.

»Jahre aus Seide« ist eine Familiensaga, aber auch die Geschichte einer Freundschaft zwischen drei Mädchen, die aus ganz unterschiedlichen Verhältnissen kamen. Und es ist die Geschichte einer Stadt, die damals wohlhabend war.

Die Geschichte beginnt in Ruths Kindheit in den goldenen 1920-er Jahren – in einer Zeit, als die Schatten aufzogen. Schatten, die zu Wolken wurden, zu Wänden und zu grausamen Taten.

Wie immer ist dies eine wahre Geschichte. Eine Geschichte über Menschen, die tatsächlich gelebt haben – sie lachten, weinten, aßen, tranken, spielten, träumten, verliebten sich …

Es sind Romane, weil ich Dinge dazu erfinde, weil ich meine Phantasie spielen lasse. Aber diese Menschen existierten wirklich und sollten nie vergessen werden. Und jeder, der meine Bücher liest, trägt dazu bei, dass sie in unseren Gedanken und Herzen weiterleben. Danke dafür.

Ihre
Ulrike Renk

LESEPROBE

Kapitel 1

In der Nacht, in der Frederikes Stiefvater starb, hatte das Wolfsrudel auf dem Nachbargut geheult. An diese Nacht erinnerte sie sich auch jetzt noch – sechs Jahre später.

Hektor hatte mit gesträubtem Nackenfell an der Tür gelauert und geknurrt. Sie hatte den jungen Hund zu sich ins Bett genommen, ihn an sich gedrückt. Hektor hatte sich augenblicklich beruhigt und damit auch sie. Damals waren sie nur zu Besuch auf dem Gut der Familie ihres Stiefvaters gewesen. Ab heute sollte das Gut der von Fennhusens offiziell ihr Zuhause werden.

Hektor lag in der Sonne auf dem Hof und schien das hektische Treiben um sich herum nicht wahrzunehmen. Ob es die Wölfe auf dem Nachbargut noch gab? Und lebte das Rudel immer noch in dem großen Gehege im Wald?, dachte Frederike, während sie sich auf der Eingangstreppe in die Sonne setzte.

»Träumst du, Freddy?« Leni, die Dienstmagd, die einen Korb voll frischer Tischwäsche trug, stupste sie an. »Du kannst helfen, es gibt alle Hände voll zu tun.«

Langsam stand Frederike auf, strich den Rock glatt und ging ins Haus. Hektor sprang auf und folgte ihr. Ihre Mutter flatterte wie ein aufgeregter Kanarienvogel, vor dessen Käfig eine Katze hockt, durch die Diele, in die immer mehr Koffer und Kisten gebracht wurden.

»Vorsicht«, rief die Mutter. »Das ist mein gutes Porzellan, die Aussteuer meiner ersten Ehe.«

»Ja, Gnädigste«, brummte der Knecht und stellte die Kiste unsanft zu Boden. Die Mutter seufzte auf. »Wo sind deine Geschwister, Freddy?« Frederike zuckte mit den Achseln. »Geh sie suchen und pass auf sie auf. Die Mädchen haben genug zu tun und können sich nicht auch noch um euch kümmern. Und der Hund hat im Haus nichts verloren.« Mit einer ungeduldigen Handbewegung scheuchte sie ihre älteste Tochter davon.

Ich bin doch kein Huhn, dachte Frederike empört und schaute sich suchend um. Wo mochten Fritz und Gerta sein? Dicht gefolgt von Hektor ging sie durch das Gartenzimmer auf den Hof.

Sie, Frederike, stammte, genau wie das Porzellan, aus der ersten Ehe ihrer Mutter. Ihren leiblichen Vater hatte sie nie kennengelernt. Als junges Mädchen hatte ihre Mutter Fred von Weidenfels geehelicht und erwartete schon bald ein Kind. Drei Monate vor Frederikes Geburt war ihr Vater auf die Jagd geritten, verfolgte mit erhobenem Kopf den Flug der Falken, statt auf den Weg zu achten. So brach sich nicht nur sein Pferd, sondern auch er den Hals.

Ihre Mutter tröstete sich schon bald in den Armen Egberts von Fennhusen, heiratete ihn nach einer angemessenen, aber sehr kurzen Trauerzeit und gebar zwei weitere Kinder, Fritz und Gerta. Doch Egbert starb in den ersten Tagen des großen Krieges, der ganz Europa verwüstete.

Jetzt, drei Jahre nach Kriegsende, hatte die Mutter schließlich den dritten Versuch gewagt. Ihr Name änderte sich indes nicht, sie blieb eine von Fennhusen, denn ihr dritter Mann war der Vetter ihres zweiten Gatten. Ihm gehörte das Gut der Familie, das so weit im Osten lag, dass es fast einer Weltreise gleichkam, hierherzureisen. Mit dem Zug von Berlin, zweimal umsteigen und schließlich mit Kutschen und Karren über holperige Wege, die im Frühjahr zu Schlammbahnen wurden.

Es ist eine Strafe, dachte die elfjährige Frederike, hier wohnen zu müssen, wo sich Fuchs und Hase gute Nacht sagen.

Ihr Halbbruder Fritz, der gerade neun geworden war, schien das anders zu sehen. Er hatte sich Schuhe und Strümpfe ausgezogen und stand bis zu den Knien im Teich hinter dem Haus.

»Freddy, schau mal«, rief er begeistert. »Hier gibt es Fische. Und einen Salamander habe ich auch schon gesehen. Und in den Wiesen klappern die Störche.«

»Bei dir klappert wohl auch was. Du wirst dich schmutzig machen.« Frederike rümpfte die Nase. »Und wenn du nicht aufpasst, fällst du in die Brühe, dann setzt es bestimmt was.«

»Und wenn schon. Mutter wird es nicht bemerken, sie ist viel zu beschäftigt mit ihren Kisten.« Fritz grinste. »Der Hauslehrer kommt auch erst in ein paar Tagen.«

Frederike sah sich um. »Wo ist Gerta?«

Fritz zuckte nur mit den Achseln und stocherte mit einem Ast im Schlamm. Hinter dem Haus befand sich der Ziergarten mit der Terrasse, dem sanft abfallenden Rasen bis hin zum Teich, der von großen Weiden überschattet wurde. Dahinter schloss sich der Nutzgarten an, neben dem die Stallungen waren. Die Türen standen weit auf, Schwärme von Mücken hoben und senkten sich wie eine Wolke im Sonnenlicht. Frederike ging zum Stall, schaute in den ersten Gang. Es roch süßlich nach Pferden und es duftete nach Heu. Gerta saß auf einem Strohballen und hielt ein Kätzchen in den Armen.

»Schau mal«, sagte sie zu ihrer Schwester. »Da sind noch welche, dort in der Ecke. Sie sind so weich. Ob Onkel Erik mich eins haben lässt?«

»Willst du es etwa mit ins Haus nehmen?« Frederike lachte und setzte sich zu ihr auf den Strohballen.

Gerta nickte. »Du hast doch Hektor und Fritz hat seinen Arco. Warum sollte ich nicht auch ein Tier haben?«

»Aber eine Katze? Die gehören in die Stallungen oder den Keller, im Haus fühlen sie sich nicht wohl.«

»Gräfin zu Steinfels hat zwei Katzen in ihrer Wohnung in Berlin.« Gerta streckte trotzig das Kinn nach vorne.

»Das sind aber Zuchtkatzen. Und diese hier sollen Mäuse fangen.« Frederike seufzte. »Davon wird es hier genügend geben.«

»Ich will aber ein Kätzchen. Ob Onkel Erik es mir erlaubt?«

»Er bestimmt, aber die Mamsell wird es nicht zulassen. Willst du es etwa an der Leine führen?« Frederike kicherte leise bei der Vorstellung, dann beugte sie sich vor und nahm auch eins der Katzenkinder in den Arm. Es schnurrte und ließ sich von ihr kraulen.

»Welches würdest du nehmen? Das Getigerte oder das Helle dort vorne?«

»Ich würde gar keins haben wollen.« Frederike schnaufte. Der Staub kitzelte in ihrer Nase, das Stroh stach ihr in die Unterschenkel, dennoch hatte sie keine Lust, wieder zurück in das hektische Haus zu gehen. In den Boxen stampften zwei Pferde, streckten die Köpfe neugierig zu ihnen. Hier am Haus waren nur die Reit- und Kutschpferde untergebracht. Das Gestüt war ein Stück weit die Straße herunter. Onkel Erik, den die Kinder schon seit jeher kannten, züchtete Pferde für die Armee, das wusste Frederike. Außerdem betrieb er Landwirtschaft, hatte sie gehört. Was man sich genau darunter vorzustellen hatte, wusste sie jedoch nicht. Schon öfters war die Familie hier zu Besuch gewesen. Auch zu Beginn des Krieges waren sie aufs Land gezogen. Damals, als alles noch anders war, und der Papa, der zwar nicht ihr leiblicher war, aber der Einzige, den sie kannte, noch lebte. Hier hatte die Mutter von seinem Tod erfahren, fast zwei Tage nachdem die Wölfe geheult hatten, denn solange brauchte der Bote bis hierher, trotz Telegramm.

»Fritz!«, rief plötzlich die empörte Leni. »Was machst du denn da? Bist du des Wahnsinns?«

Frederike beugte sich nach rechts, schaute durch die Stalltür zum Teich. Ihr Bruder drehte sich erschrocken um, verlor auf dem schlammigen Grund den Halt, fiel mit fuchtelnden Armen nach hinten und klatschte mit dem Rücken aufs Wasser.

Frederike lachte laut auf, Leni schrie und Fritz kreischte.

»Komm, wir müssen ihm helfen.« Frederike sprang auf, lief zum Teich. Prustend saß ihr Bruder im Wasser, von Schlamm und Entengrütze bedeckt. Er grinste breit.

»Du holst dir den Tod. Komm sofort heraus«, rief Leni. »Wenn das deine Mutter sieht.«

»Das Wasser ist gar nicht so kalt. Wird es dort hinten tiefer? Dann könnte man glatt schwimmen.« Fritz drehte sich auf den Bauch und paddelte ein wenig. »Herrlich ist es. Ganz erfrischend, Leni. Magst du nicht auch reinkommen?«

»Komm sofort da raus, Junge.« Leni stand am Ufer und schaute zu ihm, raffte die Röcke und schien zu überlegen, ob sie hineinwaten solle. »Ich ziehe dir die Ohren lang.«

»Dafür musst du mich erst einmal kriegen.« Fritz lachte.

»Komm jetzt raus.« Die Stimme des Mädchens klang auf einmal flehentlich, sie schaute sich unsicher zum Haus um. »Deine Mutter … die gnädige Frau …«

»Nun komm schon«, sagte Frederike und verkniff sich das Lachen. »Mach es Leni nicht noch schwerer. Raus mit dir.«

Fritz stand langsam auf, der Schlamm und das Wasser liefen ihm über den Körper und aus den Beinen der kurzen Hose. Er zuckte zusammen, als ein kleiner Fisch sich zappelnd den Weg nach unten und zurück ins Wasser suchte. Dann stapfte er ans Ufer.

»Mutter wird schimpfen«, sagte Gerta, die sich neben Frederike gestellt hatte. Sie hielt immer noch das Kätzchen im Arm.

»Mit dir auch, wenn du weiterhin den Flohteppich festhältst«, sagte Fritz. Gerta sah ihn entsetzt an, dann ließ sie das Kätzchen fallen. Es miaute erschrocken auf, tapste dann zurück zur Scheune.

Aus der Ferne hörte man den schrillen Ton einer Hupe, gefolgt vom Knattern eines Motors.

»Onkel Erik!« Fritz lief zum Haus. »Schnell, Leni, lass mir ein Bad ein, wir müssen ihn begrüßen.«

»Kannst dich am Brunnen waschen«, rief Leni ihm kopfschüttelnd hinterher.

Gerta strich sich wieder und wieder über das Kleid, kratzte sich am Kopf. »Flöhe?«, murmelte sie entsetzt.

Frederike seufzte. »Flöhe hast du im Kopf, mehr nicht. Komm, lass uns Mutter suchen.«

Ulrike Renk
Die australischen Schwestern
Roman
509 Seiten. Broschur
ISBN 978-3-7466-3120-2
Auch als E-Book erhältlich

Die Wege der Liebe

Australien, 1891. Das Leben von Carola, Mina und Elsa verändert sich schlagartig, als ihre Mutter kurz nach der Geburt des jüngsten Kindes stirbt. Während Carola, die Älteste, ins ferne Deutschland geschickt wird, bleiben Mina und Elsa in Australien. So unterschiedlich sich die Lebenswege der drei jungen Frauen auch entwickeln, eines haben sie jedoch gemeinsam: Sie geben nicht auf, wenn es darum geht, für ihre Träume zu kämpfen.

Eine hochemotionale Saga um das Leben dreier außergewöhnlicher Schwestern – nach einer wahren Geschichte.

Regelmäßige Informationen erhalten Sie über unseren Newsletter. Jetzt anmelden unter: www.aufbau-verlag.de/newsletter

atb aufbau taschenbuch

Ulrike Renk
Das Versprechen der australischen Schwestern
Roman
608 Seiten. Broschur
ISBN 978-3-7466-3211-7
Auch als E-Book erhältlich

Wir werden uns nie verlieren

Drei Schwestern, zwei Kontinente: Jede der drei ist ihren Weg gegangen. Elsa arbeitet in Sydney, Mina hat nach Jahren endlich ihren heimlichen Verlobten William geheiratet, und Carola lebt glücklich mit Werner in Hamburg. Doch dann ist ihr aller Glück in Gefahr: Nicht nur ein Todesfall erschüttert die Familie in ihren Grundfesten, sondern es bricht auch der Erste Weltkrieg aus. Plötzlich leben Carola, Elsa und Mina in verfeindeten Ländern. Wird das Band, das die drei Schwestern zusammenhält, stärker sein als die Schatten des Krieges?

Schicksalhafte Jahre zwischen Sydney und Hamburg

atb aufbau taschenbuch